BASTEI
LÜBBE

Von Katherine Sutcliffe erschienen bei BASTEI-LÜBBE:

11 647 Wie Feuer im Blut
11 672 Insel der Leidenschaft
11 681 Geliebter Verräter
11 692 Wenn der Haß erlischt
11 776 Verführung am Amazonas
11 847 Fieberträume
12 051 Meine einzige Liebe
12 348 Verbotene Sehnsucht
12 463 Im Sturm der Gefühle

Katherine Sutcliffe

Begierde kennt keine Grenzen

Aus dem Englischen von
Bodo Baumann

BASTEI LÜBBE

BASTEI-LÜBBE-TASCHENBUCH
Band 12687

1.-2. Auflage Juli 1997

Deutsche Erstveröffentlichung
Titel der amerikanischen Originalausgabe:
Devotion

Printed in France
Einbandgestaltung: Franz Wöllzenmüller
Titelfoto: Pino Daeni/ Agentur T. Schlück
Satz: hanseatenSatz-bremen, Bremen
Druck und Bindung: Brodard & Taupin, La Flèche
ISBN 3-404-12687-4

Mein Dank gilt dem besten literarischen Agenten
der Branche,
Evan Fogelman.
Mein Freund.
Was hätte ich ohne Dich in diesem letzten Jahr
angefangen?

Und, wie immer,
meiner Familie.

Ich liebe Euch alle.

Prolog

Maria Ashton stand in der Nähe der Rektoratstür und wartete darauf, daß diese geöffnet wurde. Je früher, desto besser. Am besten brachte sie diese häßliche Angelegenheit so rasch wie möglich hinter sich. Was hatte sie sich eigentlich dabei gedacht, als sie sich auf eine solche Weise für diese ausgeschriebene Stellung bewarb? Die Verzweiflung konnte aus den kühnsten Seelen Narren machen. Das traf auch für die Täuschung zu. Oh, sie würde *diese* Täuschung *teuer* bezahlen müssen! Das härene Büßerhemd, das ihr das Fleisch zerkratzen würde, schien ihr eine milde Bestrafung zu sein im Vergleich zu den Konsequenzen, die dieser ›Vertrauensbruch und Verstoß gegen die Schicklichkeit‹, wie ihr Vater, der Vikar Ashton, es nennen würde, haben mußte.

Sie griff in ihre Rocktasche und holte die zerknitterte Zeitungsanzeige hervor, die sie vor sechs Wochen aus der *London Times* herausgerissen hatte.

> Stellenangebot. Gesucht wird ein Gesellschafter. Hauslehrer/Pfleger. Yorkshire-Distrikt. Freies Logis und eine der Berufserfahrung angemessene Vergütung. Gesunder, kräftiger Mann bevorzugt. Bewerbungen an . . .

Marias Finger krampften sich um das Papier, als sie nun an das Fenster trat und das trostlose Wetter sah. Von hier aus konnte sie das steile Dach ihres Elternhauses erkennen, das am entfernten Ende des Dorfes aus dem Nebel herausragte und dessen Schieferverkleidung von einer schockierenden Opulenz war, wenn man es mit den bescheidenen Strohdächern der Hütten verglich, von denen das stattliche Haus des Vikar Ashton umgeben war, das er nur dem maßlos hohen Zins verdankte, den er seinen Pfarrkindern abverlangte.

Im Vergleich mit ihrem Heim war auch der Dorfplatz eine recht unscheinbare Angelegenheit. Gras wuchs zwischen Pflastersteinen, und selbst die Raben, die auf den kahlen Bäumen saßen, schienen halb zu schlafen. Alles hier machte einen so stillen und leblosen Eindruck wie der Dorffriedhof, was einen nicht verwundern konnte, wenn man bedachte, daß der Vikar keine Gelegenheit ausließ, um gegen die Sünden der Leichtfertigkeit und des Frohsinns zu wettern. Und als wollte er diese trübselige Stimmung noch vertiefen, hatte ein dichter weißer Nebel sich zwischen den Häusern ausgebreitet – ein in der Tat recht seltenes Ereignis für das hoch oben auf einem Hügel gelegene Dorf, in dem zumeist eine klare Atmosphäre herrschte. Und wenn es hier schon mal Nebel gab, brachte er auch gleich eine so schneidende Kälte mit, daß einem die Seele im Leib zu gefrieren schien.

Seltsam, daß sie die Kälte gar nicht spürte. Tatsächlich spürte sie kaum etwas außer einer Betäubung.

»Ich verbiete es!« hörte sie da plötzlich die dröhnende Stimme des Vikars, so daß sie erschrocken zusammenfuhr und mit dem Gedanken an Flucht zur Tür sah. Aber wohin wollte sie sich denn flüchten? Dem Zorn des Vikars würde sie ja doch nicht entrinnen können. Am besten stählte sie sich jetzt für die bevorstehende Konfrontation und ließ das Unwetter über sich ergehen – wie sie das bisher immer getan hatte.

Sie hatte schon früh in ihrem Leben gelernt, daß es besser war, eine kurze Zeit hindurch den tückischen Biß seiner Strafe zu ertragen, statt monatelang in der kalten Angst vor einer eventuellen Entdeckung zu leben.

Da drangen jetzt gleich mehrere wütende Stimmen aus dem

angrenzenden Zimmer an ihr Ohr – die ihres Vaters, eines zweiten Mannes . . . und einer Frau, die bestimmt nicht ihrer Mutter gehören konnte. Ihre Mutter kauerte vermutlich in einer Ecke, ihr bleiches, abgezehrtes, unglückliches Gesicht aus Angst und Scham der Wand zugedreht. Das machte ihr weitaus mehr zu schaffen als die Furcht vor der Konfrontation mit ihrem Vater. Während die Enttäuschung oder der Ärger, die sie mit dieser Bewerbung ihrem Vater bereitet haben mochte, sie ziemlich kalt ließen, lastete der Kummer ihrer Mutter schwer auf ihrem Gewissen.

Denn der Vikar würde Mary Ashton nun zum Sündenbock für die Widersetzlichkeit seiner Tochter machen und ihre Mutter mit Vorwürfen bombardieren. Er würde sie daran erinnern, daß ihre eigene Hübschheit schuld daran gewesen sei, daß Maria als ein Objekt des Teufels auf die Welt gekommen war – viel zu schön, als die Tugend dies erlaubte. Hatte denn nicht Marys eigene Sinnlichkeit und Grazie den jungen Vikar dazu verführt, vorübergehend mit der dämonischen Wollust zu liebäugeln – mit dem Ergebnis, daß er das Mädchen geheiratet hatte? Natürlich nicht aus Liebe, wie Mary sich das vielleicht eingebildet hatte (Gott war seine einzige Liebe, Gott und die göttliche Position, zu der Er den Vikar Ashton bei dessen Hinscheiden erheben würde), sondern aus Buße.

Und Maria hatte offenbar auch den Hang ihrer Mutter zur Aufsässigkeit geerbt. Forderte sie denn nicht ständig mit ihrer Zunge die Autorität ihres Vaters heraus (was einer Herausforderung Gottes gleichzusetzen war)? Hatte sie den Vikar damit nicht zu wiederholten Malen dazu gezwungen, sie zu bestrafen, wie er das bei Mary in jenen frühen Jahren getan hatte, bevor er ihren Geist endgültig gebrochen hatte (als sie sich tapfer dagegen wehrte, sich seiner verdrehten Auffassung von Autorität zu beugen)?

Maria schloß die Augen. Was konnte sie sich nur dabei gedacht haben, als sie sich für diese ausgeschriebene Stelle bewarb? Gütiger Gott, wer hätte denn auch auf den Gedanken kommen können, daß eine *königliche Hoheit* auf der Türschwelle ihres Vaters erscheinen würde, um sich ein Bild davon zu machen, ob sie auch für die Position geeignet wäre, für die sie sich aus einer Laune heraus beworben hatte – und weil sie viel zu genau bei den Erzählungen der frischvermählten Sarah McCann von den erstaunlichen Freuden der Welt außerhalb des Dorfes (um nicht die Wonnen des Ehebetts zu erwähnen) hingehört und ein bißchen zu lange und zu sehnsüchtig den schönen Kutschen und deren ultrafeinen Insassen nachgeschaut hatte, wenn sie auf dem Weg zur Hauptstadt durch das Dorf kamen.

Und vor allem deswegen, weil sie einen bestimmten jungen Mann – einen sehr speziellen jungen Mann – unbedingt davor bewahren wollte, den schlimmen Fehler zu begehen, sich in das Produkt von Vikar Ashtons dämonischer Wollust zu verlieben. Und aus dem für sie wohl wichtigsten Grund, weil sie sich davor bewahren wollte, in das gleiche Milieu wie ihre Mutter einzuheiraten und deren Schicksal zu erleiden. Und weil sie ihre Mutter retten wollte.

Maria strich nun mit beiden Händen glättend über ihren Rock hin und wünschte sich einen Augenblick lang – ehe sie sich daran erinnerte, daß Eitelkeit eine Sünde war –, daß sie etwas Hübscheres zum Anziehen gehabt hätte; zumindest etwas Helleres als dieses strenge, schlichte Schwarz, was sie normalerweise tragen mußte. Ihr Bruder Paul hatte ihr oft geschworen, daß er ihr eines Tages ein blaues Kleid kaufen würde (er hatte es aus einem dieser Modebücher bestellen wollen, in denen er einmal eine elegante Lady in ihrer eleganten Kutsche hatte blättern sehen) – in dem gleichen Blau wie ihre Augen (›so blau wie der Frühlingshimmel‹), das ihre ›atemberaubende Schönheit‹ noch unterstreichen mußte.

Maria hielt sich keineswegs für hübsch, sondern für sehr ... gewöhnlich. Sie hatte eine helle Haut und flachsfarbene Haare, die immer flachsfarben bleiben und nie grau werden würden. Sie trug in der Regel eine Art von halbem Häubchen aus schwarzen Spitzen, das sie als den einer jungen Dame ihres

Alters und ihrer Hautfarbe geziemenden Kopfschmuck betrachtete. Was ihre Intelligenz betraf, so hatte sie sich noch nie für klug gehalten. Sie konnte lesen und schreiben, was sie vor allem ihrem Bruder Paul zu verdanken hatte, dessen größter Wunschtraum das Lehramt gewesen war – jedoch nicht so, wie ihr Vater es bei den Jungen im Dorf ausübte, indem er Feuer und Asche vom Himmel herunterregnen ließ und die Heilige Schrift dafür benutzte, die Übel der modernen Literatur oder die Ideen oder Ideale der Philosophen anzuprangern, sondern um den Geist, das Herz und die Seele mit einer Würdigung der unzensierten Wahrheiten der Wissenschaften zu bereichern.

Die Tür ging hinter ihr auf.

Maria drehte sich mit klopfendem Herzen und angehaltenem Atem um. Ihr Vater füllte nun den Türrahmen aus – mit flammenden Augen, das breite, von Furchen durchzogene Gesicht hochrot vor Zorn und die hammelkeulengroßen Hände an den Seiten zu Fäusten geballt. Die Luft wurde plötzlich zu dick zum Atmen.

»Hexe«, kam es tief und grollend aus seiner Brust. Sie kannte diese Stimme, die er für jene elenden, sündhaften Kreaturen reservierte, deren Seelen er ohne eine Spur von Reue zur ewigen Verdammnis verurteilen würde.

Er machte die Tür sachte hinter sich zu – zu sachte, als daß sie das nicht als eine Bedrohung empfinden konnte, und sie wich vor ihm bis zur Wand zurück, ihren Rücken dagegen pressend, als könnte sie mit den reichen Mahagoni-Paneelen des Rektorats verschmelzen.

»Ihr werdet mich nicht noch einmal anrühren«, sagte sie mit einer Überzeugung, die sich nicht mit diesem Flattern in ihrer Magengrube vertrug. Er war schließlich ihr Vater. Er konnte sie auf jede ihm wünschenswert erscheinende Art behandeln. So hatte er ihr das jedenfalls jahrelang eingebleut.

»Ich bin kein Kind mehr, sondern eine erwachsene Frau. Und wenn ich diesen Ort verlassen möchte . . .«

»Gottloses Mädchen. Was für eine boshafte, gehässige Sünderin du doch bist, daß du mich auf diese Weise demütigen wolltest.«

Sie zog sich in den hintersten Winkel des Raumes zurück, sah zur Tür hin, zum Fenster – kein Entrinnen. Wenn sie jetzt floh, würde das ihren Vater nur noch mehr erzürnen, und sie mußte an ihre Mutter denken ...

Sie hob das Kinn an und pflanzte ihre kleinen Füße fest in den Boden, als sie jetzt dem Blick des Vikars begegnete, dessen Gesicht sich nun langsam blaurot verfärbte, als er den Trotz in ihren Augen sah.

»Ich werde nicht zulassen, daß Ihr mich noch länger quält, Vater. Ich werde diesen Ort verlassen und, sobald mir das möglich ist, Mutter nachholen ...«

»Unverschämte Göre! Satans Tochter! Verführerische Eva! Wie sie eine Verderberin der Rechtschaffenen! Zerstörerin männlicher Disziplin und Urteilskraft!« Seine Augen wanderten über sie hin. Sie überragend wie ein Turm, spannte sich der Chorrock um seinen massigen Leib wie ein Schleier der Macht und der Verdammnis, während er durch die zusammengepreßten Zähnen zischte: »Buhldämonin, die sich in die Träume eines Mannes einnistet, seine Tugend untergräbt, in seiner Seele ein wollüstiges Verlangen weckt, so daß er vom rechten Weg abkommt und gegen Gottes Gebote verstößt!«

Sie drehte das Gesicht zur Seite. »Ich werde Euch nicht erlauben, meinen Willen zu brechen, wie Ihr das bei Mama getan habt.«

»Hure ...«

»Ich werde mir nicht von Euch meine Jugend und meinen Unternehmungsgeist nehmen lassen.«

»Verworfene ...«

»Oder meine Menschenwürde! Ihr seid ein böser Mann, der sich hinter der Maske eines Gottesdieners versteckt, und stünde es in meiner Macht, würde ich dafür sorgen, daß Ihr den geistlichen Rock ausziehen müßtet und aus der Kirche ausgeschlossen würdet. Ich würde den Bewohnern dieses Dorfes, die Euch so sehr fürchten und verehren, die Augen öffnen und ihnen erzählen, was für eine Sorte von Mensch Ihr wirklich seid!«

»Schweig still!«

»Ich würde ihnen sagen, daß der Zehnte, den Ihr ihnen abverlangt, maßlos übertrieben ist. Daß die Wunder, die sie sich mit ihrem kostbaren Geld erkaufen, nichts anderes sind als die falschen Versprechungen eines Mannes, dessen eigener Reichtum unmäßig anwächst und der hofft, sich eines Tages auf dem Bischofsstuhl sitzen zu sehen . . .«

»Gotteslästerin!«

»Ich habe mir fest vorgenommen, hierher zurückzukommen und Mama von Eurer herzlosen und grausamen Tyrannei zu befreien, bevor sie so endet wie Paul.«

»Wie kannst du es wagen, den verworfenen Namen dieses Heiden in meiner Gegenwart auszusprechen!«

»Weil Ihr an seinem Tod schuld seid – mein einziger Bruder ist tot . . .«

»Verleumderische Schlampe.«

»Ihr habt dabeigestanden und zugelassen, daß dieser böse Mann seine Fäuste gegen Euren eigenen Sohn erhob. Wegen Euch hat mein Bruder in den letzten beiden Jahren seines Lebens unter unerträglichen Schmerzen leiden müssen . . .«

»Die Rache ist mein, sagt der Herr!«

»Doch während er dort lag und Stück für Stück starb, fuhr er fort, Euch zu lieben. Und mit seinem letzten Atemzug hat er Euch noch um Vergebung gebeten . . .«

»Die zu gewähren nicht in meiner Macht steht, sondern im Ermessen des Herrn . . .«

»*Er war Euer Sohn!* Euer eigenes Fleisch und Blut, und Ihr habt Euch zwei Jahre lang geweigert, auch nur ein Wort mit ihm zu reden, weil er sich in eine Frau verliebte . . .«

»In eine Hure! In eine Ehebrecherin! Sie zu brandmarken und aus meinem Dorf zu verjagen, war noch eine milde Strafe für sie. Ich hätte sie auf dem Scheiterhaufen verbrennen sollen.«

»Grausamer, rachsüchtiger Mann. Ich werde mich und meine Mutter von Eurem Joch befreien, und wenn es das letzte ist, was ich in meinem Leben tue.«

Da hob er die Hand, um sie zu schlagen. Und in diesem Moment ging die Tür hinter ihm auf.

James Thackley, der Assistent der Herzogin – ein großgewachsener, grauhaariger Mann mit Stahlbrille und einem nüchternen, aber gut geschnittenen (und teuren) Anzug –, kam ins Amtszimmer und hielt dann dicht hinter der Schwelle überrascht wieder an, als er den Vikar, am ganzen Körper zitternd, mit schweißgebadeter Stirn und erhobener Faust und Maria mit vorgeschobenem Kinn, tränenüberströmtem Gesicht und leicht gespreizten, aber fest auf den Boden gestemmten Beinen in einer Ecke des Raumes stehen sah. Schließlich löste sich sein Erstaunen in ein Lächeln auf – nein, nicht in ein Lächeln; denn die Umstände waren nicht so, daß er sich darüber hätte erheitern können. Vielmehr war da etwas Freundliches in seiner Miene, das offenbar für Maria bestimmt war und ihr die Zuversicht geben sollte, daß alles gut werden würde.

Mit einem letzten, vielsagenden Blick auf ihren vor Wut bebenden Vater eilte Maria hinüber in das angrenzende Zimmer, wo die Herzogin von Salterdon mit einem stattlichen, kahlköpfigen Arzt namens Ethan Edgcumbe an ihrer Seite sie erwartete.

Der stählerne, alles verdammende Blick des Vikar Ashton heftete sich auf Marias Rücken, als diese einen etwas unbeholfenen Hofknicks vor der gebrechlichen Herzogin von Salterdon machte – einer Matriarchin von fünfundachtzig Jahren mit juwelengeschmückten Fingern, silbergrauem Haar und einer Miene, die streng genug war, um eine Uhr zum Stillstand zu bringen. Ihr Anblick würde die meisten jungen Frauen in Marias Alter, die gerade erst neunzehn geworden war, vor Angst (und ganz gewiß vor Respekt) am ganzen Leib erzittern lassen, was die Herzogin offensichtlich wußte, genoß und deshalb auch oft praktizierte – und weshalb die alte Dame jetzt zweifellos auch ihre Brauen runzelte, weil Maria darauf nicht mit der von ihr erwarteten Unterwürfigkeit eines furchtsamen Gimpels reagierte, sondern mit dem Anheben ihres Kinns und der Verengung ihrer Augen – mit eben dieser Halsstarrigkeit, die ihr Vater als ›Nerv des Satans‹ zu bezeichnen und als Einladung zu einer tüchtigen Tracht Prügel mit einem dünnen Lederriemen zu betrachten pflegte.

»So lernen wir uns also endlich kennen«, sagte die Herzogin mit einer in Anbetracht ihres Alters und ihrer offenkundigen Hinfälligkeit überraschend kräftigen Stimme. Mit einer etwas zittrigen Hand hob sie Marias Brief aus ihrem Schoß vor das Gesicht und schien ihn noch einmal zu überfliegen, bevor sie Maria wieder ins Auge faßte. »Verratet mir einmal, Miss Ashton, weshalb Ihr Euch für diese Stellung beworben habt, wo ich doch in meiner Annonce klar und deutlich zum Ausdruck gebracht habe, daß ich die Position mit einem Mann zu besetzen wünschte?«

Maria schluckte, räusperte sich und bemühte sich, nicht zu ihrer Mutter hinzusehen, die, sich in ihre Kleider verkriechend, in der Nähe der Wand auf einem Melkschemel saß, während ihre Augen wie dunkle, leblose Hohlkörper ins Leere starrten. Mary Swift – so erzählte man sich flüsternd hinter der vorgehaltenen Hand – wäre einmal so schön und von einem ähnlichen Feuer und Tatendrang erfüllt gewesen wie Maria, und alle unverheirateten Männer im Dorf hätten um sie geworben. Doch das war in einer Zeit gewesen, bevor Vikar Ashton auf der Bildfläche erschienen war und sie mit den Versprechungen eines himmlischen Paradieses, das jede Frau erwarten würde, die ihn auf seinem Feldzug zur Rettung jeder zur Hölle verdammten Seele in England begleitete, für sich erobert hatte. Arme Mary. Arme Mutter. Ihre Schönheit, ihre Jugend, ihre Träume – alles verwelkt. Und inzwischen war sie in einem Alter, in dem ihr das alles nichts mehr bedeutete.

Doch es war nicht allein das Alter, das diese düstere Herbheit ihres Ausdrucks erzeugt hatte – diesen Verlust aller rastlosen Emotionen der Jugend –, oh, nein; sondern die Enttäuschung, die Desillusionierung und die Aufgabe aller Hoffnungen. Ihre Augen waren immer stumpf; ihr Gesicht war stets leer und regungslos wie eine Landschaft, aus der sich die Sonne zurückgezogen und sie grau und dunkel zurückgelassen hatte.

»Miss Ashton«, drängte die Herzogin.

Maria straffte ihre Schultern und begegnete dem scharfen Blick aus den grauen Augen der Herzoginwitwe. »Ich kann nicht einsehen, was für ein Unterschied hier das Geschlecht spielen sollte, wenn eine Frau für diese Stellung ebenso qualifiziert ist . . .«

»Seid Ihr denn auch für diese Stellung qualifiziert, Miss Ashton? Ich benötige eine körperlich kräftige, geistig rege und emotional stabile Person für diese Position. Der Pflegling, der Eurer Obhut anvertraut sein würde, falls ich mich dazu entschlösse, Euch zu engagieren, kann zuweilen recht schwierig sein.«

Dies war ein Bekenntnis, das der Herzogin ein körperliches Unbehagen zu bereiten schien; denn ihre dünnen, fest aufeinandergepreßten Lippen zuckten ein paarmal, ehe sie zu ihrer würdevollen Haltung zurückfand. Sie musterte Maria von Kopf bis Fuß und sagte dann mit einer kurzen, wegwerfenden Bewegung ihrer dürren Hand: »Ihr seid doch nicht viel mehr als ein Kind. Ich kann unmöglich glauben, daß so ein junges Ding wie Ihr auch nur annähernd den Anforderungen dieser Stellung gewachsen sein könnte. Was bringt Euch denn auf die Idee, daß Ihr körperlich und emotional reif genug seid, mit einem – Kranken zu arbeiten?«

»Mein Bruder war ans Bett gefesselt«, sprudelte Maria da heraus und verfluchte innerlich die Verzweiflung, die sie aus ihrer Stimme heraushörte. »Er wurde von einem Mann, der dreimal so groß und stark war wie er und keine Spur menschlichen Mitleids besaß, so zusammengeschlagen, daß sein Rückgrat an drei Stellen gebrochen war. Zwei Jahre lang habe ich ihn Tag und Nacht gepflegt. Ich habe ihn gefüttert, gebadet und ihn angezogen. Ich habe ihm stundenlang etwas vorgelesen; ihm Mut gemacht; ihn angefleht, nicht zu sterben. Ich sah, wie er sich zuweilen aufrappelte und dann wieder resignierte. Ich bewegte seine Beine und Arme, weil er das nicht konnte. Er konnte gar nichts tun, Euer Gnaden, außer mit seinem immer klaren und wachen Verstand dazuliegen und seinen körperlichen Verfall zu beobachten. Es waren nicht die ihm zugefügten Verletzungen, die ihn schließlich umbrachten, Euer Gnaden, sondern sein gebrochenes Herz.«

Stille erfüllte nun den Raum, die nur von einem kurzen, erbarmungswürdigen Schluchzen von Marias Mutter durchbrochen wurde. Maria weigerte sich noch immer, ihren Blick zu senken. »Ich verdanke es meinem Bruder, daß ich lesen kann.« Sie lächelte. »Als wir noch viel jünger gewesen waren, pflegten wir uns im Wald zu verstecken, wo mein Bruder mir dann alles beibrachte, was er am Tage bei unserem Vater gelernt hatte. Er brachte mir auch das Schreiben bei. Und das Rechnen. Ich kann mit Kindern sehr gut umgehen, Euer Gnaden.«

»Das ist mir nicht so wichtig wie die Pflege des Herzens und der Seele, Miss Ashton.«

»Ich werde es nicht erlauben«, begann der Vikar da wieder zu wettern, die in den Falten seiner Soutane versteckten Hände zu Fäusten ballend, während sein breites Gesicht sich wieder mit einer zornigen Röte überzog. »Dies ist eine Welt der Sünde und der Verderbnis, Euer Gnaden. Schaut sie Euch an. Sie ist ein Objekt der Verführung und mit einer so aufsässigen und dekadenten Seele begabt, wie man sie schlimmer nicht findet. Es wäre nicht gut, so ein sündhaftes Wesen wie sie auf die Welt loszulassen, Euer Gnaden.«

»Ich spreche mit dem Mädchen«, unterbrach ihn die Herzogin, den Blick noch immer auf Maria geheftet. »Ihr seid sehr jung und schön. Offensichtlich seid Ihr bisher kaum über die Grenzen Eures Dorfes hinausgekommen. Ich fürchte, daß Ihr diese Stellung als ein Mittel betrachtet, um Euren offensichtlich . . . mißlichen Verhältnissen entfliehen zu können.«

Darauf wußte Maria nichts zu sagen, weil es in einer gewissen Weise auch der Wahrheit entsprach. Als sie sich für diese Stellung beworben hatte, hatte sie das nicht aus reiner Menschenliebe getan.

Es geschah mit einer Art von Resignation, mit der die Herzogin nun Marias Brief ihrem Assistenten überließ und sich dann schwerfällig aus ihrem Sessel erhob. Der Arzt eilte an ihre Seite und legte ihr sacht einen Arm um die mageren Schultern, um sie zu stützen. Die Herzogin stand einen Moment lang regungslos da, als sei sie sich nicht ganz sicher, ob ihre Beine auch kräftig genug waren, sie zu tragen, während ihre mit Juwelen geschmückten Finger nervös an den Falten ihres Samtrocks zupften. Als sie den Blick dann wieder auf Maria richtete, waren ihre Augen jedoch wieder so grau und scharf wie Kieselsteine.

»Ich erwarte Euch am Ende dieser Woche in Thorn Rose. Mr. Thackley wird sich um die Modalitäten kümmern.«

»Pardon«, rief Maria da leise und mit offenkundigem Erstaunen. »Habe ich Euch richtig verstanden, Euer Gnaden? Bedeutet das, daß Ihr mich für diese Position engagiert habt?«

»Offensichtlich.« Und um dem nun zu erwartenden Wutausbruch des Vikars zuvorzukommen, drehte sich die Herzogin Marias Vater zu: »Und was Euch betrifft, würde ich gern noch ein Wörtchen unter vier Augen mit Euch reden, ehe ich mich wieder empfehle.«

Wie in Trance, die heftige Auseinandersetzung zwischen ihrem Vater und der Herzogin ignorierend, ging Maria nun auf die Tür zu und stöhnte leise, als die Hand ihrer Mutter plötzlich in die Höhe schnellte und sie so heftig am Arm packte, daß sie mitten im Schritt verhielt. Marys sonst so stumpfe, tote Augen glitzerten hell, und auf ihrem bisher so leeren Gesicht spiegelte sich Angst und Verzweiflung.

»Würdest du mich tatsächlich verlassen?« rief Mary mit ihrer heiseren, zutiefst unglücklichen Stimme. »Würdest mich hier mit ihm alleinlassen? Oh, Gott, erst Paul und jetzt du! Was soll ich nur machen? *Was soll ich nur machen*?«

Maria löste die Finger ihrer Mutter von ihrem Arm und floh dann aus dem Amtszimmer. Ohne sich auch nur einmal umzublicken, lief sie, während der bitterkalte Wind ihr in Gesicht und Arme schnitt, auf dem gewundenen, gepflasterten Pfad durch den Kirchhof bis zum Grab ihres Bruders. Dort sank sie auf den Grabhügel nieder, lehnte sich gegen den kalten, harten Grabstein, zog die Knie an ihre Brust und barg das Gesicht darin. Immer wieder tauchte nun das verzweifelte Gesicht ihrer Mutter vor ihr auf, die sie jedesmal angefleht hatte, doch bei ihr zu bleiben, wenn sie, Maria, auch nur mit dem Gedanken an Flucht gespielt hatte.

»Maria«, drang da eine sanfte Stimme an ihr Ohr. Als Maria aufblickte, trat eine Gestalt, deren Priesterkragen im grauen Licht des Tages weiß schimmerte und vor deren Erscheinen sie sich am meisten gefürchtet hatte, aus dem Nebel heraus.

»Geht weg«, rief sie. »Mein Vater könnte auf der Suche nach mir jeden Moment hierherkommen. Ich bin sicher, daß es ihm gar nicht gefallen würde, wenn er seinen von ihm so geschätzten Kaplan in der Gesellschaft eines so verworfenen Subjekts wie mich anträfe.«

»Maria«, sagte John Rees und ließ sich neben sie auf ein Knie nieder, faßte sie mit einer Hand unter das Kinn und blickte ihr mit seinen sanften braunen Augen forschend ins Gesicht. »Sagt, daß das, was ich soeben gehört habe, nicht wahr ist – daß Ihr vorhättet, uns zu verlassen. Sagt, daß Ihr beabsichtigt, das Angebot Ihrer Gnaden abzulehnen . . .«

»Nein, das werde ich nicht tun, John Rees! Nicht um meiner Mutter willen. Nicht um Euretwillen. Ich werde von hier weggehen und nicht eher zurückkommen, bis ich meiner Mutter eine Zuflucht vor meinem Vater bieten kann.«

»Dann heiratet mich, Maria. Ich bitte Euch! Ich habe vom Erzbischof die Zusage erhalten, daß ich eine eigene Dienstwohnung bekomme. Wir werden Eure Mutter mitnehmen, wenn wir dort einziehen . . .«

»Nein. Ich werde nicht zulassen, daß er Euch genauso tyrannisiert wie mich und meine Familie. Dafür habe ich Euch zu gern.«

Er nahm sie jetzt in seine Arme, preßte seine Lippen auf ihre Stirn und strich ihr, während sein Mund eine Weile lang auf ihrer Stirn verweilte, mit einer Hand über die Haare. »Ich werde mit Eurem Vater sprechen.«

»Nein!«

»Er wird seinen Segen zu unserer Heirat geben. Dessen bin ich mir sicher.«

»Er würde für Eure Seele beten, John, und dafür sorgen, daß Ihr den Priesterrock ausziehen müßt.« Sie löste sich so abrupt von ihm, daß ihr die Haare über die Schultern hinunterrollten und ein wallendes, gelocktes Dreieck um ihr Gesicht bildeten. Der Saum ihres Rocks streifte über die Blumen auf dem Grab ihres Bruders, als sie sich auf ihre Fersen zurücksetzte und dem jungen Assistenten ihres Vaters ins Gesicht starrte, der sie nun mit einer an Anbetung grenzenden Verehrung anblickte.

»Liebt Ihr mich wirklich, John Rees?« fragte sie.

»Ja. Ich habe Euch von dem Moment an geliebt, als ich in das Haus Eures Vaters gezogen bin. Ihr wart damals nicht viel mehr als ein Kind, und ich . . . ich entdeckte plötzlich, daß sich meine Leidenschaft für Ihn mit der Leidenschaft für Euch stritten. Ich habe gesehen, wie er Euch und Eure Mutter behandelt hat. Ich sah, wie er seinem eigenen Sohn den Rücken zukehrte . . .«

». . . aber Ihr habt nichts unternommen, um ihn daran zu hindern, weil Ihr ihn genauso gefürchtet habt wie wir. Ihr würdet nichts tun, was Eure Stellung in der Kirche gefährden könnte, weil Ihr hier seine Stelle als Vikar bekommen würdet, wenn er tatsächlich zum Bischof geweiht werden sollte. Das ist es, was mir angst macht vor Euch, John Rees. Ich fürchte, daß Ihr meinem Vater zu ähnlich seid.«

»Was muß ich tun, um Euch zu überzeugen, daß ich Euch mehr liebe als jeden . . .«

»Nein – nicht mehr als Gott! Mehr als den Allmächtigen, Sir? Muß mein Vater Euch erst wieder daran erinnern, *daß derjenige, der seinen Vater, seine Mutter, seine Ehefrau oder seine Geschwister mehr liebt als Gott, den Himmel nicht verdient?*«

Einen Moment lang sah John sie verwirrt an. Er barg seine sich zu Fäusten ballenden Hände in den Falten seiner Soutane, während eine steile Falte auf seiner Stirn erschien.

Maria beugte sich zu ihm. »Küß mich«, flüsterte sie. »Nein, nicht auf die Stirn. Ich bin kein Kind mehr, John. Küß mich auf den Mund. Ich bin neunzehn und noch nie geküßt worden. Nicht von dir. Und auch von keinem anderen. Und weißt du auch, warum? Weil es keinen einzigen Mann in diesem Dorf gibt, der riskieren möchte, den Zorn meines Vaters auf sich zu ziehen. Auch du nicht, weil trotz allem, was dein Körper empfindet, dein Herz Gott gehört.«

Er wandte das Gesicht zur Seite und schlug die Augen nieder.

»Würdest du dich in unserer Hochzeitsnacht von mir abwenden?« fragte sie. Sie faßte nach seiner Hand und drückte sie an ihren Busen.

John holte geräuschvoll Luft und stand wie erstarrt da. Sein Blick flog zurück zu ihrem Gesicht und ging dann hinunter zu seiner Hand, die sie an ihrer Brust festhielt. »Ist das nicht auch Bestandteil der Liebe, John? Daß man seinen Körper hingibt und nicht nur seine Seele verschenkt?«

Ein erstickter Laut entrang sich seiner Kehle, und seine Augen wurden hell von einem Licht, das seinem Gesicht einen

Ausdruck feuriger Pein verlieh. Dann entzog er ihr seine Hand.

»Möge Gott sich meiner erbarmen«, sagte er mit bebender Stimme und preßte die Finger gegen die Augen, als wollte er ihr Bild aus seinem Bewußtsein verdrängen; die wilde Flut ihrer Haare, die im Wind auf- und niedertanzten und leicht über ihren Busen hinstrichen, der sich auf eine fast unverschämte Weise unter dem viel zu strammen Leibchen ihres Kinderkleides abzeichnete – trotz der Tatsache, daß ihr Vater sie dazu gezwungen hatte, ihre Brüste mit einer Binde zu umwickeln, um den Eindruck ›schamloser Geilheit‹, den sie vermittelten, ein wenig abzuschwächen.

Auf Pauls Grab zurücksinkend, drehte Maria sich nun von ihm weg. Die Hitze seiner Hand brannte noch auf ihrem Busen, während der frostige Wind und die Enttäuschung ihr kalte Schauer über den Rücken jagten.

»Nein, ich könnte Euch niemals heiraten«, erklärte sie müde, während ihre Augen sich mit Tränen füllten. »Vielleicht hat mein Vater recht. Ich wurde in Wollust gezeugt und bin deshalb wahrscheinlich zu einem ausschweifenden Lebenswandel verdammt. Nein, ich könnte Euch niemals eine gute Frau sein – genausowenig, wie Ihr für mich ein passender Ehemann sein würdet.«

Kapitel eins

Thorn Rose Manor

Haworth, Yorkshire, England

1805

Maria versuchte nicht an die seltsamen Blicke zu denken, mit denen die Einwohner von Haworth sie in dem Moment bedacht hatten, als sie ihnen verkündete, daß sie als Gesellschafterin für den jungen Enkel der Herzogin von Salterdon engagiert worden sei. Daß die Leute ihre Worte schockiert (und manche auch mit Anteilnahme?) zur Kenntnis genommen hätten, war sicherlich nur ein Produkt ihrer Einbildung, die ihr im Leben schon öfter einen Streich gespielt hatte – zuweilen mit recht unangenehmen Folgen. Hatte ihr Vater ihr nicht oft genug versichert, daß solche ›Traumwelten‹, die sie sich in ihrer Phantasie erschuf, nur Machenschaften des Teufels seien? Und daß sie eines Tages unweigerlich mit ihrer Phantasie in den dämonischen Abgründen der Unwirklichkeit landen mußte, aus denen es für sie dann kein Entrinnen mehr geben würde.

Dummes Zeug! Der einzige *dämonische Abgrund*, aus dem es bisher für sie kein Entrinnen gegeben hatte, war das Haus ihres Vaters gewesen und seine von Faustschwüngen begleiteten Sonntagspredigten.

Die Straße von Haworth mündete in ein Tal, an dessen

Grund Maria einen weitläufigen, ehrfurchtgebietenden, unter dem klaren Winterabendhimmel leuchtend weißen Gebäudekomplex liegen sah. Die Anlage war ein architektonischer Mischmasch aus atemberaubend steilen Dächern und vieleckigen Türmen, deren Spitzen, Hauben und Zinnen wie ein Lanzenwald vor dem Horizont aufragten. Mit aus dem Kutschenfenster heraushängendem Kopf und mit vom eisigen Fahrtwind tränenden Augen betrachtete Maria nun voll ungläubigen Staunens dieses imposante Bauwerk, das sie nun bald ihr Heim nennen würde.

Was hatte sie erwartet? Vielleicht ein grimmiges altes, aus Feldsteinen erbautes Landhaus mit düsteren, leblosen Fenstern; jedoch niemals diese ... Pracht – diesen ... Palast in einem Talkessel, der von einem Kranz steiler grauer Hügel umgeben war. Sie konnte nun gut verstehen, warum die Augen der Herzogin aufleuchteten, als sie von Thorn Rose Manor gesprochen hatte. Soweit das Auge reichte, sah sie künstlich angelegte Seen, Brücken und Renaissance-Gärten mit geometrisch geformten Beeten und Rabatten. Da ragten spitze Türme aus feinem, durchbrochenen Mauerwerk auf, und daneben fanden sich massive Wände aus buntem Glas, die im späten Licht der Abendsonne in blauen, grünen und goldenen Farbtönen erstrahlten. Ihr Vater würde diese Pracht natürlich verdammen, sie als sündhaften Luxus bezeichnen, mit der ein in Reichtum schwelgender Bauherr nur seine Prunksucht hatte befriedigen wollen und dafür zweifellos im Höllenfeuer schmoren würde.

Oh, ja, Maria konnte die Freude, die der Herzogin aus den Augen geleuchtet hatte, durchaus nachempfinden. Was sie jedoch nicht verstanden hatte, war der Kummer, der sich in diesen stahlgrauen Augen gespiegelt hatte, als sie von ihrer Familie, dem Jungen – dem offenbaren Riß in dem aristokratischen Panzer dieser hochherrschaftlichen Dame – sprach. Von dem Jungen, der hier allein residierte, wenn man von den über das Anwesen verstreuten Dienstboten absah, die ihn versorgten. Der Junge, der, wie die Herzogin ihr erklärt hatte, zuweilen schwierig sein konnte – eigensinnig, aufsässig, zornig –, und der offenbar viel Geduld, Güte und Verständnis brauchte. Ob sie, Maria, diesen Ansprüchen auch gewachsen war?

Natürlich war sie das, sagte Maria sich jetzt, wenn auch mit einem leisen Schaudern des Zweifels. Sie war sogar dazu bereit, mit dem Teufel zu tanzen, bevor sie wieder in das Haus ihres Vaters zurückkehren würde. Sie würde selbst mit dem Teufel zu Bett gehen, wenn sie sich damit das Geld beschaffen konnte, das sie brauchte, um ihre Mutter dem unheilvollen Einfluß des Vikars entziehen zu können – bevor es zu spät war.

Der Kutscher setzte Maria und ihre Reisetasche – das einzige Gepäckstück, das sie bei sich hatte – vor der Tür des Landsitzes ab, tippte dann mit einem Finger gegen seine Hutkrempe und murmelte dabei etwas von dem ›Verrückten‹ und wie oft er denn noch ›Leute wie sie hierher – und wieder weg bringen‹ müßte, bevor sie ihn endlich aus dem Haus schafften und in einem ›Asyl‹ unterbrachten.

»Was sagten Sie da eben?« rief Maria, als der Kutscher die Peitsche über den mächtigen Kruppen der beiden Gespannpferde knallen ließ und das Gefährt sich auf der mit Schlaglöchern übersäten Auffahrt wieder in Bewegung setzte. Einen Augenblick lang überlegte sie, ob sie dem Gespann nachlaufen und wieder einsteigen sollte, doch dann straffte sie ihre Schultern und sagte laut zu sich selbst: »Nachdem du nun schon mal hier bist, gibt es jetzt für dich kein Umkehren mehr.«

Trotzdem …

Sie blickte zu den schrecklich alten, von braunem Efeu überwucherten Mauern hinauf. Die Fenster darin waren dunkel und wurden jetzt fast schwarz, als die Sonne am purpurroten Horizont versank.

Sie holte tief Luft und stieg dann die ausgetretenen, aus rohen Feldsteinquadern bestehenden Stufen der Vortreppe hinauf, zwischen denen so große Risse klafften, daß sie darin von Reif überzogene Spinnennetze glitzern sah. Dann starrte sie einen langen Moment die beiden Türklopfer an – zwei identisch aussehende, mit Grünspan überzogene, aus Messing bestehende Löwenköpfe –, und schlug dann mit der Faust gegen die Tür.

Nichts.

Sie begann nun, mit beiden Fäusten gegen die Tür zu hämmern, und blickte dabei zu den dunklen, mit Mittelpfosten versehenen Fenstern in der efeuberankten Mauer hinauf, während sie sich wieder an die Abende erinnerte, an denen sie zitternd im Bett gesessen und sich mit dem Kopfkissen die Ohren zugehalten hatte, damit sie Pauls Stimme nicht mehr hörte, wenn er ihr Geschichten von alten Burgen und Schlössern erzählte und diese mit bösen Feen und kopflosen Rittern zu bevölkern pflegte, die dort angeblich nachts in den Gängen herumwanderten auf der Suche nach zarten jungen Mädchen, die sie schlachten und verzehren konnten. Nichts an diesen Fenstern oder diesem Haus wirkt vertrauenerweckend, dachte sie schaudernd, und drehte sich nun stirnrunzelnd abermals nach der Kutsche um, die soeben durch einen Tunnel grauer, kahlästiger Bäume rollte und dann in der Dunkelheit untertauchte.

»Wer ist denn da?« hörte sie nun eine schroffe Stimme hinter der Tür sagen.

Maria war so erleichert, daß sie sich nun ihrer Nervosität wegen selbst auslachte und zurückrief: »Ich bin es! Ich bin soeben mit der Kutsche gekommen!«

»Und wer, zum Teufel, soll denn dieser Ich sein? Ich bin doch nicht so blöd, daß ich die Tür für jemanden öffne, der Ich heißt!«

»Ich bin Maria Ashton!«

»Ich kenne keine Maria Ashton und erwarte auch keine Maria Ashton.«

»Ihre Gnaden, die Herzogin, schickt mich hierher.«

»Sehe ich Euch vielleicht so dumm aus, daß ich nicht mehr wüßte, wer Ihre Gnaden ist?« gab die Stimme hinter der Tür erbost zurück.

»Das weiß ich nicht, weil ich Euch ja gar nicht sehen kann«, erwiderte Maria mit so viel Geduld, wie sie in Anbetracht ihrer nun rasch vor Kälte absterbenden Finger und Zehen noch aufzubringen vermochte. »Um Euch eine ehrliche Antwort auf Eure Frage geben zu können, braucht Ihr mir doch nur die Tür zu öffnen . . .«

»Die ich aber für niemanden öffnen werde, solange ich nicht von der Haushälterin entsprechende Anweisungen bekomme . . .«

»Dann holt Eure Haushälterin, damit ich mit ihr reden kann.«

»Die ist nicht hier.«

Maria setzte ihre Reisetasche auf der Vortreppe ab, fixierte einen der beiden mit Grünspan überzogenen Türklopfer und bemühte sich, ihre Frustration und ihren wachsenden Unmut hinunterzuschlucken. Dann kam ihr plötzlich eine Erleuchtung: »Der Brief!« rief sie, ihr Handtäschchen vom Boden aufraffend, um dieses zu öffnen und ihm ein Stück Papier zu entnehmen. »Würde Euch eine von der Herzogin persönlich verfaßte schriftliche Anweisung vielleicht genügen?« rief sie und betrachtete mit einem selbstgefälligen Lächeln den Türklopfer, während sie ihm das Schreiben vor die grüne Löwenschnauze hielt.

Stille. Dann öffnete sich die Tür knarrend gerade so weit, daß eine spitze Nase hindurchpaßte. Ein Paar eng beieinanderstehende Augen spähten zu ihr hinaus, wurden kreisrund und verengten sich daraufhin wieder zu Schlitzen, als sie von Maria Maß nahmen.

Mit einem sich über ihr ganzes Gesicht ausbreitenden Lächeln faltete Maria das Schreiben der Herzogin auseinander und hielt es hoch, damit diese Person, die hinter der Tür stand, es auch lesen konnte. »Ich denke doch, daß damit Eure Zweifel, ob Ihr mir Einlaß gewähren dürft, endgültig behoben sind.«

»Sehe ich vielleicht so aus wie ein verdammter Beamter?« gab die Frau hinter der Tür daraufhin beleidigt zur Antwort. »Soviel ich weiß, könnte auf diesem Fetzen Papier sonstwas geschrieben stehen.«

Einen Augenblick verschlug es Maria da die Sprache. Denn auf die Idee, daß die Frau, die sich mit ihr durch die Tür hindurch unterhielt, nicht lesen konnte, wäre sie niemals gekommen. Sie beugte sich nun so weit vor, daß ihre Nasenspitze sich fast mit jener der Türwächterin berührte, und sagte: »Ja, da könntet Ihr allerdings recht haben. Aber wäre es nicht möglich, daß ich Euch die Wahrheit erzählt habe? Wie, glaubt Ihr wohl, wird Ihre Gnaden reagieren, wenn sie erfahren sollte, daß man ihre schriftlichen Anweisungen mißachtet hat?«

»Teufel euch«, murmelte da die Stimme hinter der Tür, bevor letztere krachend ins Schloß fiel, so daß Maria Mühe hatte, ihre Nase noch rechtzeitig in Sicherheit zu bringen und dabei fast die Vortreppe hinuntergestürzt wäre.

Es vergingen nur Sekunden, bis die Tür nun sperrangelweit aufgerissen wurde und die hagere Gestalt einer Hausmagd mit schief sitzender Schürze und strähnigen blonden Haaren unter einem zerdrückten Häubchen enthüllte. »Nun?« rief diese ungehalten, »worauf, zum Kuckuck, wartet Ihr denn noch – etwa auf eine gedruckte Einladung? Beeilt Euch um Gottes willen, bevor ich mir hier den Hintern abfriere oder sich alle verdammten Straßenräuber dieser Grafschaft dazu eingeladen fühlen, in dieses Haus einzudringen und sich mit dem Tafelsilber zu bedienen.«

»Straßenräuber?« Maria hob ihre Reisetasche rasch vom Boden auf, eilte in das Foyer hinein und blickte sich dann mit offenem Mund im düsteren Inneren des Hauses um.

»Jawohl, Straßenräuber! Die Leute sind heutzutage in ihren eigenen Heimen nicht mehr sicher!« erwiderte die Magd und gab der Tür einen Tritt, so daß sie krachend ins Schloß fiel und es donnernd von den Wänden der halben Dutzend Korridore widerhallte, die vom Foyer abgingen. Dann fügte die Magd, während sie die Hände in die Hüften stemmte und Maria mit einem schrägen Blick von Kopf bis Fuß musterte hinzu: »Es sind keine zwei Wochen her, daß Lord Middletons Majordomus einem Mädchen die Tür öffnete, das behauptete, es sei von Lady Middleton persönlich eingeladen worden. Doch kaum hatte diese Person ihren Fuß über die Schwelle gesetzt, als ein Dutzend mit schwarzen Kapuzen versehene Gestalten aus dem Gebüsch hervorkamen und mit ihr ins Haus stürmten. Die haben dann die ganze Familie mit Vorhangschnüren gefesselt und eine Stunde lang alle Wertsachen, die sich im Haus befanden, eingesackt.« Die Magd schniefte. »Lady Middleton bekommt noch heute jedesmal einen Ohnmachtsanfall, wenn sie nur daran denkt.«

»Das ist ja schrecklich«, erwiderte Maria geistesabwesend, während sie mit den Fingern leicht über die prächtigen Wandpaneele hinstrich und über die aus Mahagoni geschnitzten geflügelten Engelsköpfe, die aus den Nischen in der Vorhalle hervorlugten.

»Schrecklich ist noch milde ausgedrückt, würde ich sagen. Übrigens haben von jetzt an alle Mitglieder des Hauspersonals den Hintereingang zu benutzen.«

»Oh, ich gehöre nicht zum Hauspersonal.« Maria nahm eine chinesische Vase von einem Tisch und hielt sie unter das Licht einer Öllampe an der Wand. »Ich bin als Gesellschafterin für den jungen Salterdon engagiert worden.«

»Den *jungen* Salterdon?« Die Magd riß Maria die Vase aus der Hand und stellte sie mit einem gewissen Nachdruck auf den Tisch zurück.

»Den Enkel der Herzogin. Mir ist natürlich bekannt, daß er leidend ist. An was für einem Gebrechen leidet er denn?« Maria ging auf Zehenspitzen bis zur Treppe und spähte an dem polierten Geländer entlang zum nächsthöheren, im

Dunkel liegenden Stockwerk hinauf. »Ich würde ihn natürlich gern gleich kennenlernen.«

»Natürlich.« Die Stimme der Hausmagd klang seltsam gepreßt, als müßte sie ein Lachen unterdrücken. Dann ging sie um Maria herum, streifte diese nicht gerade sanft mit der Schulter und begann dann, ihre schmalen Hüften auf übertriebene Weise hin- und herschwingend, die Treppe hinaufzusteigen. »Sie möchte ihn ›sofort‹ kennenlernen, sagt sie, als wäre *sie* selbst die verdammte Herzogin von Salterdon... Als nächstes wird sie mir noch anschaffen, daß ich ihre Reisetasche auspacken und ihre verdammten Unterröcke bügeln soll..., als ob ich nichts Besseres mit meiner freien Zeit anzufangen wüßte..., insofern man überhaupt mal in diesem verdammten Haus frei bekommt.«

Offenbar waren ihre Erwartungen von einem Empfang durch freundliche Dienstboten in gestärkten Uniformen und weißen Rüschenhäubchen ebenso Hirngespinste gewesen wie ihre Vorstellung von einem Majordomus, der sie natürlich mit einer gewissen vornehmen Steifheit und Herablassung begrüßen und dem Personal vorstellen würde, um sie dann von diesem zu einem angenehm warmen Ort in der Nähe des Küchenfeuers entführen und sie dort mit heißem Tee und in frischer Butter und Sahne schwimmenden Sauerteigfladen bewirten zu lassen.

Statt dessen wurde sie nun von einem düsteren Korridor in den nächsten verschleppt und ihr kaum Zeit dazu gelassen, die großartigen Räumlichkeiten eingehend zu betrachten, von denen sie umgeben war, und die vermutlich bei Tageslicht weitaus wärmer, anheimelnder, wenn nicht sogar faszinierend behaglich aussehen würden.

Sie mußte buchstäblich rennen, um mit dieser ein mächtiges Tempo vorlegenden Hausmagd Schritt halten zu können, so daß sie nur gelegentlich einen Blick auf eine dieser langen, sich von Norden nach Süden erstreckenden Galerien und auf die Treppen aus Eichenholz erhaschen konnte, die sich ins

Dunkle hinaufschraubten zu einem hoch über ihrem Kopf befindlichen geschnitzten hölzernen Horizont. Ihre Reisetasche hinter sich her ziehend, bemühte Maria sich, mit dieser widerborstigen Person ein Gespräch in Gang zu bringen.

»Ich hätte nicht geglaubt, daß wir für die Reise von Huddersfield zwei Tage benötigen würden. Und dabei hat sich der Kutscher doch so beeilt, daß wir kaum einmal angehalten haben, um eine Mahlzeit zu uns zu nehmen – bis auf einem kleinen Imbiß heute morgen in einer Taverne außerhalb von Lancashire . . . Vermutlich war es wohl auch schon zu spät für den Tee, als ich hier eingetroffen bin?«

Keine Antwort.

»Ich gebe es zwar nicht gerne zu, aber es ist das erste Mal, daß ich mich von meinem Heim und meiner Familie entfernt habe. Arbeitet Ihr schon lange hier auf Thorne Rose?«

Keine Reaktion.

Maria runzelte die Stirn.

Die Luft war nicht nur frostig, sondern hatte nun auch etwas Muffiges an sich, wie in einer Katakombe. Fenster und Wände waren jetzt zu mächtigen, vom Boden bis zu einer gewölbten Decke hinaufreichenden Pfeilern und Bögen geworden. Trotz der reichen Ausstattung machte das alles auf Maria einen leeren, freudlosen Eindruck. Jedenfalls schien ihr das nicht die richtige Umgebung für ein kränkelndes Kind zu sein, so daß es sie nicht wunderte, daß der Junge, zu dessen Unterhaltung man sie engagiert hatte, zuweilen recht schwierig sein konnte. »Wo kein Licht ist, kann es auch keine Freude geben. Und wo keine Freude ist, kann es auch kein Leben geben!« hatte ihr Paul oft mit seinem so strahlenden Lächeln versichert.

Tiefe Schatten hatten sich in dem winzigen Raum eingenistet, in den Maria schließlich geführt wurde, nachdem sie die vier Treppen zu den Unterkünften der Dienstboten erklommen hatten, wo diese alle in gleich großen, säuberlich aneinandergereihten Verschlägen untergebracht waren, die gerade so viel Platz boten, daß man in ein Bett steigen und aus diesem wieder herauskriechen konnte. Nur ein dünner Lichtfaden der untergehenden Sonne sickerte durch einen Spalt im Vorhang vor dem einzigen Fenster, über das der Raum verfügte, und malte einen grauen Strich auf dem Boden neben dem Bett. Die Magd, die vor ihr den Raum betreten hatte, machte sich an einer Laterne zu schaffen, und als sie diese angezündet hatte, betrachtete sie Maria mit argwöhnischen und mißbilligenden Blicken.

»Ich weiß gar nicht, wie die Herzogin auf die Idee kommen konnte, so ein Ding wie *Euch* hierherzuschicken, damit es sich um *ihn* kümmern soll. Sie scheint mir nicht mehr ganz richtig zu sein. Hier oben, meine ich.« Die Magd tippte sich mit dem Finger gegen die Stirn und musterte dann Maria wieder von oben bis unten, ehe sie kopfschüttelnd hinzusetzte: »Sie hat Männer, die dreimal so groß waren wie Ihr, ins Haus gebracht, von denen sie glaubte, sie könnten Wunder vollbringen – und sie alle haben spätestens nach zwei Wochen wieder ihre Sachen gepackt und geschworen, daß keine zehn Pferde sie dazu bringen könnten, noch eine Stunde länger bei diesem – diesem ›Monster‹ zu bleiben.«

»Wie kann man nur so etwas Grausames sagen! Es gibt kein menschliches Herz und keine menschliche Seele auf dieser Welt, die nicht mit Geduld und Güte gerettet werden könnte.«

Mit hochgezogenen Augenbrauen, erwiderte die Magd schnippisch: »Ich wette, daß Ihr ihn gar nicht kennt, sonst würdet Ihr nicht so reden. Aber ich schätze, Ihr werdet jetzt bald genug die Gelegenheit dazu bekommen und könnt Euch dann eine eigene Meinung über ihn bilden.« Während sie zur Tür ging, fügte sie hinzu: »Ich würde hier absperren, wenn ich Sie wäre, Schätzchen. Sonst könnte es passieren, daß Ihr jemanden an Eurem Bett vorfindet, wenn Ihr mal mitten in der Nacht aufwachen solltet. Ist noch keinen Monat her, daß die Vicomtesse Crenshaw mitten in der Nacht aufwachte, als ihr jemand unter das Nachthemd griff. Und das war keineswegs ihr Gemahl, wie sie zunächst meinte, sondern ein maskierter Mann, der sich die nächsten zwei Stunden in Anwesenheit ihres eigenen Gatten mit ihr vergnügte. Und als wäre das nicht schon schlimm genug gewesen, nahm er obendrein noch ihre ganze Unterwäsche mit. Zwei Tage später hat man dann ihr dünnstes und durchsichtigstes Unterhemd unten in Nigels Hollow wiedergefunden, am Galgen hängend und im Winde flatternd wie eine Standarte.«

Und nach einer Pause, um ihren Worten größeren Nachdruck zu verleihen: »Ich sollte nicht vergessen, Euch noch zu sagen, daß sich die Unterkünfte der Frauen auf dieser Seite des Speichers befinden und die andere Seite den Mannsbildern gehört. Irgendwelche nächtliche Eskapaden werden mit sofortiger Entlassung bestraft, wenn Ihr wißt, was ich meine; und vermutlich wißt Ihr das auch, wenn ich Euch so ansehe.«

Sie schniefte und musterte Maria wieder mit einem mißbilligenden Glitzern in ihren braunen Augen. »Der Waschraum befindet sich am Ende des Ganges. Einer genügt für uns alle. Gertrude – das ist hier die Haushälterin und unsere Chefin – hat zwar versprochen, daß sie uns alle eine eigene Waschschüssel in unsere Zellen stellen wird, falls sie den Ladenbesitzer im Ort dazu überreden kann, uns noch einen Kredit einzuräumen. Worauf ich zu ihr sagte, daß es eher in der Hölle schneien als daß er uns auch nur noch einen Penny vorstrekken würde, da er sonst Gefahr liefe, in Salterdons Schulden zu ersticken. Wir können froh sein, sagte ich zu ihr, daß wir hier überhaupt noch was zum Beißen haben. Und bis wir diese Schüssel bekommen, müßt Ihr Euch in dem besagten Raum am Ende des Gangs zu waschen. Und daß Ihr ja keine Zeit damit vertrödelt, möchte ich Euch raten!«

»Wann werde ich denn Master Salterdon kennenlernen?« rief Maria der Hausmagd nach und eilte dann zur Tür, als sie von dieser keine Antwort bekam. Maria sah nur noch die vagen Umrisse ihrer Gestalt, ehe diese gänzlich im Dunklen untertauchte, und dann stieg das Schweigen wie Nebelschwaden um sie herum auf. Sie blickte erst in die eine Richtung und dann in die andere, wobei Legionen von Straßenräubern in schwarzen Kapuzen und kopflosen Rittern vor ihrem inneren Auge vorbeizogen. Maria hob das Kinn an, ging in ihr Kabuff zurück, verriegelte die Tür und fiel dann seufzend dagegen.

Durfte sie sich selbst eingestehen, daß sie sich von den Ereignissen dieser Woche überwältigt fühlte? In den letzten vier Tagen war sie von der Herzogin engagiert, aus dem einzigen Haus und Dorf, die sie in ihrem Leben gekannt hatte, entfernt und in eine gänzlich fremde Welt versetzt worden. Zum erstenmal in ihrem Leben war sie allein – wahrhaft allein. Das zumeist recht herbe, bedrückende Dasein, an das sie neunzehn Jahre lang gewöhnt gewesen war, hatte sich auf einen Federstrich der Herzogin hin in Rauch aufgelöst.

Sie war frei . . ., befreit von der rauhen, gefühllosen Behandlung ihres Vaters und den Grausamkeiten, die er im Namen des Herrn beging. Befreit von dem Los einer emotionalen Verkümmerung, erlöst davon, einen seelischen Tod erleiden zu müssen wie ihre Mutter.

Wo blieb also das Hochgefühl, das sie darüber hätte empfinden müssen?

Das kleine Fenster ihres Kabuffs blickte auf einen Fleck nackter Erde und eine verdorrende, blattlose Eberesche hinaus, deren kahle Äste von unzähligen Raben bevölkert waren. Das war kein Panorama, das ihr Trost zu spenden vermochte, und so setzte sie sich auf den Rand ihres Bettes, faltete die Hände im Schoß und starrte die kahle Wand an – zu müde und zu hungrig, um sich noch vorstellen zu können, wie sie den winzigen Raum mit ein oder zwei Bildern verschönern oder den Fußboden mit einem bunten Fleckenteppich vielleicht wärmer machen konnte.

Wenn sie zu Hause wäre, würde sie jetzt ihrem Vater das Abendbrot zubereiten – vielleicht eine Hammelkeule, die ihm ein Mitglied seiner Gemeinde geschenkt hatte. Ein Brotlaib würde sich in der Backröhre befinden und mit einer braunen Kruste überziehen, und bald würde es so heiß in der Küche sein, daß sie das Oberteil der Hintertür öffnen mußte, um den kühlen Abendwind hereinzulassen, der ihr den Schweiß von der Stirn küßte. Und wenn es ihrer Mutter gelang, sich von ihrem Stupor zu befreien, würde sie ihr möglicherweise etwas von ihrem Leben als junges Mädchen in diesem Dorf erzählen . . ., wie die Burschen an ihrem Haus vorbeiflaniert waren in der Hoffnung, einen Blick auf sie zu erhaschen. Vielleicht fanden Mutter und Tochter sogar etwas, worüber sie beide lachen konnten – ehe der Vikar nach Hause kam. Sie mochten sogar so kühn werden, daß sie beide in seiner Gegenwart über Paul sprachen.

Du lieber Himmel – wie erschöpft sie doch war. Die tagelangen Drohungen und Vorwürfe ihres Vaters und tränenreichen Beschwörungen ihrer Mutter hatten ihr vier schlaflose Nächte beschert, in denen sie mit sich gerungen hatte, ob sie denn ihre Entscheidung, ihr Vaterhaus zu verlassen, nicht wieder umstoßen sollte. Nächte, in denen sie sich auch gefragt hatte, ob es richtig sei, den einzigen Mann zu verlassen, der es trotz ihres Vaters – oder gerade wegen seines Verhaltens ihr gegenüber – gewagt hatte, sie zu lieben.

Der liebe John . . ., würde diese Trennung sie dazu zwingen, ihre wahren Gefühle für ihn zu erkennen?

Minuten verstrichen.

Mit einem Seufzer erhob sie sich schließlich wieder vom Bett, ging zur Tür und öffnete sie leise.

Wo würde sich jetzt wohl dieses ›Monster‹ befinden? Der arme, mißverstandene und scheinbar mißratene Junge – was mochte wohl in seinem noch so jungen Leben passiert sein, daß er sich zu einem so aufsässigen und schwierigen Wesen entwickelt hatte? Sie wußte bisher nur, daß seine Eltern tot waren. Und daß der junge Mann vor etwas über einem Jahr einen Unfall erlitten hatte, an dem er heute noch laborierte, wenngleich die Herzogin sich geweigert hatte, ihr eine genauere Erklärung seines Leidens und dessen Ausmaßes zu geben.

Maria bewegte sich leise durch den Korridor und stieg dann wieder die Stufen der vier Treppen hinunter, über die sie erst vor kurzem von der Magd in die Unterkunft der Dienstboten gebracht worden war, wobei ihre Neugierde sie dazu zwang, hin und wieder bei einer offenstehenden Tür in den Korridoren anzuhalten, wobei sie jedesmal überwältigt war von dem Anblick des Reichtums, der sie im Raum dahinter in Form von Marmor- oder Spiegelglaswänden, Kristallüstern, Parkettböden und vergoldeten Säulen begrüßte.

Als sie sich schließlich in die unteren beiden Stockwerke vorgearbeitet hatte, traf sie dort eine Reihe von Dienstboten an, die damit beschäftigt waren, die Wandlampen und die mächtigen Lüster anzuzünden, die sie mit Hilfe eines Seils und einer Winde von der Decke heruntergelassen hatten. Die hundert oder sogar noch mehr Kerzen dieser Lüster warfen nun ein gleißend helles Licht auf das großartige Treppenhaus, auf die Reliefs und Gobelins an den Wänden und auf die Parkettböden, auf denen Topfpalmen und Farnwedel in großen chinesischen Vasen standen.

Doch sie hielt sich auch dort nicht lange auf, sondern begann, noch tiefer in das Herz dieses großen Hauses einzudringen – zurück in dessen Schatten, wo sich die breiten Korridore wieder in schmale Gänge verwandelten, der Marmor von Ziegelsteinen und die Öllampen von Kerzenstümpfen abgelöst wurden, die nur noch ein spärliches, flackerndes Licht verbreiteten. In dieser Richtung mußte sich auch die Quelle der Wärme befinden, die ihre klammen Hände und Wangen nun wieder vom Frost befreite, und dieser Essensgerüche, die ihr seit einiger Zeit entgegenschlugen und ihren Magen vor Hunger laut knurren ließen.

Als Maria, von diesen Gerüchen angelockt, das Kopfende einer schmalen Wendeltreppe erreichte, blieb sie stehen und sah am Grunde dieses aus rohen Feldsteinen bestehenden

Treppenschachtes rote und gelbe Lichter über die Stufen tanzen, während sie seltsam beunruhigende Geräusche aus der Tiefe heraufdringen hörte.

Die Küche. Natürlich! Was sie da vernahm, waren menschliche Stimmen, die nur durch die Wendeltreppe so bedrohlich verzerrt wurden. Wenn sie nun der Köchin erklärte, daß sie außer ein paar Löffel Haferbrei zum Frühstück heute noch nichts gegessen hatte, würde diese sie vielleicht mit einem Becher warmen Tees und einem oder zwei Butterbroten versorgen. Oder mit irgend etwas anderem, das geeignet war, dieses nervöse Kribbeln in ihrem Magen wieder zu beseitigen. Vielleicht würde es ihr sogar gelingen, sie in ein kurzes Gespräch zu verwickeln, damit sich diese Unruhe, die sich ihrer bemächtigt hatte, wieder legte.

Leise und vorsichtig stieg sie nun die Wendeltreppe hinunter und ... erstarrte am Eingang der Küche.

Zwei Körper lagen da ineinander verwickelt auf der von Böcken gestützten Tischplatte – beide splitternackt, ihr Fleisch glitzernd vor Schweiß, mit Armen und Beinen rudernd, die Hände in den Haaren des anderen verkrampft und die Gesichter auf eine Art verzerrt, die Schmerz und Lust zugleich verriet.

»Gib es mir, Thaddeus! Rasch! Bevor uns jemand hier findet!« rief die Magd, die Maria an der Haustür in Empfang genommen hatte, mit heiserer Stimme und krallte nun ihre Fingernägel in die zuckenden Schultern des jungen Mannes, die das Licht des Feuers wie Marmor reflektierten.

»Es wird uns schon niemand hier finden, Molly«, gab der junge Mann keuchend zur Antwort, während seine Hüften zwischen den Schenkeln des Mädchens auf und ab pumpten. »Dafür habe ich gesorgt ... Herrje, Mädchen, was bist du doch für ein Schatz. So herrliche Titten!« rief er dann, begrub sein Gesicht zwischen ihren Brüsten und begann, sie mit den Lippen und der Zunge zu liebkosen.

Maria schluckte schwer, vermochte sich jedoch nicht von der Stelle zu bewegen.

Molly schlang nun ihre Beine um die Hüften des jungen Mannes, preßte ihre Lenden gegen seine und warf den Kopf hin und her, während ihre weißen Brüste jedesmal, wenn er, sein muskulöses Gesäß anspannend, in sie hineinstieß, wie schwere Pendel auf und nieder schwangen. Der Schweiß lief ihm aus dem zerzausten Schopf rotbrauner Haare über das Gesicht, regnete von seiner Stirn und seinen Schläfen auf das Mädchen hinunter.

»O Gott, o Gott«, wimmerte Molly, als er immer heftiger und schneller in sie hineinstieß. »Ich sterbe . . ., ich sterbe!«

»Gütiger Gott«, hörte Maria sich da flüstern, und als der Mann den Kopf hob und seine dunklen Augen ihrem Blick begegneten, konnte sie nur noch den Mund in stummer Überraschung öffnen.

Seine Augen weiteten sich kurz und wurden dann zu Schlitzen. Sein Blick hielt sie gefangen, desgleichen sein Grinsen, so daß sie die Augen nicht von ihm abwenden konnte und wie gebannt dastand; denn obwohl sein sehniger, harter Körper immer wieder zwischen Mollys Schenkel hineinstieß, war es doch so, als würde er jetzt Maria lieben – bis zu dem Moment, wo er seinen Kopf in den Nacken warf und laut aufschrie.

Mit einem leisen, keuchenden Laut bewegte sich Maria wieder in den Treppenschacht hinein, schwang auf dem Absatz herum und rannte dann auf Zehenspitzen durch die Korridore in die Vorhalle zurück, wo sie auf dem polierten Marmorboden mit ihren Slippers aus Ziegenleder ausrutschte, einen Moment lang auf der Stelle tanzte, bis sie sich an einem Tisch festhalten konnte und mit brennenden Wangen und wild pochendem Herzen auf einem Bein balancierte, während ihr Hunderte von Predigten ihres Vaters durch den Kopf schossen, in denen er die ›Sünden des Fleisches‹ angeprangert hatte, die eine ›unerhörte Verdammnis über die menschliche Seele‹ bringen würden. Zweifellos hätte er ein paar Kernsätze aus diesen Predigten dieser ›Brutstätte der Hoffart‹ gewidmet, die sie nun ihr Heim nannte – und der Tatsache, daß sie soeben diesen schmutzigen Akt mit einem schockierenden Gefühl von Faszination bis zum Ende verfolgt hatte.

Sie floh weiter die Treppen hinauf und rannte dann wieder durch lange Korridore, ohne darauf zu achten, wo diese hinführten, bis sie schließlich ganz außer Atem und in dem Bewußtsein, daß sie die Orientierung verloren hatte, stehenblieb, sich gegen eine Wand lehnte und die Augen schloß – um nun erleben zu müssen, daß diese ganze verruchte Szene noch einmal minutiös in all ihrer ›Pracht‹ vor ihrem inneren Augen abrollte und dabei eine Hitze in ihr auslöste, die sie bisher nur sehr vage in sich verspürt hatte – ein paarmal in Johns Gesellschaft (obwohl dieses Gefühl offenbar nicht von ihm geteilt wurde) – und auch zu anderen Zeiten, wenn Paul ihr intime Geheimnisse von seinen Begegnungen mit der bemerkenswert schönen und liebebedürftigen jungen Frau des Dorfschmieds ins Ohr geflüstert hatte. Doch so deutlich wie jetzt hatte sie diese Hitze noch nie empfunden. Sie zitterte am ganzen Körper, und ihr Mund fühlte sich so trocken an wie Kreide.

Es kam ihr so vor, als hätte sie, die Arme um sich selbst geschlungen, eine ganz Stunde so dagestanden, bis die Hitze in ihr von der kalten Wand, an die sie sich lehnte, aufgesogen worden war, und diese sie beunruhigenden körperlichen Gefühle, die jene wenigen, ihr wie eine Ewigkeit vorkommenden Minuten, in denen sie Zeugin dieses Liebesaktes wurde, in ihr geweckt hatten, sich in eine Art von amüsierter Verlegenheit verwandelt hatten.

Sie löste sich von der Wand und wurde sich nun mit aller Deutlichkeit bewußt, daß sie sich in dem Labyrinth der Korridore von Thorn Rose hoffnungslos verirrt hatte. Von einer Galerie zur anderen wandernd, war sie viel zu betäubt, um noch die Großartigkeit ihrer Umgebung wahrzunehmen, und mit ihrer Frustration wuchs nun auch der Groll auf ihren Körper, der sie offensichtlich in eine überaus verzwickte Lage gebracht hatte. Sie wollte jetzt nur noch in ihre Kammer zurückkehren, um sich dort notfalls für immer zu verstecken. Um zu vergessen, daß dieser Vorgang, dessen Zeugin sie wurde, sich überhaupt ereignet hatte. Trotzdem würde sie dort wohl keine Erlösung von der Unruhe finden, die sich ihrer bemächtigt hatte. Die Stille in ihrer Kammer würde sie wohl kaum von dem Unbehagen befreien können, das sich bereits in dem Moment in ihr regte, als sie Thorn Rose sah und erkennen mußte, daß es dort kein Heim und keinen Herd mehr gab, auf die sie sich verlassen konnte. Sie war jetzt eine verwaiste Seele, die durch ein Universum fremder Wesen trieb.

Nein, sie durfte sich nicht in solchen Gedanken ergehen. »Plane für die Zukunft und verharre nicht in dem, was dir der heutige Tag beschert; denn das Heute ist bereits Geschichte und kann nicht mehr verändert werden«, hatte Paul oft zu ihr gesagt . . ., selbst dann noch, als er bereits todkrank auf seinem Bett dahinsiechte. Was für eine Zuversicht und Standhaftigkeit im Angesicht des Todes, der für ihn ein unüberwindliches Hindernis darstellte! Wenn sie doch nur so stark und tapfer sein könnte wie er . . .

Maria öffnete nun hier und dort leise eine Tür und blickte in Räume mit Möbeln hinein, die mit verstaubten Überzügen versehen waren. Was für eine seltsame und freudlose Umgebung für ein Kind! Da fand sie nur wenig, was es hätte aufmuntern oder gar begeistern können – kein einziges Spielzeug und keinen Hinweis darauf, daß außer den Dienstboten noch jemand in diesem prächtigen Landhaus gewohnt hätte. Was konnte die Herzogin sich nur dabei gedacht haben, als sie einen so jungen Burschen in so einem großen, menschenleeren Haus vor der Welt versteckte?

Sie wurde von Minute zu Minute entschlossener, den ihrer Pflege Anvertrauten zu finden und sich ihm vorzustellen. Sie würde die Abendstunden damit verbringen, ihn kennenzulernen, ihm vielleicht ein oder zwei Lieder beizubringen, gemeinsam mit ihm diese abgrundtiefe Einsamkeit überwinden, um schließlich Freundschaft mit ihm zu schließen und seine Vertraute zu werden. Diese düsteren Gänge würden von dem Lachen eines Kindes widerhallen – dafür würde sie schon sorgen! –, und wenn die Herzogin morgen früh hier eintraf, würden alle ihre Zweifel, die sie vielleicht hinsichtlich Marias Eignung, mit diesem Jungen und seinen Problemen fertig zu werden, noch hegen mochte, zerstreut sein.

Als Maria schließlich auf ihrer Wanderung durch das Haus in einen hell erleuchteten Korridor kam, bliebt sie dort stehen. Die Stühle und Sofas, die an den Wänden standen, steckten nicht in garstigen, verstaubten Hüllen, sondern machten einen sehr gepflegten Eindruck, und das Licht der Kerzen spiegelte sich in den auf Hochglanz gebrachten Messingverzierungen der Wandleuchten.

Ah, das hier war schon eher nach ihrem Geschmack! Wände und Decke beeindruckten sie mit ihrer Großzügigkeit und Eleganz, und die Luft war erfüllt von dem Duft frischgeschnittener Blumen, die, zu Sträußen gebunden, in schimmernden Kristallvasen auf dem Dutzend oder mehr Tischen standen, die über die ganze Galerie verteilt waren.

Die meisten Türen, die von diesem weitläufigen Korridor abgingen, standen offen. Jeder Salon, jedes Schlafzimmer und jeder Ankleideraum waren hier so erlesen eingerichtet, daß ihr Mobiliar wohl in jedem Museum der Welt zu den Glanzstükken gehört haben würde. Niemals, nicht in ihrer kühnsten Phantasie, hätte sie sich so etwas Großartiges und Ehrfurchtgebietendes wie diese Räume vorstellen können, die nun ihr Herz höher schlagen ließen. Endlich gelang es ihr nun, die letzten Tage und Stunden so lange aus ihrem Bewußtsein zu verbannen, daß sie wieder diesen Hoffnungsschimmer am Horizont sah, der sie dazu bewogen hatte, das Angebot der Herzogin anzunehmen und hierher nach Thorn Rose zu kommen.

Die Arme ausbreitend, wirbelte sie auf den Zehenspitzen im Kreis herum. Dann warf sie, sich auf die Lippen beißend und die Fingerspitzen auf den Mund legend, einen erschrokkenen Blick in die Runde, als erwartete sie, jeden Moment ihren Vater aus einer dunklen Ecke herauskommen zu sehen, der mit hoch erhobenen, zu Fäusten geballten Händen auf sie eindrang und ihr skandalöses Verhalten mit Bibelsprüchen verdammte.

Ein Stein schien ihr vom Herzen zu fallen, als nur die Stille sie in diesen Räumen begrüßte. Fast hätte sie sich vor Freude selbst umarmt.

Nachdem Hoffnung und Zuversicht ihre aufkeimenden Zweifel wieder abgelöst hatten, ging sie, leise ein Lied vor sich hinsummend, weiter den mit Teppichen ausgelegten Korridor hinunter, entschlossen, nun ihr junges, *schwieriges* Pflegekind zu suchen, das ihrer Meinung nach hier irgendwo untergebracht sein mußte.

Endlich kam sie an eine verschlossene Tür, vor der sie anhielt und behutsam anklopfte. Keine Antwort. Sie öffnete sie nun einen Spalt und spähte in ein großes, dunkles Zimmer hinein, dessen Fenster hinter schweren Samtvorhängen verborgen waren. Die Luft darin fühlte sich so leblos und kalt an wie in einem Mausoleum, und der Geruch . . .

Maria hielt sich die Nase zu, als sie sich nun wieder auf die letzten Monate ihres todkranken Bruders besann. Wie genau sie sich doch noch an den Geruch des bevorstehenden Todes und Verfalls erinnern konnte, der so deutlich in der zum Schneiden dicken Luft gehangen hatte, als würde der grimmige Sensenmann selbst über dem Sterbebett schweben.

Maria schob die Tür nun noch weiter auf und trat, ihre Sinne auf das Innere dieser schrecklichen Kammer konzentriert, über die Schwelle.

Zerbrochenes Porzellan lag dort auf dem Boden verstreut – die Scherben von hauchzarten Teetassen, von bemalten Tellern und Schüsseln. Ein Rollstuhl stand verwaist im hintersten Winkel des kalten Raumes. In der grauen Asche im Kamin sah sie nicht eine einzige glühende Kohle. Nur eine Kerze brannte in ihrem schmelzenden Wachs auf einem Tischchen in der Nähe des Bettes, deren viel zu lange Flamme auf dem ungekürzten Docht dem transparenten Gespinst des Betthimmels gefährlich nahe kam.

»Ha-hallo« rief Maria nun mit belegter, zitternder Stimme, »ist da jemand?«

Keine Antwort.

»Master Salterdon?«

Stille.

Den Handrücken vor Nase und Mund haltend, stieg Maria über die Scherben auf dem Boden hinweg und näherte sich mit laut klopfendem Herzen und weichen Knien dem massiven Bett an der Seitenwand.

»Master Salterdon?« wiederholte sie nun mit einer Stimme, die so trocken war wie Staub.

Sie faßte mit bebenden Fingern nach dem Vorhang des Betthimmels und schob ihn ein wenig zur Seite.

»Oh. Oh, Gott!«, keuchte sie laut und wich ein paar Schritte von dem Bett zurück. Sie zog die Augen zu Schlitzen zusammen, damit sie die Gestalt dort im Bett besser erkennen konnte, die keineswegs einem Kind gehörte. Sie war groß und breitschultrig und . . .

»Oh, Gott«, wiederholte sie, diesmal erheblich lauter, schwang auf den Zehenspitzen herum und rannte blindlings zur Tür zurück, riß diese weit auf und lief, so rasch sie konnte, den langen Korridor hinunter, bis sie das Treppenhaus erreichte, sich über das Geländer beugte und schrie: »Hilfe! Hilfe! So komme doch jemand! Irgendwer! Oh, Gott!« rief sie dann weinend einer Gestalt zu, die sich schattenhaft unter ihr zeigte, »kommt rasch! Da liegt ein *toter Mann* in einem der Zimmer hier oben!«

Kapitel zwei

Sie war bestimmt tot. Wie konnte sie daran noch zweifeln? Über ihr stand Sankt Petrus in seinem fließenden Himmelsgewand und langen weißen, im Wind flatternden Haaren und blickte sie, das Gerichtsbuch unter dem Arm, mit feurigen, sie verdammenden Blicken an. Offensichtlich hatte ihr Vater recht gehabt. Ihre verdorbene Seele (sie mußte ja verdorben sein, weil sie sonst niemals mit einer gewissen inneren Anteilnahme das Spektakel eines sich auf einem Küchentisch begattenden Liebespaares verfolgt hätte) konnte keinen Anspruch auf den Himmel erheben, und Sankt Petrus mit dem Chor seiner Engel hinter sich war gerade dabei, im Namen Gottes und allem, was heilig war, sie zu einer ewigen Höllenstrafe zu verdammen.

»Sie ist wach«, hörte sie da jemanden in der Nähe ihres Ohres flüstern.

Plötzlich wurde das furchteinflößende Antlitz des heiligen Petrus durch das rotwangige Gesicht einer Hausmagd mit schwarzer Haube und Augen ersetzt, die so rund und glänzend waren wie frisch geprägte Kupferpfennige.

»Na endlich.« Die Magd zeigte ihr lächelnd ihre kleinen weißen Zähne. »Bist du wieder in Ordnung, Mädchen? Himmel, du hast uns aber einen tüchtigen Schrecken eingejagt, als du plötzlich die Besinnung verlorst!«

»Wa-wie ist denn das passiert?« Maria schloß wieder die Augen und wunderte sich nun über diesen pochenden Schmerz auf ihrer Stirn. Offensichtlich war das nicht die Hölle, wo sie sich jetzt befand. Es sei denn, daß man sich eine falsche Vorstellung von dieser machte und sie einem Palast glich mit Kristallüstern, Kaminen aus italienischem Marmor und feinen Spitzenvorhängen, die über diesem Bett flatterten ... Und Luzifer ein so gütiges Gesicht und eine Stimme hatte wie ein Engel.

»Wo bin ich denn hier?«

»Gütiger Gott«, meinte nun die Magd mit einem leisen Vorwurf in der Stimme, »du mußt ihrem schönen Kopf einen härteren Schlag versetzt haben, als wir gestern abend angenommen haben. Ich werde Molly – das ist das Hausmädchen, das dich in Empfang genommen hat, als du gestern hierherkamst, und das bestimmt nicht sonderlich freundlich, wie ich sie kenne; denn das ist sie nie gegenüber so einem hübschen Ding, wie du eines bist, weil sie daran gewöhnt ist, bei den männlichen Dienstboten stets die erste Geige zu spielen; von denen kann sie nie genug bekommen, dieses gefräßige Aas, so daß ich ihr nicht über den Weg trauen würde, falls ich verheiratet wäre, weil sie mir den eigenen Mann hinter meinem Rükken vernaschen würde ... Ich werde also Molly beauftragen, dir einen heißen Umschlag zu machen. Der wird dich rasch wieder auf die Beine bringen, Kindchen.«

»Molly!« rief sie dann mit einer so donnernden Stimme, daß Maria erschrocken zusammenzuckte und ihr blitzartig wieder dieses Bild von Molly vor Augen stand, wie diese splitternackt auf dem Küchentisch gelegen hatte, die Beine um die heftig auf und nieder pumpenden Hüften eines Mannes geschlungen, »Molly, bring mir das Säckchen mit den Kräutern – du weißt schon, welches – und stelle mir dann einen Topf mit Wasser auf den Herd! Und während du darauf wartest, bis es kocht, kümmerst du dich darum, daß die Herzogin ihre Schokolade bekommt. Du weißt ja, wie ungeduldig sie immer ist, wenn sie von London hierherkommt!« Dann wandte sie sich wieder Maria zu und meinte augenzwinkernd: »Die alte Dame hat nämlich eine Schwäche für Schokolade, mußt du wissen. Kindchen. Der Schokolade hätte sie es zu verdanken, daß sie so alt geworden sei, behauptet sie immer – der und ihrem giftigen Wesen«, setzte sie dann leise, in sich hineinkichernd hinzu, um mit einem breiten Lächeln fortzufahren: »Ich heiße Gertrude und bin hier die Haushälterin.« Sie schüttelte den großen Ring mit den Schlüsseln, der an einer Kette befestigt war, die sie um die Taille trug. »Ich kam erst heute morgen von einem Krankenbesuch bei meiner Familie aus Devonshire zurück. Hätte ich gewußt, daß du kommst, wäre ich selbstverständlich hier gewesen, um dich willkommen zu heißen; aber ich ahnte ja nicht, daß Ihre Gnaden schon wieder eine neue Gesellschafterin für *ihn* engagiert hat.«

Tief Luft holend, um ihren verwirrten Geist von den letzten Spinnweben zu befreien, setzte Maria sich nun kerzengerade auf und packte den Arm der Haushälterin so fest, daß diese erschrocken zusammenzuckte. »Die Leiche!« keuchte Maria, »die Leiche im Schlafzimmer – der tote Mann – oh, gütiger Gott, es ist mir soeben wieder eingefallen – der schreckliche Gestank, diese grauenhafte Gestalt – wie ein gefährliches zotteliges Raubtier, das dort, in schmutzige Tücher gewickelt, tot auf der Matratze lag ...«

»Still!« Die Haushälterin schlug nun mit beiden Händen sacht gegen Marias Wangen, als könne sie auf diese Weise einen Sinn in deren Gestammel bringen. »Daß du dich ja nie auf diese Weise vor Ihrer Gnaden vernehmen läßt – sie ist seinetwegen schon verstört genug ...«

»Er ist tot«, jammerte Maria.

»Nein ...«

»Ich sah ihn doch dort liegen und mit leblosen Augen ins Leere starren.«

»Ach, Kindchen, er sieht doch *immer* so aus.«

»Aber er *muß* doch tot sein«, beharrte Maria leidenschaftlich auf ihrer Meinung. »Nein! Kein lebendiges Wesen würde so ... so aussehen.« Sie erschauerte. »Könnt Ihr mir denn verraten, wer dieses – dieses Wesen ist?«

Die Haushälterin richtete sich auf, stemmte ihre feisten Hände in ihre ebenso feisten Hüften und kaute eine Weile auf ihrer Unterlippe herum, bis sie stirnrunzelnd sagte: »*Er* ist das natürlich.«

»Er?«

»Ja. *Er.*«

Es dauerte eine Weile, bis Maria begriff, auf wen die Worte der Haushälterin sich beziehen mußten. Sie schwang ihre Beine über den Rand der Bettstatt und schloß einen Moment die Augen, als das schmerzhafte Pochen hinter ihrer Stirn sich bis zu ihren Schläfen ausdehnte. Dann sagte sie, ungläubig den Kopf schüttelnd: »Aber das ist doch nicht möglich! Ich wurde dafür engagiert, ein Kind zu betreuen, und nicht ein . . . ein . . .«

»Gütiger Gott«, murmelte die Haushälterin, »die alte Dame muß schon sehr verzweifelt gewesen sein oder . . . nicht mehr ganz bei Verstand. Hat sie tatsächlich zu dir *gesagt,* daß er ein *Kind* wäre?«

Maria öffnete ein paarmal den Mund und schloß ihn wieder, ehe sie erwiderte: »Ausdrücklich *gesagt* hat sie das zwar nicht, aber ihrer Schilderung nach mußte ich annehmen . . .«

»Ich schätze, Ihre Gnaden meinte damit, daß er sich so *benehmen* würde wie ein Kind«, erklärte die Haushälterin nun leise mit bekümmerter Miene. »Ja, es bricht mir das Herz, ihn in diesem Zustand erleben zu müssen – so hilflos und ohne Verstand dahindämmernd . . .«

Gertrude zog ein Tuch aus ihrer Schürzentasche, tupfte sich damit die Augen ab und schniefte. »Ich stehe nun fast acht Jahre im Dienste Seiner Gnaden, wovon sieben das reinste Vergnügen für mich waren. Ich schwöre, daß er mir stets ein gnädiger Herr gewesen ist, wenn er zuweilen auch recht ungestüm sein konnte. Dafür war Seine Gnaden ja auch bekannt – für sein stürmisches Wesen. Immer zu irgendwelchen Streichen aufgelegt, schien ihn zuweilen der Teufel zu reiten, so daß seine Familie eine Menge Scherereien seinetwegen hatte und . . .«

»Seine Gnaden?« unterbrach Maria sie ungläubig, während ein roter Nebel sich über ihre Augen herabzusenken schien. »Dieses . . . *Wesen* in jenem Zimmer ist . . .«

». . . mein Enkel«, hörte sie da ein feste Stimme von der Tür her sagen. Gertrude sprang zur Seite und enthüllte nun die gebrechliche Gestalt der Herzoginwitwe, die, ihr Gewicht auf einen Krückstock stützend, auf der Türschwelle stand und den Blick ihrer scharfen grauen Augen durch den üppig möblierten Raum wandern ließ, ehe er sich auf Maria heftete. »Dieses *Wesen*, wie Ihr Euch ausdrücktet, ist mein Enkelsohn, Miss Ashton – der Herzog von Salterdon. Erbe des Titels meines teuren, verstorbenen Gatten und Erbe meines Vermögens, wenn ich selbst einmal das Zeitliche segnen sollte.«

»Wie konntet Ihr es wagen?« rief Maria da, so daß Gertrude sich entsetzt mit der Hand an den Mund fuhr und dann, leise etwas vor sich hinmurmelnd, aus dem Zimmer floh, während Maria sich von ihrem Bett erhob und schwankend einen Schritt auf die Herzoginwitwe zu machte, als das Zimmer sich einen Moment lang wie ein Karussell um sie herum drehte. Sie drückte ihre Schultern durch, wobei sie einen kurzen, heftigen Schmerz im Nacken verspürte, und sagte: »Bei allem Respekt, Euer Gnaden – Ihr habt mich belogen, als Ihr . . .«

»Ich kann mich nicht erinnern, Euch gesagt zu haben, daß Ihr ein Kind betreuen sollt, Miss Ashton«, unterbrach sie die Herzoginwitwe.

»Jeder an meiner Stelle mußte annehmen . . .«

»Ich wüßte nicht, was für ein Unterschied das macht, Miss Ashton! Wäre ich der Meinung gewesen, daß Ihr den Anforderungen, die diese Position an Euch stellt, nicht gewachsen seid, würde ich Euch nicht engagiert haben.«

»Aber er hat nichts Menschliches mehr an sich! Er ist . . . er ist . . .«

». . . ein Monster?«

In diesem Moment kam ein Hausmädchen mit einem silbernen Schokoladenservice ins Zimmer, das es auf einem

Tisch in der Nähe des Kamins absetzte, in dem ein munteres Feuer prasselte. Erst als das Mädchen den Raum wieder verlassen hatte, bewegte sich die Herzogin auf eine Gruppe von Lehnstühlen zu, die um den Kamin herum gruppiert waren, und ließ sich dort auf einem Polstersessel nieder, ehe sie sagte: »Ich möchte Euch bitten, mich nicht mit solchen voreiligen und schnippischen Bemerkungen, Eure Anstellung in Thorn Rose betreffend, zu unterbrechen, ehe Ihr mich bis zu Ende angehört habt.«

»Ich kann mir nicht vorstellen, daß Ihr mir etwas zu sagen habt, was meine Meinung noch ändern könnte, Euer Gnaden.«

Die Herzogin goß zwei Tassen mit heißer Schokolade ein. »Gefällt Euch dieses Zimmer?« fragte sie, einen prächtig verzierten silbernen Löffel in die Hand nehmend. »Es gehört Euch, wenn Ihr das wünscht. Ich hatte nicht die Absicht, Euch im Quartier der Hausangestellten unterzubringen.«

»Ich möchte dieses Zimmer nicht haben«, erklärte Maria. »Ich bin nicht bestechlich . . .«

»Dieser Raum ist das Lieblingszimmer meines verstorbenen Gatten gewesen. Zu dem Deckengemälde des heiligen Petrus hat ihn ein Bild inspiriert, das er in Paris im Louvre hängen sah. Mein Gatte war ein sehr religiöser Mann, Miss Ashton. Seiner Meinung nach war jede Hürde, mit der wir im Verlauf unserer irdischen Existenz konfrontiert werden, nichts anderes als Seine Weise, uns beizubringen, wie wir uns den Himmel verdienen könnten.«

Während sie die Tasse an ihre Lippen hielt, schien der Blick der Herzogin jetzt in eine weite Ferne zu gehen. »Obwohl ich nicht zu begreifen vermag, was für eine Lehre wir aus diesem . . . Problem ziehen sollen. Wenn mein Enkelsohn auch zuweilen unbeherrscht und selbstsüchtig handelte und sich dabei auch nicht immer so verhielt, wie die Regeln des guten Anstands und der Moral das von ihm verlangten, so war er doch kein böser oder niederträchtiger Mensch. Ich kann deshalb nicht verstehen, warum er jetzt so leiden muß, Miss Ashton.« Der Blick ihrer glasigen Augen richtete sich wieder auf Maria, als sie diese nun in einem schwächeren Ton aufforderte: »Setzt Euch doch bitte hierher, junge Dame, und hört mich bis zu Ende an.«

Maria kam zwar der Aufforderung der Herzogin nach, aber als diese ihr eine Tasse mit heißer Schokolade zureichen wollte, schüttelte sie den Kopf und sagte: »Ihr könnt mich nicht überzeugen, Euer Gnaden. Ich werde nicht hierbleiben.«

»Was wollt Ihr denn dann tun? Etwa in das Haus Eures Vaters zurückkehren? Ist jene Art von Hölle mehr nach Eurem Geschmack?«

»Ihr *seid* grausam«, erwiderte Maria heftig und hob ihr Kinn. »Und hinterhältig. Ich bereue jetzt, daß ich mich dazu habe verleiten lassen, mich auf Eure schreckliche Annonce hin um diese Position zu bewerben.«

»Aber Ihr habt es getan, und deshalb sitzt Ihr jetzt hier. Ich hatte nicht den Eindruck, daß Ihr zu jener Sorte von jungen Frauen gehören würdet, die sich vor den Widrigkeiten des Lebens drückt. Wenn dem so wäre, würdet Ihr schon vor Jahren das Haus Eures Vaters verlassen haben.«

»Ich werde nach London gehen«, sagte Maria nun in entschiedenem Ton.

»Und was wollt Ihr dort machen? Ihr habt keine abgeschlossene Schulbildung, sondern nur das, was Euch Euer Bruder, wie Eure Mutter mir erzählte, ohne Wissen Eures Vaters beigebracht hat, der Euch beide, als er von Eurem und Pauls skandalösem Verhalten erfuhr, mit einem Ledergürtel versohlte und Euch anschließend drei Tage lang ohne Wasser und Brot in ein Zimmer einsperrte – in der Hoffnung, daß die Sünde der Täuschung durch diese Entbehrungen aus Euren Herzen und Geist getilgt würde.«

»Er hatte es nur gut gemeint«, hielt Maria ihr da entgegen, obwohl sie selbst nicht an das glaubte, was sie sagte, und ganz blaß wurde in der Erinnerung an diesen Vorfall.

»Hat er das wirklich?«

Maria sprang vom Sessel auf. »Ich lasse mich von Euch weder einschüchtern noch zu etwas zwingen. Wenn Ihr meine Vergangenheit so gut erforscht hättet, wie Ihr das behauptet, würdet Ihr wissen, daß man mir nicht so leicht angst machen kann. Tatsächlich bin ich dafür bekannt, daß ich ungewöhnlich dickköpfig sein kann, wenn man mich unter Druck setzt, Euer Gnaden. Daß ich hierbleiben soll, um diesem . . . *Mann* Gesellschaft zu leisten, ist unmoralisch und ganz unmöglich . . ., und ich verlange, daß Ihr mich auf der Stelle nach Huddersfield zurückbringt.«

»Und was wird dann aus Euren Träumen, Miss Ashton? Wie wollt Ihr es denn fertigbringen, so viel Geld zusammenzusparen, daß Ihr Eure Mutter aus ihrer mißlichen Lage befreien könnt? Wie wollt Ihr für sie ein neues Heim schaffen, wenn es Euch gelänge, sie dazu zu überreden, Euren Vater zu verlassen? Oh, ja, meine Liebe, mir sind auch Eure ehrgeizigen Pläne nicht verborgen geblieben.«

Da floh Maria aus dem Zimmer und eilte, immer zwei Stufen auf einmal nehmend, die Treppe hinauf und entdeckte schließlich, nachdem sie ein paarmal in die falsche Richtung gelaufen war, die winzige Kammer wieder, die ihr am Abend zuvor, als sie in Thorn Rose anlangte, als Unterkunft zugewiesen worden war.

Dort warf sie sich auf das Bett und vergrub das Gesicht in dem muffigen Kissen. Diese Beule auf ihrer Stirn tat mächtig weh, aber es war die Enttäuschung, die ihr viel mehr zu schaffen machte. Es war überraschenderweise nicht die Enttäuschung über die Lage, in der sie sich jetzt befand, oder über diesen Schock, den sie erlitten hatte und der ihr ganzes Wesen noch wie Eisnadeln durchrieselte, sondern über ihr Betragen. Der Zorn ist keine bewundernswerte menschliche Eigenschaft, und solche Unbeherrschtheiten wie eben waren unverzeihlich. Würde beruht auf Gleichmut. Gott mißbilligte solche üblen und beklagenswerten Temperamentsausbrüche. Ihr Vater würde sie wegen eines solchen Verhaltens in einer Kiste eingesperrt haben.

Sie würde der Herzogin natürlich noch einmal gegenübertreten, um ihr auf eine ruhigere Weise die Gründe darzulegen, warum sie Thorn Rose wieder zu verlassen wünschte. Bestimmt würde die Herzogin jemand anderen, vorzugsweise einen Mann, als Betreuer ihres Enkelsohns, den Herzog von Salterdon – oder was von diesem noch übriggeblieben war – finden.

Und was war denn noch von ihm übriggeblieben? Dieser schreckliche Leichnam von einem Mann, dieses Biest, dieses Monster, das so leblos in einem Bett lag, das selbst einem König Ehre gemacht hätte, umgeben von so viel Reichtum, wie ihn tausend Menschen in ihrem Leben nicht erwerben konnten?

In diesem Moment kam Gertrude in die Kammer und schenkte Maria ein besorgtes und zugleich verständnisvolles Lächeln. »Ich möchte die Beule behandeln, die du am Kopf hast. Oh, die sieht aber schlimm aus. Es wird eine Weile dauern, bis du wieder ein glatte weiße Stirn hast, Kindchen . . .«

»Ich möchte aber keinen Umschlag haben«, erklärte Maria und drehte das Gesicht zur Wand. »Ich habe mich schrecklich betragen und muß für meinen Egoismus bestraft werden.«

»Aber alle reagieren doch so, wenn sie ihn zum erstenmal sehen, besonders jene, die ihn schon vor seinem Unfall gekannt haben, womit ich vor allem seine Verwandten und Freunde meine. Nur daß es nicht mehr viele Verwandte und Freunde gibt, die ihn jetzt noch besuchen. Nur sein Bruder und die Herzogin . . . und diese Blutsauger Thackley und Edgcumbe«, setzte sie leise mit einem Stirnrunzeln hinzu. Dann ging sie um das Bett herum, ließ sich auf die schon arg strapazierte Matratze nieder und drückte dann vorsichtig das Säckchen mit dem heißen Kräuterbrei gegen die Schwellung auf Marias Stirn, die zwar kurz zusammenzuckte, aber keinen Widerstand gegen Gertrudes Behandlung leistete.

»Ich schätze, daß es einfach zu schmerzlich ist, ihn in diesem Zustand zu erleben, wenn man weiß, wie er vorher gewesen ist. Ich habe mir oft gedacht, daß es ein Fehler ist, ihn hier draußen auf dem Land zu verstecken, aber die Berater der Herzogin meinen, das würde für sie und ihn weniger demütigend sein. So wie ich Seine Gnaden kenne, glaube ich nicht, daß er etwas dagegen hätte, wenn alle Mitglieder des Hochadels durch sein Schlafzimmer marschieren und ihn anstarren würden, als wäre er eine Mißgeburt.«

»Liegt er denn im Sterben?«

Gertrude stülpte die Lippen auf. »Das weiß ich nicht so genau. Edgcumbe (ihre Stimme klang jetzt gepreßt) behauptet, daß er dort drin bereits tot sei.« Die Haushälterin mit dem pausbäckigen Engelsgesicht tippte sich mit dem Zeigefinger gegen die Schläfe. »Es wäre nur eine Frage der Zeit, bis der Rest seines Körpers ebenfalls stürbe, sagt er. Ja, wenn es nach Edgcumbe ginge, würde Seine Gnaden schon längst in Menston begraben sein.«

»Menston?«

»Im ›Royal Oaks Hospital‹ für Geisteskranke in Menston. Oh, was für ein schrecklicher Aufenthaltsort das für ihn wäre! Voll von Verrückten und Leuten, die von bösen Geistern besessen sind. Die armen Seelen werden dort angekettet und geschlagen wie Tiere.«

Maria schluckte.

Gertrude rang die Hände. »Wenn ich mir vorstelle, daß Seine Gnaden dort eingesperrt wäre! Mich packt jedesmal die Wut, wenn ich sehe, wie Edgcumbe und Thackley der Herzogin ständig einzureden versuchen, daß er dort besser aufgehoben wäre als hier . . . und es ihr dann auch besser ginge. Denn sie hat sich sehr verändert, seit das passiert ist. Als hätte sie keine Freude mehr am Leben.«

»Wie ist er denn zu diesen Verletzungen gekommen?«

»Räuber haben ihn überfallen, als er das Rennen von Epson verließ. Ja, damals ist er ein großer Draufgänger und

Schwerenöter gewesen. Er und sein Bruder, Lord Basingstoke, waren die begehrtesten Junggesellen von ganz England – beide in der Blüte ihrer Jahre stehend und verdammt hübsch. Sie sind eineiige Zwillinge, mußt du wissen, die sich zum Verwechseln ähnlich sahen. Und dann hat Lord Basingstoke sich eines Tages in ein Mädchen von der Insel Wight vernarrt und es auch geheiratet, so daß Seine Gnaden sich nun allein gegen die *Schlinge der Ehe* wehren mußte, wie er den Bund fürs Leben zu bezeichnen pflegte. Und jetzt liegt er dort unten in seinem Zimmer und macht sich und anderen das Leben zur Hölle. Denn falls ihm mal der Sinn danach steht, sein Bett zu verlassen – was nicht oft geschieht –, dann brüllt er wie ein Löwe oder wirft uns Teller und Tassen an den Kopf.«

»Kann er denn weder sprechen noch gehen?«

Gertrudes Gesicht nahm nun einen seltsamen Ausdruck an, während sie nervös an ihren Fingern zupfte. Dann ließ sie einen Seufzer hören, erhob sich von der Matratze und ging zur Tür.

»Gertrude?« rief Maria ihr nach, so daß die Haushälterin noch einmal auf der Türschwelle anhielt und mit einigem Widerstreben auf Maria zurückblickte. »Ist er verrückt?«

»Es steht mir nicht zu, dir darauf eine Antwort zu geben, Kindchen.«

Maria legte den Kopf zurück und starrte zur Zimmerdecke hinauf, während die Haushälterin sich rasch aus der Kammer entfernte. Was für Überraschungen werde ich wohl als nächstes erleben, dachte sie bei sich. Die Geschehnisse der letzten Nacht hatten bereits genügt, ihr einen Schock zu versetzten . . ., und jetzt das.

Sie erschauerte, begrub das Gesicht wieder im Kissen und versuchte, das Bild dieses ›Monsters‹ aus ihrem Bewußtsein zu verdrängen. Unmöglich! Im Gegensatz zu ihrem Bruder hatte allein schon die Gestalt dieses Mannes etwas Abschrekkendes. Er war nicht nur massig und groß wie ein Bär, sondern obendrein höchstwahrscheinlich auch noch verrückt.

Oh, gütiger Gott im Himmel, sollte das etwa die Strafe dafür sein, daß sie ihrer Familie und dem guten John Rees, der die Tugend und Rechtschaffenheit in Person war, den Rücken zugekehrt hatte? Hatte Er beschlossen, daß sie in diese unziemliche und fragwürdige Situation geraten sollte wie einst Daniel in die Löwengrube? Ein Löwe schien ihr im Vergleich zu diesem Monster jedoch weitaus weniger bedrohlich zu sein.

Sie würde das nicht machen. Sie *konnte das* nicht machen! Sie mochte zwar eigensinnig und halsstarrig sein, aber nicht so dumm und unvernünftig, sich so einer Gefahr auszusetzen. Sie würde die Herzogin ersuchen, ihr ein oder zwei Tage Bedenkzeit zu lassen, und sie dann bitten – nein, von ihr *verlangen* –, daß man sie in eine sicherere und akzeptablere Wohnung brachte. Bis dahin würde sie in keiner Weise für diesen scheußlichen und sich so schrecklich gebärdenden Enkelsohn der Herzogin verantwortlich sein.

Schließlich machte sie sich, sehr zu ihrem Ärger, doch wieder auf den Weg nach unten, um diese furchtbare Stätte des Siechtums und baldigen Todes aufzusuchen, wo sie die Herzogin, flankiert von Thackley und Edgcumbe, leise vor sich hinweinend am Krankenbett ihres Enkels stehen sah. Trotz ihres Grolls, den sie noch immer auf die Herzogin hatte, war Marias erster Impuls, zu ihr zu eilen, um sie zu trösten, doch ihr Instinkt sagte ihr, daß nur sehr wenige Menschen diese bemerkenswerte alte Dame jemals in einem schwachen Moment erlebt hatten. Dennoch hatte sie ein starkes Verlangen danach, der Herzogin in ihrem Kummer beizustehen, und trotz des ekelerregenden Zustands, in dem sich dieses Zimmer befand, und ihres Abscheus vor dessen unmenschlichem Bewohner, konnte sie die Hilflosigkeit und Verzweiflung der alten Dame durchaus verstehen. Denn das, was die Herzogin am Bett ihres Enkelsohns empfand, hatte auch sie am Krankenlager ihres Bruder empfunden. Sie spürte, daß sein Leben ihr so viel bedeutete wie ihr eigenes und daß sein Tod – oder auch nur der Gedanke an so ein grauenvolles Ereignis – die Welt für sie so düster machen würde, daß bei deren Anblick jedesmal der Schmerz über seinen Verlust an ihrem Herzen nagte.

»Trey, Trey, mein lieber Junge«, klagte die Herzogin mit einer vor Kummer und Erbitterung zitternden Stimme. »Was sollen wir jetzt machen? Wie hatten sie es nur zulassen können, daß du zu diesem ... Monster geworden bist? Wie hatten sie dich nur so verächtlich behandeln können? Du bist doch mein Enkelsohn! Der Herzog von Salterdon ...«

»Aber, aber, Isabella«, suchte Edgcumbe die Herzogin zu trösten. »Ihr solltet nicht hier sein. Ihr solltet Euch das nicht anschauen. Sogar mir bricht das Herz, wenn ich sehe, wohin es mit Trey gekommen ist. Ihr wißt, daß ich ihn seit vielen Jahren so geliebt habe wie meinen eigenen Sohn ...«

»Ich auch«, sagte Thackley.

Gertrude, die neben Maria im Türrahmen auftauchte, schnaubte entsetzt und bekam ein hochrotes Gesicht, als sie sah, in was für einem schrecklichen Zustand sich das Zimmer befand. »Gütiger Gott«, stöhnte sie, eilte zur Herzogin, machte hastig einen Knicks und rang dann die Hände.

»Ich bitte vielmals um Vergebung, Euer Gnaden, aber ich habe mir zwei Wochen Urlaub genommen und bin nur wenige Minuten vor Euch hier eingetroffen. Seid versichert, Euer Gnaden, daß so etwas nie mehr vorkommen wird!«

Die Herzogin sagte nichts und schien nur Augen für die leblose Gestalt auf dem Bett zu haben.

Gertrude streifte Thackley und Edgcumbe mit einem impertinenten Blick, ehe sie auf dem Absatz herumschwang und wieder aus dem Zimmer eilte, ohne Maria auch nur einmal anzuschauen. Kurz darauf wurden draußen im Korridor zwei erregte Stimme laut – die von Gertrude und Molly.

»Du dummes Luder! Wie, zum Henker, hast du nur zulassen können, daß Seine Gnaden sich in einem solchen Zustand befindet?«

»Hättest du vielleicht an meiner Stelle riskiert, jedesmal einen Schlag auf die Nuß zu bekommen, wenn du zur Tür hereingekommen wärest? Jeder hier kann bezeugen, wie gefährlich er ist, wenn er mit Tassen und Tellern um sich schmeißt ...«

»Ich glaube eher, daß du so sehr mit diesem Stallburschen Thaddeus beschäftigt warst, daß dir keine Zeit mehr blieb, dich um Seine Gnaden zu kümmern. Ich könnte es Ihrer Gnaden nicht verdenken, wenn Sie dich jetzt auf der Stelle entlassen würde. Ich würde dich sogar selbst feuern, wenn ich ...«

»Einen Dreck wirst du tun, du dumme alte Gans, weil du nämlich ganz genau weißt, daß du keine andere finden würdest, die bereit wäre, sich mit so etwas wie ihm da drinnen abzugeben! Und zudem wissen wir beide, daß die Herzogin unter allen Umständen verhindern möchte, daß ganz England erfährt, was für einen verdammten Idioten sie jetzt zum Enkelsohn hat!«

Maria schloß die Augen und sank gegen den Türrahmen. »Gütiger Himmel«, flüsterte sie. »Gütiger Himmel.«

»Ihr werdet mir sofort schreiben, wenn irgendeine Veränderung in seinem Zustand eingetreten ist«, sagte die Herzogin, als sie zusammen mit Thackley und Edgcumbe in ihre Kutsche stieg.

»Natürlich«, erwiderte Maria und trat zur Seite, als der Kutscher den Verschlag schloß und verriegelte.

Mit einem aschgrauen Gesicht und leicht geröteten Augen durch das Fenster auf Maria hinunterschauend, setzte die Herzogin ein bemühtes Lächeln auf. »Seid Ihr auch sicher, daß Euch das Zimmer gefällt? Ihr könnt es jederzeit gegen ein anderes vertauschen, wenn Ihr das möchtet. Ich dachte nur, daß es hilfreich wäre, wenn Ihr in seiner Nähe untergebracht seid ...«

»Das Zimmer ist wunderschön«, versicherte ihr Maria.

Die Herzogin sah nun an der Fassade des großen Hauses hinauf. »Ich habe das Personal davon in Kenntnis gesetzt, daß Ihr die Vollmacht habt, alles, was für das Wohlbefinden meines Enkelsohnes wichtig ist, anzuordnen, und daß Ihr die volle Kontrolle über dieses Haus besitzt.«

»Es ist eine gewaltige Verantwortung, die Ihr mir da aufbürdet, Euer Gnaden.«

»Der Ihr meiner Meinung nach auch voll und ganz gewachsen seid«, erwiderte die Herzogin mit einem Anflug ihrer früheren Autorität und fügte dann huldvoll hinzu: »Ich spürte vom ersten Moment an, als ich Euch sah, daß Ihr über eine große moralische Kraft und Seelenstärke verfügt. Ihr werdet ihm gut tun, denke ich.«

»Es würde ihm noch besser gehen, wenn er bei seiner Familie und seinen Freunden sein könnte«, gab ihr darauf Maria kühn zur Antwort, worauf sich einen Moment lang so etwas wie ein Erschrecken auf dem Gesicht der Herzogin zeigte. »Müßt Ihr denn wirklich schon so bald wieder von hier abreisen, Euer Gnaden? Wäre es nicht ratsamer, noch ein, zwei Tage hierzubleiben, um Euch wenigstens, wenn schon aus keinem anderen Grund, ein Bild davon zu machen, ob ich der Aufgabe, die Ihr mir übertragen habt, auch wirklich gerecht werde?«

»Wäre ich noch jung an Leib und Seele ... Aber meine Seele ist müde und mein Herz gebrochen, meine Liebe. Ich kann es nicht ertragen, ihn lange in dieser schrecklichen Verfassung zu sehen. Ich bin nie besonders stark gewesen, wenn es um die Wohlfahrt meiner Kinder ging. Versteht mich bitte ...«

Mit einem Heben ihrer rechten Hand und einem letzten schwachen Lächeln verabschiedete sich die Herzogin von Maria, und die Kutsche rollte davon.

Maria blickte der Herzogin noch nach, als deren stattliches Gefährt bereits am Horizont verschwunden war und nur noch Stille und die öde Leere des Winters die Welt ausfüllten. Und die ganze Zeit über dachte sie daran, die Herzogin zurückzurufen, um ihr ein letztes Mal zu erklären, daß der Gedanke, auch nur eine Sekunde lang in der Gesellschaft ihres Enkelsohns verbringen zu müssen, sie mit einer solchen Angst erfüllte, wie sie sie nicht einmal bei ihrem Vater gekannt hatte.

Inzwischen hatte es zu schneien begonnen, und alsbald war das Land ringsum mit einer dünnen, blendend weißen Decke versehen, durch die hier und dort dunkelbraun die Erde schimmerte. Alles schien plötzlich von einem tiefen Frieden erfüllt zu sein, und sie konnte nicht umhin, ihr Gesicht zum Himmel emporzuheben, um sich die Lider ihrer geschlossenen Augen, die Nase und Lippen von den dünnen kalten Eisflokken bestäuben zu lassen.

Wie sehr Paul und sie doch den Schnee geliebt hatten, wie sehr sie es genossen hatten, sich den gestrengen Blicken ihres Vaters entziehen zu können, um draußen wie junge Hunde herumzutollen, Schneeburgen zu bauen und über die gefährlich dünne Eisdecke des zugefrorenen Dorfteiches zu schlittern. Wie oft hatte sie in den letzten Monaten seines Lebens aus seinem Fenster geschaut und die lautlos vom Himmel herunterrieselnden Schneeflocken beobachtet, die mit ihnen ihre intimsten Geheimnisse teilten – den Traum von einer zukünftigen Liebschaft, wenn sie mit dem Geliebten über die verschneiten Weizenfelder wandern und Küsse tauschen würde, bis ihre Nasen rot wurden von der Kälte und ihr sich miteinander vermischender Atem winzige blitzende Eiszapfen an ihren Mündern bildete.

Doch in diesem Jahr würde sie zum erstenmal einen Winter ohne Paul verbringen müssen.

Traurig ging sie ins Haus zurück, machte die Eingangstür hinter sich zu, lehnte sich dagegen und schloß die Augen. Als sie diese wieder öffnete, sah sie sich der versammelten Dienerschaft gegenüber, die sie neugierig oder mißtrauisch anstarrte.

Nur Gertrude machte davon eine Ausnahme und lächelte ihr aufmunternd zu. »Ich bin froh, daß Ihr hiergeblieben seid, Kindchen. Ich spüre es in meinen Knochen, daß Ihr Leben in dieses alte Haus bringen werdet. Möglich, daß Ihr sogar Seiner Gnaden etwas Gutes tun könnt.«

»Hoffentlich«, erwiderte Maria nur, obwohl sie sich dessen absolut nicht sicher war. Sie fühlte sich ein wenig schwindlig im Kopf, wenn sie an ihn dachte, und hatte ein nervöses Kribbeln im Magen, wobei sie sich jedoch fragte, ob daran die Angst schuld war, die sie vor ihm hatte, oder weil sie seit gestern morgen nichts mehr gegessen hatte.

»Wenn ihr mich fragt«, hörte sie da Molly sagen, »wird sie nicht länger als eine Woche hier sein. So was wie die da verschlingt dieses Monster doch abends zum Tee . . .«

»Schweig still!« rief Gertrude und warf der Magd einen vernichtenden Blick zu. »Ich werde solche Reden in meiner Gegenwart nicht mehr dulden. Wenn die Herzogin der Meinung ist, daß Maria mit dem . . . mit Seiner Gnaden fertig werden wird, dann ist das eine beschlossene Sache. Tatsächlich kann es Seiner Gnaden nur gut bekommen, wenn er jetzt so einen Engel hat, der sich um ihn kümmert. Jeder von uns lebt doch auf, wenn ihm hin und wieder etwas Güte und Mitleid zuteil wird.«

»Er wird sie in zwei Stücke zerbrechen« höhnte Molly und schnalzte dabei mit den Fingern, um ihre Worte zu unterstreichen.

Maria schluckte, während Molly, die Hände in die Hüften stemmend, vor die in der Halle versammelten Dienstboten trat. »Wie wär's denn, wenn ihr jetzt mal erzählen würdet, was er mit den anderen gemacht hat?«

Gertrude gab einen unartikulierten Laut von sich, während die anderen leise etwas vor sich hinmurmelten.

»Er schlug ihnen Teller und Schüsseln um die Ohren, daß ihnen die Scherben im Schädel stecken blieben. Und wenn er sie mal zwischen die Finger bekam, warf er sie wie Spielzeugpuppen durchs Zimmer – mit Ausnahme von Mr. Doberty, den er an den Beinen aus dem Fenster hielt und dann fallen ließ. Das war schon ein scheußlicher Anblick, kann ich euch versichern, als er mit dem Kopf voran unten in einem Gartenbeet landete.« Molly schüttelte sich. »Er ist stärker als zwei

Ochsen, möchte ich wetten, und wenn er die Zähne bleckt und einen anfaucht . . .«

»Genug!« fiel ihr da Gertrude laut ins Wort. »Es war nicht gar so schlimm, wie sich das eben anhörte, Kindchen«, sagte sie dann zu Maria, die ein kalter Schauer durchrieselte bei der Vorstellung dieser ›Bestie‹, die zähnefletschend über jeden herfiel, der so dumm war, zu glauben, er könnte ihm helfen. »Zugegeben – er hat seine Momente, aber wer hätte die wohl nicht, wenn man bedenkt, was für ein rühriger und vitaler Mann er einmal gewesen ist, von seinem guten Aussehen ganz zu schweigen . . .«

»Gutaussehend?« murmelte Maria ungläubig.

»Und ob«, bestätigte das eines von den anderen jungen Dienstmädchen und bekam dabei ganz verklärte Augen. »Und ein Schwerenöter, wie er im Buch steht. Gab wohl keine Mama in ganz England, die nicht ihre rechte Titte dafür hergegeben hätte, daß er mit ihrer Tochter ins Ehebett stieg . . ., falls sie ihn nicht selbst kriegen konnte.«

Ein Kichern lief durch die Reihen der versammelten weiblichen Dienstboten, und Molly rief: »Den meisten gelang das auch. Ich möchte wetten, daß er mehr als der Hälfte aller englischen Ehemänner Hörner aufgesetzt hat. Und sobald er mit einer fertig war, warteten schon drei neue im Hintergrund auf ihn. Diese Tage sind jetzt natürlich vorbei. Diese geilen Hündinnen, die schnüffelnd an seinen Fersen hingen, würden sich ihm jetzt nicht mal bis auf eine Meile nähern. Selbst diese Lady Laura mit ihren geblümten Unterröcken nicht . . .«

»Genug!« fiel ihr da Gertrude wieder in einem so schroffen Ton ins Wort, daß die Hälfte der versammelten Dienstboten die Köpfe einzog, »du wirst dich jetzt nicht länger über seine persönlichen Angelegenheiten auslassen. Du bist ja nur eifersüchtig, weil er von dir nichts wissen wollte. Und da wir schon mal von Eifersucht reden, möchte ich dir dringend empfehlen, Miss Ashton mit deinem losen Mundwerk zu verschonen, weil du es sonst mit mir zu tun bekommst. Das Mädchen ist nicht so dumm, daß sie sich von jedem Taugenichts, der hinter ihr herschnüffelt, unter die Röcke greifen ließe wie du!«

Mit einem Schrei der Entrüstung zog sich Molly nun aus der Vorhalle zurück, während Maria mit blutübergossenem Gesicht dastand, weil Gertrudes Worte ihr wieder das Bild der nackten Molly ins Gedächtnis zurückgerufen hatten, die sich mit ihrem Liebhaber auf dem Küchentisch vergnügte. Das beunruhigte sie viel mehr als der Gedanke an diesen Teufel, der dort oben in seinem Zimmer auf sie wartete. Ihre Verlegenheit überwindend und erfüllt von einem Pflichtbewußtsein, wie sie es seit dem Tod ihres Bruders nicht mehr gekannt hatte, begab sie sich nun zum Fuß der Treppe und setzte mit den Worten: »Es gibt keine bessere Zeit als jetzt, ihn kennenzulernen«, entschlossen den Fuß auf die unterste Stufe.

Obwohl sie sich mit dieser Bemerkung nur selbst hatte Mut machen wollen, folgten ihr alle Dienstboten die Treppe hinauf, so daß ihre Schritte im Treppenhaus widerhallten wie die einer marschierenden Truppe von Soldaten.

Die Korridore, die sie auf dem Weg zum Zimmer Seiner Gnaden durchwanderte, waren von vergoldeten Wandfriesen, den Büsten von Königen und Königinnen (zweifellos alles Vorfahren des Herzogs) und lebensgroßen Porträts zweier blaßgesichtiger, großäugiger und sich in jeder Hinsicht zum Verwechseln ähnlicher Jungen gesäumt, die einem Windspiel die Ohren kraulten oder steif auf dem Rücken eines gesattelten Pferdes saßen. Erst als Maria wieder vor der Tür ihres ›Pfleglings‹ anhielt, kam ihr der Gedanke, daß eines dieser engelsgleichen Gesichter dem Herzog von Salterdon gehört haben mußte. Wie war es möglich, daß Unschuld sich so verwandeln konnte?

Sie warf einen unsicheren Blick auf Gertrude zurück, die sie mit einem schwachen Lächeln ermutigte, und drückte die Tür des Schlafgemaches Seiner Gnaden auf, sich innerlich wappnend gegen die Kälte und den Gestank, die sie dort erwarten würden. Sie sah zu der Gestalt hin, die sich im Halbdunkel nur schattenhaft hinter dem dünnen Stoff des Betthimmels abzeichnete, räusperte sich laut und trat über die Schwelle, wobei sie sich so fühlte wie Beowulf, als er in Grandals Hölle eindrang.

Maria stieg über das zerbrochene Porzellan hinweg, an umgestürzten Möbeln und Kleidungsstücken vorbei, die achtlos über Sessellehnen geworfen waren, erreichte sie das Fenster, holte tief Luft und schob die Vorhänge zur Seite, wobei sie eine Wolke von Staub aufwirbelte, der im trüben Winterlicht tanzte, das durch die verrußten Scheiben sickerte.

»Gertrude«, rief Maria.

»Ja, Miss Ashton?«

»Von jetzt an bleiben die Vorhänge tagsüber geöffnet.«

»Ja, Miss Ashton.«

»Als erstes werden wir hier saubermachen. Bringen Sie mir heißes Wasser, Seife und Bürsten. Lassen Sie die Teppiche entfernen und klopfen. Ich habe gestern unten frische Blumen gesehen . . .«

»Sie stammen aus dem Gewächshaus, Miss.«

»Ich möchte, daß auf jedem Tisch, in jeder Nische und Ecke des Zimmers frische Blumen stehen. Und der Lüster muß poliert, mit Kerzen versehen und dann angezündet werden . . .«

»Wird alles sofort geschehen, Miss.«

Sich zu ihren Untergebenen umdrehend, klatschte Gertrude in die Hände und erteilte ihnen mit bellender Stimme die nötigen Befehle, worauf die Schar der Bediensteten in alle Richtungen davonstob. Dann wandte sie sich wieder Maria zu, und sah zwischen ihr und dem Bett mehrmals hin und her, wobei ihr Gesicht einen besorgten Ausdruck annahm.

Maria schenkte ihr ein zuversichtliches Lächeln, näherte sich dem Bett und zögerte kurz, als sie die Hand nach den hauchdünnen Vorhängen des Betthimmels austreckte. Dann holte sie tief Luft und zog sie zur Seite.

Seine Gnaden, der Herzog von Salterdon – oder was sie

von ihm unter diesen wuchernden langen, leicht gelockten schwarzen Haupt- und Barthaaren erkennen konnte –, lag noch genauso da, wie sie ihn am Abend zuvor gesehen hatte: in sein Bettlaken eingerollt und den Blick seiner leblosen, weit geöffneten Augen gegen die Zimmerdecke gerichtet. Sie beugte sich vorsichtig über ihn, hielt den Handrücken gegen seine Nase und seinen Mund und mußte nun schon sehr genau hinsehen, bis sie die leisen Atembewegungen seiner Brust entdeckte.

Sich noch tiefer über ihn beugend, versuchte sie nun mit angehaltenem Atem seine Gesichtszüge unter dem struppigen Barthaar zu erkennen, die sogar noch schrecklicher aussahen, als sie zunächst gedacht hatte. Dieses Wesen schien nichts Menschliches mehr an sich zu haben – jedenfalls nichts, was noch an einen geistig normalen oder gesunden Menschen erinnerte. Die eingesunkenen Wangen, die tief in den Höhlen liegenden Augen, die schweren Brauen und die verfilzten, strähnigen Haare, die das schmutzige Kissen völlig verdeckten, schienen einer Leiche zu gehören. Zitternd strich sie ihm mit der Hand über das Gesicht und die Augen, darauf vorbereitet, sie sofort wieder zurückzuziehen, sollte sie auch nur das geringste Anzeichen dafür entdecken, daß er aus seinem Stupor erwachte, um über sie herzufallen. Doch nicht eine Wimper zuckte in diesem leblosen Gesicht.

Sie wandte sich zu Gertrude um und fragte: »Wie lange liegt er schon so da?«

»Das weiß ich nicht so genau, Miss. Wie ich schon sagte, bin ich zwei Wochen von hier fort gewesen. Aber auch in der Zeit davor hat er sich oft tagelang hier in sein Bett verkrochen wie ein Drache in seine Höhle und wollte niemand an sich heranlassen, der versuchte, ihn zum Aufstehen zu bewegen. Wir waren deshalb gezwungen, seine Mahlzeiten auf einem Tablett neben seinem Bett abzustellen. Manchmal gelang es ihm ja, selbst zu essen. Doch es gab auch Zeiten ...« Ein Schatten wanderte über Gertrudes Gesicht, ehe sie die Hände ringend fortfuhr: »... Zeiten, in denen er sich offenbar dazu entschlossen hatte, seinem Leben ein Ende zu machen, bis der Hunger in ihm so übermächtig wurde, daß er ... er ...«

Gertrude, der die Stimme zu versagen schien, drehte sich von ihr weg, worauf Maria zu ihr eilte, ihr den Arm um die zuckenden Schultern legte und sagte: »Was hat er dann getan, Gertrude? Sagt es mir. Ich muß das alles wissen, wenn ich ihm helfen soll!«

Gertrude schüttelte den Kopf, als wäre die Erinnerung daran eine zu große Belastung für sie. »Da ... da fand ich ihn hier im Bett, wie er versuchte, sich selbst zu füttern – mit zu Brei zerquetschtem Gemüse oder Braten in seinen Händen, deren Bewegungen er nicht mehr koordinieren konnte, so daß sie seinen Mund nicht fanden. Es brach mir das Herz – ehrlich – ihn in so einem Zustand erleben zu müssen, weil ich doch wußte, was für ein gesunder und prächtiger Mann er einmal gewesen ist – so würdevoll und hübsch – oh, ja, das Abbild eines Aristokraten. Wir waren damals richtig stolz, für ihn arbeiten zu dürfen.«

Maria, die ein heißes Brennen in der Kehle spürte, als sie sich daran erinnerte, wie ihr eigener Bruder nur noch ein Schatten seines früheren Selbst gewesen war, legte nun die Arme um die weinende Haushälterin und drückte sie an sich. »Dann sollten wir uns als erstes darum bemühen, Eurem Meister sein früheres würdevolles Äußere zurückzugeben, liebe Gertrude. Wollt Ihr mir dabei helfen?«

»Aber ja doch, Kindchen«, schluchzte die Haushälterin.

»Doch bevor wir alle unsere Kräfte auf Seine Gnaden konzentrieren können, müssen wir erst einmal sein Zimmer gründlich reinigen. Doch um die Dienerschaft davon zu überzeugen, daß ihnen kein Leid geschehen wird, wenn sie diese Arbeit hier verrichten, brauche ich ebenfalls Eure Hilfe.«

»Das wird nicht so leicht sein, Miss. Betty – das ist diese kleine schielende Person mit dem Überbiß, deren Job es ist, die Asche aus dem Kamin zu entfernen und den Rost mit

Ofenschwärze zu behandeln – hat er beim letztenmal, als sie hier in sein Zimmer kam, eine chinesische Vase nachgeworfen und sie damit hier am Kopf getroffen.« Die Haushälterin deutete auf eine Stelle über ihrem rechten Ohr. »Seither hört sie Tag und Nacht die Kirchenglocken läuten und schwor, daß es eher in der Hölle schneien würde, als ich sie noch einmal dazu bewegen könnte, den Fuß über seine Türschwelle zu setzen. Ich kann ihr das nicht verdenken, wenn Ihr mich fragt.«

»Aber er scheint sich doch jetzt ganz friedlich zu verhalten«, gab Maria darauf zur Antwort und blickte dabei wieder vorsorglich zu seinem Bett hin.

Da senkte Gertrude die Stimme zu einem Flüstern, und ihr Gesicht wurde zu einer Maske der Angst: »Das ist ja das Vertrackte, daß man nie weiß, wann er aus seinem Stupor erwachen wird, Miss! Wie oft hat er schon so friedlich dagelegen wie jetzt, um einen im nächsten Moment am Hals zu packen und einem die Gurgel abzudrücken, daß einem ganz schwarz vor den Augen wurde. Oh, es schaudert mich, wenn ich nur daran denke!« Mit einem leisen Stöhnen griff sich die Haushälterin mit beiden Händen an den Mund und kniff die Augen fest zusammen, wobei sie so heftig am ganzen Leib zitterte, daß es Maria angst und bange wurde. »Versprecht mir«, flüsterte die Haushälterin, »daß Ihr immer auf der Hut sein und ihm nie den Rücken zukehren werdet, wenn Ihr Euch in seinem Zimmer befindet!«

Maria nickte. Ihr Mund war so trocken, daß sie keinen Ton herausbrachte.

»Dann will ich mal nach den anderen sehen«, murmelte Gertrude und bewegte sich zur Tür, vor der sich inzwischen wieder die Dienstboten versammelt hatten und ihr mit gerunzelter Stirn und banger Erwartung entgegensahen. Die Haushälterin blieb vor ihnen stehen und blickte sich dann noch einmal mit bebendem Kinn und einem so verzerrten Gesicht nach Maria um, als nähme sie Abschied von jemandem, der nun am Galgen aufgehängt oder aufs Rad geflochten werden würde.

»Viel Glück, Kindchen«, krächzte sie und floh aus dem Zimmer.

Kapitel drei

Von der Schwelle ihres Schlafgemachs aus beobachtete Maria, wie eine kleine mit Kehrichtkästen, Wassereimern, Bürsten und Seifenflocken bewaffnete Armee von Dienstboten in Salterdons Zimmer einmarschierte. Mit grimmiger Entschlossenheit gingen sie dann daran, es zu säubern, wobei sie immer wieder bange Blicke zum Bett ihres Herrn warfen, als erwarteten sie, daß dieser sich jeden Moment mit der Absicht, sie alle zu verschlingen, von seinem Lager erheben würde.

Alsbald wurde der strenge, unangenehme Krankenzimmergeruch durch den frischen Duft von Seife und Bienenwachs ersetzt, und mit jeder Verbesserung des Zustands im Nachbarraum wuchs auch Marias Zuversicht und Selbstvertrauen – trotz der großen Müdigkeit und Erschöpfung, unter denen sie litt, da sie seit vierundzwanzig Stunden kaum geschlafen und nichts mehr gegessen hatte. Zweimal versuchte sie jedoch, die wenigen Energiereserven, über die sie noch verfügte, dazu zu verwenden, den Bediensteten bei ihrer Arbeit zu helfen, doch Gertrude wollte ihr das nicht erlauben.

»Die Herzogin hat ausdrücklich angeordnet, daß Eure einzige Sorge und Pflicht Seiner Gnaden gelten sollen. Und daß wir Euch so zu behandeln haben, als wäret Ihr ein Mitglied der herzoglichen Familie.«

»Aber ich bin es nicht gewohnt, untätig zu sein«, erklärte Maria.

»Ihr werdet auch nicht lange müßig bleiben«, versicherte Gertrude ihr, während ihr Blick auf dem offenbar bewußtlosen Mann unter dem Betthimmel verweilte. »Er wird mit der Zeit wieder zu sich kommen, und dann ... nun, Ihr werdet es ja bald selbst erleben, Miss.«

Allmählich verringerte sich die Anzahl der Dienstboten, die mit der Reinigung des Krankenzimmers beschäftigt waren, bis schließlich nur noch Betty übrig blieb, die wie eine Besessene den Kaminrost scheuerte und dabei immer wieder furchtsame Blicke zu dem im Schatten stehenden Bett warf. Jeder Versuch von seiten Marias, die Magd zu beruhigen, hatte diese nur noch nervöser und schreckhafter gemacht. Schließlich warf die mauseartige kleine Magd Kienspäne auf die Kohlen, zündete die Bienenwachskerzen in den Armleuchtern an, die über die Wände verteilt waren, und zog sich dann hastig aus dem Zimmer zurück, wobei sie die Tür so heftig hinter sich zuwarf, daß die Fensterscheiben klirrten.

Endlich allein mit ihrem ›Pflegling‹, blickte sich Maria mit über der Brust gefalteten Händen und leicht nach innen gedrehten Zehen, die unter dem Saum ihres schwarzen Rockes hervorlugten, in diesem weitläufigen, ganz nach männlichem Geschmack eingerichteten Raum um und lauschte den Geräuschen des Pendels der großen Standuhr, die sich unweit von ihr befand.

»Es ist dumm, sich so ängstlich zu benehmen«, sagte sie laut. »Er kann unmöglich eine schlimmere Bedrohung für mich sein als Vater. Oder grausamer. Wie könnte man das?«

Sie zwang ihre Beine dazu, einen Fuß vor den anderen zu setzen, und bewegte sich durch die Schatten der Abenddämmerung zum Fußende seines Bettes. Sie vermochte hinter dem blassen, transparenten Stoff des Baldachins seine Gestalt kaum auszumachen. Die Dienstboten hatten auch hier eine durchaus respektable Arbeit geleistet und sein Bettzeug in Ordnung gebracht. Sie hatten es sogar fertiggebracht, die wilde Flut seiner struppigen Haare soweit zu ordnen, daß sie nicht mehr über das Kissen ausgebreitet waren. Trotz allem war es ihnen jedoch nicht gelungen, diesen raubtierartigen

Ausdruck seiner Züge ein wenig zu mildern. Er sah so furchterregend aus wie am Abend zuvor, und sie erschauerte bis hinunter in ihre Zehenspitzen.

Sie hörte hinter sich im Uhrgehäuse ein leises Rasseln und Stöhnen, und dann schlug der mit Filz überzogene Hammer siebenmal an. Bei jedem dieser gedämpften Gongschläge zwang sie sich dazu, einen Schritt näher an das Bett heranzurücken. Schließlich war es ja ihre Pflicht, nicht nur für das Wohlergehen, sondern auch für die Bequemlichkeit ihres Herrn zu sorgen. Dieser Aufgabe konnte sie schwerlich dadurch nachkommen, daß sie am Fußende seines Bettes verharrte und an all diese schrecklichen Geschichten dachte, die ihr die Dienstboten im Verlauf ihres langen, arbeitsamen Nachmittags über Salterdon erzählt hatten.

Vorsichtig bewegte sie sich nun am Bettrand entlang und schob mit einer leicht bebenden Fingerspitze die Bettvorhänge auseinander. Falls er versuchte, sie anzufallen, würde sie schreien. Gertrude hatte ihr versichert, daß sie nur zu schreien oder kräftig an der Klingelschnur zu ziehen bräuchte, falls die Umstände das erfordern sollten, weil das ganz gewiß jemand hören würde. Ob ihr dieser Jemand dann auch zu Hilfe kam, war wohl weniger gewiß.

Da sie ihn nicht deutlich zu sehen vermochte, nahm sie die brennende Kerze vom Nachttisch und konzentrierte sich darauf, kein heißes Wachs zu verschütten, als sie diese seinem Gesicht näherte. Wie immer standen seine Augen offen und starrten zur Zimmerdecke hinauf. Die sich in seinen Pupillen spiegelnde Kerzenflamme war das einzige, was diesen leeren, weit aufgesperrten Augen Leben verlieh, die vermutlich voller Feuer und Verdammnis waren, wenn das Bewußtsein in sie zurückkehrte . . . wie die ihres Vaters – nein, nicht wie die ihres Vaters. Aus ihnen würde nicht die Androhung des Höllenfeuers sprechen, sondern etwas ganz anderes, jedoch ebenso Beängstigendes, vielleicht sogar Gefährlicheres. Wann, fragte sie sich, würde der Drache aus seinem Schlaf erwachen?

»Euer Gnaden«, rief sie leise, zaghaft. »Könnt Ihr mich hören? Meine Name ist Maria Ashton, Euer Gnaden. Ich bin gekommen, um Euch zu helfen. Blinzelt, wenn Ihr mich versteht.«

Nichts.

Die Kerze noch tiefer über sein Gesicht haltend, betrachtete sie seinen kräftigen Nasensattel und die tief in ihren Höhlen liegenden Augen. Da die Diener ihm das Haar von den Schläfen zurückgekämmt hatten, konnte sie nun auch seine hohe, gut geformte Stirn sehen. Und obwohl sein Mund größtenteils noch von seinem ungepflegten Bart verdeckt war, fand sie auch diesen bemerkenswert. Seine Lippen sehen so aus, dachte sie bei sich, als könnten sie sich rasch zu einem Lächeln kräuseln, sich spöttisch verziehen oder mit einer einzigen gemurmelten Ungehörigkeit einen anderen Menschen tief verletzen.

Stirnrunzelnd richtete sie sich wieder auf, stellte die Kerze auf den Nachttisch zurück und ging in ihr Zimmer hinüber, das an seines grenzte.

Sie schrieb einen Brief an John Rees und einen zweiten an ihre Mutter, in denen sie alles haarklein aufführte, was sie in jeder Minute, seit sie in Thorn Rose angekommen war, gemacht hatte. Solche Ausdrücke wie Goliath, schrecklich, wild oder gespenstisch fanden sich in fast jedem Satz, den sie schrieb, die jedoch mit den von ihr ebenso oft verwendeten Worten wie prächtig, pompös, verschwenderisch und luxuriös ein seltsames Gemenge bildeten, bis sie schließlich frustriert das Briefpapier zerknüllte und es auf den Boden warf.

Wie konnte sie den beiden Menschen, die sie am meisten auf der Welt liebte, beibringen, daß ihr Wohlbefinden und ihre persönliche Sicherheit in diesem Haus keineswegs als gesichert gelten konnten? Und war es nicht geschmacklos, wenn sie sich zugleich beeindruckt zeigte von dem Luxus und dem üppigen Lebensstil, den sie hier genoß? John Rees würde um ihre dekadente Seele fürchten. Und ihre Mutter, wenn ihre Mutter doch nur begreifen würde, daß Maria das alles nur ihretwegen tat und erduldete in der Hoffnung, ihr eines Tages einen sicheren Hafen bieten zu können, der frei war von den schädlichen Einflüssen eines Vikar Ashton, und nicht, weil ihre Kindheitsphantasien sie schließlich korrumpiert und ihre moralischen Prinzipien untergraben hatten, wie ihr Vater ihr das immer prophezeit hatte.

Sie war kein Engel des Satans, der seinen Körper dazu verwendete, die Seelen der Männer zur Sünde zu verführen. Wie hätte sie das denn auch zuwege bringen können, wo sie doch so eingeschnürt war wie eine Jungfrau im Mittelalter, damit ihre Figur so flach und formlos wurde wie die eines Knaben?

»Kein Wunder, daß John Rees so wenig von dem verspürt hatte, was man unter einem männlichen Appetit versteht«, überlegte sie laut, während sie mit großen blauen Augen ihre Erscheinung in dem ovalen Wandspiegel musterte. Der hohe, schmucklose Kragen ihres Kleides legte sich fest um ihren Hals. Die Lippen zu einem leichten Schmollen aufwerfend, nestelte sie nun an einer Reihe winziger Knöpfe, bis sie den Kragen bis zu ihren Schlüsselbeinen hinunter geöffnet hatte. Noch zwei Knöpfe, und dann konnte sie gerade eben schattenhaft den oberen Rand der Baumwollbinde unter ihrem einfachen grobleinernen Unterhemd erkennen.

Da klopfte es plötzlich an der Tür. Sie sprang auf, raffte vorne wieder ihr Kleid über dem Hals zusammen und schwang herum, als Gertrude den Kopf durch die Tür steckte und lächelte.

»Ihr seid noch auf. Gut. Ich dachte, daß Ihr vielleicht gern ein Bad nehmen würdet. Kann ich die Burschen mit dem Wasser hereinschicken?«

Mit hochrotem Gesicht ihren Kragen wieder zuknöpfend, nickte Maria stumm, und dann fiel ihr die Kinnlade herunter, als Gertrude die Tür weit aufriß und eine Reihe von kräftigen, großgewachsenen jungen Männern ins Zimmer marschierte –

jeder mit einem Joch auf den Schultern, an dem zwei große Eimer mit dampfend heißem Wasser hingen.

Gertrude eilte hinter den großen lackierten japanischen Wandschirm, der in einem Winkel des Raumes stand, und zog mit einem Grunzen und Stöhnen ein gewaltiges, reich verziertes Behältnis hervor, dessen nach außen gewölbter Rand Maria bis zur Hüfte hinaufreichte. Ein mit einem Relief geschmückter Deckel paßte genau auf dieses längliche Gefäß, das Gertrude nun vor das Kaminfeuer zerrte.

»Was ist denn das?« fragte Maria, die dieses Ungetüm mißtrauisch beäugte.

»Eine Badewanne natürlich.« Gertrude klappte einen Teil des Deckels zurück und nickte den Wasserträgern zu. Diese kippten nacheinander den Inhalt ihrer Eimer in die Wanne, von der alsbald so mächtige Dampfschwaden aufstiegen, daß sie sich als Kondenswasser auf den Fensterscheiben im Zimmer niederschlugen.

»Gütiger Gott«, rief Maria, »das Ding ist ja so tief, daß man darin ertrinken könnte!«

»*Aye.* Ihr würdet das jetzt wohl kaum glauben, wenn Ihr ihn seht, aber Seine Gnaden legte stets den größten Wert auf Sauberkeit. Er hat sogar die Badewannen im Haus selbst entworfen und auch diesen Aufsatz dazu erfunden.« Gertrude deutete auf den Deckel der Wanne, von dem sie eine Hälfte zurückgeklappt hatte, damit man diese mit Wasser füllen konnte. »Damit bleibt das Wasser länger dampfend heiß. Wenn Ihr mich fragt, käme ich mir in so einem Bad vor wie ein Hummer im Kochtopf. Aber wer kennt sich denn schon mit Aristokraten aus. Meine teure alte Mamie pflegte zu sagen, daß man höchstens einmal im Monat ein Bad nehmen dürfe, weil man sonst seine Gesundheit aufs höchste gefährdet.« Die Stimme senkend, fügte sie hinzu: »Auch wollte Seine Gnaden immer nur in Regenwasser baden, das wir in großen Fässern für ihn auffangen mußten. Er sagte, daß das Regenwasser die Poren besser reinigen und die Haut weicher machen würde als das Wasser aus einem Brunnen oder Bach. Er läßt sogar seine Pferde in Regenwasser baden.«

»Pferde?«

Nachdem der letzte Wasserträger das Zimmer wieder verlassen hatte, schloß Gertrude die Tür hinter ihm und eilte dann zu Maria zurück. »Ja, Pferde«, wiederholte Gertrude. »Dutzende von ihnen. Araber.«

»Araber?«

»Unglaubliche Biester. So elegant und anmutig wie eine Frau, und obendrein auch noch schön. Araber sind in den letzten paar Jahren für Seine Gnaden zu einer Leidenschaft geworden – seit sein Bruder ein Mädchen geheiratet hat, das diese Rasse verehrt. Die Salterdons haben schon immer ein Auge für Pferde gehabt.«

»Pferde«, wiederholte Maria andächtig. »Es ist schon immer mein Traum gewesen, eines Tages ein eigenes Pferd zu besitzen.«

»Er hatte zwar stets Pech beim Kartenspiel, aber noch nie ein Pferderennen mit leeren Taschen verlassen.« Sie schnalzte betrübt mit der Zunge. »Das war ja auch sein Verhängnis, daß er nie bei Pferdewetten verlor. Diese Halunken, die ihn und seine Freunde nach dem Pferderennen in Epson überfielen, wußten genau, daß er die Taschen voller Geld hatte.«

Wenn Gertrude Marias Busenbinde überaus seltsam fand, verriet sie das mit keiner Miene. Statt sich darüber laut zu wundern, ging die stattliche Haushälterin zu einer Frisierkommode, zog eine der Schubladen auf und sagte: »Zögert nicht, Euch eines dieser hier verwahrten Badesalze zu bedienen, Kindchen. Wenn Ihr ein oder zwei Handvoll davon in Euer Badewasser schüttet, werdet Ihr so süß duften wie eine Blume. Aber ich möchte Euch jetzt nicht länger stören, damit Ihr Euch baden und Toilette machen könnt. Eines von den Mädchen wird Euch danach Euer Dinner bringen.«

Ohne ein weiteres Wort zog sich Gertrude daraufhin aus dem Zimmer zurück.

Nach kurzem Zögern ließ Maria nun ihren Unterrock von den Schultern gleiten und löste dann die Binde von ihrem Busen, die sich in mehreren Windungen auf dem Boden um ihre Knöchel ringelte.

Ah, süße Freiheit! Ihre Hände über ihre Brüste wölbend, rieb sie diese, sich an deren Rundung und Fülle erfreuend, so lange, bis sie sich nicht länger taub anfühlten, und dabei kam ihr der Gedanke, daß dies womöglich die erste Nacht seit Jahren sein würde, in der sie ohne diese ihren Busen einschnürenden Binden schlafen konnte. Zumindest hatte sie nichts zu befürchten, wenn sie vergaß, diese vor dem Schlafengehen wieder anzulegen. Ihr Vater war weit weg von hier, und so mußte sie nicht damit rechnen, daß sie, wenn sie mitten in der Nacht aufwachen sollte, voller Schrecken entdecken mußte, wie er über ihr stand, seine Hände auf ihre eingewickelten Brüste gelegt . . ., um sich davon zu vergewissern, wie er behauptete, daß ihre zur Sünde herausfordernde Weiblichkeit angemessen unterdrückt war.

Nachdem Maria ein ganzes Fläschchen eines nach Veilchen duftenden Badesalzes in das dampfende Wasser geschüttet hatte, stieg sie vorsichtig in die Wanne und ließ sich langsam, den Atem anhaltend, in das Wasser hineinsinken. Ihr Fleisch kribbelte von der Hitze, und der Duft, der sich mit dem Dampf aus dem Wasser erhob, hüllte sie ein wie ein Kokon, so daß sie davon förmlich berauscht wurde.

Oh, das war zweifellos dekadent! Sie sollte nicht so genußsüchtig sein; denn womöglich gewöhnte sie sich noch an einen solchen Luxus, und was dann? Dann würde aus ihr genau das werden, was ihr Vater ihr schon immer prophezeit hatte. Zudem konnte doch niemand sagen, wie lange sie hier in Thorn Rose blieb. Sollte der Umgang mit dem Monster – Seiner Gnaden – tatsächlich so schwierig sein, wie die Dienerschaft das behauptete, konnte sie von Glück sagen, wenn sie die erste Begegnung mit ihm überlebte!

Dennoch – was konnte es denn schaden, wenn sie sich ein einziges Mal so ein Bad wie dieses hier gönnte?

Die Tür öffnete sich hinter ihr und wurde leise wieder geschlossen.

»Ihr könnt das Tablett mit meinem Dinner dort drüben neben dem Bett abstellen«, rief sie, während sie, die Augen schließend, mit einem genießerischen Lächeln den Seifenschaum auf ihren Schultern verrieb. »Ich fühle mich schrecklich sündhaft. Dumm, nicht wahr? Wißt Ihr eigentlich, daß ich bisher noch nie in etwas Größerem als einer Waschschüssel gebadet habe? Das einzige Mal, wo ich so tief im Wasser habe eintauchen können wie in dieser Wanne, war in Jones Bach, in dem ich zusammen mit meinem teuren Bruder geschwommen bin, nachdem es uns gelungen war, uns heimlich aus dem Haus zu schleichen. Doch das Wasser ist damals natürlich nicht so warm gewesen wie hier, und geduftet hat es auch nicht. Tatsächlich hat es eher gestunken, weil Jones Schweine sich häufig in seinem Bach suhlten – eine schreckliche Bande von Ebern, die uns mit lautem Grunzen und Quieken aus dem Wasser jagten.« Mit einem leisen Lachen schöpfte sie mit der hohlen Hand etwas Wasser und ließ es über ihr Gesicht rinnen. »Einer biß meinen Bruder sogar in den nackten Hintern, und er lief, sich die Kehrseite haltend, heulend nach Hause, wo er meinem Vater erzählte, eine Ziege hätte ihn mit den Hörnern gestoßen ...«

Abermals lachend, stand sie in der Wanne auf und ließ das Wasser wie flüssige Seide an ihrem Körper hinabrinnen, während sie hinzufügte: »Unser Vater hat nie erfahren, daß Paul ihn angelogen hatte. Aber ich habe mir damals den Mund mit Seife ausgewaschen, weil ich unserem Vater in dem Glauben ließ, daß es tatsächlich eine Ziege gewesen sei, die Paul am Hintern verwundet hatte. Würdet Ihr mir bitte das Handtuch dort reichen?« Maria deutete auf das Leinen, das Gertrude zum Abtrocknen für sie bereitgelegt hatte.

»Aber mit dem größten Vergnügen«, gab ihr darauf eine

männliche Stimme zur Antwort, »sobald ich diese Kohlen neben dem Kamin abgestellt habe.«

Ohne erst nachzudenken, wirbelte Maria herum und starrte Thaddeus, Mollys Liebhaber, der sich mit dieser auf dem Küchentisch vergnügt hatte, mit geweiteten Augen und offenem Mund an.

Thaddeus Hartley Edwards sah im bekleideten Zustand ganz anders aus. Maria vermochte ihn zuerst in seiner losen baumwollenen Kniehose und dem karierten, mit Grassamen bestäubten Flanellhemd gar nicht wiederzuerkennen. Seine rotblonden Haare waren säuberlich nach hinten gekämmt, und seine Wangen schienen frisch rasiert zu sein. Als sich jedoch der Blick aus seinen dunklen lachenden Augen mit ihrem kreuzte, verzog sich sein Mund zu einem Grinsen, das sie an jenes erinnerte, mit dem er sie am vergangenen Abend begrüßt hatte, als sie im Durchgang zur Küche stand und die beiden beobachtete. Erst in diesem Moment wurde ihr bewußt, daß sie sich ihm nun ebenso schamlos nackt zeigte, wie er sich ihr am Abend zuvor präsentiert hatte.

»Oh!« rief sie. »Mein Gott . . .« Damit ließ sie sich in die Wanne zurückfallen, daß das Wasser über deren Rand hinausschwappte.

»Donnerwetter.« Er schüttelte den Kopf. »Ihr seid ja noch hübscher, als ich glaubte!«

»Verschwindet!«

»Kein Wunder, daß Molly sich vor Eifersucht fast in den Schlüpfer biß. Und wenn ich daran denke, daß ich zu ihr sagte, Ihr wäret vorne so flach wie hinten, und so was würde ich nicht mal für 'nen halben Penny bumsen . . .«

»Was sagtet Ihr da eben?«

Er schlenderte durch das Zimmer und setzte dann einen Eimer voller Kohlen neben dem Kamin ab. »Ich schätze, damit sind wir beide jetzt quitt. Wir haben uns so nackt gesehen, wie wir auf die Welt gekommen sind; und nachdem wir einander gezeigt haben, was jeder dem anderen zu bieten hat, könnten wir uns jetzt mit der eigentlichen Sache befassen.«

»Womit Ihr Euch befassen könnt, ist die Tür dort hinten, um so rasch wie möglich aus meinem Zimmer zu verschwinden.«

»*Euer* Zimmer ist das also? Habt Euch ja recht schnell ein behagliches Plätzchen im Haus verschafft, in dem wir es uns beide jetzt recht gemütlich machen werden.« Er stemmte die Hände in die Hüften und zog eine Augenbraue nach oben, während er hinzusetzte: »Denn so, wie es aussieht, habt Ihr ja gar keine andere Wahl, Miss Maria Ashton aus Huddersfield, als aus dem Zuber zu steigen, bevor Ihr mich aus dem Zimmer vertreiben oder dieses verlassen könnt!«

»Perverses Untier! Gertrude hatte recht, als sie mich vor Euch warnte.«

»Gertrude ist eine geschwätzige alte Krähe, die vor Eifersucht platzt, weil es in der ganzen Grafschaft nicht einen Junggesellen oder verwitweten Bastard gibt, der sie haben möchte.«

Mit einem ärgerlichen Schnauben griff Maria da nach dem zurückgeschlagenen Deckel des Wannenaufsatzes und klappte ihn wieder zu, so daß nur noch ihr Kopf herausschaute, und funkelte den Eindringling wütend an. »Wenn Ihr jetzt nicht sofort dieses Zimmer verlaßt, werde ich nicht nur Gertrude, sondern auch die Herzogin davon unterrichten, daß Ihr mit Molly auf dem Küchentisch ... Unzucht getrieben habt.«

»Autsch. Das ist aber starker Tobak.«

»Die Wahrheit.«

»Unzucht ist ein verdammt sündiges Wort, das im Vokabular einer Pfarrerstochter eigentlich gar nicht vorkommen dürfte. Andrerseits ist mir auch noch nie eine Pfarrerstochter begegnet, die so ausgesehen hat wie Ihr. Ihr könnt das übrigens als ein Kompliment von mir betrachten.«

»Ich betrachte Eure ganze Existenz in diesem Moment als die schlimmste Beleidigung, die man mir zufügen kann. Ich fordere Euch deshalb zum letztenmal auf, mein . . .«

»Schon gut. Ich gehe. Ich habe ja auch nur an Eure Tür geklopft, um Euch auf Thorn Rose willkommen zu heißen und Euch zu sagen, daß ich eine breite Schulter habe, an die Ihr Euch lehnen könnt, falls Ihr so was benötigen solltet. Und brauchen werdet Ihr so etwas ganz bestimmt, wenn er dort drüben aus seiner Ohnmacht erwacht. Ich würde zu gern miterleben, was er mit Euch anstellen wird. Der bringt es fertig und frißt Euch bei lebendigem Leibe. Ja, Ihr dürft Euch glücklich schätzen, wenn Ihr die Sache mit heiler Haut übersteht. Ich wünsche Euch noch einen schönen, geruhsamen Abend, Miss Ashton. Genießt ihn, solange es noch geht.«

Aus der Dunkelheit drangen Stimmen zu ihm, wie immer gedämpft – zumindest so lange, wie er hier in diesen nebelverhangenen Schluchten der Bewußtlosigkeit verweilte, so schwerelos dahintreibend, als würde er von der Luft getragen, während Sonnenlicht und Schatten sich vor ihm durch sein trübes Gesichtsfeld bewegten – endlose Tage hindurch, in denen er hier auf seinem Bett wie in einer Gruft lag und seine Welt nur noch aus einer Kakophonie von Geräuschen bestand – aus Vogelgezwitscher, dem unregelmäßigen Kommen und Gehen der Dienstboten, die sogleich mit dem Reden oder Summen aufhörten, sobald sie in seine ›Höhle‹ kamen – und endlose Nächte hindurch, in denen er auf die Rückkehr des Tageslichts wartete, damit er sich wenigstens an der Gesellschaft dieser Idioten erfreuen konnte, so kurz diese auch sein mochte. Oh, ja, ein Mann von einiger Intelligenz konnte allein schon dadurch wahnsinnig werden, daß man ihn aus der Gesellschaft intelligenter Menschen verbannte. Da konnten ihn seine eigenen Gedanken um den Verstand bringen und die Monotonie seines Atmens, die ihn bereits in den Wahnsinn getrieben hatte.

Ah, ja, er mußte bereits verrückt sein, da ihn sonst niemals diese Visionen eines blauäugigen Engels mit einer Haut wie Porzellan und Haaren, die so weich und silbrig waren wie ein Wolkengespinst, aus diesem trüben Dämmerzustand herausgeholt hätten. Bestimmt mußte jetzt auch der letzte dünne Faden zerreißen, der ihn noch mit der Wirklichkeit verband, wenn er sich einbildete, den Duft von Veilchen wahrzunehmen und das harmonische Summen einer Frauenstimme. Und dieses verlokkende Geräusch von plätscherndem Wasser konnte nichts anderes sein als die Phantastereien eines schrecklich gestörten Geistes – eines Geistes, der sich allzu oft darum bemüht hatte, die Erinnerungen an schöne Frauen heraufzubeschwören – an langgliedrige, süß duftende Frauen, die ihr Seelenheil dafür verkauft haben würden, wenn sie mit ihm hätten schlafen dürfen – damals . . . aber jetzt nicht mehr.

Denn er war eine Bestie. Ein Monster. Kurzum ein Wahnsinniger. Und eine Frau mußte schon sehr verzweifelt sein, wenn sie dazu bereit war, ihre Zeit in seiner Gesellschaft zu verbringen.

Kapitel vier

Er war ein Monster. Eine Bestie. *Ein Wahnsinniger*!

Maria träumte, daß sie aus dem Schlaf erwachte und den Herzog von Salterdon über sich stehen sah, dessen Züge hinter seiner löwenartigen Mähne und seinem struppigen Bart kaum zu erkennen waren, in dessen starrenden Augen ein wildes Feuer brannte und dessen Hände auf ihren Brüsten lagen. Nur war es die Stimme ihres Vaters, die aus seinem Mund kam und ihr brüllend erklärte, daß sie verhext sei – ein Instrument der Lust. Welcher *gottesfürchtige* Mann würde sich wohl mit so einer Dirne abgeben?

Es war kurz nach drei Uhr morgens, als Maria sich kerzengerade in ihrem Bett aufsetzte und den Blick ihrer geschwollenen Augen auf die tiefen Schatten bei der Tür zu ihrem Zimmer gerichtet. Stand diese offen? Sie war sicher, daß sie die Tür vor dem Schlafengehen verriegelt hatte!

Sie schwang die Beine über die Bettkante, rannte zur Tür und warf sich mit wild klopfendem Herzen dagegen, wobei sie mit bebenden Händen im Dunklen den Knauf suchte, um kurz darauf zu entdecken, daß die Tür geschlossen und fest verriegelt war. Sie versuchte, wieder regelmäßig zu atmen, ihr wie rasend klopfendes Herz zu beruhigen und vernünftig zu überlegen. Da war nichts, vor dem sie jetzt Angst haben mußte. Die Monster der Finsternis lagen hinter ihr . . ., zumindest jene, die mit dem Gesicht des Vikars von Huddersfield verbunden waren.

Doch jetzt gab es dieses andere hier – das Gesicht eines

Mannes, der seine Dienerschaft in Angst und Schrecken versetzte, eine Bestie von einem Mann mit dem Temperament eines Drachen, ein Mann, dessen Gestalt so groß und furchteinflößend war, daß sie schon vor Angst zitterte, wenn sie nur bis auf Zimmerweite an ihn herankam – selbst dann noch, wenn er dort wie tot auf seinem Bett lag.

Gütiger Gott – welches von diesen beiden Monstern schreckte sie wohl mehr?

Gertrude schnalzte leise mit der Zunge, nahm Marias Gesicht zwischen beide Hände und betrachtete es kopfschüttelnd. »Ich wette, Ihr habt heute nacht kein Auge zugetan, Miss. Eure lieblichen blauen Augen liegen tief in den Höhlen und sind von dunklen Ringen umgeben. Sagt Gerti die Wahrheit! Leidet Ihr an Heimweh, Kindchen?«

Maria befreite sich aus Gertrudes Griff, schenkte ihrer Freundin ein schwaches Lächeln und nahm ein Blatt Papier vom Tisch. »Ich habe die letzten paar Stunden damit verbracht, mir einen Plan auszudenken, wie sich der Zustand Seiner Gnaden verbessern ließe. Vor allem müssen wir uns darum bemühen, ihn von seiner Teilnahmslosigkeit zu befreien.«

»Das versuchen wir ja bereits seit einem Jahr, aber leider vergeblich. Ich schätze, wenn ein Mensch sich dazu entschlossen hat, seinen Geist aufzugeben, gibt es nichts, was ihn dazu bewegen könnte, seine Entscheidung wieder rückgängig zu machen. Auch habt Ihr mir nicht meine Frage beantwortet. Eure Familie, Kindchen – vermißt Ihr sie sehr?«

»Es kommt im Leben jeder Frau der Tag, an dem sie einsieht, daß es besser für sie wäre, auf eigenen Füßen zu stehen, Gerti.«

»Das ist doch Mumpitz, den Ihr da verzapft, Kindchen. So ein Mädchen wie Ihr sollte längst verheiratet sein und ein oder zwei Kinder auf ihren Knien schaukeln.« Sich im Zimmer umschauend, stellte Gertrude fest, daß das Bett bereits gemacht und auch die Badewanne offenbar noch am vergangenen

Abend entleert und gesäubert und die beiden Kannen auf dem Waschständer heute morgen schon wieder mit frischem Wasser gefüllt worden waren. »So, wie es hier aussieht«, setzte sie mit einem Seufzer hinzu, »würdet Ihr wohl jedem Mann eine gute Hausfrau sein. Ich kenne nur wenige Mädchen in Eurem Alter, die ein Laken so sauber und ordentlich feststecken könnten wie dieses da.« Gertrude deutete zum Bett hin.

»Mein Vater war ein Perfektionist. Nur Menschen, die ohne jeden Fehler sind und in allen Dingen, die sie verrichten, den strengsten Maßstäben gerecht werden und die höchsten Erwartungen erfüllen, werden in den Himmel kommen.«

Gertrude kniff ihre lustigen Augen zusammen, als sie den Blick wieder auf Maria richtete, und meinte kopfschüttelnd: »Wenn das so ist, können sich nur die wenigsten von uns einen Platz im Paradies erhoffen.«

Maria sagte nichts, sondern schob die Füße in ihre Slipper, die sie dann rasch unter ihrem Rock verbarg, damit die Haushälterin nicht sah, daß das Leder an einigen Stellen bereits durchgewetzt war.

»Hängen die Vorstellungen Eures Vaters von der Perfektion eines Menschen auch mit den Binden zusammen, die Ihr Euch um den Leib wickelt?«

Maria drehte das Gesicht zur Seite.

»Es gibt keinen Grund, sie hier zu tragen«, erklärte Gertrude.

»Ich fühle mich in ihnen einfach wohler.«

»Wohler oder – sicherer?«

Wieder gab Maria ihr darauf keine Antwort, sondern machte sich daran, die Blätter mit den Notizen einzusammeln, die sie sich in den schlaflosen Stunden vor dem Einbruch der Morgendämmerung gemacht hatte.

»Nach allem, was ich bisher von Euch gesehen habe«, fuhr Gertrude fort, »verbirgt sich eine wirklich hübsche Figur unter all diesen Wickeln. Meiner Meinung nach ist es eine echte Schande, wenn Ihr Euch diese aus Rücksichtnahme auf rückständige und längst überholte Ansichten verderbt. Egal. Ich schätze, daß der Tag kommen wird, an dem Ihr Euch dazu gedrängt fühlt, diese abzulegen . . ., falls Ihr zum Beispiel jenem jungen Mann begegnen solltet, den Ihr beeindrucken wollt . . . oder seid Ihr diesem etwa schon begegnet?«

»Wie kommt Ihr auf eine solche Idee?« Maria warf einen neugierigen Seitenblick auf ihre Freundin.

Gertrude deutete auf ein paar Papierfetzen, die auf dem Schreibtisch verstreut lagen. »Sieht mir ganz so aus, als hättet Ihr Mühe gehabt, Eure Empfindungen in die richtigen Worte zu kleiden.«

»Möglich«, gab Maria einsilbig zur Antwort und dachte dabei mit einem Anflug von Melancholie an John Rees. Konnte es sein, daß John sie vermißte? Waren die Leere in ihrem Herzen und die Einsamkeit, die sie jetzt empfand, auf die Trennung von dem einzigen Freund zurückzuführen, den sie bisher neben Paul in ihrem Leben gehabt hatte?

»Keine Bange, Liebes. Es wird alles so kommen, wie es uns bestimmt ist. Was sein soll, wird sein. Wie meine teure alte Mom zu sagen pflegte, macht die gute Hand der Vorsehung niemals etwas umsonst. Wenn wir auf diese kleine Stimme hören, die am lautesten in unserem Ohr wispert und uns sagt, wie wir uns entscheiden sollen, werden wir stets auf dem Pfad unserer wahren Bestimmung wandeln.«

Maria dachte über Gertrudes Worte nach. »Wollt Ihr damit sagen, daß unser Leben schon von Geburt an festgelegt ist? Und daß wir nur dem Pfad unserer wahren Bestimmung folgen müssen, um unser Glück und unseren Frieden im Leben zu finden?«

»*Aye*, Kindchen. Wenn wir uns in der dunkelsten Stunde unseres Lebens zu befinden scheinen, könnt Ihr versichert sein, daß wir diesen Schwierigkeiten nicht umsonst begegnen. Sie stellen immer eine Lektion für uns dar, aus der wir lernen sollen, und eine Stärkung, die wir dadurch erfahren, daß wir diese Herausforderungen meistern und uns über sie erheben.

Wenn Ihr daran glaubt, werden Euch die Widrigkeiten im Leben niemals als ein unüberwindliches Hindernis erscheinen. Der Trick besteht darin, daß Ihr Euch nicht von der scheinbaren Hoffnungslosigkeit Eurer Situation entmutigen laßt, sondern vielmehr die Hoffnung daraus schöpft, sie zu überwinden.«

Maria holte tief Luft und lachte. »Nun, meine teure Gertrude, ich fürchte, daß uns unsere augenblickliche Situation bald als unüberwindlich erscheinen wird, wenn wir jetzt nicht darangehen, die uns aufgetragene Arbeit anzupacken ... Womit ich natürlich den Herzog von Salterdon meine. Unsere Bestimmung besteht im Augenblick darin, eine Möglichkeit zu finden, wie wir ihn aus seiner Lethargie erwecken können.«

»Ihr werdet bald feststellen, daß Seine Gnaden niemals das tut, was er nicht tun will. Oder falls er etwas tut, dann nur so und zu der Zeit, wie und wann er es tun möchte. So sind nun mal die Gepflogenheiten der Aristokratie, Kindchen.«

»Zuweilen sind wir doch alle dazu gezwungen, etwas zu tun, das wir gar nicht so gern tun möchten. Unsere dringlichste Aufgabe besteht jetzt darin, dem Herzog seinen Lebenswillen zurückzugeben, meine teure Gerti.«

»Solange wir nicht auf dem Weg dorthin die Möglichkeit verlieren, unsere eigene Haut zu retten«, murmelte Gertrude, als sie Maria durch die Tür in das angrenzende Zimmer folgte.

Zwei große, kräftig aussehende Vertreter der männlichen Dienerschaft waren gerade dabei, sich die langen Arme des Herzogs um die Schultern zu legen und ihn mit einiger Mühe in eine sitzende Stellung zu bringen, wobei sein ganzes Gewicht wie das eines Toten an ihnen hing. Nachdem sie eine kurze Verschnaufpause eingelegt hatten, hoben sie ihn aus dem Bett heraus und in einen mit Rädern versehenen Rollstuhl hinein, wo Gertrude die Hände gegen die Schultern Seiner Gnaden stemmte und ihn in sitzender Position festhielt.

»Bringt mir ein Seil!« rief sie dabei Maria zu, die nun wie

ein aufgescheuchtes Huhn im Zimmer herumlief, bis sie eine Vorhangschnur entdeckte und diese aus ihrer Verankerung riß. Sie eilte damit zu der Haushälterin, die den Herzog mit dieser Schnur an der Rückenlehne des Stuhls festband, dann, heftig keuchend und mit Schweißperlen auf Stirn und Oberlippe, einen Schritt von diesem zurückwich und sagte: »Ich würde mich jetzt keinen Moment länger in seinem Zimmer aufhalten, wenn er in diesem Augenblick zu sich käme. Ich bin sicher, daß er es gar nicht schätzen würde, sich mit einer Schnur umwickelt in seinem Stuhl vorzufinden wie eine Weihnachtsgans, bevor man sie in die Bratröhre schiebt. Es ist so wenig Würdevolles an seiner Erscheinung – findet Ihr nicht auch?«

»Ich vermag nur sehr wenig an Seiner Gnaden zu entdekken, was mich auch nur im entferntesten an eine aristokratische Erscheinung erinnern würde«, gab Maria zurück, die sich, ein Taschentuch an ihre Nase haltend, in sicherer Entfernung vom Herzog im Zimmer aufgebaut hatte. »Kaum zu glauben, daß dies der gleiche Mann sein soll, der sich in so einem wohlriechendem Wasser zu baden pflegte, wie ich das gestern abend getan habe.«

»Oh, in so einem Wasser hat er niemals gebadet«, erwiderte Gertrude, die sich den Schweiß aus dem Gesicht wischte. »Diese Bäder waren für die Damen bestimmt, die er hier zum Übernachten einlud – für seine Mätressen und so. Er hat immer dafür gesorgt, daß es seinen Geliebten an nichts mangelte, wozu auch diverse Pariser Toilettenwasser gehörten.« Sie kicherte leise. »Sobald Ihr Euch hier ein bißchen eingewöhnt habt, werde ich Euch mal einen Blick in die Garderobenschränke werfen lassen. Ich wette, Ihr werdet vor Scham bis unter die Haarwurzeln erröten. Und Euern sittenstrengen Vater müßte vor Schreck der Schlag treffen, wenn er dieser hauchzarten Hemdchen ansichtig würde, mit denen diese Ladies sich des Nachts bekleideten«, wisperte sie hinter der vorgehaltenen Hand und kicherte abermals.

»Schwer vorstellbar«, murmelte Maria und konnte dabei einen Schauder des Abscheus nicht unterdrücken, der sie jedesmal überkam, wenn sie dazu gezwungen war, den Raum mit diesem wüst aussehenden Herzog zu teilen. Trotzdem konnte sie aus irgendeinem seltsamen Grund nicht umhin, ihn anzustarren, und heftete ihren Blick auf sein Profil.

Sein Kopf war inzwischen nach vorn gefallen, und seine Haare hatten sich wie ein verfilztes Netz über seine Schultern ausgebreitet. Er sah aus wie einer von diesen Leuten, die sich als Lumpensammler ein karges Brot in Huddersfield verdienten und die wohl kaum zu jener Sorte von Männern gehörten, die eine schöne Frau dazu verführen konnten, den Pfad der Tugend zu verlassen.

»Schiebt ihn vor das Fenster«, befahl Maria.

Mit einem Grunzen beförderte Gertrude nun den Stuhl mit seiner schweren Fracht zum Fenster und stellte ihn dort in einem Kegel aus reinem, blassen Licht ab, der sich auf dem Boden ausbreitete, ehe sie sich wieder in das Innere des Zimmers zurückzog.

»Bringt ihm etwas zu essen«, sagte Maria. »Und dann stekken wir ihn in die Badewanne, die erst mit dampfend heißem und dann mit dem kältesten Wasser gefüllt werden soll, das Ihr hier auftreiben könnt. So ein Wechselbad kräftigt Geist und Seele und zieht eine Menge Gift aus dem Körper.«

»Und das könnte vermutlich auch eine Menge dazu beitragen, ihn in Rage zu versetzen, würde ich meinen. Seid Ihr sicher, daß Ihr ihn so einer Behandlung unterziehen wollt – ich meine, ehe Ihr genau wißt, worauf Ihr Euch da eingelassen habt?«

»Lieber ertrage ich seinen Zorn, als mich mit seinem Geruch abzufinden. Und wenn Ihr mir das Wasser besorgt, bringt mir doch auch ein paar Flaschen von diesem Toilettensalz mit. Das Veilchenparfüm duftete recht angenehm.«

»*Aye*, Miss.« Gertrude huschte aus dem Zimmer, und Maria ließ sich nun behutsam auf einem Sessel in der Nähe ihres

Pfleglings nieder, faltete die Hände im Schoß und betrachtete den Herzog von Salterdon, der zusammengesunken in seinem Krankenstuhl saß, das Kinn auf die Brust gestützt, die wirre Masse seiner dunkelbraunen Haare über seine hängenden Schultern ausgebreitet, die ihr ungemein breit, aber auch sehr mager unter dem schmutzigen Stoff seines Nachtgewands vorkamen.

Sie dachte laut: »So wie Ihr sah damals mein Bruder Paul in jenen letzten, schrecklichen Tagen aus, als seine Seele über dieser dünnen Linie schwebte, die das Leben vom Tod trennt. Der Vikar Ashton glaubt, daß Gott mit solchen Katastrophen diejenigen seiner Lämmer zu bestrafen pflegt, die vom rechten Weg abgekommen waren. Pauls Vergehen bestand darin, daß er eine Frau liebte, die einem anderen Mann gehörte; doch in seinem Herzen und seinem Geist hat er nichts Unrechtes getan, Euer Gnaden. Ihr Ehemann hat sie auf jede nur erdenkliche Weise schändlich mißbraucht. Und dabei prahlte er noch damit, daß er mit allen Schankmädchen in zwei Grafschaften ein . . . illegitimes Verhältnis habe. Er behandelte sie wie eine Leibeigene, Euer Gnaden, und peitschte sie öffentlich aus, wenn sie es wagte, auch nur mit einem Wort seine Autorität anzuzweifeln.«

Sie streckte ihre Hände aus, als wollte sie an sein Gerechtigkeitsgefühl appellieren, und fuhr mit tränenerstickter Stimme fort: »Eines Tages wurde mein Bruder zufällig Zeuge, wie diese Bestie seine Frau auspeitschte, und seine einzige Sünde bestand darin, daß er versuchte, den Mann daran zu hindern, seine Frau zu mißhandeln. Bestand das Verbrechen nicht darin, daß dieser Mann meinem Bruder die Wirbelsäule zerbrach, Sir? Daß er die Ursache seines viel zu frühen Todes war? Doch . . . der Vikar Ashton erklärte, es wäre das Recht dieses *Bastards* gewesen, meinen Bruder so zu behandeln!«

Sie zögerte, während ihr ganzer Körper warm wurde vor Zorn und angesichts der Tatsache, daß ihr solche gotteslästerlichen Worte in aller Öffentlichkeit so leicht über die Lippen kamen. Und hochrot vor Empörung fügte sie nun hinzu: »Der Vikar Ashton, Euer Gnaden, drehte seinem eigenen Sohn den Rücken zu und wollte ihn nie mehr – selbst an seinem Todestag nicht – ansehen. Wenn schon ein so guter und hilfsbereiter Mensch wie mein Bruder eine so grausame Züchtigung verdiente, wie groß müßte dann erst die Strafe für Euch ausfallen, Euer Gnaden?«

Winzige, glitzernde Staubfädchen schwebten um den Kopf des Herzogs, dessen Haare im Licht der Sonne von kleinen rötlichbraunen Regenbögen überzogen zu sein schienen. Maria verließ ihren Sessel und ging vorsichtig um ihren Pflegling herum, ohne ihn auch auch nur einen Moment lang aus den Augen zu lassen. Die Diener, die ihn aus dem Bett gehoben hatten, hatten die Ärmel seines Nachtgewands über seine Ellenbogen hinaufgekrempelt, und sie bemerkte, wie kräftig seine Unterarme waren, auf denen sie noch Spuren einer vergangenen Sonnenbräune entdeckte (war der Herzog etwa auf seinen so hochgeschätzten Arabern stets mit nacktem Oberkörper geritten?), die in den letzten Monaten, wo er in dieser gruftähnlichen Kammer, hinter dicken Vorhängen vor der Sonne versteckt, im Dunklen gehaust hatte, zu einem verwaschenen Gelb verblichen war. Und seine Hände – sie konnte deren Knochengerüst erkennen und auch die Sehnen, die unter der Haut hervorstanden wie geronnene Wachsfäden an einer Kerze. Und da waren auch noch breite blaue Adern, die über Handrücken und Finger hinliefen; nur was die Farbe seiner Haut betraf, so verdiente sie diese Bezeichnung nicht mehr – sie war so fahl wie abgestorbenes Fleisch. Da war keine Flamme des Lebens mehr darin zu entdecken, kein Funken eines Beweises mehr von dem, was er einst gewesen sein sollte.

»Ist er auch angemessen bedeckt?« fragte Maria mit dem Rükken zur Wanne.

»*Aye*«, erwiderte Thaddeus, »ich denke schon, daß Ihr ihn Euch jetzt ansehen könnt.«

Maria holte tief Luft und drehte sich langsam um. Sie zögerte einen Moment, als sie ihren Patienten mit nacktem Oberkörper erblickte, den Kopf auf den Rand der reich verzierten Wanne gelegt, deren schwarzer Emailleüberzug mit goldenen Drachen bemalt war. Das Behältnis selbst war sogar noch größer als das, in dem sie am Abend zuvor gebadet hatte – groß genug für zwei, dachte sie, während sie spürte, wie ihr das Blut in die Wangen schoß, als sie hochsah und entdeckte, daß Thad sie mit sarkastisch gekräuselten Lippen und einem Glitzern in den Augen beobachtete, das nichts Humorvolles an sich hatte.

Sie räusperte sich laut, nahm einen Schürhaken vom Gestell neben dem Kamin, hob damit das Nachtgewand des Herzogs vom Boden auf und hielt es ihrem grinsenden Gehilfen hin. »Ich vermute, daß Gertrude bereits im Waschhaus auf dieses Kleidungsstück wartet.«

Thaddeus und der junge Mann, der ihm dabei geholfen hatte, den Herzog in die Wanne zu heben, wichen mit vom Dampf feuchten Hemdbrüsten und von der Hitze des Wassers geröteten Gesichtern ein paar Schritte zurück, und Maria forderte die beiden mit einem kurzen Kopfnicken zum Verlassen des Zimmers auf. Der junge Mann, dessen Name sie noch nicht kannte, trottete daraufhin hinaus auf den Flur, während Thaddeus keine Anstalten machte, seinen Platz neben der Tür zu räumen oder das ihm hingehaltene Kleidungsstück an sich zu nehmen.

»Habt Ihr mir etwas zu sagen?«, erkundigte sich Maria, seinem Blick ausweichend, und spürte, wie ihre Wangen sich wieder so flammendrot färbten wie am Abend zuvor, als sie vor ihm in der Wanne gestanden hatte mit nichts anderem auf dem Leib als eine dünne Schicht von nach Veilchen duftendem Badewasser.

»*Aye*«, erwiderte er und nahm, sein Gewicht auf eine Hüfte verlagernd, eine herausfordernde, wenn nicht sogar ausgesprochen arrogante Haltung ein. »Warum habt Ihr Gertrude bisher noch nichts von mir und Molly erzählt?«

»Ich wüßte nicht, daß Euch das etwas anginge«, gab ihm Maria schroff zur Antwort und sah ihn kurz durch ihre Wimpern hindurch an.

Er grinste abermals, ohne sich jedoch von der Stelle zu bewegen oder nach dem Nachtgewand des Herzogs zu greifen, das sie ihm noch immer hinhielt.

»Gibt es noch etwas?« fragte sie.

Er zuckte mit den Achseln. »Ich habe nur gerade daran gedacht, daß ich noch nie Haare von solcher Farbe gesehen habe, wie Eure sie haben. Sie ähneln ein bißchen dem Mondlicht, nicht wahr?«

»Dem Mondlicht?«

»So silbrig weiß, schimmernd und weich.«

Maria schob unwillkürlich ein paar Haarsträhnen, die sich aus ihrer Frisur gelöst hatten, hinter die Ohren zurück, und schlug kurz die Augen nieder. Und dann bildete sich eine steile Falte auf ihrer Stirn, weil sich ihr wieder das Bild von ihm und Maria auf dem Küchentisch aufdrängte.

»Ich wette, Eure Haare würden sogar noch schöner aussehen, wenn Ihr sie lose tragen würdet«, setzte Thaddeus mit rauher Stimme hinzu.

Sie gab ihm darauf keine Antwort, und da nahm er endlich das Nachtgewand entgegen und verließ das Zimmer, wobei er unter der Tür noch einmal anhielt und kurz auf sie und dann den Herzog zurückblickte – letzteres mit einem sich versteinernden Gesicht und einem merkwürdigen Ausdruck in seinen Augen.

Nachdem Thaddeus gegangen war, stand Maria eine Weile lang still da – lange genug, um sich darüber klar zu werden, daß der junge Mann mit ihr geflirtet, und um sich einzugestehen, daß sie bei seinen nüchternen, offenbar ehrlich gemeinten Betrachtungen ihrer Haare ein wohliger Schauer durchrieselt hatte. Ihn zu solchen Komplimenten zu ermutigen (allein schon mit Rücksicht darauf, was sie vor zwei Tagen unten in der Küche beobachtet, und ganz besonders im Lichte dessen, was sich gestern abend hier oben in ihrem Schlafzimmer zugetragen hatte), verbot sich natürlich. Es genügte schon, daß ihr seine Worte hinuntergegangen waren wie Honig, um den schrecklichen Samen der Eitelkeit in ihr Herz zu pflanzen.

Sie zwang sich nun dazu, wieder auf den Herzog zurückzublicken, und fand, daß sich diese Ablenkung keineswegs beruhigend auf ihre Sinne auswirkte. Dampfwolken stiegen aus dem Zuber auf. Die Haut des Herzogs hatte eine rosige Färbung angenommen, und in seinen Haupt- und Barthaaren glitzerten unzählige Wassertropfen.

Wie natürlich er jetzt aussah, als wäre für ihn das Sitzbad eine Erlösung nach dem wochenlangen Liegen im Himmelbett. Wären da nicht die Augen gewesen, die ins Leere starrten ...

Händeringend lief sie um die halbe Wanne herum und versuchte, ihre Gedanken auf alles Mögliche zu richten – nur nicht auf diesen nackten Mann, der da neben ihr in einer Wanne saß, die groß genug war für zwei, und den zu waschen zu ihren Pflichten gehörte. Ein nackter Fremder – nicht ein unschuldiger, gutherziger, gottesfürchtiger junger Mann wie ihr Bruder ..., sondern ein Mann mit *Körperhaaren* nicht nur auf dem Gesicht und dem Kopf, sondern auch auf der Brust und den Armen, die nun zu glänzen begannen von dem Dampf, der sich darauf niederschlug, und dem Schweiß, den das heiße Wasser ihm aus den Poren trieb ... Ein Mann, der beinahe alt genug war, um ihr Vater sein zu können ..., ein Mann, der einen seiner Pfleger aus dem Fenster geworfen hatte ...

»Gütiger Gott im Himmel, wenn Du dafür sorgst, daß ich das hier heil überstehe, gelobe ich Dir, daß ich nie mehr ... schlecht von meinem Vater denken werde. Ich bin mir zwar bewußt, daß ich Dir dieses Versprechen schon öfter gegeben habe, aber diesmal werde ich es bestimmt halten. Schließlich mache ich das alles doch nur, um meine Mutter vor diesem Bastard ...« Sie biß sich auf die Unterlippe und murmelte: »Verdammt. Du wirst doch sicherlich ein Nachsehen haben mit einem Menschen, der einen so wohltätigen Zweck verfolgt . . .?«

Sie nahm nun die beiden dekorativen, mit Badesalz gefüllten Kristallflaschen von ihrem silbernen Tablett, strich nervös mit dem Daumen über das ornamentale ›S‹ hin, das in die silbernen Deckel eingraviert war, und näherte sich wieder der Wanne. Sie weigerte sich, den Blick nach unten zu richten, öffnete die Klappverschlüsse der beiden Flaschen und kippte sie über dem Wasser aus.

Eine nach Veilchen duftende Dampfwolke erhob sich daraufhin aus der Wanne.

Maria holte tief Luft und krempelte dann geschickt die Ärmel ihrer Bluse hoch – nur bis zu den Unterarmen – höher hinauf hätte sich nicht geschickt, es genügte ja schon, daß sie ihre Hände in ein Wasser tauchte, in dem ein nackter Fremder lag! Dann sank sie langsam neben der Wanne auf die Knie, heftete den Blick auf die regungslosen Züge ihres Pfleglings, hielt einen Lappen in das Wasser und wrang ihn wieder aus.

Doch dann wurde sie unwillkürlich von Neugier ergriffen und starrte nur noch dieses Gesicht an, das sich so sehr in dieser wilden Flut dunkler, sich unter dem Einfluß des Dampfes ringelnder und spreizender Haare verlor, daß es ihr eher bestialisch denn menschlich erschien . . ., und Maria spürte, wie sie sich von seiner ›Unmenschlichkeit‹ nicht nur abgestoßen, sondern auch angezogen fühlte.

Seine Stirn war breit, die Brauen wölbten sich schwarz und dräuend über den tief in ihren Höhlen liegenden Augen von der Farbe kalter Asche. Nase, Wangenknochen und Mund machten allesamt einen festen, harten und letzterer sogar einen grimmigen Eindruck, da er vermutlich schon lange die Fähigkeit oder das Verlangen, zu lächeln, verloren hatte.

»Hallo«, sagte sie leise, seine Augen betrachtend, die offenbar nichts wahrnahmen, »seid Ihr bei Bewußtsein, Herzog? Könnt Ihr mich hören?« Vorsichtig fuhr sie ihm nun mit dem nassen Tuch über die Stirn – rasch ihre Hand wieder zurückziehend, um sie dann erneut auszustrecken und mit dem Lappen etwas langsamer über seine Wangen zu streichen und damit leicht seine spröden, grauen Lippen zu berühren.

»Ich heiße Maria, Euer Gnaden. Ich bin hierhergekommen, um Euch zu helfen. Könnt Ihr mich hören?« fragte sie abermals, diesmal etwas lauter und eindringlicher. »Seid Ihr noch am Leben? Würdet Ihr mir ein Zeichen dafür geben? Einen Hinweis, daß Ihr noch hier auf der Erde weilt? Mit einem Wimpernschlag vielleicht oder einem Zucken Eurer Lippen?«

Nichts.

Die Arme um den Wannenrand gehakt, setzte sie sich auf die Fersen zurück und betrachtete die regungslosen Züge des Herzogs, bis das Wasser nur noch lauwarm war und die von der Hitze erzeugte Röte seiner Haut wieder verblaßte und ihr früheres marmorartiges Aussehen zurückgewann – mehr erschreckend als menschlich.

»Dummes Mädchen, was ist nur über dich gekommen?« schalt Maria sich nun laut und machte sich daran, seine langen, schweren Arme zu schrubben. »Ich bin doch noch nie vor meinem eigenen Schatten erschrocken, und trotzdem liege ich hier auf den Knien, um Gottes Beistand bittend, und zittere am ganzen Körper – und wovor? Selbst das wildeste Tier wird zahm, wenn man es menschlich behandelt. Und das hier ist nicht einmal ein Tier, sondern nur ein Mensch.«

Das Wasser lief ihm vom Lappen über die breite Brust. Im Vergleich dazu wirkte ihre Hand so schmal und zierlich wie die eines kleinen Kindes, überlegte sie, und da kam ihr wieder zu Bewußtsein, daß der Herzog einmal ein stattlicher Mann gewesen sein sollte, dem, wie Gertrude ihr erzählte, alle Frauen zu Füßen gelegen hatten.

Leise lachend blickte sie zur Seite und dann auf ihren Pflegling zurück. Sie konnte nicht verstehen, was die Frauen an diesem Mann gefunden hatten. Da war nichts Großartiges oder Gewinnendes an seiner Erscheinung. Sie vermutete, daß die Frauen seines Standes ein aristokratisches Wesen schätzten –

gute Manieren, höfliches Betragen und ein so gutes Aussehen, daß selbst dem wankelmütigsten Mädchen vor Begeisterung die Sinne schwanden. So wie bei ihrem Bruder Paul, dem im Dorf die Herzen aller jungen Mädchen im heiratsfähigen Alter zugeflogen waren.

Im Gegensatz zu Paul fand sie Seine Gnaden, den Herzog von Salterdon, erschreckend imposant. Paul war aber auch kein Fremder für sie gewesen. Sie hatte ihn vom Kind zum Mann heranreifen sehen, war ihr Leben lang an den Anblick seines zunächst knabenhaften und dann männlichen Körpers gewöhnt gewesen, und deshalb war ihr auch nichts an ihm jemals fremd oder gar furchterregend vorgekommen, während das bei John Rees, dem einzigem Mann, für den sie so etwas wie eine echte Zuneigung empfunden hatte, die man im weitesten Sinne sogar als Liebe bezeichnen konnte, schon der Fall gewesen war. Guter, freundlicher, beständiger John . . . Hätte sie sich entschlossen, ihn zu heiraten, würde sie sich jetzt nicht in dieser mißlichen Lage befinden, daß sie sich von einem Mann abgestoßen und zugleich angezogen fühlte, der das Gegenteil all dessen darstellte, was sie bisher an einem menschlichen Wesen und vor allem an einem Mann schätzenswert gefunden hatte.

Das Wasser tropfte von ihren Händen, als sie sich von der Wanne zurückzog und auf den Rand eines Sessels in der Nähe des Kamins setzte, dessen Feuer offenbar nicht die Kälte, die im Zimmer herrschte, zu vertreiben vermochte.

Sie erschauerte. Warum konnte sie den Blick nicht von ihm abwenden?

Sie konnte jetzt nur noch seinen Kopf im Profil sehen, der noch immer auf dem Rand der Wanne ruhte, während er mit leeren Augen in sein privates Universum starrte.

Gertrude kam ins Zimmer, als Maria noch immer dort neben dem Kamin verharrte und eine Strähne seiner langen, feuchten Haare betrachtete, die über den Rand der Wanne hing. »Seid Ihr mit ihm fertig, Miss?« fragte die Haushälterin.

»Möchtet Ihr, daß ich die Jungen hereinschicke, damit sie ihn wieder aus der Wanne herausheben sollen?«

Den Blick noch immer auf diese lockige Strähne gerichtet, nickte Maria. »Ja. Oder vielmehr nein. Seine Haare . . ., sollten wir die nicht auch waschen?«

»Wäre es Euch recht, wenn ich das besorgen würde, Miss? Ihr seht mir ein bißchen blaß um die Nase aus, Kindchen.« Ohne erst auf Marias Antwort zu warten, krempelte Gertrude sich nun die Ärmel hoch und nahm mit Armen, die so kräftig wirkten wie die einer Kuhmagd, einen Eimer voller Wasser und eine Handvoll Seifenflocken, um ihrem Herrn den Kopf zu waschen.

»Es ist ja nicht so, als wollte das Personal nichts mit ihm zu tun haben«, erklärte Gertrude Maria, die noch immer, die Finger um den nassen Waschlappen geschlungen, auf dem Sesselrand saß, während sich vorn auf ihrer Bluse langsam ein großer feuchter Fleck ausbreitete. »Er mag sich nur nicht immer so bereitwillig wie jetzt von uns anfassen lassen.«

»Seine Gnaden hat ein Recht darauf, auch mal wütend zu werden«, erwiderte Maria und beobachtete, wie ein dünner Faden aus weißem Seifenschaum dem Herzog über die nackte Schulter lief. Dann sah sie davon fort und zum Fenster hin und bemerkte, daß die Sonne sich wieder hinter grauen Wolken versteckt hatte. Schnee lag in der Luft.

»*Aye*, aber er sollte seine Wut nicht an uns auslassen. Egal . . .« Gertrude hob einen Eimer mit kaltem Wasser vom Boden auf und kippte ihn über dem Kopf des Herzogs aus. »Der arme Kerl. Man kann ihm das jetzt wohl schwerlich verargen. Denn offensichtlich weilt er nur noch mit seinem Körper bei uns, während sein Geist die Erde bereits verlassen hat.«

Kurz darauf wurde ihnen die Mahlzeit auf einem Tablett hereingebracht – eine Schüssel mit kaltem Haferbrei für Seine Gnaden, und für Maria eine Platte mit Butterhörnchen und Honig und ebenfalls einer Schüssel voller Haferbrei.

Sie sah den schlafmützigen Jungen, der ihr das Frühstück servierte und kaum älter sein konnte als sie selbst, mit gerunzelter Stirn an und erklärte: »Kalter Haferbrei für Seine Gnaden? Nein. Den tragt Ihr zurück in die Küche, Sir, und bringt ihm . . .«

»Er würde ihn ja doch nicht essen«, erklärte ihr Gertrude, die dem Herzog gerade ein flauschiges Tuch um den Kopf wickelte.

»Und ich auch nicht«, gab ihr Maria ein wenig pikiert zur Antwort. »Bringt ihm Rühreier mit Schinken. Und eine Schüssel mit *heißem* Haferbrei, wenn ich bitten darf – den Ihr mit gehackten Mandeln bestreut, falls Ihr so etwas im Hause habt, und mit braunem Zucker, um seine körperlichen Abwehrkräfte zu stärken. Vielleicht habt Ihr alle inzwischen vergessen, daß er *immer* noch Euer Herr und Meister ist und deshalb Euren Respekt und Eure Loyalität verdient! Möglicherweise habt Ihr sogar vergessen, daß er einmal ein Mensch gewesen ist . . ., nein, daß er noch immer ein Mensch *ist* und kein Tier, egal, wie wild er auch aussehen oder sich benehmen mag.«

»*Aye,* Miss«, erwiderte der junge Diener mit betretener Miene. Erst als er mit dem Tablett und den von Maria beanstandeten Speisen aus dem Zimmer geeilt war, drehte Maria sich wieder zu Gertrude um und sah, wie die Haushälterin sie mit in Tränen schwimmenden Augen anstarrte. Sie drückte den Kopf ihres Herrn an ihren üppigen Busen und strich ihm über die nassen Haare, als sie mit zitterndem Kinn bekannte: »Ich schäme mich ja so!« Und mit einem Schluchzen in der Stimme setzte sie hinzu: »Wir haben ihn alle bereits begraben, obwohl er doch immer noch atmet.«

»Und wir werden in seiner Gegenwart auch keine solchen Reden mehr führen«, wies Maria sie daraufhin mit strenger Stimme und erhobenem Zeigefinger zurecht. »Wie würdet Ihr Euch wohl fühlen, wenn Ihr in Eurem Körper gefangen wäret, kein Glied rühren und kein Wort sprechen könntet, aber Euch anhören müßtet, was man so alles über Euch und Euren bevorstehenden Tod redet?«

Mit einem entsetzten Keuchen erwiderte Gertrude: »Gütiger Himmel – Ihr glaubt, daß er uns hören kann, Miss?«

»Daß es ihm an dem Willen oder der Kraft mangelt, zu sprechen, hat doch noch lange nicht zu bedeuten, daß ihm auch die Fähigkeit des Hörens abhanden gekommen ist. Nein, Gertrude, der Mensch muß alles erdulden, was Gott ihm auferlegt. Vielleicht wird er auch eine Weile lang schwer an der Last zu tragen haben, die Gott ihm aufbürdet, aber wer an Seinen guten Willen und Ratschluß glaubt, wird darunter nicht zusammenbrechen. Keine Bürde wird die menschliche Seele jemals zerstören – nur die Last der Sünde und Verderbnis, die wir uns selbst aufladen. Ich . . . ich weiß nicht, was für eine Sorte Mensch Seiner Gnaden einst war oder noch immer ist. Nur er kann wissen, was für gute oder schlechte Taten sich in seinem Herzen bekämpfen, Gertrude. Die Schlacht, die dort geschlagen wird, findet zwischen ihm und den Engeln statt. Kann er uns hören? Wie könnte das jemand von uns wissen. Wir wissen nur, daß die segensreichen Dinge jene kleinen Wohltaten in unserem Leben sind, die uns aus unserer Verstrickung in uns selbst herausholen und auf eine sachte, gütige Weise in den Kreis menschlichen Interesses zurückführen. Kurzum, teure Gertrude, tut für andere das, was Euch selbst gut tut, und das Bedauern wird für Euch stets ein Fremdwort sein.«

Seine Gnaden wurde in seinen Rollstuhl vor das Fenster gesetzt. Auf Marias Geheiß hin und mit Hilfe der Dienerschaft hatte man ihm nach dem Bad ein paar von seinen schönsten Sachen angezogen: ein weiches, weißes Leinenhemd, weiße Seidenstümpfe, eine herrliche Nanking-Bundhose und schwarze Stiefel. Die Sachen hingen ihm jedoch so schlotternd um den Leib, daß Maria sich nun zum ersten Mal selbst ein Bild davon machen konnte, was für eine prächtige Erscheinung der Herzog einmal gewesen sein mußte.

Trotzdem stand die Eleganz seiner Garderobe noch immer im krassen Widerspruch zu seiner wüsten Erscheinung. Seine inzwischen sauberen und trockenen, gelockten dunklen Haare rahmten in einer wilden Flut sein Gesicht und reichten ihm bis zu den Schulterblättern hinunter, während die untere Hälfte seines Gesichts fast gänzlich hinter seinem ungestutzten Bart verborgen war.

Nachdem Maria sich einen Sessel herangezogen und es sich neben seinem Rollstuhl bequem gemacht hatte, versuchte sie, mit Eiern und gebratenem Speck die Lebensgeister des Herzogs zu wecken.

»Nur einen kleinen Bissen, Sir«, beschwor sie ihn leise. Sie hielt ihm die Gabel mit einem Stückchen Ei an seine geschlossenen Lippen und beobachtete dabei besorgt seine leeren Augen in deren grauer Iris sich nur der ebenso graue Himmel vor dem Fenster spiegelte. »Aber vielleicht möchtet Ihr lieber einen Löffel von diesem Haferbrei essen? Er ist mit viel Rahm, Butter und braunem Zucker gekocht und wird Euch sicherlich wärmen. Eure Hände sind ja so schrecklich kalt«, setzte sie hinzu, und legte ihre Hände auf die seinen, bis sie genauso warm geworden waren wie ihre . . ., um sie dann noch ein bißchen länger dort liegenzulassen, weil sich seine Hände so groß unter ihren anfühlten – fast so groß wie Pauls Hände, die für sie jedesmal so etwas wie ein Rettungsanker gewesen waren, an dem sie sich hatte festhalten können, wenn die Wellen der Verzweiflung sie zu verschlingen drohten. Nur hatten Pauls Hände sich bei ihrer Berührung stets geöffnet, um ihre zu ergreifen und ihr Kraft und Trost zu spenden – selbst dann noch, als er bereits im Sterben lag.

»Noch heute schäme ich mich dessen, daß er es gewesen ist, der mich tröstete«, dachte sie laut und preßte ihre Hände fest gegen die des Herzogs. »Ich werde mich diesmal bemühen, stark zu bleiben und Euch die Kraft und die Zuversicht zu geben, die ich Paul nicht zu spenden vermochte, weil ich zu schwach und zu verängstigt dafür war.«

Darauf versuchte sie abermals, ihn zu füttern. Doch Seine Gnaden starrte nur aus dem Fenster auf den Himmel, der sich immer mehr verdüsterte und dunkelgraue Schatten auf die Hügel warf, die am Rande des Talkessels groß und kalt aufragten.

Das Essen war längst kalt geworden. Maria saß neben ihrem Pflegling in dem von der Dienerschaft gründlich gereinigten Zimmer, umgeben von Sträußen bunter Blumen, die auf jedem Tisch im Raum standen und sie mit ihrem Duft wie mit einer Wolke aus Parfüm einhüllten, und sah ihn zuweilen mit ihren blauen Augen an, bis Müdigkeit sie befiel, ihre Gedanken zu wandern begannen, ihre Lider schwer wurden wie Blei und ihr Geist so trübe und stumpf wie die Hügel am Horizont.

Sie nickte ein und träumte von Paul, der mit einem Lächeln auf dem Gesicht in seinem Bett lag, obwohl sein Körper nur noch aus Haut und Knochen bestand. Sie träumte, daß er sich plötzlich von seinem Lager erhob, ihr verkündete, daß er geheilt sei, und zum Beweis dafür auf Beinen, die so gesund und stark aussahen wie Baumstämme, durch das Zimmer zu tanzen begann. Und plötzlich waren sie wieder Kinder, die so rasch über eine Wiese hinflogen, wie ihre Beine sie zu tragen vermochten, und hinter Schmetterlingen und neugeborenen Lämmern herjagten. Oh, wie sehr ihn doch die unschuldigen Kinder und Tiere geliebt hatten! So rein war Paul an Geist und Seele gewesen, daß er alle verirrten und verwundeten Geschöpfe um sich scharen und sie mit einem Lächeln und dem Auflegen seiner Hand, die Maria ein himmlisches Licht auszusenden schien, heilen und auf den rechten Weg zurückbringen konnte.

»Habe Vertrauen und blicke voller Hoffnung und Zuversicht auf mich, denn ich werde dich nie verlassen, meine liebe Schwester«, hatte er ihr einmal als Kind versprochen. Und dieses Versprechen hatte er dann noch einmal auf dem Totenbett wiederholt, kurz bevor er mit seinem letzten Atemzug sanft hinübergeglitten war über die Schwelle des ewigen Lebens und in Gottes ausgebreitete, ihn willkommen heißende Arme.

Da weckte sie ein Geräusch. Mit laut pochendem Herzen schlug Maria die Augen auf, um zu entdecken, daß sie von ihrem eigenen Schluchzen wach geworden war. Sie erhob sich aus dem Sessel, ging zum Fenster, legte dort ihre heiße Stirn an die kalte Scheibe und sah zu, wie ihr Atem sich darauf niederschlug und ihr Spiegelbild von Eisblumen verdrängt wurde.

Sie drückte die Schultern durch und hob ihr Kinn, als sie sich wieder zu ihrem Pflegling umdrehte. Dann wischte sie sich rasch die Tränen vom Gesicht und betrachtete den Herzog, der noch immer regungslos in seinem Rollstuhl saß und . . . *sie* anstarrte.

Nein, ganz bestimmt nicht sie! In diesen glasigen Augäpfeln schienen sich Trauer und Wehmut widerzuspiegeln. Vielleicht ging sein Blick zu den fernen Hügeln hin, über die das einsetzende Schneetreiben einen dunklen Schleier breitete. Vielleicht weilte er mit seinem Geist in jenen vergangenen Tagen, als er auf seinen Pferden so schnell wie ein Wirbelwind durch das Tal geritten war, oder er träumte von einer schönen Lady, die er einst verführt hatte.

Aber er starrte ganz gewiß nicht *sie* an.

Wenn sie das glauben würde, mußte sie annehmen, daß er, das Monster, nun aus seiner Bewußtlosigkeit erwachte und ihre Sicherheit und sogar ihre Position hier in Thorn Rose sehr rasch gefährdet sein konnten.

Maria wich ein paar Schritte von ihrem Pflegling zurück und machte sich dann im stillen Vorwürfe, weil sie so egoistisch war, nur an sich und ihre Probleme zu denken. »Ich sollte mich schämen«, sagte sie laut und zwang sich dazu, die Wolldecke auf Salterdons Schoß unter seinen Knien festzustecken, um sich dann so rasch wie möglich wieder von ihm zu entfernen.

»Paul würde mich jetzt auf eine gütige Weise daran erinnern, daß es immer Menschen gibt, denen es viel schlimmer geht als uns – egal, wie mühselig oder befrachtet unser eigenes Leben gelegentlich zu sein scheint. Und daß wir uns stets unsere Segnungen vor Augen halten und Gott dafür danken sollen, daß wir ein Dach über dem Kopf und reichlich zu essen haben, uns einer guten oder zumindest passablen Gesundheit erfreuen können und Freunde uns zur Seite stehen. Mein Vater hingegen würde nun die Geißel von Gottes Rache über mir schwingen und . . .«

Sie erschauerte.

»Nein«, fuhr sie dann nachdenklich fort, »wir wollen nicht weiter darauf eingehen, Euer Gnaden. Es genügt, wenn ich Euch sage, daß der gute Vikar glaubt, es sei Gottes Art, Vergeltung zu üben an einer verderbten Seele, indem er den Sünder mit einem gerüttelten Maß an Leid und Schmerzen bestraft. Ich hingegen sehe in Ihm einen geduldigen, gnädigen und allesverzeihenden Gott, gleich, was für eine Sünde oder welche Sünden wir begangen haben. Alles, was von uns verlangt wird, Euer Gnaden, ist Glaube und Zuversicht und ein reuiges Herz.«

Sie saß nun in einem Sessel vor ihm, die Ellenbogen auf die Knie gestemmt.

Seine Hände lagen in seinem Schoß, und die Versuchung, sie zu berühren, war groß. »Hört Ihr mich?« fragte sie leise, sein von Barthaaren halb verschleiertes Gesicht studierend, wobei ihr zu Bewußtsein kam, daß sie sich noch nie so nahe an einen Mann herangewagt hatte wie jetzt. Ihr Atem beschleunigte sich bei diesem Gedanken, und ihr Herz begann wie rasend zu klopfen. Als ihre Nervosität und Angst sie zu überwältigen drohten, schloß sie kurz die Augen und schluckte beides hinunter. »Es gibt Gesichter, deren Züge sich auf eine ganz natürliche Weise verhärten«, erklärte sie mit erzwungener Unbekümmertheit. »Gesichter, die dazu geboren sind, scharf und düster zu werden. Doch Eure Augen scheinen mir einmal gesprüht zu haben vor Geist und Witz, Eure Lippen sehen so aus, als hätten sie sich rasch zu einem spöttischen oder verführerischen Lächeln verzogen, wenn Euch der Schalk geritten oder Ihr mit einer hübschen jungen Dame unverschämt geflirtet habt. Es ist ein Jammer, nun miterleben zu müssen, wie dieses Gesicht von einer unnatürlichen Härte und Schärfe entstellt wird. Wenn Ihr jetzt wieder in der Gegenwart weilt, Sir, dann erhebt Euch und erlaubt mir, Euch zu helfen. Faßt Zutrauen in dem Wissen, daß ich hier sein werde, um Euch zu unterstützen und zu ermuntern – nicht nur um Eurer Großmutter willen, deren Existenz davon abhängt, Euch wieder gesund und wohlauf zu sehen, sondern auch um Euer selbst willen.«

Da bewegte sich etwas bei der Tür, und als Maria aufblickte, sah sie Gertrude auf Zehenspitzen zu dem Tablett mit den unberührten Speisen gehen, das neben dem Rollstuhl des Herzogs stand. »Keine Fortschritte?« erkundigte sich die Haushälterin teilnahmsvoll.

»Keine«, erwiderte Maria.

Kopfschüttelnd und leise mit der Zunge schnalzend betrachtete Gertrude die Platte mit den Eiern und dem gebratenen Speck. »Ich werde dem Koch auftragen, daß er heute abend etwas Besonderes für Euch zubereitet. So ein schmächtiges Ding wie Ihr sollte keine Mahlzeit versäumen.«

»Ich werde das beherzigen, teure Gertrude, und mich bemühen, heute abend etwas mehr zu essen. Das verspreche ich Euch.«

»Und Ihr werdet heute abend auch sicherlich besser schlafen können, Kindchen, weil ich dem Koch sagen werde, daß er für Euch seinen Spezialtee mit Rum aufbrühen soll. Ich garantiere Euch, daß ihr danach so gut schlummern werdet wie in Abrahams Schoß.«

Maria begleitete Gertrude bis zur Tür und sah der Haushälterin nach, wie sie den Korridor hinuntereilte, ein Paneel in der Wand öffnete, dahinter verschwand, und wie ihre Schritte dann rasch auf der hinter der Wandverkleidung versteckten Dienstbotentreppe verhallten, als die Türe sich wieder hinter ihr schloß.

Wie Gertrude ihr prophezeit hatte, war das Dinner am Abend ein wahrer Festschmaus, der aus Brunnenkressensuppe, gebratenem Huhn in Krensoße, Rosmarinkartoffeln und einem ›Sillabub‹ – einem Getränk aus Milch, Wein und Zucker – als Nachtisch bestand. Sie aß erst, nachdem sie versucht hatte, den Herzog zu bedienen, den man inzwischen mit seinem Rollstuhl vor den Kamin geschoben hatte, wo er in die Flammen starrte, die sein Gesicht in ein rotgoldenes Licht tauchten.

Maria lehnte sich in die weichen Polster ihres Sessels zurück und betrachtete, ein wenig schläfrig geworden von der üppigen Mahlzeit, sein scharfgeschnittenes Profil. »Hätte ich ein Buch«, überlegte sie laut, »würde ich Euch jetzt etwas vorlesen. Paul hat das immer sehr genossen. Er sagte: ›Worte von großer sprachlicher Schönheit lassen die herrlichsten Bilder in unserer Phantasie entstehen.‹ Ihr seht mir aus wie ein Mann, der ein gutes Buch zu schätzen weiß. Eure Stirn ist hoch und vornehm – ein unverkennbares Zeichen für Intelligenz. Zweifellos seid Ihr auch ein Mann großer Leidenschaften, der in Extremen schwelgt, die Abwechslung liebt und die Mittelmäßigkeit haßt. Doch Ihr verkriecht Euch noch immer in Euch selbst. Warum nur, frage ich mich. Wovor habt Ihr denn Angst, Sir? Fürchtet Ihr etwa, daß die Welt keinen Respekt vor dem Mann haben würde, der Ihr jetzt seid? Ein Mann ist das, was er aus sich macht, dächte ich.«

Sie stand auf, ging um ihn herum, wobei sie mit den Fingern seine Schultern nachzeichnete, ohne sie jedoch zu berühren (wie kühn sie inzwischen geworden war!), ihm kurz über die zerzausten Haare strich und ihn ganz sacht und ein wenig neckisch am Bart zupfte. Gehörte es denn nicht zu ihren Aufgaben, ihn mit Güte und Respekt zu behandeln, für sein Wohlbefinden zu sorgen und ihm zu helfen, seine Selbstachtung zurückzugewinnen?

»Nur ein Narr würde auf die Idee kommen, daß Ihr jetzt ein geringerer Mann wäret«, sagte sie und blieb mit dem Rücken zum Feuer vor ihm stehen, während ihr Blick hinunterging zu seinen langen, in schwarzen Lederstiefeln steckenden Beinen. Gertrude hatte eine Viertelstunde damit verbracht, sie so zu wienern, daß sie nun glänzten wie Öl.

»Das sind sehr hübsche Stiefel«, dachte sie laut, während ihr Blick an den maßgeschneiderten und eng an den Waden anliegenden Lederschäften hinaufwanderte bis zu seinen Knien. »Sie stehen Euch«, fügte sie hinzu und hob langsam den Kopf, bis sie ihm wieder in die Augen sehen konnte, die ihrem Blick zu begegnen schienen.

Dann ließ sie sich auf den Boden nieder, nahm eines seiner schweren Beine in die Hand und zog ihm ohne große Mühe erst den einen und dann den anderen Stiefel aus, die sie Seite an Seite neben dem Kamin abstellte, ehe sie seine nur noch mit Strümpfen bekleideten Füße auf ihren Schoß nahm und zu reiben begann, wobei sich ihre Finger in einer ununterbrochenen kreisenden Bewegung an seiner sich kalt und hart anfühlenden Wade bis zum Knie hinaufbewegten und dann wieder abwärts, wie sie das monatelang bei Paul gemacht hatte, als er auf dem Rücken gelegen und sich nicht mehr hatte bewegen können. Paul hatte damals so getan, als würde ihm diese Behandlung sehr behagen, und vor Zufriedenheit geseufzt, obwohl Maria sehr wohl wußte, daß ihr Bruder von dieser Massage gar nichts gespürt hatte. Sein Vergnügen war lediglich geistiger Natur gewesen.

»Man hat mir erzählt, daß das dem Blutkreislauf förderlich ist«, erklärte sie und massierte nun etwas kräftiger, als ihre Hände sich wieder zum Knöchel hinunterbewegten, mit den Fingern jeden einzelnen Muskel an Salterdons Wade knetend, ihn zusammendrückend und wieder loslassend, bis es ihr so vorkam, als würden sich seine Beine unter ihren Fingern erwärmen. Zuweilen blickte sie dabei zu seinem Gesicht empor.

»Auch das Kaminfeuer steht Euch gut zu Gesicht«, erklärte

sie. »Es gibt Eurer Haut einen warmen rötlichen Ton und entzündet ein Licht in Euren Augen.« Dabei schob sie sacht die Hände über seine Knie und legte sie fest um seine Schenkel. Selbst dort spürte sie die Härte seiner langen Muskeln unter der Bundhose, die wie eine zweite Haut saß und deren Stoff aus Nankingseide das Kaminfeuer in farbigen Prismen reflektierte.

Wie ein dünner, blasser Lichtstrahl, der durch eine sich öffnende Tür in ein dunkles Zimmer fällt, kehrte das Bild von Thaddeus und Molly in ihr Gedächtnis zurück, die sich wie zwei Gespenster vor ihrem inneren Auge erhoben, jedoch keine Furcht in ihr weckten, sondern nur diese leise Unruhe und jenes kaum merkliche Unbehagen, die sie kurz in Johns Gesellschaft erlebt hatte –, damals, als sie ihrer Neugier und Phantasie nachgegeben hatte – und die nun zu einer Art von Schmerz wurden, der so tief, verwerflich und beunruhigend bestialisch war wie dieser Mann, der jetzt vor ihr saß. Die Lider wurden ihr plötzlich schwer, und ihr schläfriger Blick wanderte langsam zu Salterdons Lippen hinauf und dann zu ihrer Hand, die leicht auf seinem harten Schenkel ruhte, während ihre Phantasie sie nun mit dem Bild von sich selbst neckte, wie sie unter der Küchentür gestanden und zwei Menschen beobachtet hatte, die sich, ineinander verschlungen, auf dem Tisch wanden und deren schwitzendes Fleisch im Licht der Herdflammen glitzerte – nur daß es jetzt die Augen des Herzogs waren, die sie anblickten, und die Frau, die sich lustvoll keuchend und stöhnend unter ihm bewegte –

»Miss Ashton?«

Sie fuhr erschrocken zusammen, während Thaddeus aus dem Schatten neben der Tür heraustrat.

Mit wild pochendem Herzen preßte Maria eine Hand gegen ihren Busen und sagte, den Blick von ihm abwendend. »Himmel, habt Ihr mich aber erschreckt! Einen Moment dachte ich ...«

»... daß er es wäre, der zu Euch sprechen würde?« Thaddeus streifte den Herzog mit kaum einem Blick und schob grinsend die Daumen unter den Gürtel seiner Bundhose. »Ich schätze, das könnt Ihr von diesem Mann wohl schwerlich erwarten.«

»Habt Vertrauen, Thaddeus. Es geschehen auch heute noch Wunder.« Um Fassung ringend und darum bemüht, sowohl dieses unerhört schockierende Bild aus ihrem Bewußtsein als auch dieses beunruhigende Gefühl von flatternden Schmetterlingen aus ihrem Leib zu verdrängen, erhob Maria sich vom Boden, nur um zu entdecken, daß ihre Knie so weich waren wie Gelee.

»Ich bin gekommen, um euer Dinner-Geschirr abzuräumen«, erklärte Thaddeus.

»Bitte, richtet dem Koch meine Anerkennung für das Essen aus. Es war großartig«, sagte Maria und ging um den Stuhl des Herzogs herum, so daß sich dieser zwischen ihr und Thaddeus befand, der sie aufmerksam beobachtete und sich offensichtlich an ihrem wachsenden Unbehagen weidete – wie er das bereits am Abend zuvor getan hatte. »Es wäre mir recht, wenn Ihr das Tablett mit Salterdons Mahlzeit noch hierließet. Ich werde vielleicht vor dem Schlafengehen noch ein letztes Mal versuchen, ihn zum Essen zu bewegen.«

»Genauso wie die anderen«, sagte Thaddeus.

»Die anderen?«

»Alle diese Leute, die von der Herzogin hierhergeschickt wurden, um ihm Gesellschaft zu leisten, und die meinten, sie könnten das schaffen, was ihren Vorgängern nie gelungen war. Natürlich war er damals noch anders. Zumindest steckte noch etwas Mumm in ihm, obwohl ich nicht weiß, wozu ihm der was nützte. Denn ein Idiot ist er von Anfang an gewesen . . .«

»Thaddeus!« rief sie. »Überlegt Euch, was Ihr da sagt . . .«

»Das spielt doch jetzt keine Rolle mehr. Selbst wenn noch ein wenig Leben in seinem Kopf stecken sollte, besitzt er doch nicht mehr Verstand, als Gott einer verdammten Gans verliehen hat. Alles, was er einmal gewesen ist, wurde mit dem

Schlag, den er damals auf den Kopf bekam, vollkommen ausgelöscht.« Ein Ausdruck von Wut und Abscheu zeigte sich nun auf Thaddeus' hagerem Gesicht, als er seinen Arbeitgeber anfunkelte. »Er hatte kein Gedächtnis mehr, erkannte selbst seine eigene Großmutter und seinen Bruder nicht wieder. Er konnte weder sprechen noch gehen. Ein halbes Jahr lang hat er nur seinen eigenen Speichel hinuntergewürgt, gegeifert und gebrüllt wie ein . . .«

»Ich möchte Euch dringend ersuchen, in seiner Gegenwart nicht mit diesem schrecklichen Bericht fortzufahren«, unterbrach Maria ihn.

»Aber es ist die Wahrheit. Am besten wäre es, ihn sterben zu lassen. Das würde ihn von seinem Elend erlösen – und uns dazu.«

»Ich werde die Herzogin von diesem beklagenswerten Vorfall unterrichten . . .«

». . . und die wird sich hüten, mich zu entlassen. Und wißt Ihr auch, weshalb?« sagte er, ihr Tablett vom Tisch nehmend, »weil sie nicht riskieren möchte, daß ich ganz England von dem Schwachsinn ihres Enkels, des Herzogs von Salterdon, erzähle.«

Er bewegte sich mit dem Tablett zur Tür, blieb dann aber noch einmal am Rand des Lichtkreises, den das Kaminfeuer um sich zog, stehen, um den Herzog erneut anzusehen, diesmal jedoch mit einem merkwürdig entrückten Ausdruck in den Augen. Und auch seine Stimme klang leiser, müder und seltsam verloren, als er hinzufügte: »Er hätte sich nicht gegen diese verdammten Straßenräuber wehren, sondern ihnen einfach das Geld ausliefern sollen. Wenn er das gemacht hätte, wäre er jetzt kein Krüppel, sondern quicklebendig und gesund!« Und dann noch leiser: »Warum mußtest du auch den Helden spielen, du verdammter Narr.«

Als Thaddeus das Zimmer verließ, sah Maria ihm mit brennenden Augen nach. Doch es war nicht mehr der Zorn, der ihr anfänglich die Tränen in die Augen getrieben hatte, sondern

Mitleid und Bedauern, die sie nun nicht nur für den Herzog, sondern auch für dessen Familie und Freunde empfand. Sie konnte ihren Schmerz nachempfinden, wenn sie täglich Zeugen seines zunehmenden Verfalls wurden, bis er nur noch ein Schatten seiner selbst war. Der grimmige Engel des Todes schwebte wie eine Plage über ihrem Leben. Sie erwarteten täglich seinen unvermeidlichen Schwertstreich, aber wann würde dieser kommen? Ja, der bevorstehende Tod war nicht nur ein schlimmer Kerker für die Sterbenden, sondern auch für die Lebenden.

Nachdem Maria ihre Abendtoilette verrichtet hatte, machte sie es sich in ihrem weißen Nachtgewand vor dem Kaminfeuer bequem, um ihre Haare trocknen zu lassen, die sich leicht um ihr Gesicht und ihre Schultern ringelten. Geistesabwesend bürstete sie die blassen Strähnen aus, während ihre Gedanken sich in der üblichen Reihenfolge erst mit Paul, dann mit John (sie würde ihm nachher noch einmal einen Brief schreiben – vielleicht fand sie heute abend ja die richtigen Worte, mit denen sie ihm ihre zwiespältigen Gefühle vermitteln konnte), ihrem Vater und schließlich mit ihrer Mutter beschäftigten, die jetzt sicherlich, wie sie das stets um diese Zeit machte, mit ihrem Mann auf den Knien lag und zu Gott betete, daß Er ihr jeden unwürdigen Gedanken und jede verwerfliche Tat, die sie sich im Verlauf des Tages hatte zuschulden kommen lassen, vergeben möge.

Als sie alt genug gewesen waren, um den Unterschied zwischen Gut und Böse zu verstehen, hatten auch Maria und Paul an diesen Abendandachten teilgenommen und gebetet, bis ihre Knie wund, ihre Nacken steif und die Kerzen so weit heruntergebrannt waren, daß ihre Dochte im flüssigen Wachs erstickten. Paul hatte stets voller Inbrunst gebetet, weil er an die Macht seiner Gebete glaubte und meinte, sie könnten etwas bewegen, während sie aus den Augenwinkeln zu ihm hingesehen und Gott gebeten hatte, Er möge doch das Leiden, das er in Seinem Namen erdulden mußte, abkürzen und beenden. Sie hatte nicht mehr auf den Knien gelegen und gebetet, seit sie das Haus ihres Vaters verlassen hatte, und würde das auch nicht mehr tun – trotz der Gewissenbisse, die sie jetzt empfand.

Maria seufzte und trank den Rest ihres Tees aus, der inzwischen kalt und bitter geworden war. Doch Gertrude hatte ihr nicht zu viel versprochen, als sie seine beruhigende Wirkung rühmte; denn Maria fühlte sich so entspannt und schläfrig, daß es sie einige Mühe kostete, eine Kerze vom Tisch zu nehmen und in Salterdons Zimmer hinüberzugehen. Dort verharrte sie einen Moment lang auf der Schwelle, bis ihre Augen sich an die Dunkelheit gewöhnt hatten, ehe sie auf Zehenspitzen, damit der Saum ihres Nachtgewandes nicht über den Boden schleifte, zu seinem Bett ging.

Salterdon lag, mit einem sauberen Nachthemd bekleidet, auf dem Rücken in seinem frisch bezogenen Bett, die dunklen Haare wie ein Fächer auf dem Kopfkissen ausgebreitet. Seine Augen standen wie immer offen, und seine Hände lagen friedlich auf seiner Brust über der zurückgeschlagenen Zudecke.

Sie beugte sich über ihn, betrachtete im flackernden Kerzenlicht sein Gesicht, schob vorsichtig eine dicke Locke aus seiner Stirn, steckte die Daunendecke um seine Schultern fest und ließ dann ihre Hand kurz an seiner Wange verweilen – um festzustellen, daß sein Bart lange nicht so hart und borstig war, wie sie sich das vorgestellt hatte, sondern weich und dicht und schimmernd wie Bronze im Schein der Kerze.

Sie überwand ihre Angst, schob ihre Finger über seine Lider, schloß diese und hielt sie geschlossen, bis ihre schmale Hand warm wurde an seinem Fleisch und heißes Wachs von der Kerze auf die Finger ihrer anderen Hand hinuntertropfte.

»Schlaft gut, Euer Gnaden«, sagte sie leise, während sie ihre Hand von seinen Augen nahm und gespannt war, ob sie auch geschlossen blieben.

Vielleicht war es nur ein Streich, den ihr das flackernde

Kerzenlicht spielte, doch es kam ihr so vor, als wären die Linien um seine Augen jetzt nicht mehr so hart, die Kerbe zwischen seinen dicken Brauen nicht mehr so tief und die Haut über seinen Wangenknochen sogar von einer leichten Röte überzogen.

Aber gewiß bildete sie sich das alles nur ein.

Es wurde Nacht.

Er lag in seinem breiten Himmelbett und starrte zur Decke hinauf. Gelegentlich wanderte sein Blick hinüber zu der Tür, die nur so weit geöffnet war, daß etwas von dem trüben Kerzenlicht nebenan in sein dunkles Zimmer sickerte. Hin und wieder drang auch ein Geräusch von drüben bis an sein Ohr – das Klirren eines Glases, das Plätschern von Wasser. Ein Schatten glitt über die Schwelle und verschwand dann.

Er schluckte und zwang nun seine Augen dazu, sich im Raum umzusehen, der sich seit ihrer Ankunft sehr verändert hatte. Er machte wieder einen großartigen und wohnlichen Eindruck. Ein paar Hyazinthen in den Vasen verströmten ihren süßen Duft im Raum – schwach, aber köstlich. Auch andere Düfte wurden ihm zuweilen durch die halboffene Tür ihres Schlafzimmers zugetragen: feminine Gerüche von Rosenwasser und parfümierter Seife.

Er drehte den Kopf zur Seite, konzentrierte sich nun auf das verlöschende Feuer in dem prächtigen, mit handbemalten chinesischen Kacheln verkleideten Kamin, das die Köpfe der zwei exquisiten Figuren – ›Nacht‹ und ›Morgen‹ –, die den weißen Marmorsims auf ihren Schultern trugen, in ein sanftes Licht tauchte. Doch die Geräusche und Düfte, die aus dem angrenzenden Raum kamen, wollten ihn nicht loslassen, lenkten seinen Blick immer wieder auf diese angelehnte Tür zurück, während er sich dunkel an andere Frauen erinnerte, die in jenem Zimmer gewohnt hatten und deren Namen ihm zumeist entfallen waren . . .

Die Tür schob sich nun ein wenig weiter auf, und dann er-

schien dort eine in weiche, fließende weiße Baumwolle gehüllte Gestalt, die eine brennende Kerze in der blassen Hand hielt. Sie bewegte sich wie eine Vision auf ihn zu, ihre Haare so silbern wie Mondlicht. Bisher hatte er stets geglaubt, daß sie nur eine Figur seiner Träume sei.

»Schlaft Ihr schon, Euer Gnaden?« hörte er sie flüstern, und dann beugte sie sich über ihn, betrachtete sein Gesicht und seine Augen, während sich die helle Flamme der Kerze in ihren widerspiegelte. Ihr süßer, reiner, weiblicher Duft spülte über ihn hinweg wie eine Welle. Ihm wurde davon ganz schwindlig im Kopf. Doch als dieser rasende Zorn sich wieder in ihm zu regen begann, war da etwas an ihrer kindlichen Erscheinung, das ihn so sehr gefangen nahm, daß er ganz still dalag und kaum zu atmen wagte — wie jemand, der sich in der Gesellschaft eines Fauns befindet und weiß, daß schon ein Blinzeln genügt, um ihn wieder zu verscheuchen . . .

Sie sah so verzagt aus, so furchtsam. Wovor hatte sie Angst?

Vor ihm natürlich. Er war doch das ›Monster‹.

Dieser Engel zog nun die Decke über seiner Brust glatt und strich mit den Fingern leicht über seine auf dem Kissen ausgebreiteten Haare.

»Ich bin überzeugt, daß Ihr gar nicht grausam sein wollt, Euer Gnaden. Es ist nur der Groll, den Ihr hegt, weil Ihr glaubt, daß Gott und die Menschen Euch verlassen hätten. Doch Ihr sollt wissen, daß dem nicht so ist . . . Bis morgen, Euer Gnaden, und gute Nacht«, setzte sie noch leise hinzu, mit der Hand über seine Lider streifend, um sie zu schließen. Und er wagte nicht eher, sie wieder zu öffnen, bis sie, das Licht mit sich nehmend, sein Zimmer wieder verlassen hatte.

Er lag im Dunklen und dachte:

Geh nicht. *Bitte* . . ., geh nicht weg von hier.

Kapitel fünf

Sie schreckte auch diesmal wieder aus dem Schlaf und starrte blind im Dunklen um sich, wobei ihr Verstand registrierte, daß keine Kerze mehr im Zimmer brannte und auch das Feuer im Kamin erloschen war.

Da waren Geräusche – schrille, hohe Frauenstimmen. Ein Schluchzen? Und Männer, die schrien.

Sie warf die Steppdecke zur Seite und eilte barfüßig, ihr Nachtgewand mit bebenden Fingern am Kragen gefaßt und schauernd vor Kälte, hinüber in Salterdons Zimmer und an sein Bett. Dort war es dunkel und still bis auf das leise Geräusch seines regelmäßigen Atems und das Ticken der Standuhr.

Wieder diese schrillen Stimmen.

Maria rannte aus dem Zimmer und den Korridor hinunter bis zum Treppenabsatz. Da waren Lichter unter ihr und – ja, da weinte auch eine Frau.

»Schaut nur, wen wir da haben!« sagte da plötzlich Molly so laut hinter ihr, daß Maria erschrocken zusammenfuhr. Die Magd schüttelte den Kopf, als Maria sich nun mit wild klopfendem Herzen an das Geländer lehnte und kurz die Augen schloß, um den Schrecken zu überwinden. »Ich frage mich, wie Ihr dazu kommt, mitten in der Nacht so spärlich bekleidet durchs Haus zu rennen. Aber ich kann mir schon denken, warum.«

»Wie bitte? Ich ...«

»›Wie bitte?‹« äffte Molly sie da hämisch nach. »Ihr redet

ja schon so geschwollen daher, als würdet Ihr zur herzoglichen Familie gehören, Miss Ashton.«

»Ich wüßte nicht, daß irgendwo geschrieben steht, daß nur Vertreter der Hocharistokratie ein vernünftiges Englisch sprechen könnten.«

Mit einem wütenden Schnauben stemmte Molly die Hände in die Hüften und blickte Maria mit schmalen Augen an. »Wo ist er?«

»Wer?«

»Versucht ja nicht, mich für dumm zu verkaufen! Glaubt Ihr etwa, ich hätte nicht bemerkt, wie Ihr ihm schöne Augen macht? Oder daß ich nicht hören würde, wie er nur noch von Euch redet? Miss Ashton macht dieses und Maria macht das ...«

Eine Frau fing unter ihnen laut zu jammern an.

Maria stieg, die Stirn gerunzelt, ein paar Stufen die Treppe hinunter und beugte sich dort über das Geländer, um besser sehen zu können, was sich dort unten in der Halle abspielte.

Die Magd war ihr gefolgt und drängte sich nun so dicht von hinten an Maria heran, daß diese sich am Geländer festklammern mußte, um nicht das Gleichgewicht zu verlieren. Mollys heißer, nach Gin riechender Atem streifte ihre Wange, als sie neben ihrem Ohr keifte: »Ich habe ihn vor drei Tagen spätabends aus Eurem Zimmer kommen sehen – keuchend und mit hochrotem Gesicht. Und er war so erregt, daß ich es sogar noch aus zwanzig Fuß Entfernung an der Ausbeulung seiner Hose erkennen konnte.«

»Dummes Zeug!«

»Wollt Ihr etwa abstreiten, daß Ihr Euch ihm beim Baden nackt gezeigt und ihm erlaubt habt, Euch zu betrachten?«

Mit vor Scham brennendem Gesicht stieg Maria, vor der Magd zurückweichend, langsam die Treppe hinunter.

»Nun, Miss Goody-Goody von Pfarrerstochter? Ich schätze, ich habe Euch jetzt in die Enge getrieben, wie? Wenn Ihr es abstreitet, lügt Ihr. Also gebt es zu, bekennt Euch zu dem, was Ihr wirklich seid – und was ich den anderen von Anfang an gesagt habe –, nämlich nichts anderes als ein billiges Flittchen . . .«

»Molly!« drang da Gertrudes Stimme schrill von unten herauf, und Maria seufzte erleichtert, als die betrunkene Dienstmagd nun mit einer fahrigen Bewegung ihre schiefsitzende Haube wieder zurechtzurücken versuchte und dann mit auf jeder Stufe klappernden Absätzen ihrer viel zu großen Schuhe die Treppe hinunterwankte. »Dumme Gans«, rief Gertrude ihr entgegen, »bist wohl wieder unten im ›Hirschen‹ gewesen und hast dort ein paar Gläser über den Durst getrunken, wie?« Dann setzte Gertrude kopfschüttelnd zu Maria gewandt hinzu: »Wir müssen uns wohl beide bei Euch für ihr Benehmen entschuldigen, Kindchen. Sie ist besoffen und weiß nicht, was sie sagt . . .«

»Was ist passiert?« fragte Maria leichthin, während sie hinter Molly die Stufen hinunterstieg, die höhnisch grinsend etwas vor sich hinmurmelte, bevor sie über Gertrudes Zehen stolperte. »Es war mir so, als hörte ich eine Frau weinen.«

»Das waren Reisende, denen diese verdammten Diebe aufgelauert haben . . .«

»Diebe!« kreischte Molly und griff sich mit beiden Händen an den flachen Busen.

»Du hast dort nichts, was diese Halsabschneider reizen könnte«, erklärte Gertrude, das Mädchen beiseite schiebend.

»Wie geht es den Reisenden? Sind sie wohlauf?« erkundigte Maria sich.

»Es waren eine Frau und ihre zwei Töchter, Miss . . .«

»Wurden sie verletzt?«

»Die Diebe haben ihre Handtaschen durchwühlt und ihnen noch ein paar andere kleinere Sachen abgenommen. Offenbar haben sie aber dem Kutscher eins über den Kopf gezogen. Er ist bis jetzt noch nicht wieder zu sich gekommen. Das ist dort unten, gleich hinter der nächsten Kurve, passiert . . .«

Da stieß Molly einen so gellenden Schrei aus, daß Maria

und Gertrude sich unwillkürlich mit beiden Händen an die Ohren griffen. »Die werden als nächstes hierherkommen, dort durch die Haustür stürmen und uns alle zu Geiseln machen. Sie werden über mich herfallen und ihre Lust an mir stillen . . .!«

»Scheint mir, daß es eher umgekehrt ist und du über sie herfallen wirst«, wies Gertrude sie ärgerlich zurecht. »Gott sei ihnen gnädig . . .«

»Besteht denn die Gefahr, daß sie versuchen, hier einzudringen?« erkundigte sich Maria leise bei der Haushälterin.

Gertrude nickte ernst. »Es ist eine sattsam bekannte Tatsache, daß Seine Gnaden hier wohnt und . . . bettlägerig ist. Ihr braucht Euch hier doch nur umzusehen, Miss. Allein schon das Silber, das dort in den Truhen verwahrt ist, ist ein Vermögen wert. Ich dächte, wir täten gut daran, die Waffenkammer aufzusperren und ein paar Musketen unter der Dienerschaft zu verteilen. Thaddeus ist unten bei den Ställen«, sagte sie nun lauter, damit auch Molly es hören konnte, »um nach dem Fohlen der Lieblingsstute Seiner Gnaden zu sehen. Ich werde dafür sorgen, daß er die Fenster in den unteren Stockwerken verrammelt und die Türen verbarrikadiert.«

Maria nickte. »Ich werde mich anziehen und mich um die Gäste kümmern.«

Lady Draymond schluchzte in ihr Taschentuch. »Es war schrecklich. Einfach schrecklich, sage ich Euch. Diese Teufel kamen plötzlich aus dem Dunkeln – mindestens ein Dutzend von ihnen – mit schwarzen Masken vor dem Gesicht und Augen, die uns durch diese schrecklichen Schlitze begehrlich betrachteten. Ich fürchtete um das Leben meiner hübschen Töchter . . .«

Maria sah zu den beiden rundlichen jungen Damen hin, die in Samtkleidern mit Rüschenbesatz steckten und ungefähr so alt sein mochten wie sie selbst. Im Gegensatz zu ihrer in Tränen aufgelösten Mutter galt deren Aufmerksamkeit der Platte mit Konfekt, das Gertrude dem Koch abgetrotzt hatte.

»Aber, aber«, versuchte Maria die Gattin des Vicomte Draymond nun zu beruhigen, »morgen wird Euch das alles nur noch wie ein böser Traum erscheinen.«

»Falls wir den morgigen Tag noch erleben sollten«, warf hier Molly ein, die geräuschvoll ein Tablett mit einer vollen Teekanne und Tassen auf einem Tisch absetzte. »Meiner Meinung nach dürfen wir froh sein, wenn wir alle hier mit dem Leben davonkommen.«

Da fing die Vicomtesse wieder laut an zu lamentieren und sank, einen langen, sehr auf Wirkung bedachten Seufzer ausstoßend, ohnmächtig in ihrem Sessel zurück.

»Gütiger Gott«, murmelte Gertrude und warf der inzwischen unter einem Kater leidenden Molly einen bösen Blick zu. »Besorge mir ein Riechfläschchen, und zwar schnell!« Dann setzte sie, sich an Maria wendend, leise hinzu: »Ich weiß nicht, ob es nicht besser wäre, sie gar nicht mehr aus ihrer Ohnmacht zu wecken. Ich bin mir nämlich nicht sicher, ob ich mir noch länger ihr Gejammer anhören könnte. Und ich bezweifle auch, daß sich der Koch darüber freuen würde, wenn er morgen früh nur noch leere Regale in seinen Vorratskammern vorfindet. Ich fürchte nämlich, daß wir keinen Krümel mehr im Haus haben werden, wenn die jungen Damen dort drüben so weiteressen wie bisher.«

»Es wäre unchristlich und grausam, sie jetzt wieder aus dem Haus zu schicken«, erwiderte Maria.

»Ich hatte damit ja auch nicht sagen wollen, daß wir sie wieder aus dem Haus schicken sollen. Es würde schon genügen, wenn wir ihnen das Maul verbinden könnten.«

Molly kam in diesem Moment mit den Riechfläschchen ins Zimmer zurück.

»Das könnte nach allem, was wir wissen, doch nur ein übler Trick sein«, verkündete sie mit einem Blick auf die ohnmächtige Lady. »Eine List dieser Banditen, damit ihnen jemand die Tür öffnet und sie sich unbemerkt ins Haus schleichen können.«

»Natürlich«, meinte Gertrude, die Augen verdrehend, »und ich bin in Wahrheit König George, der sich als Haushälterin verkleidet hat.« Und dann, sich wieder an Maria wendend: »Ich werde die Lady jetzt auf ihr Zimmer bringen und anschließend auch den Kutscher mit einem Quartier versorgen, Miss. Kümmert Ihr Euch inzwischen um die beiden jungen Damen?«

Als Maria zustimmend nickte, wurde die Vicomtesse von zwei Mägden aus ihrem Sessel gehievt und aus dem Zimmer gebracht. Es standen jetzt nur noch ein paar verschlafene Diener im Zimmer herum, die erst Maria und dann die beiden jungen Damen, Lady Charlotte und Lady Florence, anstarrten, die fortfuhren, sich den Mund mit Konfekt vollzustopfen, miteinander zu tuscheln und dann mißbilligende Blicke auf Maria zu werfen.

»Vielleicht wäre es den Damen recht, wenn sie sich auf ihre Zimmer zurückziehend könnten«, erklärte Maria. »In Anbetracht des Mißgeschicks, das Ihnen heute nacht widerfahren ist, bin ich sicher, daß Eure Ladyschaften sehr müde sein müssen und sich gern von Ihren Strapazen erholen möchten.«

Florence, die gerade die Backen voller süßer Mandeln hatte, zog mit ihren vollen und mit Zucker bestäubten Lippen einen Flunsch, schien sich Marias Angebot zu überlegen und wandte sich dann mit der Bemerkung an ihre Schwester Charlotte: »Wer, glaubst du, ist diese Person eigentlich?«

»Gewiß niemand von Bedeutung, ihrer Kleidung nach zu schließen«, erwiderte Florence, die ein wenig dünnere der beiden Schwestern, aber ihrem Benehmen nach nicht minder anmaßend als diese. »Vielleicht ist sie hier als Küchenmagd angestellt.«

Sie kicherten beide und schnippten mit den Fingern Kuchenkrümel aus ihrem Schoß auf den Boden. Dann blickte Florence in ihre leere Tasse, die direkt neben der heißen schwitzenden Kanne stand, und sagte: »Ich hätte gern noch eine Tasse, doch diesmal mit etwas mehr Zucker, wenn ich bitten darf.«

Maria zögerte einen Moment, ehe sie zu dem Tablett ging.

Charlotte, die sich noch mit einem Mandelkonfekt bediente, erklärte mit vollem Mund: »Hätte ich mich noch vor einem Monat dazu gezwungen gesehen, in Thorn Rose zu übernachten, wäre ich wahrscheinlich vor Angst gestorben, wenn ich bedenke, was aus Seiner Gnaden geworden ist.«

Maria hatte Mühe, ihre Hand so still zu halten, daß sie den Zucker nicht verschüttete, als sie zwei gehäufte Teelöffel davon in Florencens Tasse tat.

»Schockierend!« rief Florence, und nahm sich noch ein Stück von dem Kuchen. »Wie Lady Penelope Farnsworth-Shriverston mir erzählte, soll Seine Gnaden, als sie ihn zum letzten Mal nach seinem Unfall besuchte, ein gemeingefährlicher Irrer gewesen sein. Er versuchte nicht nur, sie am Hals zu würgen, sondern hat sie obendrein noch so laut und wüst beschimpft, daß sie in Tränen ausgebrochen ist. Und als wäre das nicht schon schlimm genug, soll er auch noch so ausgesehen haben wie einer von diesen abscheulichen, schmutzigen Kötern, die man am Straßenrand verhungern lassen würde.«

»Oft«, sagte Maria da leise, während sie aus einer kleinen Kristallkaraffe Milch in Florencens Tasse goß, »findet sich eine gute Seele, die einem herrenlosen Hund Obdach gewährt, und wird mit lebenslanger Treue und Anhänglichkeit dieser Kreatur belohnt. Auch kann ich mir nicht vorstellen, daß jemand so . . . herzlos sein könnte, ein Tier am Straßenrand verhungern zu lassen.«

»Trotzdem«, erklärte Charlotte, mißbilligend ihre braunen Locken schüttelnd, »hat die Herzogin recht daran getan, ihn in dieses schauderhafte Sanatorium zu verbannen. Es ist noch keine zwei Wochen her, daß ich mit Lady Rothblatt darüber sprach, und sie sagte mir, sie habe von Lady Adeline Gloag gehört, die es wiederum von Lady Lily Hartcup erfahren hat, daß Lord Drabble, der jemand aus seinem Bekanntenkreis im

Spital von Sankt Lukas aufsuchen mußte, dort auch zufällig Seiner Gnaden begegnet wäre. Die beiden hätten sich von Angesicht zu Angesicht gegenübergestanden, wie Drabble erzählte. Salterdon habe in einer ledernen Zwangsjacke gesteckt und geheult wie ein Hund. Ich möchte jetzt nicht weiter auf die Details eingehen, aber ich kann dir versichern, daß allein schon die Schilderung dieser schauderhaften Begegnungen genügte, um meinem Gedächtnis ein so schreckliches Bild von Seiner Gnaden einzuprägen, daß ich es nicht so rasch wieder vergessen werde. Und wenn ich mir vorstelle, daß Mama sich einmal mit dem Gedanken getragen hat, mich mit dem Herzog zu vermählen, wird mir ganz schlecht. Lieber hätte ich mir von einem dieser schrecklichen Diebe Gewalt antun lassen, als eine Nacht mit so einem Monster wie Salterdon verbringen zu müssen.«

»Nun, meine teure, süße Schwester«, sagte Florence und tätschelte Charlottes feiste Hand, »jetzt brauchst du ja keine Angst vor ihm zu haben. Er befindet sich weit, weit weg von hier . . .«

»Tatsächlich«, fiel Maria da Florence ins Wort, während sie ihr mit einem dünnen Lächeln die gefüllte Teetasse reichte, »ist Seine Gnaden gar nicht so weit von hier entfernt, wie Ihr glaubt.«

Die beiden Schwestern sahen blinzelnd zu ihr hoch. »Nicht?« sagten sie beide wie aus einem Mund.

»Nur eine Treppe höher, Myladies.«

»Hier im Haus?« rief Charlotte.

»In Thorn Rose?« Eine Nuß entglitt Florencens Fingern und hüpfte von ihrem Teller hinunter auf ihren Schoß.

»Eingesperrt in seinem dunklen Zimmer . . . Ich bin sicher, daß Ihr ihn hören werdet, sobald dieses Haus wieder zur Ruhe gekommen ist. Wenn ich Eure Ladyschaft wäre . . .«, sie senkte ein wenig die Stimme und runzelte die Stirn, ». . . würde ich mich beeilen, auf mein Zimmer zu kommen, bevor er . . .«

Die beiden Frauen beugten sich mit geweiteten Augen und offenem Mund vor.

»Was mich betrifft«, fuhr Maria fort und wandte sich der Tür zu, »werde ich mich nun zurückziehen und Sie Gertrudes bewährten Händen überlassen ...«

»Wartet!« Die beiden Ladies sprangen so rasch von ihren Stühlen auf, daß ihre Tassen umstürzten und Mandeln und Konfekt über Tisch und Boden verstreut wurden. Mit wippenden Röcken und hüpfenden Locken eilten sie Maria nach, faßten sich bei den Händen, raunten sich gegenseitig leise etwas ins Ohr und blickten furchtsam in alle Ecken.

Er erwachte aus einem Nebel.

Licht kam auf ihn zu, zunächst so winzig wie ein Stecknadelkopf, dann allmählich wachsend und sich, wie in einem sich drehenden Kaleidoskop, zu schattenhaften, verwirrend bunten und von Geräuschen begleiteten Gebilden auswachsend.

Nein. Nein, nicht wieder das! Es war besser dort unten in der Dunkelheit und Stille. Schlaf war das Elixier. Nicht die Schmerzen. Nicht die Scham. Nicht der unkontrollierbare Zorn. Wenn er in seiner Katakombe der Besinnungslosigkeit begraben lag, gab es keine mitleidigen Gesichter, die das beweinten, was er einst gewesen war ..., und auch nie mehr sein würde, wie das eine endlose Reihe von Ärzten, die im letzten Jahr durch sein Leben paradiert waren, versichert hatten.

Warum konnten sie denn nicht begreifen, daß er nur alleingelassen werden wollte mit seinen Gedanken? Dann war es ihm wenigstens möglich, seine eigene Stimme zu hören – nicht jene, die einem Idioten zu gehören schien, der offenbar seinen Mund nicht richtig zu bewegen und seine Gedanken nicht lange genug festzuhalten vermochte, um sich anderen mitzuteilen.

Oh, ja, er war hier sicher, in den grauen Nischen; aber etwas hatte ihn dort aufgestöbert, hatte den schlafenden Tiger seiner Frustration geweckt und ihn, obwohl er sich dagegen wehrte, hinausgezerrt in dieses gleißende Licht.

Eine Stimme . . ., so melodisch inmitten der wilden Kakophonie der Gedanken in seinem Kopf. Musik inmitten dieses mißtönenden Getümmels. Sie hatte ihn in den letzten endlosen Tagen und Nächten oft gestört und Bilder von Engeln heraufbeschworen, so daß er sich hatte fragen müssen, ob er denn, endlich, gestorben und fortgegangen sei . . . nein, nicht in das Paradies. Für den moralisch verkommenen Herzog von Salterdon gab es keinen Platz im Himmel.

Konzentriere dich, du Idiot. Versuche es scharf in den Blick zu bekommen, wenn du es kannst. Da! Dort irgendwo in der Sonne, die ihm aufs Gesicht schien, und der Brise, die seine Wangen streichelte, war dieser Engelsgesang, gefühlvoll, auf- und abschwellend. Himmel, wie weh dieses Licht doch seinen Augen tat!

Da bewegte sich etwas. Richte deinen Blick darauf. Ah! Endlich nimmt dieser Gesang Form an. Konzentriere dich!

Sie bewegte sich zu einer Bank neben einem Baum und schloß das Buch, aus dem sie laut vorgelesen hatte. Gütiger Gott, wer war sie? Was für ein herrlich geformter Kopf. Und was für eine seltene und schöne Farbe ihre Haare doch hatten, die ihr wie Wellen aus Seide über die Stirn rollten und ihre Augen einrahmten, die überraschend blau, klar und warm waren, als sie von ihrem Buch aufblickte und ihn mit einer Art staunender Verwunderung betrachtete, als ob sie etwas sahen, was andere Augen nicht zu erkennen vermochten. Es waren ruhige und entschlossene Augen, aber erfüllt von einer so tiefen Leidenschaft, daß er instinktiv die Seele spürte, die sich darin spiegelte.

Ihre Nase war perfekt, ihr Mund überaus verlockend und traurig lächelnd. Das alles wurde durch ihren klaren, vollkommen farblosen Teint vergeistigt. Trotzdem war sie nicht viel mehr als ein Kind – so arglos und unschuldig wie ein Kind . . .

Verdammt sollten diese Augen sein, ihrer Angst und ihres Mitleids wegen. Zur Hölle mit ihnen . . .

»Was für ein herrlicher Tag, Euer Gnaden! Vielleicht steht der Frühling bereits vor der Tür. Endlich spendet die Sonne wieder Wärme, und der Himmel ist vollkommen klar. Hätte ich die Kraft dazu, würde ich Euch auf meinen Armen zu dem See dort unten tragen. Seht nur, da fährt jemand in einem Boot darauf – einer Eurer Pächter vielleicht? Er möchte sich wohl sein Mittagessen angeln.« Maria erhob sich von der Bank und lief anmutig um den Stamm der mächtigen Ulme herum, an die sie sich gelehnt hatte, als sie dem Herzog etwas aus einem Buch vorgelesen hatte. Seufzend und die warme Brise auf ihrem Gesicht genießend, beobachtete sie den Angler mit verträumten Augen.

»Oh, Sir, wenn Ihr doch nur das Wasser sehen könntet! Es leckt in kleinen Wellen am Kiel des Kahns empor und glitzert wie Kristall, wenn es sich um den Bug kräuselt. Es ist fast so, als würde das Boot im Sonnenlicht und nicht auf dem Wasser treiben. Und seht Euch nur den Himmel an, der so hell ist, daß selbst die Hügel zu schlafen scheinen.«

Sich wieder an die Ulme lehnend, lauschte Maria dem Wind, der durch die kahlen Zweige strich und mit ihren losen Haaren spielte, die sie heute morgen nicht aufgesteckt hatte, so daß ihr nun ein paar lange silbrige Strähnen in das Gesicht wehten. Ein Eichhörnchen lief an einem Ast entlang und hüpfte, nur einen Fuß breit von Maria entfernt, hinunter auf den Boden. Sie seufzte beglückt, bewegte sich vorsichtig zu der Stelle, wo der Herzog in seinem Rollstuhl saß, den Blick auf den fernen Horizont gerichtet, legte die Hände auf seine breiten Schultern und beugte sich zu seinem rechten Ohr hinunter.

»Wir haben einen Besucher«, flüsterte sie. »Ist das nicht großartig, Sir? So ein anmaßender kleiner Bursche – fast so aufgeblasen wie diese beiden schrecklichen Draymond-Schwestern, die unermüdlich damit beschäftigt sind, Eure Vorratskammern leerzuessen. Ich fürchte, die werden wir wohl nie mehr los, Euer Gnaden. Jedenfalls nicht eher, bis ihr Kutscher wieder zur Besinnung kommt und sich von Gertrude losreißen kann. Ich glaube, das ist Liebe auf den ersten Blick gewesen.« Sie lächelte. »Denn unsere teure Gerti trällert neuerdings von morgens bis abends, Sir. Ah, die Liebe. Es ist schon erstaunlich, wie sie einem Menschen den Kopf verdrehen kann.«

Sie deutete auf das Eichhörnchen. »Seht nur, wie es uns anstarrt, als hätten wir es in seiner Ruhe gestört. Sollen wir mal testen, wie tapfer das Kerlchen ist?«

Lachend machte Maria nun vorsichtig einen Schritt auf das Eichhörnchen zu, das sie, ohne zu blinzeln, unverwandt ansah und nur mit seinem buschigen Schweif zuckte. »Guten Tag. Wie geht es Euch?« sagte Maria, leicht in den Hüften abknikkend.

Das Eichhörnchen machte einen Buckel und spitzte seine Pinselohren.

Maria lächelte und ließ sich vor dem kleinen Pelztier auf Händen und Knien nieder, so daß ihr die Haare über die Schultern fielen und über den mit Schneematsch bedeckten Boden streiften. »Gnädiger Herr, Ihr seht mir so aus, als wolltet Ihr mit mir tanzen. Ich bin dazu natürlich gern bereit, aber Ihr werdet es mir zuerst beibringen müssen.«

Da wackelte das Eichhörnchen kurz mit dem Kopf, hüpfte zum Baum zurück und kletterte auf den untersten Ast, wo es, auf Maria hinunterblickend, laut zu keckern begann.

»Gütiger Herr, ich fürchte, ich werde kläglich versagen, wenn dieser Tanz von mir verlangt, daß ich so behende wie Ihr auf diesen Baum hinaufsteigen soll!«

Lachend setzte sie sich daraufhin auf die Fersen zurück und beobachtete, sich dürre Blätter und Grashalme von den Händen klaubend, wie das Eichhörnchen erschrocken einen Satz auf den nächsthöheren Ast machte. Erst in diesem Moment spürte sie, wie sich hinter ihr etwas bewegte, und drehte nun langsam den Kopf, um über die Schulter zu sehen. Als erstes bekam sie ein paar auf Hochglanz gebrachte Lederstiefel zu

Gesicht und dann, als sie den Blick an diesen hinaufwandern ließ, die großgewachsene Gestalt eines Mannes in makellos sauberen, maßgeschneiderten Kleidern mit einem Paar überaus bemerkenswert grauen Augen, die sie mit einiger Verwunderung, wenn nicht sogar ausgesprochener Belustigung betrachteten.

Sie stöhnte leise. Diese Augen kannte sie – auch diese vornehme Stirn und diese üppige Mähne . . ., wenngleich ihr die Haare vielleicht etwas kürzer zu sein schienen. Selbst dieser Mund war ihr irgendwie vertraut. Ja, *diese* Lippen waren nicht so grimmig, sondern kräuselten sich auf eine so spitzbübisch drollige Weise, daß ihr das Blut heiß in die Wangen schoß.

»Miss . . . Ashton?« erkundigte sich der Mann mit einer so kultivierten und melodischen Stimme, daß Maria einen Moment lang sprachlos dasaß.

Der Fremde streckte ihr nun eine Hand hin. »Soll ich Euch vom Boden aufhelfen oder wollt Ihr, daß ich zu Euch hinunterkomme?«

»Oh.« Leicht beschämt ergriff sie die dargebotene Hand und war bemüht, sich so rasch wie möglich vom Boden zu erheben, wobei sie auf den Saum ihrer Röcke trat, die mit welkem Gras, Resten von Blättern und Schmutz bedeckt waren. Dann machte sie sich umständlich daran, sich von diesen Blätterresten und feuchten Lehmklumpen zu reinigen, ehe sie einen Schritt vor diesem Mann zurückwich, ihn mit einem entschuldigenden Lächeln bedachte und dabei so würdevoll ihr Kinn hob, wie ihr das unter den gegebenen Umständen gelingen wollte. »Ich *bin* Miss Ashton«, erklärte sie dann.

»Ich befürchtete das«, gab er ihr darauf murmelnd zur Antwort, ihre Person nun mit einiger Verwirrung, wenn nicht gar Erbitterung, musternd. »Gütiger Himmel, Ihr seid ja noch ein Kind. Was konnte sie sich nur dabei gedacht haben?«

»Sie?«

»Die Herzogin natürlich.«

»Ich denke, daß das wohl kaum eine Rolle spielt«, gab Maria kühl und sachlich zurück. »*Sie* ist schließlich die Herzogin. Ich schätze, daß *sie* tun kann und das tun wird, was ihr gefällt ..., und es hat ihr offenbar gefallen, mich zu engagieren ... Kind oder nicht Kind.«

Der Mann zog eine Braue in die Höhe. »Touché, Miss Ashton. Dann verraten Sie mir mal jetzt, wie es meinem Bruder geht.«

Ihre Augen weiteten sich. Sie sah rasch an dem Eindringling vorbei auf den Herzog, der noch immer ins Leere starrte. »Lord Basingstoke«, sagte sie nun etwas leiser und richtete ihren Blick wieder auf den Zwillingsbruder des Herzogs, »ich bitte um Verzeihung«, sagte sie, hastig einen Knicks machend. »Ich hätte Euch natürlich sofort erkennen müssen.«

»Unsinn, Miss Ashton. Es gibt jetzt nur noch wenig Ähnlichkeiten zwischen ihm und mir.« Als habe er sich erst Mut machen müssen, drehte Basingstoke sich nun endlich zu seinem Bruder um und stand dann steif, die Hände an den Seiten zu Fäusten geballt, vor dem Herzog von Salterdon. Seine Stimme klang auffällig gepreßt, als er seine Frage von vorhin wiederholte: »Nun sagen Sie schon, wie es meinem Bruder geht. Hat sich sein Zustand gebessert?«

»Nein, Mylord. Aber ich bin ja auch erst seit einer Woche hier ...«

»Gott hat die Welt in sechs Tagen erschaffen, Miss Ashton.«

»Ich bin aber nicht Gott, Mylord.«

»Nein, vermutlich nicht.«

Lord Basingstoke ließ sich nun langsam auf ein Knie vor seinem Bruder nieder. »Wo, zum Henker, bist du, Trey?« verlangte er mit rauher Stimme vom Herzog zu wissen.

Da eilte Maria zu ihrem Pflegling und fiel neben Basingstoke auf beide Knie. »Ich beschwöre Euch, Mylord – seid gut zu ihm.«

»›Gut zu ihm?‹ Meine teure Miss Ashton, Trey Hawthorne, der Herzog von Salterdon, hat in seinem ganzen Leben noch nie etwas Gutes getan. Zweifellos ist auch das nur wieder so ein gottverdammtes Spiel von ihm, um uns auf irgendeine Weise zu manipulieren. Güte? Er weiß gar nicht, was dieses Wort bedeutet!«

Basingstoke richtete den Blick auf den Boden. Sein Gesicht mit diesen tiefliegenden, rauchgrauen Augen und hohen Wangenknochen verlor jetzt jede Farbe. Er umklammerte die freie Hand des Herzogs mit den Fingern. »Ich möchte ihn wiederhaben, Miss Ashton. Egal, was für ein Bastard er auch gewesen ist – ich will ihn wiederhaben. Da ist etwas Leeres in mir – eine schwarze Leere, die unglaublich kalt ist. Manchmal denke ich, er würde mich, falls er stürbe mitnehmen – durch einen schwarzen Brunnen geradewegs hinunterziehen in die Hölle.«

»Habt Vertrauen, Mylord.«

»Vertrauen?« Basingstoke hob den Kopf und sah ihr direkt in die Augen, und zum erstenmal kam ihr zu Bewußtsein, wie unglaublich gut Salterdon einmal ausgesehen haben mußte – gepflegt, kultiviert, elegant – das Musterbild eines Aristokraten. Der schönste Mann, dem sie jemals begegnet war . . ., den sie sich überhaupt vorstellen konnte. Sie war sprachlos, wie verzaubert, unfähig, sich von der Stelle zu rühren.

»Meiner Großmutter bricht das Herz«, sagte Basingstoke neben ihr. »In den letzten fünfundzwanzig Jahren hat die Herzogin jede wache Minute damit verbracht, uns so zu erziehen, daß wir auf eine zufriedenstellende Weise den einflußreichen und ehrenvollen Platz unseres Vaters in der Gesellschaft einnehmen konnten. Daß wir seinen Titel erben und seinen Namen fortpflanzen konnten. Aber das war noch nicht alles. Sie liebte uns. Trotz der Torheiten, die wir begingen, und der vielen üblen Streiche, die wir ihr spielten, hielt sie an der Hoffnung und dem Traum fest, daß wir aus den Kämpfen des Lebens siegreich hervorgehen würden. Sie hat ihren Mann und ihren Sohn sterben sehen. Ich finde, daß es jetzt eine große Ungerechtigkeit wäre, wenn sie nun auch noch einen Enkel beerdigen müßte. Bitte, Miss Ashton, Ihr seid seine – unsere – letzte Hoffnung. Helft uns, wenn Ihr könnt.«

Helft uns, wenn Ihr könnt.

Diese Worte verfolgten sie genauso wie Basingstokes Gesicht – diese sie durchbohrend ansehenden, verzweifelten grauen Augen, die jenen des Herzogs nicht unähnlich waren, und seine bedrückte Miene, nachdem er mehrere Stunden an der Seite seines Bruders verbracht und trotzdem nicht zu ihm hatte durchdringen können. Was sie jedoch am meisten beunruhigte, war diese unglaubliche Faszination, die Lord Basingstoke auf sie ausübte ... So hübsch, so attraktiv, so beeindruckend – alles, was einen Aristokraten ausmachen sollte ..., und was seinem Bruder fehlte.

Sie erfuhr von Basingstoke, daß der Lieblingsaufenthalt Seiner Gnaden in Thorn Rose das extravagante Jagdzimmer gewesen war, ein großer, saalartiger Raum mit Paneelen aus dem achtzehnten Jahrhundert, prächtigen Möbeln, Bärenfellen und ausgestopften Tigern mit wütend entblößten Zähnen und Glasaugen, die von dem Feuer in dem grau-grünen Cippolino-Marmorkamin zum Leben erweckt wurden. Nachdem Maria im Zimmer Platz genommen hatte (so weit von den Brüdern entfernt, daß sich diese nicht von ihr gestört fühlten, und doch nahe genug, falls Basingstoke ihre Hilfe benötigen sollte), umgeben von Farnwedeln in Töpfen und mit Quasten versehenen Vorhängen, holte sie ihr Strickzeug hervor und blickte dabei immer wieder zu den Brüdern hinüber, weil sie es noch immer nicht fassen konnte, daß die beiden sich einmal zum Verwechseln ähnlich gesehen hatten.

Wie hatte Salterdon, diese wüste Erscheinung, jemals das Ebenbild eines so kultivierten und vornehmen Mannes wie Basingstoke sein können? Dessen Schönheit hatte etwas Feminines – ein Gesicht wie aus fein gemeißeltem, von der Meisterhand eines antiken Bildhauers geglättetem Marmor, das den Blick jeder Frauen auf sich ziehen und ein anerkennendes Flattern ihrer Lider auslösen mußte. Salterdon hingegen ...

Stirnrunzelnd widmete sie sich wieder ihrer Handarbeit und biß sich auf die Lippen, als sie eine Masche fallen ließ. Es dauerte eine Weile, ehe sie es wagte, ihre Augen von ihrer Stickerei zu erheben – und sie sah direkt in die von Basingstoke, der sie eindringlich betrachtete.

»Kommt doch hierher zu uns«, rief er, auf einen Lehnstuhl neben dem seinen in der Nähe des Kamins deutend. »Ihr seht da hinten so verlassen und verfroren aus!«

Maria legte ihre Nadeln und ihr Garn in ihren Korb zurück, erhob sich von ihrem Stuhl, ging durch den Raum auf ihn zu, blieb aber erst bei dem Rollstuhl des Herzogs stehen, um die Wolldecke um dessen Beine festzustecken, ehe sie in dem Ledersessel mit der hohen Rückenlehne Platz nahm und den Impuls unterdrückte, ihre Füße von sich zu strecken, um ihre kalten Zehen am Kaminfeuer zu wärmen.

Basingstoke sah so lange zu ihr hin, bis sie wieder ihre Nadeln aus dem Korb nahm, und drehte sich dann wieder seinem Bruder zu. Er redete so ruhig und sachlich, als handele es sich um eine ganz normale Konversation: »Ich soll dir auch Grüße von meiner Frau und deinen Neffen bestellen. Peter feiert morgen seinen fünften Geburtstag, und Keith hat vor einer Woche seine ersten Gehversuche gemacht. Großmutter betet, wie immer, darum, daß du wieder ganz gesund wirst. Ich fürchte, sie wird mit jedem Tag hinfälliger – ihr Gedächtnis ist nicht mehr das, was es einmal gewesen ist. Doch was ihr Temperament betrifft, ist es genauso herrisch und reizbar wie eh und je.«

Basingstoke beugte sich, die Ellenbogen auf seine Knie gestemmt, vor. »Sagt mal, Miss Ashton – kann er uns Eurer Meinung nach hören?«

Maria legte ihre Arbeit beiseite und richtete den Blick erst auf Salterdons und dann auf Basingstokes Gesicht.

Basingstoke drehte den Kopf zur Seite. »Warum starrt Ihr mich denn so an?« fragte er sanft.

»Es fällt mir schwer, mir vorzustellen ...«

»... daß wir uns einmal zum Verwechseln ähnlich gesehen haben? Ja, ich nehme an, daß das gar nicht so einfach ist. Nun würde ich noch gern von Euch wissen, ob Ihr Angst vor meinem Bruder habt, Miss Ashton?«

»Gelegentlich.«

»Zweifellos haben die Bediensteten in diesem Hause dafür gesorgt, Eure Phantasie in dieser Hinsicht mit Geschichten von seiner Raserei und ähnlichem zu bereichern.«

Sie verschränkte die Hände so fest im Schoß, daß das blaue Garn zwischen ihren Fingern hervorquoll und sich um ihre Knie ringelte. Ihre Wangen fühlten sich plötzlich warm an, und die Kehle war ihr wie zugeschnürt, als sie stammelte: »Es waren nicht nur die Bediensteten, Mylord.«

»Aha. Womit Ihr vermutlich unsere sich nicht gerade diplomatisch verhaltenden Gäste – die Ladies Draymond – meint.« Seine Lippen wurden dünn, und eine seiner dichten Brauen schnellte in die Höhe. »Sollte man den jungen Damen selbst jetzt noch ein schriftliches Eheversprechen meines Bruders vor die Nase halten, garantiere ich, daß sie sich mit so viel Begeisterung darauf stürzen würden wie ein verhungernder Hund auf eine tote Ratte. Ich möchte noch hinzufügen, daß sogar die Vicomtesse selbst sich nur zu gern dazu bereitfinden würde, mit dem Herzog von Salterdon das – nun – Lager zu teilen, wenn sich eine Gelegenheit dazu böte ... Ich sehe, daß Ihr nicht überzeugt seid, Miss Ashton.«

Lord Basingstoke stand von seinem Ledersessel auf und streckte ihr wieder seine Hand hin. »Kommt, Miss Ashton, kommt! Ich weiß Euer Pflichtbewußtsein zwar sehr zu schätzen, kann mir jedoch kaum vorstellen, daß Seine Gnaden etwas Dummes anstellen wird, wenn Ihr ihn jetzt ein paar Minuten lang unbeaufsichtigt laßt.«

Widerstrebend legte sie ihre Handarbeit abermals in den

Korb zurück und folgte Seiner Lordschaft hinaus auf den Korridor.

Als sie die riesige Bildergalerie durchwanderten, deutete Basingstoke auf die Portraits an den Wänden: Bilder seiner Vorfahren, die mit Öl auf jetzt brüchiger Leinwand verewigt worden waren. Da standen dreihundert Jahre alte Vasen auf noch älteren Tischen, deren feine Maserung unter Hunderten von Bienenwachsschichten begraben war. Doch Maria hörte Basingstoke nur mit einem halben Ohr zu, während ihr Blick immer wieder zu ihm ging, zu seiner hohen Gestalt, seinem makellosen, maßgeschneiderten Anzug, in dem er doch eher wie ein elegant gekleideter Landedelmann als einer der vornehmsten Vertreter des englischen Hochadels wirkte. Doch abgesehen davon ...

Oh, was war er doch für ein unglaublich hübscher Mann!

Sie betraten schließlich einen weitläufigen Raum, der nur von dem erlöschenden Tageslicht spärlich erleuchtet war, das durch eine Reihe von Fenstern drang.

»Mylord«, hauchte sie, während ihr Blick über die hohen mit kostbaren Holzpaneelen verkleideten Wände und über den mit kostbaren Teppichen belegten Boden hinglitt. In der Mitte stand ein Pianoforte, in dessen poliertem Ebenholzgehäuse sich der mächtige Kristallüster, der darüber hing, spiegelte.

Basingstoke ging zu diesem Instrument und fuhr mit einer Hand leicht darüber hin. Einen Moment lang nahm sein Gesicht einen düsteren Ausdruck an, während sich seine Hand zur Faust ballte. Und als er wieder das Wort ergriff, klang seine Stimme gepreßt und rauh:

»Es gab einmal eine Zeit, Miss Ashton, in der ein sehr talentierter junger Mann hier lebte, der mit einer besonderen Begabung auf die Welt gekommen war – der Fähigkeit nämlich, Musik in seinem Geist zu hören, die sich mit den Kompositionen der größten Meister messen konnte. Schon als Knabe brannte er vor Verlangen, diese Musik zum Leben zu erwekken . . ., sie gewissermaßen zu beschwören. Er pflegte mitten in der Nacht – wenn alle anderen im Haus schliefen – sein Bett zu verlassen, stundenlang an diesem Pianoforte zu sitzen und jeden Ton, den er in seinem Kopf hörte, durch seine Finger in die Tasten fließen zu lassen.«

Basingstoke setzte sich mit leicht gespreizten Beinen auf den Schemel vor das Klavier und ließ seine Finger über die Tasten fliegen, ohne sie wirklich zu berühren.

»Zuweilen schlich ich mich dann auf die Veranda hinaus, saß dort mit geschlossenen Augen im Dunkeln und hörte seinem Spiel zu. Dabei fragte ich mich stets voller Eifersucht, warum ich nicht mit so einem Talent auf die Welt gekommen bin.«

»Sprecht Ihr von Seiner Gnaden?« fragte Maria.

»Kaum zu glauben, nicht wahr, Miss Ashton? Schwer vorstellbar, daß dieser Mann, oder was von ihm noch existiert, als Kind ein musikalisches Genie gewesen ist.«

Basingstoke hieb mit einem Finger auf eine Taste, und der Ton hallte von den getäfelten Wänden wider. Als er wieder zu Maria hochsah, waren seine Augen genauso wild und wahnsinnig wie die seines Bruders. »Ihr müßt verstehen, meine Liebe, daß so ein frivoler Zeitvertreib sich einfach nicht schickte für den zukünftigen Herzog von Salterdon. Es waren geschäftliche Angelegenheiten, die auf ihn warteten – Gott verhüte, daß ein neunjähriger zukünftiger Herzog sich nicht mit der Bewirtschaftung von Ländereien auskannte, die sich im Besitz der Familie befanden, seit Gott England erschaffen hatte. Könnt Ihr Euch vorstellen, daß ich eifersüchtig auf ihn war – unter der Tatsache litt, daß es mir zwar gestattet wurde, mich mit jedem Spielgenossen meiner Wahl herumzutreiben, vorausgesetzt natürlich, daß er der gleichen Gesellschaftsschicht angehörte wie ich, während er mit meinem Vater in einem Zimmer eingeschlossen war und ein Mann wurde, ehe es ihm überhaupt erlaubt war, ein Kind zu sein? Nur der Titel des Herzogs und dessen Repräsentation waren wichtig. Ich schaudere, wenn ich mir vorstelle, was für eine schwere Verantwortung das für jeden Titelanwärter sein muß.«

Er verließ den Schemel wieder und bewegte sich durch das Zimmer zu einer Gruppe von Stühlen in der Nähe eines Fensters. Maria folgte ihm dorthin auf Zehenspitzen, um das gewichtige Schweigen und die Stille nicht zu stören, die auf diesem halbdunklen Raum lasteten.

Basingstoke blieb vor einem mit Tüchern verhüllten Gegenstand stehen, der in einer dunklen Ecke hinter den Stühlen an der Wand lehnte. Vorsichtig entfernte er die Leinentücher und enthüllte das unvollendete Gemälde eines atemberaubend schönen Basingstoke und einer gesichtslosen weiblichen Gestalt in einem fließenden roten Gewand.

»Mein Bruder, Miss Ashton, oder das, was einmal der Herzog von Salterdon gewesen ist.«

Sie schluckte und schüttelte fassungslos den Kopf. »Ich kann das einfach nicht glauben. Ihr seid es doch, der dort ...«

Da stellte er sich neben das Gemälde und nahm die gleiche Pose ein wie der Mann auf der Leinwand – eine Hand auf die Rückenlehne eines Stuhls gelegt, die andere achtlos in die Tasche seiner Bundhose geschoben.

Sie sah nun wieder auf die Leinwand und die darauf realistisch dargestellten Gestalten, wobei sie den Blick nicht von den Augen abzuwenden vermochte, die auf sie zurückstarrten – tiefe, bezwingende Augen, und dabei so feurig kalt wie die Klinge eines Säbels.

Nein, das waren nicht diese gütigen und sanften Augen von Lord Basingstoke! Ihm war auch nicht diese gefährliche, steinere Männlichkeit zu eigen, die aus diesen scharfen, wie gemeißelt wirkenden Zügen sprach. Aber ... diese Züge gehörten auch nicht dem Mann, zu dessen Pflege und Gesellschaft man sie engagiert hatte. Nein, der auf dieser Leinwand abgebildete Mann war weder ein Wilder noch ein Bestie, sondern ein überaus kultiviertes Wesen.

»Die Frau«, fragte sie, und zwang sich dazu, der unvollendeten weiblichen Figur auf dem Stuhl ihre Aufmerksamkeit zuzuwenden, »wer ist sie?«

Einen Moment lang schien sich Basingstokes Gesicht zu verhärten, schien sich ein Schleier über seine Augen zu senken, während seine Lippen sich zu einem ironischen Lächeln kräuselten, das ihm nun tatsächlich eine bemerkenswerte Ähnlichkeit mit seinem berüchtigten Bruder verlieh: »Das, meine liebe Miss Ashton, ist die nächste Herzogin von Salterdon – Treys schöne, raffgierige zukünftige Frau, Lady Laura Dunsworthy Ronsaville.«

Kapitel sechs

Maria versuchte ein letztes Mal, auf einem elfenbeinfarbenen, gehämmerten Bogen Papier mit dem Familienwappen des Herzogs ihre Eindrücke niederzuschreiben – wieder ein Brief an John und ihre Mutter, den sie, wie sie wußte, niemals abschicken würde. John würde sich natürlich freuen, wenn er eine schriftliche Nachricht von ihr erhielte. Er würde sie als ein ermutigendes Zeichen betrachten und glauben, daß da noch Hoffnung für ihn bestand – für sie beide. Er mochte sogar hierherkommen nach Thorn Rose und sie dazu überreden versuchen, mit ihm dieses Haus zu verlassen, ihn zu heiraten . . ., um dann den Rest ihres Lebens auf die gleiche Weise zu verbringen wie ihre Mutter . . .

Sie knüllte das Papier zusammen und warf es auf den Boden. Warum konnte sie sich auf nichts anderes mehr konzentrieren als auf die beiden auf dieser Leinwand abgebildeten Gestalten? Der Mann auf diesem Gemälde war beileibe keine Bestie gewesen. Kein Monster. Lediglich der Inbegriff von Macht und Kultiviertheit – nein – von ausgesprochener Arroganz. Ein Mann mit einem fast übertriebenem Selbstbewußtsein. Ein Mann, der eine solche Virilität ausstrahlte, daß sie . . . was genau empfand sie dabei?

Atemlosigkeit schien ihr kaum eine hinreichende Beschreibung ihrer Empfindungen zu sein. Doch, dummes Mädchen. Verrücktes Kind. Offenbar hatte ihr Vater recht gehabt, als er ihr diese Beschimpfungen entgegenschleuderte.

Aus Salterdons Zimmer drangen die Geräusche von Gertrudes emsiger Geschäftigkeit, von ihren zwischen Tisch und Stuhl hin- und hereilenden Schritten, von ihrem Staubwedel, den Kissen, die sie aufklopfte, der schmutzigen Wäsche, die sie einsammelte. Inzwischen würden Thaddeus und sein Gehilfe den Herzog auch schon aus der Badewanne gehoben und ihn wieder angekleidet haben.

Maria erhob sich, um sich an den Tätigkeiten der anderen zu beteiligen, blieb dann unter der Zwischentür aber noch einmal stehen und ließ den Blick durch den vor Sauberkeit leuchtenden Raum wandern, bis sie Seine Gnaden, wie üblich, vor dem Fenster entdeckte, wo er in seinem Rollstuhl saß und ihr den Rücken zukehrte, während seine Augen hinausstarrten zum fernen Horizont. Und wie üblich duftete das Zimmer nach jedem Bad, das der Herzog genommen hatte, nach Veilchen.

Gertrude sah von dem Tisch hoch, den sie gerade abstaubte, und lächelte: »Seid Ihr mit dem Briefschreiben fertig, Kindchen?«

Maria nickte, ging in das Zimmer hinein und hielt kurz bei der Frisierkommode an, um dort einen Strauß gelber und purpurroter Blumen in einer Kristallvase neu zu arrangieren, wobei sie zaghaft einen Blick auf sich selbst in dem Spiegel dahinter warf. Die weibliche Gestalt, die mit großen blauen Augen in einem ovalen Gesicht, das von lockigen Strähnen silbrig weißer Haare eingerahmt war, auf sie zurückblickte, war in der Tat nicht viel mehr als ein Kind – keine Frau –, egal, wie erwachsen sie sich auch zu gebärden versuchte.

»Kein Wunder, daß Lord Basingstoke schockiert war, als er mich zum erstenmal sah«, überlegte sie laut. »Ich *bin* ein Kind. Was hat sich Ihre Gnaden nur dabei gedacht, als sie *mich* engagierte?«

Gertrude eilte an ihre Seite, ihren Staubwedel wie eine Standarte hochhaltend. »Ihr seid eine gutherzige Seele, Kindchen, und das ist, was Seine Gnaden am nötigsten braucht. Jemanden, der mit ihm fühlt und ihn versteht.«

Maria trat ans Fenster und verharrte dort einen Moment lang, den Blick auf die fernen Hügel gerichtet, ehe sie sich zu ihrem Patienten umwandte. Das Bild, das ihr im Geiste vor Augen stand, war das eines Mannes mit granitharten, gemeißelten Zügen und brennenden grauen Augen. Sie wußte nun sehr genau, *was* Seine Gnaden einst gewesen war.

»Gerti, Basingstoke ist ein schöner Mann. Würdet Ihr mir da zustimmen?«

»Nicht schöner als Salterdon«, erklärte die Haushälterin mit sichtlichem Stolz und schlug dabei mit dem Staubwedel auf einen Tisch, um ihre Worte zu unterstreichen.

»Basingstokes Züge sind so perfekt – wie gemeißelt.«

»Wie das auch die Seiner Gnaden waren ... äh ... sind.«

»Das Lächeln Seiner Lordschaft ist gütig und aufrichtig.«

Gertrude hielt einen Moment lang im Staubwischen inne und machte ein verdutztes, etwas ratloses Gesicht. »Nun – gütig und aufrichtig scheint mir das Lächeln Seiner Gnaden nicht gerade zu sein. Verwegen und keck würde darauf schon eher zutreffen. Und ein bißchen auf der strengen Seite. Nun ja – obwohl sich die beiden Brüder so ähnlich gesehen haben wie ein Ei dem anderen, waren ihre Charaktere doch so unterschiedlich wie Tag und Nacht.«

»Was Ihr nicht sagt«, erwiderte Maria zerstreut, während sie um den Rollstuhl des Herzogs herumging, und betrachtete dabei seine struppigen langen Haare und sein unter dem ungepflegten Bart halb verstecktes Gesicht. Sie strich leicht mit den Fingerspitzen über seine Schultern, als sie hinzufügte: »Nach allem, was ich von ihm gehört habe, scheint mir seine gegenwärtige Aufmachung am besten für ihn geeignet zu sein. Aber ... kann ein Mensch tatsächlich so unheimlich manipulativ und genußsüchtig sein, wie die Personen, die Seiner Gnaden besonders nahestanden, ihn beschrieben haben?«

Sie beugte sich vor und blickte ihm forschend in die grauen Augen, ein wenig benommen von der Intensität, mit der diese auf sie zurückzustarren schienen. Im Gegensatz zu Basingstokes Augen schien ein Wahnsinn in ihnen zu nisten – eine Leere, die seine Fähigkeit, sich in seinen Gesellschaftskreisen normal zu benehmen, erheblich beeinträchtigen mußte.

»Offenbar habt Ihr ein viel zu behütetes Leben bei Eurem gottesfürchtigen Vater geführt, wenn Ihr die Antwort auf diese Frage nicht wißt«, erwiderte Gertrude. »Ich möchte den Namen oder die Ehre Seiner Gnaden nicht damit beschmutzen, indem ich ihn als genußsüchtig bezeichnen würde. Denn mit dieser Beschreibung würde man Salterdons Lebensstil keinesfalls gerecht. Wenn seine Stellung in der Gesellschaft ihn nicht mit dem belohnte, was er haben wollte, hat ihm das in der Regel sein gutes Aussehen verschafft.«

»Verständlich«, erklärte Maria nachdenklich und erinnerte sich daran, wie sehr sie selbst in den letzten Tagen (geschweige denn diese ihr inzwischen so auf die Nerven gehenden Ladies Draymond) im Banne von Basingstokes blendender Erscheinung gestanden hatte.

»Doch jetzt ist das aus Seiner Gnaden geworden«, sagte sie leise zu sich selbst. Sie richtete sich auf und drehte sich zu Gertrude um. »Bringt mir heißes Wasser, Rasierseife und ein Rasiermesser, Gerti.«

»Wie bitte, Kindchen?«

»Ich beabsichtige, ihn zu rasieren.«

»Aber . . .«

»Ich habe jetzt gesehen, wie er eigentlich aussehen müßte, es aber nicht tut. Nun macht schon und bringt mir, was ich Euch angeschafft habe – und das schnell, ehe die Vernunft bei mir die Oberhand gewinnt und ich es mir anders überlege.«

Binnen zehn Minuten war Gertrude mit den gewünschten Gegenständen auf einem Tablett zurückgekehrt, das sie nun neben Maria auf einem Tisch abstellte. Dann trippelte die Haushälterin wie eine aufgeregte Henne im Zimmer auf und ab.

»Das wäre alles«, bedeutete Maria ihr.

»Aber, Miss, wir haben in den letzten Monaten doch schon so oft versucht, ihn hübsch zu machen . . .«

»Bitte! Ich bin auch so schon nervös genug, Gertrude.«

Mit einigem Widerstreben zog sich die Haushälterin daraufhin bis zur Tür zurück und verließ dann, kopfschüttelnd und leise etwas vor sich hinmurmelnd, das Zimmer.

Maria zitterten die Hände, als sie den warmen Seifenschaum auf dem mit struppigen Barthaaren bedeckten Gesicht ihres Pfleglings verteilte – auf dessen Wangen, Kinn und unter dessen Nase. Als sie Paul das erste Mal rasiert hatte, hatte sie ihn mit dem Rasiermesser geschnitten. Es war zwar nur ein kleiner Ratscher gewesen, doch der hatte genügt, daß Paul ›autsch‹ geschrien und sie dabei so bekümmert angestarrt hatte, daß sie fast geweint hätte.

Vorsichtig, vorsichtig. Gütiger Gott, gib, daß meine Hände nicht so zittern! »Es besteht doch gar kein Grund für dich, so nervös zu sein«, sagte sie sich leise. »Es liegt nur an deiner Ungeduld, daß deine Finger so beben . . .« Woran ja nun wiederum ihr törichtes Verlangen schuld war, sich sein Gesicht anzuschauen – dasselbe Gesicht, das sie von dem Augenblick an verzaubert hatte, wo sie seinem Bruder zum ersten Mal begegnet war, und das sie wenig später auf Salterdons unvollendetem Hochzeitsporträt wiederentdeckt hatte.

Behutsam das Messer ansetzen.

Tief durchatmen.

Nicht zu schnell.

Sacht. Leicht.

Nicht aufdrücken, sondern das Messer sanft über die Haut hingleiten lassen, hatte Paul ihr bedeutet. Und die Klinge stets sauber halten.

»Ein stumpfes Messer kratzt die Haut auf, ohne die Barthaare zu entfernen«, hatte Paul erklärt, kurz bevor sie ihn zum zweitenmal geschnitten hatte.

Maria schluckte und schloß die Augen in dem Bemühen, sich zu beruhigen.

Die Hand klammerte sich so plötzlich und heftig um ihren Hals, daß es ihr schwarz vor Augen wurde. Sie versuchte zu schreien. Unmöglich. Sie konnte ja nicht einmal atmen! Die Welt war in einen roten Nebel getaucht, und ihre Lungen schrien nach Luft. Sie ruderte mit beiden Armen, stieß den Waschständer um, und die mit heißem Wasser gefüllte Porzellanschüssel flog zu Boden und zerbarst in tausend Stücke.

»Gütiger Himmel! Er hat wieder einen Anfall! Hilfe! Nun kommt doch jemand! Er hat Miss Ashton am Hals gepackt!« rief Gertrude, die im Durchgang zum Korridor stand, mit schriller Stimme.

Maria krallte ihre Finger in diese Hand, diesen Schraubstock, der ihr die Luft abdrückte und ihr den Hals zu zerquetschen drohte.

»Laßt sie los! Aufhören! Ihr bringt sie ja um!«

»Verdammter, mörderischer Bastard!« brüllte Thaddeus und riß an Salterdons Finger, um Marias Kehle von dem Würgegriff zu befreien.

»B-bitte«, gelang es Maria schließlich, heiser zu flüstern, und sie zwang sich dazu, ihm in die Augen zu blicken – in Salterdons Augen, die nun nicht mehr leer waren und starr, sondern wild vor Zorn und schrecklicher als alles, was Maria bisher in ihrem Leben gesehen hatte. »Euer ... Gnaden ... bitte ...«

Einen Moment lang weiteten sich diese Augen und wurden dann zu Schlitzen. Er zischte etwas durch die Zähne, das sich anhörte wie *Ischrischewischveschwammteveilsch*, und dann schlossen sich seine Finger noch fester um ihren Hals und schüttelten sie, als wäre sie eine zum Bratspieß verurteilte Weihnachtsgans.

»Ich ... verstehe ... nicht ...«, versuchte sie zu schreien, ehe er sie abermals schüttelte – so heftig diesmal, daß sie den Kontakt mit dem Boden verlor und ihre Welt nur noch aus diesen zwei brennenden, mordgierigen stecknadelkopfgroßen Augen bestand.

»Bastard!« brüllte Thaddeus wieder und eilte zum Kamin, um sich dort mit dem Schürhaken zu bewaffnen, was wiederum Gertrude veranlaßte, sich ihm mit einem entsetzten Schrei in den Weg zu stellen, worauf es zu einem so heftigen Zusammenprall zwischen ihnen kam, daß sie beide zu Boden stürzten und sich mit ihrem Allerwertesten in die Scherben der Porzellanschüssel setzten.

Mit beiden Händen Salterdons Handgelenke umklammernd, versuchte Maria so ruhig, wie ihr das gelingen wollte, sich auf dessen wütendes Gesicht zu konzentrieren und nachzudenken. *Unmöglich!* Gütiger Gott, sie würde sterben. Er brachte sie jetzt um – derselbe Mann, dessen Leben zu retten sie sich nun seit mehr als einer Woche so hingebungsvoll bemühte. Der Mann, in den sie tatsächlich sogar schon ein bißchen (dummes, närrisches, blödsinniges und naives Kind!) verknallt gewesen war, hatte offenbar die feste Absicht, sie zu ermorden, selbst wenn er nun mit seinen Lippen Worte zu formen versuchte, die sich für sie wie das Gestammel eines unzurechnungsfähigen Wahnsinnigen anhörten:

»Isch ... risch ... wisch ... ein ... verschamtes ... Veilschn!«

Sie bemühte sich, sich auf seinen Mund zu konzentrieren, der rasch zu einem großen roten Fleck verschwamm, als er sie nun zu sich heranzog – so nahe, daß sie seinen Atem auf ihrem heißen Gesicht spürte – und mit sichtlicher Mühe und quälender Langsamkeit Silbe für Silbe hervorstieß:

»Ich ... rie-che ... wie ... ein ... ver-damm-tes ... Veilchen!«

Dann schleuderte Salterdon Maria mit einem Brüllen, das wenig Menschliches an sich hatte, so heftig von sich, daß sie, rückwärts taumelnd, über Gertrude stolperte, die sich gerade vom Teppich erheben wollte, und sich dann ebenfalls auf dem Boden wiederfand.

Dort blieb sie benommen und nach Luft japsend liegen – die einen Moment lang nicht kommen wollte, sich aber dann wie ein reißender Strom in ihre ausgedörrten Lungen ergoß und dabei ein solches Brennen in ihrer wunden Kehle erzeugte, als würde ihr mit dem Rasiermesser, das sie in eine Ecke des Zimmers geschleudert hatte, der Hals ausgeschabt.

Und zugleich drang eine Flut von wüsten Geräuschen auf sie ein, die sich mit dem Dröhnen in ihrem Kopf vermischte – das Kreischen von Frauen, das Bersten von Glas und eine fluchende Männerstimme.

Jemand rief ihren Namen. »Miss Ashton? Miss Ashton?! Was sollen wir jetzt mit ihm machen?«

Sich mit einer Hand den Mund zuhaltend, weil sie fürchtete, sie könnte sonst schreien – was zweifellos eine verzögerte Schockreaktion gewesen wäre – oder weinen – was sie immer tat, wenn sie Angst hatte oder wütend war –, setzte Maria sich langsam auf. Das Blut summte ihr wie ein Bienenschwarm hinter der Nase und in den Ohren.

»Was meint Ihr denn, was wir jetzt mit ihm machen sollen?« fragte diese Stimme abermals, die sie nun als die der Haushälterin erkannte. Doch da war noch so ein Nebel vor ihren Augen, daß sie nur die schattenhaften Umrisse von sich im Zimmer bewegenden Gestalten zu erkennen vermochte, und da war auch noch dieses andere Geräusch – dieses schreckliche Heulen wie von einem verwundeten Wolf.

»Miss Ashton?«

Es gelang ihr endlich, sich schwankend vom Boden zu erheben. Das Zimmer schien sich wie ein Karussell um eine Gestalt zu drehen, die mitten im Raum mit ausgestreckten Beinen und Armen auf dem Boden lag und dort von Thaddeus und drei anderen Bediensteten festgehalten wurde.

»Rollstuhl«, krächzte Maria, ehe sie einen Hustenanfall bekam.

Mit einiger Anstrengung gelang es den vieren, den Herzog wieder in seinen Rollstuhl zu setzen. Die langen struppigen Haare hingen ihm in das noch unrasierte Gesicht, als er, die

Zähne gefletscht wie ein wildes Tier und den Blick seiner glühenden Augen auf sie gerichtet, knurrte:

»Wer – zum – Teufel – seid – Ihr?«

Thaddeus kam Maria, die noch immer hin- und herschwankte wie ein Schilfrohr im Wind, zu Hilfe. Gestützt von seinem Arm, den er ihr um die Taille legte, und sich mit einer Hand noch immer an den Hals fassend, holte sie immer wieder tief und gurgelnd Luft, bis ihr Gehirn wieder zu funktionieren begann und der Schock von ihrem Zorn verdrängt wurde.

»Ihre Gnaden, die Herzogin, hat mich engagiert, um . . .«

»Ver-schwindet!« schnaubte er und sah sich nach etwas um, das er zerbrechen oder ihr womöglich an den Kopf werfen konnte.

Da eilte Gertrude mit quietschenden Schuhen, aus denen Seifenschaum quoll, an Marias Seite und flüsterte: »Es wäre wohl das beste, ihn jetzt alleinzulassen, Kindchen. Er wird sich mit der Zeit schon wieder beruhigen . . .«

»Nein, ich werde ihn nicht alleinlassen!« erwiderte Maria hitzig, schob Thaddeus beiseite und machte nun ein paar Schritte auf die Stelle zu, wo ihr Patient im Rollstuhl saß, die Hände wie Klauen um die Armlehnen gekrallt. »Es scheint so, als habe Seine Gnaden Anstoß genommen an seiner Waschschüssel und diese zerschlagen, Gertrude. Würdet Ihr die Freundlichkeit besitzen, ihm eine andere zu besorgen?«

Die Haushälterin keuchte erschrocken und sagte leise: »Ihr werdet doch wohl nicht daran denken, es noch einmal zu versuchen!«

Maria begann, die Scherben der Waschschüssel vom Boden aufzuklauben. Als sie zu der Stelle kam, wo das Rasiermesser in einer kleinen Wasserpfütze auf dem Parkett lag, hob sie es auf und barg es in der hohlen Hand, ehe sie sich zu Salterdon umdrehte, der sie mit schmalen, mißtrauischen Augen beobachtete.

»Ich denke nicht, daß er mir wehtun wollte«, erklärte sie

nun mit so fester Stimme, wie ihr das unter den gegebenen Umständen gelingen wollte. Mit schmerzhaft pochendem Hals und einer Kehle, die sich so anfühlte, als hätte sie gerade eine glühende Kohle verschluckt, näherte sie sich nun vorsichtig dem Herzog. »Ich glaube vielmehr, daß er aus seiner ... seinem Schlaf erwachte und es mit der Angst zu tun bekam, als er das Rasiermesser sah.«

Salterdon beobachte mit Wolfsaugen und leicht bebender Oberlippe jede ihrer Bewegungen.

»Sobald die Angst mit unserem Selbsterhaltungstrieb kollidiert, kann es wohl gelegentlich bei uns zu Reaktionen kommen, die zwar menschlich sind, die wir aber nicht mehr zu kontrollieren vermögen. Als es vorhin zum Beispiel einen Moment lang so aussah, als versuchte Seine Gnaden, mich umzubringen, würde ich alles getan haben, ihn daran zu hindern – selbst wenn ich ihn dabei hätte verletzen müssen.«

»Du lieber Gott«, stöhnte Thaddeus. »Ihr seid genauso verrückt wie er.«

»Nicht ganz so, Thaddeus. Selbst ein Tier kann man zur Vernunft bringen, wenn man Geduld hat und es freundlich genug behandelt. Selbstverständlich ist Seine Gnaden *kein* Tier, sondern ein menschliches Wesen. Ein Mann. Eine vernunftbegabte, intelligente Person, die sich so benehmen kann, wie es ihrer Würde und ihrer Position entspricht, in die sie hineingeboren wurde.«

In diesem Moment holte Salterdon aus und schlug mit der Faust nach ihr.

Es gelang ihr, gerade noch rechtzeitig einen Satz zur Seite zu machen. Dabei rutschte sie auf einem Stück Seife aus, das noch in der Nähe des Rollstuhls auf dem Boden lag, und setzte sich so hart auf ihren Allerwertesten, daß sie einen Moment lang wie betäubt dasaß.

»Andererseits sollte mir jetzt jemand die Stricke bringen, mit dem wir ihn schon einmal gefesselt haben. Gelegentlich muß man selbst den Tieren Respekt vor der Hand beibringen, die sie füttert!«

Die Würgemale hoben sich lebhaft von ihrer blassen Haut ab – vier kleine kreisförmige Blutergüsse auf der linken Seite ihres Halses, und ein großer blauroter Daumenabdruck auf der rechten Seite.

Aus dem Zimmer Seiner Gnaden war in der letzten Viertelstunde kein Laut gedrungen. Dem Himmel sei Dank. Dieser Auftritt, bei dem sie meinte, Gertrude und Thaddeus ihre angebliche Nervenstärke beweisen zu müssen, hatte sie den letzten Rest ihrer Kraft gekostet, so daß sie sich unter dem Vorwand, ihre durchnäßte Kleidung wechseln zu müssen, aus dem Zimmer Seiner Gnaden entfernt und in ihrem eingeschlossen hatte.

In der letzten halben Stunde hatte sie auf dem Hocker vor dem Spiegel ihrer Frisierkommode gesessen und zugesehen, wie ihr Hals immer dicker wurde, und sich wohl hundert Ausreden durch den Kopf gehen lassen, warum sie noch heute abend Thorn Rose verlassen und in das Haus ihres Vaters zurückkehren mußte. Doch allein schon der Gedanke, daß sie sich tatsächlich auf den Weg nach Huddersfield machen würde, war wie ein kalter Speer der Angst, der ihr das Herz durchbohrte.

Zweifellos würde sie dort die nächsten beiden Jahre ihres Lebens damit verbringen müssen, auf den Knien zu liegen und Gott um Vergebung dafür zu bitten, daß sie ihren Vater entehrt hatte.

Was, fragte sie sich jetzt, würde wohl die schlimmere Hölle für sie sein? Ihr Verbleib auf Thorn Rose Manor – oder die Rückkehr in das Haus ihres Vaters?

Schließlich nahm sie ihren Mut zusammen und kehrte in Salterdons Zimmer zurück.

Ihr Patient saß, die Handgelenke an die Armlehnen gefesselt, ruhig in seinem Rollstuhl vor dem Kaminfeuer. Thaddeus ging, die Hände in den Bund seiner locker sitzenden Hose geschoben, wie ein Wachtposten langsam im Zimmer auf und ab. Als er Maria ins Zimmer kommen sah, blieb er stehen und starrte sie an.

Erst jetzt bemerkte sie, daß sich noch ein dritter Mann im Zimmer befand – Lord Basingstoke, der, die Arme vor der Brust verschränkt, in der Nähe des Fensters stand. Er mußte sich wohl schon seit geraumer Weile im Zimmer befinden; denn er hatte seine Jacke ausgezogen und über die Lehne eines Sessels gehängt. Er sah sie, und seine Lippen wurden schmal wie ein Strich.

Marias griff sich, die Augen senkend, unwillkürlich an den Hals, und dann ging ihr Blick zu Salterdon hinüber, der unverwandt in die Flammen des Kaminfeuers starrte. War er inzwischen etwa wieder in seine eigene private Hölle zurückgekehrt?

Hoffentlich, dachte sie. Gott möge mir das verzeihen.

»Miss Ashton«, sagte Basingstoke leise mit gütiger und besorgter Stimme.

»Nicht«, erwiderte sie ein bißchen heiser. »Ich fürchte, ich könnte nur wieder sentimental werden. Und dann bin ich zu nichts zu gebrauchen.«

Basingstoke trat zu ihr und drehte, mit einem Finger sacht ihr Kinn anhebend, ihren Kopf ein wenig zur Seite. »Bastard«, murmelte er leise und bemühte sich dann, seinen Zorn hinter einem nicht ganz glaubwürdigen Lächeln zu verstecken. »Ich weiß, daß Euch das nur wenig trösten kann, aber ich versichere Euch, daß Seine Gnaden Euch niemals so behandelt hätte, wenn er wirklich bei Verstand gewesen wäre. Mag er auch in Herzensangelegenheiten stets ein wenig sorglos gewesen sein, so hat er meines Wissens doch niemals einer Frau Gewalt angetan. Ihr könnt Euch natürlich bei mir ausweinen. Ich werde nicht geringer von Euch denken, wenn Ihr das tut.«

Sie schüttelte abwehrend den Kopf, obwohl sich ihre Augen bereits mit Tränen füllten. Sie wagte jetzt nicht einmal zu blinzeln, weil sie fürchtete, diese könnten sonst überlaufen. Gleichwohl hatten bisher nur wenige Menschen sie so freundlich und mit ehrlicher Anteilnahme behandelt. Das allein genügte schon, daß sie nun ihre Fassung zu verlieren drohte.

Basingstoke entfernte sich wieder von ihr, umrundete seinen Bruder – den Herzog –, der noch immer finster ins Feuer starrte, die gefesselten Hände zu Fäusten geballt. Seine Gnaden sah so aus wie jemand, der am Rande eines Zusammenbruchs steht, dachte Maria bei sich.

Eine brüderliche Hand auf Salterdons Schulter legend, schenkte Basingstoke ihm ein leidenschaftsloses Lächeln. »Während Eurer Abwesenheit, Miss Ashton, habe ich mit Trey ein längeres Gespräch geführt. Ich nehme an, daß er mir diesmal zugehört hat. Ich kann jedoch nur vermuten, daß er mich auch verstanden hat. Jedenfalls erinnerte ich ihn daran, daß Ihr wie Eure Vorgänger von der Herzogin dazu engagiert wurdet, ihm zu helfen. Und daß die Herzogin nun genug habe von diesen Berichten verbaler und körperlicher Mißhandlungen, die ihr im Verlauf des letzten Jahres zugetragen wurden.« Basingstoke hielt kurz inne und fuhr dann in etwas rauherem Ton fort: »Wenn Seine Gnaden den Rest seines Lebens nicht in einem Asyl für Geisteskranke verbringen möchte, täte er gut daran, fortan seine Einschüchterungsversuche zu unterlassen und sein jähzorniges Temperament zu zügeln. Und er möge sich auch überlegen, ob er nicht damit aufhören sollte, sich ständig selbst leid zu tun. Ich persönlich finde diesen Zustand geradezu widerwärtig.«

Der Herzog bewegte sich unruhig in seinem Rollstuhl, streckte die Finger aus und ballte sie dann wieder zur Faust zusammen.

Basingstoke beugte sich zum Ohr seines Bruders hinunter und flüsterte: »Trey und ich sind allerdings schon immer unterschiedlicher Meinung gewesen, was den richtigen Umgang mit sich und der Welt im allgemeinen betrifft. Nicht wahr, mein teurer Bruder? Habe ich dir gegenüber nicht oft genug erwähnt, daß ich, wenn ich der Erbe des beträchtlichen Vermögens unserer Großmutter wäre, dieses vorsichtig, wenn nicht gar klug anlegen würde? Mit vorsichtig meine ich sparsam – was die Apanage für widerspenstige oder verschwenderische Nachkommen, etcetera, betrifft. Miss Ashton?«

»J-ja, Euer Lordschaft?«

»Wie ich hörte, hattet Ihr vor, Seine Gnaden ein bißchen adretter zu machen?«

Sie nickte.

»Bringt uns das Rasiermesser und den Seifenschaum!«

Maria stellte sich neben Basingstoke, als dieser sich die Ärmel hochkrempelte und dabei sehr braune Handgelenke und Unterarme enthüllte. Seine Hände, dachte sie mit einem gewissen Erstaunen, sehen so hart und rauh aus wie die eines Bauern.

Als sie dann Basingstoke das Messer und die Schale mit dem Seifenschaum zureichen wollte, schüttelte der den Kopf. »Ich bin lediglich zu Eurer Unterstützung hier, Miss Ashton. Ich werde ihn jedoch daran erinnern, daß er im Falle eines widernatürlichen Verhaltens, wie er es heute schon einmal gezeigt hat, damit rechnen muß, daß ich seine Rasur übernehme.« Er blickte seinen Bruder augenzwinkernd an, der ihm aber keine Beachtung schenkte.

Erst jetzt konnte Maria sich wieder dazu aufraffen, Salterdon ins Gesicht zu sehen, in diese Augen zu blicken, die vor kurzem noch gesprüht hatten vor Wut und Haß und die er nun langsam zu ihr aufschlug. Da sprach kein Zorn mehr aus ihnen, kein Haß, keine Verzweiflung, sondern so etwas wie Verwirrung und Angst, was Maria jedoch genauso erschütternd fand wie vorher seinen Anfall von Jähzorn.

»Wir wollen Euch doch nicht wehtun«, versicherte Maria ihrem Patienten in einem so festen Ton, wie ihr dieser gelingen wollte. Was nicht einfach war, weil ihr schon das Sprechen selbst große Mühe bereitete. Ihr Hals fing bei jedem Wort schmerzhaft zu pochen an, und die Würgemale waren wie spitze Steine, die sich in ihr Fleisch bohrten.

Während sie behutsam mit dem Pinsel Seifenschaum auf Salterdons Gesicht verteilte, spürte sie, wie er ihre Augen beobachtete, und sah, wie ein dünner Schweißfilm sich auf seiner Stirn ausbreitete und kleine Tropfen an seinen Schläfen bildete.

»Er hat Angst«, sagte sie leise zu Basingstoke.

»Ja. Weil er weiß, daß ich ihm die Kehle durchschneiden werde, wenn er daran denken sollte, Euch noch einmal anzugreifen«, erwiderte Basingstoke lächelnd. »Oder vielleicht wäre es noch besser«, setzte er spitzbübisch hinzu, »wenn ich die Ladies Draymond bitten würde, hierher in sein Zimmer zu kommen, um sich anzuschauen, was aus Seiner Gnaden inzwischen geworden ist. Ich habe die Damen in den letzten drei Tagen schon ein halbes Dutzend Mal dabei ertappt, wie sie auf den Korridoren herumspionierten und durch die Schlüssellöcher sahen – in der Hoffnung, einen Blick auf das *heulende Monster* zu erhaschen. Kein Zweifel, daß sich dann ganz London spätestens am Wochenende über eine drastische Beschreibung Seiner Gnaden, unseres tollwütigen Herzogs, freuen könnte.«

Wäre die Situation, in der sich Maria befand, nicht so ernst gewesen, hätte sie jetzt vielleicht gelacht; denn offenbar hatte die Drohung Seiner Lordschaft einen empfindlichen Nerv des Herzogs getroffen. Salterdons Wolfsaugen hatten sich zu Schlitzen verengt, und der tiefe, gutturale Ton, der aus seiner Kehle kam, hätte sie, wenn die Umstände für den Herzog günstiger gewesen wären, für das Leben seines Bruders fürchten lassen.

Jedenfalls schlug ihr das Herz wieder bis in den Hals hinauf und rauschte ihr das Blut wieder in den Ohren, als sie nun den Schaum unter der Nase und auf dem Kinn des Herzogs verrieb. Die Luft war plötzlich zum Schneiden dick.

»Im Falle Ihr es vergessen haben solltet, Euer Gnaden«, sagte sie, um das ihr bedrohlich erscheinende Schweigen zu brechen, »mein Name ist Maria Ashton.« Sie konzentrierte sich auf die Wangen des Herzogs und vermied es, dem Blick seiner Augen zu begegnen, die sie immer noch durchbohrend ansahen.

»Ihre Gnaden, die Herzogin, hat mich dafür engagiert, Euch Gesellschaft zu leisten . . .« Warum zittern denn meine Hände so, dachte sie. Ich habe doch nichts zu befürchten, solange seine Arme an den Rollstuhl gefesselt sind! Zudem hält sich ja auch noch Thaddeus irgendwo dort hinten im Zimmer auf. »Ich kann mir vorstellen, daß Ihr Euch inzwischen recht einsam fühlen müßt – so allein und fern von Euren Verwandten und Freunden . . .«

Da drehte er mit einem ärgerlichen Schnauben seinen Kopf jäh zur Seite.

Das Rasiermesser ritzte ihm die Wange.

Maria keuchte, und ihre Enttäuschung wuchs mit jedem Tropfen Blut, der nun aus dieser Schnittwunde quoll und den weißen Seifenschaum rot färbte. »Seht nur, was Ihr da angerichtet habt!« rief sie, biß sich dann auf die Lippen und bat, einen Moment lang die Augen schließend, Gott um Ruhe und Geduld. »Ich beschwöre Euch, Euer Gnaden, jetzt stillzuhalten, wenn Ihr nicht wünscht, daß man Euch noch mehr Fesseln anlegt!«

Sie wartete einen Moment. Und als er keine rebellischen Töne mehr von sich gab oder Anstalten machte, sich zur Wehr zu setzen, fuhr sie mit ihrer Arbeit fort – behutsam und unendlich vorsichtig, da er so aussah, als würde er bei der nächsten, ihr auch noch so unbedeutend erscheinenden Provokation explodieren.

Doch er erhob keine weiteren Proteste, sondern erlaubte ihr, mit den Zähnen knirschend, die Hände zu Fäusten geballt und die Augen starr auf einen fernen Gegenstand in seinem Zimmer gerichtet, diese mühevolle Aufgabe, ihn von diesem schrecklich langen, struppigen Bart zu befreien, ungestört zu Ende zu bringen.

Als dieser schließlich mit den daran klebenden rot verfärbten Resten von Seifenschaum in der Waschschüssel und auf dem Boden verstreut lag, trat Maria, erleichtert aufatmend, vom Rollstuhl zurück und betrachtete, noch immer das Rasiermesser in der Hand haltend, das Ergebnis ihrer Bemühungen.

»Oh«, flüsterte sie, während sich ihre Laune mit einem Schlag besserte; denn diese Züge, die sie seit Basingstokes Ankunft in diesem Haus so fasziniert und sie sogar bis in ihre Träumen hinein verfolgt hatten – diese Züge lagen jetzt offen vor ihr zutage, so daß Maria sie bis in die feinste Verästelung hinein studieren konnte und sie großartig fand – wenn auch beträchtlich schärfer und herber als die seines Bruders oder selbst jene, die sie auf Salterdons Hochzeitsporträt gesehen hatte.

Sie vergaß Thaddeus, der seine Wanderung durch das Zimmer an der Tür unterbrochen hatte, und sogar Lord Basingstoke, der, die Hände in seinen Hosentaschen vergraben, direkt neben ihr stand, eilte zu der Frisierkommode, holte von dort einen Spiegel und hielt ihn Salterdon vor das Gesicht.

»Schaut Euch das an«, beschwor sie ihn, »ist das nicht eine Verbesserung, Euer Gnaden? Ist das nicht das Bild eines wahren Aristokraten, der seinem Titel alle Ehre macht?«

Zögerlich, ja, sogar widerstrebend, wanderten Salterdons Augen nun zu dem Spiegel hin.

Mit einem breiter werdenden Lächeln und mit vor Begeisterung feuchten Augen sank Maria neben Salterdons Rollstuhl auf die Knie und schaute mit ihm in den Spiegel auf sein, ihrer beiden Konterfeis. Die Freude hatte ihre Wangen rot gefärbt und ihren Augen Glanz verliehen. »Ist er nicht wieder ein schöner Herzog?« rief sie beglückt, zu Basingstoke aufsehend. »Kein Biest mehr, Sir. Kein Drache. Kein Wolf. Sondern ein Mann, der mit einer außerordentlichen Schönheit gesegnet ist.«

Salterdon betrachtete sein Spiegelbild, als sähe er einen

Fremden, der ihm nicht geheuer war und der eine Flut unangenehmer Gefühle in ihm freizusetzen schien – Betroffenheit, Frustration und Verzweiflung.

Er schloß die Augen und drehte den Kopf zur Seite. Der Zorn gewann in ihm wieder die Oberhand, furchte seine Stirn und verhärtete seine Züge. Die Muskeln traten wie Stränge an seinem Hals hervor, als er versuchte, seinem Spiegelbild zu entrinnen und zugleich die Fesseln zu sprengen, die ihn am Rollstuhl festhielten.

Maria sprang, den Spiegel zu Boden fallen lassend, wieder auf die Füße, blieb einen Moment lang unschlüssig vor ihm stehen, nahm dann sein Gesicht zwischen ihre Hände und hielt es fest, als er abwehrend den Kopf von einer Seite auf die andere schleudern wollte.

»Hört auf!« rief sie. »Ich bitte Euch, hört auf damit, Euer Gnaden. Es gibt da nichts, was Euch erschrecken könnte. Ich schwöre es. Es ist nicht das Gesicht eines Fremden, sondern Euer eigenes. Warum wollt Ihr es verleugnen? Warum versucht Ihr, vor ihm davonzurennen?«

Mit einem Laut, der eher schmerzlich als zornig war, gelang es ihm, sich abermals aus ihrem Griff zu befreien, so daß sie gezwungen war, ihre Finger in seine Haare zu krallen, damit sie ihm wieder voll ins Gesicht sehen konnte, das nun eine Maske der Verzweiflung war.

»Wollt Ihr, daß ich Euch noch mehr Stricke bringe?« rief Thaddeus.

»Nein, keine Stricke!« schnaubte sie. »Er will unser Mitgefühl und keine Grausamkeiten.«

»Er will Euch den Hals umdrehen!« gab Thaddeus zurück, der nervös von einem Bein aufs andere stieg und bereit war, dem Herzog an die Gurgel zu springen, falls dieser noch einmal gewalttätig werden sollte. Offenbar hielt ihn nur die Gegenwart von Lord Basingstoke davon ab, schon jetzt über Salterdon herzufallen.

»Bitte«, redete Maria leise auf diesen ein, »ich habe Euch

doch nur helfen wollen, Euer Gnaden. Es gibt nichts, was Euch angst machen könnte. Nichts, wessen Ihr Euch schämen müßtet. Ihr seid überaus . . . bemerkenswert hübsch.«

Ihre Worte schienen nun eine beruhigende Wirkung auf ihn zu haben; denn sein Körper entspannte sich allmählich. Und obgleich er sich noch immer bemühte, das Gesicht von ihr wegzudrehen, war es nun nicht mehr von Wut und Schmerz verzerrt, sondern nur noch eine leere, ausdruckslose Maske.

Kapitel sieben

Es war ein milder Februarmorgen mit einem warmen Nebel, der vom braunen Gras aufstieg und sich schließlich in einem so strahlend hellen Sonnenlicht auflöste, daß sich die Luft wie im Sommer anfühlte. Es schien, als sei der Frühling diesmal besonders früh angebrochen, und obwohl der zweite Monat des Jahres erst in ein paar Tagen zu Ende war, schienen die Vögel und die Knospen der Sträucher und Bäume den Kalender beschämen und die Bewohner von Thorn Rose in den Glauben versetzen zu wollen, daß der Winter nun endgültig vorüber sei.

Oft macht so ein gesegneter Morgen, wenn die Sonne vom Himmel lacht – oder auch nur hell durch den Nebel schimmert –, den Menschen glücklich oder zumindest empfänglich für das Glück. Obwohl Maria sich in der Nacht stundenlang ruhelos auf ihrem Bett hin- und hergewälzt und sie, als sie sich von ihrem zerknüllten Laken erhob, aus dem Spiegel ein blasses, übermüdetes und spitzes Gesicht angeblickt hatte, fühlte sie sich doch in dem Moment, als sie ihr Fenster weit aufriß, um sich von der milden frischen Luft dieses frühlingsartigen Tages umschmeicheln zu lassen, wie neu geboren.

Offenbar hatte sie verschlafen, und sie beeilte sich nun, ihre Morgentoilette zu erledigen. Sie nahm sich als erstes ihre Haare vor, die sie bürstete, bis sie glänzten, um sie dann – schicklicherweise – als Knoten im Nacken aufzustecken. Ihr Herr konnte ja wieder aus seiner Ohnmacht erwacht sein.

Die Stunden und Tage ihrer kindlichen Phantastereien lagen nun hinter ihr. Sie würde nicht mehr davon träumen, mit den Schmetterlingen über das Moor zu tanzen oder mit kekkernden Eichhörnchen Haschmich zu spielen.

Zudem hatte Basingstoke gestern abend beim Dinner verkündet, daß er heute morgen Thorn Rose wieder verlassen würde, und den drei Ladies Draymond wärmstens empfohlen, ihm doch auf seiner Rückreise nach London Gesellschaft zu leisten. Er würde schon dafür sorgen, hatte er den Damen versichert, daß Clyde, ihr Kutscher, die Heimreise antreten würde, sobald er wieder gesund sei – wenngleich Maria argwöhnte, daß es diesem schwerfallen würde, sich schon so bald wieder von Gertrude trennen zu müssen.

Maria zog nun rasch eines ihrer beiden schwarzen Kleider und ihre Lederslipper an, setzte ihr Spitzenhäubchen auf, band es unter dem Kinn fest und hüpfte nun auf einem Bein zur Tür von Salterdons Schlafzimmer, wo sie auf der Schwelle anhielt, um erst einmal die Stimmung zu erkunden, die dort herrschte. Hektisch, wie sie nun feststellte. Molly war gerade dabei, die Bezüge von Salterdons Bett zu wechseln, über das sie sich so tief beugte, daß ihre nackten Waden und Knöchel unter dem Saum ihres gestärkten Rokkes hervorlugten. Gertrude war damit beschäftigt, eine Spinnwebe von einem Lampenschirm zu entfernen, und neben ihr lag noch eines von den Dienstmädchen auf den Knien und klaubte Fusseln vom Teppich.

»Wo ist er?« fragte Maria so laut, daß die Mädchen sich überrascht zu ihr umdrehten. »Seine Gnaden – wo ist er?« fragte sie abermals.

»Lord Basingstoke meinte, daß Seiner Gnaden ein bißchen frische Luft gut tun würde«, antwortete Gertrude. »Ich glaube, er hat seinen Bruder im Rollstuhl zum Stall hinuntergeschoben. Seine Gnaden hat es immer sehr genossen, von der Veranda aus zuzusehen, wenn mit seinen Pferden gearbeitet wurde.«

»Dann ist er also . . . bei Bewußtsein?«

»Aye.« Gertrude nickte. »So ungesellig wie immer, aber nicht so gallig, daß er jeden gleich anbrüllt, der sich in seine Nähe wagt. Lauft, Kindchen. Vielleicht macht es Euch ebenfalls Spaß, den Biestern bei der Arbeit zuzusehen.«

»Aye, das macht es«, erwiderte Maria mit einem aufgeregten Kichern.

Nachdem sie das Haus verlassen hatte, lief sie mehrere von diesen gepflasterten und gewundenen Pfaden hinunter, die zu den Ställen führten. Dabei kam sie zuweilen an Tümpeln oder künstlich angelegten Teichen vorbei, über deren glasiges Wasser Schwäne mit anmutig geschwungenen Hälsen mühelos dahinglitten. Da waren mit Efeu überwucherte Mauern, und gelegentlich schoben sich ihr auch Dornenranken in den Weg. Hin und wieder versperrten ihr auch kleine, steile, mit braunem Gras bewachsene Hügel die Sicht, zu deren Füßen sich Blumenbeete mit blassen Krokusschößlingen ausbreiteten, die ihre Köpfe der ebenso blassen Sonne zuneigten.

Das ganze hatte etwas Mystisches an sich, das ihre Sinne zu betören schien. Wäre Paul jetzt hier gewesen, würde er ihr weisgemacht haben, daß sich Elfen und Feen dort zwischen den Anemonen und dem Augentrost versteckten. Oh, wie gern er sie doch mit solchen Geschichten geneckt hatte!

Schließlich entdeckte sie ihren Patienten, der an einer Stelle saß, wo sein Bruder ihn abgestellt hatte – auf einer Veranda, die ihr zuerst wie ein kleines, von vergilbenden Farnwedeln umgebenes grünes Plateau erschien. Dieses Plateau entpuppte sich jedoch bei näherem Hinsehen als eine von Flechten überzogene steinere Terrasse, die zu einem bezaubernden kleinen Häuschen gehörte, in dessen Nähe sich eine große Anlage gemauerter Stallungen befand.

Einen Moment lang verhielt sie den Schritt, um die Szene dort auf der Terrasse in sich aufzunehmen. Das Herz begann ihr in der Brust flattern.

War das denn die übliche Strenge seiner Züge? Wie glatt seine Stirn jetzt war! Wie weich seine Lippen, die fast zu lächeln schienen.

Nein. Unmöglich. Es konnte nur das Licht der Sonne sein, das auf seinem Kopf und seinen Schultern tanzte und ihn so unbekümmert und fast ... glücklich aussehen ließ. Und es mußte an dem noch recht frischen Wind liegen, daß er errötete und sein Mund sich öffnete wie bei einem Mann, der im Begriff stand, laut zu lachen vor Freude.

Sie verharrte mitten auf dem Weg, unfähig, sich zu rühren, und ganz verzaubert von dem Wechselspiel des Lichts und der Schatten auf seinem Gesicht. Wie schön und fast kindlich unschuldig er doch in der Sonne aussah und dem Wind, der seine von der Kälte rosigen Wangen liebkoste und mit seinen wallenden Haaren flirtete. Die Decke, die ihm Gertrude über den Schoß gebreitet hatte, lag als kleines Häuflein zu seinen Füßen, und der Schal, den sie ihm um den Hals und die Schultern geschlungen hatte, hing von der Rückenlehne seines Rollstuhls herab und flatterte zuweilen in einer Brise.

»Miss Ashton.«

Sie schrak zusammen und drehte sich um. Basingstoke stand mit hochgeschlagenem Jackenkragen in einem schattigen Tunnel von Ulmenzweigen.

»Guten Morgen.« Er lächelte. »Ich hatte im Haus nach Euch gesucht. Ich dachte, Ihr hättet vielleicht Spaß daran, mit meinem Bruder und mir einen Rundgang durch die Ställe zu machen.«

Ehe sie darauf etwas sagen konnte, nahm er ihren Arm und zog sie mit sich fort. »Ich bin sicher, daß man Euch ausführlich über die Leidenschaft meines Bruders für arabische Pferde unterrichtet hat.«

»Ein wenig, Sir.«

»Exotische Wesen, Miss Ashton, wie ihr Euch bald selbst überzeugen könnt. Schon mein Vater ist von diesen Tieren fasziniert gewesen. Er ist sogar bis nach Arabien gefahren, in dem Bemühen, ein paar von ihnen käuflich zu erstehen. Es geschah auf der Rückreise von dort, daß unser Schiff ...« Er holte tief Luft und ließ sie dann langsam wieder entweichen. »Vorsicht, Miss Ashton. Paßt auf, wo Ihr hintretet. Seit mein Bruder ans Haus gefesselt ist, hat man das alles hier ein wenig verwahrlosen lassen. Und vergeßt das Schiff, das ich soeben erwähnte. Das, was damals geschah, hat heute keine Bedeutung mehr. Wir hatten gerade von diesen Pferden gesprochen. Von diesen Arabern. Meiner Frau Miracle gehörte ein Dutzend oder sogar mehr von diesen Tieren, Miss Ashton, als ich sie kennenlernte ...«

»Miracle?« Sie bückte sich, damit sie mit dem Kopf nicht in einem dünnen Schleier von braunem Efeu, der von einem Ast herunterhing, hängenblieb, drehte kurz das Gesicht in die Sonne und ging dann an Basingstokes Seite weiter.

»Ja. Miracle«, sagte er.

»Was für ein reizender, ungewöhnlicher Name, Mylord.«

»Sie *ist* reizend und ungewöhnlich, Miss Ashton. So ungewöhnlich wie der Ort, an dem sie diese Tiere versteckt hielt. Schon bald nach unserer Hochzeit schenkte sie meinem Bruder einige davon – einen Hengst namens Noblesse, eine Stute namens NapPerl und ein Fohlen von ihrem Hengst Napitov, das mein Bruder dann NapPoleone getauft hat. Ich schwöre, daß diese Pferde das Leben meines Bruders nachhaltig veränderten – oder verändert hatten. Er verbrachte danach viel weniger Zeit an den Spieltischen als als auf dem Rücken von Noblesse.«

»Ich habe oft gesagt, Mylord, daß ein Mann, der gut zu Pferden ist, auch ein gutes Herz hat. Man sagt, daß das Gold der Zigeuner weder klirrt noch glitzert, sondern in der Sonne schimmert und im Dunklen wiehert, Sir.«

»Was man sich vermutlich von den Claddagh-Zigeunern

in Galway erzählt«, meinte er mit einem Anflug von Lächeln auf den Lippen.

Sie lachte vergnügt und lief ihm nun voraus, beflügelt von der klaren Reinheit dieses Morgens und der frischen Luft, die alle ihre Lebensgeister weckte und sie mit neuer Energie und Zuversicht für die ihr übertragene Aufgabe erfüllte. Gütiger Gott – so heiter und sorglos wie heute hatte sie sich seit langem nicht mehr gefühlt!

Als sie die Veranda erreichte, sagte sie mit einer so munteren Stimme, daß sie damit einen Melancholiker aus seinen schlimmsten Alpträumen hätte wecken müssen: »Guten Morgen, Euer Gnaden!« Doch der Herzog zeigte keinerlei Reaktion.

Sie trat neben ihn, hielt jedoch einen genügend großen Sicherheitsabstand zu ihrem Pflegling ein, und betrachtete sein von der Sonne und dem Wind geküßtes Profil, als er hinausstarrte auf eine ovale Rennbahn, wo ein Stallbursche mit einem unruhig tänzelnden mahagonifarbenen Pferd trainierte. Wie hager und stoisch doch sein frisch rasiertes Gesicht aussah! Vielleicht hatte sie sich vorhin nur eingebildet, so etwas wie Freude aus seinen Augen leuchten zu sehen. In diesem Gesicht vermochte sie nichts zu entdecken, was auch nur entfernt an Heiterkeit erinnerte.

»Guten Morgen«, wiederholte sie in etwas festerem Ton. »Ist das nicht ein grandioser Morgen, Euer Gnaden?«

Keine Antwort.

Sie hob die Decke vom Boden auf, faltete sie zusammen und bewegte sie eine Weile hin und her, ehe sie sich vorsichtig vorbeugte, um sie ihm über die Beine zu legen. »Und wie hübsch und vornehm Ihr heute morgen ausseht, Euer Gnaden. Was für herrliche lederne Beinkleider Ihr . . .«

Da riß er ihr die Decke aus den Händen und warf sie wieder auf den Boden. Und das alles, ohne sie anzublicken oder einen Ton von sich zu geben.

Mit einem sich jäh beschleunigenden Puls und einem in

ihrer Kehle stockenden Atem, die noch immer schmerzhaft pochte nach dem Geschehen am vergangenen Tag, verharrte Maria einen Moment lang unschlüssig auf den Zehenspitzen und sah erst besorgt zu Basingstoke hin, der seinen Bruder ein wenig gereizt betrachtete, und dann auf diese Hände hinunter, die so hart waren wie ein Amboß und sie fast umgebracht hatten am Abend zuvor.

Sie hob nun zum zweitenmal die Decke vom Boden auf. »Die Luft ist noch recht frostig, Euer Gnaden. Wenn Ihr sehen könntet, wie rot Eure Wangen von der Kälte geworden sind und wie blau Eure Lippen . . . Ich möchte nicht, daß Ihr Euch hier draußen noch eine Lungenentzündung holt, Sir.« Und damit breitete sie abermals die Decke über seine Beine aus, steckte sie leicht unter seinen Schenkeln fest und streckte dann vorsichtig den Arm nach dem Schal aus.

Da packte er ihr Handgelenk und sah sie nun zum erstenmal mit seinen harten grauen Augen an, während die Muskeln in seinen glattrasierten Wangen zuckten vor Zorn. Erst in diesem Moment kam ihr zu Bewußtsein, wie nahe sein Gesicht dem ihren war – unschicklich nahe, wie es sie dünkte; denn sie konnte seinen warmen Atem auf ihren Wangen und Lippen spüren und sehen, daß diese aschgrauen Augen mit Gold gesprenkelt waren – etwas, das sie bisher noch nicht bemerkt hatte.

»Sir«, erklärte sie mit trockener Stimme. »Ihr tut mir weh.«

Noch immer wollten seine stahlharten Finger ihr zartes Handgelenk nicht freigeben, und sie fragte sich schon, ob sie seinen Bruder nicht um Hilfe bitten müsse, als sich langsam, ganz langsam, sein Griff lockerte, bis sie endlich ihre Hand zurückziehen, an ihre Brust halten und sie mit der anderen Hand reiben konnte, bis der Schmerz darin ein wenig nachließ.

Sie wollte jetzt nicht in Tränen ausbrechen und ihm auch nicht zeigen, wie erbittert und enttäuscht sie war von seinem fortwährenden unmöglichen Betragen. Und erst jetzt, als sie sich wieder aufrichtete, entdeckte sie, daß da ein Servierwagen mit offenbar noch unberührten Speisen in einer Ecke der Terrasse stand.

In dem Bemühen, die angespannte Atmosphäre zu entschärfen, erklärte sie leichthin: »Wie ich sehe, habt Ihr Euch geweigert, Euer Frühstück einzunehmen. Ich bin mir jedoch sicher, daß Ihr hungrig sein müßt, Euer Gnaden. Wollen doch mal sehen, was der Koch heute für Euch zubereitet hat.«

Und damit ging sie zum Servierwagen und hob rasch nacheinander die Deckel von den silbernen Schüsseln, in denen sie einen Nierenbraten mit Champignons, Rebhuhnschenkel, Bratwürste, Eier à la George, gegrillte Tomaten und frisches Obst entdeckte. »Das ist ja ein ganzes Menu – ein wahrer Festschmaus! Darunter muß sich doch ganz bestimmt ein Gericht befinden, das Ihr gerne eßt! Also werde ich Euch jetzt etwas von allen diesen Speisen auf einem Teller servieren – denn es gibt nichts, was den Appetit mehr anregt als so ein klarer, frischer Morgen.«

Als sie das Tablett mit dem gefüllten Teller auf seinen Knien absetzte, wich sie lächelnd, aber auch ein wenig besorgt, wie er nun reagieren würde, einen Schritt vor ihm zurück.

Ihr Lächeln wurde dünner, als er sich nun weder bewegte noch etwas sagte, sondern sie nur wütend anfunkelte.

»Eßt«, forderte sie ihn auf, doch als er sich noch immer nicht rührte, setzte sie leiser hinzu: »Vielleicht sollte ich Euch dabei helfen!« Sie blickte sich, tief Luft holend, nach einem Stuhl um, den sie herbeiholte und vor ihrem Patienten abstellte. Dann setzte sie sich vor ihn hin, nahm Messer und Gabel von dem Tablett und schnitt die Würste und Eier auf dem Teller in mundgerechte kleine Stücke. Sie häufte etwas davon auf die Gabel und führte diese zu seinem Mund.

Nichts.

»Nur einen Bissen, Sir. Ich bin sicher, daß es Euch schmecken wird . . .«

Er drehte das Gesicht rasch zur Seite.

Entschlossen folgte sie mit der Gabel seinem Mund. »Ihr müßt etwas essen. Ein Mann von Eurer Statur kann nicht von der Luft leben . . .«

Er drehte den Kopf nun zur anderen Seite.

»Wenn Ihr schon nicht Euretwillen essen wollt, dann tut es doch wenigstens Eurer Großmutter und Eurem Bruder zuliebe . . .«

Da packte er abermals ihre Hand, wobei ihr die Eier- und Wurststücke in den Schoß fielen, und gab sie so lange nicht frei, bis er ihr mit seiner anderen Hand die Gabel auf eine seltsam ruckende, sie eher an eine Maschine als einen Menschen erinnernde Weise entrissen hatte.

Dann machte er sich wütend und mit einem vor Anstrengung verzerrten Gesicht über das Essen her und versuchte, etwas von den Speisen auf dem Teller auf die Gabel zu schieben oder damit aufzuspießen. Das wollte ihm jedoch nicht gelingen, obwohl er es immer und immer wieder probierte. In einem Anfall von Jähzorn schob er das Tablett mit allem, was sich darauf befand, von seinen Knien herunter, so daß es Maria vor die Füße fiel.

Basingstoke wollte ihr zu Hilfe kommen, doch sie wehrte ihn mit erhobener Hand ab.

Einen Moment lang saß sie regungslos da, stand dann von ihrem Stuhl auf, schüttelte das Ei ab, das sich hartnäckig an ihren rechten Fußknöchel zu klammern schien, und stieg über die Scherben und über die auf dem Boden verstreuten Speisen, um sich ein frisches Besteck und einen anderen Teller von dem Stapel auf dem Servierwagen zu nehmen und ihn wieder mit Speisen zu füllen.

»Anscheinend wollt Ihr etwas essen, Euer Gnaden, jedoch offenbar nur, wenn Ihr das ohne fremde Hilfe schaffen könnt. Das ist zwar verständlich, wenn man bedenkt, was für ein stolzer Mann Ihr seid und wie sehr Ihr unter Eurer momentanen Unfähigkeit leidet, Euch selbst versorgen zu können. Es gibt jedoch das Sprichwort, daß man sich mit übertriebenem Stolz auch ins eigene Fleisch schneiden kann. Ich möchte Euch deshalb bitten, Euch von mir helfen zu lassen, Euer Gnaden.«

Er starrte sie noch immer an.

Sie starrte zurück.

Und da gab er schließlich nach und öffnete den Mund, worauf sie sich rasch wieder auf den Stuhl setzte und nicht eher Ruhe gab, bis er den Teller leergegessen hatte.

In der Entfernung bewegte sich der Hengst mit einem sich deutlich unter dem glänzenden Fell abzeichnenden Spiel seiner kräftigen Muskelpartien unter dem in der Kunst der Dressur von Pferden erfahrenen Reiter im versammelten Trab diagonal durch die Arena. Salterdon betrachtete den prächtigen Araberhengst, der den in der kalten Morgenluft sich zu Dunstwolken verdichtenden Atem schnaubend durch die Nüstern stieß, mit schmalen Augen, während er sich an die Zeiten erinnerte, als er auf dem Hengst gesessen hatte und mit ihm durch die Wälder von Thorn Rose getrabt war. Zumeist war er dabei auch von schönen Frauen in prächtigen Reitkostümen und Hüten mit Schleier und wallenden Federn begleitet worden, die er dann an dafür geeigneten Stellen dazu überredet hatte, von ihrem Pony zu steigen, worauf sie sich unter freiem Himmel zwischen Bäumen geliebt hatten.

Himmel, er wollte jetzt schlafen. Sich wieder aus dieser deprimierenden Wirklichkeit in seine Traumwelt zurückziehen, um zu vergessen, daß er nicht länger diese feurigen Tiere beherrschen oder diese temperamentvollen Frauen verführen konnte. Er war ein gottverdammter Krüppel. Ein gottverfluchter Eunuch. Er vermochte keine zwei Worte verständlich aneinanderzureihen, geschweige denn eine Frau vor Verlangen und Lust aufschreien zu lassen.

Aber sie – diese Neue, dieses aufdringliche, lästige kleine Biest von einem Mädchen – wollte ihn einfach nicht in Ruhe lassen. Sie tauchte jedesmal auf, wenn er gerade nach Kräften darum bemüht war, sein Bewußtsein vor der Außenwelt zu verschließen, und ihre feengleiche Stimme drang dann jedesmal durch den Nebel seiner Gedanken und lockte ihn wie eine Rattenfängerin aus der tröstlichen Dunkelheit seiner Gruft wieder hinaus in das grelle Licht der Wirklichkeit.

Wo steckte sie jetzt?

Offenbar war sie gerade dabei, Pläne für sein Mittagessen zu machen – zweifellos in der Absicht, ihn wieder zu füttern. Doch diesmal würde er sie mit beiden Händen am Hals würgen. Vielleicht gelang es ihm, daß sie dann wie ihre Vorgänger in panischer Angst aus dem Haus flüchtete – auf Nimmerwiedersehen, wie er hoffte.

Drei Kreuze würde er hinter ihr machen.

Und als ob er nicht schon genug geplagt war mit ihr, saß ihm jetzt auch noch sein sich stets so braver, sich mustergültig benehmender Bruder im Nacken. Clayton Hawthorne, der Liebling seiner Großmutter. Dieser Hawthorne, der es verstand, in eine Jauchengrube zu fallen und ihr, nach Rosen duftend, wieder zu entsteigen. Wenn Clayton Lord Basingstoke in einem Salon auftauchte, fiel das ganze verdammte England vor ihm auf die Knie.

Wo, zum Kuckuck, steckte denn jetzt dieses Mädchen?

Zweifellos würde sie sich mit der Zeit genauso entpuppen wie sein dritter Gesellschafter – wie hatte der doch gleich wieder geheißen? Dirk oder Dick?, ein schleimiger kleiner Schmarotzer, der nichts anderes im Sinn hatte, als sich mit möglichst geringem Arbeitsaufwand die Taschen mit dem Geld der Herzogin vollzustopfen. Dieser Dick oder Dirk hatte sich den Wanst vollgeschlagen, dann sein

Mittagsschläfchen gehalten und sich, wenn alle anderen schliefen, an seinem Tafelsilber vergriffen. Und eines Nachts war er sogar in sein, Salterdons, Bett gekrochen und hatte sich ihm unsittlich genähert. Er, Trey, hatte ihm daraufhin fünf von seinen Fingern und drei seiner Rippen gebrochen, ehe er diesen perversen Wicht aus dem Fenster hatte werfen können, worauf dieser, nur mit einem Nachthemd bekleidet, das Weite suchte.

Oh, ja. Er konnte sie mühelos – wie hieß sie doch gleich wieder? Himmel, warum konnte er sich denn nie auf ihren Namen besinnen? Miss ... Aynesworth? Miss ... Afsley? Ashton! – er konnte diese Miss Ashton mit Leichtigkeit dorthin schicken, wo er auch alle ihre Vorgänger hingeschickt hatte. Zum Teufel nämlich ...

Da bewegte sich was neben seinem Rollstuhl – sie war also (endlich) wieder da. Er weigerte sich jedoch, sie anzuschauen, sondern fuhr fort, seinen Hengst beim Training zu beobachten, während sie mit Eifer damit beschäftigt war, Stühle herbeizuschaffen, Tische zu rücken und darauf Holzklötzchen, Tassen, Untertassen und eine aus Stroh gefertigte Schale voller bunter Garnknäuel zu verteilen.

Ihr Gesicht war ganz rot vor Eifer und Anstrengung wie jedesmal, wenn es ihr schließlich gelungen war, sich in sein Bewußtsein einzuschleichen und seine Aufmerksamkeit auf sich zu lenken, indem sie wie ein Schmetterling um ihn herumflatterte und so aussah, als würde sie jeden Moment ihre Flügel zusammenfalten und eine andere Existenz annehmen – bis sie sich endlich auf einem Stuhl neben ihm niederließ, wobei ihre schmale Schulter seine fast berührte.

Teufel, sie ist inzwischen aber recht wagemutig geworden, sagte er sich.

»Mir ist der Gedanke gekommen, Euer Gnaden«, sagte sie, »es könnte an Eurer Frustration liegen, daß Ihr zuweilen so erbittert und lustlos seid. Ihr wollt gewisse Aufgaben erledigen, vermögt das aber nicht – und ich bitte Euer Gnaden um Entschuldigung, wenn ich nun taktlos zu sein scheine und zweifellos Euren männlichen Stolz damit verletze, indem ich das auf *Euer Unvermögen zurückführe, Eure Bewegungen zu koordinieren – zweifellos eine Folge der Verletzung, die Ihr erlitten habt ...«* Sie beendete ihre Ausführungen mit so leiser Stimme, daß er sie kaum verstehen konnte. Daraufhin entnahm sie der Strohschale ein blaues Garnknäuel, das sie vor ihn hinlegte.

»Tut mir den Gefallen, Euer Gnaden, und nehmt dieses Knäuel dort vom Tisch.«

Da drehte er langsam den Kopf zur Seite und blickte ihr in die Augen, die blauer und glänzender zu sein schienen als der Himmel hinter ihr.

Sie schenkte ihm nun ein Lächeln. Ihre Zähne waren so weiß wie Perlen, ihre Wangen rosig wie Pfirsiche. »Das Knäuel, Sir. Habt die Güte, es in die Hand zu nehmen!«

Was, zum Teufel, hatte sie denn nun wieder vor? Und wo, zum Kuckuck, hatte sie diese mittelalterliche Kopfbedeckung aufgetrieben, die ihr ganz schief über dem rechten Auge saß?

Sie nahm nun geduldig das Garnknäuel selbst auf, hielt es wie eine Trophäe hoch und legte es dann abermals auf dem Tisch ab. »Jetzt seid Ihr an der Reihe, Euer Gnaden«, verkündete sie ihm lächelnd.

Da zog er seine Augen zu Schlitzen zusammen. Sie behandelte ihn ja genauso wie ihre Vorgänger – als wäre er ein gottverdammter Idiot!

»Vielleicht braucht Ihr dabei ein bißchen Hilfe. Nun gut.« Damit entfernte sie das Knäuel abermals vom Tisch und bot es ihm dar wie einen Schatz.

»Nehmt ... dieses ... Knäuel ... in ... die ... Hand ... Euer ... Gnaden«, sagte sie so langsam, als hätte sie einen Taubstummen vor sich.

Da starrte er ihr erst zornig ins Gesicht und dann auf das Knäuel und schlug es ihr so rasch und heftig aus der Hand, daß sie von ihrem Stuhl aufsprang. »Oh!« rief sie, als das

Knäuel von der Terrasse herunterhüpfte und in einem Gestrüpp landete.

Das Blut stieg ihr in die Wangen. Ihre blauen Augen wurden so dunkel wie der Mitternachtshimmel, und ihr Atem begann zu rasseln. Sie sah aus wie ein Vogel, der im Begriff steht, sich in die Lüfte zu erheben – wie ein *wütender* Vogel.

Als er aber keine Anstalten machte, sie selbst anzugreifen, beruhigte sie sich allmählich und atmete tief durch. »Laßt es mich Euch erklären«, sagte sie geduldig. »Konzentration ist der Schlüssel zum Erfolg in allen Unternehmungen des Lebens. Wenn man ein Ziel vor Augen hat und es unbeirrt verfolgt, selbst wenn der Weg dorthin noch so mühsam und beschwerlich ist, wird man es am Ende auch erreichen. Wollen wir es jetzt noch einmal versuchen? Vielleicht gefällt Euch das rote Knäuel besser?«

Und damit holte sie das rote Garnknäuel aus der Schale und balancierte es auf den Fingerspitzen. »Ich bitte Euch, Euer Gnaden – nehmt es in die Hand.«

Doch Seine Gnaden schickte es rasch dorthin, wo sich bereits das blaue Knäuel befand, und schlug dann mit der Faust so heftig auf den Tisch, daß die darauf liegenden Holzklötzchen und Tassen einen Reigentanz aufführten. Und als dieses Feen-Mädchen jetzt von ihrem Stuhl aufsprang, faßte er nach dessen Rock, so daß die groben Nähte, mit denen das Leibchen daran befestigt war, rissen und ein Streifen elfenbeinfarbenen nackten Fleisches, das Unterhemd unter ihrem Arm und die Rundung einer ihrer vollen Brüste enthüllten.

Sie taumelte von ihm weg und rief: »Oh! Wäre ich nicht eine christliche Frau, Sir, würde ich ... ich ... nein, ich will nicht an so etwas denken, geschweige denn so handeln. Verständnis und Verzeihung sind hier gefragt. Geduld ist die höchste Tugend und ...« Sie holte keuchend Luft und schüttelte den Kopf, um ihren Schock zu überwinden und ihre Fassung wiederzugewinnen. Und dann sagte sie mit so viel *tugendhafter Geduld*, wie sie unter diesen Umständen noch aufzubringen vermochte, daß er sie entschuldigen möge, und stieg mit der Anmut einer Ballettänzerin von der Terrasse herunter. Zweifellos würde sie sich nun zu seinem Bruder flüchten, der vor einem Stallgebäude stand und mit der Hand NapPoleone über den gewölbten Hals strich. Und dann würde Clay zu ihm kommen und ihm eine Drohung ins Ohr flüstern – das Versprechen, ihrer Großmutter zu erzählen, was für ein Esel er inzwischen geworden wäre, oder ähnliches mehr. All diese Sachen, die bei ihm schon lange auf taube Ohren stießen. Denn die Herzogin würde ihr Vermögen ohnehin nicht jemandem vererben, der nicht mehr ganz richtig im Kopf war.

Salterdon sank in seinen Rollstuhl zurück, die Hände so fest um die Armlehnen gekrampft, daß die Knöchel weiß hervortraten. Holzklötzchen, Tassen und Garnknäuel lagen in einem wirren Haufen auf dem Tisch neben ihm. Immer wieder glitt sein Blick nun dorthin, und jedesmal, wenn er dieses Sammelsurium betrachtete, stieg der Zorn in ihm hoch, und Schweiß stand ihm auf der Stirn, den selbst der frische Morgenwind nicht mehr wegzuwischen vermochte.

Und dabei stand ihm auch immer wieder die weiße Haut dieses Ashton-Mädchens vor Augen und diese Wut und Enttäuschung, die sich auf ihrem Gesicht abgezeichnet hatten – eine so heiße und tiefe Röte, als wäre sie die Leidenschaft in Person.

Er biß die Zähne zusammen und versuchte seine Hand zu öffnen – gütiger Gott, was für eine Anstrengung! Wollte sie denn nicht begreifen, daß es viel leichter war, zuzuschlagen? Der Zorn kannte keine Hemmungen, keine Widerstände. Er setzte Kräfte frei, die sich darüber hinwegsetzten. Er hob einen Arm, der sich so schwer anfühlte wie ein Amboß und unkontrollierbar hin- und herschwankte. Er griff nun nach einer der Tassen auf dem Tisch, die umgekippt war.

Konzentriere dich, du verdammter Idiot, selbst ein

Schwachsinniger kann eine gottverdammte Tasse in die Hand nehmen. Du mußt dich doch nicht erst von ihr belehren lassen, wie man eine verdammte Tasse Tee zu trinken hat! Du hast schon am Hof von König George Tee getrunken, als sie nichts anderes war als die Tochter eines gewöhnlichen Bürgerlichen, die auf den Knien lag und Fußböden schrubbte . . .

Er schloß die Hand um die Tasse – oder versuchte es zumindest. Seine Finger glitten taumelnd über das dünne weiße Porzellan mit dem Goldrand, kippten die Tasse auf die andere Seite, um sie dann wieder dorthin zu rollen, wo sie zuerst gelegen hatte. Doch es wollte seinen Fingern einfach nicht gelingen, diesen wie eine Ranke geformten vergoldeten Henkel zu ergreifen, der ihm in der Sonne spöttisch zuzublinzeln schien.

Immer wieder versuchte er es, bis ihm der Schweiß von der Stirn in die Augen rann, er die Gegenstände auf dem Tisch nur noch verschwommen wahrnahm und sein Körper sich so anfühlte wie eine gespannte Uhrfeder, die jeden Moment ihr Gehäuse zu zersprengen drohte.

Mit einem lauten Brüllen machte er seiner Enttäuschung Luft und hieb dabei mit der flachen Hand auf die Tasse, daß sie zerbarst, die Scherben in alle Richtungen davonflogen und sich ihm in die Handfläche bohrten.

Clay drehte sich drüben vor dem Stall um, beschattete mit der Hand die Augen und blickte zu ihm herüber.

Im gleichen Moment tauchte Miss Ashton aus dem Nirgendwo auf. Hatte sie etwa die ganze Zeit hindurch seine erbärmlichen Bemühungen beobachtet, mit denen er ihr und all den anderen beweisen wollte, daß sie sich irrten? *Zum Henker mit ihr; verdammt sollte sie sein!* Ihre Wangen waren so blaß wie Molke, und ihre Lippen zitterten, als sie seine verletzte Hand nahm, die heftig blutete, und sie mit einem Spitzentuch verband. Doch sie verrichtete diese Arbeit mit der Tüchtigkeit einer erfahrenen Krankenschwester, ohne ein Wort zu sagen oder ihn mit diesen kindlich-himmlischen Augen anzusehen.

Als sie seine Hand verbunden hatte, trat sie zurück. Noch immer ihr Leibchen vorne zusammenhaltend, blickte sie ihn eine ganze Weile stumm an, ehe sie langsam die Hand nach dem letzten Garnknäuel auf dem Tisch ausstreckte und ihm dieses dann mit der Behutsamkeit eines toleranten und liebevollen Elternteils in seine andere, unverletzte Hand legte und seine Finger darum schloß.

»Ich fürchte«, sagte sie mit verhaltener Stimme, »daß ich mir in meinem Überschwang zu rasch zu viel versprochen habe. Natürlich besteht der erste logische Schritt darin, den Händen und Fingern ihre frühere Gewandtheit und Koordination zurückzugeben. Drückt also jetzt das Knäuel zusammen und laßt es wieder los, Euer Gnaden. Mehr wird von Euch nicht verlangt. Ihr sollt es nur zusammenpressen und wieder loslassen. Glaubt Ihr, daß Ihr das schaffen könnt?«

Er starrte auf das gelbe Garnknäuel hinunter und auf ihre Finger, die sie um seine gelegt hatte, um ihn zu dieser Übung zu ermuntern.

Er drückte.

»Sehr gut.« Ihr Atem, der seine kalte Wange streifte, roch süß und frisch. Als sie wieder von ihm wegtrat, beschlichen ihn plötzlich sehr eigenartige Gefühle – kam er sich plötzlich seltsam kalt und schrecklich verwundbar vor, so verletzlich, wie er sich das lange nicht mehr hatte eingestehen wollen.

Drücken, loslassen. Drücken, loslassen. Ja, das brachte er gerade noch fertig. *Drücken, loslassen.* Ein bißchen fester, jetzt ein bißchen sachter – nicht so heftig, sondern so behutsam, als wäre das die Brust einer Frau. Ja, ja. Er konnte die Augen schließen und sie sich dabei vorstellen ... und sich erinnern – erinnern, wie die Rundung ihrer vollen Brust sich unter den einfachen Spitzen und dem schon fadenscheinigen Gewebe ihres Unterhemds abgezeichnet hatte.

Er hob den Kopf und sah sich nach seiner Gesellschafterin um; doch sie war nicht mehr da.

Kapitel acht

Der Geruch von süßem Heu und Getreide umfing Maria, als sie an Basingstokes Seite – nachdem sie zum Haus zurückgerannt war, sich dort rasch ein anderes Kleid angezogen und Gertrude davon unterrichtet hatte, daß Basingstoke (und die Damen Draymond) noch vor dem Mittagessen nach London abreisen würden – die Ställe betrat. Seine Lordschaft manövrierte behutsam den Rollstuhl seines Bruders über die gepflasterte Stallgasse an den langen Reihen von Boxen vorbei, während Salterdon weder nach links noch rechts schaute und sich auch weigerte, ein Wort mit ihm oder Maria zu sprechen.

Die Stallburschen stellten das Striegeln der Pferde oder das Ausmisten der Verschläge ein, sobald Salterdon sich ihnen näherte, und nahmen mit feierlich ernsten Gesichtern ihre Kappen ab.

»Es ist uns eine große Freude, Euch wieder mal hier begrüßen zu können«, erklärte ein Bursche mit strohgelben Haaren in unterwürfigem Ton.

»Ja«, pflichtete ihm ein anderer bei. »Wir haben Euch sehr vermißt. Ohne Euch ist das nicht mehr der gleiche Stall.«

Im gleichen Moment flogen die Doppeltüren am Ende der langen Stallgasse auf. Der Reiter und das Pferd, die Maria vor kurzem noch in der Reitbahn bewundert hatte, füllten den Eingang aus. Dampf stieg vom Körper des Hengstes auf, der kleine Wolken vor dem frostig klaren Himmel bildete, und weiße Schaumflocken bedeckten das glänzende mahagonibraune Fell des Hengstes, der den mächtigen Hals wölbte und, von seinem Reiter kaum gezügelt und mit seinen polierten Hufen Funken aus dem Ziegelpflaster schlagend, zu Salterdon und dessen Bruder trabte.

Maria vergaß zu atmen, während um sie herum in den Boxen die Pferde die Köpfe hoben und den Hengst mit lautem Wiehern begrüßten. *Ja*, dachte sie, *das sind in der Tat exotische, himmlische Kreaturen mit ihren breiten Stirnen, diesem Knick über den Nüstern und diesen feuchten großen, braunen Augen, aus denen eine fast menschliche Intelligenz sprach.*

Der Reiter, der im Sattel von Noblesse saß, hielt den Hengst nur ein paar Schritte vor Salterdon an und begrüßte den Herzog mit einem Lächeln, das Maria viel zu keck zu sein schien für einen gemeinen Stallburschen. Er riß den Hut vom Kopf und schüttelte seine langen blonden Haare als er sagte:

»Ihr habt eine verdammt lange Zeit dazu gebraucht, Euch mal wieder bei uns sehen zu lassen, Euer Gnaden. Ich fragte mich bereits, ob Ihr jedes Interesse an Euren Pferden verloren habt. Der olle Noble hier fragt jeden Tag nach Euch. Nicht wahr, du alter Lümmel?« setzte er zärtlich hinzu und klopfte dem Hengst den schweißnassen Hals. Dann sprang er behende vom Rükken des Pferdes herunter und streckte Salterdon die Hand hin.

Doch der blickte starr geradeaus und weigerte sich, von dem freundlichen und recht gutaussehenden jungen Mann Notiz zu nehmen.

»Beachtet ihn gar nicht«, sagte Basingstoke. »Er benimmt sich wieder einmal wie ein Esel.«

»Es freut mich, zu sehen, daß es Dinge gibt, die sich nicht ändern«, erwiderte der junge Mann und zwinkerte Maria dabei auf eine höchst schockierende Weise zu.

Ihre Wangen wurden flammend rot, und fast hätte sie gekichert.

»Wer ist denn dieses reizende junge Mädchen?« erkundigte sich der junge Mann nun mit einem Grinsen, das Maria noch heftiger erröten ließ.

»Die Gesellschafterin meines Bruders. Miss Ashton, Ihr habt die große Ehre, Lord Lansdowne, den besten Freund meines Bruders kennenzulernen – Teilhaber an all seinen Streichen und obendrein noch ein glänzender Reiter. Ihr werdet in ganz England niemanden finden, der ihm, was die Reitkunst betrifft, das Wasser reichen könnte. Er kommt gelegentlich hierher, um dafür zu sorgen, daß Treys Pferde auch ordentlich bewegt werden. Unter uns gesagt«, setzte er hinter der vorgehaltenen Hand hinzu, »es ist nur seine Art, sich mit etwas zu vergnügen, ohne es gleich kaufen zu müssen.«

Mit einem Grinsen, das sich langsam an einer Seite seines Gesichts bis zu seinen Augen hinaufstahl, nahm Lansdowne nun Marias Hand und beugte sich leicht darüber. Mit einem Seitenblick auf Salterdon sagte er zu Basingstoke: »Der Geschmack Eurer Großmutter hat sich sehr gebessert, was die Auswahl der Gesellschafter für Seine Gnaden betrifft. Das mag die Erklärung dafür sein, warum der Herzog wieder einmal seine Ställe besucht. Ja, ein hübsches Gesicht hat bei Seiner Gnaden schon immer die Lust am Reiten geweckt«, schloß er und blinzelte Maria abermals zu.

Da entzog sie ihm ihre Hand wieder und unterdrückte ein Lachen, das wie ein Springquell in ihrer Kehle aufstieg. »Nicht, daß ich einen Scherz nicht zu schätzen wüßte, aber Ihr scheint mir doch ein bißchen frivol zu sein, Mylord.«

»Frivol? Gütiger Gott, ich scheine nachzulassen. Die hübschen Damen haben mich stets als durchtrieben bezeichnet.«

»Ich kenne Euch nicht gut genug, um mir so ein Urteil erlauben zu dürfen.«

»Nein?« Er wackelte mit den Augenbrauen. »Wäret Ihr denn bereit, das nachzuprüfen?«

Basingstoke schlug Lansdowne mit der Hand auf die Schulter und schüttelte den Kopf. »Sie ist viel zu unschuldig für den Umgang mit Leuten wie Euch. Zudem habe ich gehört, daß Ihr ein neues Leben beginnen wollt – dem billigen Gin abgeschworen hättet und der Fleischeslust . . .«

Lansdowne hustete, faßte sich mit beiden Händen auf eine übertriebene Weise an die Brust und taumelte ein paar Schritte rückwärts, so daß Maria ihr Lachen nicht länger unterdrücken konnte und sich das Taschentuch vor den Mund hielt.

»Dem billigen Gin abschwören?« Er hustete. »Niemals!«

Die Stallburschen, die diese Szene beobachtet hatten, sahen einander grinsend an und gingen dann wieder ihren Beschäftigungen nach; hoben Eimer voll warmer Maische, die in der frostigen Stalluft dampfte, vom Boden auf oder mit Pferdedung beladene Schubkarren, die sie zum Misthaufen hinter dem Stall bringen wollten.

Auch das scherzhafte Geplänkel der beiden Lords hatte jetzt ein Ende, als sie sich wieder dem Herzog zuwandten, der noch immer starr geradeaus blickte und weder seinen Freund noch dem Pferd Beachtung schenkte, das noch immer geduldig vor ihm stand, den Kopf dem Herzog praktisch in den Schoß legend.

»Euer Gnaden«, sagte Lansdowne mit leiser, liebevoller Stimme, während er neben Salterdon auf ein Knie fiel. »Ihr seht, daß Noble sich noch immer an Euch erinnert. Erst heute morgen, bevor ich ihn ritt, fragte er sich, wann Ihr denn beabsichtigt, ihn wieder zu besteigen. Anscheinend komme ich nicht annähernd so gut mit ihm zurecht wie Ihr. Er steht bei Euch viel besser an den Hilfen.« Er holte einen kleinen Apfel aus der Tasche, legte ihn sacht und vorsichtig Salterdon in die Hand und blickte zu Maria hoch.

»Wie Ihr seht, Miss Ashton, geht die Zuneigung, die ich

für Seine Gnaden empfinde, weit über eine bloße Freundschaft hinaus. Ich verdanke Trey mein Leben. Eigentlich bin ich es, der jetzt in diesem Rollstuhl sitzen . . . oder, was noch wahrscheinlicher ist, in einem Grab liegen müßte. Ich war nämlich einer von diesen vier jungen Burschen, die den Herzog an jenem verhängnisvollen Abend begleiteten. Wir hatten den Tag auf der Pferderennbahn verbracht, und als wir uns von dort in Salterdons Kutsche auf den Heimweg machten, wurden wir von Räubern angehalten. Ich war damals ein recht vorwitziges Bürschchen, der sich mit seiner Keckheit oft selbst schadete. Als ich meinte, mich mit diesen Banditen anlegen zu müssen, fielen sie über mich her und begannen, mit den Kolben ihrer Musketen auf mich einzuschlagen. Da warf Salterdon, mein Freund, sich zwischen sie . . ., und die Banditen ließen daraufhin ihre Wut an ihm aus.«

Die Röte stieg Lord Lansdowne in die Wangen, und seine Stimme klang gepreßt, als er Salterdons freie Hand nahm und diese drückte. »Ihr werdet vermutlich viele Geschichten über Salterdon hören, Miss Ashton. Einige von ihnen, vielleicht sogar die meisten, sind wahr. Er ist – war – arrogant, herrisch und ein bißchen zu leichtfertig im Umgang mit hochgeborenen jungen Damen aus begüterten Häusern. Ja, es war ihm leider eine Last im Leben, gewisse Verpflichtungen erfüllen zu müssen, die er seinen Vorfahren gegenüber hatte – wozu auch eine standesgemäße Heirat mit entsprechender Mitgift gehört. Doch ich habe nie erlebt, daß er einen Freund im Stich gelassen hätte, der sich in einer Notlage befand. Wäre er nicht gewesen, wäre ich jetzt tot. Und ich habe jetzt nur ein Ziel im Leben – ihn für das, was er für mich getan hat, auf irgendeine Weise zu entschädigen.«

Er wandte sich wieder Salterdon zu und sagte leise: »Trey, bitte, wenn du mich verstehen kannst, mußt du wissen, daß alle deine Freunde von damals dir nur das Beste wünschen. Ihre Gedanken und Gebete sind bei dir. Bei Gott,

Trey, du bist nicht allein – egal, was du denken oder empfinden magst. Wenn du uns nur erlauben würdest, dir zu helfen ...«

Lansdowne blickte nun abermals zu Maria hoch – diesmal wie jemand, der sich einer Lawine von Gefühlen ausgesetzt sieht, die er nicht mehr aufzuhalten vermag. Er sprang auf die Beine, ging rasch aus dem Stall, blieb draußen kurz im hellen Sonnenlicht stehen, um sich dann wieder in Bewegung zu setzen.

Basingstoke brummelte leise etwas in sich hinein und eilte ihm dann nach.

Maria sah den beiden nach, bis sie hinter einer Hagedornhecke verschwunden waren. Sie zog an den Bändern ihrer Haube, die plötzlich zu fest zu sein schienen und ihr die Kehle einschnürten. Mit einem ärgerlichen Seufzer löste sie den Knoten der dünnen Kordel und nahm ihre Kopfbedekkung ab, die nun leblos von ihren Fingern herabhing, während sie den Rücken ihres Herrn und Pfleglings studierte.

»Gelegentlich«, sagte sie leise, »scheint Ihr Euer unnatürliches Schweigen als eine Art von Strafe zu benutzen. Ihr könnt niemandem die Schuld geben für das, was Euch passiert ist – außer denjenigen, die Euch das angetan haben.«

Sie kniete sich neben ihn hin und betrachtete den Apfel in seiner Hand, die in seinem Schoß lag. Die Zügel des Hengstes ringelten sich wie eine Locke aus Leder um eins seiner Knie. Das Pferd stellt die Ohren auf und bot Maria seine schwarze Schnauze dar, damit sie diese streicheln sollte. Vorsichtig hob sie die Hand, spürte den heißen Atem des Tieres auf der Haut und merkte, wie ein wohliger Schauer sie durchrieselte.

Aus den Augenwinkeln sah sie, wie Salterdon sich jetzt auch bewegte – den Kopf ein wenig in ihre Richtung drehte und seine Finger sich ein bißchen fester um den Apfel schlossen. Durfte sie ihm zeigen, daß sie das bemerkte? Würde er wie eine scheue Kreatur, die nur langsam Vertrauen zu ihr gefaßt hatte, sich wieder in seine Besinnungslosigkeit – in den dunklen Wald seines Geistes flüchten?

Wortlos nahm sie die Hand, die sich um den Apfel spannte, und hob sie sacht dem Hengst entgegen. Noblesse wieherte leise und nahm dann auf eine höchst manierliche Weise wie ein Gentleman die Frucht zwischen die Zähne.

Klarer, süßer Saft floß in einem Strom über ihre beiden, ineinander verschlungenen Hände.

Maria lachte, und lachte abermals, als das hungrige Tier nun begierig nach dem Rest des Apfels schnappte und, sich gewissermaßen dafür bedankend, den Kopf in die Höhe warf. Dann sah sie mit einem bangen Gefühl in der Brust wieder zu Seiner Gnaden hin und bemerkte, wie seine strengen Züge sich ein wenig zu lockern schienen und ein Schimmer von Freude sich in seinen grauen Augen zeigte.

Da erhob sie sich von den Knien, nahm den Rollstuhl und schob ihn weiter die sauber gefegte Stallgasse hinunter. »Gertrude und Lord Basingstoke hatten recht, Euer Gnaden. Das sind die unglaublichsten Tiere, die mir bisher in meinem Leben begegnet sind. Nur zu verständlich, daß Ihr so stolz auf sie seid. Ich habe noch keine Pferde mit so viel Intelligenz in den Augen gesehen oder Pferde, die ihrem Meister so viel Treue und Anhänglichkeit bewiesen hätten wie diese.«

In diesem Moment trat ein schlaksiger, lang aufgeschossener Junge, laut vor sich hinpfeifend, aus einer der Boxen. Als er sie sah, blieb er stehen, grinste und öffnete die Tür des Verschlags noch ein bißchen weiter, um den beiden ein zu Herzen gehendes Bild einer herrlichen weißen Stute mit einem noch unsicher auf seinen Stelzenbeinen stehenden braunen Fohlen an ihrer Seite zu zeigen. Nur war es nicht dieses rührende Bild der Stute mit ihrem frischgeborenen Fohlen, das Maria die Tränen in die Augen trieb, sondern dieser Ausdruck ungetrübter Freude auf Salterdons Gesicht. Die strengen Falten auf seiner Stirn glätteten sich, und seine verkrampften Schultern wurden locker. Es schien, als würde in diesem Moment sein ganzer Körper so leicht und schwerelos wie die Luft.

Er beugte sich, streckte die Hand aus und flüsterte: »Nap . . . Perl.« Und die Stute wieherte und stupste das kleine tapsige Fohlen, das nach ihren Zitzen suchte, mit dem Maul an, als wollte sie sagen: *Schau nur, was ich dir geschenkt habe, mein Freund.*

»Aye«, sagte der Stallbursche leise, »es ist Eure NapPerl, Euer Gnaden. Sie hat Euch ein prächtiges Fohlen geboren – so kostbar wie alle Wüstenschätze Arabiens. Es bleibt natürlich Euch überlassen, ihm einen Namen zu geben.«

Das offenbar erst wenige Stunden alte Fohlen stakste auf seinen Spindelbeinen bis zur Tür und blickte die beiden menschlichen Eindringlinge auf der Stallgasse mit seinen großen braunen Augen neugierig an. Wie der Kopf seiner Mutter, hatte auch das Fohlen eine starke Einbuchtung über den noch so schmalen Nüstern, daß diese bequem in eine Teetasse gepaßt hätten. Eine kühne weiße Blesse lief von seiner Stirn zwischen den Augen und über die Nase hin, und an seinem vorderen linken Fuß hatte es eine weiße Socke.

»Oh«, hauchte Maria, »Euer Gnaden, ist es nicht wunderschön?« Mit ausgestreckter Hand ging sie nun vorsichtig in die Box hinein. Und als das Fohlen diese Hand mit samtweichen Lippen ergriff, ließ Maria sich langsam auf das saubere Stroh hinuntersinken, wobei ihr Rock sich wie ein großer schwarzer Fächer um ihre Beine ausbreitete.

Der Stallbursche grinste, auf seine Heugabel gestützt, auf sie hinunter und erklärte ihr mit einer gewissen Autorität: »Es wird natürlich mit der Zeit grau werden. Ja, Seine Gnaden hat mir beigebracht, daß ein Grauschimmel entweder als schwarzes oder braunes Fohlen auf die Welt kommt.«

Als das Fohlen nun mit seinen weichen Lippen an ihrem Kinn zu saugen versuchte, lachte Maria laut und blickte sich zu dem Herzog um, der sie mit einer hochgezogenen Braue betrachtete. »Es hat einen Namen verdient, der so schön ist, wie es aussieht, Euer Gnaden. Ich bin sicher, daß Ihr das bedenkt und Euch etwas Passendes einfallen wird.«

Salterdon sagte nichts darauf, sondern bewegte sich nur ein wenig in seinem Stuhl.

Seltsam, daß ihn ein Bild noch so zu fesseln vermochte, daß er das Gefühl hatte, es würde sich seinem inneren Auge für immer einprägen: dieses Mädchen, das dort auf dem sauberen, duftenden Stroh vor dem neugeborenen Füllen kniete, das seine weichen Nüstern in die hohle Hand der Kindfrau legte ... Ah, Himmel – diese großen blauen Augen waren so unschuldig und verwundbar wie jene dieses kostbaren Füllens – diese sich nun sanft wölbenden Lippen hatten die Farbe reifer Kirschen. Das war nicht jene Sorte von Lächeln, das einen Mann – selbst einen Mann, der so übersättigt und zornig war wie er – unberührt lassen oder gar mißbilligen konnte. Ihre Art von Fröhlichkeit würde man nur mit einem Lächeln beantworten können. Ein jüngerer, naiver Schurke mochte darauf sogar törichterweise mit einer leidenschaftlichen Gefühlsaufwallung reagieren, sich vielleicht neben ihr auf das Stroh werfen und süße, unsinnige Worte in ihre elfenbeinfarbene Ohrmuschel flüstern – doch er, der Herzog von Salterdon, war niemals unsinnig gewesen – oder naiv.

Trotzdem merkte er jetzt, daß er lächelte – wenn auch nicht mit dem Mund, so doch mit den Augen ... Aber es war nichtsdestoweniger ein Lächeln ...

Ein wenig verträumt, die wärmende Sonne auf dem Gesicht und das Rascheln der Baumknospen über sich, versuchte Maria, an den Stamm der Ulme gelehnt, ihre Gedanken zu sammeln und eine angemessen ermutigende Ausdrucksweise für ihren Bericht an Ihre Gnaden, die Herzoginwitwe von Salterdon, zu finden, daß ihr geliebter Enkelsohn nun endlich aus seiner Lethargie erwacht sei. Aber wie brachte man eine so erschütternde Nachricht zu Papier? Wie vermochte sie ihr mit den geeigneten Worten dieses erhebende Gefühl zu vermitteln, etwas erreicht zu haben, und diese Ermunterung, die sie in den letzten paar Stunden dadurch erfahren hatte, daß es ihr endlich gelungen war, eine Verbindung zu ihrem Herrn herzustellen – so etwas wie ein zartes Band zwischen ihm und ihr zu knüpfen?

Oder hatte sie sich das nur eingebildet?

»Ach, ich«, seufzte sie, und erlaubte ihren Lidern wieder schwer zu werden, als sie über den Garten hinweg zu den Hügeln sah, über deren graue Schultern sich das zarte junge Gras wie ein gelblichgrüner Umhang legte. War es ihr und Salterdon endlich gelungen, einen, wenn auch zerbrechlichen, Waffenstillstand herzustellen? Würde er fortan darauf verzichten, Angst und Schrecken in seinem Haus zu verbreiten? War es tatsächlich möglich, daß der Herzog von Salterdon – das schlimmste, roheste und grausamste menschliche Wesen, dem sie jemals das Pech hatte, zu begegnen – auf einmal zu einem so fügsamen und sanften Geschöpf werden konnte, daß ihm beim Anblick eines neugeborenen Fohlens die Tränen kamen? Was für eine Ironie, daß sie erst vor wenigen Stunden fest dazu entschlossen gewesen war, den Rest ihre Lebens lieber unter dem Daumen und der grausamen Fuchtel ihres Vater zu verbringen als sich noch einmal ohne ein Mittel, sich vor weiteren tätlichen Angriffen gegen ihre Person zu schützen, in die Nähe dieses Herzogs zu begeben.

»Ich würde an Eurer Stelle nicht so voreilig sein und so was schreiben«, hörte sie da hinter sich eine Stimme und setzte sich so jäh auf, daß ihr der Federkiel und das Briefpapier vom Schoß rollten.

Thaddeus stand hinter ihr und hakte die Daumen in den Bund seiner Kniehose. »Sein Zustand mag sich jetzt ja gebessert zu haben, aber er könnte rasch wieder rückfällig werden«, setzte er, mit den Fingern schnippend, hinzu. »Das haben wir nämlich schon ein paarmal erlebt, müßt Ihr wissen. Es gehört nicht viel dazu, ihn wieder dorthin zu schicken.« Thaddeus tippte sich mit dem Zeigefinger an die Stirn. »Und Ihre Gnaden sind zu alt dafür, noch ein paar Enttäuschungen verkraften zu können.«

Maria runzelte die Stirn. »Ich will Seine Gnaden doch nur davon überzeugen, daß ich ihm helfen möchte.«

Thaddeus ließ sich auf die Decke neben sie fallen und fuhr fort, auf einem Grasstengel zu kauen. »Er hat noch nie viel Respekt vor seinen Freunden oder seiner Verwandtschaft gehabt. Wenigstens nicht, solange ich für ihn arbeite, und das sind jetzt schon fast sechs Jahre. Er denkt vielmehr, daß ihm die Welt Respekt schuldig sei, wo er doch der Erstgeborene eines Herzogs ist und schon mit zehn Jahren selbst Herzog wurde. Seine Eltern ertranken damals vor der afrikanischen Küste, müßt Ihr wissen. Und ihre beiden Söhne mußten dabei zusehen, wie sie von Haifischen gefressen wurden.« Thaddeus schwieg eine Weile und starrte über das Moor hin, auf dem sich das junge hellgelbe Heidekraut auszubreiten begann. »Ich schätze, so was kann schon seine Spuren im Geist und im Herzen eines Menschen hinterlassen. Und da wir gerade davon reden – habt Ihr in Huddersfield auch ein paar gebrochene Herzen hinterlassen?«

»Gebrochene Herzen?«

»Liebeskranke Verehrer. Freunde von Euch. Ich wette, Ihr habt dort eine Menge Männer gekannt – so, wie Ihr ausseht.«

Sie schüttelte den Kopf und beobachtete einen Zeisig mit gelbem Haarschopf, der über ihr an einem Ast entlanghüpfte. Thaddeus flirtete wieder einmal mit ihr, und diesmal nicht auf eine so sublime Weise wie bisher. Er hatte offensichtlich ein Bad genommen, sich eine saubere Bundhose angezogen und seine Stiefel so gründlich poliert, daß sie in der Sonne glänzten. Selbst mit ihrer beschränkten Erfahrung in solchen Dingen vermochte sie an gewissen Veränderungen zu erkennen, wann ein Mann sich für eine Frau interessierte – zum Beispiel an seinen Augen, die einen plötzlich forschend, eindringlich, ja – fast hungrig ansahen. Sie hatte das ein paarmal in Johns Augen gesehen, bevor er sich daran erinnert hatte, daß er all seine Leidenschaften himmelwärts zu richten habe. Sie hatte das auch bei Paul bemerkt, als er sich in die Frau des Dorfschmieds verliebt hatte, der ihm schließlich das Rückgrat brach.

Sie hatte jedoch keineswegs ein Verlangen danach, solche Veränderungen in Thaddeus' blassen Augen zu bemerken. Schon der Gedanke daran, daß diese sich einstellen könnten, jagte ihr einen kalten Schauer über den Rücken. Desgleichen das nun jäh in ihr auftauchende, unwillkommene Bild, wie er auf Molly gelegen und gezappelt hatte . . ., und daß es da kaum etwas von ihrer eigenen Anatomie gab, was seinen Augen verborgen geblieben war.

»Seine Gnaden wird jetzt jeden Moment aus seinem Mittagsschlaf erwachen«, erklärte sie und schickte sich an, ihren Federkiel und das Briefpapier einzusammeln.

Da nahm Thaddeus ihr Kinn zwischen die Finger und blickte ihr forschend und eindringlich ins Gesicht. »Könnt Ihr denn nicht mal von was anderem reden als immer nur von ›ihm‹?«

»Das ist mein Los, Thaddeus. Deswegen wurde ich ja hier eingestellt, damit ich mich um ihn und seine Bedürfnisse kümmern soll. Es gibt ein Wort, das Loyalität heißt. Und ich denke, das hat etwas für sich.«

»Ja, aber man kann die Loyalität auch zuweit treiben. So ein reizendes Mädchen wie Ihr, zum Beispiel, sollte doch eigentlich von Verehrern träumen und ähnlichen Sachen. Daran denken, sich einen Mann fürs Leben zu suchen, mit dem sie einen Hausstand gründen und ein Dutzend Kinder oder so bekommen kann.«

»Ich nehme an, daß ich das sollte«, erwiderte Maria. Und ein wenig spitz setzte sie hinzu: »Wenn ich einen Mann finde, der mir zusagt.«

Er beugte sich vor, ein schiefes Lächeln auf dem Gesicht: »Und was für eine Sorte von Mann würde das sein?«

»Ich . . ., das weiß ich nicht.«

»Ich denke, er sollte jung sein, groß und stark. Jemand wie . . .«

»Ich fürchte, Ihr werdet nun ein wenig zu dreist«, erklärte sie.

»Und wenn ich das wäre?«

»Ich sollte Euch an Molly erinnern, denke ich.«

»Molly!« Seine Augen weiteten sich einen Moment lang und zogen sich dann zu Schlitzen zusammen. Seine roten Wangen bekamen noch mehr Farbe. »Ihr könnt einem jungen Mann keinen Vorwurf machen, wenn er sich nimmt, was man ihm anbietet. Wir haben Bedürfnisse, müßt Ihr wissen. Die gleichen wie die Frauen.«

Er beugte sich noch weiter zu ihr und fuhr mit seidiger Stimme fort: »Nehmen wir dich zum Beispiel. So ein reizendes Mädchen wie du – mit einem Körper, der jeden Mann krank machen würde vor Verlangen. Das genügt, daß mir das Herz stillsteht. Ich habe, seit du nach Thorn Rose gekommen bist, an nichts anderes mehr denken können als an dich. Molly ist doch nur so eine Puppe, die mich zuweilen juckt und die ich hin und wieder kratze.«

Ihr stockte der Atem, als er sich ihr jetzt noch weiter näherte, mit seinen Lippen über ihre Wange streifte und ihr mit der Zungenspitze über das Ohrläppchen fuhr. Als sie vor ihm zurückwich, packte er ihr Handgelenk und drückte es zusammen.

»Muß ich Euch erst daran erinnern, Thaddeus, daß ich *keine* Puppe bin?« rief sie, sich heftig gegen seinen Griff wehrend.

»Natürlich bist du keine Puppe«, erklärte er und schaute sie dabei so an, daß sie feuerrot wurde im Gesicht. »Du kannst nichts dafür, wenn du so gebaut bist, daß jeder Mann ganz verrückt wird nach dir. Und daß er einen Steifen bekommt, wenn du ihn nur anschaust. Es liegt an deinen verflixten Augen Mädchen . . ., und deine Titten machen einem das Leben auch nicht gerade leichter.«

Und mit einer jähen Bewegung schob er sie nun auf den Boden hinunter, hielt ihre Schultern mit den Armen fest und blickte ihr grinsend ins Gesicht, als sie fortfuhr, sich gegen ihn zu wehren. »Ich dachte mir gleich, daß du zu dieser Sorte von Mädchen gehörst, die sich nicht so leicht ergeben. Schätze, daß ich da recht hatte. Aber das stört mich nicht. Macht die Sache nur interessanter.«

Sie verengte die Augen zu Schlitzen. Es schien ihr so, als würde ihr ganzer Körper rot vor Scham.

»Ich gehe sogar jede Wette ein, daß du noch nie von einem Mann geküßt wurdest.« Thaddeus' rotblonde Augenbrauen schossen in die Höhe, und er lachte auf sie hinunter. »Himmel, ich glaube, daß ich recht habe. Wer hätte das gedacht – ein Mädchen deines Alters, das noch nie geküßt worden ist.«

»Ich denke nicht, daß daran etwas verkehrt ist . . .«

»Natürlich ist es das. Es ist unnatürlich«, erwiderte er mit rauher Stimme und preßte dann seinen nassen, offenen Mund so heftig auf ihren, daß sie momentan wie betäubt dalag.

Sie bewegte sich nicht, atmete nicht, starrte nur unverwandt seine geschlossenen Lider an, die wie seine Nase und seine Wangen mit Sommersprossen bedeckt waren. Sie erinnerte sich nun wieder an Mollys verzücktes Gesicht, und wie diese sich mit offenkundigem Vergnügen unter ihm gewunden hatte. Der Kuß, den Thaddeus ihr gab, schien nicht enden zu wollen, bis sein Atem zu rasseln begann, sein Körper steif wurde, er eines seiner langen, knochigen Beine über ihre legte und ihren Rock bis über ihre Knie hinaufschob.

Nun griff er ihr an den Busen. Sie keuchte und schob seine Hand von dort weg, während sie sich gleichzeitig bemühte, ihr Gesicht zur Seite zu drehen. Der Geschmack seines Mundes bereitete ihr plötzlich Übelkeit und machte sie wütend.

»Genug«, preßte sie durch die Zähne und vermochte sich endlich lange genug von ihm zu befreien, daß sie sich aufsetzen konnte. Der Knoten in ihrem Nacken hatte sich gelöst, und die Haare rollten ihr über die Schultern und über eine Hälfte ihres Gesichts. Ihr Mund fühlte sich geschwollen an, und ihre Wangen so, als wären sie mit einem Reibeisen in Berührung gekommen.

Thaddeus grinste sie an, und auf seinem Gesicht zeigte sich das gleiche Verzücken, was sie damals auf jenem von Molly bemerkt hatte. »Das hat dir gefallen, nicht wahr?« sagte er heiser.

»Nein«, erwiderte sie kühl und wischte sich dann die Lippen mit dem Handrücken ab.

»Klar hat es das. Ein Mann merkt das sofort. Eine Frau verströmt einen ganz bestimmten Geruch, wenn sie scharf ist . . .«

Eine Glocke läutete in der Entfernung. Vor Erleichterung schloß Maria kurz die Augen und sprang vom Boden auf. Thaddeus versuchte, sie bei den Knöcheln zu packen, aber sie wich seinen Händen behende aus. »Ihr werdet mir viel zu aufdringlich . . .«

»Und wer ist daran schuld?« erwiderte er und grinste sie dann so lüstern an, daß sie wieder bis unter die Haarwurzeln errötete.

Dann floh sie zum Haus. Gertrude stand auf der Schwelle mit einem verkniffenen Gesicht, Hände in die Hüften gestemmt. Sie stampfte ungeduldig mit dem Fuß auf und sagte: »Er ist wach, Mädchen, und so griesgrämig wie ein Bär. Ihr tätet gut daran, heute abend Eure beste Miene für ihn aufzusetzen. Auch solltet Ihr die Grashalme von Eurem Rock entfernen und Euch die Haare richten, bevor Ihr ihm unter die Augen tretet. Sie sehen wüst aus . . .«

»Ist da noch etwas verkehrt an mir?« begehrte Maria zu wissen, als sie von einem Korridor zum anderen eilte, Gertrude ihr hart auf den Fersen.

»Aye. Ihr solltet Euch von diesem Taugenichts von einem Burschen fernhalten. Ein Mädchen wie Ihr kann es sich nicht leisten, sich seinen Ruf von so einem Burschen ruinieren zu lassen.«

»Ich bezweifle, daß die Tochter eines kleinen Dorfpfarrers etwas Besseres verdienen würde«, gab Maria so gereizt zur Antwort, daß Gertrude momentan den Schritt verhielt und sich dann wieder beeilte, Maria einzuholen.

Die Haushälterin folgte Maria bis auf ihr Zimmer, und während Maria sich dort rasch die Haare kämmte und dann wieder zu einem Knoten aufsteckte, riß Gertrude die Schranktüren auf und holte das Kleid heraus, das sie vor ein paar Stunden geflickt hatte. »Zieht Euch um, damit ich die Grasflecken aus dem Kleid waschen kann, das Ihr anhabt«, erklärte sie mit einem mißbilligenden Schnauben.

»Um Himmels willen – Ihr hört euch so an, als hätte ich mich mit Thaddeus im Heidekraut gewälzt. Es ist nur ein Kuß gewesen. Und selbst den wollte ich mir nicht von ihm geben lassen«, sagte Maria und starrte ein wenig bestürzt ihre aufgeplatzten Lippen im Spiegel an.

Gertrude trat hinter sie. Ihre Miene war jetzt nicht nur ungehalten, sondern auch von tiefer Sorge erfüllt. »Hört auf mich, Kindchen«, sagte sie bekümmert. »Wir haben seinetwegen schon eine Menge guter Dienstboten verloren – anständige Mädchen, bevor er sie mit seinen Händen begrabschte. Und er hat sie alle unehrlich gemacht, als er sich weigerte, sie zu heiraten, nachdem sie von ihm schwanger geworden waren.«

»Da könnt Ihr ganz unbesorgt sein«, erklärte Maria mit fester Stimme und erschauerte, als sie wieder an seine Hände dachte, die ihr an den Busen griffen.

»Die berühmten letzten Worte aus dem Mund der Unschuldigen. Wollt Ihr etwa bestreiten, daß Ihr Euch zu ihm hingezogen fühlt?«

»Ja!« schnaubte Maria. »Das bestreite ich in der Tat.«

»Dann macht Ihr Euch nur selbst etwas vor. Jedesmal, wenn Thaddeus ins Zimmer kommt, werdet Ihr ganz aufgeregt und rot bis über beide Ohren.«

Maria öffnete den Mund, um Gertrude zu erklären, daß sie in seiner Gegenwart nur so nervös und rot wurde, weil sie ihn dabei ertappt hatte, wie er splitternackt mit Molly auf dem Küchentisch gelegen und sich mit dieser vergnügt hatte; und weil er sie dann selbst am nächsten Abend ohne einen Faden auf dem Leib beim Baden überrascht hatte ... wegen ihrer Schusseligkeit, als sie vergessen hatte, zu fragen, wer an ihre Tür klopfte. Doch statt dessen schleuderte sie mit dem Fuß nur das schmutzige Kleid beiseite und riß Gertrude das geflickte aus der Hand.

Gertrude schüttelte den Kopf und schnalzte mit der Zunge. »Ich sollte Euch an das erinnern, was Eure teure Mutter Euch sicherlich bereits schon gesagt hat, als Ihr alt genug wart, um einen Busen zu bekommen: Die guten Sachen, die Gott den Frauen zwischen den Beinen eingepflanzt hat, sind nur für einen Mann bestimmt – den einzigen Mann, den sie in ihrem Leben wahrhaftig und aufrichtig lieben. Es gibt kein größeres Geschenk oder Opfer, das Ihr im Namen der Liebe bringen könnt, als Eure Jungfernschaft.«

»Meine Mutter hat mir so etwas nie gesagt«, erwiderte Maria verdrossen und ging auf die Tür zu, die in Salterdons Zimmer führte.

»Nun – wenn sie es nicht tat, hätte sie es zumindest tun sollen«, rief Gertrude ihr nach.

Mit einem ärgerlichen Schnauben band Maria die Bänder ihrer Haube unter dem Kinn fest, nahm den Korb mit den Garnknäueln und rannte in Salterdons Zimmer hinüber, während Gertrude ihr kopfschüttelnd und leise etwas in sich hineinmurmelnd nachblickte.

Wie gewöhnlich weigerte Salterdon sich, sie zur Kenntnis zu nehmen, als sie zu ihm ins Zimmer kam, sondern saß so versteinert wie immer vor dem offenen Fenster, während der Wind ihm die geröteten Wangen küßte.

»Tut mir leid, daß ich mich verspätet habe«, erklärte sie. »Ich war ...«, sie kaute auf der Unterlippe, während ihr Hunderte von Ausreden für ihre Pflichtvergessenheit durch den Kopf schossen, »... war gerade dabei, Eurer Großmutter einen Brief zu schreiben«, fuhr sie dann hastig fort. Das war nicht gelogen – aber auch nicht die ganze Wahrheit, wie sie sich nun mit ihrem üblichen Schuldbewußtsein eingestand.

Er ließ einen rauhen Laut hören – ein Lachen tief in seiner Kehle, das sie erschreckte und zugleich empörte. Dieses Lachen kam für sie so überraschend wie es anstößig war. Und es erbitterte sie mehr als jedes gestammelte Wort, mit dem er sie hätte tadeln können. Und dann sah er mit seinen grauen Augen zu ihr auf, während seine Lippen sich auf eine so zynische Weise kräuselten, daß sie unwillkürlich einen Schritt vor ihm zurückwich und das Gesicht abwandte ..., wobei ihr Blick zufällig durch das Fenster fiel und auf jene alte Ulme, unter deren kahlen Ästen noch immer die Decke ausgebreitet war, auf der sie noch vor kurzem mit Thaddeus ...

Sie schloß einen Moment die Augen, während sich ihre Wangen wieder mit einer flammenden Röte überzogen. »Ist mir denn überhaupt kein Privatleben gestattet?« fragte sie hitzig. »Kann ich nicht mal eine Stunde für mich haben?« Ihm die Strohschale mit den Garnknäueln in den Schoß werfend, rief sie: »Was ich in meiner Freizeit mache, geht nur mich etwas an!«

Er lachte abermals, und dann musterte er sie, dieses zynische Grinsen auf den Lippen, als wäre sie eine Schankkellnerin in einer billigen Hafenkneipe, so daß sie das Kinn anhob und mit den Zähnen knirschte.

»Ihr seid ein übellauniger, schmutzig denkender, gemeiner Kerl!« fauchte sie ihn an und drehte sich von ihm weg.

Doch bevor sie aus dem Zimmer rennen konnte, packte er sie beim Handgelenk und riß sie so heftig am Arm, daß sie stolperte und dann quer über seinen Knien lag – mit dem Gesicht nach unten und mit dem Scheitel fast den Boden berührend, das Gesäß hoch in der Luft. »Oh!« rief sie, und dann spürte sie, wie er durch den Stoff ihres Kleides hindurch ihre Gesäßbacken packte und sie zusammendrückte, so daß sie laut aufschrie und mit den Beinen strampelte. Und dann stieß sie abermals einen lauten Schrei aus, als er die andere Hand unter ihr Kleid schob und sich seine Finger um eine ihrer Brüste legten.

Schreiend und wild mit Armen und Beinen rudernd rutschte sie dann von seinem Schoß hinunter auf den Boden.

Salterdon lachte.

Sie warf den Kopf in den Nacken, als sie sich auf Händen und Knien wieder vom Boden hochstemmte, und rief, während sie ihn wütend durch die Haare anfunkelte, die ihr wie ein Vorhang ins Gesicht gefallen waren: »Ihr gemeines, verabscheuungswürdiges Biest von einem Mann!« Und dann setzte sie mit brechender, bebender Stimme hinzu, während ihr die Tränen in die Augen schossen: »Wenn ich daran denke, daß ich Euch fast liebgewonnen hätte . . ., daß ich glaubte, Ihr seid nur ein mißverstandener, im Grunde jedoch liebenswerter Mensch!«

Die Tränen liefen ihr jetzt in Strömen über die Wangen, während das Grinsen auf Salterdons Gesicht langsam erlosch.

»Alle haben mich vor Euch gewarnt und mir gesagt, daß Ihr ein Tier seid«, heulte sie. »Aber ich habe ihnen das nicht geglaubt. Nicht ganz. Ich hielt es für ausgeschlossen, daß ein Mensch so tief herabsinken könnte, daß er alle Regeln des Anstands und der Moral vergißt.« Sie schluckte und hielt sich mit einer Hand den Mund zu, um den Zorn, der wieder in ihr aufstieg, hinunterzuwürgen. Doch sie zitterte so heftig, daß es ihr nicht gelingen wollte, sich außerhalb der Reichweite seiner Arme mit einer gewissen, ihn mit Verachtung strafenden Würde wieder vom Boden zu erheben, während Salterdon mit der ausdruckslosen Miene einer Statue fortfuhr, ihr in die Augen zu starren.

Als sie dann endlich wieder auf zwei Beinen stand und sich einen Augenblick lang gegen das Fensterbrett lehnte, bis sie sicher war, daß die Beine sie auch tragen würden, bemühte sie sich, gleichmäßig zu atmen und ihre Wut nun mit dem Sprichwort zu verdrängen, daß ›die Güte die Nahrung der Seele sei, die Grausamkeit jedoch ihr Verderben‹. Doch es nützte ihr nichts, daß sie sich das im stillen vorsagte, als sie sich wieder daran erinnerte, wie er mit der einen Hand ihre Pobacken und mit der anderen ihre Brust zusammengedrückt hatte.

Da sammelte sie rasch die Garnknäuel ein, die über dem Boden verstreut lagen, und rannte mit der Schale unter dem Arm aus dem Zimmer, lehnte sich draußen gegen die Korridorwand und schloß die Augen.

Gütiger Gott, dachte sie, wie lange kann ich so etwas noch ertragen?

Als Kind würde sie jetzt mit einer gründlichen Reinigung ihres Mundes mit Wasser und Seife einen solchen Zornesausbruch gesühnt haben. Doch dieser eben würde ihre sofortige Entlassung zur Folge haben. Als ob sie das gestört hätte! Was für ein Glück, wenn sie diesen unverschämten Kerl nicht wiedersehen mußte! Wie konnte er es wagen, sie zu behandeln wie einen Kartoffelsack! Wie konnte er sich erdreisten, sie auf eine so schamlose Weise in den Hintern und in die Brust zu kneifen! Sie zitterte am ganzen Körper, wenn sie nur daran dachte. Und sie spürte noch jetzt den Abdruck seiner Finger wie ein glühendes Brandmal auf ihrer Brust.

Sie schluckte schwer und drückte dabei die Schale mit den Garnknäueln an ihren Busen. Ihre Knie fühlten sich plötzlich so weich an wie Butter. Ihre Brust begann zu pochen...

Sie bewegte sich langsam wieder auf die Tür von Salterdons Zimmer zu...

Der Herzog saß dort noch immer am Fenster und starrte, ihr den Rücken zudrehend, in den Park hinaus, während eine rasch kühler werdende Brise zuweilen mit seinen langen Haaren spielte. Er sah im Licht der Abendsonne aus wie ein kleiner Junge, und plötzlich wurde ihr ganz schlecht, als sie wieder an diese Worte dachte, die sie ihm vorhin ins Gesicht geschleudert hatte – diese gehässigen Bemerkungen, die keine anständige Frau und kein anständiger Mann einem anderen Menschen gegenüber machen sollte oder durfte, wenn er bei Verstand war.

Sich innerlich mit einem Wutschrei verdammend, eilte sie nun in ihr Zimmer zurück, warf dort die Schale auf den Boden und lief dann zu ihrem Waschständer, wo sie eine tüchtige Portion Wasser aus der Kanne in ihre Waschschüssel goß, eine Handvoll Seifenflocken nahm und sich damit so gründlich die Zunge, die Zähne, den Rachen und den Mund auswusch (wie das ihr Vater so oft mit ihr gemacht hatte), bis die Empörung über ihr Betragen sich einigermaßen gelegt hatte. Darauf lehnte sie sich erschöpft gegen einen der vier Bettpfosten.

»Was habe ich nur getan?« jammerte sie laut, und im selben Moment kam, als wollte er ihr eine Antwort auf ihre Frage geben, ein kräftiger Windstoß durch das Fenster, daß sich die Vorhänge mächtig bauschten und das verlöschende Tageslicht wie auf Zehenspitzen über das strenge Antlitz des heiligen Petrus an der Zimmerdecke huschte, der sie vorwurfsvoll anzublicken und ihr mit erhobenem Zeigefinger zu drohen schien. *Ja*, dachte sie bei sich, *ich werde mich bei ihm dafür entschuldigen.*

Sie ging zur Verbindungstür, öffnete sie und sah ihn in seinem Zimmer noch immer, finster vor sich hinbrütend, in seinem Rollstuhl am Fenster sitzen. Sie straffte ihre Schultern, trat an seine Seite und blickte auf den Garten hinunter, in dem sich die Schatten der Dämmerung ausbreiteten. Der Herzog neben ihr bewegte sich nicht und gab auch keinen Laut von sich, als sie ihn hin und wieder mit einem Seitenblick streifte, in der Hoffnung, daß er ihr eine Eselsbrücke bauen würde. Doch seine Stirn blieb umwölkt, sein Mund so hart und dünn wie ein Strich. Offenbar hatte er keineswegs die Absicht, ihr die Sache leicht zu machen.

Da hatte sie plötzlich eine Idee . . .

Sie ging an die Rückseite des Rollstuhls, schwenkte diesen ohne Vorwarnung mit dem Herzog herum, schob ihn durch die Tür auf den Korridor hinaus, worauf sie mit ihrem Pflegling, fieberhaft mit den Augen nach ihr vertrauten Gegenständen suchend, erst in die eine und dann in die andere Richtung enteilte, bis sie schließlich vor dem Musikzimmer anlangten.

Im Tageslicht wirkte das Zimmer keineswegs so nüchtern und kahl, wie es ihr bei ihrem ersten Besuch erschienen war. Die Abendsonne flutete durch die breiten Fenster und Oberlichter und beleuchtete die Porträts und Stilleben, die von vergoldeten Leisten zwischen der Wandverkleidung aus burgunderrotem Damast herabhingen. Sofas, Bänke und vergoldete Polstersessel waren in lockeren Gruppen und genügend großen Abständen voneinander, damit Damen in weiten Reifröcken auch bequem darauf Platz fanden, so um den Mittelpunkt des Raumes herum angeordnet, daß man nicht nur die Musik auf dem Pianoforte genießen konnte, sondern auch einen unbehinderten Blick auf alle diese über die Wände verteilten unbezahlbaren Meisterwerke hatte.

Als sie jetzt auf Salterdon hinuntersah, bemerkte sie, daß seine Schultern sehr steif geworden waren und seine

Hände sich um die Armlehnen krampften, als müßte er dort Halt suchen.

»Zuweilen ist ein Szenenwechsel Balsam für eine wunde Seele, Euer Gnaden. Das gilt auch für die Ablösung einer Routine, die zur Monotonie entartet ist. Offenbar wird die Übung mit Garnknäueln für einen Mann Eures Intellekts und Eures Temperaments mit der Zeit zu langweilig.«

Er bewegte sich – machte den Versuch, den Rollstuhl wieder in eine andere Richtung zu drehen, diesem Raum zu entkommen . . . und ihr.

»Nicht doch, Euer Gnaden«, sagte sie. »Lord Basingstoke hat mir erzählt, daß dieser Raum hier einmal Euer Lieblingsaufenthalt im Haus gewesen ist. Er sagte, er habe sich als Junge hier oft versteckt, um Eurem Klavierspiel zu lauschen.«

Salterdons Kopf drehte sich nun, wenn auch nur eine Winzigkeit, in ihre Richtung.

»Habt Ihr das denn nicht gewußt, Euer Gnaden? Es scheint, daß Lord Basingstoke Euch sehr um Euer Talent beneidet hat. Wie er mir erzählte, hättet Ihr einer der größten Klaviervirtuosen Eurer Zeit sein können.«

Er reagierte darauf mit wütenden Lauten und versuchte ihr abermals die Kontrolle über seinen Rollstuhl zu entreißen.

»Er erwähnte auch«, fuhr sie fort, »daß Euer Vater meinte, Musik sei nur etwas für Frauen und deren Salons. Und daß er gesagt habe, seine Söhne würden ihre Zeit nicht mit solchen femininen Frivolitäten vergeuden, daß sich solche unmännlichen Beschäftigungen nicht für einen zukünftigen Herzog von Salterdon schicken würden; denn Männer hätten Finanziers, Jäger und Herzensbrecher zu sein. Euer Bruder hat mir auch erzählt, daß Ihr dann, als Eure Eltern gestorben waren, viele Stunden hier damit verbracht habt, auf dem Pianoforte zu spielen, und daß Euch dabei oft die Tränen über Euer noch junges Gesicht liefen.«

Und nun in nachdenklichem Ton, noch immer den Hinterkopf des Herzogs betrachtend, sagte sie: »Jammerschade, wenn jemand, der ein so unglaubliches Talent besitzt, dieses verkümmern läßt. Es gibt viel zu wenig Musik auf der Welt, denke ich. So eine Begabung kann doch nur Freude in das Leben eines trostbedürftigen Menschen bringen . . .«

»Ge-nug!« explodierte er da plötzlich und hieb mit beiden zu Fäusten geballten Händen auf die Armlehnen.

Sie schrak zusammen, zwang sich jedoch dann dazu, ihre bebenden Hände erneut auf die Schubstange des Rollstuhls zu legen und diesen zum Pianoforte in der Mitte des Raums zu schieben.

»Nein«, fauchte er.

»Ich sehe ja nun wirkliche keinen Grund, daß Ihr Euch nicht die Freude gönnen solltet . . .«

»Bringt . . . mich . . . hinaus!«

Sie stellte den Rollstuhl vor dem Instrument ab und wich ein paar Schritte zurück.

Salterdon starrte, die Finger um die Armlehnen gekrampft, mit zuckenden Wangenmuskeln auf das Klavier hinunter, ballte dann eine Hand zur Faust und hieb damit auf die Tasten.

Schrille Dissonanzen hallten laut von den Wänden wider, als er nun mit beiden Fäusten immer wieder auf die Tasten einschlug, bis Maria dieses lärmende Getöse, das den Raum erfüllte, nicht länger ertragen konnte, seine Fäuste mit beiden Händen umfing und an ihren Busen hielt, als sie merkte, daß sie offenbar von einem unkontrollierbaren Krampf befallen waren.

»Hört auf damit«, beschwor sie ihn. »Ihr werdet Euch nur wieder verletzen. Nein, ich gebe Eure Hände nicht eher frei, bis Ihr mir versprochen habt, daß Ihr Euch beruhigen werdet.«

»Nein«, schrie er, ganz außer sich vor Wut, und gab ihr einen Stoß, so daß sie mit dem Rücken gegen das Instrument flog, sich dort mit ihrem Allerwertesten auf die Tasten setzte und dem Klavier wieder eine Reihe unharmonischer Töne entlockte. »Laßt – mich – in – Ruhe – zum – Teufel«, zischelte er durch die Zähne.

»Ich würde nichts lieber tun, Euer Gnaden. Aber ...« Sie haschte wieder nach seinen Händen. »Ich würde meine Pflichten vernachlässigen, wenn ich Euch erlauben würde, in dieser schrecklichen, selbstzerstörerischen Verhaltensweise fortzufahren – hört auf, Euch gegen mich zu wehren. Ich würde Euch wieder mit Stricken fesseln lassen – falls das notwendig wäre ...«

»Miststück!«

»Die Herzogin verläßt sich auf mich ...«

»Schlampe!«

Damit gab er ihr abermals einen Stoß, wobei er sich jedoch so weit vorbeugte, daß der Stuhl unter ihm wegrollte und er nun mit seinem ganzen Gewicht auf ihr landete, als sie sich wieder mit ihrem Hintern auf die Tasten setzte. Den Klavierdeckel im Rücken, den Herzog auf ihrem Schoß, der ihr mit seinem Brustkorb schier die Luft abdrückte, blickte sie wütend in sein nur etwa zwei Handbreit von ihr entferntes Gesicht und versuchte zu schlucken. Ihr Herz schlug unregelmäßig. Ihr Atem beschleunigte sich. Sie dachte an seine Hand, die noch vor kurzem auf ihrem Busen gelegen hatte, und das Bild der beiden vor dem Küchenfeuer ineinander verschlungenen Körper stieg erneut vor ihrem inneren Auge auf – eine nackte Frauenbrust, die von den Lippen und der Zunge eines Mannes sacht und dann hungrig liebkost wurde. Nur waren es diesmal nicht Molly und Thaddeus, sondern Salterdon und ...

Keuchend rief sie: »Ich bin *keine* Schlampe!«

Der schreckliche Zorn, der noch vor wenigen Sekunden in Salterdons Augen gelodert hatte, verebbte langsam und verwandelte sich in so etwas wie eine sich hinter Rauchschleiern versteckende Glut. Er starrte mit schweren Lidern, die fast schläfrig wirkten, auf ihren Mund hinunter, was ein seltsames Gefühl in ihr auslöste, als lägen alle ihre Nervenenden bloß.

»Ihr seid der schlimmste Mann, der mir jemals in meinem Leben begegnet ist«, sagte sie dicht an seinem Mund und fügte dann, als das Gewicht seines Körpers langsam von ihrem Schoß zu gleiten begann, hinzu: »Ich sollte Euch einfach fallen und hier liegenlassen. Das geschähe Euch recht.«

Er reagierte darauf mit einem so entwaffnenden Lächeln, das sie genauso erschütterte wie sein hinterhältiges Betragen vorhin, und hielt sich mit beiden Händen am Klavier fest. Die Muskeln an seinen Schultern und Armen wurden hart wie Stein, als er sich in die Höhe zu stemmen versuchte, während sie nun rasch von dem Instrument heruntenglitt, die Arme mit so viel Kraft, wie sie aufzubringen vermochte, um seine Taille schlang und Salterdon und sich selbst vom Klavier wegstieß.

Einen Moment lang taumelten sie, er sich mit seinen Armen an ihren schmalen Schultern festhaltend, hin und her. Ihr Gleichgewicht verlagerte sich ein paarmal von ihm auf sie, dann wieder von ihr auf ihn, bis es ihr endlich gelang, Salterdon herumzuschwenken und ihn in seinen Stuhl zu setzen.

»Vielleicht werdet Ihr es Euch in Zukunft . . .«, sagte sie, keuchend, ». . . zweimal überlegen . . ., bevor Ihr Euch . . . von Eurem Temperament . . . zu solchen . . . Sachen hinreißen laßt . . ., Euer Gnaden.«

Er saß schweißgebadet in seinem Stuhl und wischte sich mit dem Hemdsärmel über die Stirn und die Wangen.

»Auch ich werde in Zukunft darum bemüht sein, mein Temperament besser im Zaum zu halten«, fügte sie, ein Lächeln aufsetzend, mit etwas leiserer Stimme hinzu. »Wie ich bereits sagte, hat man mir berichtet, daß Euer Gnaden gerne Klavier spielt. Wollt Ihr das jetzt nicht einmal versuchen?«

Er schüttelte heftig den Kopf, und sein Gesicht nahm wieder einen feindseligen Ausdruck an.

Maria zog den Klavierschemel unter dem Instrument hervor und schob ihn neben seinen Rollstuhl vor die Tastatur. Dann ließ sie sich auf dem Schemel nieder und faßte nach seinen Händen, die nun, wieder zu Fäusten geballt, in seinem Schoß lagen. Sie löste langsam seine Finger und legte sie auf die Tasten.

Eine bange Sekunde verstrich. Dann zog er, wütend den Kopf schüttelnd, die Hände von den Tasten zurück.

»Habt Ihr etwa vergessen, wie man Klavier spielt?« erkundigte sie sich leichthin, während sie seine Hände auf die Tasten zurücklegte. »Oder geschieht es nur aus Rücksicht auf Euren Vater, daß Ihr auf diesem Instrument nicht spielen wollt?«

Er packte ihre Unterarme, ehe sie sich aus seiner Reichweite entfernen konnte, und drückte diese so heftig zusammen, daß sie meinte, ihre Knochen müßten zerbrechen. Der Schmerz schoß wie eine Flamme durch ihre Arme und raubte ihr den Atem.

Seine Finger in ihr Fleisch grabend, zischte er durch die zusammengepreßten Zähne: »N-nein. Es – geht Euch – nichts an, was – ich – mache. Also – haltet den Mund – und trollt – Euch!«

Erst dann ließ er sie wieder los, und sie dachte einen Moment lang, daß sie ohnmächtig würde vor Erleichterung. Sie rieb sich die schmerzhaft pochenden Arme und schluckte den Kloß hinunter, der ihr im Hals zu stecken schien. Dann sah sie zu, wie er jetzt seinen Rollstuhl vom Klavier wegdrehte und der Tür zustrebte.

»Ich hatte mir gedacht«, sagte sie mit gepreßter, fast verzweifelter Stimme, »daß wir das Piano vielleicht für Eure Therapie verwenden könnten.«

Er hielt an, die Hände noch immer auf die Speichenräder seines Rollstuhls gelegt.

Maria trat wieder hinter seinen Stuhl, schwenkte ihn herum und schob ihn abermals vor das Instrument. »Konzentriert Euch darauf, mit den Fingern immer nur eine Taste sacht anzuschlagen, Euer Gnaden. Vermutlich wird Euch das helfen, die Koordination und Beweglichkeit dieser Gliedmaßen zu verbessern. Ich bin überzeugt, daß Euer Vater in Anbetracht der Umstände keine Einwände erhoben hätte, daß Ihr jetzt am Klavier sitzt. Schließlich würdet Ihr ja nicht zu Eurem Vergnügen spielen, sondern weil das eine notwendige Übung ist, damit Eure Finger wieder so geschmeidig werden wie früher. Ich werde Euch nun alleinlassen, falls Ihr das wünscht . . ., während Ihr Euch wieder mit diesem Instrument vertraut macht.«

Maria zog sich bis zur Tür zurück, weil sie sah, daß er sich nicht vom Klavier wegbewegte, sondern noch immer, die Hände im Schoß vergraben, davorsaß und auf die Tasten hinunterstarrte. Schließlich verließ sie den Raum und ging, ohne noch einmal anzuhalten, in ihr Zimmer zurück, wo sie die Tür hinter sich schloß, sich daran lehnte, zu Boden glitt und ihr Gesicht an ihren Knien barg.

Die Schatten wurden immer länger, bis es ganz dunkel war im Raum.

Er war wieder ein Junge, der, erschauernd vor Erwartung, die langen Minuten zählte, bis er sicher sein konnte, daß seine Eltern sich schlafen gelegt hatten – Gott verhüte, daß sein Vater ihn noch einmal hier entdeckte, wo er doch seine Französischlektionen und ein Dutzend Bücher voller Fakten und Zahlen hätte studieren sollen, daß ihm der Kopf schmerzte bei dem Versuch, das alles zu verstehen und im Gedächtnis zu behalten.

Oh, ja, es war da und schwoll in ihm an – dieses Verlangen, diese Musik. Er konnte sie so deutlich hören wie Kirchenglocken. Seine Handflächen wurden feucht. Es juckte ihn in den Fingern, die er krümmte und streckte und dann über die Tasten hielt, die im verlöschenden Abendlicht matt schimmerten.

Warum wollten sie sich nicht bewegen – seine Hände –, warum versagten sie ihm den Dienst? Und die Musik . . ., weshalb verzerrte sie sich plötzlich und wurde zu einem sinnlosen Getöse rasselnder Becken, kreischender Violinen und schriller Dissonanzen?

Oh, Gott, was für ein Lärm! Sich mit beiden Händen die Ohren zuhaltend, knickte er, am ganzen Körper zitternd, in den Hüften ein und fiel mit dem Gesicht hart auf die Tasten. Dieser Abgrund öffnete sich wieder; er konnte ihn sehen, wie er dort gähnte – schwarz und einladend, ihn zu jenem Ort lockend, wo die Wirklichkeit seine Erinnerungen nicht mehr erreichen, diese Musik nicht mehr stören konnte, die in seinem Kopf so süß und unermüdlich tönte wie der Gesang einer sich zum Himmel emporschraubenden Lerche. Dieser Ort war sicher – so sicher. Kein Ärger. Kein Bedauern. Keine gottverdammte Reue.

Warum kämpfte er also so verzweifelt dagegen an?

Warum füllte, wenn er die Augen schloß, dieses Bild mit den blauen Augen und den Mondscheinhaaren die Dunkelheit aus? Wie konnte sie es wagen, diese Unruhe in sein Leben zu bringen, ihn bis in seine Gedanken hinein zu verfolgen, an einen verborgenen Teil seines Wesens zu appellieren, den anzuerkennen er sich bisher geweigert hatte?

Verflucht sollte sie sein, daß sie ihn dazu zwang, Gefühle zu entwickeln . . ., zu hoffen . . ., zu träumen. Verdammt sollte sie sein, daß sie die Tür zu dem Refugium seiner geistigen Lethargie zugeschlagen hatte – diese Kindfrau mit dem eigenartigen Gesicht, das ihn so verführerisch und unschuldig anblickte. Doch wenn er sich wieder in diesen Abgrund flüchtete, würde sie fortgehen.

Wo würde er dann bleiben? Was würde er noch haben?

Wen hätte er sonst noch, der endlich an ihn glauben würde?

Kapitel neun

Im fahlen Licht der hereinbrechenden Morgendämmerung konnte Salterdon den Rollstuhl neben seinem Bett sehen. Die Kleider für diesen Tag hingen an der Schranktür, hingen dort schon seit einer Woche, weil er sich geweigert hatte, sie anzuziehen ..., so wie er sich geweigert hatte, dieses heuchlerische Pack von Dienstboten mit ihrem blutdürstig aussehenden Rasiermesser an sich herankommen zu lassen; denn sie würden nichts lieber tun, als ihm damit die Kehle durchzuschneiden. Bald würden sie dort durch die Tür hereinkommen wie eine Armee von Ameisen, um wieder zu versuchen, ihn anzukleiden und ihn zu füttern – und dann würde *sie* erscheinen, diese Miss Ashton, mit ihrem Kinn, das sie schon bei der kleinsten Provokation streitsüchtig anhob, an sein Gewissen, seine Willenskraft, sein Verantwortungsbewußtsein und seine Würde appellieren und in ihm den Wunsch wecken, sie zu ermorden.

Dieses aufdringliche kleine Biest mit dem Gesicht einer verführerischen Madonna. Es gab eine Zeit, wo er sie vielleicht ... anregend gefunden hätte – trotz ihrer Neigung zur Halsstarrigkeit. Nicht, daß er jemals ein Faible für ein Mädchen aus bürgerlichem Hause gehabt hätte – er hatte stets darauf geachtet, daß er nur mit Frauen seines Standes Affären hatte, wenn er sich gelegentlich auch dazu herabließ, mit der Frau oder Tochter eines Lords, Barons oder dergleichen ins Bett zu hüpfen ... Obwohl – es hatte da einmal ein Mädchen gegeben, oh, ja, er hatte das fast vergessen, ein junges Ding mit rabenschwarzen Haaren und Lippen, die so voll und rot gewesen waren wie Kirschen. Er hatte sie zufällig in einer Taverne in Sussex kennengelernt, war von ihr sehr angetan . . . ja, sogar ein bißchen fasziniert gewesen. Und hatte dann nicht einmal mit ihr geschlafen. Dafür hatte er sie – verdammt – zu sehr gemocht.

Die Lippen zusammenpressend, warf Salterdon jetzt die Steppdecke zur Seite und starrte auf seine Beine hinunter, die noch immer mit derselben zerknitterten Bundhose bekleidet waren, die er die letzten fünf Tage hindurch getragen hatte. Er hatte sich sogar angewöhnt, wieder in seinen Kleidern zu schlafen, weil er damit seine *Gesellschafterin* ärgern konnte. Und es bereitete ihm ein perverses Vergnügen, wenn sie jeden Morgen die Lippen spitzte und so rund machte wie ein Schlüsselloch, sobald sie ihn in den gleichen Kleidern wie am Tage zuvor in seinem Rollstuhl sitzen sah – ganz zu schweigen von dem Stoppelbart, der wieder seine untere Gesichtshälfte bedeckte.

Oh, dieses Ashton-Mädchen ging ihm gründlich auf die Nerven, wenn sie ständig um ihn herumflatterte wie ein Schmetterling und mit ihm so redete, als wäre er ein verdammter Taubstummer – nur daß sie in diesen letzten drei Tagen nicht viel gesagt hatte. Sie hatte sich die meiste Zeit in ihrem Zimmer aufgehalten, dort allein ihre Mahlzeiten eingenommen und war nur kurz zu ihm hereingekommen, um wieder einen ihrer erbärmlichen Versuche zu machen, seine Feindseligkeit zu überwinden und ihn zur Wiederaufnahme seiner gymnastischen Fingerübungen zu überreden.

Zum Teufel – wo blieben sie heute denn alle? Seit wann verschliefen seine Dienstboten den halben Tag?

Er sah wieder zu seinem Rollstuhl hinüber, dessen Umrisse sich nun schon deutlicher vor dem grauen Viereck des Fensters abzeichneten. Er konnte ihn mühelos erreichen, und er tat das nun auch, vorsichtig die Hand danach ausstreckend, ehe er sich mit zusammengebissenen Zähnen,

Arme und Schultern vor Anstrengung zitternd auf dieses Ungetüm auf Rädern hinüberzuziehen begann, um dann leise vor sich hinzufluchen, als dieses Ding langsam, Zoll um Zoll, anfing, von ihm wegzukriechen, so daß sein Körper zwischen der Sitzfläche des Stuhls und dem Bett hing wie ein Flitzbogen. Das Herz hämmerte ihm in der Brust, das Blut rauschte ihm in den Ohren, und der Schweiß rann ihm – trotz der Kälte, die im Zimmer herrschte – aus allen Poren, als er sich mit beiden Händen an den Stuhl klammerte wie ein Mann an den Rand einer Schluchtwand.

Die Tür seines Schlafzimmers öffnete sich.

Verdammt, dachte er bei sich.

Thaddeus bewegte sich, die Arme voller Feuerholz und Torfstücke, auf Zehenspitzen zum Kamin. Als er Salterdon dort zwischen Stuhl und Bett in der Luft schweben sah, keuchend und zitternd in dem verzweifelten Bemühen, einen Sturz auf den Boden zu vermeiden, blieb er stehen und starrte auf den Herzog hinunter.

»Aber, aber«, sagte Thaddeus leise, »was haben wir denn hier? Seine Gnaden scheinen mir recht unternehmungslustig zu sein. Geradezu tollkühn, würde ich sagen.«

Salterdon preßte die Schultern gegen die Sitzfläche des Rollstuhls und fing wieder an zu fluchen.

Thaddeus ließ das Holz auf den Kaminrost fallen, wischte sich den Staub und kleine Rindenstücke von den Armen und bewegte sich, die sommersprossigen Hände an seiner Hose reibend, auf den Rollstuhl zu. Er roch ein bißchen nach Pferdemist und saurem Schweiß.

Thaddeus ließ sich neben dem Stuhl auf ein Knie nieder und sagte: »Sieht mir ganz danach aus, als könnte Euer Gnaden ein bißchen Hilfe gebrauchen. Eh?«

»Schaffe – es – schon – allein.«

»Ich glaube nicht, daß Euch das gelingen wird . . ., Sir. Ich denke vielmehr, daß Ihr jeden Moment herunterfallen und dann dort auf den Dielen liegen werdet wie ein Käfer auf dem Rücken.« Thaddeus kicherte, erhob sich wieder vom Boden, schob die Hände unter Salterdons Achseln und zerrte ihn ächzend und schnaubend aus dem Bett, um ihn dann in den Rollstuhl fallen zu lassen.

Thaddeus beugte sich zu Salterdon hinunter und sagte an dessen Ohr: »Vor ein paar Jahren hätte ich alles dafür gegeben, in Eurer Haut zu stecken, Sir. Aber jetzt nicht mehr. Nein, Sir. Ich kann mir gar nicht vorstellen, wie es wäre, wenn ich in so einem Stuhl sitzen und zuschauen müßte, wie alle anderen Leute ein ganz normales Leben führen. Also verratet mir jetzt mal, Euer Gnaden, ob es Euch gefallen hat, mich dabei zu beobachten, wie ich mich vor einer Woche dort unten im Garten mit Miss Ashton vergnügte?«

»Sehr«, grunzte Salterdon, mit dem Ellenbogen Thaddeus' Hand wegstoßend, die er ihm auf die Schulter gelegt hatte.

Thaddeus schob den Rollstuhl vor das Fenster.

»Ich wußte natürlich, daß Ihr hier gesessen und alles mit angeschaut habt. Das ist schon recht komisch, wenn ich bedenke, daß es einmal eine Zeit gab, in der ich es war, der zusehen mußte, wie Ihr Euch mit diesen schönen, hochwohlgeborenen Damen im Park vergnügt habt. Ja, es waren ein paar überaus reizende Geschöpfe darunter, mit denen Ihr durch die Gärten von Thorn Rose, Park House und Wyndthorst flaniert seid. Ich hoffe, Ihr nehmt es mir nicht übel, wenn ich Euch gestehe, daß ich oft davon geträumt habe, mit diesen reizenden Damen zu schlafen. Aber denen wäre es natürlich niemals in den Sinn gekommen, sich mit einem ganz gewöhnlichen Stallburschen einzulassen . . . Ihr zittert ja, Euer Gnaden. Ich denke, ich sollte Euch jetzt lieber Eure Schoßdecke holen, Sir. Wir wollen doch nicht, daß Ihr eine Lungenentzündung bekommt . . .!«

Er warf dem Herzog die Decke über die Beine und steckte sie unter seinen Schenkeln fest. Dann grinste er, wobei er dem Herzog wieder eine Hand auf die Schulter legte: »Unter uns gesagt, Euer Gnaden – mir gefällt diese Miss Ashton sehr. Ich kann mir gut vorstellen, daß ich mit so was wie sie zum Traualtar gehen würde. Himmel, hat die aber einen süßen Mund – wie reife Kirschen. Und ihre Brüste erst . . . Oh, Ihr fühlt Euch ja plötzlich ganz steif an! Wie wäre es, wenn ich Euch ein bißchen die Schultern massieren würde? Nein? Nun gut. Ja, Euer Gnaden, sie hat die herrlichsten Titten, die Ihr Euch vorstellen könnt – so rund und voll, daß sie einem die ganze Hand ausfüllen und noch ein bißchen mehr. Das Verflixte ist nur, daß Gertrude mir eben erzählte, sie würde uns wieder verlassen, Sir. Ja. Es scheint, daß sie nach dem Streit, den sie mit Euch hatte, der Herzogin einen Brief geschrieben und ihr erklärt hat, sie würde lieber dem Satan die Bocksfüße küssen als sich noch einmal von Euch so mißhandeln zu lassen. Sie hat geschworen, nur noch so lange zu bleiben, bis die Herzogin einen Ersatz für sie gefunden hat . . ., vorzugsweise einen männlichen.«

Thaddeus wandte sich vom Herzog ab und begann, das Holz, das er vor dem Kamin abgeladen hatte, auf den Rost aufzuschlichten, während Salterdon sein Spiegelbild in der Fensterscheibe betrachtete, das ihn mit langen, wirr um die Schultern hängenden Haaren und leicht verrückten Augen ansah.

Der Engel mit den silbernen Mondschein-Haaren und korallenroten Lippen würde jetzt also wieder das Haus verlassen, weil sie genug von ihm hatte wie all diese anderen auch. Nur . . . war diese Maria Ashton nicht so wie all diese anderen. Oder etwa doch?

Schließlich sah er sich nach Thaddeus um, der in das Feuer starrte, das er eben im Kamin entzündet hatte, und dessen Gesicht von den Flammen gelb angehaucht war.

»Ihr werdet Euch jetzt bestimmt fragen, ob ich sie gehabt habe«, murmelte Thaddeus und zog den Mundwinkel lächelnd in die Höhe. »Gebt es zu. Ihr möchtet doch zu gern wissen, was für ein Gefühl das ist, wenn Ihr in sie eindringen würdet ... Was Ihr jedoch leider nicht mehr könnt, nicht wahr? Stellt Euch also vor, wie ich ihr die Kleider Stück für Stück vom Körper schäle ..., zuerst ihre weißen Schultern entblöße, dann ihre prächtigen Titten mit den rosigen kleinen, steil aufragenden Brustwarzen, die so süß wie Honig auf meiner Zungenspitze schmecken. Stellt Euch weiterhin vor, wie ich ihr das Kleid über die Hüften herunterziehe, daß es an ihren Schenkeln hinuntergleitet und sich dann um ihre Füße bauscht. Die Haare zwischen ihren Schenkeln sind natürlich hell und gelockt, wie Ihr Euch denken könnt, und die Schamlippen darunter so rosig wie frisches Blut. Ich schätze, daß ihre Grotte tief genug ist, um mich ganz in sich aufnehmen zu können, aber auch eng, heiß und feucht – wie flüssiges Quecksilber ... Doch nun habt Ihr dafür gesorgt, daß ich wohl nie erfahren werde, wie sie ist.«

Seine Augen waren ein wenig glasig, als er Salterdon jetzt ansah, grinste und schluckte. »Es tut mir natürlich leid, was Euch passiert ist. Ehrlich«, sagte er mit monotoner Stimme. »Aber das Leben geht weiter, nicht wahr? Wir müssen alle mit dem auskommen, was wir haben. Macht das Beste daraus. Ihr hättet eben damals diesen Strauchdieben Euer Geld und Eure Kutsche überlassen sollen, dann wären sie nicht gezwungen gewesen, Euch eins über die Rübe zu geben. Ihr habt Euch damals sehr dumm verhalten, Sir, wenn Ihr mich fragt.«

Thaddeus verließ das Zimmer und ließ Salterdon allein vor dem Kamin zurück, der nun so jäh von den Erinnerungen an jenen verhängnisvollen Abend überwältigt wurde wie von dem Schlag, den er damals auf den Kopf bekam ..., und von dem Bild, wie Maria Ashton dort unter Thaddeus Edwards' Körper ausgestreckt lag ..., ein Bild, das ihm unerklärlicherweise eine heftige Übelkeit bereitete.

»Bastard«, sagte er zu sich selbst. »Du perverser Bastard.«

Mit Hilfe einiger männlicher Dienstboten wurde Salterdon in die Bibliothek geschafft. Sein Großvater und ehemaliger Herzog von Salterdon war sehr stolz gewesen auf die Bibliothek von Thorn Rose. Die bis zur Decke hinaufreichenden Wandregale enthielten nicht nur alle maßgeblichen, in Leder gebundenen Bücher auf den Gebieten der Philosophie, Medizin und Poetik, sondern auch bibliophile Kostbarkeiten wie die Werke von Notker, Balbulus und Mutanabi aus dem achten Jahrhundert. Und zwischen den hier lückenlos versammelten Vertretern der dramatischen Dichtkunst war da und dort auch ein Roman dazwischengeschoben. Trey hatte, noch ehe er seinen fünfzehnten Geburtstag feierte, bereits das meiste von dem, was hier in den Regalen stand, gelesen.

Eine halbe Stunde später erschien Miss Ashton, ziemlich blaß aussehend (wie bereits in den Tagen zuvor) und mit blauen Ringen unter den Augen, in der Bibliothek.

»Guten Morgen, Euer Gnaden«, begrüßte sie Salterdon, während sie sich so anmutig wie ein Schmetterling zum Lesepult begab und dabei ihr Spitzenhäubchen zurechtrückte, das ihr immer wieder in die Stirn rutschte, wenn sie sich ein wenig zu schnell bewegte. Wie immer trug sie eines von ihren zwei schwarzen Kleidern (dank Gertrude säuberlich gestärkt und gebügelt) und ein Paar Lederslipper, aus denen der große Zeh schon ein bißchen herauslugte. Unter dem Saum ihres Kleides war auch kurz, als sie zum Pult ging, ein offenbar schon mehrmals geflickter Unterrock zum Vorschein gekommen.

»Ich hoffe doch, daß Ihr eine angenehme Nachtruhe hattet, Euer Gnaden? Wie mir Thaddeus erzählte, seid Ihr heute schon sehr zeitig aufgestanden. Und daß er Euch in einer recht gefährlichen Lage vorgefunden hätte, als er zu Euch ins Zimmer kam, um Feuer zu machen.« Erst jetzt bequemte sie sich dazu, ihn direkt anzusehen, und betrachtete ihn nun mit der für sie charakteristischen mißbilligenden und enttäuschten Miene. Er fragte sich, was sie wohl mehr an ihm störte – seine zerknitterte Kleidung oder sein unrasiertes Gesicht. Und ob ihre dunklen Augenringe vielleicht nicht nur darauf zurückzuführen waren, daß sie hier in Thorn Rose mit einem Verrückten unter einem Dach leben mußte.

»Haltet Ihr es etwa für weise, den törichten Versuch zu machen, Euer Bett ohne fremde Hilfe zu verlassen? Ihr hättet Euch da leicht auf dem Boden wiederfinden oder, was noch viel schlimmer ist, die Beine brechen können.«

Er sagte nichts darauf, sondern dachte nur, daß Schwarz ihr überhaupt nicht stand – genausowenig, wie dieses schäbige, hoffnungslos veralterte Spitzenhäubchen, unter dem sie ihre Haare versteckte . . . und dieser Thaddeus Edwards mit seinen schmutzigen Stiefeln und barbarischen Manieren zu ihr paßten.

Rot war ihre Farbe. Scharlachrot würde einen herrlichen Kontrast zu ihrer blassen Haut bilden und dieses strahlende Blau ihrer großen Augen noch unterstreichen. Nur . . . daß diese Augen heute nicht so strahlend waren wie sonst. Sie sahen so aus, als könnten sie sich jeden Moment mit Tränen füllen.

Ihr Mund lächelte, ihre Augen jedoch nicht. »Hattet Ihr eine angenehme Nachtruhe? Ja? Würdet Ihr bitte versuchen, mir darauf eine Antwort zu geben, Euer Gnaden? Ein Nicken oder Kopfschütteln würde mir schon genügen.«

Seine Augen verengten sich, als er ihre Taille betrachtete, die unter dem stramm sitzenden Oberteil ihres Kleides noch schmaler wirkte, als sie sowieso schon war. Sie hatte einen Körper, zu dem ein Korsett gut passen mußte. Ihre Brüste würden sich wie weiße Kissen aus dem gerüschten Décolleté herauswölben.

Sie schluckte. Ihre Schultern wurden steif, und auf ihrem Gesicht zeigte sich wieder dieser Ausdruck von an Bitterkeit grenzender Enttäuschung. Als sie so, eine Hand auf einen Stapel von Büchern gelegt, hinter dem Pult stand, wirkte sie wie eine gestrenge, altjüngferliche Gouvernante auf ihn. Und auch wieder nicht. Vielleicht eher wie ein Kind, das diese Rolle spielte.

»Ich habe den größten Teil des gestrigen Abends damit verbracht, mir zu überlegen, wie man Eurem Unvermögen, Euch anderen mitzuteilen, abhelfen könnte. Schließlich kam mir eine Idee – Bücher.« Und dann, ein etwas gequältes Lächeln aufsetzend: »Ihr solltet laut lesen!«

Das holte ihn nun mit einem Schlag aus seiner idiotischen Trance heraus. Das hätte mir gerade noch gefehlt, dachte er bei sich, schwang seinen Rollstuhl herum und bewegte ihn auf die Tür zu.

Da kam sie wie der Blitz hinter dem Pult hervorgeschossen und verstellte ihm den Weg. »Warum müßt Ihr mich ständig bekämpfen?« erkundigte sie sich mit einer vor Erregung bebenden Stimme.

»Aus dem Weg!« schnaubte er und versuchte, den Stuhl um sie herumzulenken, wobei er ihr mit einem Rad gegen das Schienbein fuhr.

»Verdammt!« rief sie, auf einem Bein auf- und niederhüpfend, ehe sie mit beiden Händen die Armlehnen seines Rollstuhls packte und, die Beine in den Boden stemmend, versuchte, ihn aufzuhalten. Ihr Gesicht war auf gleicher Höhe mit seinem, als sie ihn mit flammenden Augen und Wangen anfauchte: »Ich weiß, daß Ihr mich hier nicht haben wollt, Euer Gnaden – so wenig, wie ich hier sein möchte. Ich habe jedoch Eurer Großmutter versprochen, daß ich alles mir Mögliche tun werde, um Euch zu helfen, bis sie einen geeigneten Ersatz für mich gefunden hat. Wenn . . . wenn ich Euch auch nicht sonderlich mag, so empfinde ich doch eine große Sympathie für die Herzogin. Sie liebt Euch sehr, und ich fürchte, daß diese schreckliche Sache, die Euch passiert ist, ihr das bereits angegriffene Herz noch gänzlich brechen wird.«

Es war eine Mischung aus Wut und Schmerz, die sich nun

auf ihrem Gesicht zeigte. Doch es war nicht so sehr die Intensität ihrer Gefühle, die ihn in Bann schlug, sondern vielmehr diese plötzliche Flut von Trauer, die sich in ihren müden Augen zeigte.

»Es gibt nichts Schlimmeres als die Hilflosigkeit, die jemand empfindet, wenn er zusehen muß, wie ein geliebter Mensch vor seinen Augen Stück für Stück zerbricht ..., wenn er Zeuge wird, wie jemand, der einmal mit so viel Lebenskraft erfüllt war, zum Schatten seiner selbst wird – zu einer welkenden Hülle mit einem dahinsiechenden Kern.« Ihre Stimme sank nun eine Oktave tiefer, wurde leise, verträumt und ein wenig rauh, während sie wieder diesen kindlichen Schmollmund machte, der ihn so sehr zu faszinieren schien, daß er die Augen nicht von ihren Lippen abzuwenden vermochte.

»Erst bittet man Gott darum, Euer Gnaden, daß er dem Leiden dieses Menschen ein Ende setzen möge, um ihn von seinem Elend zu befreien und sich selbst weiteren Kummer zu ersparen, um Gott dann im nächsten Moment anzuflehen, daß Er Erbarmen haben möge mit diesem bedauernswerten Menschen, und Ihm gelobt, daß man gern den Rest seines eigenen Daseins damit verbringen würde, diesen Menschen zu pflegen und zu umsorgen, wenn Er sein Leben schont.«

Es folgten ein paar Sekunden voller starker, unterdrückter Gefühle, und das Schweigen zwischen ihnen schien die Luft mit einem so lauten Knistern zu erfüllen wie die brennenden Scheite im Kamin. Sie sah einen Moment so aus, als würde sie selbst in Stücke brechen, aber er vermochte den Blick noch immer nicht von ihr abzuwenden. Es war ihm so, als wären in diesem Moment ihre Augen – diese tiefen blauen Tümpel, in denen er zu ertrinken schien – die bezaubernndsten und schönsten Augen, die ihm jemals im Leben begegnet waren.

»Und dann muß man erkennen«, flüsterte sie schließlich,

das Gesicht von ihm wegdrehend, »daß man jemandem nicht helfen kann, der sich selbst nicht helfen will.«

Mit einiger Mühe drehte sie den Stuhl wieder in den Raum hinein und schob ihn vor den Kamin. Einen Moment lang fragte er sich, ob sie jetzt seinem Dasein ein rasches Ende bereiten wollte. Doch statt ihn in das Feuer zu kippen, ging sie zum Pult zurück, nahm dort das oberste Buch vom Stapel, brachte es zu ihm und legte oder warf es vielmehr auf seinen Schoß.

»Ihr werdet mir jetzt eine Stunde lang laut aus diesem Buch vorlesen. Das wird nicht nur Euer Denkvermögen anregen, sondern auch dazu beitragen, Euch besser artikulieren zu können, indem es die Koordination Eurer Stimmbänder, Zunge und Lippen verbessert. Genauso, wie das Klavierspielen dies für Eure Finger tut. Der Verfasser dieses Buches, das den Titel ›Der Landpfarrer von Wakefield‹ trägt, ist Oliver Goldsmith. Fangt bitte auf Seite eins an.«

Sie ließ sich auf einen Sessel in seiner Nähe fallen und starrte in die Flammen des Kaminfeuers. Schweigen füllte wieder den Raum aus, während sie wartete. Nach ein paar Minuten hob sie ein wenig mürrisch, wie es ihm schien, den Kopf und sagte: »Es ist keine Schande, wenn man sich bemüht und versagt. Die Schande besteht darin, daß man gar nicht erst den Versuch macht, sich zu bemühen.«

Er starrte, erbittert über ihre Gleichgültigkeit, ein paar Sekunden lang ihr Profil an. Das war es also. Sie hatte aufgegeben und war zu dem Schluß gekommen, daß Ihr Leben als Pfarrerstochter ihrer unabhängigen Existenz als Pflegerin eines geistigen und körperlichen Krüppels bei weitem vorzuziehen war. Er überlegte, ob er nun das Buch ins Feuer oder ihr an den Kopf werfen sollte.

Statt dessen schlug er das Buch auf, fummelte eine Weile am Titelblatt herum, bis es ihm gelang, umzuwenden, und starrte dann auf die Buchstaben hinunter. Sie waren so klein, daß sie ihm vor den Augen verschwammen und er sich so sehr darauf konzentrieren mußte, sie auseinanderzuhalten, daß ihm der Kopf zu schmerzen begann. Dabei kam ihm zu Bewußtsein, daß er, seit diese gottverfluchten Strauchdiebe ihn mit gebrochenem Schädel und austretendem Gehirn auf der Straße hatten liegen lassen, kein Buch mehr von innen betrachtet hatte.

Er preßte die Lider fest zusammen und murmelte: »Ich kann nicht.«

»Doch, Ihr könnt. Konzentriert Euch. Und nehmt Euch immer nur ein Wort vor.«

Mit zusammengebissenen Zähnen versuchte er abermals, ein Wort des gedruckten Textes zu entziffern. Doch die Buchstaben flossen so ineinander, daß sie ihm wie Hieroglyphen erschienen. »Ich kann nicht«, schnaubte er, schlug das Buch zu und warf es ins Feuer.

Maria sprang von ihrem Sessel auf, riß den Schürhaken vom Ständer und fischte das Buch wieder aus dem Feuer. Sie schlug mit der Hand auf den glimmenden Buchdeckel, bis sich keine Funken mehr durch den Einband fraßen, blies die Asche davon weg und ließ, ohne sich mit einer Silbe bei ihm über sein Verhalten zu beschweren, das Buch abermals in seinen Schoß fallen. Dann nahm sie wieder in ihrem Sessel Platz und sagte: »Fangt an.«

»Was seid Ihr – dumm, taub oder beides?« rief er wütend, obwohl es ihm nur gelang, die beiden Worte ›dumm‹ und ›taub‹ deutlich zu artikulieren. Dann schleuderte er das Buch erneut von sich – diesmal nur knapp ihren Kopf verfehlend. »Ich *weiß nicht mehr*, wie!«

Sie nahm das Buch vom Teppich auf, wo es diesmal gelandet war, und legte es ihm noch einmal – diesmal jedoch behutsam und vorsichtig – in den Schoß. Dann ließ sie sich neben seinem Rollstuhl auf die Knie nieder, öffnete den Buchdeckel und legte die Spitze ihres Zeigefingers unter das erste Wort. »Als Ihr noch sehr jung gewesen seid«, sagte sie, »haben Euch Eure Lehrer doch beigebracht, daß sich ein

Text aus Buchstaben zusammensetzt, die beim Vorlesen in Laute, also in Sprache, verwandelt werden. Könnt Ihr Euch noch an das Alphabet erinnern, Euer Gnaden?«

Ihre silberfarbenen Haare reflektierten das Licht des Feuers wie ein Spiegel, ihr Duft hüllte ihn ein wie eine Wolke betäubenden Parfüms. Er fühlte sich von ihrer Nähe plötzlich und auf eine ihm unerklärliche Weise paralysiert.

»Euer Gnaden?« wiederholte sie und sah mit ihren großen blauen Augen zu ihm auf.

Er schüttelte den Kopf.

»Nein –, Ihr werdet jetzt reden und mir nicht mit Zeichen eine Antwort geben.«

Als er sich jedoch hartnäckig weigerte, ihrer Anweisung Folge zu leisten, verschränkte sie die Hände, als müßte sie Gott um Geduld bitten, und seufzte müde. »Ich glaube, Ihr könntet sogar einen Heiligen mit Eurer Halsstarrigkeit zur Verzweiflung bringen. Ich weiß nicht, ob ich schon einmal einem Menschen begegnet bin, der sich auf so unvernünftige Weise darauf versteift hatte, niemals nachzugeben, sich allen wohlmeinenden Ratschlägen und Maßnahmen zu widersetzen und keine Kritik an seinem Verhalten zu dulden. Ich verstehe allmählich, warum alle meine Vorgänger Euch verlassen haben. Es ist uns leider unmöglich, Wunder zu vollbringen, Euer Gnaden. Was kann ich denn noch tun, um zu Euch durchzudringen, Sir?«

Mit einem traurigen Lächeln erhob sie sich von den Knien, trug das Buch zum Pult, um es dort abzulegen, und ging dann zum Fenster, wo das trübe Licht, das durch die Scheiben fiel, ihre Gestalt in eine Silhouette verwandelte.

Er blickte zum Pult, dann auf das Buch und schließlich auf sie.

»Es ist ein düsterer Tag«, hörte er sie traurig sagen. »Doch es hat einmal eine Zeit gegeben, wo ich Wind und Regen anregend fand und selbst ein strenger Frost etwas Erhebendes für mich hatte. Tatsächlich hat auch ein kalter

Winter etwas Gutes, indem er unsere Sinne für alle Nuancen der menschlichen Anatomie schärft, uns Finger, Zehen und Nase deutlicher ins Bewußtsein rückt, den Geist belebt, von verschwommenen Vorstellungen reinigt, und alle unsere Wahrnehmungen wieder diese Klarheit und Frische bekommen, wie diese sie in unserer Kinderzeit hatten. Erinnert Ihr Euch noch daran, Euer Gnaden, als für uns Kinder der Beginn einer Jahreszeit auch eine Ankündigung neuer Erfahrungen bedeutete? Der Frühling brachte die Vögel und die Blumen, der Sommer die langen warmen Tage voller Sonnenschein und den Duft des Heidekrauts. Der Herbst war eine Zeit der Ernte und der Farben, der von den Bäumen fallenden goldenen und roten Blätter, in denen wir herumtollten und dabei schon an den Schnee und die Schlittenfahrten dachten. Der Winter war die Zeit der knisternden Kaminfeuer und der langen Nächte, in denen wir uns behaglich unter Daunendecken ausstreckten und dem Heulen des Windes und dem Prasseln der Hagelkörner gegen die Fensterscheiben lauschten. Es war die Zeit, in der wir mit unseren besten Freunden Geheimnisse austauschten und vom kommenden Frühling träumten. Ich frage mich heute, Euer Gnaden, wann sich denn für uns diese Jahreszeiten in so ein eintöniges und sogar gefürchtetes Allerlei verwandelt haben? Wann wurden die Sommer für uns so unerträglich heiß und lang und die Winter zu kalt? Warum ist das Herbstlaub für uns jetzt eine Plage, weil wir es nur noch als etwas betrachten, das wir zusammenharken und verbrennen müssen? Weshalb ist uns der Frühling entweder viel zu naß oder zu kühl geworden? Ich frage mich«, flüsterte sie, »ich frage mich, seit wann genau alle unsere Erwartungen, Hoffnungen und Träume nichts anderes mehr sind als vorweggenommene Enttäuschungen.«

Schließlich drehte sie sich wieder zu ihm um, während das blasse Licht, das hinter ihr durch das Fenster flutete, eine Hälfte ihres Gesichts versilberte. Hatte sie geweint? Er vermochte das nicht zu sagen, konnte ihre Augen nicht deutlich erkennen, weil sie nun beschattet waren. Dann schniefte sie, wischte sich mit dem Handrücken über die Nase, und ihre Stimme klang gepreßt und ein wenig heiser, als sie wieder das Wort ergriff.

»Ich habe noch keinen Menschen gekannt, der einem so viel Ärger macht wie Ihr, Sir.«

»Das tut mir leid«, erwiderte er nach einer Weile, als er merkte, wie er sie anstarrte und ihn das plötzlich befangen machte. Es tat ihm natürlich keineswegs leid – nicht auf die Weise, wie sie es wohl verstand.

»Deutlich gesprochene Worte, wenn es ihnen auch an Ehrlichkeit mangelt.« Sie ging zum Pult zurück, nahm den ›Landpfarrer von Wakefield‹ wieder zur Hand, blätterte in den vom Feuer angesengten Seiten und sagte: »Wollen wir es jetzt noch einmal versuchen, Euer Gnaden?«

Maria fand in dieser Nacht genauso wenig Schlaf wie in den letzten zwei Wochen seit diesem Ereignis in der Bibliothek – genauer gesagt, seit sie noch am gleichen Abend der Herzogin schriftlich gekündigt hatte und nun jeden Tag ein Ersatz für sie hier eintreffen mußte. Sie würde nach Huddersfied zurückkehren, ihr Leben als Pfarrerstochter fortsetzen und all diese ehrgeizigen Pläne für ihre Erlösung und die ihrer Mutter würden sich ebenso als Hirngespinste erwiesen haben wie ihre lächerlich romantische Idee, daß sie den Herzog von Salterdon retten und vor einer Verbannung in ein Asyl für Geisteskranke bewahren könne. Salterdon hatte nichts anderes im Sinn, als alle ihre diesbezüglichen Bemühungen zu vereiteln und der Welt und nicht zuletzt sich selbst zur Last zu fallen.

Ganz bestimmt hatte sein Benehmen in diesen letzten zwei Wochen ihn bei niemandem hier in Thorn Rose beliebter gemacht. Seine schlimmen Launen waren unerträglich, seine Renitenz unüberwindlich geworden. Jeder schlich auf

Zehenspitzen wie auf Eierschalen im Haus herum, und man redete schon davon, es niederzubrennen – zusammen mit ihm.

Es schien, als wollte der Herzog alles daransetzen, sie zu vergraulen, damit er sich wieder in sein geistiges Nirwana zurückflüchten konnte. Sie hatte ihn in den letzten zwei Wochen ein paarmal unsanft wecken müssen – worauf er so schrecklich getobt hatte, daß sie meinte, Beelzebub wäre nichts im Vergleich dagegen. Tatsächlich hatte sie ihn lieber gemocht, als er tagelang bewußtlos in seinem Bett gelegen hatte. Und es hatte in den letzten Wochen Momente gegeben, wo sie ihn mit Freuden zu einem geistigen Winterschlaf ermuntert hätte, wenn da nicht der Gedanke an das Leid der Herzogin gewesen wäre, der sie immer wieder dazu nötigte, sich zusammenzureißen und sich, das Schwert des Widerstands über sein Haupt schwingend, dem Drachen zu stellen.

Zu behaupten, daß er sie ebenso wenig mochte wie sie ihn, wäre wohl eine Untertreibung gewesen. Die Behauptung, daß er nichts lieber getan hätte, als sie mit beiden Händen zu erwürgen, wäre der Wahrheit sicherlich nähergekommen.

Doch ein Gedanke beschäftigte sie dabei noch immer.

Warum war es ihr nicht egal, was er empfand?

Warum war da noch immer ein Funke jenes seltsamen Gefühls, das an jenem klaren, kühlen Morgen im Stall für ihn in ihr aufgeflammt war, als sie etwas auf seinem Gesicht und in seinen Augen wahrgenommen hatte, das ihn auf einmal sehr menschlich, verletzlich und ... liebenswert hatte erscheinen lassen?

Oh, ja, dieses Gefühl nagte noch immer an ihr, verfolgte sie nachts im Schlaf, raubte ihr tagsüber den Appetit und brach ihr um so mehr das Herz, wenn er jetzt so wütend auf ihre Bemühungen, ihm zu helfen, reagierte.

Lieber, barmherziger Vater im Himmel – bitte, hilf der

Herzogin zu verstehen, warum ich hier nicht länger bleiben kann.

Sie setzte sich im Bett auf. Die Luft war kalt, so daß sie unter dem dünnen Stoff ihres Nachthemds fröstelte, und der Gedanke, die behagliche Wärme ihres Bettes zu verlassen, nicht gerade verlockend für sie war. Aber heute ließ dieses Gefühl, daß da etwas nicht stimmen konnte, sie einfach nicht zur Ruhe kommen. Auch kam ihr die Luft im Zimmer geladen und irgendwie bewegt vor, als hätte da eben noch jemand im Dunkeln gestanden und sie im Schlaf beobachtet. Und die Gerüchte von den sich in jüngster Zeit häufenden Raubüberfällen, die inzwischen Thorn Rose erreicht hatten, trugen nicht gerade zu ihrer Beruhigung bei. Erst vor einer Woche war Melcombe Manor, das nur ein paar Meilen von hier entfernt war, von diesen schrecklichen Strauchdieben überfallen und geplündert worden, und zwei zu dieser Bande gehörende, mit schwarzen Kapuzen getarnte Hünen hatten Lord Melcombes Tochter in den Weinkeller geschleppt und sich dort an ihr . . .

Sie wollte den Gedanken nicht fortspinnen. Offenbar wurde sie auch schon so ein Hasenfuß wie Molly, die des Abends händeringend durch die Korridore lief und jammerte, daß Thorn Rose so schutzlos war wie ein mutterloses Lamm und sicherlich als nächstes überfallen würde.

Wie immer, stand die Tür zu Salterdons Zimmer einen Spalt weit offen. Mit einer brennenden Kerze in der Hand schlich sie auf Zehenspitzen bis zum Fußende seines Bettes und schielte so vorsichtig durch die Vorhänge auf seine Lagerstatt hinunter wie Beowulf auf die von Grendel in der dunklen Gruft.

Das Bett war leer!

Die Kerze ein Stück höher hebend, ließ sie ihren Blick über die zurückgeschlagene Überdecke, die weißen Flanellbezüge und das Kissen wandern, auf dem sich noch der Abdruck seines Kopfs befand. Dann wirbelte sie herum, daß die magere Kerzenflamme bedenklich zu flackern begann, um nun mit den Augen den Raum abzusuchen und zu entdecken, daß der Rollstuhl fehlte.

Von jäher Panik ergriffen, eilte Maria zum Klingelzug, um Gertrude zu Hilfe zu rufen. Mit wild pochendem Herzen und nicht minder wilden Vermutungen, die ihr durch den Kopf schossen, klammerte sie sich an die Quaste der geflochtenen Schnur, als wäre sie eine Rettungsleine, von der ihr Leben abhing. Doch statt daran zu ziehen, sagte sie sich nun: »Sei vernünftig und denke erst einmal nach, bevor du das ganze Haus in Panik versetzt. Die hilft dir nämlich in so einer Situation am wenigsten.«

Wo, zum Teufel, steckte er nur?

Man würde sie selbstverständlich dafür verantwortlich machen, wenn ihm etwas passiert war.

Aber was sollte ihm denn passiert sein?

Er konnte natürlich die Treppe hinuntergefallen sein. *Oh, Gott* – das hatte sie natürlich nicht gemeint, als sie sich vorstellte, daß er in einem von Würmern zerfressenen hölzernen Sarg liegen würde!

Er konnte sich aber ebensogut aus dem Fenster gestürzt haben. Leute mit Selbstmordgedanken hatten sich schon oft dieser Möglichkeit, aus dem Leben zu scheiden, bedient. Auch Paul hatte in seinen depressivsten Phasen davon gesprochen – *oh, Gott*!

Sie rannte in den Korridor hinaus und dort direkt in Thaddeus hinein, so daß sie einen lauten Schrei ausstieß und die brennende Kerze auf ihren rechten Fuß fallen ließ, worauf sie auf dem linken Bein herumzutanzen begann und dabei auf den Saum ihres Nachthemds trat, der in einer Breite von zwei Zoll über den Boden hinschleifte.

»Heiliger Strohsack«, murmelte er und bückte sich rasch nach der Kerze, bevor diese ausging. Er hielt sie zwischen ihnen in die Höhe und musterte Maria mit hochgezogenen Brauen von Kopf bis Fuß. »Ich schätze, ich erwarte mir wohl zu viel, wenn ich annehme, daß Ihr mich gesucht hättet.«

»Seine Gnaden«, erwiderte sie, noch am ganzen Leib zitternd, »ist verschwunden.«

Thaddeus ging um sie herum in Salterdons Zimmer, während Maria frierend die Arme um sich schlug und die Zehen einringelte. Der Schein der Kerzenflamme vergoldete eine Hälfte von Thaddeus' Gesicht, als er sich umdrehte und sie wieder ansah. »Tatsächlich. Er ist weg. Ich schätze, ich erhoffe mir wohl zu viel, wenn ich annehme, daß die Dämonen der Hölle ihn heute nacht kassiert und seine elende Seele heimgeholt haben. Aber sollten wir beide jetzt nicht eine Flasche von Salterdons bestem Champagner öffnen, um dieses Ereignis zu feiern?«

»Was redet Ihr da für dummes Zeug«, sagte sie unwillig und nahm ihm die Kerze aus der Hand.

Thaddeus bewegte sich hinter ihr den Korridor hinunter. »Die Herzogin täte uns allen einen Gefallen, wenn sie ihn in das Royal-Oaks-Spital einweisen ließe«, murmelte er.

Maria hatte inzwischen die Treppe erreicht und beugte sich über das Geländer, um die Stufen mit den Augen abzusuchen, die zu den tiefer gelegenen Stockwerken hinunterführten. Der Treppenschacht gähnte ihr so schwarz und tief entgegen, daß sie meinte, in den Schlund der Hölle zu blikken. »Er ist nicht geistesgestört.«

»Die Verrückten . . ., die stehen alle an den vergitterten Fenstern und spucken auf die Leute, die dort vorbeikommen. Manche von ihnen heulen wie Hunde.«

Maria blickte auf Thaddeus zurück und erschauerte bei den Bildern, die seine Worte vor ihrem Geist heraufbeschworen. »Er ist *nicht* verrückt«, wiederholte sie.

Da drang plötzlich ein Geräusch an ihr Ohr, das jedoch so unbestimmt war, daß sie zuerst meinte, es würde nur in ihrer Einbildung existieren. Doch da hörte sie es wieder! Sie schob sich an Thaddeus vorbei und lief in den Korridor hinein, aus dem sie gekommen war, an Salterdons Zimmer vorbei, und dann immer weiter in die Richtung, aus dem dieses *Plink. Plink. Plink* zu kommen schien, das nun immer deutlicher vernehmbar wurde, sich so anhörte wie ein Ton, der sich in kurzen Abständen wiederholte.

»Das Musikzimmer!« rief sie laut, und rannte dann, während ihr der Saum ihres Nachthemdes um die Knöchel flog, von einem Korridor zum anderen, bis sie endlich das Musikzimmer erreicht hatte, wo sie ganz außer Atem auf der Schwelle stehenblieb, die Kerze hochhaltend, deren Wachs ihr heiß auf die Finger tropfte.

In dem blassen orangefarbenen Schein einer Lampe beugte sich Salterdon über das Pianoforte, während er mit dem schlanken Finger einer Hand immer wieder eine elfenbeinfarbene Taste anschlug.

Plink. Plink. Plink.

Die wilde Flut seiner gewellten, ungekämmten Haare, deren Spitzen sich zu Locken ringelten, floß ihm über die Schultern und verdeckte eine Hälfte seines unrasierten Gesichts.

Plink. Plink. Plink.

Er kam ihr ein bißchen wie ein in Andacht versunkener Teufel vor. Nein – er sah vielmehr so aus wie der kleine Junge, der er einmal gewesen war, und der sich, dem Willen seines Vaters widersetzend, des Nachts in das Musikzimmer geschlichen hatte, um dort im Schein einer Kerze zu üben.

Thaddeus trat hinter sie. Sie schob ihn von sich weg, während sie Salterdons Gesicht im Schein der Lampe betrachtete, auf dem sich Schmerz mit Entzückung zu vermischen schien. »Nein«, murmelte sie. »Ich werde allein mit ihm reden, Thaddeus.«

»Haltet Ihr das für klug? In diesem Aufzug, meine ich?«

Maria runzelte die Stirn, als er sie nun wieder mit diesem für ihn so typischen dreisten Lächeln ansah. »Ihr könnt Euch jetzt wieder empfehlen«, sagte sie, ihn ein wenig strenger anblickend, bis er die Hände hob und in den Korridor zurückwich, wo er von der Dunkelheit verschluckt wurde.

Sie holte tief Luft, um sich Mut zu machen, wandte sich wieder dem Musikzimmer zu und verharrte kurz auf der Schwelle, bevor sie langsam, einen Fuß mechanisch vor den anderen setzend, auf ihren Pflegling zuging, der sich, als er sie aus den Augenwinkeln heraus bemerkte, abrupt aufsetzte und sie über die Schulter ansah. Seine Augen, die immer so resolut waren, wenn er sich hartnäckig weigerte, ihren Anweisungen nachzukommen, sahen sie nun betroffen, ja, fast verzweifelt an, so daß sie wieder den Schritt verhielt und erschauerte – nicht nur vor Kälte, sondern auch vor Angst.

Und mit einem sich plötzlich wie ausgedörrt anfühlenden Hals und trockenen Lippen sagte sie: »Euer Gnaden . . ., Ihr habt mir einen tüchtigen Schrecken eingejagt, als ich entdeckte, daß Ihr Euch nicht mehr in Eurem Zimmer befandet und ich nicht wußte, wo Ihr mitten in der Nacht hingekommen sein könntet oder wo ich Euch suchen sollte.« Und mit einem ärgerlichen Seufzer setzte sie hinzu: »Ich dachte, daß wir vielleicht von diesen schrecklichen Strauchdieben überfallen worden seien, und daß sie . . .« Sie schniefte. »Nun – es tut jetzt nichts mehr zur Sache, was ich dachte, da ich Euch ja hier gefunden habe.«

Er lehnte sich langsam in seinen Rollstuhl zurück, ließ jedoch eine Hand auf den Tasten des Klaviers liegen und fuhr mit den Fingerspitzen leicht über diese hin.

»Möglich, daß ich ein wenig voreilig handelte, aber ich bin nun mal für Euer Wohlbefinden verantwortlich – ob Euch das paßt oder nicht.«

Wie gewöhnlich starrte er sie daraufhin mit seinen rätselhaften Augen auf eine sie entnervende Weise an, während er fortfuhr, mit den Fingern leicht über die Tasten zu streichen. Zu ihrer Überraschung hatte er sogar seine Kleider gewechselt, und er machte wieder einen recht passablen Eindruck, wenn man von dem leicht zerknitterten, falsch zugeknöpften Hemd und seinen bloßen Füßen absah.

»Ich nehme an, es ist jetzt auch ein guter Zeitpunkt dafür, Euch zu eröffnen, daß ich mich dazu entschlossen habe, Thorn Rose wieder zu verlassen«, sagte sie, und ihre Worte schienen von den Wänden laut widerzuhallen. »Mir ist natürlich bewußt, daß Eure Großmutter von meiner Entscheidung enttäuscht sein wird; denn ich fürchte, ich bin ihre letzte Hoffnung gewesen. Sie hat so fest darauf vertraut, daß ich Euch helfen könnte. Doch im Verlauf der letzten zwei Wochen habe ich irgendwann einsehen müssen, daß niemand – am wenigsten ich selbst – Euch helfen kann, solange Ihr Euch nicht von jemandem helfen lassen wollt.« Sie machte einen Versuch, zu lächeln. »Soll ich Euch jetzt wieder in Euer Zimmer zurückbringen, Sir? Aber ich kann natürlich auch Gertrude damit beauftragen, wenn Euch das lieber ist.«

Keine Reaktion. Nicht einmal ein überraschtes Zucken seiner Augenlider.

Mit leicht nach unten sinkenden Schultern wandte sie sich wieder von ihm ab. Törichtes Mädchen. Was hatte sie denn erwartet? Daß er sie anflehen würde, hier zu bleiben? Nein, zweifellos war er mehr als froh, wenn sie ihm jetzt den Rükken zukehrte und für immer aus seinem Leben verschwand.

Plink. Plink. Plink.

Sie verhielt mitten im Schritt.

Denn nun kamen langsam, ganz langsam zu diesem Ton, den er die ganze Zeit hindurch angeschlagen hatte, erst ein zweiter, dann ein dritter hinzu und bildeten eine rudimentäre Melodie. Maria drehte sich wieder zu ihm um, und ihr Blick heftete sich auf seine Finger, die sich zwar ein wenig steif und langsam, jedoch keineswegs unbeholfen auf den Tasten bewegten.

»Oh!« rief sie, schlug sich dann mit den Fingerspitzen vor den Mund und ließ die Kerze fallen, ohne daß ihr das so richtig bewußt wurde. Denn inzwischen hatten seine Hände ihren Rhythmus gefunden, und die Musik, die nun von dem Instrument aufstieg, war so herrlich wie der Gesang einer Nachtigall.

Rasch ging sie zu dem Instrument zurück, tanzte auf Zehenspitzen darum herum, während ihre Hände über das polierte Gehäuse flatterten, ohne es zu berühren – wie ein Schmetterling, der über einer Blüte schwebt, bevor er sich sacht und geräuschlos darauf niederläßt.

Schließlich stützte sie die Ellenbogen leicht auf das massive Holz, spürte die Schwingungen der Saiten, die sich nun auf ihren Körper übertrugen und sich dort bis zu den Zehen hinunter fortsetzten, während ihr Blick jede Bewegung seiner Hände verfolgte, die sie auf den Tasten vollführten. Konnte sie es wagen, noch zu atmen? Vielleicht träumte sie nur wieder. Vielleicht würde sie jeden Moment aufwachen und entdecken, daß sie wieder einem ihrer törichten Hirngespinste erlegen war – aber nein, nicht einmal in ihren Träumen hätte sie sich so eine schöne, bewegende Poesie in Tönen vorstellen können.

Nach einer Weile zwang sie ihre Augen dazu, ihn anzublicken. Seine Augen, die im Licht der Lampe tiefgrau mit goldenen Sprenkeln waren, verfolgten jede ihrer Reaktionen, während seine Finger fortfuhren, über die Tasten hinzugleiten und den Raum mit dieser herrlichen Musik auszufüllen.

Er lächelte.

Oh, gütiger Himmel – *er lächelte!*

Nein, das war nicht dieses hämische oder sarkastische Kräuseln der Lippen, mit dem er ihr stets seinen Haß oder seinen Groll kundzutun pflegte.

Nein, diesmal war es ein Lächeln, das bis zu seinen Augen hinaufreichte und die harten, grimmigen Linien aus seinem Gesicht tilgte. Dieses Lächeln machte ihn plötzlich menschlich – und so unglaublich schön.

Tränen füllten ihre Augen und hingen wie Regentropfen an ihren Wimpern. Einen Augenblick lang kam seine Musik nun ins Straucheln. »Nicht aufhören!« bat sie ihn. »Nein, Ihr dürft jetzt nicht aufhören, Euer Gnaden. Das ist die schönste Musik, die ich jemals in meinem Leben gehört habe! Ich könnte bis in alle Ewigkeit hier stehenbleiben und Euch zuhören!«

Er lächelte jetzt über das ganze Gesicht, während seine Hände wieder über die Tasten glitten, seine Finger nun immer geschmeidiger wurden, sich streckten und ganze Akkorde auf einmal griffen. Und sie sah, wie sich nun auch sein Oberkörper im Takt der Musik bewegte, jeder Nuance eines Tons nachzuspüren schien, als wäre er ein lebendiges Wesen, das in ihm atmete.

Maria schloß die Augen und gab sich ganz der Musik hin. Als diese verstummte und sie sich dazu gezwungen sah, ihre brennenden Augen wieder zu öffnen, bemerkte sie, daß Salterdon sie mit einem leisen Anflug seines alten Grolls betrachtete. Erst in diesem Moment kam ihr zu Bewußtsein, daß sie ihren Tränen freien Lauf gelassen hatte, die ihr in Strömen über die Wangen liefen, und ihre Kehle wie zugeschnürt war vor Rührung.

»Es ist die schönste Musik, die ich jemals in meinem Leben gehört habe, Euer Gnaden«, sagte sie noch einmal, und wischte sich über die Augen.

»Bach«, erwiderte er, und das Wort rasselte leicht in seiner Kehle.

»Bach«, wiederholte sie schlicht, und da lächelte er wieder und legte die Fingerspitzen sacht – so unglaublich sacht – auf die Haut unter ihrem Hals.

»Es kommt . . . von hier, Miss . . . Ashton.«

Seine Fingerspitzen lagen wie warme Kohlen an ihrem Hals und strichen nun so sanft und ehrfürchtig darüber hin, wie er vorhin die Tasten berührt hatte. Gütiger Gott, da hatte er soeben einen ganzen Satz gesagt, und sie konnte nichts anderes tun, als dazustehen und sich auf dieses beunruhigende Gefühl zu konzentrieren, das seine Berührung in ihr auslöste.

Das war jetzt keine Angst mehr, die sie bei seiner Berührung empfand, sondern etwas gänzlich anderes.

»Ihr habt geredet«, murmelte sie atemlos und entdeckte im gleichen Moment das leicht angesengte Buch, das im Rollstuhl zwischen seiner Hüfte und der Armlehne eingeklemmt war. Das mußte ›Der Landpfarrer von Wakefield‹ sein.

»Und Ihr habt auch gelesen«, fuhr sie nun leise fort. »Ist das der Grund, weshalb ihr in den letzten beiden Wochen so verschlossen und abweisend gewesen seid? So übellaunisch und müde? Seid Ihr etwa jede Nacht hierhergekommen, um zu üben und das Buch zu studieren?«

Er öffnete den Mund, um etwas zu sagen.

Doch sie gab ihm keine Gelegenheit dazu, sondern packte den Rollstuhl, drehte ihn rasch zu sich herum, ging vor ihrem Pflegling und Herrn auf die Knie und nahm seine Hände in ihre. »Ihr könnt Euch jetzt wieder anderen Menschen mitteilen – mit ihnen kommunizieren. Ich weiß jetzt, daß Ihr das könnt! Sagt jetzt etwas zu mir! Irgend etwas! Sagt, daß ich der schrecklichste Plagegeist bin, der Euch jemals im Leben begegnet ist! Das schlimmste kleine Gänschen, das kennenzulernen Ihr das Pech hattet. Sagt mir, daß ich eine Pest wäre, eine respektlose Megäre, ein Drache, eine Hexe oder sonst was. Ein Satz ist alles, worum ich Euch jetzt noch bitten möchte. Und ich schwöre Euch, daß ich danach von Euch nie mehr etwas verlangen werde.«

»Mein Kopf . . . schmerzt . . . beim Lesen«, sagte er nun fast flüssig und fehlerlos und schloß dabei die Finger um ihre Hände, die in seinem Schoß lagen. »Aber . . . es bessert sich . . . mit der Zeit.«

»In der Tat! Es kann mit der Zeit doch nur besser werden, wenn Ihr übt – nicht wahr?«

»Ja«, erwiderte er, lächelte und drückte wieder ihre Hände – nicht heftig, gewaltsam oder grob, sondern sacht, kontrolliert und fast . . . zärtlich.

Nein, nicht zärtlich, das konnte nicht sein, das war gänzlich unmöglich.

Mit einem Lachen sprang Maria vom Boden auf, schlang die Arme um ihn und drückte ihn fest an sich, ihr Gesicht in seine weichen, gewellten, duftenden Haare begrabend, die sich wie Seide an ihren Wangen anfühlten.

Sie preßte die Augen fest zusammen (Gott verhüte, daß sie jetzt noch einmal weinte – er mußte sie sonst nicht nur für einen Plagegeist, sondern auch für eine übersentimentale Heulsuse halten!) und lächelte, während sie ihn noch fester an sich drückte. Und mit den Lippen über sein Ohr hinstreichend, flüsterte sie: »Ich habe jeden Abend und jeden Morgen für Euch gebetet, Euer Gnaden. Da wird sich aber Eure Familie freuen – und jeder von Eurer Dienerschaft hier in Thorn Rose! Ich kann es kaum erwarten, die glücklichen Gesichter zu sehen, wenn ich es ihnen erzähle!«

Sie verharrten nun noch eine Weile stumm in dieser Stellung – sie, die Arme um seinen Oberkörper gelegt, und er mit dem Gesicht an ihrer Schulter, während ihm ihr Atem weich und warm in den Nacken blies. Dann hob er langsam, vorsichtig die Hände und legte sie ihr flach und mit ausgestreckten Fingern auf den Rücken.

Sie fühlte sich mit einem Mal sehr klein. Sie spürte, wie ihre Haut ganz warm wurde unter seinen Händen, obwohl diese sie gar nicht berührten, sondern oben auf dem Stoff ihres Nachthemds lagen.

Das Nachthemd.

Was für eine lächerliche Barriere das doch war, die sie voneinander trennte! Sie schien sich jetzt von ihrem Körper zu lösen und in weichen Falten vor seinen Füßen auf den Boden hinunterzusinken. Ihre nun nicht mehr mit einem Tuch umwickelten Brüste fühlten sich seltsam schwer und empfindlich an. Sie mußten sich jetzt auch auf eine aufreizende Weise unter dem dünnen Stoff ihres Nachthemds abzeichnen, und einen flüchtigen Augenblick lang stellte sie sich vor, wie er sie wieder mit seinen Händen berührte und sie ihm das sogar erlaubte . . .

Da wich sie jäh vor ihm zurück – bereit zur Flucht und sich weigernd, ihm noch einmal ins Gesicht zu blicken, das einmal so furchterregend für sie gewesen war, ihr jetzt aber die Kraft aus den Beinen zu saugen schien, das Pochen ihres Herzens so laut werden ließ wie Paukenschläge und ihren Atem so beschleunigte, daß er in Dampfwolken wie der Rauch der auf dem Piano zischelnden Öllampe zur Decke hinaufschwebte. Eine Vision, wie er die Hände ausstreckte und sie über ihre Brüste legte, nahm sie momentan gefangen und lenkte sie von dem akuten Unbehagen ab, das sie wegen ihres unschicklichen Aufzugs empfand. Sie konnte in diesem Augenblick nicht viel anderes tun, als wie angewurzelt vor ihm stehenzubleiben und diese seltsam brennenden Augen zu beobachten, die über sie hinglitten – wohl wissend, daß sie etwas unternehmen sollte, um ihre Blöße zu bedecken, dies jedoch schamlos unterließ.

Und dann spürte sie plötzlich, wie sie heftig errötete und ihr Benehmen schrecklich peinlich fand. Sie drehte sich um und rannte zur Tür.

»Wartet doch!« rief er ihr nach, und seine tiefe Stimme vibrierte so stark wie eine dieser frisch angeschlagenen Klaviersaiten. Sie sah sich noch einmal nach ihm um – lange genug, um zu erkennen, daß der im goldenen Schein der Lampe dort am Instrument sitzende Salterdon kein wildes Tier, kein Tyrann oder Krüppel mehr für sie war, sondern nur noch . . . ein Mann.

Sie floh aus dem Zimmer.

Kapitel zehn

Sie meinte noch immer diese herrliche Klaviermusik im Geiste zu hören, das Bild von Salterdon vor Augen zu haben, der sie mit seinen unergründlichen grauen Augen anlächelte, und seine warmen Hände auf ihrem Rücken zu spüren, als sie am nächsten Morgen aufwachte. Eine Stunde lag sie, von einem seltsamen Wohlbehagen erfüllt, in ihrem Bett, als würde sie auf einer Wolke schweben und als wäre das Deckengemälde des heiligen Petrus über ihr buchstäblich der Himmel auf Erden.

Er – der Herzog von Salterdon – hatte diesmal wirklich gelächelt, und was für eine faszinierende Ehrfurcht gebietende Verwandlung das doch gewesen war! In diesem Moment hatte sie das Gefühl gehabt, als würden alle ihre Nerven in Schwingung versetzt, tausend harmonische Töne in ihrem Körper zugleich angeschlagen, um sich zu einem brausenden Choral zu vereinigen.

Beim Frühstück saß sie auf dem vorderen Rand ihres Sessels und sah zu, wie ihr Herr alle notwendigen Handgriffe ohne ihre Mithilfe verrichtete. Er goß sich nicht nur den Tee selbst ein, sondern konnte sogar den Braten mit dem Messer selbst zerteilen. Sie vermochten sogar ein kurzes Gespräch miteinander zu führen, ohne daß er stotterte oder zwischen den Worten Pausen einlegen mußte, wobei sie wie ein Vogel zwitscherte und er mit einer so tiefen, rollenden Stimme sprach, als zöge ein Gewitter am Himmel auf.

»Guten Morgen, Euer Gnaden!«

»Gut'n Morgen, Miss Ashton.«

»Ist das nicht ein wunderschöner Morgen, Euer Gnaden?«

Und er darauf (mit einem Anflug seines alten Sarkasmus): »Wenn es Euch beliebt, ihn dafür zu halten, Miss Ashton.«

Offensichtlich hatte sich seine Stimmungslage noch nicht grundlegend gebessert. Sie hatte ihn im Verlauf des Frühstücks nicht dazu bewegen können, seine hübschen – mein Gott, sie hielt seinen Mund bereits für attraktiv! – seine Lippen zu einem Lächeln oder auch nur zu einem Grinsen zu verziehen, war jedoch davon überzeugt, daß er mit der Zeit auch seine gute Laune wiederfinden würde. Zweifellos hatte ihn diese wundersame positive Wendung, die in seinem Zustand eingetreten war, so überwältigt, daß er sie noch gar nicht richtig hatte verdauen können.

Tatsächlich war für sie die vergangene Nacht ein so erhebendes und beglückendes Erlebnis gewesen, daß ihr ganz . . . schwindlig davon war. Sie wußte nicht, wie sie dieses unglaublich beschwingte Gefühl, von dem sie nun erfüllt war, anders hätte beschreiben können.

Als Gertrude von dieser jähen und überraschenden Wendung der Ereignisse erfuhr, weinte sie vor Freude und tanzte mit Maria im Zimmer herum, bis sie beide ganz außer Atem lachend in einen Sessel sanken.

»Es war der unglaublichste Moment meines Lebens!« gestand Maria ihrer Freundin, als sie, die Arme um sich schlagend, abermals im Zimmer herumwirbelte. »Er hat mich angelächelt, Gertrude – tatsächlich angelächelt! Und meine Hand gehalten!« Sie hielt sich nun eine Hand vor das Gesicht und betrachtete sie, als hätte sie sich plötzlich in Gold verwandelt.

Gertrude beobachtete Maria mit großen runden Augen, während sie mit ihren kleinen Zähnen auf der Unterlippe kaute.

»Und seine Musik – oh, seine Musik, Gertrude! Ich habe in meinem Leben bestimmt schon tausend Chöre singen hören, doch keiner ihrer Gesänge hätte sich mit dieser himmlischen Musik messen können, die seine herrlichen Hände diesem Pianoforte entlockten. Oh, wie unglaublich seine Hände doch sind! Würdet Ihr mir da nicht recht geben wollen, Gertrude? Hat er nicht wunderschöne Hände?«

Gertrude nickte, während ihre Augen noch runder und größer wurden.

»Und als er lächelte«, fuhr Maria fort, wieder auf ihren Zehenspitzen im Zimmer herumwirbelnd, ehe sie sich lachend an einen ihrer Bettpfosten klammerte und gegen ihn sank. »Ein Strahlen über das ganze Gesicht. Ich war ... hypnotisiert. Er schien sich in einen ganz anderen Menschen zu verwandeln.« Maria seufzte, und ihre Augen nahmen einen verträumten Ausdruck an. »Als er mit mir redete, erbebte mein Körper wie unter einem Donnerschlag. Alle meine Nerven schienen zu vibrieren. Ich konnte nicht mehr atmen. Ich hatte das Gefühl, als würde ich jeden Moment ... ohnmächtig werden.«

»Oh, mein Gott«, murmelte Gertrude mit aufgestülpten Lippen und schüttelte den Kopf.

»Seine Stimme«, fuhr Maria andächtig fort, »ist wie dunkelblauer Samt. Sonor, tief und weich. Noch tiefer als die seines Bruders, glaube ich. Ich fühlte mich davon ... bis in das Mark meiner Knochen hinein in Schwingungen versetzt.«

»Gütiger Gott.« Gertrude rang die Hände.

»Verzeiht mir, wenn ich Euch jetzt wie ein dummes kleines Gänschen vorkomme. Aber zweifellos sind das Gefühle, wie sie auch eine Mutter hat, wenn sie ihr Kind zum erstenmal gehen sieht. Da hat man nun monatelang geübt, bang auf so einen Moment gewartet, bis man sich plötzlich für all seine Mühen belohnt sieht ...«

Mit einem hellen, ein wenig gepreßt klingenden Lachen

hakte Maria einen Arm um den Bettpfosten. »Tatsächlich hatte ich schon immer vermutet, Gerti, daß der Triumph, den man in solchen Augenblicken empfindet, hier seinen Ursprung hat«, sagte sie, die zur Faust zusammengerollte Hand aufs Herz legend. »Und so war es auch. Nur daß er auch noch von anderen Triumphgefühlen begleitet war, die von hier ausgingen«, sie legte die Faust auf den Magen, »und von dort«, fuhr sie fort, die Faust gegen ihren Hals drückend. »Mein Körper fühlte sich in diesem Moment so an, als wollte er in Stücke zerspringen und wie ein Funkenregen mit dem Wind davonfliegen.«

Langsam ging Maria auf die Tür von Salterdons Zimmer zu. »Und wie, meint Ihr, denkt *er* jetzt wohl über die ganze Geschichte?« fragte sie, ehe sie die Tür einen kleinen Spalt breit öffnete.

Gertrude eilte Maria nach, und dann warfen sie beide vorsichtig einen Blick in das Nachbarzimmer hinein. Sie sahen Salterdon angekleidet in seinem Rollstuhl vor dem Kaminfeuer sitzen. Ein aufgeschlagenes Buch lag auf seinem Schoß, doch statt darin zu lesen, starrte er ins Feuer. Aber nicht mit einer so versteinerten oder feindseligen Miene wie sonst, sondern eher nachdenklich und in sich gekehrt.

»Ist er nicht bemerkenswert?« flüsterte Maria an Gertrudes Ohr. »Sieht er nicht großartig aus? Vornehm? Hübsch? Oh, Gerti – ist er nicht der unglaublichste Mann, der Euch jemals im Leben begegnet ist?

»Ich nehme doch an, daß wir beide von *demselben* Mann reden, nicht wahr? Soweit ich mich erinnere, habt Ihr den Herzog von Salterdon gestern abend noch als Bestie bezeichnet – als ein verabscheuungswürdiges und unverbesserliches Wesen!«

»Ich muß blind gewesen sein, Gerti. Jetzt bin ich . . . bin ich . . .«

»Ich fürchte, daß ich eine mich sehr beunruhigende Idee von dem habe, was Ihr jetzt seid«, murmelte die Haushälterin leise und schüttelte den Kopf. »Gott möge dir helfen, Kindchen, wenn ich recht haben sollte.«

Die frische Luft dieses kühlen, bewölkten Tages und der Ausflug in den Stall, um NapPerl und das Fohlen zu besuchen, das munter um seine Mutter herumhüpfte, schienen gegen Mittag den Herzog von seiner morgendlichen Verstimmung zu befreien. In einer anderen Box in der Nähe befand sich ein überaus edel aussehender silberfarbener Hengst, der zuweilen am Gatter stehenblieb, um seine Stute schnaubend zu begrüßen, um dann mit gewölbtem Hals und hoch erhobenem Schweif wieder in seinem Stall von einem Ende zum anderen zu traben, wobei er hin und wieder den Kopf in einer kreisförmigen Bewegung in alle Richtungen drehte, die Nüstern in den Wind hielt und wieherte.

»Er trinkt den Wind«, erklärte Salterdon. »Die arabische Pferderasse ist bekannt für ihre Fähigkeit, auch unter den widrigsten Bedingungen überleben zu können. Sie trinken den heißen Wüstenwind und stoßen ihn dann schnaubend wieder aus. Ihre Nüstern sind wie Feuer. Was Ausdauer und Zähigkeit betrifft, kann keine andere Pferderasse sich mit den Arabern messen.«

»Wie nennt Ihr ihn?« fragte Maria, beeindruckt von der Eleganz dieses grauen Hengstes.

»NapPoleone.«

»Er benimmt sich so, als wollte er Euch zu einem Duell herausfordern, Euer Gnaden. Ist er gefährlich?«

»Gefährlich? Wäre es mir möglich, diesen Stuhl zu verlassen, würde ich Euch jetzt zeigen, wie gefährlich er ist. Selbst ein Kind könnte auf NapPoleones Rücken steigen, Miss Ashton . . ., ein Mädchen, das so zart und zerbrechlich wäre, wie Ihr es seid.«

Sie spürte, wie sie errötete, und blickte von ihm fort – erst zu den Bäumen und dann hinauf zum Himmel, wo sich am Horizont schiefergraue Wolken zeigten . . ., die ersten Vorboten eines Gewitters.

»Verratet mir einmal, Miss Ashton«, hörte sie Salterdon sagen. »Wie würdet Ihr das Fohlen nennen, falls es Euch gehörte?«

Es dauerte einen Moment, bis sie ihre Stimme wiederfand. »Meint Ihr damit NapPerls Fohlen, Euer Gnaden?«

Er nickte, was zur Folge hatte, daß ihm der wollene Schal vom Hals auf die Brust hinunterrutschte. Maria beeilte sich, ihn wieder fest um die Schultern und den Hals zu wickeln, wobei sie mit ihren Fingern sacht über seine Haare hinstrich und dabei sogar, von ihm umbemerkt, einen Moment lang mit einer Locke spielte, die in seinem Nacken über die Rükkenlehne hinunterhing. Sie fand, daß ihre Hand jetzt von Dingen, die sie früher abstoßend fand, so unwiderstehlich angezogen wurde wie von einem Magneten. »Ich würde es NapTeesta-Rose taufen, Euer Gnaden«, sagte sie leise.

»Weshalb?«

»Ich . . . ich weiß nicht. Es ist ein weibliches Fohlen, und der Name hört sich irgendwie feminin an. Rose würde ich es zu Ehren des Ortes taufen, an dem es geboren wurde.«

Er sah eine Weile schweigend dem Füllen zu, das über das welke, braune Gras hinhüpfte, und sagte dann: »So sei es. Fortan soll sein Name NapTeesta-Rose sein.«

Anschließend saßen sie eine Stunde lang unter einem Baum, wo Maria Salterdons Stimme lauschte, der ihr etwas aus dem Buch vorlas. Seine Worte schienen sich nun ebenso gefühlvoll anzuhören wie seine Musik heute nacht auf dem Klavier. War es möglich, daß er vor ein paar Tagen noch gar nicht sprechen, sondern nur lallende oder grunzende Laute von sich geben konnte? Und daß sie um ihr Leben fürchtete, wenn sie nur in seine Nähe kam? Jetzt brauchte sie sich nur an den Stamm der knorrigen alten Eiche zu lehnen und, den Schal ein wenig strammer um die Schultern ziehend – denn das Wetter nahm nun eine rasche Wendung zum Schlechteren statt zum Besseren –, mit geschlossenen Augen seiner Stimme zu lauschen, und schon hatte sie das Gefühl, auf dem Rücken des auffrischenden Windes zu den Wolken hinaufzuschweben. Da kam ihr plötzlich der Gedanke, ob es denn nicht möglich sei, hierzubleiben – für immer –, damit sie sich – für immer – darum kümmern konnte, daß es Salterdon an nichts fehlte und ihm alle seine Wünsche erfüllt wurden. Damit es ihr möglich war, jede wache Minute des Tages in seiner Gesellschaft zu verbringen, des Nachts den Klängen seiner herrlichen Musik zu lauschen und Gott darum zu bitten, daß Salterdon sie doch noch ein einziges Mal in ihrem Leben mit einer Umarmung für ihre Fürsorge belohnen möge.

Erst als ihr zu Bewußtsein kam, daß sie nun schon eine Weile lang Salterdons Stimme nicht mehr gehört hatte, öffnete sie die Augen und sah, daß er sie mit einem Funken seines früheren Zorns in seinen grauen Augen anstarrte.

»Euer Gnaden?«

»Verratet mir einmal, wozu das gut sein soll«, schnaubte er, mit einer kurzen Handbewegung auf das Buch weisend, das jetzt am Boden vor seinem Rollstuhl lag, »wenn ich meine Beine nicht gebrauchen kann!«

So wie der plötzliche und unerwartete Guß eiskalten Regens und der schneidende Ostwind, der über das Moor fegte, Mensch und Tier dazu trieben, sich in ihre Behausungen zu flüchten, so unvermutet – und ohne Vorwarnung – traf die Herzogin von Salterdon am frühen Nachmittag dieses Tages auf Thorn Rose ein.

Maria suchte gerade auf den Regalen in der Bibliothek nach einer Lektüre, die dazu geeignet war, den Herzog vor einem Rückfall in seinen früheren Trübsinn zu bewahren, als plötzlich die Tür aufgerissen wurde, Gertrude mit aufgeregt rudernden Armen in den Raum stürmte, so daß die Dienstboten hinter ihr auseinanderstoben wie eine Schar aufgeschreckter Hühner, »die Herzogin!« rief, und mit ihr um die Beine wehenden gestärkten Unterröcken wieder davoneilte.

Den Blick auf die nun wieder leere Schwelle der Bibliothekstür geheftet, schluckte Maria schwer. »Oh, Gott, der Brief!« sagte sie laut. »Ich habe ja ganz vergessen, daß ich ihr einen Brief mit meiner Kündigung geschrieben habe!« Und ihre Bestürzung wurde noch größer, als sie kurz darauf erfuhr, daß die Herzogin nicht allein nach Thorn Rose gekommen war. Offensichtlich hatte Ihre Gnaden, als sie Marias Kündigungsschreiben erhielt, keine Zeit damit verloren, sich nach einem neuen Gesellschafter für ihren Enkelsohn umzusehen.

Es dauerte auch nur ein paar Minuten, bis Maria die Aufforderung erhielt, vor der Herzogin zu erscheinen.

Zwei Stunden lang mußte Maria dann jedoch vor einem dieser halben Dutzend Salons, welche die Herzogin für sich beanspruchte, wenn sie in Thorn Rose auf Besuch weilte, darauf warten, von dieser empfangen zu werden, während sie zusah, wie die Dienstboten, von denen die meisten mit der Herzogin aus Wyndhorst gekommen waren, mit Armen voller Bettzeug, silbernen Schokolade-Servicen und Vasen mit frischgeschnittenen, aus den Gewächshäusern von Thorn Rose stammenden Blumen durch die Korridore flitzten. Man hätte fast glauben können, daß König George hier Quartier genommen habe – und nicht eine steinalte Herzogin von fast neunzig Jahren.

Zu ihrem Gefolge gehörten vier Kammerzofen und mindestens ebenso viele Zimmermädchen, eine Wäscherin, die nur die Sachen zu reinigen hatte, welche die Herzogin auf dem Leib trug, eine Büglerin, die dieselben bügelte, und eine Magd, deren einzige Aufgabe darin bestand, die Koffer der Herzogin ein- und wieder auszupacken. Ein Butler, dem ihre Lakaien unterstanden, erteilte diesen mit schnarrender Stimme ständig neue Befehle, und der französische Küchenchef der Herzogin (mit zwei Assistenten im Schlepptau) hatte sogleich das Kommando über den Küchentrakt übernommen, den Koch von Thorn Rose und dessen Personal vom Herd verdrängt und aus den Vorratskammern gescheucht, wo er nun zusammen mit dem Konditor, der neben der Herstellung der Teekuchen und Pralinen auch für das Backen der täglich frischen Brötchen und Brote verantwortlich war, für das leibliche Wohl der Herzogin sorgte. Die Herzogin hielt sich noch keine Stunde in Thorn Rose auf, als bereits alle Fenster im Westflügel dieses doch recht weitläufigen Herrenhauses frisch geputzt, die Räume dort ausgefegt, die darin befindlichen Möbel abgestaubt und umgestellt worden waren.

Der Duft von frischgebackenen Zimtkuchen drang von der Küche herauf, während Maria im Korridor zwischen der Salontür und dem Treppenhaus auf- und ablief, wo sie, einen Fuß auf die oberste Stufe stellend, sich einen Moment lang mit der Hand an das Geländer klammerte.

Dummes, unbeherrschtes Kind, wie konntest du nur auf die Idee kommen, so ein verabscheuungswürdiges Kündigungsschreiben zu verfassen? Und warum hast du dich von deinem Zorn dazu hinreißen lassen, es auch abzuschicken?

Würde die Herzogin ihr erlauben, ihn – den Herzog – noch ein letztes Mal zu sehen, ehe sie mit ihrer kärglichen Habe nach Huddersfield zurückgeschickt wurde? In diesem Augenblick würde sich Gertrude wohl darum kümmern, daß er gebadet, rasiert und in seinen besten Anzug bekleidet wurde – eine Aufgabe, die eigentlich ihr oblag, ehe sie ihm noch selbst die Haare bürsten würde, um ihn für die Begegnung mit seiner Großmutter hübsch zu machen.

Da öffnete sich die Tür des Salons, und Sydney, der Butler der Herzogin – ein großer, hagerer Mann mit einer Hakennase und Lippen, die einem Schellfisch Ehre gemacht hätten – blickte hochmütig auf sie hinunter und näselte: »Ihre Gnaden, die Herzogin von Salterdon, geruhen Euch jetzt zu empfangen.«

Sydney führte sie in den Salon, in dessen großem italienischen Marmorkamin ein mächtiges Feuer prasselte, gegen das der kalte Wind, der durch die offenen Fenster kam, nicht viel auszurichten vermochte.

Die Herzogin, die mit einem lose sitzenden knallroten Seidenkimono bekleidet war, wartete, bis Maria einen Knicks gemacht hatte, ehe sie auf einen der beiden vor ihr stehenden Stühle deutete, von denen einer leer und der andere von einem rundlich gebauten Mann mit schütteren Haaren, die er sich über eine breite kahle Stelle auf seinem Kopf gebürstet hatte, besetzt war ..., von Edgcumbe, dem Arzt der Herzogin.

Dieser stattliche Gentleman erhob sich sogleich von seinem Platz und begrüßte Maria mit einem Nicken und einem Lächeln, wobei er sie durch sein Monokel von Kopf bis Fuß betrachtete, welches das rechte seiner beiden hervorstehenden braunen Augen größer erscheinen ließ als das linke.

»Guten Tag, Miss Ashton. Wie geht es Euch? Ich bin ...«

»Ich weiß, wer Ihr seid«, unterbrach sie ihn mit einer Heftigkeit, die den kleinen rundlichen Mann einen Schritt vor ihr zurückweichen ließ und die Herzogin dazu veranlaßte, ihre Augenbrauen zu wölben. »Ihr seid hierhergekommen, Sir, um Seine Gnaden mitzunehmen.«

»In der Tat«, erwiderte er.

»Ich muß vorausschicken«, erklärte Maria, hob das Kinn und drückte ihre Schultern durch, »daß ich mich in dem Augenblick, als ich mein Kündigungsschreiben verfaßte, nicht in einem Zustand befunden habe, den Ihr als zurechnungsfähig bezeichnen würdet. Ich weiß nicht so recht, was damals über mich gekommen ist. Ich fürchte jedoch, daß so ein geistiges Versagen, was uns alle zuweilen befallen kann – egal, wie kurz dieses auch sein mag – selbst den entschlossensten und hilfsbereitesten Menschen in seinen Bemühungen zum Straucheln bringen kann.«

Der Mann wechselte einen Blick mit der Herzogin, ehe Maria fortfuhr: »Es stimmt nicht nur nicht, daß man das Verhalten Seiner Gnaden für äußerst tadelnswert halten müsse – ja, ich glaube, so habe ich sein Benehmen in meinem Brief beschrieben«, betonte sie, die Herzogin ansehend, die sie mit gerunzelter Stirn und leicht aufgeschürzten Lippen betrachtete, »sondern glaube vielmehr – nein, bin sogar davon überzeugt –, daß Ihr den Zustand Seiner Gnaden erheblich gebessert finden werdet.«

»Was Ihr nicht sagt«, murmelte Edgcumbe.

»Oh, ja, das sage ich. *Erheblich* gebessert.« Maria lächelte und nickte.

Da entspannte sich die Herzogin endlich ein wenig in ihrem Sessel. »Setzt Euch, Miss Ashton.«

Maria ließ sich steif auf den Rand des Stuhls hinuntersinken. Ein Diener erschien aus dem Nirgendwo, um ihr eine mit heißer Schokolade gefüllte schwarze Porzellantasse mit Goldrand zu reichen.

Die Herzogin wartete, bis man ihre Tasse wieder mit Schokolade gefüllt hatte, ehe sie sagte: »Ich habe nicht die leiseste Ahnung, wovon Ihr eigentlich redet, meine Liebe. Ich habe keinen Brief von Euch erhalten. Ich bin in der Absicht hierhergekommen, meinen Enkelsohn ein letztes Mal von Edgcumbe untersuchen zu lassen, bevor ich zu einer endgültigen Entscheidung gelange.«

»Entscheidung?« Maria schielte durch den sich wie ein Band aus ihrer Tasse zur Decke hinaufringelnden Dampf zur Herzogin hinüber, während die Worte ›Ich habe keinen Brief von Euch erhalten‹ ihr wie Kugeln unablässig im Kopf herumrollten.

Die Herzogin hatte kein Kündigungsschreiben erhalten – dieser hysterische Appell, so bald als möglich einen Ersatz für sie zu beschaffen, weil sie es keine zwei Wochen mehr bei ihrem schrecklichen Enkelsohn aushalten könne, hatte sie nie erreicht.

Es war also noch nicht zu spät.

Sie würde der Herzogin jetzt einfach erklären, daß sie ihre Entscheidung noch einmal überdacht und deshalb den Brief nicht abgeschickt habe . . .

»Mir sind in letzter Zeit äußerst beunruhigende Gerüchte über Treys Verhalten zu Ohren gekommen.«

Maria schloß kurz die Augen, während ihr die kochend heiße Schokolade in der Kehle steckenblieb. Diese Damen Draymond, zweifellos.

»Natürlich habe ich Edgcumbe sogleich von diesen Gerüchten unterrichtet«, fuhr die Herzogin mit gepreßter Stimme fort und warf dem Arzt einen verzweifelten Blick zu.

»Oh, aber . . .«, begann Maria.

Edgcumbe beugte sich vor. »Ich bin mir sicher, es ist Euch nicht entgangen, daß das Verhalten, wie Salterdon es Euch gegenüber zeigte, gekennzeichnet war von einer ausgeprägten Neigung zu Depressionen, die von kurzen, sporadischen Perioden extremer Aggression abgelöst wurden – was nicht ungewöhnlich ist bei derartigen Verletzungen, wie der Herzog sie erlitten hat, die, wie Ihr natürlich wißt, von einem Schlag auf den Kopf verursacht wurden. Ich fürchte, unsere Hospitäler quellen über von solchen geistig geschädigten Patienten, und daran wird sich auch so lange nichts ändern, bis wir einen tieferen Einblick in die Wirkungsweise und Mechanik des menschlichen Gehirns gewonnen haben.«

»Ja, aber . . .«

»Deshalb«, fiel ihr da die Herzogin ins Wort, »sind wir beide zu dem beklagenswerten Entschluß gekommen, daß es im besten Interesse meines geliebten Enkelsohns wäre, wenn er in eine Umgebung verbracht würde, die besser zu seinem Zustand und zu seinen Bedürfnissen paßt . . .«

»An einen Ort«, übernahm hier Edgcumbe wieder das Wort, »wo er von Personen gepflegt und versorgt wird, die – wie soll ich sagen – eher dafür geeignet sind, seinem Verhalten in angemessener Weise zu begegnen und über die entsprechenden Mittel und Kenntnisse verfügen, um sein Befinden dauerhaft zu verbessern.«

»Nach Royal Oaks«, keuchte Maria laut und setzte ihre Tasse so hart ab, daß sie sich die heiße Schokolade über die Knie schüttete.

»Ganz bestimmt nicht«, erwiderte die Herzogin, eine Augenbraue wölbend.

»Aber es wird trotzdem ein Hospital sein, wo er mit Geisteskranken zusammen ist, die heulen wie Hunde.«

»Gütiger Gott«, sagte die Herzogin leise. »Ein sehr melodramatisches Porträt, das Ihr da entwerft, was jedoch nicht zutreffend ist. Wir sprechen hier von dem Herzog von Salterdon, meine Liebe, und nicht von Tinker Tom oder Billingsgate Moll.«

»Aber ...«

»Hat er Euch nicht auf wüste Weise beschimpft?« fragte Edgcumbe.

»Nun – ja, aber ...«

»Hat er Euch nicht gewürgt?« erkundigte sich die Herzogin.

»Ja, aber ...«

»Und Euch fast den Arm aus dem Schultergelenk gerissen?« fragte Edgcumbe.

»Er ...«

»Und habe ich Euch nicht damals, als ich Euch einstellte, auf eine unmißverständliche Weise darauf hingewiesen, daß Ihr, Miss Ashton, meine letzte Hoffnung wäret, meinen Enkelsohn irgendwie vor dieser letzten drastischen, jedoch notwendigen Entscheidung zu bewahren?«

Maria schwirrte der Kopf. Sie sank in ihren Stuhl zurück und sagte: »Ja, Euer Gnaden, das habt Ihr getan. Jedoch ...«, sie schloß kurz die Augen, holte tief Luft und wartete noch einen Moment, bis sie so leise fortfuhr, daß die Herzogin sich vorbeugen mußte, um ihre Worte zu verstehen, ». . . ist es mir eine Freude, Euer Gnaden jetzt vermelden zu können, daß sein sprachliches Mitteilungsvermögen sich erheblich verbessert hat. Auch ist der Herzog inzwischen in der Lage, sich selbst anzukleiden und seine Nahrung ohne fremde Hilfe zu sich zu nehmen. Er hat mir heute sogar ein ganzes Kapitel aus einem Buch vorgelesen und, was mich besonders freut, auch wieder damit angefangen, auf dem Pianoforte zu spielen!«

»Was Ihr nicht sagt!« rief Edgcumbe da laut.

»Und wie steht es um seinen Gemütszustand?« faßte die Herzogin nach. »Hat dieser sich ebenfalls gebessert?«

»Ich kann da nur auf unsere Begegnungen gestern abend und heute morgen verweisen, die ohne seine üblichen Mißhelligkeiten verlaufen sind. Er schien sich in beiden Fällen in einer äußerst verträglichen Stimmung zu befinden, Euer Gnaden.«

»Was jedoch noch lange nicht beweist, daß es auch so bleiben wird und er nicht bei der leisesten Provokation wieder einen Rückfall bekommt«, erklärte Edgcumbe, der sich nun von seinem Stuhl erhob, die Hand der Herzogin in seine nahm und mit sorgenumwölkter Stirn fortfuhrt: »Meine liebe Isabella, Ihr dürft Euch über diese jähe Wende zum Besseren nicht zu früh freuen. Solche Perioden hat es auch früher schon gegeben, bis er dann plötzlich, ohne jede Vorwarnung, wieder in den Zustand geistiger Umnachtung versank.«

Mit verdächtig schimmernden Augen und bebendem Kinn sagte die Herzogin mit zitternder Stimme zu Maria: »Ich muß ihn jetzt natürlich sofort selbst sehen, Miss Ashton.«

»Gertrude ist gerade bei ihm, um ihn für ein Zusammentreffen mit Euch vorzubereiten«, erwiderte Maria und stellte ihre Tasse ab. »Wenn Ihr erlaubt, Euer Gnaden, würde ich mich jetzt gern noch vor Euch auf sein Zimmer begeben, um mich davon zu vergewissern, daß er bereit ist, Euch zu empfangen.«

»Natürlich.«

Als Maria ihren Platz verließ, faßte die Herzogin mit einer erstaunlichen Kraft in ihren so gebrechlich wirkenden Fingern nach ihrem Arm und drückte ihn so fest, als wäre er ein Rettungsanker, an den sie sich verzweifelt klammerte.

Mit einem zuversichtlichen Lächeln befreite Maria sich wieder aus ihrem Griff und eilte aus dem Zimmer, vor dessen Tür sie nun kurz stehenblieb, um mit den Augen eines Menschen, der sich im Zustand des Schocks befindet, den Korridor hinunterzublicken.

Gütiger Gott – die beiden waren nach Thorn Rose gekommen, um Seine Gnaden an einen schrecklichen Ort zu verschleppen, wo er nicht viel besser behandelt würde als ein gefährliches, vernunftloses Tier!

»Aber sein Zustand *hat* sich doch gebessert«, sagte sie laut zu sich selbst, während sie zur Treppe ging. »Erheblich gebessert sogar.« Und zur Decke hinaufsehend, wo vergoldete Engelsgesichter zwischen Efeuranken und Olivenzweigen aus Stuck auf sie herunterlächelten, flüsterte sie: »Vater im Himmel – es erscheint wir fast wie ein Wunder, daß das Befinden und Benehmen Seiner Gnaden nur wenige Stunden, bevor die beiden hierherkamen, um ihn von hier wegzubringen, sich auf eine so dramatische Weise positiv verändert hat. Vielleicht hast Du mich doch noch nicht ganz aufgegeben!«

Dann stieg sie, immer zwei Stufen auf einmal nehmend, in den zweiten Stock hinauf, wo ihr auf dem Korridor Gertrude mit schneeweißem Gesicht, Seifenschaum in den Haaren und nasser, zerrissener Schürze entgegenkam.

»Seine Gnaden«, stammelte die Haushälterin, als Maria

erschrocken vor ihr anhielt. »Ich fürchte, er hat einen Rückfall erlitten, Kindchen.«

Maria ging um Gertrude herum. »Unmöglich . . .«

»In dem Moment, wo ich ihm sagte, daß Ihre Gnaden, die Herzoginwitwe, hier eingetroffen sei . . .«

»Aber vor zwei Stunden war er doch noch ganz normal, Gertrude! Er hat brav seinen Lunch aufgegessen, mit mir geplaudert . . .«

»Er hat getobt wie ein Wahnsinniger, als wir ihn waschen wollten! Wir haben alles versucht, Kindchen, aber er ließ keinen von uns an sich herankommen. Ich fürchte, Molly wird morgen mit einem zugeschwollenen blauen Auge zum Dienst erscheinen. Und was meinen Hintern anlangt . . ., da darf ich froh sein, wenn ich morgen noch drauf sitzen . . .«

Da hörten sie ein Scheppern von der Mitte des Korridors her und dann einen lauten Schrei. Im gleichen Moment sahen sie eine von Gertrudes Mägden aus Salterdons Zimmer rennen, verfolgt von einem Gegenstand, der knapp über ihren Kopf hinwegsauste und an der Korridorwand zerschellte.

Als Maria kurz darauf Salterdons Zimmer betrat, wurde sie dort von einer Porzellanvase empfangen, die ihre Wange streifte und neben ihr am Türpfosten zerbarst. Glasscherben lagen über das ganze Zimmer verstreut auf dem Fußboden, und fast alle Tische und Stühle waren umgestürzt. Doch es war der Anblick ihres Pfleglings, der ihr am ärgsten zusetzte und ihr fast das Herz brach.

Vorsichtig näherte sie sich der Stelle, wo er in seinem Rollstuhl saß und sie durch die ihm wirr in die Stirn hängenden Haare hindurch anstarrte, während seine breiten Schultern vor Wut und Anstrengung bebten. Der Wolf war zurückgekommen . . ., der Drache. Seine Augen glühten vor Wut, und er fletschte die Zähne, als sie bis auf drei Schritte an ihn herangekommen war, so daß sie fürchtete, in Ohnmacht zu fallen, ehe sie ihn erreicht hatte.

»Nein.« Sie schüttelte den Kopf. »Nicht jetzt. Ihr werdet das nicht tun. Ich werde es nicht zulassen. Dafür habt Ihr schon zu große Fortschritte gemacht. Ich weiß es, weil ich es selbst gesehen habe, was Ihr zu leisten vermögt. Was Ihr wieder sein könnt . . .«

»Ver – schwindet«, fauchte er.

»Nein, ich werde nicht verschwinden. Ich werde nicht zulassen, daß Ihr Euch das antut. Oder mir. Oder Eurer Großmutter.« Gegen die Angst ankämpfend, die sie jetzt wieder vor ihm hatte, rückte sie einen weiteren Schritt auf ihn zu. »Erinnert Euch daran, wer Ihr seid, Sir. Was Ihr seid . . .«

»Ich weiß, was ich bin«, gab er er mit einem höhnischen Grinsen zurück. »Daran muß ich nicht erst von so jemandem wie Euch erinnert werden. Ich bin dieser gottverdammte Herzog von Salterdon, meine Liebe, und Ihr . . . Ihr seid eine von meiner Großmutter angestellte Handlangerin, die mich so zurechtstutzen soll, daß ich wieder eine gewisse Ähnlichkeit bekomme mit dem Mann, der ich einst war, und man mich fremden Leuten vorzeigen kann. Nun – falls Ihr das noch nicht bemerkt haben solltet«, schloß er, breitete die Arme aus und kräuselte seine Lippen ironisch, »ich bin nicht der Mann, der ich einmal gewesen bin.«

»Das ist es also«, murmelte sie, sank neben ihm auf die Knie und hielt sich an seinem Stuhl fest, während sie ihm in das aufgewühlte Gesicht blickte. Es war ihr in diesem Moment egal, ob er sie jetzt schlagen oder wieder am Hals würgen würde, wenn sie ihm nun sagte, was sie in seinen Augen las.

»Ihr habt Angst, Sir.«

Da packte er sie, nahm ihr Gesicht zwischen die Hände und bog ihren Kopf so weit zurück, daß sie fürchtete, er würde ihr das Genick brechen. Der Schmerz war so groß, daß ihr die Tränen kamen. Doch sie biß die Zähne zusammen und wiederholte noch einmal, was sie eben zu ihm gesagt hatte.

»Ich habe Angst, Sir. Vor Eurer Verletzbarkeit. Ihr fürchtet, daß die Welt Euch für einen geringeren Mann halten könnte, nur weil Ihr an den Rollstuhl gefesselt seid.«

Da zog er sie noch dichter an sich heran und bohrte seine Finger so fest in ihre Wangen, daß sie beinahe aufgeschrien hätte vor Schmerz. Doch es gelang ihr, ihre Tränen hinunterzuschlucken und ihm jetzt noch ins Gesicht zu sagen: »Es gehört mehr dazu, ein Mann zu sein, als nur die Fähigkeit, auf zwei Beinen gehen zu können.«

»Richtig«, fauchte er, faßte sie mit einer Hand bei den Haaren, während er die Finger der anderen um ihr rechtes Handgelenk krallte, es dann gegen die warme Ausbuchtung zwischen seinen Schenkeln drückte und ihre Hand dort festhielt, als sie sich keuchend gegen seinen Griff wehrte und versuchte, ihre Hand wieder von dort wegzuziehen.

»Das da macht einen Mann aus«, knurrte er. »Und diese Fähigkeit ist mir ebenfalls abhanden gekommen, meine Süße. Also verratet mir jetzt einmal, Miss Ashton – meine verehrte Gesellschafterin, die sich mit potenten jungen Stallburschen vergnügt –, was Eurer Meinung nach von einem Mann noch übrigbleibt, der weder seine Beine noch seinen Penis mehr gebrauchen kann? Nun?«

»Er hat seine Würde«, flüsterte sie mit brennenden Wangen, über die ihr noch immer die Tränen liefen. »Die kann man ihm nicht nehmen. Er hat noch immer seinen Geist und seine Seele – diese beiden kostbarsten immateriellen Güter, mit denen er sich den Himmel oder die Hölle verdienen kann.«

»Ist das so?« Sein Gesicht war jetzt nur noch wenige Zoll von ihrem entfernt. Er legte die Finger, mit denen er ihre Hand festgehalten hatte, um ihren Hals und drückte ihn leicht zusammen. »Aber was wird aus jenen von uns, die gar keine Seele haben, Miss Ashton?«

»Es steckt viel Gutes in Euch, Sir. Ihr müßt das Gute in Euch nur anerkennen, Sir. Ich habe es in der vergangenen

Nacht aus Euren Augen leuchten sehen, die heller strahlten als alle Sterne des Universums.«

»Oh. Klingt das nicht ein bißchen zu poetisch aus dem Mund einer Hure?«

»Ich bin keine Hure, Sir.«

Mit sarkastisch gekräuselten Lippen und geblähten Nasenlöchern blickte er sie mit seinen schiefergrauen Augen durchbohrend an, während sein Daumen leicht über ihre Halsschlagader hinstrich.

Dann ließ er sie endlich wieder los. Sie war so erleichtert, daß sie einen Moment lang wie betäubt war und nicht die Kraft fand, sich von den Knien zu erheben. Die Stellen, wo seine Finger sich in ihr Fleisch gebohrt hatten, brannten wie Feuer, und erst jetzt stieg auch der Zorn in ihr hoch. Sie zitterte am ganzen Körper vor Wut und Enttäuschung (war sie in der vergangenen Nacht tatsächlich mit dem Gedanken eingeschlafen, daß sie etwas mehr für diesen arroganten und jähzornigen Aristokraten empfand, als sie glaubte, ihm als seine Pflegerin schuldig zu sein?). Schließlich gelang es ihr, sich zu erheben, und sie ging ein wenig schwankend zur Tür, ohne sich noch einmal nach ihm umzuschauen.

»Miss Ashton«, rief er da hinter ihr, und als sie sich noch immer nicht umdrehen wollte, etwas lauter: »Maria!«

Da fuhr sie herum, die Hände an den Seiten zu Fäusten geballt, während die Haare, die sie zu einem Knoten im Nacken aufgesteckt hatte, sich lösten und ihr über eine Schulter hinunterrollten.

»Ich habe Euch nicht erlaubt, mich so zu nennen, Euer Gnaden«, erklärte sie schroff. »Und ich habe auch nicht vor, Euch das zu gestatten. Dafür mag ich Euch nicht genug, denke ich. Nein – ich bin mir dessen sogar sicher. Ich habe mich in diesen letzten Wochen bemüht, mich nicht beeinflussen zu lassen von den Gerüchten, die ich über Euch hörte, oder diesen Anspielungen, die Euren Charakter betrafen. Doch ich bedaure, Euch nun sagen zu müssen, daß ich fürchte, sie sind alle wahr. Zweifellos habt ihr das grausame Schicksal, das Euch erwartet, verdient.«

Und dann, mit etwas schrillerer Stimme, die jeden Moment zu brechen drohte: »Oh, ja, ich hatte ganz vergessen – oder vielmehr habt Ihr mir noch keine Gelegenheit dazu gegeben, Euch davon zu unterrichten, daß die Herzogin mit einem Begleiter gekommen ist, und zwar mit einem Arzt namens Edgcumbe, der fest davon überzeugt ist, daß es nur ein Mittel gibt, das Euch kurieren könnte – nämlich die Einweisung in ein Hospital, in dem man Euch mit heulenden Wahnsinnigen und verlorenen Seelen in eine Zelle sperrt.

Ich habe natürlich versucht, ihnen das auszureden. Ich bin jedoch sicher, daß die beiden, wenn sie Euch und die Beweise Eurer letzten Raserei jetzt sehen, sich beeilen werden, ihre Pläne auszuführen und Euch noch vor Einbruch der Dunkelheit von hier wegbringen und uns alle von Euch erlösen werden. Und ich hoffe, *daß Ihr dort an diesem verabscheuungswürdigen Ort wie eine Ratte in einem Abfluß verrotten werdet, weil ihr das auch verdient.*«

Mit diesen Worten rannte sie aus dem Zimmer und direkt in ein Dutzend weiblicher Dienstboten hinein, die sich draußen auf dem Korridor versammelt, offensichtlich an der Tür gelauscht und ihre unentschuldbare Tirade mit angehört hatten. Sie starrten sie alle mit offenem Mund an, als wäre sie der Sensenmann in Person.

Gertrude arbeitete sich, ein paar gaffende Mägde beiseite schiebend, bis zu Maria durch und schaute sie mit großen, runden Augen eine halbe Minute lang an, ehe sie fragte: »Und was sollen wir jetzt Eurer Meinung nach mit ihm tun, Kindchen?«

»Ich . . ., es ist mir egal, was Ihr jetzt mit ihm macht.«

Ein Seufzen und erschrockenes Murmeln lief durch die Reihen der versammelten Dienerinnen. »Gütiger Gott«, rief Gertrude, ihre Hände ringend, »ich schätze, das bedeutet, daß Seine Gnaden uns nun bald verlassen wird.«

»Zweifellos.«

»Was für eine Schande! Wo sich sein Zustand doch schon so gebessert hatte, seit Ihr hierher kamt. Erst heute morgen meinte er noch vor dem Frühstück zu mir, daß er das Euch zu verdanken habe.«

Maria sah sie stirnrunzelnd an. »Gertrude, Lügen ist eine Sünde.«

»Aber ich werde Euch doch in so einer wichtigen Sache nicht anlügen, Kindchen! Er sagte zu mir, wenn ich mich recht erinnere, daß Miss Ashton wie ein frischer Frühlingswind in seinen Geist eingedrungen wäre und ihn aus seiner Umnachtung herausgeholt hätte. Und dabei hat er auch noch gelächelt!« schloß Gertrude beleidigt.

In diesem Moment bog eines von den Zimmermädchen um die entfernte Ecke des Korridors und kam mit wehenden Röcken und hüpfenden Busen auf die Haushälterin zugelaufen. »Ihre Gnaden ist auf dem Weg hierher«, berichtete sie Gertrude atemlos flüsternd.

Da wandten sich alle Köpfe wieder Maria zu.

Gertrude trat einen Schritt näher an sie heran. »Wenn sie ihn von hier wegbringen, spielt es doch keine Rolle mehr, wie er und sein Zimmer aussehen, schätze ich.«

»Hätten wir noch Zeit . . .?«

»Falls Ihr sie aufhalten könntet, Miss Ashton?«

»Und wie hält man eine Herzogin von Salterdon auf?«

»Ich denke, wenn das überhaupt jemand kann, dann seid Ihr das, Kindchen«, sagte Gertrude.

»Aber wenn *er* sich jetzt wieder sperrt und mit Tassen um sich schmeißt?«

»Irgendwie glaube ich das nicht, weil ich gesehen habe, wie er ganz blaß wurde im Gesicht, als Ihr ihm sagtet, daß seine Großmutter ihn in einem Hospital unterbringen würde.«

Maria überlegte, was sie nun tun sollte. Sie sah ein, daß sie in ihrem Zorn zu weit gegangen und so sehr mit ihren eigenen verletzten Gefühlen und ihrer Enttäuschung beschäftigt gewesen war, daß sie kaum auf Salterdons Reaktionen geachtet hatte. Ja, vielleicht hatte sie ein kurzes Aufflackern von Angst in seinen sonst so leblosen grauen Augen bemerkt. Himmel, ihr wurde ganz flau im Magen, wenn sie daran dachte . . .

»Ja«, sagte sie leise, »ich werde versuchen, sie aufzuhalten.«

Gertrude lächelte, klatschte in die Hände und rief: »Also los, meine Damen! Und etwas plötzlich, wenn ich bitten darf!«

Da stellte sich Molly vor sie hin und deutete auf ihr rechtes Auge, das sich bereits rot und blau zu verfärben begann. »Erwartet Ihr etwa von mir, daß ich noch einmal sein Zimmer betrete, nachdem er mir das hier angetan hat?«

»Ach, Molly, mit so was kommt Ihr doch jedesmal nach Hause, wenn Ihr die Nacht unten bei Bill in Beaver's Taverne verbracht habt. Also macht Euch jetzt an die Arbeit, bevor ich Euch noch so ein Veilchen auf das andere Auge verpasse!«

Worauf die Schar der Mägde, ihre Besen und Eimer wie Lanzen und Schilde vor sich hinhaltend, in die Höhle des Drachen hineinmarschierte und Maria die Augen schloß, eine Explosion erwartend, spitze Schreie und einen Geschoßhagel von Tellern und Vasen, der sie wieder hinaus auf den Korridor trieb.

Doch nichts dergleichen geschah.

Trotzdem wartete Maria noch, unfähig, sich zu bewegen, zu atmen, während die Erinnerung an jene letzten Minuten in Salterdons Zimmer ihr das Blut in die Wangen trieb. Dummes, kleines, naives Mädchen! Nachdem du zwei Jahre lang deinen Bruder Paul gepflegt und dir seine unerfüllten Träume und Wünsche angehört hast, hättest du eigentlich wissen müssen, daß Salterdons Groll und Mangel an Selbstvertrauen nicht nur von seiner Gehunfähigkeit herrühren konnten!

Aber weshalb, dachte sie bei sich, beschäftigt ihn das gerade jetzt so sehr?

»Miss Ashton!«

Blinzelnd drehte sie sich zur Herzogin um.

»Ich möchte jetzt meinen Enkelsohn sehen.«

»Nein.«

»*Wie bitte?*«

»Er . . . er ist noch nicht empfangsbereit.«

»Aber Ihr sagtet doch . . .«

»Es waren da noch in letzter Minute ein paar Vorbereitungen zu treffen. Gertrude ist in solchen Dingen überaus pingelig, glaube ich . . .«

Die Herzogin trat näher an Maria heran – so nahe, daß sie sehr deutlich die goldfarbenen Sprenkel in den grauen Augen der Herzoginwitwe zu erkennen vermochte, die Maria an ihren Enkelsohn erinnerten. Ja, es waren *seine* Augen, die sie anstarrten, ihre Menschlichkeit hinter dem stählernen Vorhang der Aristokratie versteckend.

In diesem Moment öffnete sich die Tür von Salterdons Zimmer, und Gertrude trat auf den Korridor hinaus. Sie sah von Maria auf die Herzogin und sagte dann: »Seine Gnaden ist jetzt bereit, Euch zu empfangen.«

»Ist er das?« gab die Herzogin, mit gewölbter Braue und gekräuselten Lippen mit einem Seitenblick auf Maria zurück. Sie wartete, bis Gertrude zur Seite getreten war, und begab sich dann in das Zimmer ihres Enkelsohns.

Maria folgte ihr mit angehaltenem Atem und niedergeschlagenen Augen im angemessenen Abstand. Erst als Gertrude neben sie trat, fand sie die Kraft, den Blick auf Salterdon zu richten.

»Sieht doch jetzt wieder ganz manierlich aus, oder?« wisperte Gertrude. »Obwohl ich fürchtete, er würde mir mit diesem verflixten Messer die Kehle durchschneiden, ehe ich mit dem Rasieren fertig war. Wir müssen ihn jetzt nur noch dazu bringen, sich von uns die Haare schneiden zu lassen.«

»Ihm gefällt aber seine Haartracht«, hörte Maria sich da murmeln, während ihr Blick noch immer auf ihrem Pflegling ruhte, der jetzt in einem Lehnstuhl vor dem Kamin saß und dessen Züge im Licht des Feuers so kräftig, ausdrucksvoll und fein gemeißelt erschienen, als wären sie aus Marmor. Er hatte noch nie so . . . gut ausgesehen. So distinguiert. So arrogant und selbstbewußt, kaum derselbe Mann, der noch vor wenigen Minuten ihre Hand zwischen seine Schenkel gezogen, diese dort festgehalten und sie selbst als Hure bezeichnet hatte.

Sie war keine Hure, *zum Henker mit ihm*! Sie war es nicht . . ., aber in jenem Moment, als seine Körperwärme und seine Reaktion auf ihre Berührung von ihrer Hand durch ihren Arm bis in ihr Bewußtsein vorgedrungen waren, hatte sie sich gefühlt wie eine Hure, kam sich jetzt noch immer wie eine vor – Gott helfe ihr.

»Ich habe ihm natürlich seinen besten Anzug angezogen«, fuhr Gertrude fort zu wispern. »Er hat diesen Stoff schon immer sehr geliebt und ein Vermögen dafür ausgegeben, daß ihm die Londoner Schneider aus diesen Stoffen, die er sich bis aus China kommen ließ, Maßanzüge anfertigten. Er sieht recht imposant darin aus, nicht wahr?«

Die Herzogin von Salterdon war vor dem Sessel ihres Enkelsohns stehengeblieben. Die beiden betrachteten sich stumm, ehe Salterdon mit dürrer Stimme sagte: »Verzeiht, daß ich mich nicht vor Euch erhebe, Euer Gnaden. Ihr werdet sicherlich Verständnis dafür haben.«

»Natürlich. Was ich jedoch nicht verstehe, ist der Zorn, den du auf mich hast.«

Es dauerte eine Weile, ehe Salterdon ihr darauf eine Antwort gab. Einem unbeteiligten Zuschauer wäre er blasiert erschienen und ein wenig gelangweilt von diesem Gespräch, das er lieber vermieden hätte. Doch dieser Eindruck täuschte.

Er konzentrierte sich vielmehr, formulierte im Geiste immer wieder die Worte, die er zu ihr sagen wollte, bis er glaubte, sie auch deutlich und zusammenhängend aussprechen zu können. Und während ihn Maria mit angehaltenem Atem beobachtete, dachte sie wieder an die vergangene Nacht, wo er ihr beim Schein einer Öllampe Bachs Messe in h-moll vorgespielt hatte, und an diesen Morgen, als er ihr, ehe die blassen Strahlen der Sonne die Nebelwand am Horizont durchbrachen, aus dem *Landpfarrer von Wakefield* vorgelesen hatte – zuerst über jede Silbe stolpernd und sein Unvermögen verfluchend, jedoch in seinen Bemühungen nicht locker lassend, bis ihm schließlich, während ihm von der Anstrengung der Schweiß von der Stirn rann, die Worte so fließend wie Wasser über die Lippen gekommen waren; worauf sie, ihr Gesicht in den Händen vergraben, vor Freude geweint, gelacht und wieder geweint hatte.

Als sie jetzt sah, wie sich die Muskeln in seinen Schultern anspannten, seine Hände sich um die Sessellehnen krampften und seine Mundwinkel zuckten, sagte sie in Gedanken zu ihm: *Langsam. Vorsichtig, Euer Gnaden, und nichts überstürzen. Es drängt Euch doch niemand. Wenn Ihr Euch Zeit laßt und entspannt, wird es wiederkommen ... Und ich habe diese schrecklichen Dinge gar nicht gemeint, die ich vorhin zu Euch sagte. Verzeiht mir, verzeiht mir, verzeiht mir.*

Da nahm Gertrude sie beim Arm, zog sie mit sanfter Gewalt mit sich hinaus auf den Flur und schloß die Tür hinter ihnen, so daß Maria nicht mehr sehen konnte, was Salterdon mit dem Glas Wein machte, das der Begleiter der Herzogin ihm reichte. Ihr Herz setzte einen Schlag lang aus, doch als sie den Mund öffnete, um zu protestieren, schüttelte Gertrude nur den Kopf und schnalzte mit der Zunge.

»Es wird schon gutgehen, Kindchen. Laßt die beiden jetzt allein.«

»Aber es fällt ihm doch noch schwer, ein Glas festzuhalten, Gertrude! Wenn er es nun fallen läßt? Er würde sich schrecklich gedemütigt fühlen und ...«

Gertrude drückte Maria auf einen der Stühle, die draußen im Korridor standen, und begann nun den Schaden auszubessern, den Salterdon an Marias Frisur angerichtet hatte. »Warum sollte Euch das bekümmern?« fragte sie leichthin. »Ihr habt vorhin doch sehr deutlich zu verstehen gegeben, was Ihr von dem Herzog haltet. Ihr habt ihn eine Abfluß-Ratte genannt . . .«

»Habe ich gar nicht!« rief Maria und wandte sich zu Gertrude um. »Ich sagte nur, ich wünschte mir, daß er *wie* eine Ratte in einem Abfluß verrotten möge . . .«

»Richtig. Das habt Ihr gesagt. Aber Ihr könnt doch kaum bestreiten, daß Ihr auch zu ihm gesagt habt, Ihr hättet nichts für ihn übrig. Und daß er es verdienen würde, wenn man ihn nun an einen Ort brächte, wo die Leute heulten wie Hunde.«

»Oh, Gott.« Maria sank auf ihrem Stuhl zurück. Kein Wunder, daß ihr Vater jeden Tag in jeder wachen Minute Gott um die Rettung ihrer Seele gebeten hatte. »Ich denke mir manchmal, daß er jemanden bräuchte, der emotional stabiler ist als ich. Er erschreckt mich und erzürnt mich zuweilen mehr als jeder andere Mensch, den ich bisher in meinem Leben gekannt habe. Doch dann gibt es auch wieder Zeiten, wo ich trotz meiner Angst, meiner Wut und Enttäuschung ein warmes Gefühl im Herzen und im Magen spüre . . .« Marias Stimme verebbte, und sie biß sich auf die Lippen.

»Das war zu erwarten – dieses mütterliche Gefühl für ihn«, sagte Gertrude. »In jeder Frau steckt ein Mutterinstinkt, der in dem Moment erwacht, wo sie sich um einen anderen Menschen kümmern muß.«

»Ist es das, was ich spüre?« erklärte Maria mit geheuchelter Erleichterung. »Einen Mutterinstinkt?«

»Was könnte es denn sonst sein?«

»Ich . . . ich weiß es nicht. Das spielt jetzt auch keine Rolle mehr, fürchte ich. Denn nachdem ich ihm vorhin so schreckliche Dinge an den Kopf geworfen habe, werde ich ihn jetzt, ob mir das paßt oder nicht, verlassen müssen ..., sobald er Ihre Gnaden davon informiert hat, was für eine widerwärtige, aufbrausende Person sie als Gesellschafterin für ihn engagiert hat.«

Kapitel elf

Salterdon schwieg, während seine Großmutter mit einem Glas Brandy in der einen Hand im Zimmer auf- und abwanderte, während die Diamantringe an ihrer anderen Hand vielfarbige Blitze auf die dunklen, getäfelten Wände warfen. Erst als sie kurz vor dem Feuer stehenblieb und sich mit einer blassen, knotigen Hand auf den Kaminsims stützte, begegnete er dem Blick ihrer strengen Augen und sagte, was er im Geiste so lange geprobt hatte – nicht ohne noch ein letztes Mal zur Tür hinzusehen, durch die Maria soeben verschwunden war: »Offenbar ist mein Geist doch noch nicht so kräftig, wie ich meinte, weil ich erwartete, Ihr würdet vor Freude und Erleichterung in Tränen ausbrechen, nachdem Ihr Euch davon überzeugen konntet, wie sehr sich mein Zustand inzwischen verbessert hat.«

»Ist das der Grund, weshalb du mich die ganze Zeit hindurch so finster anstarrst?« erwiderte sie. »Muß ich dich erst daran erinnern, daß ich mich noch nie zu derartig törichten Gefühlsausbrüchen habe hinreißen lassen?«

»Nein«, murmelte er, von ihr wegblickend, »daran müßt Ihr mich nicht erst erinnern.«

»Du solltest auch ohne dies wissen, wie erfreut, wenn nicht sogar überrascht ich bin. Es kommt mir so vor, als habe Miss Ashton seit ihrer Ankunft in Thorn Rose Wunder vollbracht.«

»Sie ist ...« Er suchte nach einem Satz, mit dem er die Frau beschreiben konnte, die ihm vor wenigen Minuten noch (im übertragenen Sinne) die Augen ausgekratzt hatte – dieselbe Frau, die in der Nacht zuvor barfuß und nur mit einem Nachthemd bekleidet vor Freude im Musikzimmer herumgetanzt war, nachdem es ihm gelungen war, mit plumpen, ungeschickten Griffen auf einem verstimmten Klavier eine Melodie zu klimpern, und schloß mit den Worten: »... eine Person mit gespaltenen, widersprüchlichen Gefühlen.«

»Eine Untertreibung.« Die Herzogin sah auf das mit Portwein gefüllte Glas, das ihr Enkelsohn in der Hand hielt, und wartete darauf, daß er es austrank. Vorsichtig hob er es nun an den Mund, nahm einen Schluck daraus und spürte, wie der Wein ihm wie Feuer durch die Kehle rann. Er drückte die Augen zu und wartete, bis das Inferno in seinem Magen sich wieder etwas beruhigte. Er hätte zu gern gehustet, tat das jedoch nicht. Die Herzogin hätte das als ein Zeichen von Schwäche ausgelegt, und wenn sie etwas haßte, dann war das Schwäche.

»Du siehst mir recht passabel aus – in Anbetracht der Umstände«, erklärte sie nun. »Ein bißchen mager vielleicht und wüst. Wieso du dich zu dieser Haartracht entschieden hast, ist mir ein Rätsel. Du siehst darin deinem Bruder so ähnlich wie nie zuvor. Zweifellos wirst du demnächst anfangen, mit bloßen Händen in der Erde zu wühlen und für deine Pächter Kohl anzubauen.«

»Das hat, wenn ich mich recht entsinne, Eurer Wertschätzung von Clayton keineswegs geschadet.«

»So ein Verhalten mag zwar bei Clayton, dem zweitgeborenen Enkelsohn, angebracht sein, ist bei dir jedoch inakzeptabel. Herzöge arbeiten nicht mit ihren Pächtern zusammen auf dem Feld.«

»Noch spielen sie Klavier«, setzte Salterdon in Gedanken hinzu und nahm abermals einen Schluck aus seinem Glas.

Schließlich setzte sich die Herzogin mit kerzengeradem Rücken und vorgeschobenem Kinn in einen Sessel, während

Trey, den Blick auf sein halbleeres Glas gerichtet, fragte: »Warum seid Ihr hierhergekommen? Und warum habt Ihr Edgcumbe mitgebracht?«

»Weshalb, denkst du, habe ich das wohl getan?«

Wieder sah Salterdon zur Tür hin und starrte sie an, als vermöchte er sie mit purer Willenskraft zu öffnen. Stand sie denn noch immer dort draußen – diese Miss Ashton –, darauf wartend, auf ein Zeichen von ihm wieder ins Zimmer zu stürmen und Befehle zu erteilen wie ein Soldat?

Natürlich nicht. Er hatte sie ja schließlich davongejagt, nicht wahr? Hatte ihr auf unmißverständliche Weise zu verstehen gegeben, daß sie sich zum Teufel scheren und für immer aus seinem Leben verschwinden sollte!

Und warum?

Lediglich deswegen, weil sie in ihrer Unschuld und Begeisterung geglaubt hatte, ihn vor einem Dasein bewahrt zu haben, das schlimmer wäre als der Tod.

Fast hätte er jetzt laut gelacht. Statt dessen nahm er wieder einen Schluck.

Wo war sie jetzt?

Nicht, daß er sie etwa gebraucht hätte ... Er konnte sich auch allein gegen seine Großmutter behaupten ..., hatte das schon immer getan ... Nur, daß er sich jetzt ...

Himmel, wie schrecklich müde er sich auf einmal fühlte! Sein Kopf begann zu schmerzen, sein Verstand sich zu benebeln. Er hatte Mühe, zusammenhängend zu denken, und schien einfach nicht mit dem richtigen Wort herauskommen zu können, das die Herzogin zu besänftigen vermochte.

Der Portwein mundete ihm jetzt schon besser. Er spürte kaum noch ein Brennen im Hals, wenn er davon trank, und nahm auch nur verschwommen wahr, wie ein Diener aus dem Nirgendwo auftauchte und ihm das Glas nachfüllte.

»Warum Ihr das wohl getan habt?« wiederholte er nun laut die Frage seiner Großmutter. »Laßt mich mal überlegen. Weshalb wohl ... Weil Ihr die feste Absicht hattet, mich von hier wegzubringen und mich irgendwo in einer Zelle zu vergraben, als wäre ich nicht viel mehr als ein schändliches Geheimnis, das man am besten verstecken sollte vor der Welt.«

»Ja.«

»Ah.« Der Portwein schwappte ihm auf die Knie, und er sah zu, wie sich ein feuchter Fleck wie ein Schatten auf seiner hellbraunen Kniehose ausbreitete. »Nun mag Euch das vielleicht überraschen, daß das schon lange kein Geheimnis mehr ist. Denn meine Peers haben es schon seit Monaten aufgegegeben, mich zu besuchen, falls Euch diese Tatsache entgangen sein sollte. Sie hatten offenbar mein Unvermögen, mich mit meiner neuen Rolle im Leben abzufinden, nicht begreifen können. Nicht, daß ich auch nur eine Sekunde lang geglaubt hätte, sie würden sich vielleicht aus Anteilnahme oder Mitgefühl nach meinem Wohlbefinden erkundigen. Nein, gefallene Aristokraten, in Sonderheit Herzöge, sind ein vorzüglicher Gesprächsstoff für Dinner-Parties, Bälle und Empfänge.«

Sein Glas zwischen den Fingern drehend, preßte Salterdon durch die zusammengebissenen Zähne: »Unglaublich, was man sich so alles anhören muß, wenn die Leute einen für schwachsinnig oder gar schon für verblödet halten. Was Euch betrifft, Euer Gnaden, so habt Ihr ja noch nie mit Eurer Meinung hinter dem Berg gehalten. Doch keine Bange, Euer Gnaden – ich verzeihe Euch das gern, wie ich das schon immer getan habe. Mir bliebe wohl auch keine andere Wahl, nicht wahr?«

»Nein. Nicht, solange du mein Vermögen erben willst.«

»Ah«, sagte er und schenkte ihr ein strahlendes Lächeln.

»Ich werde nicht jünger, Trey. Seit fünfzehn Jahren warte ich nun schon geduldig darauf, daß du endlich erwachsen wirst, heiratest und mir ein paar Erben schenkst. Und dann das. Ich kann mein Vermögen doch wohl schlechterdings irgendeinem Gemüsebauern vermachen.«

»Aber wenn Ihr mich entmündigt und sicher in einem Hospital verwahrt habt, könnt Ihr doch daran gehen, Euer Vermögen meinem weitaus würdigeren jüngeren Bruder zu vermachen, nicht wahr?«

»Der es weder haben möchte noch braucht«, ergänzte sie ein wenig müde. »Aber das ist jetzt nicht mehr von Belang. Dir geht es jetzt ja viel besser, Gott sei Dank . . .«

»Dank Miss Ashton«, fiel er ihr da ins Wort und erhob sein Glas, als wollte er ihr durch die verschlossene Tür hindurch zutrinken.

Die Herzogin sank, eine Braue in die Höhe ziehend, in ihrem Sessel zurück.

In den vergangenen Wochen hatte Maria kaum einen Gedanken an ihre prächtige Umgebung verschwendet. Selbst ihrem eigenen Zimmer hatte sie in dieser Hinsicht kaum Beachtung geschenkt, da sie nicht nur fast jede wache Minute des Tages, sondern auch ihre Abende mit Salterdon verbrachte. Und wenn sie dann erschöpft in ihr Bett fiel, war sie viel zu müde, um noch die erlesene Schönheit der weißen Täfelung, der rosenfarbenen Vorhänge oder des blaßblauen Aubusson-Teppichs würdigen zu können – alles der Epoche von Louis XIV. entstammende Kostbarkeiten, die sogar einen passenden Rahmen für eine Prinzessin abgegeben hätten.

Als Maria nun aber ihr letztes Paar gestopfter Strümpfe zusammenrollte und es zusammen mit ihren geflickten Unterröcken in ihrer kleinen Reisetasche verstaute, betrachtete sie die heitere Pracht ihrer Umgebung mit einem Gefühl von Trostlosigkeit.

Sie würde das nun alles verlassen. Offensichtlich wollte die Herzogin keine Gesellschafterin für ihren Enkelsohn haben, die ihm solche Grobheiten wie heute direkt ins Gesicht sagte. An dieser Malaise war ganz allein sie selbst schuld. Es war nur ihre Verstocktheit gewesen, die sie dazu gebracht hatte, sich überhaupt für diese Stellung zu bewerben. Dann hatte sie diese aus einem Gefühl von Frustration heraus wieder gekündigt und sich zu guter Letzt durch ihr aufsässiges Benehmen gegenüber ihrem Pflegling auch noch um die Chance gebracht, ihren Entschluß vielleicht noch rückgängig machen zu können.

Sie saß in einem kleinen Sessel mit gerader Rückenlehne und geschweiften Armlehnen vor dem Kamin, stützte den Kopf in die Hände und wartete.

Die Tür öffnete sich. Gertrude stand auf der Schwelle. »Ihre Gnaden möchten Euch jetzt sprechen.«

»Sehr wohl«, gab Maria trotzig zurück, hob ihr Kinn an und warf sich ihren fadenscheinigen Mantel über die Schultern. »Ich bin bereit.«

Maria wanderte, nach links und rechts blickend, durch die langen Galerien, wobei sie im stillen den Gemälden an den Wänden und den Statuen in den Nischen Lebewohl sagte, während sie sich beeilte, mit Gertrude, die ihr vorausging, Schritt zu halten. Gertrude geleitete sie jedoch nicht, wie Maria das erwartet hatte, in den Salon oder sogar in den Westflügel des weitläufigen Gebäudes, in dem sich die Privatgemächer der Herzogin befanden, sondern direkt zur Haustür und hinaus auf die Vortreppe, deren breite Marmorstufen zu der kreisförmigen Auffahrt hinunterführten. Dort stand eine offene Kutsche, deren zwei Insassen in dicke Schals und Mäntel mit Pelzkrägen eingehüllt waren und sich die Hüte tief in die Stirn gezogen hatten, weil inzwischen ein leichter Schneefall eingesetzt hatte. Es dauerte einen Moment, ehe Maria begriff, daß die beiden Gestalten in der Kutsche die Herzogin und ihr Enkelsohn waren.

»Kommt!« rief die Herzogin ihr zu. »Beeilt Euch! Während ich zwar die Kälte noch recht gut in einer fahrenden Kutsche ertragen kann, neigen meine Gelenke dazu, mich schmerzhaft an mein Alter zu erinnern, wenn ich wie ein ruhender Eisberg hier im Freien sitzen muß.«

Gütiger Gott. Sie hatten es so eilig, sie aus Thorn Rose zu entfernen, daß sie sich nicht einmal die Mühe machten, sie förmlich zu verabschieden! Doch das war es nicht, was ihr in diesem Augenblick Sorgen machte.

So rasch, wie ihr das mit ihrem Gepäck möglich war, stieg sie die vereisten Stufen zu dem Gefährt hinunter, dabei ihren Blick auf Salterdon geheftet, der mit niedergeschlagenen Augen und blaugefrorenen Wangen und Lippen auf der mit Leder überzogenen Polsterbank seiner Großmutter gegenübersaß.

Ohne den Blick von Salterdon abzuwenden oder irgendwelche Anstalten zu machen, in die Kutsche zu steigen, sagte sie zur Herzogin: »Seid Ihr der Meinung, daß es klug wäre, wenn er an einem so bitterkalten Tag das Haus verläßt?«

»Edgcumbe hat es mir empfohlen«, gab die Herzogin gereizt zurück. »Die frische Luft und die kühle Temperatur würden seinen Geist anregen und seine Widerstandskraft gegen Krankheiten erhöhen, sagt er. Aber nun steigt endlich ein, bevor wir uns alle hier zu Tode frieren.«

Da kletterte Maria rasch in das Gefährt, sank auf die Polsterbank neben Salterdon und ließ ihre Reisetasche auf den Kutschenboden fallen. Dann griff sie nach der Schoßdecke des Herzogs und steckte sie um seine Knie fest. »Ihr zittert ja«, sagte sie leise zu ihm und nahm seine in Lederhandschuhen steckenden Finger in ihre kalten Hände.

Die Kutsche, vor die vier nervös tänzelnde arabische Schimmelwallache gespannt waren, setzte sich in Bewegung, als der Kutscher einen Pfiff ausstieß und seine Peitsche über ihren Rücken knallen ließ.

»Ihr solltet ihn nicht so verwöhnen«, sagte die Herzogin vorwurfsvoll. »Er ist kein Kind mehr, Miss Ashton.«

»Aber noch nicht so gesund, um dieser Kälte widerstehen zu können. Es braucht Zeit, bis er wieder so kräftig sein wird wie früher.«

Dick eingemummelt in Nerz- und Fuchsfelle, und Maria mit Augen betrachtend, die so grau waren wie die Landschaft, durch die sie fuhren, wölbte die Herzogin eine Braue und schniefte. »Er ist der Herzog von Salterdon und entstammt einem sehr zähen und widerstandsfähigen Geschlecht, junge Dame. Es ist in meinen mehr als achtzig Jahren noch kein Tag vergangen, an dem ich nicht, ob es nun regnete oder schneite, eine Ausfahrt mit der Kutsche unternommen hätte, was auch für seinen Großvater – meinen Gatten – galt, als er noch lebte.«

»Der dann auch an einer Lungenentzündung gestorben ist«, meldete sich da Salterdon zu Wort, so daß Maria und die Herzogin ihn überrascht ansahen. »Und ich wäre Euch beiden sehr dankbar, wenn Ihr jetzt aufhören würdet, von mir zu reden, als wäre ich gar nicht zugegen. Es mag zwar ein bißchen . . . dauern, bis ich ein Wort über die Lippen bringe, ich bin jedoch durchaus in der Lage, für mich selbst zu sprechen, wie Ihr seht.«

Worauf er, Maria einen Seitenblick zuwerfend, eine Braue in die Höhe zog – wobei Maria nicht zu sagen wußte, ob er ihr damit sein Mißfallen bekunden oder sich nur über sie lustig machen wollte. Tatsächlich konnte sie in diesem Moment an nicht viel anderes denken als an diese Unruhe, die sie befiel, sobald sie den Klang seiner tiefen Stimme hörte, und sich dabei plötzlich bewußt wurde, daß sie wochenlang jeden Abend und jeden Morgen zu Gott gebetet hatte, Er möge sie doch nur ein paar verständliche Laute aus seinem Munde vernehmen lassen, und daß sie nun, wo Gott sie erhört hatte, Thorn Rose verlassen und seine Stimme nie mehr hören würde.

Sie lehnte sich ins Polster zurück und zog ihren Mantel fester um sich. Ihre Ohren brannten vor Kälte, und das gleiche galt für ihre Finger. Ihre Nase begann zu laufen, ihre Augen zu tränen, und die Zehen des rechten Fußes, die in dem Schuh mit der durchgewetzten Kappe steckten, wurden allmählich taub. Aber das alles schien ihr in Anbetracht der Rührseligkeit, die sie plötzlich zu überwältigen drohte und sie dazu zwang, die Augen fest zusammenzupressen, damit sie nicht überliefen, von sekundärer Bedeutung zu sein.

Da zog Salterdon einen Zipfel seiner Schoßdecke unter seinem Schenkel hervor, warf ihn über ihre Knie und zupfte sie dann am Arm. »Rückt näher an mich heran«, befahl er ihr leise, »ehe ihr Euch zu Tode friert.«

»Nein.« Sie schüttelte den Kopf und wollte sich nicht von der Stelle bewegen. »Mir ist auch so schon warm genug.«

»Ihr friert nicht nur, sondern seid auch eigensinnig«, bemerkte er leise, »ein Fehler, der mir bisher zwar immer gute Dienste leistete, Euch aber nicht. Schön – dann werde ich die Sache von einer anderen Seite her anpacken. *Ich* friere, Miss Ashton. Hättet Ihr deshalb die Güte, die Decke mit mir zu teilen, so daß Eure Körperwärme mir hilft, *meinen* Körper warmzuhalten, damit ich nicht an einer Lungenentzündung sterben muß?«

»Hm«, meinte sie, an ihrer Unterlippe kauend, »wenn Ihr es so formuliert . . .« Mit einigem Widerstreben rückte Maria nun näher an Salterdon heran und saß dann so steif wie ein Ladestock da, während er seine Schoßdecke um ihre Beine und Hüften feststeckte und dafür sorgte, das auch ihre Hände darunter vergraben waren.

»Ist es so besser?« fragte er mit einem dünnen Lächeln.

Sie nickte.

Der Schnee rieselte inzwischen nicht mehr leise vom Himmel herunter, sondern tanzte in dicken Flocken über die Straße hin. Salterdon musterte Maria wieder von der Seite. Ihre Nase, ihr Kinn und ihre Wangen waren flammend rot, ihre Augen tiefblau und etwas wäßrig. Und ihr Mund . . .

Er blickte, die Stirne runzelnd, wieder von ihr weg.

»Würdet Ihr mir vielleicht verraten«, sagte die Herzogin, »was Ihr da in Eurer Tasche habt, Miss Ashton?«

»Meine Habe natürlich.«

Salterdon wechselte mit seiner Großmutter einen Blick, und dann fuhren sie eine Weile lang stumm weiter, den Schnee betrachtend, der sich wie eine weiße Daunendecke auf Felder und Bäume legte. Und als sie schließlich die Stelle erreichten, wo sich die Straße mit jener nach Haworth kreuzte, bog der Kutscher nicht in diese ein, sondern lenkte das Gespann weiter nach Norden in das Tal hinunter, wo eine Handvoll Häuser, die Salterdons Pächtern gehörten, mit winzigen gelb erleuchteten Fenstern zu ihnen heraufgrüßten.

Maria beugte sich vor und sah Salterdon fragend an, nachdem sie einen Moment lang die Straße angestarrt hatte, die sich links von ihnen im Schneegestöber verlor. Eiskristalle bedeckten ihre langen dunklen Wimpern und glitzerten wie Juwelen in ihren silberfarbenen Haaren. Trey sagte nichts, sondern blinzelte ihr nur kurz zu, während er unter der Decke nach einer ihrer Hände griff und diese beruhigend drückte. Da weiteten sich ihre Augen, und ihre Lippen teilten sich. Er spürte, wie sich die Finger ihrer Hand unter der Decke öffneten, wieder schlossen und sich dann zitternd an seine klammerten, während ihr Lächeln die kalte Luft zu erwärmen und den düsteren Himmel mit einem blendend weißen Licht zu überziehen schien.

In diesem Moment kam ihm zu Bewußtsein, daß er noch nie ein seinem Leben einer Frau beruhigend die Hand gedrückt hatte. Und es war auch das erstemal, dachte er, als der Kutscher mit dem Gespann das winzige Dorf am Grunde des Talkessels erreichte, wo ihm die weißen Häuser, die das Ufer des zugefrorenen Sees säumten, wie eine schimmernde Reihe von Zähnen im düsteren Tageslicht vorkamen, daß er die Hand einer Frau so lange in seiner gehalten hatte – und diese die seine.

»Ich hoffe, daß meine Untersuchung uns noch mehr erleuchten wird, was seinen gegenwärtigen Gesundheitszustand betrifft«, erklärte Edgcumbe Maria, als er vor ihr den langen Korridor hinuntereilte, während sie sich bemühte, mit ihm Schritt zu halten und dabei nichts von den Phiolen und medizinischen Instrumenten zu verlieren, die sie ihm auf einem Tablett nachtrug. »Hattet Ihr vorhin nicht erwähnt, meine Liebe, daß sich, was die Beweglichkeit seiner unteren Körperpartie anlangt, noch keine Besserung abgezeichnet habe?«

»Nicht die geringste«, erwiderte sie.

Er schüttelte den Kopf. »Ich kann das einfach nicht begreifen«, fuhr er dann stirnrunzelnd fort. »Während der Schlag auf seinen Kopf hinreichend stark war, um sein Erinnerungsvermögen und die Kohärenz seiner Gedanken zu beeinträchtigen, habe ich bisher noch keine Ursache für eine dauerhafte Behinderung seiner Mobilität finden können. Kurz gesagt, es gibt keinen physischen Grund, weshalb er sich nicht in diesem Moment von seinem Stuhl erheben und dort durch die Tür kommen könnte.«

»Er hat sich aber sowohl mit seinem Geist als auch mit seinen Gefühlen in sich selbst zurückgezogen«, erwiderte Maria. »Wäre es da nicht möglich, daß er das auch in physischer Hinsicht getan hat?«

Edgcumbe blickte eine Weile nachdenklich vor sich hin und schüttelte dann den Kopf. »Vielleicht. Aber der Mann ist der Herzog von Salterdon, meine Liebe, der eines der größten Vermögen Englands erben soll. Er hat alles, was sich ein Mensch nur wünschen kann – Jugend, Reichtum und ein prächtiges Aussehen. So etwas verpflichtet doch, nicht wahr, meine Liebe?«

Edgcumbe lief weiter den Korridor hinunter und verschwand in Salterdons Zimmer. Maria folgte ihm mit einigem Abstand, an den Nachmittag zurückdenkend, wo sie aus dem Haus gekommen war und ihn zitternd vor Kälte, mit niedergeschlagenen Augen und einem nach Alkohol riechenden Atem in der Kutsche vorgefunden hatte. Das ihr inzwischen nur zu vertraute und sie seltsam beunruhigende Gefühl hatte in diesem Moment wieder von ihr Besitz ergriffen und war dann in ihr hochgeschossen wie ein aufgeschreckter Hase, als er ihre Hand genommen und diese gedrückt hatte. Und dann hatte es in ihr gesungen wie ein Vogel, als ihr bewußt wurde, daß sie Thorn Rose nun doch nicht verlassen mußte. Und als die Kutsche dann auf der sich am Hang hinschlängelnden Straße hinuntergefahren war ins Dorf und er ihre Hand immer noch festgehalten hatte, war sie sogar so töricht gewesen, sich vorzustellen, daß sie ein Liebespaar seien, das sich auf einer romantischen Spazierfahrt durch eine verschneite Landschaft befand.

Dummes Mädchen.

Und sie hatte noch einmal jenen Augenblick im Musikzimmer durchlebt, als er sie an sich drückte – so sacht, so behutsam –, und die Wärme seines Körpers und seiner Hände sie in flüssiges Feuer zu verwandeln schien.

Offenbar hatten die Anstrengungen der letzten Wochen sie überempfindlich gemacht.

Dazu kam noch die Erinnerung, wie er ihre Hand zwischen seine Schenkel gezogen hatte – an die Hitze seines Körpers – an die strotzende Fülle seines . . .

»Kommen Sie, Miss Ashton?« hörte sie da die Stimme des Arztes aus Salterdons Zimmer.

Sie holte tief Luft . . . und fragte sich, ob sich vielleicht eine Krankheit bei ihr ankündigte. Es war ihr plötzlich so, als sei ihr ganzes Wesen von einem Fieber gepackt worden.

Der beißende Geruch von Arzneien begrüßte sie, als sie ins Salterdons Zimmer eilte, das von übelriechenden Dampfwolken erfüllt war, die sie in die Nase bissen und ihr die Tränen in die Augen trieben. Im Kamin prasselte nicht nur ein mächtiges Feuer, sondern um Salterdons Bett herum waren auch noch mehrere Becken mit glühenden Kohlen, aufgestellt, während Molly im Hintergrund mit einem Eimer und einer Schöpfkelle bereitstand, um eine Flüssigkeit auf die glühenden Kohlen zu gießen, von denen dann zischend Dämpfe aufstiegen.

»Kommt, Miss Ashton! Beeilt Euch!« rief Edgcumbe.

Vorsichtig bewegte sich Maria in das mit diesen atemraubenden Dämpfen erfüllte Zimmer hinein und stellte das Tablett auf dem Tisch ab, auf den Edgcumbe mit dem Finger deutete. Erst dann drehte sie sich zum Bett um und erstarrte.

»Die Herzogin hat mir berichtet, daß Ihr jahrelang Euren gelähmten Bruder gepflegt habt«, sagte Edgcumbe, während er sich aus einer bauchigen Flasche eine dicke ölige Flüssigkeit auf die Hand schüttete. »Und daß Ihr mir deshalb bei der Behandlung des Patienten assistieren könntet, ohne Euch zu genieren.«

Maria schluckte und nickte schwach.

»Gut.« Edgcumbe packte das weiße Laken, das Salterdon von den Hüften abwärts bedeckte, und schleuderte es beiseite.

Salterdon lag, total nackt, auf dem Bauch. Sein breiter schweißnasser Rücken verjüngte sich stark nach unten und endete in einer bemerkenswert schmalen Taille. Sein Gesäß war rund und fest, und seine Beine unglaublich. Von der Mitte der Schenkel abwärts waren sie mit krausen schwarzen Härchen bedeckt.

»Miss Ashton?«

Sie blinzelte und zwang sich dazu, Edgcumbe anzusehen, der ihr die Flasche mit dem Öl zureichte. »Reibt ihn damit von den Hüften bis zu den Fersen hinunter kräftig ein. Der Dampf wird die Poren seiner Haut öffnen, so daß sie das Öl rasch absorbieren werden. Auch sagt man, daß Hitze die Zirkulation des Blutes fördert, so daß es besser die Knochen und Muskeln erreichen kann und dessen Gewebe geschmeidiger macht.«

Maria bewegte sich um das Bett herum, während Molly die Schöpfkelle wieder in ihren Eimer tauchte und etwas von der Flüssigkeit darin auf die Kohlen goß. Maria hatte das Gefühl, als klebte ihr das feuchte Kleid bereits auf der Haut und schnürte ihr den Hals zu. Als sie sich zu der Magd umdrehte, sah sie, wie diese die Augen verengte und ihren Mund ein wenig öffnete, als hätte sie erkannt, wie verlegen Maria war, und sich darüber diebisch freute.

Wieder tief Luft holend, ließ Maria nun das warme Öl aus ihrer Hand auf Salterdons Rücken hinuntertropfen, wo es im Lampenlicht eine schimmernde gelbe Lache bildete und dann am Rand der Wirbelsäule entlangrann. Ein wenig zögerlich streckte sie die Hand aus, um das Öl mit einem Finger aufzufangen, bevor es die Furche zwischen seinen Gesäßbacken erreichte, wobei sie Salterdons Haut so sacht berührte, daß sie das kaum merkte, bis er sich plötzlich versteifte, den Atem anhielt und die Finger in sein Bettzeug krallte.

Sie schloß die Augen und begann nun mit ihren öligen Händen seine Taille, sein Gesäß und die Rückseite seiner harten Schenkeln zu reiben und zu massieren. Sie erfuhr nun, wie sein Körper sich anfühlte, spürte die Rundungen, die Glätte, die Härte oder Weichheit seines Fleisches unter ihren Händen, während sie sich der anderen Menschen, von denen sie umgeben war und die hin und wieder etwas sagten, kaum noch bewußt war – auch Molly nicht mehr wahrnahm, die in regelmäßigen Abständen mit der Schöpfkelle die Kohlen mit Flüssigkeit begoß und ihre Schultern mit dikken Dampfschwaden umgab.

Das war nicht der Körper eines Jungen, war nicht mit Pauls Körper zu vergleichen, dessen frühe Mannbarkeit von den Händen eines Schmieds ausgelöscht worden war und sich nicht auf eine so extreme Weise entwickelt hatte. Pauls Körper war blaß und weich gewesen.

Er war nicht einmal mit Thaddeus' Körper zu vergleichen

– oder was sie von diesem gesehen hatte, als er sich mit Molly auf dem Küchentisch vergnügte.

Sie erschauerte. Sie schien irgendwo tief in ihrem Inneren den Atem anzuhalten, und der jähe, fast überwältigende Drang, aus dem Zimmer zu flüchten, war wie ein Schock, dem sie jedoch widerstand. Statt davonzurennen, erlaubte sie ihren Händen, abwechselnd sanft oder fest zuzupacken, und spürte, wie ihre Haut über seine glitt und, das warme Öl darauf verteilend, sich an seinem Fleisch ergötzte. Sie lernte seinen Körper auf eine Weise kennen, wie kaum eine Frau vor ihr ihn kennengelernt hatte – angefangen bei der Narbe an seiner linken Hüfte (eine Verbrennung?) bis hinunter zu der ungewöhnlichen Ansammlung kleiner brauner Schönheitsflecke auf seiner rechten Gesäßbacke.

»Miss Ashton?«

Sie blinzelte und sah langsam zu Edgcumbe hoch.

»Ich sagte, daß wir ihn jetzt umdrehen sollten.«

»Ihn umdrehen?«

Edgcumbe nickte.

Molly ließ ein kleines amüsiertes Kichern hören und goß wieder etwas von dieser medizinischen Flüssigkeit auf die Kohlen, so daß eine geysirartige Dampfsäule hochschoß und Maria vorübergehend das Atmen unmöglich machte.

Sich zu Maria hinunterbeugend, zischelte Molly ihr ins Ohr: »Ihr habt bestimmt die ganze Zeit an Thad gedacht, nicht wahr? Nun, ich bin hier, um Euch zu sagen, daß es eher in der Hölle schneien wird als Ihr die Gelegenheit dazu bekommen werdet, ihn auf eine so intime Weise mit Euren Händen zu begrabschen. Thad mag es nämlich, wenn man ihn mit warmen Öl beträufelt. Nur werde ich es sein, der es auch auf seinem Körper verreiben wird. Und was seinen . . .«

»Ihr da«, rief Edgcumbe Molly jetzt mit lauter Stimme zu, dieser mitten im Satz das Wort abschneidend, »helft Ihr mir mal, ihn umzudrehen? Miss Ashton scheint mit ihren Gedanken nicht ganz bei der Sache zu sein.«

»Aber gern«, erwiderte Molly und drängte sich so heftig an Maria vorbei, daß diese einen Moment lang das Gleichgewicht zu verlieren drohte.

Um Himmels willen – was war denn da plötzlich über sie gekommen? Sie benahm sich ja auf einmal so, als hätte sie Salterdon noch nie in einem wenigstens teilweise unbekleideten Zustand gesehen! Hatte sie ihn denn nicht in den letzten paar Wochen mindestens ein paar hundert Male auf hunderterlei verschiedene Weise berührt – ihn gefüttert, ihm die Haare gebürstet, ihm beim Zähneputzen geholfen und ihm die Fingernägel geschnitten und dergleichen mehr? Und nun stand sie an seinem Bett, unfähig, sich zu bewegen oder zu atmen, und nur, weil sie diesen Mann, den sie nun schon wochenlang gepflegt hatte, gänzlich nackt vor sich sehen und sein Fleisch berühren sollte?

Sie schob ihr Kinn vor, packte Molly am Arm und schob sie beiseite. »Ich bin durchaus in der Lage, diese Arbeit selbst zu übernehmen, und brauche dazu nicht Eure Hilfe, Molly.«

Und dann wälzten sie ihn auf den Rücken.

Maria wandte sich nun so schnell vom Bett ab, daß sie fast den mit dieser medizinischen Flüssigkeit gefüllten Eimer vom Tisch gestoßen hätte. Sie packte ihn rasch, bevor er das Übergewicht verlor, drückte sie ihn gegen ihren Leib und schloß die Augen.

»Das Öl, Miss Ashton!« rief Edgcumbe ihr da zu.

Sie stellte den Eimer auf den Tisch zurück, drehte sich langsam wieder zum Bett um – und stellte zu ihrer Erleichterung fest, daß Salterdons Lenden mit einem flauschigen Handtuch bedeckt waren. Und als ihr Blick hinaufging zu seinem Gesicht, entdeckte sie, daß er sie – *nur* sie – ansah mit seinen rauchgrauen Augen unter der schweißnassen Stirn, an der ein paar Haarsträhnen klebten. Seine Wangen waren von der Hitze und dem Dampf lebhaft gerötet, und sein Mund war an dem einen Ende ein wenig in die Höhe gezogen, an dem anderen zusammengekniffen, so daß sie nicht wußte, was sie davon halten sollte.

Mit einer hölzernen Bewegung – gütiger Gott, ihr Arm fühlte sich so an, als wöge er einen Zentner – griff sie wieder nach der Flasche mit dem Öl, goß etwas davon in ihre Hand und ließ es dann in einem dünnen gelben Faden hinunterrinnen auf seinen Bauch, wo es unter seinem Nabel eine kleine Lache bildete.

Ein Beben lief durch seine Bauchdecke, als sich das Öl darauf sammelte, und die Muskeln in seinem Magen spannten sich an.

Sie schob mit dem kleinen Finger das Handtuch ein wenig beiseite, ehe sie anfing, das Öl auf Salterdons Hüften und dann auf die harten Schenkel zu verreiben – erst sacht und dann so kräftig, daß ihr nach einer Weile die Finger zu schmerzen begannen, während Edgcumbe die ganze Zeit hindurch einen gemütlichen Schwatz mit Molly hielt und ein paar gemurmelte Bemerkungen darüber machte, in welch erstaunlich guter körperlicher Verfassung Seine Gnaden sich doch befände, nachdem er fast ein Jahr lang im Rollstuhl gesessen habe.

Maria berührte die Narbe an Salterdons Hüfte. Sie war so groß wie ihre Hand und von leicht rosiger Farbe. »Eine Verbrennung?« fragte sie sich jetzt laut.

»Ja«, erwiderte er, obwohl sie die Frage eigentlich an sich selbst gerichtet hatte, »eine Verbrennung.«

»Wie seid Ihr dazu gekommen?«

»Als ich zehn Jahre alt war, reiste ich mit meinem Bruder und meinen Eltern in den Fernen Osten. Auf der Rückreise geriet unser Schiff in ein schweres Unwetter und fing Feuer. Ich wurde unter einem brennenden Mast begraben. Mein Vater rettete mir damals das Leben.«

»Aber kurz darauf habt Ihr dann beide Eltern verloren, nicht wahr?«

»Zuerst meine Mutter. Sie ertrank.«

»Und Ihr habt trotzdem überlebt.«

Seine Stirn umwölkte sich. Seine Augen wurden hart und schienen in eine weite Ferne zu blicken. Einen Moment war es so, als würde die Vergangenheit ihren Rachen öffnen und ihn verschlingen. Sie sah, wie seine Augen sich plötzlich weiteten vor Entsetzen und sein Körper starr wurde vor Angst.

»Haifische«, flüsterte er schließlich mit trockenem Mund. »Sie verschlangen fast alle Passagiere und Besatzungsmitglieder, die nicht auf dem Schiff verbrannt oder anschließend ertrunken waren. Wir trieben tagelang auf dem Meer – uns an ein hölzernes Wrackteil klammernd, das nicht groß genug war, um uns alle tragen zu können. Also mußte einer von uns immer eine Weile lang im Wasser bleiben. Als ich am zweiten Tag infolge meiner Verwundung Fieber bekam, wollte mein Vater mir nicht erlauben, daß ich meinen Bruder ablöste, sondern stieg an meiner Stelle ins Wasser. Als es dunkel wurde, kamen die Haifische . . .«

Seine Stimme verebbte. Es schien, als würde sich das Schweigen mit jedem Herzschlag vertiefen, bis es so schwer auf ihr lastete wie die Schatten im Zimmer. Das Bild der tobenden See, das sich rot färbte vom Blut der Schiffbrüchigen, die von den Haifischen zerrissen wurden, stieg vor ihrem inneren Auge auf. Sie begann jetzt zu begreifen, die Gründe für seinen lebenslangen Groll und seine Aufsässigkeit zu verstehen . . .

Er gab sich die Schuld für den Tod seines Vaters.

»Wir hörten sie alle um uns herum schreien«, fuhr er mit leiser, gutturaler Stimme fort. Sein Gesicht wurde zu einer Karikatur seiner Selbst, als er sie nun mit weit aufgerissenen Augen, geblähten Nasenlöchern und Lippen, die er gegen die gebleckten Zähne preßte, ansah. »Das Wasser war so durchsichtig wie Glas, die Nacht unglaublich hell und klar mit einem Vollmond, der nur eine Handbreite über dem dunklen, ständig auf- und abschwingenden Horizont zu hängen schien. Um uns herum riefen Männer, Frauen und Kinder ununterbrochen: ›Gott, mein Gott, so hilf uns doch! Errette uns!‹ Und dazwischen immer wieder diese Angst- und Schmerzensschreie, die einem das Blut in den Adern stocken ließen.«

Salterdon schluckte. Er wandte den Blick nicht von ihren Augen, als er mit monotoner, leidenschaftsloser Stimme sagte: »Dann kam dieses Monster plötzlich ohne Vorwarnung aus der Tiefe des Meeres heraufgeschossen und schnitt meinen Vater mitten entzwei. Ich sah ihm in dem Moment, als das passierte, in die Augen, Miss Ashton. Er schrie nicht. Das vertrug sich nicht mit seiner verdammten Würde, versteht Ihr?«

Er schloß kurz die Augen, und sein Atem kam stoßweise, als er gepreßt fortfuhr:

»Eigentlich hätte es damals mich erwischen sollen, Miss Ashton. Hätte mein Vater in jener Nacht nicht meine Stelle eingenommen, würde er heute sicherlich noch leben und sich seiner Rolle als Herzog erfreuen, dem Ruf seiner Position gerecht werden und die Erwartungen erfüllen, die seine Vorfahren in ihn setzten.

Und er spielte diese Rolle ja auch so verdammt gut. Immer vernünftig, stets das Richtige tuend. Der intelligenteste Mensch, der mir jemals begegnet ist. Damals wurde ich von einer Sekunde zur anderen – noch keine zehn Jahre alt – Herzog von Salterdon. Wie, zum Henker, konnte ich da wohl in die Fußstapfen meines Vaters als Gentleman, Oberhaupt dieser Familie und Held treten, der dazu bereit sein würde, sein Leben für sie zu opfern, wo doch alles, was ich mir wünschte – wonach ich jemals verlangte –, die Freiheit war, meine Kindheit genießen zu dürfen.«

Wieder senkte sich das Schweigen auf sie herab. Erst in diesem Moment wurde ihnen bewußt, daß sie allein im Zimmer waren. Wann hatten Edgcumbe und Molly den Raum verlassen? Während die Kohlen im Kamin noch immer Hitze ausstrahlten und ihnen im schwindenden Licht des Tages mit glühend roten Augen zuzublinzeln schienen, hatte sich der Wasserdampf im Zimmer mit der Zeit verflüchtigt und an seiner Stelle eine Kälte hinterlassen, die sich nun in jeder Falte ihres Gewandes einnistete, ihre Haut durchdrang, sich bis ins Mark ihrer Knochen hineinfraß.

Wann war es ihr zuletzt gelungen, Atem zu holen?

Wann hatte sie sich auf den Rand seines Bettes gesetzt und ihren Körper auf eine fast schamlose Weise gegen den seinen gepreßt?

Wann hatte sie nach seiner Hand gegriffen, ihre Finger darum gelegt und ihm auf die gleiche Weise Trost gespendet, wie er das bei ihr an jenem Nachmittag in der Kutsche getan hatte?

Wann hatte sie sich in diesen dunklen Augen verloren und sich wie ein Vakuum so sehr an seinen qualvollen Erinnerungen festgesaugt, daß das Herz ihr in den Ohren hämmerte und die Luft ihr so lange im Hals stecken blieb, bis ihre Lungen wie Feuer brannten?

Wann hatte er aufgehört, nur ihr Patient zu sein?

Wann war er für sie zu einem Mann aus Fleisch und Blut geworden, der sie vergessen ließ, was die Vernunft ihr diktierte, und ihre Sinne so heftig in Schwingungen versetzte, daß sie die Hitze seines nackten Fleisches durch ihr Kleid hindurch spüren konnte, das wie glühendes Eisen an ihrer Hüfte brannte? Sein Körper war trotz seiner fünfunddreißig Jahre noch immer jugendlich, und sie stellte sich vor, daß er – ein Mann im Zenit seiner Männlichkeit – in der Blütezeit seiner Jugend auch nicht anders ausgesehen hatte als jetzt. Der Unterschied bestand in diesen Augen, die kaum die Müdigkeit, den Schmerz und den Groll verbergen konnten, die ihr wie ein Messer ins Herz schnitten – wie auch die jähe Erkenntnis, daß die Gefühle, die sie nun durchlebte, mit Mitleid oder jener Sympathie, die eine Gesellschafterin für ihren Herrn oder den ihrem Schutz Anempfohlenen empfinden mochte, sehr wenig zu tun hatten.

Unbehagen beschlich sie. Sie versuchte, seine Hand loszulassen, aber er wollte ihr das nicht erlauben. Seine heißen, feuchten Finger, die sich auf ihrem Fleisch schlüpfrig anfühlten, hielten sie fest, obwohl sie mit so viel Würde, wie sie in diesem Augenblick aufzubringen vermochte, ihm ihre Hand zu entziehen suchte.

»Laßt mich gehen.« Sie bemühte sich abermals, ihre Hand zu lösen. *Laß mich gehen*, beschwor sie ihn im Geiste, obwohl ihr Körper – ihr verräterischer Körper – einen eigenen Willen zu besitzen und wie ein Bittsteller noch mehr seine Nähe zu suchen schien.

Er wischte mit ihrer Hand über seinen Bauch hin, dabei das letzte Öl verreibend, das sich noch in einer kleinen Lache um seinen Nabel ausbreitete und in schimmernden winzigen Tröpfchen an den dunklen Haaren hing, die sich dort unter dem Handtuch verloren.

»Vielleicht sollte ich jetzt Gertrude hereinrufen«, sagte sie mit schwacher Stimme, während sie mit den Augen ihren beiden ineinander verschränkten Händen folgte, die jetzt an seinem wohlproportionierten Brustkorb hinaufglitten, langsam seine Brustwarzen umkreisten, die hart aussahen und die Farbe von Kupfermünzen besaßen, um dann abermals hinunterzuwandern zu seinem Bauch, wo sie ein paarmal den Nabel umkreisten und dann noch tiefer hinunterglitten, bis ihre Fingerspitzen den Rand des Handtuchs berührten und sich ein wenig darunterschoben.

»Ich will Gertrude jetzt aber nicht hier haben«, sagte er.

»Sie ist mindestens so tüchtig wie . . .«

»Aber nicht annähernd so hübsch.«

Ihr ganzer Körper schien sich mit einer lebhaften Röte zu überziehen, als sie ihm nun ins Gesicht sah – in seine Augen – auf seinen Mund, der sich so oft über sie mokiert, gelästert und sie verdammt hatte. Er sah so aus, als wäre er im

Begriff, etwas zu sagen, was sie noch mehr verunsichern würde. Die Lust zwischen ihnen schien zu knistern, und sie wußte in diesem Moment, daß sie nicht eine Sekunde länger hier bei ihm verweilen durfte – nicht mit diesem Aufruhr von Gefühlen, den sie in diesem Augenblick erlebte – dieser Angst, Nervosität, Sympathie . . . und einem für sie ungewohnten Verlangen. Dann . . .

Seine freie Hand legte sich um ihren Nacken, packte sie bei den Haaren und zog sie so tief zu ihm hinunter, daß ihre Brustwarzen über seinen Brustkorb strichen, ihr Gesicht knapp über seinem war und seine Lippen ihrem Mund ganz nahe . . . Ihr Verstand schrie ihr zu, daß sie sich wehren sollte, aber sie tat es nicht. Sie hätte ihn daran erinnern müssen, daß er, wenn er auch ein Herzog war und sie nicht viel mehr als ein angeheuerter Domestike, kein Recht dazu hatte, sie so zu behandeln, als wäre sie so ein leichtfertiges Mädchen wie Molly. Und daß sie auch nicht zu jenen Damen gehörte, die sich geschmeichelt fühlten, wenn er ihnen den Hof machte.

Aber sie erinnerte ihn nicht daran.

Sie versuchte nur, ihre Lippen anzufeuchten, doch ihre Zunge war wie ihr Rachen so trocken wie Staub.

Was macht er da nur?

Und warum?

War er sich denn nicht bewußt, was sie inzwischen für ihn empfand?

Natürlich nicht. Wie konnte er das denn? Sie hatte das doch eben erst selbst erkannt . . .

Er zog ihr Gesicht zu seinem hinunter und küßte sie. Heftig. Fordernd. Er schob seine Zunge in ihren Mund und ließ sie darin kreisen. Er raubte ihr den Atem und die Kraft, sich dagegen zu wehren, während seine andere Hand die ihre weiter unter das Handtuch schob bis zu jenem fremden und verbotenen Teil seines Körpers – nur sacht darüber hingleitend, diesen berührend . . .

Da riß sie sich keuchend von ihm los, sprang taumelnd auf, weg vom Bett, und floh zur Tür.

»Bin ich wirklich ein solches Monster, Miss Ashton?« rief er mit so lauter, wütender und verbitterter Stimme, daß sie mitten im Schritt verharrte. Und mit einem barschen Lachen setzte er hinzu: »Ihr müßt wissen, daß Ihr keine Angst vor mir zu haben braucht, weil ich nicht mehr in der Lage bin, Euch meine Aufmerksamkeit aufzuzwingen. Der Bastard, der mir den Schädel einschlug, hat mich zum Eunuchen gemacht, Miss Ashton! Der Roué der Londoner Gesellschaft, der Verführer der Jungfrauen und Verderber aller Ehen hat endlich seine wohlverdiente Strafe erhalten.«

Sie aber rannte in ihr Schlafzimmer und warf die Türe hinter sich zu.

Kapitel zwölf

Nächte wie diese – naßkalt, stürmisch und pechschwarz – würde er früher wohl in der Gesellschaft seiner Clique verbracht haben: solchen Gentlemen, wie er selbst einer war, die mehr Geld und Muße als Intelligenz ihr eigen nannten. Sie würden sich vor dem Kaminfeuer in einem Klub oder dem Hinterzimmer einer Taverne versammelt, das Geld in ihren Börsen verspielt, sich mit Ale oder irgendeinem minderwertigen Fusel vollgeschüttet und die Schankmädchen dazu ›überredet‹ haben, mit ihnen hinaufzugehen in ihre Kammern, wo sie dann die nächsten paar Stunden damit verbrachten, so zu tun, als würden sie einander etwas bedeuten.

Statt dessen lag er jetzt hier, genau an der Stelle, wo Miss Maria Ashton ihn vor ein paar Stunden verlassen hatte; nackt bis auf ein Handtuch, das um seine Hüften gewickelt war, beschwipst (wofür er sich bei seiner Großmutter bedanken konnte) und zitternd vor Kälte.

Wo, zum Teufel, steckte sie jetzt?

Wofür, zum Henker, hielt sie sich eigentlich, daß sie meinte, ihm fluchtartig ihre Gesellschaft entziehen zu können? Miss Maria Ashton. Sie war doch nichts anderes als ein höchst überbezahlter Dienstbote, der lediglich zwei unscheinbare, abgetragene Kleider sein eigen nannte . . ., und nicht einmal so viel Anstand besaß, sich deren zu schämen!

Warum, zum Kuckuck, sollte es ihm nicht gleichgültig sein, was sie von ihm dachte? Und was war nur über ihn gekommen, daß er mit dem Gedanken hatte spielen können, sie zu verführen?

Als hätte er diese Idee in die Tat umsetzen können!

Er trank wieder einen Schluck.

Kein Zweifel, daß seine Großmutter einen unglaublich guten Geschmack besaß, was die Auswahl ihrer geistigen Getränke betraf. Wie bei ihrer Garderobe, ihren Häusern, ihren Juwelen und ihren Freunden war es das Beste, was man sich für Geld kaufen konnte.

Den Kristallkelch zwischen den Händen drehend, starrte er in die bernsteinfarbene Flüssigkeit, beobachtete, wie das Licht des fernen Feuers über die exquisit geschliffenen Prismen des Glases hinspielte, schüttete sich dann den Port in die Kehle und schleuderte das leere Glas auf den Boden.

Er griff nach dem Stoff des Betthimmels, krallte die Finger hinein und zog sich mit zusammengebissenen Zähnen daran in die Höhe. Im schwachen Licht des verlöschenden Feuers schienen seine regungslosen, in weiße Bettücher eingehüllten Beine einer Mumie zu gehören.

Er packte die Zudecke und schleuderte sie zur Seite.

Sein Körper brannte nun vor Hitze und Kälte. Er schwitzte und zitterte. Das Zimmer drehte sich um ihn herum, und er fragte sich, ob der sündhaft teure Port seiner Großmutter oder diese ungewohnte körperliche Anstrengung daran schuld sei. Wann hatte er das letztemal einen Gehversuch gemacht? Nicht mehr seit jenem Abend, als die Räuber über ihn und das halbe Dutzend junger, ihn vergötternder Freunde hergefallen waren, die ihn zu den Pferderennen in Epson begleitet hatten – alle so anmaßend und von sich selbst überzeugt wie er. Ihre Börsen waren so prall gefüllt wie seine von den Wetteinnahmen des Tages, und mit ihren Gedanken waren sie bereits bei den gut gebauten Schlampen, die sie jetzt, nachdem ihnen den ganzen Tag hindurch Göttin Fortuna hold gewesen war, in Londons berüchtigtem East End erwarten und ihnen die Nacht versüßen würden.

Eine Stunde lang hatte er damals mit dem Gesicht nach unten im Matsch gelegen und zugesehen, wie der Dampf von seinem Blut aufstieg, das unter seiner Wange eine warme schwarze Lache bildete. Er wäre damals fast gestorben und hatte sogar einen Moment lang den Eindruck gehabt, seinen Körper verlassen zu haben und über den stöhnenden, über die Straße verstreut liegenden Leibern seiner Freunde zu schweben und sich selbst, den Herzog von Salterdon, blutüberströmt mit bleichem Gesicht unter sich zu sehen. Es war so, als würden Jahrzehnte in einer Folge von Blitzen vor seinen Augen vorüberziehen: seine Vergangenheit, seine Gegenwart und seine Zukunft. Wie er als Kind, seine Nase an einer Fensterscheibe plattdrückend, seinen Bruder in der Sonne beim Spielen beobachtete, während er selbst nur mit halbem Ohr diesem steiflippigen Tutor zuhörte, der ihm einen endlos langen Vortrag über die immense Verantwortung hielt, die jetzt als Nachfolger seines Vaters auf seinen schmalen Schultern lastete.

»Bastarde«, sagte er laut, und in diesem Augenblick kam wie eine Bestätigung ein berstender Laut vom erlöschenden Kaminfeuer her – vermutlich ein Scheit, das in der Glut zerbrach, oder vielleicht auch ein explodierender Kienspan.

Die Tür seines Schlafzimmers ging auf, und einen Moment lang flutete das Licht im Korridor über die Schwelle, ehe sich eine weibliche Gestalt davorschob – nicht mehr als eine schwarze Silhouette, die einen Augenblick lang regungslos dort verharrte, offenbar erschrocken darüber, ihn auf dem Rand seines Bettes sitzend vorzufinden, nackt bis auf ein um seine Hüften geschlungenes Laken, schwitzend und keuchend vor Anstrengung.

»Maria?« rief er laut, die Hände zu Fäusten geballt, als er spürte, wie sein Herzschlag sich beschleunigte vor Erleichterung darüber, daß sie nun doch nicht ihre armselige Habe zusammengepackt und Thorn Rose verlassen hatte, weil sie sich seine Wutausbrüche und seine idiotischen und fruchtlosen Annäherungsversuche nicht mehr gefallen lassen mochte.

»Nanu«, begrüßte ihn daraufhin Molly unerwartet mit einer seltsam verführerischen Stimme, »was haben wir denn da? Ich schätze, der olle Edgcumbe hat recht gehabt gehabt, wie? Verwöhne einen Mann ein bißchen mit liebvoller Pflege, und er findet seinen Zustand plötzlich auf eine erstaunliche Weise gebessert.« Mit schwingenden Hüften drehte sich Molly zur Tür um, schloß diese wieder und kam dann, ein Tablett mit Törtchen auf den Händen balancierend, näher. Sie trat in das Licht neben dem Bett, lächelte auf ihn hinunter und blinzelte ihm zu. »Ich dachte, daß Ihr Euch ein bißchen einsam fühlen müßt – so ganz allein in Euren vier Wänden. Und ich überlegte mir, daß Ihr Euch über ein Törtchen freuen würdet ... oder vielleicht sogar über eine Nachspeise«, setzte sie kichernd hinzu, und stellte das Tablett auf dem Nachttisch ab.

»Wo ist Miss Ashton?« fragte er.

»Miss Ashton? Warum auf einmal so förmlich, nachdem Ihr sie eben erst Maria genannt habt?«

»Wo ist sie?« wiederholte er.

»Ist das so wichtig? Was könntet Ihr denn schon von ihr verlangen, das ich nicht ebensogut für Euch tun könnte?«

Er blickte auf ihre Brüste, die ihm zur Abwechslung einmal ungewöhnlich füllig zu sein schienen. Sie trug kein Hemd, und ihre Brustwarzen zeichneten sich wie dunkle Münzen unter dem durchsichtigen Stoff ihrer Bluse ab. Was, zum Henker, hatte diese Magd vor?

Sie brach ein Stück von einem der Törtchen ab, schob ihre Finger in die warme Füllung aus Kirschgelee und klaubte eine noch ganze Frucht heraus, die so samtig und dunkelfarbig war wie ein edler, vollmundiger Burgunder. Sirup lief an der Seite einer ihrer Finger hinunter.

»Was, zum Teufel, machst du denn da?« fragte er

schließlich, den Blick auf ihre Finger geheftet. »Das war doch ein perfekt geratenes Törtchen.«

Sie bot die Kirsche jetzt seinen Lippen dar und ließ den klebrigen Sirup auf seine nackten Schenkel hinuntertropfen. Ihr Mund teilte sich zu einem halben Lächeln, und ihre Augenlider wurden schwer.

Langsam senkte er den Blick zu der Frucht hinunter, die sie ihm anbot.

Gütiger Gott. Sie wollte ihn verführen . . . oder versuchte es zumindest. Die Schamesröte schoß ihm ins Gesicht und breitete sich auf seinem Nacken und seinen Schultern aus, obwohl er im gleichen Moment den Mund öffnete und es zuließ, daß sie ihm die Frucht und ihre Fingerspitzen zwischen die Lippen schob. Der Sirup war warm, klebrig und süß, die Frucht rund und fest. Er biß sacht mit den Zähnen hinein und schloß die Augen, während er in Gedanken zurückeilte in die Vergangenheit, zu anderen Frauen – Geliebten –, die er mit seinen Lippen und seiner Zunge liebkost hatte, den süßen Geschmack und Duft ihrer Körper genießend, seine Zunge in diese versenkend und sich an dem Nektar ihres Verlangens berauschend, bis er ganz wild war vor Begierde, seinen Körper mit ihren zu vereinigen, und mit einer solchen Gewalt in sie hineinstieß, daß sie laut schrien vor Lust und Dankbarkeit.

Schöne Frauen. Die begehrenswertesten Frauen von England und dem Kontinent. Frauen, die im Bett nichts anderes anhatten als ihren Schmuck – lange Ketten aus Perlen, Diamanten und Saphiren, die sie um ihre exquisiten Brüste gewunden hatten und die im Kerzenlicht funkelten, wenn sie über ihr elfenbeinfarbenes Fleisch glitten.

Oh, dieses elfenbeinfarbene Fleisch – so weich, so glatt und duftend wie Blumen . . . wie Veilchen . . . wie Maria.

Doch nun war er auf so etwas gekommen – auf eine billige Hausmagd mit trockenen strohgelben Haaren, deren verfaulte oder fehlende Zähne in diesem trüben Licht nicht gar so abstoßend wirkten, und deren Hängebrüste und überaus magerer Körper nach saurem Schweiß rochen.

Molly streifte sich nun die Bluse über den Kopf und warf sie auf den Boden. Grinsend beschmierte sie dann eine ihrer Brustwarzen mit Kirschsirup, legte eine hohle Hand unter ihre Hängebrust und bot sie seinen Lippen dar.

»Versucht es doch mal«, säuselte sie und grätschte die Beine, damit sie die empfindliche Grotte zwischen ihren Schenkeln gegen sein Knie pressen und daran reiben konnte. »Nur einmal daran naschen, Euer Gnaden. Das könnte vielleicht ein Wunder bei Euch bewirken. Bevor Ihr es nicht versucht habt, könnt Ihr das nicht wissen, nicht wahr?« schloß sie und ließ die klebrige Spitze ihrer Brustwarze über seine Unterlippe gleiten.

Er drehte den Kopf zur Seite.

Sie vergrub die Finger in seinen Haaren und zwang ihn dazu, das Gesicht wieder in die alte Richtung zu drehen.

»Du vergißt dich«, schnaubte er da und packte sie bei den Handgelenken, daß sie, die Zähne zusammenbeißend, zischelte:

»Was ist denn so verkehrt daran, Euer Gnaden? Habt Ihr etwa Angst, der Gelegenheit nicht gerecht werden zu können? Nun, deshalb bin ich jetzt ja hier, Sir. Um zu sehen, ob wir bei der Sache nicht ein bißchen nachhelfen können.«

»Und darf ich fragen, was dich auf die Idee bringt, daß ich auf deine Annäherungsversuche eingehen könnte?«

»Habt Ihr schon mal einen Bettler gesehen, der sich seine Mahlzeiten aussuchen kann?«

Er schleuderte sie von sich weg. Sie stolperte über einen Teppich und setzte sich dann hart auf ihren Allerwertesten, wobei ihr der Rock bis über die Knie hinaufrutschte und ihm ihre gespreizten Schenkel zeigte. »Verdammter Idiot«, fluchte sie. »Ich weiß nicht, was ich mir dabei gedacht habe, als ich auf ihren Vorschlag eingegangen bin. Ich hätte gute Lust, Ihrer Gnaden zu sagen ...«

»Ihrer Gnaden was zu sagen?«

Molly verzog den Mund. Ihre Augen wurden zu Schlitzen, als sie ihm darauf mit grollender Stimme erwiderte: »Ihr denkt doch wohl nicht etwa, daß ich aus purem Vergnügen zu Euch gekommen wäre, wie?«

Sein Körper wurde steif.

»Richtig«, sagte sie. »Ich bin hierhergekommen, um wieder einen Mann aus Euch zu machen.«

Er starrte sie wütend an – so wütend, daß sie sich nun schleunigst vom Boden aufrappelte, ihre Bluse an sich raffte, halbnackt zur Tür rannte, sie aufriß und draußen im Dunkeln verschwand.

Mit zusammengepreßten Zähnen und schweißbedeckter Stirn schob Salterdon sich vom Bett herunter, hielt sich mit einer zitternden Hand an einem Bettpfosten fest, während er, um sein Gleichgewicht kämpfend, von einer Seite auf die andere schwankte und darauf wartete, daß seine Beine jeden Moment unter der Last seines Körpers einknickten ...

»Euer Gnaden?« kam da ein leiser, besorgter Schrei aus Richtung von Marias Schlafzimmer, und plötzlich war sie bei ihm, ihr einfaches Nachtgewand ein schimmerndes Weiß in dem diffusen Licht des Raumes. Sie schlang die Arme um seine Taille, und während ihr Körper vor Anstrengung zitterte, klagte sie: »Was habt Ihr Euch nur dabei gedacht, Sir? Vorsicht, Sir – erlaubt mir, Euch jetzt rasch wieder auf das Bett hinunterzulassen, bevor ein Unglück ... nein, wehrt Euch jetzt nicht dagegen – hört auf damit, oder wir werden beide zu Boden stürzen.«

»Laß mich los, zum Teufel noch einmal«, fauchte er und versuchte, sie von sich wegzuschieben.

Da klammerte sie sich nur noch fester an ihn, ihr kleines Gesicht gegen die harten, verschwitzten Muskeln seines Brustkorbs gepreßt, während die Haare ihr wie eine Kaskade aus Mondscheinstrahlen über die Schultern hinunterrollten.

Er vergrub eine Hand in ihren Haaren und zog ihren Kopf so heftig nach hinten, daß sie aufschrie. Ihre Augen sahen hohl, ihr Gesicht hager und verzweifelt aus. »Wie seltsam, daß Ihr plötzlich wie ein barmherziger Engel hereingeschneit kommt, wo Ihr mich doch erst vor ein paar Stunden eine verabscheuungswürdige Bestie genannt habt«, schnaubte er höhnisch durch die zusammengebissenen Zähne. »Hat sie Euch etwa dazu angestiftet, Miss Ashton? Wieviel ist Euch Eure Loyalität eigentlich wert?«

Sie schüttelte nur heftig den Kopf, während sich ihre Züge vor Schmerz und Verwirrung verzerrten.

Da stieß er sie von sich weg. Das kam für sie so überraschend, daß sie, einen wütenden Schrei ausstoßend, zu Boden stürzte.

Selbst als es wieder still geworden war in dem großen Haus, wanderte sie noch ruhelos in ihrem Zimmer auf und ab. Der Geruch von brennendem Öl und Torf gab der Luft im Raum etwas Abgestandenes. Ihr Mund fühlte sich rauh, geschwollen und verletzt an.

Wie hatte sie nur so dumm sein können, ihm zu erlauben, sich solche Freiheiten herauszunehmen? Es zuzulassen, daß er sie auf eine so dreiste Art küßte? Daß er sie mit einer Berührung seines Mundes in ein so gedanken- und schamloses Flittchen wie Molly verwandelte, das sich mit allen Fibern seines Wesens danach sehnte, sich an ihn zu schmiegen und ihm zu gestatten, sich nach Herzenslust ihres Mundes, ihres Körpers und ihrer Hand zu bedienen? Oh, Gott – ihre Hand. Unter dem Handtuch. Ihre Fingerspitzen, die dort sein Fleisch berührten und diese borstigen Haare . . .

Sie sah das Bett aus dem Augenwinkel, die mächtige Daunenmatratze, die beladen war mit Decken in seidenen Überzügen und gesteppten Kissen. Eine kleine Lampe spendete gerade so viel Licht, daß ein winziger Teil des Raumes in eine rötlich-orangenfarbene Glut getaucht war. Sie malte bunte Kringel auf den Fußboden, das Bett und die vielfarbigen Polster dort.

Wie konnte sie ihm jetzt noch einmal unter die Augen treten?

Vielleicht hatte sie seine Absichten falsch gedeutet – so wie er die ihren. Sie war nicht aus seinem Zimmer geflüchtet, weil sie ihn für ein Monster hielt – wie hatte er nur auf diese Idee kommen können? –, sondern weil die jähe Flut ihrer Empfindungen, in denen sie zu ertrinken drohte, so mächtig war, daß sie diese nicht mehr ertragen konnte. So stark, daß sie diese nicht mehr zu bändigen vermochte. Von einer Sekunde zur anderen hatte sie sich nichts mehr gewünscht, als so willig und hemmungslos zu sein wie Molly – so frei, sich der gleichen, wilden Leidenschaft überlassen zu können, die eine Frau dazu trieb, sich auf einem Küchentisch mit einem Mann zu vereinen – und sich so sehr diesem freudenspendenden Akt hinzugeben, daß selbst der Gedanke, daß jemand sie dabei vielleicht beobachten könnte, für sie keine abschreckende Wirkung hatte.

Selbst jetzt noch – ein paar Stunden danach – ließ dieser erregte Zustand ihres Geistes und Körpers sie keinen Schlaf finden. Sie kannte sich selbst nicht wieder. Diese schwelende Glut sexuellen Verlangens wurde von Sekunde zu Sekunde beunruhigender. Sie spürte ihn überall – in ihrer Brust, ihrem Bauch und dort unten zwischen ihren Beinen –, diesen Druck, der jedesmal anwuchs, wenn sie an ihn dachte, und das tat sie unentwegt.

Sie hatte das Gefühl, verrückt geworden zu sein.

Gütiger Gott – würde sie denn nie mehr wenigstens eine Sekunde lang Frieden finden können? Würde es ihr nie mehr gelingen, diese offensichtliche Besessenheit aus ihrem Bewußtsein zu verdrängen, diese gedanken- und schrankenlose Zuneigung für einen Mann, der sie buchstäblich verachtete?

Wann genau hatte diese Angst, die sie anfangs vor seiner

Erscheinung und seiner Wildheit hatte, sich in eine willfährige Pflichterfüllung verwandelt? Wann diese Pflichterfüllung in Kameradschaft? Wann diese Kameradschaft in Zuneigung? Und wann diese Zuneigung in ... was?

»Nein«, sagte sie da laut, »törichtes Mädchen – gestehe dir das nicht einmal selbst ein. Du hast dich in Salterdon *nicht* verliebt. Du würdest das nicht wagen! Ein Eingeständnis – selbst unberechtigterweise – dieser Art würde dich nämlich dazu zwingen, noch in dieser Minute deine armselige Habe zusammenzupacken und aus Thorn Rose zu fliehen. Stelle dir einmal seine Reaktionen vor, wenn er von so einem blödsinnigen Einfall Wind bekäme. Stelle dir vor, wie seine Großmutter darauf reagieren würde!«

Und stelle dir die Reaktion deines Körpers vor, wenn er dich noch einmal anfassen sollte ...

Der Morgen dämmerte trübe und frostig herauf. Maria stand auf und wusch sich, so gut sie konnte, mit dem noch in ihrer Kanne verbliebenen Wasser. Sie benetzte damit ihr Gesicht und ließ es an ihrem Hals hinunterrinnen, während die Ereignisse des gestrigen Tages blitzartig an ihrem inneren Auge vorüberzogen.

Sie dachte: *Ich muß wahrhaftig verrückt geworden sein, daß ich noch hierbleibe. Ich hätte darauf bestehen sollen, daß Ihre Gnaden mich nach Haworth zurückbringt. Von dort aus hätte ich überall hingehen können – nach London oder Liverpool –, weit weg von diesem schrecklichen Wahnsinn. Wie kann ich ihm jetzt noch unter die Augen treten? Wie kann ich jetzt noch im gleichen Zimmer mit ihm weilen, unter dem gleichen Dach mit ihm wohnen, in der gleichen verdammten Grafschaft, ohne ständig daran erinnert zu werden, was ich beinahe zugelassen hätte? Wäre es seine Absicht gewesen, mich zu vernichten, hätte ihm das nicht besser gelingen können.*

Sie ging zum Fenster und schob den schweren Damastvorhang zur Seite. Die Scheiben waren mit Eisblumen übersät, und sie rieb nun ein kreisrundes Loch frei und spähte hinaus in die trübselige Landschaft. Im Haus war es noch ruhig, so still wie die grauen Hügel dort draußen.

Die Laterne im Fenster eines fernen Pächterhauses blinkte im Nebel und erinnerte sie an eine Zeit, in der sie und Paul morgens heimlich aus dem Fenster ihres Schlafzimmers geklettert und zum Friedhof auf dem Hügel hinaufgerannt waren. Dort hatten sie dann jedesmal ein Ratespiel veranstaltet, in welchem Fenster eines Nachbarn sich zuerst ein Licht zeigen und welches dann als zweites oder drittes aufleuchten würde . . . Sie hatte dieses Ratespiel stets gewonnen, obwohl sie den Verdacht hatte, daß Paul sie immer gewinnen lassen wollte. Schließlich hatte sie keinen Menschen gekannt, der schlauer gewesen wäre als ihr Bruder. Er wußte für jedes Problem eine Lösung.

Wenn er jetzt hiergewesen wäre, hätte er ihr vielleicht erklären können, was mit ihr los war. Warum sie damit fortfuhr, ihre eigene Würde für den Versuch zu opfern, einem Mann zu helfen und zu ermutigen, der davon gar nichts wissen wollte. Warum sie fortfuhr, seinen Spott, seinen Sarkasmus, seine Feindseligkeit und seine ihren Stolz verletzenden Anspielungen zu ertragen. Warum hatten sich ihre wohltätigen Bestrebungen (um nicht ihre Pflichten als Gesellschafterin zu erwähnen) plötzlich mit diesem alles verzehrenden Verlangen vermengt, ihm jede wache Minute des Tages körperlich nahe zu sein – trotz seiner extremen Arroganz und Verbitterung, trotz seines Betragens gestern abend . . . *Wegen* seines Betragens gestern abend.

Möge der Himmel ihr helfen.

Seufzend drehte sie sich vom Fenster weg und erstarrte. Molly stand dort unter der Tür zum Korridor, eine Hüfte ein wenig vorgeschoben und die Arme vor der Brust verschränkt. Wie immer saß ihr das Häubchen schief auf den strähnigen, strohgelben Haaren.

»Ich muß schon sagen«, erklärte Molly, »daß Ihr immer für eine Überraschung gut seid, Miss Ashton.«

»Wovon redet Ihr da? Und wer gab Euch die Erlaubnis, mein Zimmer zu betreten, ohne vorher anzuklopfen?«

»Ich rede natürlich von *ihm*. Eurem Besucher!«

»Besucher?«

»Wollt Ihr damit sagen, daß Ihr noch nichts von ihm wißt?« erwiderte Molly und kicherte. »Offenbar nicht, schätze ich. Er ist ja gestern erst spätabends hier eingetroffen. Da habt Ihr vermutlich bereits im Bett gelegen.«

»Doch nicht mein Vater«, sagte Maria da laut, und die Panik in ihrer Stimme veranlaßte Molly, eine Braue in die Höhe zu ziehen.

»Ich glaube, das werdet Ihr noch früh genug selbst herausfinden. Er trinkt nämlich gerade mit der Herzogin Kaffee im blauen Salon.«

Damit schwang Molly auf dem Absatz herum und verließ mit einem letzten spöttischen Lachen das Zimmer.

Gütiger Gott, doch nicht ihr Vater! Sicherlich nicht ihr Vater. Er würde es nicht wagen, sich das Wohlwollen der Herzogin zu verscherzen, indem er unangemeldet hier auftauchte.

Sie zog sich nun rasch an, bürstete sich die Haare und flocht sie zu einem so festen Zopf zusammen, daß die Kopfhaut spannte. Nachdem sie sich vergewissert hatte, daß jedes Härchen an seinem Platz saß, schrubbte sie sich das Gesicht – einmal und dann ein zweitesmal –, ehe sie sich daran erinnerte, daß sie ja jetzt kein Kind mehr war, das sich schweigend, ohne sich von der Stelle zu bewegen, von ihm inspizieren lassen mußte, ängstlich darauf wartend, daß er doch noch irgendwo einen Schmutzfleck entdeckte – wenngleich Sauberkeit etwas war, das der Göttlichkeit natürlich sehr nahekam.

Sollte sie erst nachsehen, wie es Salterdon ging?

Nein. Noch nicht. Sie würde all ihre Kraft für die bevorstehende Konfrontation brauchen.

Sie floh aus dem Zimmer und rannte fast blind den schwach erleuchteten Korridor hinunter. Warum war er hierhergekommen? Um sie zu zwingen, wieder in ihr Vaterhaus zurückzukehren? Vielleicht war ihre Mutter krank – oh, bitte nicht ihre Mutter . . .

Die Tür des blauen Salons war geschlossen. Mit klopfendem Herzen und am ganzen Körper zitternd verharrte Maria einen Moment vor der Schwelle, schloß kurz die Augen und schob dann die Tür auf.

Am hinteren Ende des Raumes saß ein Mann mit dem Rücken zu ihr und unterhielt sich leise mit der Herzogin, die nun in ihrem königlichen Sessel und mit dem Wölben einer Braue ihre Anwesenheit zur Kenntnis nahm.

»Sie ist jetzt hier«, hörte Maria darauf die Herzogin mit gedämpfter Stimme sagen.

Der Besucher stand auf und drehte sich um.

»John!« rief sie da, und die Erleichterung war so groß, daß ihre Knie ein wenig einknickten, ehe sie, jede Schicklichkeit vergessend, durch das Zimmer rannte und sich, wie sie das schon als Kind getan hatte, in seine ausgestreckten Arme warf.

Er lachte und drückte sie fest, aber kurz, an sich, ehe er sie auf Armeslänge von sich wegschob. »Maria.« Er lachte abermals. »Wie ich sehe, hast du dich kein bißchen verändert, sondern bist noch immer der gleiche Wildfang wie damals, als du Huddersfield verlassen hast.«

»Das ist ja auch noch nicht so lange her«, erwiderte sie schelmisch.

Die Herzogin stellte ihre Tasse und Untertasse beiseite. »Mr. Rees ist gestern spätabends hier eingetroffen. Wir hielten es für das beste, Euch nicht zu wecken, meine Liebe.«

»Aber warum seid Ihr hierhergekommen?« fragte Maria, in Johns ihr so vertrauten Zügen forschend, die sie in den letzten paar Jahren so sehr fasziniert hatten – *bevor* sie nach Thorne Rose gekommen war. »Ist Mutter wohlauf?«

»Deiner Mutter geht es gut. Desgleichen deinem Vater«, setzte er ein wenig strenger hinzu. »Da ich hier in der Gegend zu tun hatte, habe ich Deiner Mutter versprochen, kurz hier vorbeizuschauen, dir guten Tag zu sagen und mich davon zu überzeugen, daß es dir gut geht und du dich hier wohl fühlst.« Er hob ihr Kinn mit einem Finger an, runzelte die Stirn und fragte leise: »Du fühlst dich doch hier wohl, nicht wahr, Maria?«

»Es scheint«, warf die Herzogin hier ein, »daß die Kunde von den Straßenräubern, mit denen diese Grafschaft geplagt ist, inzwischen Huddersfield erreicht hat.«

»Hier sind wir vor ihnen sicher«, erklärte Maria, wich einen Schritt zurück und wandte das Gesicht ab. Nur wenige Menschen kannten sie so gut wie John Rees. Sie konnte an dem besorgten Ausdruck in seinen Augen erkennen, daß er ihr keine Sekunde lang glaubte.

Er sah sich in dem prächtig ausgestatten Zimmer um und sagte: »Offensichtlich.«

Die Herzogin erhob sich aus ihrem Sessel. »Ich könnte mir denken, daß ihr beiden jetzt ein paar Sekunden lang ungestört sein wollt. Das Frühstück wird in einer Stunde serviert. Ich hoffe doch, daß Ihr uns dabei Gesellschaft leisten werdet, Mr. Rees.«

Er verneigte sich leicht vor ihr. »Vielen Dank, Euer Gnaden.«

Dann verließ die Herzogin das Zimmer. Erst jetzt drehte John sich wieder zu Maria um, die inzwischen auf einer Bank vor dem loderndem Kaminfeuer Platz genommen hatte. Sie sah ihn nachdenklich an. »Ich habe den Eindruck, daß Ihr keinen Gefallen an Thorn Rose findet.«

»Kann man mir zum Vorwurf machen, wenn ich meine, daß das Geld, das allein für die Einrichtung dieses Zimmers ausgegeben wurde, hingereicht hätte, den Obdachlosen in drei Grafschaften ein Dach über dem Kopf zu verschaffen und sie ausreichend zu ernähren?«

»Ach, lieber John, Ihr werdet Euch niemals ändern.« Sie lächelte breit, oder versuchte es zumindest, ehe sie mit der flachen Hand auf die Bank klopfte. »Setzt Euch doch hierher, wo es warm ist.«

John Rees zögerte einen Moment, ehe er fast hölzern zu der Bank ging und sich langsam darauf sinken ließ. »Ich muß zugeben«, sagte er, »daß es nicht so ganz meine Zustimmung findet, wenn du hier die Gesellschafterin eines Mannes wie Salterdon bist. Wir hatten doch alle angenommen, daß man dich als Aufsicht und Betreuerin eines Kindes engagieren würde.«

»Ich auch.«

»Und trotzdem bist du hier geblieben.«

»Wie es in der Bibel heißt: ›Wir sind unseres Bruders Hüter.‹ Zudem ist er ... harmlos.« Sie errötete bei dieser Lüge. Die Erinnerung an Salterdons Betragen am Abend zuvor preßte sich wie ein glühendes Schüreisen gegen ihre Schläfen.

»Ich hätte wohl kaum etwas gegen dein weiteres Verweilen in diesem Haus einzuwenden, wenn mir nicht der enorme und überaus schockierende Ruf bekannt wäre, den der Herzog wegen seiner ... Frauengeschichten genießt.«

Den Kopf ein wenig auf die Seite gelegt und leicht seinen Arm berührend, erwiderte sie lächelnd: »Wenn Ihr ein anderer Mann wäret, John, würde ich Eure Sorge für Eifersucht halten.«

Er starrte sie ein paar Sekunden lang sehr eindringlich an, ehe er dann plötzlich den Platz neben ihr wieder verließ. Im Raum auf- und abgehend, fragte er: »Hast du dich einmal ernsthaft mit dem Gedanken getragen, wieder nach Hause zurückzukehren?«

»Oh, ja.« Sie nickte und lachte ein wenig vor sich hin. »Ständig.«

Er wirbelte auf dem Absatz herum, daß sein langer schwarzer Priesterrock ihm um die Beine flatterte, breitete begeistert die Arme aus und rief: »Gelobt sei der Herr! Also ist meine Reise hierher doch nicht umsonst gewesen! Ich werde natürlich sofort mit der Herzogin reden. Wir werden ihr sagen, daß wir nach reiflicher Überlegung zu dem Schluß gekommen ...«

»Nein.«

»Wie bitte?«

»Ich gehe nicht von hier fort.«

»Aber du hast doch eben gesagt ...«

»... daß ich oft daran gedacht habe, ja.« Sie schüttelte den Kopf. »Zuhause erwartet mich nichts, John.«

»Und was versprichst du dir davon, wenn du hierbleibst? Ah – ich denke, diese Frage erübrigt sich, wenn man sich hier umschaut. Ich könnte dir kaum diesen dekadenten Luxus bieten, selbst wenn ich das wollte.«

»Meine Gründe, Euch nicht zu heiraten, haben nichts damit zu tun, was Ihr mir in materieller Hinsicht zu bieten bereit oder nicht bereit seid.«

Sie verließ nun ebenfalls ihren Platz und ging zu ihm. Groß und schlank stand er vor ihr – mit einem vor Erregung hochroten Gesicht und dunklen, unruhigen Augen. Da tobte jetzt wieder dieser Kampf in ihm, wie ihr das die kleinen Schweißperlen auf seiner Stirn, der fast qualvoll verzerrte Mund und das Zittern seines Körpers verrieten. Nur wurde ihr da plötzlich bewußt, daß jetzt nur die kleinste Ermunterung genügte, damit er wie ein Verzweifelter, der am Rande eines Abgrundes balancierte, den Sprung in die Tiefe wagte und damit seiner Leidenschaft für sie unterlag, daß er alles aufgeben würde, um sie zu bekommen. Das war der wahre Grund seines Hierseins, ob es ihm nun bewußt war oder nicht.

Als sie so vor ihm stand und hinaufstarrte in sein von dieser inneren Zerrissenheit gezeichnetes Gesicht, ihre Hand halb erhoben und im Begriff, seine Wange zu streicheln; während die Erinnerungen daran, wie oft sie nachts vor Verlangen danach, daß er ihr doch seine ungeteilte Aufmerksamkeit schenken möge, in ihre Kissen geweint hatte, ihr Bewußtsein überfluteten ... wie sie alles dafür getan hätte, um ihn von seiner an Fanatismus grenzenden Gottergebenheit abbringen zu können – wurde ihr plötzlich klar, daß sie das jetzt konnte. Er war hierhergekommen, um sich von dieser Besessenheit befreien zu lassen. Endlich hatte er seine Wahl getroffen, und in diesem Moment kam sie zu der enervierenden Einsicht, daß ihre Gründe, warum sie damals diesen Mann hatte haben wollen, nichts zu tun hatten mit Liebe oder Leidenschaft – Gott mochte ihr helfen –, aber sie kannte jetzt die wahre Leidenschaft und ... Liebe. Nein – der hübsche Hilfsgeistliche ihres Vaters hatte ihr die Möglichkeit geboten, sich der Tyrannei ihres Vaters entziehen zu können ...

Und waren jetzt, nachdem sie sich davon befreit hatte, ihre Gefühle für John stark genug, daß sie den Rest ihres Lebens mit ihm verbringen konnte?

Da hörte sie hinter sich ein Geräusch, und als sie über die Schulter blickte, schien ihr Herz einen Satz zu machen und ihr der Atem zu stocken.

»Salterdon«, sagte sie laut. »Euer Gnaden.«

Da bewegte sich Salterdon mit seinem Rollstuhl aus dem Schatten des Korridors heraus in den Raum hinein, und die Luft im Zimmer schien sich elektrisch aufzuladen. Salterdons Haare waren zerzaust, als wäre er geradewegs aus seinem Bett hierhergekommen. Sie sahen genauso aus wie gestern abend, als er sie geküßt und mehr von ihr verlangt hatte, als sie ihm in jenem Moment zu geben bereit gewesen war. Sein Gesicht war unrasiert und rot vor Anstrengung, sein weißes Hemd unter den Achseln feucht von Schweiß.

»Ich wußte gar nicht, daß wir Besuch haben«, sagte er. »Eigentlich sollte man dem Hausherrn Mitteilung davon machen, wenn sich Gäste bei ihm einfinden. Auch gehört es sich für einen Domestiken, erst seinen Arbeitgeber um Erlaubnis zu fragen, ehe er sich seinen oder ihren Besuchern widmet.«

Da trat John einen Schritt vor. »Euer Gnaden, ich bin . . .«

»Ich weiß, wer Ihr seid. Ein . . . Freund?«

»Ich habe Maria bereits gekannt, als sie nicht größer war als so.« John hob die Hand bis zur Hüfte hinauf und sah sie dabei mit einem verwirrten Lächeln an. »Ich habe im Haus ihrer Familie gewohnt, als ich noch Hilfsgeistlicher bei ihrem Vater war.«

Mit gekräuselten Lippen erwiderte Salterdon mit leiser, glatter Stimme: »Man kann sie jetzt wohl kaum noch als Kind bezeichnen. Würdet Ihr mir da zustimmen?« Er bewegte sich dabei im Rollstuhl wieder auf die beiden zu, hielt jedoch noch vor dem Rand des Lichtkegels an, den die Lampe auf dem Boden warf, während seine Augen im Schein des Kaminfeuers wie Eis glitzerten. »Ich möchte Euch jedoch nicht stören bei Eurem Gespräch. Ich kann mir denken, daß Ihr gerade dabei wart, die junge Dame davon zu überzeugen, daß sie mit Euch nach Huddersfield zurückkehren sollte.«

Da ging Maria auf ihn zu. »Ihr habt unser Gespräch offenbar belauscht. Wie lange hört Ihr uns schon zu?«

»Lange genug.«

»Habe ich denn kein Recht auf ein Privatleben?«

»Was mich betrifft, habt Ihr überhaupt keine Rechte, Miss Ashton. Nun, Mr. Rees, stimmt es, daß Ihr hierhergekommen seid, um Maria aus meiner Nähe zu entführen?«

John senkte die Augen.

»Ich würde an Eurer Stelle, ehe Ihr mir eine Antwort darauf gebt, an die Gelübde denken, die Ihr geleistet habt. Die Kirche hat kaum Verständnis für die Lüge eines Geistlichen.«

»Ja . . .« John lächelte Maria jetzt zu. »Ich bin mit Neuigkeiten hierhergekommen, die, wie ich hoffte, ihre Meinung hinsichtlich einer Rückkehr nach Huddersfield ändern würde. Ich kam hierher, um ihr zu sagen, daß man mir eine Stelle als Vikar in Bristol angeboten hat.«

»John«, rief Maria da erfreut, »das ist wunderbar!«

»Ja.« Er nickte. »Man stellt mir dort ein geräumiges Haus zur Verfügung, und der Kirchenzehnt, der mir dort zusteht, soll, wie ich hörte, nicht nur dazu reichen, um unsere Speisekammern zu füllen.«

»Unsere?«

»Ich bin gekommen, um dich um deine Hand zu bitten, Maria.«

»Ist das nicht süß?« murmelte Salterdon in einem Ton, als würde er sich für Maria freuen, während seine Augen sich verengten und er die Lippen fest aufeinanderpreßte. »Aber Ihr scheint zu vergessen, daß sie mir gegenüber eine Verpflichtung eingegangen ist.«

»Jedoch keine, die man nicht brechen könnte ..., Euer Gnaden. Ich wünsche mir vor allem anderen, daß Maria glücklich wird.«

»Ist Maria etwa *unglücklich*?«

Maria mußte ihre ganze Willenskraft aufbieten, um kein wütendes Gesicht zu machen, als sie Salterdon antwortete: »Ja, Euer Gnaden. Maria ist sehr unglücklich darüber, daß man über sie redet, als wäre sie nicht viel mehr als ein verdammtes, in der Luft herumwirbelndes Stäubchen.«

»Maria«, schalt John sie da, »du vergißt dich.«

Salterdon warf den Kopf zurück und lachte. »Offenbar kennt Ihr Miss Ashton nicht so gut, wie Ihr meint, Mr. Rees.«

»Maria ist schon immer sehr ... lebhaft gewesen.«

»Bezeichnet man so neuerdings widerspenstige und aufsässige Personen?«

»Wenn Ihr so sehr über sie enttäuscht seid«, konterte John mit ruhiger Stimme und einem geduldigen Lächeln,

»verstehe ich nicht, warum Ihr Bedenken habt, sie aus Euren Diensten zu entlassen.«

In diesem Moment klopfte es an der Tür, und Thaddeus trat ins Zimmer, der seine Kappe abnahm und sagte: »Ihre Gnaden hat mich beauftragt, Euer Gnaden und Miss Ashton mitzuteilen, daß sie in einer Stunde auszufahren gedenkt. Ihre Gnaden möchte Euch beide bitten, sie bei der Ausfahrt zu begleiten.«

»Ich habe das Haus bereits besichtigt«, sagte John. »Es ist sehr hübsch. Es besteht aus drei Räumen – einer Wohnzimmer-Küchen-Kombination im Erdgeschoß und zwei Mansardenschlafzimmern – eines für uns und eines für unsere Kinder . . . Wir können natürlich anbauen, falls wir noch mehr Räume benötigen sollten.« Er räusperte sich, während sich seine Wangen mit einer lebhaften Röte überzogen. Der Kaffee in seiner Tasse war schon lange kalt geworden, doch er fuhr fort, in sie hineinzustarren, als würde es ihm ein Gefühl von Stärke und die Courage geben, die ihm offensichtlich fehlte.

»Das Häuschen befindet sich inmitten eines Wäldchens mächtiger Ulmen und ist von einem gepflegten Garten umgeben, der viel Sonnenschein empfängt. Die Erde dort ist fett und fruchtbar, und deshalb werden in dieser Gegend auch stets große Mengen an Getreide und anderen Feldfrüchten geerntet. Ich versichere dir, daß es dir dort nicht an Bequemlichkeit mangeln wird, Maria.«

»Erzählt mir etwas von der Gemeinde.«

»Sie ist nicht groß, nimmt jedoch zu. Ich habe eine Reihe von Gemeindemitgliedern kennengelernt und sie warmherzig und freundlich gefunden.«

»Habt Ihr denn schon mit meinem Vater über Eure neue Anstellung gesprochen?«

»Ja, das habe ich.«

»Und was hat er dazu gesagt?«

Endlich stellte John seine Tasse und Untertasse beiseite. »Er erinnerte mich daran, daß Ihr nicht länger seine Tochter seid, und sollte ich mich dazu entschließen, mein Leben zu opfern, indem ich mit einer so moralisch verwerflichen Person wie dir den Ehebund schlösse, würde er für den Rest seines Lebens jeden Tag für mein Seelenheil beten.«

John sah sie nun endlich wieder an. »Ich dachte, daß du dich über meinen Heiratsantrag freuen würdest.«

»Er hat mich überrascht.«

»Es ist ja nicht so, als ob wir heute zum erstenmal darüber reden würden. Ich kann mich noch gut an eine Zeit erinnern, als du dich endlos über unser gemeinsames zukünftiges Leben ausgelassen hast. Du hattest mir damals geschworen, daß du mich mehr als jeden anderen auf der Welt lieben würdest.«

»Ja, aber mir ist auch erinnerlich, daß Ihr Euch hartnäkkig gewehrt habt, mir dieses Kompliment zurückzugeben. Eure einzige große Liebe ist Gott, John. Oder hat sich inzwischen etwas daran geändert?«

»Du bist dir doch meiner Zuneigung bewußt.«

»Für Gott. Nur für Gott.«

»Und für dich.«

Der Himmel war bewölkt, der Tag bitterkalt. Als Maria aus dem Haus trat, blieb sie auf der Vortreppe mit tränenden Augen und stockendem Atem stehen, den Blick auf die Kutsche in der Auffahrt und deren einzigem Insassen gerichtet.

John sah sie fest an. »Hast du etwa Angst vor ihm?« erkundigte er sich.

»Sehe ich so aus, als würde ich vor Seiner Gnaden Angst haben?«

»Er scheint dich zu beunruhigen. Du brauchst nur einen Moment lang in seiner Gesellschaft zu sein, und schon wirst du ...«

»Was?« fragte sie, zu ihm hochschauend.

»Nervös.«

»Er gehört nicht gerade zu den sanftmütigsten Menschen.«

»Es ist nicht diese Sorte von Nervosität, fürchte ich.«

Sie drehte sich um, als Thaddeus zu ihnen trat, der ein Cape aus Zobelpelzen über dem Arm trug und einen Schal und eine Kappe aus dem gleichen Material. »Ihr sollt das anziehen«, verkündete er, Maria die Sachen aufdrängend, während er John einen Blick zuwarf, der so scharf war wie eine Lanze.

Selbst in dem trüben Licht des Tages schimmerte das kostbare Pelzwerk wie schwarzes Feuer. »Das kann ich nicht«, erklärte sie. »Sagt Ihrer Gnaden . . .«

»Es gehört ja gar nicht der Herzogin, sondern ihm da«, fiel Thaddeus ihr ins Wort, mit dem Kopf auf die Kutsche deutend, als er seine Lippen zu so etwas wie einem grimmigen Lächeln verzog. »Oder vielmehr einer seiner letzten Mätressen. Seine Gnaden ist der Meinung, daß Euch das eher warmhalten würde als diese *Lumpen*, wie er Eure Garderobe zu bezeichnen beliebt.«

»So? Meint er das?« erwiderte sie und spürte, wie ihr das Blut heiß in die Wangen schoß. »Ihr könnt Euer Gnaden von mir ausrichten, daß . . . ach, vergeßt es, Thaddeus. Ich werde es ihm besser selbst sagen.« Sie warf sich das schwere Cape über den Arm, lief nun, so rasch ihr das die vereisten Stufen erlaubten, die Vortreppe hinunter und riß den Schlag der Kutsche auf. Dort saß Salterdon, den Kragen seines eigenen Pelzmantels bis über die Ohren hinaufgeschlagen und seine Pelzkappe tief in die Stirn gezogen, in der Ecke der Polsterbank und drehte ihr langsam das Gesicht zu.

»Ich bin nicht gewillt, den Pelz einer Eurer Mätressen zu tragen, Euer Gnaden. Lieber erfriere ich als . . .«

Sie stieß einen Schrei aus, als Salterdons behandschuhte Rechte sie in diesem Moment am Arm packte, sie in die Kutsche hineinzerrte und den Schlag hinter ihr zuwarf. Und während sie sich mit einem entrüsteten Schnauben in das Polster fallen ließ, rief er John, der Maria in dem Augenblick, als Salterdon sie in das Gefährt hineinzog, zu Hilfe eilen wollte, durch das Kutschenfenster zu: »Ich glaube, die Herzogin ist plötzlich krank geworden, Mr. Rees. Ich bin sicher, daß Eure Gesellschaft und ein Gebet ihr gelegener kämen als Miss Ashton Euer Versuch, den Helden zu spielen.«

Da blieb John mit hochrotem Gesicht oben auf der Treppe stehen, während der Wind ihm die Soutane wütend um die Beine schlug und er schweigend zusah, wie Thaddeus nun an seiner Stelle die Treppe hinunterlief, dem Herzog die Pelzkappe und den Schal durch das Wagenfenster zureichte und dann rasch auf den Kutschbock kletterte. Mit einem letzten maliziösen Lächeln zog Salterdon die Jalousie hinter dem Kutschenfenster herunter und sank in das Polster zurück, während er den Blick auf Maria heftete, die ihm wutbebend gegenübersaß.

»Ihr habt weder einen Grund noch das Recht dazu, mich auf eine so respektlose Art vor meinem Gast zu behandeln.«

»Ich habe das Recht, alles zu tun, was mir beliebt, Miss Ashton. Ich könnte Euren geliebten Vikar jederzeit aus meinem Haus werfen lassen, wenn ich das möchte.« Und mit einem Lächeln im Mundwinkel setzte er hinzu: »Ein Wort von mir würde genügen, und er müßte sogar seinen Priesterrock ausziehen.«

»Warum würdet Ihr so etwas tun wollen? Er hat Euch nichts getan . . .«

»Wirklich nicht?«

»Dann verratet mir mal, was er Euch angetan hat.«

»Seine Grenzen überschritten.«

»Indem er nach Thorn Rose gekommen ist?«

Salterdon sank auf der Bank zurück. Sein Gesicht wurde verschlossen. Sein Rückgrat paßte sich der Form des Polsters an, und seine leicht gegrätschten Beine pendelten bei jeder Bewegung der Kutsche hin und her, während er Annie so eindringlich musterte, daß ihr Körper so starr und kalt wurde wie die Eiszapfen, die sich an den Zweigen der Bäume zu bilden begannen.

Schließlich sagte er: »Habt Ihr Euch dazu entschlossen, mit ihm mein Haus zu verlassen?«

»Mir blieb kaum genügend Zeit, mir das zu überlegen.«

»Liebt Ihr ihn?«

»Das geht Euch nichts an.«

»Es geht mich durchaus etwas an, wenn auch meine Zukunft davon betroffen ist.«

»Ja«, erwiderte sie wütend. »Ich habe ihn ... ich hatte in ihm ..., er ist mir von Kindheit an ein loyaler und vertrauenswürdiger Freund gewesen. Als ich erwachsen wurde, war es mein größter Traum, ihn zu heiraten.«

»Er würde Euch niemals glücklich machen.«

»Ihr kennt ihn nicht.«

»Ich weiß, daß er Gott mehr liebt als Euch. Wenn das nicht wahr wäre, würdet Ihr jetzt nicht in Thorn Rose sein.«

Sie kauerte in der Ecke ihrer Polsterbank, starrte aus dem Fenster und versuchte, sich auf die mit Eis überzogenen Bäume und die am Straßenrand vom Wind aufgetürmten Schneewehen zu konzentrieren.

»Ich glaube nicht eine Sekunde daran, daß er Euch glücklich machen könnte«, fuhr Salterdon fort. »Ihr gehört zu jenem Typ von Frauen, die von ihrem Ehemann eine hundertprozentige Aufmerksamkeit erwarten. Die werdet Ihr natürlich auch von ihm verlangen, und wenn Ihr sie nicht bekommt, werdet Ihr ihn betrügen.«

Da schlug sie ihm ins Gesicht.

Er lachte nur. »Ihr werdet ihn zerstören. Stück für Stück. Seine Loyalität untergraben. Nachdem er seiner ihm fasziniert zuhörenden Gemeinde eine Predigt über Ehebruch und die Sünden der Fleischeslust gehalten hat, wird er nach Hause kommen zu seiner Frau, die ihre wunderschönen weißen Schenkel für ihn öffnet und mehr von seinem Körper und seiner Seele verlangt, als er ihr geben kann, weil ihm jedesmal, wenn er sich mit ihr geschlechtlich vereinigt, Gott auf die Schultern klopfen und ihn an seine Prioritäten erinnern wird.«

»Ihr werdet jeden Mann madig machen, der eine Frau ...« Sie biß sich auf die Lippen.

»Der was, Miss Ashton? Der eine Frau ficken kann?« Er lachte leise. »Oh, da kann es einen riesigen Unterschied geben zwischen Begatten und Schlafen mit einer Frau. Nehmt uns beide zum Beispiel ... Wäre ich noch dazu fähig, könnte ich jetzt Eure Röcke über Eure Hüften hinaufschieben, Eure Beine öffnen, mit meinem Glied in Euch eindringen und mich mit Euch so schnell oder so langsam vergnügen, wie es mir gefiele. Andrerseits könnte ich auch mein eigenes Vergnügen vergessen und mich vollkommen auf Euch konzentrieren – und es dabei nicht einmal für nötig befinden, mich körperlich mit Euch zu vereinigen.«

»Hört auf damit«, rief sie, sich mit beiden Händen die Ohren zuhaltend. »Ich möchte nach Thorn Rose zurückkehren. Sofort. Ich verlange das!«

Da beugte er sich vor und hob mit einem Finger den Saum ihres Rockes an.

Seine Augen schienen wie die einer Katze zu glitzern, als er sie jetzt durchbohrend ansah. Oh, Gott, warum saß sie wie gelähmt da, unfähig, sich zu rühren? Warum konnte sie jetzt nicht die Hand ausstrecken und ihm das arrogante Gesicht zerkratzen? Warum konnte sie Thaddeus nicht zurufen, daß er ihr zu Hilfe kommen und sie retten sollte?

Seine Fingerspitzen streiften über ihre Wade, und sie hielt keuchend die Luft an. Sie glitten weiter nach oben, zu ihrem Knie hinauf, und dann langsam höher hinauf zu ihrem Schenkel; und als sie versuchte, ihre Beine zusammenzupressen, schob er sie mit einem kurzen Schlenkern seiner Finger wieder auseinander.

»Kommen Sie hierher, Miss Ashton«, sagte er, griff nun

mit der anderen Hand nach ihr und schlang den Arm um ihre Schultern, als sie sich zu ihm beugte wie eine hilflose Marionette. Sie mochte jetzt »Nein«, »Tut das nicht«, »Ich kann nicht«, geflüstert haben, aber die Worte summten nur unzusammenhängend in ihrem Gehirn, Widerspruch gegen das erhebend, wonach ihr Körper sich sehnte – sich seit gestern abend ununterbrochen gesehnt hatte.

Sie sank neben ihm auf die Sitzbank hinunter, legte den Kopf in den Nacken und bot ihren Hals seinem offenen Mund dar, der seinen warmen, feuchten Atem über ihr Fleisch schickte, ehe er sacht mit den Zähnen an ihrem Fleisch zu knabbern begann und ihre Haut mit seinen heißen Lippen und seiner heißen Zunge berührte, während seine Hand sich über den pochenden Hügel zwischen ihren Schenkeln legte und die erregte Spalte darin so sacht streichelte, wie er das mit seinen geliebten Klaviertasten gemacht hatte.

Es war keine bewußte Entscheidung, keine überlegte Kapitulation ihres Geistes; sondern ihr Körper hatte jetzt eine eigene Identität bekommen. Stunden-, ja, tagelang hatte sie nach einer Art von Erlösung gesucht, die ihr fremd war und die nur er ihr geben konnte – er – der Herzog, ihr Meister mit den brennenden, sie neckenden Augen, den strengen oder sarkastischen Lippen und der wölfischen Veranlagung. Sie war wie Molly geworden – eine Gefangene ihres eigenen Verlangens.

Sein Mund fand jetzt ihren und fiel mit den Zähnen, den Lippen und der Zunge über ihn her, während leise, gutturale Laute aus seiner Kehle kamen und seine Finger tief in ihre Grotte eindrangen, was sie dazu veranlaßte, mit Armen und Beinen zu zappeln, ihren Mund noch weiter zu öffnen, ihre Brüste noch fester gegen seinen harten Brustkorb zu drükken, ihre Hüften in kreisende Bewegungen zu versetzen, ihre Beine zu spreizen und sie über seine zu schieben, sich wimmernd und stöhnend an seiner Hand zu reiben und schließlich ihren Mund von seinem zu lösen, den Kopf zurückzuwerfen und sich vollkommen diesem Zauber hinzugeben, den seine Hände in ihr heraufbeschworen – und um sie herum, die kalte Luft in Siedehitze verwandelnd.

Und dann hielt er plötzlich inne.

»Bitte, bitte«, hörte sie sich betteln, obwohl sie nicht genau wußte, worum sie ihn eigentlich bat – nur daß er dieser süßen Qual ein Ende setzen möge, dieser Verzückung, die sie auf Mollys Gesicht gesehen hatte, dieser himmlischen Ekstase, von der ihr Paul im Flüsterton berichtet hatte, die einen jedesmal überkommen würde, wenn man sich mit einem Menschen vereinigte, den man . . .

»Still«, sagte er rauh und hielt ihr mit einer Hand den Mund zu. Dann schwang er mit einem sich jählings versteifenden Körper zum Kutschenfenster herum und riß die Vorhänge zurück, so daß ein kalter Luftstrom über ihre Gesichter strich.

Bäume und verschneite Hecken flogen draußen vorbei, während die Kutsche nun ächzend über Schlaglöcher hinwegzuhüpfen und dabei bedenklich zu schlingern begann. Dann das Geräusch: ein Schuß und laute Stimmen.

»Bastarde«, schnaubte Salterdon durch die zusammengepreßten Zähne, um sich dann aus dem Fenster hinauszulehnen und zu Thaddeus hinaufzurufen: »Können wir es zurück nach Thorn Rose schaffen? Verdammt, Mann, antwortet mir!«

»Ihren Pferden sind wir nicht gewachsen!« erwiderte Thaddeus.

»Tut Euer Bestes, verdammt noch mal!«

»Ja, Euer Gnaden!«

Dann fiel Salterdon wieder auf die Bank zurück, und als er sich Maria erneut zudrehte, sah sein Gesicht feucht und kalt aus. Er faßte nach ihrem Rock und zog ihn wieder über ihre Knie hinunter. Sie konnte sich nicht bewegen, und ihr Denkvermögen schien ausgesetzt zu haben. Ihr Körper fühlte sich an wie eine aufgedrehte Uhrfeder, die jeden Moment zu zerspringen drohte.

Mit einem ärgerlichen Schnauben umklammerte Salterdon jetzt ihren Unterarm und schüttelte sie. »Hör mich an, Maria! Komm zu dir, verdammt noch mal!« Er schüttelte sie abermals, und im gleichen Moment drang eine Kakophonie von Geräuschen auf sie ein – Rufe und eine ganze Serie knatternder Schüsse. Die Kutsche erbebte, neigte sich erst auf die eine, dann auf die andere Seite und zwang Salterdon dazu, nach den Sitzlehnen zu greifen und sich daran festzuhalten.

Dann schien die Welt plötzlich einen Salto zu machen und sich auf den Kopf zu stellen. Salterdon warf sich gegen sie, schlang seine harten, muskulösen Arme um ihren Leib und preßte sie an sich, während die Kutsche einen Moment lang in der Luft zu schweben schien, Fenster und Sitze einen seltsamen Bogen um sie herum machten, ehe das Gefährt wieder auf dem Boden landete, sich überschlug, und die Welt um sie herum so schwarz wurde wie der Mitternachtshimmel.

Kapitel dreizehn

Salterdon kam langsam, vor Kälte zitternd, zu Bewußtsein.

»Ihr hirnlosen Bastarde. Was, zum Teufel, habt ihr euch eigentlich dabei gedacht? Ihr habt die beiden offenbar ins Jenseits befördert. Hättet ihr euch denn nicht ausrechnen können, was euch blüht, wenn ihr einen verdammten Herzog umbringt?«

»Wir haben doch nur ein bißchen Spaß mit ihnen haben wollen. Warum ereiferst du dich eigentlich so? Hast du etwa plötzlich Skrupel bekommen oder was?«

Die Stimmen verklangen.

Er verlor wieder das Bewußtsein.

Als er dann erneut die Augen öffnete, schien sich die Kälte bis ins Mark seiner Knochen hineingefressen zu haben. Er hob den Kopf, sah den mit Spuren bedeckten und aufgewühlten Schnee, die darüber verstreuten (und sich nun rasch mit einer Schicht von Neuschnee bedeckenden) Stricke und gerissenen Geschirre und die kaum noch erkennbaren Umrisse eines toten Pferdes. Und jenseits davon, am Fuß der felsigen Hügel – eine wirre Masse zersplitterten Holzes und zerfetzter Samtpolster, die wie Streifen und Lachen von Blut über den weißen Schnee verteilt waren –, lag die Kutsche.

»Maria«, sagte er laut in die Stille hinein. »Maria!« wiederholte er, diesmal ihren Namen hinausschreiend in den Wirbel weißer Flocken, während er sich an einen Felsblock klammerte und alle seine Kräfte aufbot, um sich aus dem Schnee herauszuziehen. Sein Kopf pochte schmerzhaft. Seine Finger brannten wie Feuer. Das Bild ihres zerschmetterten Körpers zwischen den Überresten der Kutsche, das ihm nun vor Augen stand, ließ ihn laut aufstöhnen und mit der Faust gegen den Fels schlagen, bis der Schmerz übermächtig wurde, er in den Schnee zurückfiel, auf den Rücken rollte und wieder die Augen schloß.

Ein Geräusch.

Ein Seufzen.

Ein Murmeln.

Er hob den Kopf und spähte wieder um sich.

Die Felsrinne, in der er lag, machte auf halber Höhe der Felswand eine Biegung nach rechts. Dort, auf dem Rand, der mit Unterholz und Disteln bewachsen war, lag, von nackten grauen Felsen eingerahmt, eine Gestalt.

Salterdon zog sich nun abermals an dem Felsblock in die Höhe, kniff die Augen ein paarmal zusammen, bis er seine Wimpern von dem gefrorenen Wasser befreit hatte, und versuchte nun diese Gestalt scharf ins Blickfeld zu bekommen.

Maria!

Er ließ sich wieder in den Schnee hinunterfallen, kroch auf dem Bauch durch die Felsrinne bis zu ihr hinauf und fand sie dort auf dem Rücken im Schnee. Ihre Haare waren wie ein silbernes Netz um ihren Kopf gebreitet. Sie hatte keine Schuhe mehr an, und ihre kleinen rosigen Zehen lugten durch die Löcher ihrer Strümpfe. Ihr Kinn war zerschrammt, und eine große purpurfarbene Beule begann sich über ihrem linken Auge zu bilden.

Als er jetzt neben ihr auf dem Bauch im Schnee lag, streckte er den Arm aus, legte ihn um ihren Leib und zog sie langsam zu sich heran. Sie stöhnte, bewegte sich, rollte ihren Kopf in seine Richtung. Ihre Lider öffneten sich flatternd.

»Euer Gnaden?«

»Bewege dich nicht! Und sage nichts. Jesus.« Er lachte vor Erleichterung, »ich dachte schon, du wärest tot.«

»Sehe ich denn tot aus, Sir?«

»Schrecklich tot, mein Herz. Wie ein Engel. Wie ein Schnee-Engel mit Lippen aus Eiskristall.«

»Mir ist kalt, Sir.«

»Kuschel dich an mich. Vorsichtig. Kannst du dich bewegen?« Es gelang ihm, seinen Pelzmantel aufzuknöpfen und ihren weichen Körper dann dichter an seinen heranzuziehen, dann legte er den Mantel um sie. Sie schmiegte sich fest an ihn, schlang ihre schlanken Arme um ihn und schob ein Bein über seine Hüfte wie eine satte Geliebte, die im Begriff war, einzuschlafen.

Er küßte sie auf den Scheitel, der sich knapp unter seinem Kinn befand. Er roch nach vom Schnee durchtränkten Veilchen. Sie schmiegte sich noch fester an ihn und murmelte: »Keine Angst, Euer Gnaden. Ich bin hier, falls Ihr mich brauchen solltet.«

Falls Ihr mich brauchen solltet.

Himmel, wie köstlich unschuldig sie doch war!

Zuweilen strich er mit den Händen über ihre Arme, knetete ihren Rücken, massierte ihren Nacken – tat alles, was ihm geeignet zu sein schien, ihren Körper warmzuhalten, während sich die Minuten zu Stunden ausdehnten und das Tageslicht der Dämmerung zu weichen begann.

Wo, zum Teufel, steckte nur Thaddeus? War er etwa zusammen mit der Kutsche und den Pferden am Fuß der Felswand zerschellt?

Ganz bestimmt mußte nun jetzt bald jemand kommen, der nach ihnen suchte. Der Wind wurde stärker und trieb den Schnee vor sich her, wirbelte nadelfeine, spitze Eiskristalle durch die Luft. Er wagte nicht, die Augen zu schließen. Er würde sonst einschlafen und sterben.

Sie würde sterben.

Er drückte sie noch fester an sich, schüttelte sie, um sie aus ihrem traumartigen Zustand herauszuholen, und zwang sie dazu, ihn anzuschauen. Ihre von Eis eingerahmten großen blauen Augen hatten etwas Trübes, das ihn mit Panik erfüllte.

»Rede mit mir«, befahl er ihr.

Die Augen fielen ihr wieder zu.

Er nahm ihr Kinn zwischen die gespreizten Finger und drückte seine Lippen auf ihren Mund. Er küßte sie immer heftiger, zwang ihre Lippen auseinander, schob seine Zunge in ihren Mund und ließ sie darin auf- und niedergleiten, bis sie sich zu bewegen und zu stöhnen begann. »Küß mich«, sagte er durch die Zähne, und spürte, wie ihr Körper an seinem erbebte, ihr Atem sich beschleunigte, und ihre kalte Haut wieder warm und geschmeidig wurde.

Sie stöhnte nun tief in ihrer Kehle, und seine Hand glitt an ihr hinunter, fand ihre Brust und legte sich erst sacht darüber, dann fester, rauher, bis er spürte, wie sich ihre kleinen Hände auf seinem Rücken in sein Hemd krallten. Ihr Bein zog ihn nun dichter an sich heran, so dicht, daß er die Hitze zwischen ihren Schenkeln spüren konnte. Sie drückte ihren weichen offenen Mund gegen seine Schulter und seufzte tief.

Sein Blut erwärmte sich.

Schweißperlen bildeten sich auf seiner Stirn.

Sein Herz klopfte wild, als er die Hände aus ihrem Kleid zog, die Arme um sie faltete und sie fest an seine Brust drückte . . . bis sie wieder regelmäßig atmete und ruhig in seinen Armen lag. Sein Gesicht dem herunterrieselnden Schnee zuwendend, begann er zu lachen. Er lachte so heftig, daß ihm die Tränen aus den Augenwinkeln liefen und zäh wurden wie Honig auf seinen frierenden Wangen.

Schließlich hob Maria den Kopf und blickte ihn blinzelnd an. Sie flüsterte mit blauen Lippen: »Ich wüßte nicht, was man daran lustig finden kann, wenn man langsam erfriert.«

Er nahm ihr Gesicht zwischen seine Hände und sagte: »Maria . . ., meine Zehen sind kalt.«

Sie runzelte die Stirn.

»Maria . . ., meine Beine tun mir weh.«

»Eure Beine?«

Er nickte und küßte sie voll auf den Mund, ehe er wieder zu lachen begann.

Benommen richte Maria sich auf. Und als ihr, auf den Knien liegend, endlich die Bedeutung seiner Worte bewußt wurde, tastete sie sich mit den Händen an seinem Körper bis zu seinen Beinen hinunter und drückte sie.

»Ja!« rief er laut, mit beiden Fäusten in den Schnee hauend. »Ich kann das spüren, Maria!«

»Und dort?«

»Ja!«

»Hier? Könnt Ihr sie bewegen?«

Die Zähne zusammenbeißend, probierte er es ohne Erfolg, und versuchte es dann ein zweitesmal. Erschöpft fiel er in den Schnee zurück, holte tief Luft und . . .

»Euer Gnaden«, rief sie, »Euer Fuß! Habt Ihr ihn etwa bewegt?«

Er nickte und stemmte sich auf die Ellenbogen hoch. Wie sie da so neben ihm auf den Knien lag – in diesem dünnen Mantel, der sie kaum vor den grausamen Elementen zu schützen vermochte –, schien sie in dem verlöschenden Licht und dem wirbelnden Schnee ein Gespenst zu sein, das, beide Hände gegen das Kinn gedrückt, zum Himmel hinaufschaute. Sie weinte so leise, daß er es kaum hörte.

»Komm hierher, bevor du erfrierst«, sagte er.

»Nein – nicht, bevor ich Gott für seine Gnade gedankt habe«, erwiderte sie.

»Wenn du nicht hierherkommst und mich warmhältst, Miss Ashton, fürchte ich, daß wir beide recht bald zu Gott von Angesicht zu Angesicht reden können.«

»Aber . . .«

»Gott ist geduldig, mein Schatz, ich aber nicht . . .« Sie beim Arm packend, zog er sie wieder zu sich herunter, wikkelte ihre zitternde Gestalt in sein wollenes Jackett und seinen Pelzmantel ein und konzentrierte sich dann auf dieses Kribbeln, das sich nun langsam von seinen Zehen über seine

Waden bis zu seinen Knien hinauf ausbreitete. Verdammt wollte er sein, wenn er jetzt nicht mit den Zehen wackeln konnte! Und vielleicht gelang es ihm sogar, das Fußgelenk zu bewegen, wenn er sich anstrengte . . .

»Stellt Euch doch nur die Freude und Erleichterung Eurer Familie vor, wenn sie das erfährt«, sagte Maria an seiner Brust.

Sein Lächeln erlosch.

»Ihr könnt jetzt wieder so ein Leben führen, wie Ihr das gewohnt wart, Eure Zukunft so einrichten, wie Ihr das geplant habt. Stellt Euch vor, wie begeistert die Herzogin darüber sein wird . . .«

»Still, Maria.«

»Sie wird es . . .«

»Sei still!« rief er, grub die Finger in ihre Oberarme und schüttelte sie heftig. »Du darfst kein Wort davon zu irgend jemandem sagen. Weder zu Edgcumbe noch zu meiner Großmutter – hast du mich verstanden, Maria?«

»Nein, ich verstehe es nicht.«

»Versprich es mir. Schwöre es mir, Maria! Kein Sterbenswörtchen zu irgend jemandem, bevor ich nicht bereit bin, es ihnen selbst mitzuteilen.«

Endlich nickte sie. Dann schlang er wieder die Arme um sie und starrte hinaus in das Schneetreiben, ohne es wahrzunehmen.

Drei Tage lang hütete Maria das Bett, erst vor Kälte zitternd, dann vom Fieber geschüttelt. Gertrude ging ständig in ihrem Zimmer ein und aus, um ihr den Schweiß von der heißen Stirn zu wischen oder das Feuer zu schüren. Hin und wieder drangen Gesprächsfetzen an ihr Ohr – Worte, die keinen Sinn für sie ergaben. Gesichter beugten sich über sie – Gertrude, deren Stirn stets sorgenvoll gefurcht war; Edgcumbe, der sie als so etwas wie ein anatomisches Präparat betrachtete, in dem er nach Herzenslust mit dem Finger herumstochern konnte.

Einmal vermochte sie sogar Johns Gesicht zu erkennen, das auf sie herunterlächelte. Seine Hände waren kühl und weich, als er sie ihr auf die Stirn legte. Ein andermal fühlten sie sich wieder . . . warm und kräftig an. Und sie hätte weinen mögen, als er ihr Gesicht auf eine so zärtliche Weise streichelte. Das geschah zumeist spätabends, wenn das Feuer im Kamin zu einem kleinen Häuflein glühender Asche zusammengeschmolzen war und eine Lampe, die in der Nähe ihres Bettes brannte, diese gewaltige Stille mit einem leisen Zischen erfüllte.

Sie träumte davon, daß es die Hände ihres Meisters wären, die ihr über die Stirn strichen und sich auf ihre Wangen legten. Und daß die Litanei *›Maria, Maria, stirb bitte nicht‹*, die neben ihrem Ohr geflüstert wurde, über Salterdons Lippen kämen.

Hatte sie sich das alles nur in ihrem Fieberwahn eingebildet? Oder hatte er sie tatsächlich in seinen Armen gehalten? Sie berührt? Sie geküßt?

Und war es ihr auch endlich bewußt geworden, daß sie sich hoffnungslos in Salterdon verliebt hatte?

Am vierten Tag erwachte sie mit einem klaren Kopf und setzte sich kerzengerade in ihrem Bett auf. John saß in einem Sessel in der Nähe des Feuers, den Kopf über die Bibel gebeugt, die aufgeschlagen in seinem Schoß lag. Er blickte überrascht davon auf.

»Seine Gnaden«, rief sie. »Wo ist er?«

Die Bibel beiseite legend, erhob John sich aus seinem Sessel.

Maria sprang aus dem Bett, hielt sich an einem Bettpfosten fest, als sich der Raum um sie herum zu drehen begann, und ging dann, schwankend wie eine Betrunkene, zur Tür von Salterdons Zimmer.

»Warte!« rief John, ihr nachlaufend.

Sie riß die Verbindungstür auf, stürmte hinüber ins andere Zimmer und blieb dort lange genug stehen, um sich davon zu vergewissern, daß Salterdons Bett leer war. Dann ließ sie den Blick durch den Raum schweifen – richtete ihn zuerst auf die Stelle vor dem Fenster, wo er immer in seinem Rollstuhl zu sitzen pflegte –, und schrie vor Erleichterung auf, als sie ihn dort entdeckte. Sie lief über den Teppich zu ihm, warf ihm die Arme um die Schultern, drückte seinen Kopf an ihren Busen und schluchzte: »Oh, Gott sei Dank, Ihr seid am Leben, verehrter Herr.« Sie bedeckte seinen Scheitel mit Küssen. »Ihr habt mir das Leben gerettet. Wie kann ich Euch das jemals zurückzahlen!«

Da schlang John einen Arm um ihre Taille und wollte sie von Salterdon wegzuziehen. Doch sie versuchte das, mit Armen und Beinen auskeilend, zu verhindern.

»Laß das«, sagte John.

»Nein«, erwiderte sie heftig, »könnt Ihr denn nicht sehen, daß er mich braucht?«

Schließlich gelang es ihr, John von sich wegzuschieben. Dann drehte sie sich wieder zu Salterdon um, sank vor ihm auf die Knie, faßte nach seinen Händen und drückte sie abermals an ihren Busen.

Salterdons Gesicht war unrasiert und machte auf sie einen eingefallenen, leblosen Eindruck. Und seine Augen, die auf die verschneite Landschaft hinausstarrten, waren glasig und leer.

»Nein. Nicht das!« rief sie da im beschwörenden Ton. »Ihr werdet Euch jetzt nicht noch einmal vor mir – vor uns – verstecken. Lieber sterbe ich, als Euch noch einmal an diesen schrecklichen Wahnsinn zu verlieren.«

Er schloß kurz die Augen, und seine Schultern sackten nach unten.

Da bettete Maria müde ihren Kopf auf seinen Schoß und verschränkte ihre Finger mit seinen. »Ich habe mir das alles doch nicht nur eingebildet«, flüsterte sie. »Ihr seid nicht wahnsinnig. Ihr seid nicht krank. Und Eure Beine . . .«

Er legte plötzlich eine Fingerspitze auf ihre Lippen. Den

Kopf hebend, studierte Maria seine Züge und seine Augen, die nun keineswegs mehr leer und glasig waren, sondern sehr lebendig und eindringlich.

»Du hast es versprochen«, hauchte er. »Du hast es mir versprochen.«

»Du kannst dir vorstellen, wie erschrocken wir waren, als Thaddeus nach Thorn Rose zurückkam und aussah, als habe man ihn mit Knüppeln grün und blau geschlagen. Er stammelte etwas von Dieben und einem Mißgeschick – daß die Kutsche von der Straße abgekommen und einen Abhang hinuntergestürzt sei. Da glaubte ich, daß ich dich – zum zweitenmal – verloren hätte ...«

John griff über das Tablett hinweg, das sie auf dem Schoß hatte, und nahm ihr die leere Tasse ab.

»Meine Erleichterung, als wir dich dann doch lebend fanden, war so groß, daß ich sie dir nicht zu beschreiben vermag. Seit du Huddersfield verlassen hast, hatte ich mir ständig eingeredet, daß du zurückkommen würdest – daß du, wenn du erst einmal erlebt hast, wie hart und grausam es doch oft dort draußen in der Welt zugeht, zurückeilen würdest in die Geborgenheit deines eigenen Heims. Als aus Tagen jedoch Wochen wurden, erkannte ich, daß meine Erwartungen offenbar zu hoch geschraubt waren. Ich hätte gar nicht erst zulassen dürfen, daß du dein Vaterhaus verläßt. Ich möchte, daß du jetzt mit mir nach Huddersfield zurückfährst. Wir werden heiraten und dann sofort nach Bristol ziehen ...«

»Nein«, sagte sie leise.

Ohne sie anzusehen, erhob John sich von seinem Stuhl und begann, vor dem Feuer auf- und abzuwandern. »Du brauchst deinen Vater nicht wiederzusehen, Maria. Wir werden Vorkehrungen treffen, daß deine Mutter ...«

»Nein.«

Er unterbrach seine Wanderung durch das Zimmer, hielt

ein paar Sekunden lang die Hand über die Augen und zeigte ihr dann wieder dieses stille und liebevolle Lächeln. Seine Stimme, die zuerst ein wenig nervös geklungen hatte, jedoch immer ruhig und gefaßt gewesen war, nahm nun einen feierlich ernsten Ton an – ein Beweis dafür, wie nahe ihm das alles ging. »Ich sollte dich das nicht fragen, aber ich muß es tun. Gott verzeih mir, aber ich muß. Ist da etwas zwischen euch beiden? Zwischen dir und diesem ... diesem Herzog?«

»Was meinst du damit?« fragte sie, das Gesicht abwendend.

»Ich war dabei, als man euch beide zusammen in dieser Felsrinne fand. Ich war es, der dich aus seinen Armen löste. Nein – ich sehe schon, daß du dich nicht daran erinnern kannst. Du würdest dich auch gar nicht daran erinnern können, weil du so tief geschlafen hast wie ein Baby – mit deinem Kopf an seiner Schulter.«

Die Farbe wich jetzt aus seinem Gesicht. »Bist du in ihn verliebt, Maria? Nein. Du mußt mir darauf keine Antwort geben. Die Szene, die ich vorhin miterlebt habe, hat mich davon überzeugt. Maria. Maria. Es ist ein abgedroschenes Klischee – das Dienstmädchen, das sich in seinen Arbeitgeber verliebt und der das ausnützt ...«

»Das hat er nicht«, rief sie hitzig. »Das würde er nicht tun.«

»Liebt er dich? Hat er dir etwa seine Liebe gestanden?«

»Nein!«

»Aber du glaubst, daß er dich liebt. Hier.« Er schlug sich mit der Hand an die Brust. »Du möchtest es glauben ... hier. Maria, begreifst du denn nicht, daß Männer seiner Sorte Kinder wie dich vernaschen und sie dann wieder wegwerfen? Du möchtest an Märchen glauben, Maria. Das hast du schon immer getan. Aber die Wirklichkeit ist kein Märchen. Die Wirklichkeit ist Stabilität. Stärke. Die Fähigkeit, eine kluge Wahl zu treffen und zu intelligenten, wohlüberlegten

Entschlüssen zu kommen – mit dem Verstand, nicht mit dem Herzen.

Du hast dich ja schon immer gedankenlos der Hilflosen angenommen. Der Gebrochenen. Der Mutlosen. Du hofftest, daß sie deine Anteilnahme mit ihrer Zuneigung belohnen würden. Du wolltest, daß sie dich liebten ... Hast du denn nicht begriffen, meine süße Maria, daß sie dich auch geliebt hätten, wenn sie dir gleichgültig gewesen wären?«

Er nahm seine Bibel vom Tisch und drehte sie ein paarmal zwischen den Händen, ehe er murmelte: »Zum Teufel damit«, und dann wütend auf die Tür zu Salterdons Zimmer zuging.

»Was habt Ihr vor?« fragte sie und warf die Zudecke beiseite. »Wo wollt Ihr hin? Laßt ihn in Ruhe, John. John!«

Sie eilte ihm nach, verharrte dann jedoch auf der Schwelle des Nachbarzimmers, als sie John sagen hörte: »Wäre ich nicht ein Mann Gottes, würde ich Euch morgen früh in der Dämmerung auf einer Lichtung erwarten. Ich würde Satisfaktion von Euch verlangen. Verratet mir einmal, Sir – habt Ihr sie geschändet?«

Salterdon starrte mit regungsloser Miene ins Feuer. Schließlich sagte er mit monotoner Stimme: »Sehe ich so aus wie ein Mann, der eine Frau *schänden* könnte, Mr. Rees?«

»Seid Ihr Euch eigentlich bewußt, daß sie Euch liebt? Bekümmert Euch das? Natürlich nicht. Männer Eurer Sorte bekümmert so etwas nie. Ihr sammelt die Herzen und Seelen von Frauen, als wären es Schmetterlinge, die man dann wie Trophäen in einer Vitrine ausstellt. Wenn Ihr ein Gentleman wäret, würdet Ihr sie jetzt auffordern, sofort ihre Sachen zu packen und mit mir nach Huddersfield zurückzufahren.«

»Aber ich bin eben kein Gentleman, Mr. Rees ..., wie Ihr das soeben in zutreffender Weise erkannt habt.«

In diesem Moment sah John auf und Maria in ihrem langen weißen Nachtgewand und mit vom Schlaf zerzausten Haaren, die ihr wie ein Heiligenschein um den Kopf standen, auf der Schwelle ihres Zimmers stehen. Er schluckte krampfhaft und bewegte sich dann auf die Tür am anderen Endes des Raumes zu, die auf den Korridor hinausführte – offenbar zu erschüttert, um jetzt ihre Nähe zu suchen.

»John«, rief sie ihm nach. »Mein Freund!«

Da rief er, sich noch einmal umdrehend: »Freund? Nein, ich möchte nicht als jemand erscheinen, der *nur* dein Freund sein will. Lieber würde ich in der Hölle schmoren, als mich mit dieser Rolle ...«

Er zitterte am ganzen Körper, und einen Moment lang sah es so aus, als sehnte er sich danach, so rasch wie möglich dieser Tortur zu entrinnen, sie dort stehen zu sehen und zu wissen, daß er gezwungen sein würde, sie einem anderen Mann zu überlassen. Zu wissen, daß das vielleicht das letztemal war, daß er ihre Stimme hören und die Zeichen ihrer offenbar unbewußten Zuneigung für ihn empfangen würde. Er starrte ihr mit wilden Augen in das blasse, verstörte Gesicht und rief dann mit einer vor Leidenschaft bebenden Stimme: »Gott helfe dir, wenn du endlich begreifen wirst, was er ist! Gott helfe dir, wenn du die schreckliche Erfahrung machen mußt, daß er dich zurückweist. *Gott helfe mir* – aber ich werde auf dich warten ...«

Damit verließ er das Zimmer.

Ein Schweigen folgte, das nur hin und wieder vom Wind durchbrochen wurde, der am Fenster rüttelte. Das Zimmer fühlte sich plötzlich schrecklich kalt an.

Schließlich blickte Salterdon vom Feuer auf, in das er die ganze Zeit hindurch gestarrt hatte. »Komm her«, befahl er.

Sie gehorchte. Sie ließ sich auf den Boden vor seinen in Lederstiefeln steckenden Füßen nieder, legte den Kopf auf seine Knie und zog den Saum ihres Nachtgewandes über ihre nackten Zehen. Schließlich faßte er mit der Hand unter ihr Kinn, hob es an und zwang sie dazu, ihm ins Gesicht zu schauen, in dem es heftig arbeitete. Seine Wangen waren gerötet, und da war ein seltsames Licht in seinen dunklen, bekümmerten Augen.

»Du hättest mit ihm gehen sollen«, sagte er.

Kapitel vierzehn

Es kommen im Leben zuweilen Zeiten tiefer, stiller Pausen, wo der erfüllte Geist sich ausruht – wie ein Kind, das sich auf einer Wiese im Gras ausstreckt, nichts fürchtend, nichts verlangend, fast aufhörend, zu denken, und sich damit begnügend, nur zu fühlen. In den Tagen, die auf Johns Abschied von Thorn Rose folgten, befand sich Maria in einem Zustand der Verzückung. Wie konnte sie es sonst anders nennen? Zum erstenmal in ihrem Leben genoß sie ihre eigene Zerbrechlichkeit, sich auf jenen Moment freuend, wo ihr Herr sich wieder zu ihr gesellen, ihr stundenlang etwas vorlesen und ihr mit dem Löffel ihre Suppe einflößen würde. Und dann, wenn er glaubte, daß sie eingeschlafen sei, würde er dort – nicht so weit weg von ihr – am Kamin sitzen und Noten auf ein Papier kritzeln.

Er erschien ihr in diesen Momenten wie eine Seele, die auf dem Meer dahintrieb und Musik hörte, die nur in seinem Geist existierte.

Wo war jetzt die Bestie geblieben? Der Drache? Der Wolf?

In einer Sonate versteckt.

Es war eine Art von verträumter Verzückung, der sie sich hingab. Ihr war so, als würde ein goldener Nebel über ihr schweben, durch den sie alle Erfahrungen ihres Lebens – die bitteren wie die süßen – wie aus weiter Ferne zu betrachten schien. Die Welt jenseits ihres Zimmer hörte auf zu existieren.

Zuweilen träumte sie, daß sie aus einem tiefen Schlaf erwachte, um zu entdecken, daß Salterdons Rollstuhl vor dem Feuer leer war und er, die Arme vor der Brust verschränkt, am Ende ihres Bettes stand und sie mit einem Ausdruck von Schmerz und Verheißung auf dem Gesicht betrachtete.

Das waren Zeiten, in denen sie sich gegen das Aufwachen sträubte. Oh, ja, sie fing nun an, zu verstehen, warum Salterdon es tröstlicher gefunden hatte, sich in die Tiefe seines Geistes zurückzuziehen, wo es leichter war, zu vergessen, und die Illusionen, die er sich machte, weitaus angenehmer waren . . .

Leider zwangen die Pflichten ihrer Anstellung sie nach einer wöchentlichen Genesungspause wieder dazu, ihr Bett zu verlassen, als die Herzogin ihr Erscheinen im blauen Salon verlangte. Als Gertrude Maria die Haare bürstete und sie zu einem Zopf flocht, um sie auf des Treffen mit der Herzogin vorzubereiten, meinte sie, Marias Spiegelbild betrachtend: »Ihr strahlt ja förmlich, Kindchen.«

»Ich glaube, daß ich noch nie so glücklich in meinem Leben gewesen bin wie jetzt«, erwiderte Maria mit einem Lächeln.

Mit hochgezogenen Augenbrauen und geschürztem Mund erwiderte Gertrude nachdenklich: »Ich schätze, ich habe Seiner Gnaden noch nie in so einer aufgeräumten Stimmung erlebt wie jetzt . . ., ich meine, von dem Moment an, wo er sich Euretwegen keine Sorgen mehr machen mußte.«

»War er denn so besorgt um mich, Gerti?«

»Er ist doch kaum von der Seite Eures Bettes gewichen, außer wenn er mit seinem Rollstuhl hinuntergefahren ist in das Musikzimmer. Dort habe ich ihn dreimal noch spät abends dabei ertappt, wie er auf dem Pianoforte spielte.« Sich zu Marias Ohr hinunterbeugend, fuhr sie mit leiser Stimme fort: »Ich glaube, daß er sich in Euch vergafft hat,

Kindchen. Und soweit ich mich in solchen Dingen auskenne, würde ich meinen, daß Ihr seine Gefühle erwidert.«

Gertrude brachte Maria dann eines der zwei Kleider, die sie inzwischen gewaschen, gebügelt und ausgebessert hatte, und nachdem sie Maria noch einen Schal geliehen und um die Schultern gelegt hatte, begleitete sie sie hinunter in den blauen Salon, aus dem in diesem Moment Molly mit dem für sie so typischen Grinsen auf dem Gesicht herauskam, das diesmal jedoch noch ein bißchen selbstgerechter wirkte als sonst.

»Ich weiß nicht, ob mir ihr Benehmen gefällt«, murmelte Gertrude leise und sah stirnrunzelnd dem Mädchen nach, das nun den Korridor hinunterstolzierte und dabei ein paarmal, noch immer mit diesem Grinsen auf dem Gesicht, über die Schulter auf die beiden zurückblickte.

Als Maria den Salon betrat, fand sie dort die Herzogin in ihrem Sessel beim Kamin vor und Edgcumbe, der hinter ihrer Rückenlehne stand.

»Euer Gnaden«, sagte Maria und machte vor der Herzogin einen Knicks.

»Wie ich hörte, geht es Euch inzwischen wieder besser«, begrüßte die Herzogin sie in einem seltsam distanzierten Ton.

»Viel besser, danke.«

Als die Herzogin Gertrude zunickte, beeilte sich diese, die Tassen und Teller einzusammeln, die im Zimmer verstreut waren.

Die Herzogin betrachtete derweil das Porträt ihres Gatten an der Wand. Jung, hübsch und imponierend – das Musterbild eines Aristokraten. Desgleichen das Porträt seines Sohnes, des früheren Herzogs von Salterdon, das neben dem seines Vaters hing.

»Wenn ich mir jetzt diese Bilder anschaue«, sagte sie, »überkommt mich ein Gefühl der Verzweiflung. Viele Generationen hindurch war diese Familie stolz gewesen auf ihr erlauchtes Erbe. Skandale waren ihr fremd, und Versagen ein Wort, das in ihrem Vokabular nicht vorkam. Doch jetzt«, die Herzogin seufzte und senkte den Kopf, »werde ich geradezu mit Widersetzlichkeiten bombardiert. Wen kann es da wundern, daß ich mich gezwungen sehe, mich ständig vor Scham in meine vier Wände zu verkriechen.«

»Aber, aber, Isabella«, sagte Edgcumbe, die Hand der Herzogin nehmend und diese liebevoll streichelnd. »Es wird sich jetzt doch alles zum Guten wenden.«

Ihre Mundwinkel hoben sich zu einem leisen Lächeln, als sie dem so um ihr Wohl besorgten Arzt ihre Hand wieder entzog und nun den Blick auf Maria heftete.

»Ich bin erleichtert darüber, daß es Euch wieder besser geht, meine Liebe. Ihr hättet bei diesem Unfall ja schwer verletzt oder sogar getötet werden können. Und hätte mein Enkelsohn nicht ein so ... nun ... heroisches Verhalten an den Tag gelegt, wäret Ihr vermutlich an Unterkühlung gestorben.«

Sie schwieg einen Moment, ehe sie mit leiser, nachdenklicher Stimme fortfuhr: »Aber stellt Euch meine Überraschung vor, als man mir meldete, die Kutsche sei ohne mich abgefahren. Und noch verblüffter war ich, als man mir erzählte, ich sei krank und deshalb daran gehindert, euch beide zu begleiten ... Trey hat zuweilen eine sehr lebhafte Phantasie, wenn es ihm in den Kram paßt. Dennoch muß ich es jetzt wohl eher als eine glückliche Fügung betrachten, daß ich daran gehindert wurde, euch, wie ich es mir eigentlich vorgenommen hatte, auf dieser Fahrt zu begleiten, weil ich bezweifle, daß ich so einen Unfall überlebt hätte. Trotzdem bin ich es nicht gewohnt, auf eine solche Weise hintergangen zu werden – schon gar nicht von meinem ältesten Enkelsohn. Trey hatte sich nämlich immer die größte Mühe gegeben, mir gefällig zu sein – oder mich zu besänftigen, falls das nötig sein sollte – und ich möchte mich nicht gern an all die Gelegenheiten erinnern, bei denen dies der Fall gewesen war –, während sein jüngerer Bruder mich ebenso oft zum Teufel wünschte, wie er mich liebevoll auf die Wange küßte.

Bei Clayton wußte ich schon recht bald, was für eine Sorte von Lausbübereien ich von ihm zu erwarten hatte. Daß er sich mit den Söhnen von Tagelöhnern herumtrieb oder prügelte, war nichts Ungewöhnliches. Und deshalb überraschte es mich auch nicht, daß er sich, als er älter wurde, oft mit einem blauen Auge, einem aufgeschlagenen Knie oder aufgeplatzter Haut an den Fingerknöcheln zu mir an den Tisch setzte. Als junger Mann hatte er dann allerdings nicht mehr viel Zeit für so einen Unsinn, da war er viel zu sehr damit beschäftigt, sich ein eigenes Vermögen zu schaffen, damit er nicht von meinem abhängig war.

Im Gegensatz zu Trey, der sich nach Kräften bemühte, das meine zu verringern. Mit Glücksspielen und Weibergeschichten. Zuweilen fragte ich mich, ob er mir das nicht zum Fleiß tat – aus einer verborgenen Abneigung heraus, die er gegen mich hegen mochte, und meinen Bemühungen, ihm sein Verhalten vorzuschreiben . . .« Hier legte die Herzogin wieder eine Pause ein, um Luft zu holen und ihre Gedanken zu sammeln, was Maria Gelegenheit gab, mit leiser Stimme zu bemerken:

»Es widerspricht der menschlichen Natur, sich von anderen sein Verhalten vorschreiben zu lassen, Euer Gnaden.«

Ihre Brauen wölbend, erwiderte sie: »Ist das so? Dann muß ich mich jetzt allerdings fragen, warum er in den letzten Jahren so sehr darum bemüht war, sich bei mir einzuschmeicheln. Ich werde Euch sagen, warum. Weil es für Trey Hawthorn, den gegenwärtigen Herzog von Salterdon, nichts Wichtigeres gibt auf dieser ganzen weiten Welt als die Macht und die Stellung, die ihm mein Gatte und sein Vater hinterlassen haben. Und den Reichtum, den er bei meinem Hinscheiden erben wird, übersteigt bei weitem Eure magere Einbildungskraft. Er müßte schon ein paar hundert Jahre leben, bis er mein Vermögen am Spieltisch durchbringen könnte. Stellt Euch vor, welche Ausblicke sich ihm eröffnen. Er kann sein Leben lang in Luxus schwelgen und das Geld mit vollen Händen ausgeben. Selbst jetzt – egal, in was für einer mißlichen körperlichen Verfassung er sich auch befinden mag – vermute ich, daß er alles tun und opfern würde, um sich meiner fortwährenden finanziellen Unterstützung zu versichern.

Widerspricht es also der menschlichen Natur, sich sein Verhalten vorschreiben zu lassen? Ich glaube nicht, Miss Ashton. Zumindestens dann nicht, wenn ein in fünfhundert Jahren erworbenes Vermögen davon abhängt. Und abgesehen von der Monarchie gibt es keinen Zweig der Aristokratie, dessen Ruf und Bestand so sehr von der Erbfolge abhinge wie der unsrige.

Aber warum erzähle ich Euch das alles. Ich habe Euch heute morgen nicht hierhergebeten, um mit Euch über unsere persönlichen Angelegenheiten zu plaudern, sondern um Euch mitzuteilen, daß ich mich nach reiflicher Überlegung dazu genötigt sehe, Euch von Euren Pflichten zu entbinden. Ich werde sogleich alles Notwendige veranlassen, damit Ihr in den nächsten Tagen nach Huddersfield zurückkehren könnt.«

Sich mit einer Hand am Bettpfosten einhaltend, verlagerte Salterdon sein Gewicht von einem Bein auf das andere und biß die Zähne zusammen, als ihm dabei der Schmerz wie ein Messer in die Rückseite seiner Schenkel schnitt. Sein Körper war in Schweiß gebadet. Der Atem stockte ihm in der Kehle, als sich Knoten in den Muskeln unter seinem Gesäß bildeten, die sich wie heiße Schüreisen an seinem Rückgrat hinaufbewegten. Es war ihm gelungen, einmal um sein Bett herumzugehen, wobei er sich mehrmals an den Bettpfosten festhalten und auf die Matratze stützen mußte. Die Versuchung, sich auf das Bett zu werfen, um diesen sengenden

Schmerzen ein Ende zu bereiten, war mehr als verlockend. Doch er widerstand ihr, und als es ihm endlich gelungen war, sich umzudrehen und den Blick wieder auf diesen elenden Rollstuhl zu heften, in dem er das letzte und grausamste Jahr seines Lebens verbracht hatte, machte er sich daran, den Weg zurückzugehen, den er soeben gekommen war.

Die Tür hinter ihm flog auf.

Er blickte sich um, darauf gefaßt, Maria ins Zimmer treten zu sehen, die ihn natürlich schelten würde, weil er ohne ihre Hilfe aus diesem verdammten Stuhl herausgeklettert war, ehe sie wie eine Elfe im Zimmer herumtanzen würde vor Begeisterung über die Leistung, die er soeben vollbracht hatte.

»Euer Gnaden!« rief Gertrude, und plötzlich stand die kleine rundliche Haushälterin mit hochrotem Gesicht und Augen so groß und rund wie Untertassen neben ihm. »Ich weiß zwar, daß mich das nichts angeht, Euer Gnaden. Ich bin ja nur ein Dienstbote, der taub und blind zu sein hat für alles, was um ihn herum geschieht oder in seinem Beisein gesprochen wird, aber ich komme soeben vom blauen Salon, Euer Gnaden, wohin die Herzogin unsere Maria zu einer Audienz befohlen hatte . . .«

Die Haushälterin hielt inne, um Luft zu holen, nach der ihre Lungen dringend verlangten, und als sie dabei fortfuhr, Salterdon anzustarren, verwandelte sich der Ausdruck von Angst auf ihrem Gesicht in grenzenlose Verblüffung.

»Gütiger Himmel«, murmelte sie. »Ihr steht ja wieder auf zwei Beinen!«

»Das interessiert jetzt nicht«, schnaubte er, die Zähne zusammenbeißend, als Muskeln und Sehnen an seinen Schenkeln und Waden ihm wieder auf eine höchst unangenehme Weise zu verstehen gaben, daß ihnen nach einer so langen Ruhezeit das Arbeiten schwerfiel. »Was, zum Teufel, hat meine Großmutter sich denn jetzt wieder ausgedacht?«

»Sie hat unsere Maria entlassen«, erwiderte Gertrude, die

noch nicht ihren Schock überwunden hatte, Salterdon auf seinen Beinen um sein Bett herumlaufen zu sehen.

»Was Ihr nicht sagt! Schiebt mir diesen gottverdammten Stuhl dort her, Frau, und beeilt Euch damit.«

Die Herzogin ließ sich inzwischen darüber aus, wie sehr sie Marias Arbeit geschätzt habe und daß sie Maria so lange finanziell unterstützen würde, bis diese eine neue Anstellung gefunden hätte. Selbstverständlich würde sie Maria auch ein Empfehlungsschreiben mit auf den Weg geben und meinte, daß Maria zweifellos alle Türen in England offen stünden, wenn bekannt würde, daß ihrer Tätigkeit in Thorn Rose ein so durchschlagender Erfolg beschieden gewesen sei.

Sie würde auch sogleich einen Boten zu Marias Eltern schicken, die diese davon in Kenntnis setzten, daß ihre Tochter noch im Verlauf dieser Woche bei ihnen eintreffen würde. Auch würde sie John Rees in einem kurzen Schreiben davon Mitteilung machen ..., da sie glaube, daß Maria jetzt sicherlich ihre Meinung ändern und den Heiratsantrag des jungen Mannes annehmen würde.

»Er wäre genau der richtige Mann für Euch, meine Liebe, da er der gleichen Gesellschaftsschicht angehört wie Ihr. Gott würde so eine Verbindung zweier ... ebenbürtiger Partner sicherlich mit Wohlgefallen betrachten.

Ihr müßt verstehen, meine Liebe, daß ich mit Eurem Engagement eine Art von Reformierung meines Enkelsohns erreichen wollte. Da Euch das in einem Maße gelungen ist, das meine Erwartungen sogar noch übertrifft, sind Edgcumbe und ich jetzt der Meinung, daß mein Enkelsohn keine Gesellschafterin mehr benötigt und diese Tätigkeit sich nur noch als eine Vergeudung Eurer kostbaren Zeit erweisen würde.«

In diesem Moment ging die Tür auf. Die Herzogin blickte sich um, und ihr Gesicht wurde maskenhaft starr, während Maria das Gefühl hatte, daß ihre Knie jeden Moment unter ihr einknicken könnten, als sie Salterdons Stimme hörte. Sie griff nach der Rückenlehne eines Stuhls, um diese als Stütze zu benützen, mochte sich aber um keinen Preis der Welt zu ihm umdrehen. Er würde ihr ansehen können, wie groß ihre Enttäuschung war. Der Schlag, den ihr die Entscheidung der Herzogin versetzt hatte, war noch zu frisch. Sie hätte ihm nicht verbergen können, wie elend sie sich fühlte.

»Offenbar hat jemand versäumt, mich davon zu unterrichten, daß hier eine Konferenz stattfindet«, sagte Salterdon mit tiefer, trügerisch ruhiger Stimme, als er sich in seinem Rollstuhl in den Raum hineinschob.

»Ich hielt es für besser, Euch nicht damit zu belästigen«, erwiderte Edgcumbe mit einer leichten Verbeugung und einem Lächeln, das sofort erlosch, als Salterdon ihm einen vernichtenden Blick zuwarf.

»Ich wußte ja gar nicht, daß ein ganz gewöhnlicher Arzt neuerdings darüber zu entscheiden hat, was in meinem Haus geschieht ... Oder bin ich etwa schon nach Royal Oaks verbannt worden?«

»Wohl kaum«, schnaubte die Herzogin.

Salterdon sah zu Maria, die ihm immer noch nicht das Gesicht zudrehen wollte, sondern starr geradeaus blickte und große Mühe hatte, sich noch auf den Beinen zu halten, weil diese immer kraftloser wurden, je länger er sie ansah.

Endlich sagte er: »Es geht das Gerücht, Ihr beiden hättet beschlossen, daß Miss Ashtons Dienste in diesem Haus nicht länger benötigt würden. Ich denke, daß man auch mich zu dieser Beratung hätte hinzuziehen sollen, ehe man so eine Entscheidung fällt.«

»Wir sind lediglich der Auffassung«, erwiderte ihm die Herzogin, »daß du dank der enormen Fortschritte, die du in letzter Zeit in mentaler und emotionaler Hinsicht gemacht hast, jetzt nicht mehr auf eine Pflegeperson angewiesen bist, die dich Tag und Nacht in deinen Gemächern betreut. Zudem hast du bisher noch nie einen sonderlich großen Wert darauf gelegt, aktiv an geschäftlichen Entscheidungen mitzuwirken, sondern es vorgezogen, mich entscheiden zu lassen, welche Maßnahmen für dein Wohlergehen und die Zukunft unserer Familie am förderlichsten sind. Und ich halte es jetzt für das beste, wenn Miss Ashton Thorn Rose verläßt.«

Damit drehte sich die Herzogin wieder zu Maria um und sagte steif, sie mit einem Kopfnicken entlassend: »Das wäre alles, meine Liebe. Ich werde meinem Sekretär Anweisungen geben, noch heute nachmittag alle nötigen Papiere auszufertigen.«

Wie lang sie dann dastand und der Herzogin in die grauen Augen starrte, wußte sie später nicht mehr zu sagen. Worauf wartete sie eigentlich noch? Auf ein Wunder? Einen Gesinnungswandel der Herzoginwitwe zu Ihren Gunsten? Eine Erklärung vielleicht, daß diese plötzliche, sie aus allen Wolken reißende ›geschäftliche‹ Entscheidung nur ein Scherz sei?

Gott mochte verhüten, daß sie sich jetzt noch vor der Herzogin auf die Knie warf und sie bat, ihre Entscheidung noch einmal zu überdenken – ihr zu erklären, wieso sie denn meinte, daß sie, Maria, plötzlich entbehrlich sei – die Herzogin anflehte, sie nicht wegzuschicken, weil der Gedanke, daß sie ihren Enkelsohn nie wiedersehen würde, schlimmer war, als sie ertragen konnte?

Warum sagte er denn nichts? Tat nichts? Setzte sich nicht für sie ein?

War sie denn so schrecklich naiv gewesen, daß sie seine Gefühle für sie falsch gedeutet hatte? Waren die Zärtlichkeit in seinen Augen und sein Lächeln etwa nur eine List gewesen – ein Mittel zum Zweck, um sie zu verführen?

Irgendwie gelang es ihr schließlich, einen Knicks zu machen, sich dann mit hölzernem Gesicht der Tür zuzudrehen und nicht zu ihm hinzuschauen.

Er packte sie beim Arm.

Sie schloß die Augen.

»Nein«, sagte er.

»Wie bitte?« erwiderte die Herzogin.

»Miss Ashton wird in Thorn Rose bleiben . . ., bis ich befinde, daß man sie entlassen sollte . . . Als Oberhaupt dieser Familie treffe ich die Entscheidungen, wen wir anstellen und wann.«

»Als Oberhaupt dieser Familie?« wiederholte sie spöttisch.

»Kraft meines Geburtsrechtes, Großmutter . . . woran Ihr mich in den letzten fünfundzwanzig Jahren meines Lebens fast täglich erinnert habt.« Dann zu Maria: »Setzt Euch, seid still und wartet ab. Dort drüben.« Er deutete auf einen Stuhl am anderen Ende des Raumes.

»Euer Gnaden«, flüsterte sie, »ich möchte nicht der Anlaß eines Familienzwistes sein.«

»Setzt Euch«, wiederholte er in entschiedenerem Ton, wobei er seine Augen keinen Moment lang von der Herzogin abwandte.

Da ging Maria zu dem Stuhl, auf den er gedeutet hatte, und setzte sich, die Fäuste in den Falten ihres abgetragenen Rocks vergrabend. Sie fragte sich, ob es vielleicht eine Nachwirkung ihrer soeben überstandenen Krankheit war, daß sie das Gefühl hatte, sie könnte jeden Moment ohnmächtig werden.

Nachdem auch die Herzogin wieder in ihrem Sessel Platz genommen hatte, sah sie Salterdon mit einer starren Eindringlichkeit an, während sich ein paar rote Flecke auf ihren sonst so blassen Wangen abzeichneten und ihre so zerbrechlich wirkenden, mit Juwelen geschmückten Finger sich um die Armlehnen krampften. Es kam Maria in diesem Moment so vor, als befände sich Salterdon, obwohl die Herzogin bis zu ihrem Tod die Verfügungsgewalt über den größten Teil des Familienvermögens besaß, in einer stärkeren Position. Jedenfalls prallten hier zwei Willen so heftig aufeinander, daß man es fast hören konnte.

Mit dünnen Lippen und dürrer Stimme sagte die Herzogin schließlich: »Ich bin zwar daran gewöhnt, daß es zuweilen zwischen mir und Clayton zu Meinungsverschiedenheiten kommt, jedoch nicht an eine Konfrontation mit dir. Verzeih mir, wenn mir das ein wenig . . . verwunderlich erscheint. Offenbar habe ich aber deine Abhängigkeit von Miss Ashton unterschätzt.«

»Offensichtlich.«

Wieder folgte ein so langes Schweigen, daß die Stille im Raum fast greifbar wurde.

Schließlich holte die Herzogin tief Luft, trommelte mit den Fingern auf ihre Armlehnen und schob das Kinn vor. »Im Lichte der Entscheidung, die du in diesem Fall getroffen hast, möchte ich dich fragen, ob wir uns nicht einen Moment lang zurückziehen könnten, um eine ziemlich wichtige Familienangelegenheit zu besprechen.«

»Da Miss Ashton als meine Gesellschafterin einen tiefen Einblick in mein Privatleben bekommen hat und als meine Pflegerin Zeugin einiger meiner intimsten Momente im Leben wurde, kann ich mir nicht vorstellen, was Ihr mir sagen könntet, von dem sie schließlich nicht ebenfalls Kenntnis erlangen würde.«

»Vielleicht hast du recht.« Mit hochgezogener Braue und einem Lächeln im Mundwinkel erklärte sie mit einer plötzlich hochzufriedenen Miene: »Natürlich hast du recht! Denn solange Miss Ashton noch auf Thorn Rose weilt, könnten wir ja das Beste aus ihren Fähigkeiten machen.

Gestern abend hatte ich mir nämlich überlegt, daß du auf Grund der Besserung, die hinsichtlich deiner mentalen und emotionalen Verfassung zu verzeichnen ist und die du mir soeben durch dein Verhalten bewiesen hast . . ., und in Anbetracht der Tatsache, daß du das Oberhaupt der Familie bist, jetzt wohl bereit sein würdest, an deine Verpflichtung gegenüber Lady Dunsworthy zu denken.«

Lady Dunsworthy!

Maria richtete ihren Blick auf das Porträt eines Jungen mit einem Windspiel an der hinteren Wand. Ihr Körper schien plötzlich schrecklich warm zu werden. Wie hatte sie nur Lady Dunsworthy vergessen können?

»Falls Euch das nicht bekannt sein sollte, Miss Ashton«, hörte sie die Herzogin sagen, »war er, als ihn dieses Mißgeschick ereilte, nur noch eine Woche von dem Termin entfernt, an dem er Lady Laura Dunsworthy heiraten sollte – eine junge Dame aus seinen Gesellschaftskreisen, die auch meinen Vorstellungen, die ich von der Gattin meines ältesten Enkelsohnes hatte, in allen Belangen entsprach. Und deshalb hatte ich vor, ihn am Tage seiner Eheschließung mit Lady Dunsworthy mit der Hälfte seines Erbes zu belohnen – einem Vermögen, das groß genug ist, ihm bis zum Ende seines Lebens ein sorgenfreies und standesgemäßes Dasein zu verschaffen. Ein weiteres Viertel hätte er später dann bei der Geburt seines ersten Sohnes von mir bekommen.

Nach diesem tragischen Vorfall wurden natürlich alle diese Pläne vorläufig zurückgestellt. Das ganze letzte Jahr hindurch hat diese junge Dame geduldig und treu auf eine Besserung seines Zustands gewartet und ist selbstverständlich jederzeit dazu bereit gewesen, das Eheversprechen einzulösen, das sie Seiner Gnaden gegeben hatte. Sie ist sehr schön. Und intelligent. Soweit ich mich entsinnen kann, war Seine Gnaden . . . *sehr* von ihr angetan.«

Den Blick nun wieder auf ihren Enkelsohn richtend, fügte sie hinzu: »Ich bin mir sicher, es wird jetzt deine Billigung finden, daß ich Lord Dunsworthy schriftlich davon unterrichtet habe, daß eine beträchtliche Besserung deines Gesundheitszustands eingetreten sei.« Sie griff nach einem Kuvert, das auf einem Tisch neben ihr lag, drehte es in den Händen und sagte: »Lord Dunsworthy und seine Tochter werden übermorgen hier eintreffen.«

Maria sperrte beide Türen ihres Zimmer ab, legte sich ins

Bett, starrte stundenlang hinauf zum Bildnis des heiligen Petrus an ihrer Zimmerdecke und dachte, daß diese schreckliche Wendung der Ereignisse sicherlich die Strafe Gottes dafür war, daß sie in ihrer Eitelkeit geglaubt hatte, sie könnte vielleicht im Leben des Herzogs nicht nur als Domestike eine Rolle spielen.

Zuweilen kam jemand an ihre Tür und klopfte leise an.

Erst als es draußen längst dunkel geworden war, verließ sie das Zimmer, schlich sich durch die unbeleuchteten Korridore zum Hinterausgang und verließ das Haus.

Es war eine sternenlose, kalte Nacht. Ein feiner Nieselregen durchnäßte den Stoff ihres dünnen Mantels und schien bis in das Mark ihrer Knochen vorzudringen. Zitternd vor Kälte floh sie hinunter zu den Ställen. Die Pferde hatten sich dort schon längst in ihren Boxen zur Ruhe gelegt, die Stallknechte schon vor Stunden ihre Kojen aufgesucht. Lange kauerte sie dort frierend, die Arme um sich geschlagen, auf einer umgestülpten Kiste, während ihr die Zehen langsam abstarben und die Pferde um sie herum zuweilen im Stroh scharrten oder ein langes, zufriedenes Schnauben hören ließen.

Sie würde Thorn Rose jetzt natürlich verlassen. Es war immer noch besser, bei ihrem Vater in Huddersfield zu leben, als Salterdon in den nächsten paar Wochen dabei zu helfen, sich auf seine Hochzeit mit Lady Dunsworthy vorzubereiten. Die Anweisungen, die ihr die Herzogin gegeben hatte, waren in dieser Hinsicht ja deutlich genug gewesen:

»Ihr werdet mit Seiner Gnaden arbeiten, bis seine Aussprache wieder makellos ist. Ihr werdet mit ihm üben, bis er wieder so mühelos essen und trinken kann wie vor seiner Verletzung. Ihr werdet ihn ständig an seine Verpflichtungen erinnern, die er gegenüber dieser Familie und der zukünftigen Herzogin von Salterdon hat. Wenn Ihr so viel für Trey empfindet, wie ich das vermute, werdet Ihr gewiß die ganze Zeit über sein Glück und Wohlbefinden im Auge haben. Ihr werdet Euch keinesfalls wünschen, daß man ihn öffentlich demütigt oder ihm in irgendeiner Beziehung etwas Übles nachsagt. Seine Zukunft wird Euer oberstes Gebot sein, und Ihr werdet die Zukunft dieser Familie über Euer eigenes Glück stellen.

Natürlich werde ich das alles nicht von Euch verlangen, ohne Euch dafür eine angemessene Belohnung zu versprechen. Sobald mein Enkelsohn verheiratet ist, werde ich dafür sorgen, daß Ihr eine ansehnliche Summe Geldes bekommt, die groß genug ist, daß Ihr Euch davon ein eigenes Häuschen kaufen, und zehn Jahre lang jeden Monat eine Apanage, von der Ihr bequem leben könnt – auch Eure Mutter, die, wie ich mich erinnere, ja der Grund gewesen ist, weshalb Ihr die Stellung, die Ihr jetzt innehabt, überhaupt angenommen habt.«

Was habe ich nur getan, was für eine Sünde habe ich denn noch begangen, außer Euren Enkelsohn zu lieben, daß Ihr mir so schreckliche Bürde aufladet? hatte sie da der Herzogin ins Gesicht schreien wollen.

Doch diese Frage war in diesem Moment von ihrem eigenen Gewissen beantwortet worden.

Den Fehler – die Sünde –, daß du dich in einen Mann verliebt hast, der für dich jetzt und in aller Zukunft tabu zu sein hat.

Was für eine schreckliche Alternative! Wenn sie Thorn Rose jetzt verließ, würde das das Ende ihrer Träume bedeuten, ihrer Mutter helfen zu können. Wenn sie jedoch hierblieb, hieß das, daß sie gezwungen war, ihren Geliebten jeden Tag zu sehen, zu berühren . . . und ihn für die Ehe mit einer anderen Frau vorzubereiten.

Zornig zog sie nun den Mantel um sich und verließ den Stall. Sie wanderte, weder nach links noch nach rechts blikkend, die Landstraße hinunter und merkte kaum, wie sich das Nieseln in einen kalten Dauerregen verwandelte.

Endlich gelangte sie zu einer Reihe von Hütten, die weit

vom Herrenhaus und den Ställen entfernt waren. In einer dieser Katen sah sie ein mageres Licht hinter dem Fenster, und als sie näher heranging und, ihre Augen gegen den Regen schützend, durch die Fensterscheibe spähte, sah sie eine Gruppe von Männern um einen Tisch versammelt, die miteinander redeten. Auf dem Tisch lagen eine Reihe von Gegenständen, die sie des starken Regens wegen jedoch nicht deutlich zu erkennen vermochte.

In diesem Moment trat Thaddeus ans Fenster und schien die Dunkelheit, die draußen vor der Hütte herrschte, mit den Augen abzusuchen.

Maria trat hinter einen Baum und legte müde den Kopf gegen den Stamm. Als sie wieder genügend Kraft gesammelt hatte, machte sie sich auf den Rückweg zum Herrenhaus und langte dort völlig durchnäßt an.

Kapitel fünfzehn

Einmal, in einer Periode leidlich guter Gesundheit und relativen Wohlbefindens, hatte Mary Ashton ihre Tochter auf einen Spaziergang in die Umgebung mitgenommen. Maria, damals noch in der Endphase der Pubertät befindlich und sich einem häßlichen Entlein nicht unähnlich fühlend, hatte die letzten Tage hindurch unter einer Art von Trübsal gelitten, weil sie sich hoffnungslos in den Sohn eines Landbesitzers verliebt hatte, der natürlich in eine ganz andere vergafft war – in eine junge Schönheit seines Standes, die angeblich viel Zeit auf dem Kontinent verbracht hatte und deshalb mehrere Fremdsprachen beherrschen, die Harfe spielen und so schön singen sollte wie ein Engel.

Mit ihrer Tochter an der Hand, war Mary Ashton am Rand eines Weizenfeldes stehengeblieben. Und einen Augenblick lang hatte, als die Sonne ihr Gesicht geküßt und eine Brise mit den Locken ihrer blassen Haare gespielt hatte, die Frau des Vikars wieder jung und schön ausgesehen.

Sie hatte Marias Gesicht zwischen die Hände genommen und lächelnd gesagt: »Tochter, es ist eine Lektion, die all jene jungen Dinger lernen sollten, die einen Mann mit ihren Fertigkeiten anzulocken oder ihn mit ihrem Genie zu blenden versuchen, daß sie damit vielleicht dessen Bewunderung finden, jedoch kein wahrer Gentleman jemals eine Frau dieser Dinge wegen, sondern nur ihrer weiblichen Natur und ihres Herzens wegen liebt.«

Die Erinnerung an ihre Mutter an jenem Sommertag

stand Maria am Abend des Tages, an dem die Herzogin sie zu sich bestellt und ihr die nun bevorstehende Eheschließung ihres Enkelsohns angekündigt hatte, lebhaft vor Augen. Und als sie am nächsten Morgen erwachte, stand sie mit der Erinnerung daran auf. Sie gab ihr die Kraft, die sie brauchte, wenn sie jetzt Salterdon wieder gegenübertrat. Sie machte ihr Mut, als sie vor seiner Zimmertür stand, die Hand auf dem Türknauf, während ihr das Herz bis in den Hals hinauf klopfte.

Er würde eine andere Frau heiraten.

Ihretwegen würde er eine andere Frau heiraten.

Denn sie würde ihn jetzt pflegen, unterrichten und ermutigen, damit er eine andere Frau heiraten konnte.

Mit diesem Gedanken betrat sie dann endlich sein Zimmer.

Er saß, ihr den Rücken zudrehend, an seinem Schreibtisch, Kopf und Schultern über einen Wust von Papieren gebeugt, die auch um ihn herum auf dem Boden verstreut lagen. Zerknitterte, zerknüllte und in Fetzen gerissene Papiere. Ein paar ihr wie eine Ewigkeit vorkommende Sekunden lang betrachtete Maria seinen Hinterkopf — die langen gewellten Haare, die ihm über den Kragen seiner dunkelblauen Anzugsjacke fielen. Wie oft hatte sie wohl schon diese Haare berührt, sie gestreichelt, eine dieser sich wie Seide anfühlenden Locken sacht um ihre Finger gewickelt, daß sie wie ein Schatten über ihre blasse Haut huschten?

Davon hatte er natürlich nichts gewußt.

»Euer Gnaden«, sagte sie schließlich mit lauter Stimme.

Sein Kopf ruckte in die Höhe, aber er drehte sich nicht zu ihr um.

Maria bewegte sich durchs Zimmer und stellte fest, daß der Rollstuhl noch neben seinem Bett stand, wo er ihn des Nachts abzustellen pflegte. Nachdem sie ein Buch von einem Tisch genommen hatte, drehte sie es ein paarmal zwischen den Fingern hin und her, ehe sie damit zum Schreibtisch ging, wo Salterdon fortfuhr, immer wieder den Kiel seiner Schreibfeder in ein Tintenfaß tauchend, große schwarze Noten auf ein mit Linien versehenes Papier zu kritzeln.

Nachdem sie eine Weile lang neben seinem Schreibtisch gestanden hatte, sah er auf. Das Licht, das durch das Fenster kam, zeigte ihr all die feinen Linien auf seinem müden Gesicht und die winzigen grauen Fäden in seinen dunklen Haaren. Er schien über Nacht gealtert zu sein. Und diese Wildheit seines Wesens, die sich früher in heftigen und spontanen Aktionen zu äußern pflegte, schien nun einer dumpfen Verzweiflung gewichen zu sein.

Doch in seinen Augen flackerte sie jetzt wieder auf, als er sie ansah und dann hinunter auf das Buch, das sie in der Hand hielt.

»Was, zum Henker, wollt Ihr denn von mir?« fragte er sie barsch, während ein feiner Schweißfilm seine Stirn zu bedecken begann.

»Es ist Zeit für Eure Lektion, Euer Gnaden«, erwiderte sie.

»Ach – schert Euch zum Teufel.«

Er fuhr mit dem Federkiel so heftig in das Tintenfaß hinein, daß die Tinte herausspritzte und ihm über die Finger lief. Sich ihr wieder zuwendend, sagte er: »Ihr müßt mich nicht erst an meine Pflichten erinnern, Miss Ashton. Das hat gestern ja schon meine Großmutter zur Genüge getan. Möge Gott verhüten, daß ich ihr noch einmal die Zähne zeige, indem ich mich auf mein Geburtsrecht berufe.«

»Warum seid Ihr wütend?« fragte Maria. »Wenn es wahr ist, daß Ihr sie mögt . . .«

»Mögt?« Er lachte schrill. »Ja, ich mochte Laura. Wer würde sie wohl nicht mögen? Sie ist eine exquisite Schönheit. Und reich. Und so zerbrechlich, daß ich sie in meiner Faust zerquetschen könnte.«

Er ballte seine mit Tinte beschmierten Finger so fest zusammen, daß die Knöchel weiß hervortraten.

»Sie hat mich nach meiner Verletzung nur einmal hier in Thorn Rose besucht. Sie hat mich angeschaut, ist dann inmitten einer sich um sie herum ausbreitenden Flut von französischen Seidenunterröcken und samtenen Überröcken vor ihrem Vater auf die Knie gesunken und hat ihn angefleht, ihr zu ersparen, daß sie so ein *Monster* heiraten müsse.« Er nahm Maria das Buch aus der Hand und schleuderte es an die Wand. »Ob krank oder gesund. In guten oder in bösen Tagen, Miss Ashton. Solche Gelübde haben nur für die einfachen Leute Gültigkeit – *nicht* für die Aristokratie.«

In seinen Sessel zurücksinkend, sah er schweigend zu, wie Maria das Buch wieder vom Boden aufhob. Sie spürte seinen Blick wie glühende Kohlen auf ihrem Rücken.

Schließlich sagte er: »Verratet mir einmal, warum Ihr nicht mit John Rees nach Huddersfield zurückgefahren seid.«

Sie wischte ein nicht existierendes Stäubchen vom Einband des Buches, ehe sie antwortete: »Weil ich ihn nicht liebe.«

»Aber Ihr mochtet ihn doch. Ist das nicht genug?«

»Nein.«

Er lachte. Seine Stimme war schroff, ja fast verletztend in ihrem Sarkasmus, als er, mit einem jähen wilden Blick in ihr Gesicht, der ihr seine Frustration verriet, sagte: »Ach ja, diese plebejischen Ideale vom Glück bis an das Ende Eurer Tage. Verratet mir mal, Miss Ashton... Maria..., wie sieht denn deine Vorstellung von Liebe aus?«

»Opfer. Anteilnahme. Verständnis. Rückhaltlose Hingabe. Reichtum ist das, was man sich gemeinsam erschafft. Gemeinsam verwirklichte Träume werden zu einem wachsenden Vermögen. Liebe ist ein Funke, der hier brennt...« Sie berührte leicht ihre Brust. »Es ist das Verlangen, das man empfindet, ihn – sie – zu sehen. Dieser Funken flakkert oder verlöscht nie, sondern brennt mit den Jahren immer heißer.«

Einen Moment lang senkte er die Augen. Seine Stirn glättete sich, seine Lippen teilten sich. Langsam ging seine Hand in die Höhe und legte sich sacht um ihren Arm. »Naives Kind«, sagte er mit sanfter, zärtlicher Stimme. »Ihr glaubt an Märchen.«

Sie entzog sich seinem Griff und wich einen Schritt zurück, während ihre Wangen sich hochrot färbten.

»Faßt mich nicht an«, sagte sie. »Bitte. Faßt mich nie mehr an. Ich hätte Euch niemals erlauben dürfen, mich zu berühren. Ich weiß nicht, was ich mir dabei gedacht habe. Ich habe nur eine Entschuldigung dafür. In meiner Begeisterung über Eure Genesung habe ich mich mit meinen Gefühlen zu sehr engagiert und es zugelassen, daß daraus eine Zuneigung für Euch wurde. So etwas hatte ich niemals beabsichtigt. An so etwas hatte ich nie gedacht, als ich nach Thorn Rose kam.«

»Nein? Aus welchem Grund seid Ihr denn dann hierher nach Thorn Rose gekommen, Miss Ashton?«

»Um Geld zu verdienen, Sir – das Geld, das ich brauchte, um ein Häuschen für mich und meine Mutter kaufen zu können. Damit sie nicht ihr ganzes Leben lang an einen Mann gekettet blieb, den sie nicht mehr liebte . . ., vielleicht niemals geliebt hat. Aber deswegen müßt Ihr Euch jetzt nicht darüber mokieren, Euer Gnaden. Fehler in Herzensangelegenheiten passieren auch in den unteren Gesellschaftsschichten. Jedes junge unschuldige Mädchen läßt sich leicht von Macht und gutem Aussehen blenden.«

»Und nachdem Ihr lange genug Zeugin der Fehler gewesen seid, die Eure Eltern gemacht haben, habt Ihr beschlossen, diese zu vermeiden, nicht wahr? Schaut mich an, verdammt noch mal!«

»Ich würde mich an die Gründe erinnern, die mich hierhergebracht haben. Ich würde stets daran denken, daß Ihr mit einer anderen Frau verlobt seid, daß Ihr eine Verpflichtung gegenüber Eurer Familie und Eures Erbes habt. Ich würde mich daran erinnern, daß es für Euch nichts Wichtigeres im Leben gibt als die Erwartungen, die Euer Vater in Euch setzte, zu erfüllen. Schließlich gilt es ja, eine fünfhundert Jahre alte Familientradition zu bewahren. Eine Beziehung zwischen Euch und mir würde wohl kaum etwas zu dieser beitragen oder ihr . . . zugute kommen.«

Da stieß er plötzlich einen wütenden Schrei aus und fuhr so heftig aus seinem Sessel hoch, daß dieser umkippte und die Notenblätter vom Schreibtisch auf den Teppich hinunterflatterten. Und Maria, die erschrocken ein paar Schritte vor ihm zurückwich, schrie ebenfalls auf, als er den Versuch machte, sie zu packen, sich dann aber mit beiden Händen an die Beine griff, weil diese von so schmerzhaften Muskelkrämpfen befallen wurden, daß er ganz blaß wurde im Gesicht.

Da überlegte sie nicht lange, sondern eilte zu ihm, um ihn zu stützen. Sie schwankten hin und her, und er drehte sich und fiel, sie mit sich reißend, mit dem Rücken gegen die Wand. Der Anprall war so heftig, daß die Fensterscheibe in ihrem Rahmen klirrte. Aber er fiel nicht hin. Und während seine Beine zitterten vor Schwäche und Schmerzen, packte er sie bei den Armen und senkte den Kopf auf ihren hinunter.

»Du mußt mich nicht erst daran erinnern, was ich meiner Familie und meiner Stellung schuldig bin. Das hat man mir von meiner Geburt an wie Nägel ständig ins Gehirn gehämmert. Im Augenblick pfeife ich jedoch auf meine Verpflichtungen. Nur eines hat mich in den letzten Stunden fast um den Verstand gebracht, und das bist du. Du, dein Schmollmund und deine verdammten blauen Augen. Ich habe die ganze Nacht hindurch wach im Bett gelegen und mir vorzustellen versucht, wie ich dich verführe. Wie ich dir deine Unschuld raubte und dir deine Jungfräulichkeit stahl. Ich bin einmal sehr gut gewesen in solchen Sachen – wußte genau, was ich mit den Körpern der Frauen machen mußte, daß sie fast rasend wurden vor Verlangen und mich anbettelten, sie zu nehmen. Doch jetzt ...«

Er bedeckte ihren Mund mit heftigen Küssen. Sie wehrte sich kurz gegen ihn, bis es ihm gelang, seine Zunge in ihren Mund zu schieben. Sie krallte die Finger in seine Jackenaufschläge und wollte ihn von sich stoßen, doch es war so, als würden sie in diesem Moment die Kräfte verlassen, so daß sie sich an ihm festhalten mußte.

Oh, so weit war es also mit ihr gekommen, daß sie sich wie eine Sklavin nach ihrem Herrn sehnte, daß sie mit Freuden die Gefühle einer jungen Frau mißachtete, die geduldig darauf wartete, seine Frau zu werden!

Plötzlich schob er sie von sich. Sein Atem kam stoßweise, sein Gesicht war qualvoll verzerrt, als er sich langsam und schwerfällig von der Wand wegdrehte und keuchend gegen den Schreibtisch fiel, mit einer heftigen Handbewegung Feder und Tintenfaß auf den Boden fegte und rief: »Hinaus! Verschwinde aus meinem Zimmer, verdammt noch mal!«

Die Herzogin bewegte sich, ihren Spazierstock mit dem Jadegriff heftig auf den Boden aufstoßend, mit Edgcumbe an ihrer Seite den Korridor hinunter und heftete dann, das Kinn vorschiebend, ihren Blick auf Maria, die zusammen mit Gertrude und einer Reihe anderer Dienstboten vor Salterdons Zimmertür stand.

»Was hat das zu bedeuten?« forschte die Herzoginwitwe. »Antwortet mir, zum Kuckuck! Sollte vielleicht etwas dran sein an diesem dummen Gerücht, daß Trey sich in seinem Zimmer eingeschlossen habe und sich weigere, jemanden an sich heranzulassen?«

Sichtlich verstört trat Gertrude da aus der Schar der Dienstboten hervor und zeigte der Herzogin einen Schlüsselbund. »Der Schlüssel zum Zimmer Seiner Gnaden fehlt an diesem Ring, Euer Gnaden. Ich habe Lilly losgeschickt, damit sie mir den Ersatzschlüssel besorgen soll.«

Die Herzogin drehte sich nun der Tür zu, funkelte sie eine Weile lang an und sagte dann laut: »Trey, du wirst mir jetzt sofort die Tür öffnen!«

»Fahre zur Hölle«, kam seine Antwort durch die geschlossene Tür.

»Du benimmst dich wie ein verwöhntes, ungezogenes Kind, Trey!«

Seine Antwort war diesmal ein lautes, irres Lachen.

»Du wirst mir jetzt die Tür aufsperren, oder ich lasse sie aufbrechen!«

»Ich werde den ersten, der das versucht, niederschießen.«

»So, das wirst du, wie?« murmelte da die Herzoginwitwe leise und drehte sich dann zu dem Mädchen um, das soeben das Tablett mit dem Geschirr von Marias Abendessen aus deren Zimmer trug und die Herzogin mit offenem Mund anstarrte.

»Ihr da«, rief die Herzogin, »kommt hierher.«

Das Mädchen schob sich daraufhin durch die Schar der das Geschehen fasziniert verfolgenden Dienstboten. Die Herzogin nahm ein Messer vom Tablett, drückte es Edgcumbe in die Hand und sagte: »Tut, was Ihr tun müßt, guter Mann.«

Gertrude beugte sich zu Maria hinüber und flüsterte: »Ich schätze, er würde sich jetzt wohl am liebsten damit seine eigene Kehle durchschneiden – oder auch ihre. Denn daß Seine Gnaden jetzt wieder einen Anfall hat, wirft nicht gerade ein günstiges Licht auf Edgcumbe und dessen Behandlungsmethoden.«

Mit einem Gesicht, aus dem die Farbe wich, starrte Edgcumbe das Messer und dann die Zimmertür an, ehe er mit bebenden Fingern die Klinge in den Spalt zwischen Türpfosten und Türschloß schob und diese dann hin- und herbewegte, bis der Türknauf sich zu drehen begann.

Da krachte es laut.

Die Schar der Dienstboten stob auseinander.

Das Mädchen, das mit dem Tablett aus Marias Zimmer gekommen war, ließ dieses fallen, so daß das Geschirr darauf in tausend Stücke zerbarst.

Dann starrten sie alle auf das daumengroße Loch in der Korridorwand.

»Himmel!« rief eine von den Dienstmägden mit schriller Stimme, »das Loch stammt von einer verdammten Pistolenkugel. Jetzt schießt dieser verrückte Teufel schon auf uns!«

Da suchten die noch in der Nähe von Salterdons Tür versammelten Dienstboten ihr Heil in der Flucht.

Edgcumbe betrachtete das Loch durch sein Monokel, ehe er sich langsam zur Herzogin umdrehte. »Bei Gott«, sagte er, »ich glaube, diese junge Person hatte recht.«

Da griff sich die Herzogin ans Herz und sank ohnmächtig zu Boden.

Gertrude schrie, und Edgcumbe warf sich mit einem erschrockenen Keuchen neben der Herzoginwitwe auf die Knie, schob einen Arm unter ihren Kopf, zog ein Tuch aus der Tasche und begann, ihr damit Luft zuzufächeln. »Aber, aber, Isabella«, redete er mit leiser Stimme auf die alte Dame ein. »Tief durchatmen, meine Liebe. So ist es recht. Es wird sich schon alles zum Guten wenden. Wir werden sogleich einen Boten nach Royal Oaks schicken und Doktor Sivenwright hierher bestellen.«

»Royal Oaks?« rief Maria da, von einer jähen Panik ergriffen. »Ein Hospital für Geisteskranke?«

»Wir haben gar keine andere Wahl, meine Liebe. Wir können diesem Mann nicht mehr helfen. Er ist gemeingefährlich und schreckt jetzt auch vor einem Mord nicht mehr zurück.«

»Er hat niemanden ermordet!«

»Die Pistole«, sagte die Herzogin, die gerade aus ihrer Ohnmacht erwachte. Sich an Edgcumbes Rockschößen festhaltend, zog sie sich so weit in die Höhe, daß sie sich mit dem Rücken an die Wand lehnen konnte. »Er hat eine Pistole. Gütiger Gott. Vielleicht bringt er sich damit noch selbst um!«

Eine Möglichkeit, die Maria jetzt mindestens so sehr erschreckte wie vorhin diese todbringende Kugel, die über ihrem Kopf in der Wand steckte. Sie bewegte sich wieder auf die Tür zu, legte das Ohr gegen die Türfüllung und lauschte. Schließlich rief sie leise: »Euer Gnaden, ich bitte Euch, mir die Tür zu öffnen. Ich werde nicht zulassen, daß man Euch nach Royal Oaks bringt!«

»Nicht zulassen ...«, begann da Edgcumbe wütend seine Stimme zu erheben.

»Seid still!« schnaubte Gertrude ihn an, daß Edgcumbe die Brauen in die Höhe zog und sein Gesicht dunkelrot anlief.

»Euer Gnaden?« Maria zwang sich dazu, regelmäßig zu atmen. »Überlegt Euch, was Ihr tut. Es kommt für uns alle eine Zeit, wo wir unsere Bestimmung im Leben annehmen müssen. Ich kann zwar von einem märchenhaften Dasein träumen, bin mir jedoch bewußt, daß ich als Tochter eines einfachen Vikars mich mit einem meiner Geburt entsprechenden Los bescheiden muß. Ihr jedoch seid zu etwas Großem geboren, mit Reichtum und Macht ausgestattet. Das ist Eure Bestimmung, Sir.«

Sie lauschte und spürte, wie ihr das Herz bis in den Hals hinauf klopfte. Sie schloß die Augen und sah ihn jetzt vor ihrem inneren Auge inmitten der zerrissenen und auf dem Boden verstreuten Überreste seiner Leidenschaft – seiner Musik – in seinem Rollstuhl sitzen, sein dunkles, wie gemeißeltes Gesicht eingerahmt von der herrlich wilden Flut seiner Haare. Eine Pistole lag in seinem Schoß, während seine langen, schlanken Finger mit dem Abzug spielten ...

»Denkt an die schönen Kinder, die Ihr einmal haben werdet, Euer Gnaden. Denkt an die Werte, die Ihr ihnen vermitteln und ihnen mitgeben könnt auf ihren Lebensweg. Denkt an Eure eigenen Hoffnungen, Träume und Erwartungen, und daß Ihr mit Eurer Macht und Eurem Reichtum Eure Söhne und Töchter in die Lage versetzen könnt, die Ziele, die sie sich stecken, auch zu erreichen. Ihr müßt bei Euren Kindern ja nicht die gleichen Fehler machen, die Eure Eltern bei Euch gemacht haben. Ihr werdet in Euren Kindern den Menschen schätzen und das, was sie sind – und nicht das, was sie kraft ihrer Geburt in der Gesellschaft darstellen.«

Eine Dienstmagd eilte nun, mit einem Schlüssel in der Luft herumfuchtelnd, auf Maria zu. »Ich habe den Ersatzschlüssel gefunden«, flüsterte sie und drückte ihn Maria in die Hand.

Marias Finger schlossen sich darum. Sie schob ihn in das Schloß und drehte ihn langsam herum.

»Gütiger Gott – seid vorsichtig, Kindchen«, sagte Gertrude in beschwörendem Ton. »Er wäre imstande, auf Euch zu schießen, wenn Ihr die Tür aufmacht und über die Schwelle tretet!«

»Er wird mir nichts zuleide tun«, erwiderte Maria und schob die Tür langsam nach innen.

So, wie sie sich das vorgestellt hatte, saß er dort an seinem Schreibtisch die Beine leicht gespreizt, die Pistole im Schoß.

»Habe ich jemanden umgebracht?« erkundigte er sich mit dem Anflug eines ironischen Lächelns um seinen hübschen Mund.

»Nein, Euer Gnaden, obwohl Ihr einen Teller und eine Tasse Eures besten Geschirrs ruiniert und einem der Dienstmädchen einen tödlichen Schrecken eingejagt habt.«

»Was für eine Schande«, erwiderte er.

»Und Eure Großmutter erholt sich gerade von einem Ohnmachtsanfall.«

Er lächelte.

»Werdet Ihr mir jetzt die Waffe geben?«

»Sag ›bitte‹.«

»Bitte«, sagte sie leise.

Er warf die Pistole auf das Bett und lehnte sich dann wieder entspannt in seinem Sessel zurück. »Wer sagt denn, daß ich in der Lage wäre, Kinder zu zeugen?« erklärte er mit müder Stimme.

Sich auf einem Sofa ausruhend, während Edgcumbe ihr noch immer Luft zufächelte, musterte die Herzogin die lange Reihe der Dienstboten und Maria mit einem strengen Blick.

»Ich will wissen, wie mein Enkelsohn in den Besitz dieser Waffe gekommen ist. Offensichtlich hat einer von euch sie für ihn besorgt. Nun? Der oder die Betreffende soll sich melden. Es mir gestehen. Oder erwartet ihr etwa, daß ich glaube, mein Enkelsohn sei zwei Treppen hinuntergestiegen, habe sich dort in das Jagdzimmer begeben und sich die Waffe selbst geholt? Muß ich euch erst daran erinnern, daß er gehunfähig ist?«

Maria blickte zur Seite.

Hat er das doch irgendwie geschafft?

Unmöglich. Sie hatte ja selbst erlebt, daß er von Muskelkrämpfen befallen wurde, sobald er versuchte, seine Beine zu bewegen.

Die Herzogin hob eine Hand. Eine ihrer Zofen beeilte sich, ihr eine Tasse Schokolade zu bringen.

»Ich verstehe das nicht«, sagte die Herzogin. »Sein Zustand schien sich doch so sehr gebessert zu haben. Woher kommt also dieser plötzliche Anfall von Raserei? Er stand doch im Begriff, alles zu bekommen, was er sich jemals im Leben gewünscht hat. Er muß jetzt nur noch Lady Laura heiraten – etwas, wozu er vor seiner Verletzung nur zu gern bereit gewesen war. Er könnte nicht nur über die Hälfte meines Vermögens verfügen, sondern bekäme dazu auch noch Lauras Mitgift, die enorm ist. Und da Laura Lord Dunsworthys einziges Kind und dessen Universalerbin ist, würde das Vermögen, das Laura nach dem Ableben ihres Vaters zufallen würde, meinen Enkelsohn zu einem der reichsten Männer dieses Landes machen. Das ist es doch, was er sich wünscht«, fuhr die Herzogin verdrossen fort, ehe ihr bewußt wurde, daß sie ihre persönlichen Sorgen und intimsten Gedanken vor den ihr wie gebannt zuhörenden Domestiken ausbreitete, als wären diese ihre besten und bewährtesten Freunde. Sie runzelte die Stirn, drückte Edgcumbe ihre leere Tasse in die Hand und sagte. »Gütiger Gott – ich fürchte, daß Ihr mich bald selbst in das Hospital von Royal Oaks einweisen müßt ... Und ich weiß nicht, ob mir das so unwillkommen wäre.«

Kapitel sechzehn

»Es ist eine seltsame Wahrheit, daß das menschliche Herz zwar Zufriedenheit, Heiterkeit und sogar Dankbarkeit empfinden mag und dennoch nicht weiß oder wissen kann, was Glück ist – dieses Gefühl eines rundherum seligen Zustandes –, außer in der Freude einer glücklichen Liebe . . .«, hatte Marias Mutter oft gesagt, wenn sie von ihrer Familie oder von Freunden daran erinnert wurde, daß sie dankbar sein sollte für die Annehmlichkeiten und den Respekt, die ihr die Stellung ihres Ehemannes verschafften. Natürlich hatte sie das nur Maria und Paul gestanden und niemals ihrem Gatten.

Maria beschäftigten diese Worte bis spät in die Nacht hinein.

Offensichtlich waren ihre Tage hier in Thorn Rose gezählt. Sobald Salterdon sich mit Lady Dunsworthy vermählte, würde sie nach Huddersfield zurückkehren, wo John Rees auf sie wartete. Er würde sie heiraten, ihr ein Heim und eine Zukunft bieten – etwas, was sie sich schon immer gewünscht hatte –, und sie würde den Rest ihres Lebens in der Gesellschaft eines guten, freundlichen Mannes verbringen, der ihr Freund war.

Es hatte eine Zeit gegeben, in der sie ihn begehrt hatte – oder glaubte, ihn zu begehren. Damals war es Neugierde gewesen, der Reiz des Neuen, die Versuchung, von einer verbotenen Frucht zu naschen, eine geheimnisvolle Sehnsucht. Er war ein Preis gewesen, den es zu gewinnen galt, etwas, das sie – wenn auch vergeblich – von Gott wegzulocken versuchte.

Jetzt war dieses Verlangen etwas Unkontrollierbares. Sie wurde in jeder wachen Minute des Tages davon beherrscht.

Die Vernunft sagte ihr, daß sie dieses Haus sofort verlassen sollte. Warum hierbleiben, um zusehen zu müssen, wie der Mann, den sie liebte, eine andere Frau heiratete?

Doch ihr Herz wollte es ihr einfach nicht erlauben, ihm jetzt schon Lebewohl zu sagen.

Nachdem sie stundenlang in ihrem Zimmer herumgewandert war und wohl hundertmal vor seiner Tür stehengeblieben war, ohne sich jedoch zu gestatten, bei ihm einzutreten, verließ sie ihr Zimmer und wanderte durch die Korridore. Vielleicht würde Gertrude noch auf sein. Oder die Köchin. Es war ihr plötzlich eingefallen, daß sie heute noch nichts gegessen hatte. Sie fühlte sich schwach und auch ein bißchen schwindlig.

Als sie an einem Salon vorbeikam, dessen Tür einen Spalt breit offen stand, hielt sie davor an, als sie sah, daß dort eine Kerze auf einem Tisch brannte. Offenbar hatte einer von den Dienstboten vergessen, sie zu löschen. Sie trat rasch in das Zimmer, und als sie sich über den Tisch beugte, um die Kerze auszublasen, sah sie eine männliche Gestalt in einem Stuhl an der hinteren Wand sitzen.

Die Kerze erlosch.

»Euer Gnaden.« Sie war in ihrer Hast mit dem Bein gegen den Tisch gestoßen. »Ich wußte nicht, daß Ihr Euer Zimmer verlassen habt. Ihr hättet mich rufen sollen.«

Keine Antwort.

»Es tut mir leid, daß Ihr dazu gezwungen wart, Euer Dinner allein einzunehmen. Ich ... bitte Euch um Verzeihung, wenn ich in jüngster Zeit zu Trübseligkeiten neige. Ich fürchte, ich bin ein wenig zu selbstsüchtig geworden – eine schwere Sünde in den Augen meines Vaters. In den letzten paar Stunden habe ich deshalb gründlich über meine Beweggründe nachgedacht, und ich denke, sie laufen alle darauf hinaus, daß ich mir vor allem Euer Glück wünsche. Was zwischen uns geschah ..., das war wunderbar, Euer Gnaden. Ich gebe zu, daß ich mehr für Euch empfinde, als ich mir eigentlich erlauben dürfte. Aber ist das nicht das Wesen jeder Frau, Euer Gnaden? Ich fürchte, daß wir alle von unserem Herzen regiert werden.«

Die Schulter straffend und das Kinn anhebend, fuhr sie fort: »Trotzdem wird es mein Bemühen sein, Euch so lange zur Seite zu stehen, bis Ihr Euch verehelichen werdet, Euer Gnaden. Ihr könnt so lange über mich verfügen, wie Ihr das wünscht. So, ich habe es Euch jetzt gestanden. Ihr wißt nun, daß es nicht nur der Wunsch gewesen ist, meiner Mutter zu helfen, wenn ich beschloß, bei Euch zu bleiben . . ., wie ich das noch vor ein paar Stunden erklärt habe. Ich vertraue darauf, daß Ihr jetzt nicht schlecht von mir denkt. Andrerseits bin ich mir sehr wohl der vielen Frauen bewußt, die Ihr in Eurem Leben geliebt habt, Euer Gnaden. Ich bin mir deshalb sicher, daß Ihr an so törichte Geständnisse naiver junger Frauen gewöhnt seid.«

Endlich sagte er da leise: »Wollt Ihr mir damit andeuten, daß Ihr in Seine Gnaden verliebt seid, Miss Ashton?«

»Ja, das bin ich, Sir.«

Die schattenhafte Gestalt verließ ihren Stuhl an der Wand und kam auf sie zu. Keine Steifheit. Kein Hinken. Kein schmerzliches Stöhnen. Dann trat er in das trübe Licht, das vom Korridor ins Zimmer fiel. Maria starrte einen langen, stummen Moment hinauf in sein Gesicht, bis sie ihren Irrtum erkannte.

»Basingstoke«, hauchte sie.

Sie wollte aus dem Zimmer flüchten.

Er packte sie am Arm.

Sie wehrte sich kurz gegen seinen Griff, bis es ihm gelang, sie auf einen Stuhl in ihrer Nähe zu drücken. Sie schlug die Hände vors Gesicht und wünschte sich in diesem Moment zu sterben.

»Ich bitte Euch um Vergebung, Mylord. Ich glaubte, Ihr wäret Salterdon.«

»Offensichtlich.«

»Ich nehme an, es würde mir kaum etwas helfen, wenn ich Eure Lordschaft jetzt bitte, alles, was ich Euch in den letzten paar Minuten gestanden habe, zu vergessen.«

»Wohl kaum.«

Er zog sich nun selbst einen Stuhl an den Tisch heran, setzte sich vor sie hin, nahm ihre Hände und zwang sie damit, diese von ihrem Gesicht zu nehmen. Dann hob er mit einem Finger ihr Kinn an, bis er ihr in die Augen sehen konnte.

»Ihr seid nicht die erste junge Dame, die mir ihre Gefühle für meinen Bruder gebeichtet hat. Das muß Euch also nicht weiter bekümmern. Ich würde jetzt jedoch gern von Euch wissen wollen . . ., ob er etwas getan hat, was Euch kompromittieren könnte.«

»Mich kompromittieren könnte, Mylord?«

»Hat er mit Euch geschlafen, Miss Ashton?«

»Nein, Mylord.«

Er atmete erleichtert auf und lehnte sich auf seinem Stuhl zurück. »Dann ist es also nicht dieses kleine Problem, was mich hierhergebracht hat«, sagte er müde.

»Sir?«

»Ich bin zwei Tage lang geritten, um so rasch wie möglich herzukommen, weil ich das Gefühl nicht loswerden konnte, daß hier etwas nicht stimmt. Der Fluch eines eineiigen Zwillings, Miss Ashton. Wenn mein Bruder von einem Problem gepeinigt wird, plagt es mich ebenfalls. Trey leidet an einem Kummer, Miss Ashton. Sagt mir, was der Grund seines Kummers ist.«

»Ich bin mir nicht sicher, daß ich das weiß. Sein Zustand hatte sich doch schon so sehr gebessert, daß die Herzogin meinte, er könne nun seine Heiratspläne weiterverfolgen, und ihm eröffnete, daß sie einen Brief an Lady Laura und deren Vater geschrieben habe, die ihr Eintreffen für den übernächsten Tag angekündigt hätten. Da erlitt er plötzlich einen Rückfall. Er schloß sich in sein Zimmer ein und drohte jeden von uns zu erschießen, der es wagen würde, in sein Zimmer einzudringen. Tatsächlich hat er dann durch die Tür in die Korridorwand geschossen, worauf Eure Großmutter in Ohnmacht fiel.«

»Was sagt Ihr da? Die Herzogin bekam einen Ohnmachtsanfall? Gütiger Gott – das hätte ich sehen mögen. Nicht nur ich, sondern halb England, glaube ich. Man denke nur – dieses alte eiserne Schlachtroß erleidet einen Anfall von Dämpfigkeit.«

»Zum Glück war Edgcumbe in der Nähe.«

»Edgcumbe? Teufel.« Basingstoke erhob sich von seinem Stuhl und begann, im Zimmer auf- und abzuwandern. »Was, zum Henker, sucht Edgcumbe denn hier?«

»Er möchte die Herzogin davon überzeugen, daß sie Euren Bruder nach Royal Oaks, in das Hospital für Geisteskranke in Menston, einweisen lassen sollte.«

»Einweisen? Lächerlich! Edgcumbe wird niemals eine so hochgestellte Persönlichkeit wie meinen Bruder in ein Sanatorium für Geisteskranke einweisen können, wenn er nicht mindestens zwanzig Zeugen hat, die ohne den Schatten eines Zweifels bescheinigen können, daß mein Bruder sich nicht mehr auf eine normale, geistig zurechnungsfähige Weise verhält.«

»In diesem Haus gibt es allein schon zwanzig Zeugen dafür«, sagte Maria.

»Wollt Ihr mir damit andeuten, Miss Ashton, daß mein Bruder wahnsinnig wäre?«

»Euer Bruder ist der brillanteste Mann, der mir jemals im Leben begegnet ist, Mylord.«

»Aber glaubt Ihr, daß er irrsinnig sei, Miss Ashton . . . oder nur verzweifelt?«

»Verzweifelt, Sir?«

»Ihr habt mir doch soeben erzählt, daß meine Großmutter nun die Heiratspläne meines Bruders weiterverfolgen und Lady Laura und deren Vater . . . wann hier eintreffen würden?«

»Morgen ... Sir, warum sollte Seine Gnaden denn so verzweifelt sein, daß er seine Zukunftspläne sabotiert? Die Vermählung mit Lady Laura wird ihn doch für alle Zeiten von jeglichen finanziellen Nöten befreien! Das wäre es doch, was er sich schon immer gewünscht habe, meinte die Herzogin – finanzielle Unabhängigkeit. Und es ist ja nicht so, als würde er sich an eine Frau binden, die er nicht mag. Er mag sie sogar sehr, Mylord.«

»Ja«, erwiderte Basingstoke nachdenklich. »Das ist wahr. Er mochte sie.«

»Meine größte Sorge ist, Mylord, daß seine Großmutter ihn doch noch in dieses Sanatorium einweisen lassen könnte, falls er sich noch einmal eine Rebellion dieser Art erlauben sollte.«

»Das müssen wir verhindern, Miss Ashton.«

»Was sollen wir Eurer Meinung nach jetzt unternehmen, Sir?«

Schweigen. Er begann wieder im dunklen Zimmer herumzuwandern. Hin und wieder streifte ihn dabei das Licht, das vom Korridor hereinfiel, so daß Maria einen Blick auf sein Profil erhaschen konnte. Er trug ein schlichtes weißes Hemd mit blusigen Ärmeln, eine eng anliegende Reithose und Stiefel, die ihm bis zu den Knien hinaufreichten. Ihr Herz krampfte sich zusammen, weil er das Ebenbild seines Bruders war.

»Ich frage mich ...«, begann er langsam, »... warum meine Großmutter es plötzlich so eilig hat, ihn unter die Haube zu bringen, daß sie nun jede Vorsicht außer acht läßt – so ohne jede Rücksicht auf Treys geistigen und körperlichen Zustand ihn so schnell wie möglich mit Lady Laura vermählt sehen möchte.«

Er ging zur Tür und lehnte sich dort, die Hände in die Hosentaschen vergrabend, gegen den Türrahmen. Als er sich wieder zu ihr umdrehte – eine dunkle Silhouette vor dem Korridorlicht –, konnte sie sein Gesicht nicht erkennen, während er sie lange anzuschauen schien, bevor er wieder das Wort ergriff.

»Himmel!« sagte er leise, während er sich nun mit einer Hand durch die Haare fuhr, »ich fürchte, ich fange an, es zu begreifen.«

Lord Dunsworthy und seine Tochter trafen um zehn Uhr morgens am darauffolgenden Tag in Thorn Rose ein, nachdem bereits eine Stunde vorher ihr aus Reitern, Dienern, Butlern, Zofen und Lakaien bestehendes Gefolge dort Einzug gehalten hatte.

»Was soll ich jetzt nur machen?« jammerte die Herzogin. »Ich kann die Leute doch schwerlich über den Zustand meines Enkelsohnes in Unkenntnis lassen, wenn ich mich nun gezwungen sehe, Dunsworthy und dessen Tochter sogleich wieder dorthin zu schicken, wo sie soeben hergekommen sind.«

»Ihr seid die Herzogin von Salterdon, meine teure Isabella«, meinte Edgcumbe da großspurig. »Ihr könnt diesen Leuten doch sagen, sie könnten sich Euretwegen zum Kuckuck scheren und Ihr wäret Ihnen keine Erklärung schuldig.«

»Ihr vergeßt wohl, daß ich ›diesen Leuten‹ erst vor drei Tagen einen Brief schrieb, in dem ich ihnen versicherte, daß der Gesundheitszustand meines Enkelsohnes sich erheblich gebessert habe. Ihr vergeßt auch, daß ich mich bereits mit zahllosen Leuten aus meinem Bekannten- und Gesellschaftskreis ins Benehmen gesetzt und ihnen mitgeteilt habe, sie könnten nun alle nötigen Vorkehrungen für die Vermählung meines ältesten Enkelsohnes treffen . . .«

»Isabella, Ihr echauffiert Euch. Ich muß darauf bestehen, daß Ihr jetzt langsam und tief atmet, bevor Ihr weiter . . .«

»Hört um Gottes willen damit auf, mich zu bevormunden«, sagte sie, wobei sie ihn wegscheuchte wie ein lästiges Insekt, ehe sie sich wieder zu Maria umdrehte. »Miss Ashton, Ihr scheint mir die einzige Person in diesem Hause zu sein, die mit Trey zu kommunizieren vermag. Was habt Ihr denn zu seinem Verhalten zu sagen?«

»Es ist mir genauso rätselhaft wie Euch, Euer Gnaden. Ich

habe dafür nur die Erklärung, daß ich glaube, er möchte sich nicht gern in seiner augenblicklichen Verfassung vor seiner zukünftigen Braut zeigen.«

»Larifari. Edgcumbe ist zuversichtlich, daß es nur eine Zeitfrage ist, wann er die Gewalt über seine Beine wiedererlangt.«

»Vielleicht ist es hier weniger von Belang, wie zuversichtlich Doktor Edgcumbe hinsichtlich der zukünftigen Bewegungsfähigkeit dieser Gliedmaßen ist, sondern vielleicht kommt es vielmehr darauf an, wie Seine Gnaden deren augenblicklichen Zustand empfindet.«

Die Augen der Herzogin verengten sich. »Offenbar habt Ihr keine Ahnung über die Denk- und Empfindungsweise von Aristokraten, Miss Ashton. Gefühle spielen in unserem Leben eine höchst untergeordnete Rolle. Wir sind zu einem Zweck geboren. Wir leben für einen Zweck. Wir weigern uns, aus dem Leben zu scheiden, bevor wir nicht diesen Zweck an die nächste Generation weitergegeben haben. Ich bin nun fünfundachtzig Jahre alt, meine Liebe, und habe nicht mehr so viel Zeit, daß ich sie an widerspenstige Kinder verschwenden könnte. Wenn mein Enkelsohn damit fortfährt, sich meinem Willen zu widersetzen, sähe ich mich gezwungen, Doktor Edgcumbe zu erlauben, alle die für die Einweisung meines Enkelsohns in das Hospital von Royal Oaks erforderlichen Schritte einzuleiten.«

»Das wird nicht nötig sein, Großmutter.«

Sie drehten sich beide der Tür zu, unter der sie den Herzog von Salterdon in makelloser Kleidung in seinem Rollstuhl sitzen sahen.

Nur daß es nicht der Herzog war, wie Maria nach einem kurzen Anflug von Schock feststellte.

Basingstoke.

Die Herzogin setzte sich kerzengerade in ihrem Sessel auf. Edgcumbe griff nach seinem Monokel und fummelte eine

Weile mit ihm herum, ehe es ihm gelang, es vor seinem rechten Auge zu befestigen. »Unglaublich«, murmelte er.

Als Basingstoke nun in seinem Stuhl in das Zimmer hineinrollte, erhob sich die Herzogin schwankend aus ihrem Sessel, schob Edgcumbes Hand beiseite, als dieser sie stützen wollte, und bewegte sich dann auf ihren Enkelsohn zu. Vor ihm stehenbleibend, sagte sie: »Ich hätte es natürlich sofort wissen müssen. Schließlich seid ihr beiden ja schon immer gut darin gewesen, andere Leute zu düpieren. Doch diesmal finde ich es geschmacklos, Clayton.«

»Ganz meine Meinung!« krähte Edgcumbe. »Mein guter Mann – Eure Großmutter ist von sehr zerbrechlicher . . .«

»Meine Großmutter ist noch keinen Tag ihres Lebens zerbrechlich gewesen. Setzt Euch also und haltet den Mund.« Dann blickte er die Herzogin an und lächelte. »Ihr müßt doch zugeben, daß ich Euch einen Moment lang getäuscht habe, nicht wahr, Euer Gnaden?«

»Grausamer Junge. Was habe ich getan, um dieses beklagenswerte Verhalten zu verdienen?«

»Eine Menge, wenn ich mich recht entsinne.«

»Warum bist du hier? Wann bist du hier eingetroffen?«

»Gestern abend. Was das ›Warum‹ betrifft, so kennen wir doch beide die Antwort. Was Trey bekümmert, schmerzt auch mich. Habt Ihr jemals erlebt, daß ich diesen Magnetismus, der uns verbindet, mißachtet hätte? Ich spürte, daß er sich in einer Notlage befindet . . .«

». . . in Schwierigkeiten. Er versuchte, uns zu ermorden.«

Clayton streifte Edgcumbe mit einem Blick. »Er hätte besser zielen sollen, scheint mir.«

»Ich nehme Anstoß an dem, was Ihr sagt«, brauste Edgcumbe auf.

»Und ich verüble Euch, daß Ihr versucht, meine Großmutter zu manipulieren. Tatsächlich ist mir Eure ganze Existenz verhaßt. Ich hasse Eure Verbindung mit der Herzogin und . . .«

»Genug! Erhebe dich endlich aus diesem vermaledeiten Stuhl und verrate mir, was, zum Kuckuck, du mit diesem Theater bezweckst.«

»Ich versuche, meinem Bruder eine Demütigung zu ersparen.«

»Inwiefern?«

»In Eurer Hast, Trey endlich unter die Haube zu bringen, habt Ihr offenbar eine Kleinigkeit übersehen, fürchte ich: seine Würde, die in diesem Jahr schon arg verletzt worden ist.«

»Würde«, gab sie wegwerfend zur Antwort. »Wie steht es denn mit *meiner* Würde?«

»Ich pfeife inzwischen auf Eure Würde, Großmutter.«

Da drehte sie ihm steif den Rücken zu. Schließlich fragte sie: »Was willst du mit dieser Maskerade erreichen?«

»Vielleicht gelingt es mir damit, Zeit zu gewinnen, so daß Miss Ashton mit ihren Bemühungen fortfahren kann, Trey wieder aus seinem Tief herauszuholen. Inzwischen wird Dunsworthy ein zukünftiger Schwiegersohn präsentiert, der zwar noch immer nicht gehen kann, zumindest jedoch zusammenhängende Gespräche zu führen mag und nicht den Mond anheult – wie Gerüchte in London neuerdings wissen wollen.«

Lord Dunsworthy war ein stattlicher, gut aussehender Mann, der ein paar Jahre jünger sein mochte als Marias Vater – ein heller Typ mit scharfkantigen, normannischen Zügen, wie man ihn häufig unter den Vertretern der ältesten Adelsgeschlechter Englands findet. Seine Tochter, Lady Laura, war ein großes, schlankes Wesen mit smaragdgrünen Augen und einer Haut wie Schlagsahne, die mit niedergeschlagenen Augen am Arm ihres Vaters in die Vorhalle von Thorn Rose hineinzuflattern schien – mit einer Hand ein Taschentuch umklammernd oder möglicherweise ein Riechfläschchen. Von seinem Platz oben auf dem Treppenabsatz, hinter einer Geländerverkleidung aus Samt versteckt, vermochte Salterdon das nicht so genau auszumachen – aber er vermutete, daß es ein Riechfläschchen war. Das Mädchen kaute auf ihrer Unterlippe, offenbar verzweifelt darum bemüht, nicht zu schluchzen.

»Sie ist sehr schön, Euer Gnaden«, sagte Maria. »Aber so etwas hatte ich natürlich erwartet. Ein Mann Eures extrem guten Aussehens würde sich wohl schwerlich für etwas weniger Vollkommenes entscheiden. Ich kann verstehen, warum sie Eure Zuneigung gefunden hat.«

»Es war ihr Geld, das meine Zuneigung fand«, erwiderte er. »Es gibt sehr viele schöne Frauen, Maria . . ., jedoch nur wenige mit dem Vermögen ihres Vaters. Zudem . . . fand sie die Billigung der Herzogin. Was die Herzogin will . . ., das bekommt sie in der Regel auch.«

Maria beobachtete, die schmalen weißen Hände leicht auf die Balustrade gelegt, nun weiter das Geschehen unten in der Halle. Er konnte nichts auf ihrem Gesicht lesen, ihre Stirn war glatt, ihre Augen frei von Gefühlen, ihre rosafarbenen Lippen wie immer von einem ihr wohl unbewußten Lächeln ein wenig im Mundwinkel in die Höhe gezogen.

»Was machen sie jetzt?« erkundigte er sich.

»Sie ertrinken in einem Meer von Dienstboten.« Sie lachte leicht. »Da ist natürlich Gertrude, die sie hierhin und dorthin schickt, wie eine kleine plumpe Hummel, die von Blume zu Blume fliegt, dort unten herumschwirrend. Da! Jetzt sagt sie etwas zu Dunsworthy . . .«

»Sie wird sich nach Kräften bemühen, ihm zu erklären, warum die Herzogin Seine Lordschaft nicht schon jetzt in der Halle begrüßt. ›Ihre Gnaden ist ein wenig unpäßlich. Sie hat sich niedergelegt und wird Eure Lordschaft und Ihre Ladyschaft beim Tee begrüßen. Seine Gnaden werden dann ebenfalls erscheinen.‹«

»Werdet Ihr das?« fragte sie, ohne ihn anzublicken. »Am Tee teilnehmen?«

»Seine Gnaden wird sie begrüßen, wenn er dazu bereit ist. Aber das ist er nicht, verdammt noch mal.«

»Ihr seid eigensinnig.«

»Möglich.«

»Ihr schiebt doch nur das Unvermeidliche hinaus, Euer Gnaden.«

»Gütiger Gott, Ihr redet jetzt schon fast so wie sie! Auf welcher Seite steht Ihr eigentlich, Miss Ashton?«

Ihre Augen weiteten sich plötzlich. »Sie kommen«, flüsterte sie.

Mit den Zähnen knirschend, schwenkte Trey langsam auf dem Absatz herum, holte tief Luft und bewegte sich dann steifbeinig in den Korridor hinein. Maria nahm seinen rechten Arm und stützte ihn, soweit sie das bei ihrem leichten Gewicht vermochte.

»Rasch«, drängte sie, so daß er ein wenig ins Stolpern kam. »Ich hätte Euch niemals erlauben dürfen, Euch ohne Euren Stuhl so weit von Eurem Zimmer zu entfernen.«

Sie hasteten weiter, von den Geräuschen der untereinander schnatternden Dienstboten und miteinander plaudernden Gäste zu größerer Eile angetrieben. Als sie endlich sein Zimmer erreichten, war Salterdon in Schweiß gebadet, und seine Beine schmerzten höllisch. Dennoch begann er, sich gegen die Wand lehnend, zu lachen, als Maria die Tür hinter ihnen zuwarf.

»Ich verstehe nicht, was daran so lustig sein soll«, erklärte sie, noch ganz außer Atem. »Ihr erzählt mir, daß Ihr nichts zu tun haben wollt mit diesem Rummel, wie Ihr es nennt, bis ihr dazu bereit seid, und andrerseits riskiert Ihr, daß Eure Großmutter die Wahrheit entdeckt. Ihr seid Euch doch bewußt, daß Ihr keinen Vorwand mehr habt, der Euch erlaubt, Eure Vermählung mit Lady Laura noch länger hinauszuschieben, sobald Ihre Gnaden sieht, daß Ihr wieder gehen könnt!«

»Aber natürlich habe ich dafür einen Vorwand. Ich brauche ihr nur zu sagen, daß ich mich in dich verliebt habe, mit dir durchzubrennen gedenke und in Zukunft das Leben eines Bauern führen werde.«

Da drehte sie sich mit blitzenden blauen Augen zu ihm um – eine deutliche Veränderung in ihrem bisher so ungewöhnlich passiven, schicksalergebenen Verhalten. »Ungezogener Lümmel! Wie könnt Ihr es wagen, auf eine so schändliche Weise Euren Spott mit mir zu treiben?« fuhr sie ihn an.

»Ich wußte gar nicht, daß eine Vermählung mit mir Euch so zuwider ist.«

»Und ich habe nicht gewußt, wie grausam Ihr wirklich sein könnt.«

Sie griff nach dem Türknauf und versuchte, aus dem Zimmer zu fliehen.

Da packte er sie beim Arm – erst heftig und dann etwas sanfter. Sie weigerte sich, ihn anzusehen. Das Gesicht zur Seite gedreht, die Hand auf den Türknauf aus Messing gelegt, sah sie so aus, als könnte sie jeden Moment auseinanderbrechen – als genügte jetzt ein Wort von ihm, und sie würde zu weinen anfangen. Vielleicht waren das schon Tränen, die da in ihren Augen schimmerten und jeden Moment wie Kristalltropfen auf ihren Wangen herunterzurinnen drohten.

»Schaut mich an«, sagte er leise.

»Nein, das werde ich nicht tun.«

»Ihr seid aufgeregt. Sagt mir, warum!«

Maria schüttelte den Kopf, entzog ihm ihren Arm und öffnete langsam, als versuchte sie vergeblich ihren Stolz wiederzufinden, die Tür, trat halb über die Schwelle und sah zum Treppenhaus hinüber. Die eine Hand auf dem Türgriff, die andere an den Türpfosten gelegt, straffte sie die Schultern und sagte in sachlichem Ton: »Ich hatte bisher noch nie den Eindruck, daß Ihr ein dummer Mann wäret, Euer Gnaden.«

Damit verließ sie das Zimmer und machte leise die Tür hinter sich zu.

Lady Laura lag, hingegossen wie ein gefallener Schwan, auf ihrem Bett, ihr seidenes Gewand wie silbernes Wasser über die Matratze strömend. Eine blasse Maus von Frau hielt sich in ihrer Nähe auf, tauchte hin und wieder ein feines, mit Spitzen versehenes Leinentuch in eine Kristallschale voll Wasser und legte es dann, nachdem sie es ausgewrungen und säuberlich zusammengefaltet hatte, auf Lauras Stirn.

Maria wartete geduldig in einem Sessel am anderen Ende des Raumes und fürchtete sich vor dem Moment, an dem die junge Lady, die kaum älter war als sie selbst, aus ihrem Schlummer erwachen und von ihr Notiz nehmen würde ... Und sie wünschte sich, ihre Mission so rasch wie möglich hinter sich zu bringen. Es war schon schlimm genug, daß sie nicht an Listen gewöhnt war. Doch hier in der Gegenwart von Salterdons zukünftiger Ehefrau in deren Zimmer sitzen zu müssen, war für sie eine schreckliche Tortur. Sie würde sie ganz bestimmt erbärmlich finden. Eitel. Egoistisch.

Maria wünschte sich auch verzweifelt, daß sie ein besseres Kleid besessen hätte – Kämme für ihre Haare, Perlenschmuck für ihre Ohrläppchen ..., daß sie so schön gewesen wäre wie Laura. Vielleicht hätte sie dann Salterdons Bewunderung gefunden und seine Zuneigung. Aber nicht doch ..., sie besaß weder Lauras Geburtsrecht noch deren Vermögen.

Endlich bewegte sich Laura auf ihrem Bett. Die Kammerzofe eilte an ihre Seite, redete leise mit ihr, und half ihr dann so vorsichtig, als wäre Lady Laura eine überaus zerbrechliche Porzellanpuppe, sich aufzusetzen. Sie klopfte die Kissen in Lauras Rücken auf, breitete ihre Röcke wie einen riesigen Fächer über das Bett aus und drehte sich dann um, Maria zunikkend.

»Mylady ist jetzt bereit, Euch zu empfangen.«

Mit wackeligen Knien erhob sich Maria aus dem Sessel, schob sich befangen eine lose Haarsträhne aus der Stirn und und fuhr mit der Hand über das geflickte Leibchen ihres Gewandes – wobei die Erinnerung daran, wie Salterdon es zerrissen hatte, wie ein Blitz vor ihrem inneren Auge aufzuckte ... – die Erinnerung daran, wie er sie geküßt und ihre Brust berührt hatte, ihr auf den Wangen brannte wie ein glühendes Eisen – und bewegte sich dann durch den Raum auf Lady Laura zu, den Blick auf deren Gesicht geheftet. Lauras

Augen waren groß, grün und wachsam. Maria war sich nicht sicher, ob sie schon jemals in ihrem Leben eine so blasse Haut gesehen hatte.

»Mylady . . .«, begann sie.

»Eure Haare sind wunderschön«, sagte Laura und lächelte.

Einen Moment lang war Maria sprachlos.

»Desgleichen Eure Augen.«

»Ihr seid sehr gütig, Mylady.«

»Nein, das bin ich nicht. Setzt Euch doch, Maria. Bitte. Ihr seht schrecklich nervös aus.« Laura klopfte mit der flachen Hand neben sich auf das Bett und entließ dann ihre Zofe mit einem Nicken ihres Kopfes. Als die Frau den Raum verlassen hatte, seufzte Laura und sagte: »Ich freue mich, wenn ich auch einmal mit einer Frau meines Alters reden kann. Ihr müßt wissen, daß ich, seit meine Mutter starb, ein sehr zurückgezogenes Leben geführt habe. Was habt Ihr denn da?«

Maria blickte auf das Kuvert hinunter, das sie in der Hand hielt.

»Eine Botschaft von Euer Gnaden«, antwortete sie.

»Oh.« Einen Moment lang zeigte sich so etwas wie Bestürzung auf Lauras Gesicht, als sie sich in ihre Kissen zurücklehnte. »Er kann also schreiben? Mein Vater erwähnte zwar, daß sich sein Zustand erheblich gebessert habe, aber ich hatte dennoch gehofft, daß . . .« Lady Laura biß sich auf die Lippen und wandte den Blick von Maria ab. »Er spricht jetzt auch wieder? Und erkennt seine Familie?«

»Er nimmt auch häufig ein Buch zur Hand und liest uns laut etwas daraus vor.«

»Ihr habt Wunder vollbracht, Maria.«

»Er hat sehr hart an seiner Genesung gearbeitet, Mylady.«

»Und wie sieht er jetzt aus?«

Maria lächelte ein wenig versonnen.

»Sehr vornehm und hübsch.«

Stirnrunzelnd und die Stimme senkend, fuhr Laura fort: »Und sein Benehmen?«

Maria war mit dem Vorsatz in dieses Zimmer gekommen, diese junge Frau – wenngleich Lady Laura gar nichts dafür konnte – nicht zu mögen, und auch dazu entschlossen, sich so getreulich wie möglich an ihre Abmachung mit der Herzogin zu halten, aber all diese Lügen brannten ihr nun wie bittere Galle in der Kehle. Die Wahrheit konnte und würde jedoch jede Hoffnung auf eine Vermählung von Lady Laura mit Salterdon vorläufig zunichte machen ... und damit auch alle ihre Hoffnungen, ihre Mutter aus der Tyrannei ihres Vaters befreien zu können. Und was geschah dann mit ihrem Herrn? Würde die Herzogin nicht, wenn sie ihre letzte Hoffnung, ihren Enkelsohn mit einer jungen Dame von nobler Geburt vermählen zu können, aufgeben mußte, sich Edgcumbes Rat beugen und Salterdon nach Royal Oaks, in das Sanatorium für Geisteskranke, verbannen?

Maria blickte zur Seite, heftete den Blick auf eine Statue des Gottes Eros und sagte: »Ihr könnt versichert sein, daß Seine Gnaden Euch niemals mit Absicht wehtun wird.«

»Oh. Ich verstehe.« Laura seufzte, legte, die Innenseite nach außen drehend, eine Hand auf ihre Stirn. »Nun gut – Ihr könnt mir jetzt seine Botschaft vorlesen, Maria.«

Tief Luft holend, öffnete Maria das Kuvert und holte das darin befindliche Kärtchen heraus. »Lady Dunsworthy. Ich bitte Euch, mich heute abend um halb neun Uhr im Goldenen Zimmer mit Eurer Gesellschaft zu beehren. Salterdon.«

Laura schloß die Augen, seufzte abermals und sagte mit schwacher Stimme: »Natürlich.«

Maria saß in ihrem Zimmer, ein aufgeschlagenes Buch auf dem Schoß, den Blick auf die tanzenden Flammen im Kamin gerichtet. Das Treffen zwischen Laura und Basingstoke war problemlos verlaufen. Während die Herzogin in ihrem königlichen Sessel so aussah, als würde sie jeden Moment einen Nervenzusammenbruch erleiden, und Lord Dunsworthy wie ein wachsamer Schäferhund im Hintergrund lauerte, hatte man bei Laura, die mit niedergeschlagenen Augen und ineinander verkrampften Händen dem Mann gegenübersaß, den Eindruck, sie sei keine Braut, sondern eher eine soeben zum Tod am Galgen verurteilte junge Frau.

Wie schon am Nachmittag bei Marias Besuch in ihrem Zimmer, so zeigte sich Laura auch bei diesem Treffen am Abend nicht sonderlich erfreut darüber, daß der Gesundheitszustand ihres Verlobten sich offenbar so unglaublich gebessert hatte. Und auch die Aussicht, daß sie nun endlich den Herzog von Salterdon heiraten konnte, schien sie keineswegs zu begeistern.

Welche Frau wäre wohl nicht von Basingstokes Witz bezaubert gewesen? Von seinem Charisma? Seinem bestrickenden Charme?

Aber schon nach einer knappen Stunde hatte Laura ihrer Zofe ins Ohr geflüstert, daß die letzten zwei Tage, die sie auf der Reise verbracht hatte, sehr anstrengend gewesen seien und ihren Tribut forderten, so daß sie Seine Gnaden jetzt bitten müsse, sie zu entschuldigen, worauf sie sich sogleich auf ihr Zimmer zurückzog. Und als Maria wenig später auf dem Weg zu ihrem eigenen Zimmer an jenem von Laura vorbeikam, war sie sich sicher, hinter der Tür ein leises Schluchzen zu vernehmen.

Maria schlug das Buch zu und erhob sich müde aus ihrem Sessel. Sie würde jetzt ein letztes Mal versuchen, Salterdon dazu zu bewegen, seine Tür aufzuschließen. Sie würde sich nach Kräften bemühen, ihn davon zu überzeugen, daß er mit seinem rebellischen Verhalten nichts erreichen konnte. Daß er an die Gesundheit seiner Großmutter denken sollte. Und an Lauras Glück. Das war schließlich seine Bestimmung.

Zu ihrer Überraschung entdeckte sie dann, daß Salterdons Tür gar nicht abgesperrt war. Und daß er sich nicht in seinem Zimmer befand. Maria blickte auf die große Standuhr an der Wand. Es war bereits kurz vor Mitternacht.

Sie lief hinunter ins Musikzimmer. Aber als sie die Tür öffnete, gähnte es ihr leer und dunkel entgegen.

Wo konnte er nur sein?

Sie eilte in die Bibliothek, dann ins Jagdzimmer und in die Küche. Als sie an ein paar Dienstboten vorbeikam, die sie mit schläfrigen Augen ansahen, konnte sie diese natürlich nicht fragen, ob sie Seine Gnaden in den Korridoren hätten umherwandern sehen. Nur sie und Gertrude wußten bisher, daß Salterdon die Kontrolle über seine Beine wiedererlangt hatte.

Nachdem Maria eine halbe Stunde lang im Haus nach Salterdon gesucht hatte, kehrte sie in ihr Zimmer zurück, nahm ihren Mantel vom Bügel und begab sich hinaus in die nebelverhangene Nacht, wo sie einen Moment fröstelnd vor der Haustür verharrte, als die Kälte sie in die Wangen biß. Dann zog sie den Mantel fest um den Leib und lief den gewundenen Pfad hinunter, der zu den Ställen führte.

Ein paar laute, ärgerliche Stimmen ließen sie mitten im Schritt anhalten. Vorsichtig stieg sie ein paar mit Flechten überzogene steinerne Stufen hinunter, bog ein paar Efeuranken beiseite, die wie ein Vorhang quer über dem Weg hingen, und sah ein paar schattenhafte Gestalten, die auf dem Pfad beieinander standen.

Sie erkannte sogleich die schlaksige Figur von Thaddeus unter ihnen. Doch sie brauchte einen Moment, bevor sie sich sicher war, daß die kleinste der drei, die da frierend von einem Bein auf das andere trat, nur Molly sein konnte. Die dritte Person dieser Gruppe vermochte sie jedoch, so sehr sie sich auch bemühte, nicht zu erkennen, da sie teilweise von einem Busch verdeckt war.

Ein Windstoß, der die Ranken auseinanderbog, hinter denen Maria sich versteckte, und ein paar dürre Blätter zu ihren Füßen aufwirbelte, veranlaßte sie, den Rückzug anzutreten und sich wieder auf den Weg zu den Ställen zu machen. Hin und wieder sah sie dabei über die Schulter, ob ihr vielleicht jemand folgte, wobei sie sich flüchtig fragte, wie man sich denn zu dieser späten Stunde und in diesem kalten Nieselregen zu einem Stelldichein im Park verabreden konnte. Doch sie überlegte nicht lange, welche Gründe das haben mochte. Sie war mit ihren Gedanken bei Salterdon.

Die Stallungen waren dunkel, still und warm. Die Pferde scharrten in ihren Verschlägen, während sie, so leise sie konnte, die mit Ziegelsteinen gepflasterte Stallgasse hinunterwanderte und dabei in jede Box blickte, bis sie zu einem Verschlag kam, der leer war und dessen Tür offen stand.

Noblesse.

Da rannte sie wieder aus dem Stall und blickte sich, die Hand über die Augen haltend, um sie vor dem Regen zu schützen, sich suchend auf dem Hof zwischen den Stallgebäuden um.

In diesem Moment kam, begleitet von einer Explosion donnernder Hufe und einer Dampfwolke aus geblähten Nüstern, die mächtige Gestalt von Noblesse aus dem Dunkeln herausgeschossen, der sie mit seinem heißen Körper streifte, so daß sie mit einem Schrei zurücktaumelte und fast zu Boden gestürzt wäre, wenn da nicht eine Hand nach ihrem Arm gegriffen und sie in die Höhe gezogen hätte. Einen Moment lang schwebte sie in der Luft, während der Hengst auf seinen kräftigen Hinterbeinen herumschwang und eine volle Drehung machte. Dann spürte Maria, wie sie sanft auf seinen Widerrist hinuntergelassen wurde und zwei kräftige Arme sich um sie legten.

Ihre linke Schulter gegen Salterdons Brust gelehnt, blickte sie blinzelnd im Regen zu dem Reiter hinauf und hielt den Atem an.

»Euer Gnaden . . .«

»Es ist nett von Euch, daß Ihr mich begleitet«, sagte er ihr ins Ohr. »Ich bin noch nie gern allein ausgeritten.«

Dann stieß er einen schrillen Pfiff aus und hieb dem Hengst die Absätze in die Flanken, der sich kurz aufbäumte, den Hals wölbte und ein Schnauben hören ließ, das von den fernen Hügeln widerzuhallen schien. Und dann sprengte er mit langen, mächtigen Sätzen aus dem Hof und einen Reitweg hinunter, über den die nassen kahlen Äste mächtiger Ulmen einen dunklen Baldachin bildeten.

Mit stockendem Atem hielt Maria sich an Salterdon fest, als sich die Vorderbeine des Hengstes wie mächtige, sich jählings entspannende Stahlfedern hoben und, die Nebelwolken zerteilend, über den Boden hinflogen. Die Geschwindigkeit, mit der sie dahineilten, kam ihr um so beängstigender vor, da sich bei jedem Satz, den das Pferd machte, auch dessen Schultern unter ihr auf und ab bewegten und dessen Mähne ihr wie vom Sturm gepeitschte Zweige gegen Brust und Hüften klatschte.

Ihre Nägel in Salterdons Umhang gekrallt, drehte sie, sich mit dem Rücken noch fester an ihn schmiegend, das Gesicht in den scharfen kalten Wind und holte hin und wieder keuchend Luft, während die nebelverhangenen Bäume und Sträucher an ihr vorbeiflogen. Dabei überkam sie ein seltsames Gefühl der Geborgenheit. Zum ersten Mal konnte sie sich bei ihrem Herrn sicherfühlen. Er würde sie beschützen, sie von ihren irdischen Fesseln befreien, mit ihr hinausfliegen an einen Ort, wo sie aller menschlichen Sorgen und Beschränkungen ledig waren.

Sie mußten wohl, wie es ihr vorkam, eine Stunde lang im scharfen Galopp geritten sein, als Salterdon dem Hengst mit leiser Stimme einen Befehl gab, dieser sofort das Tempo verringerte und schließlich nach ein paar Schritten auf einer Lichtung unter Bäumen, die mit ihren breiten Ästen und Zweigen ein Dach über ihnen bildeten, anhielt.

Seine Arme noch immer um sie gelegt, sagte Salterdon einen Moment lang nichts, während sein warmer Atem weich über eine Seite ihres Gesichts hinstrich. Dann legte er eine Hand unter ihr Kinn und hob es an, während er sein Gesicht zu ihrem neigte.

»Ich habe einmal geglaubt, ich müsse sterben ohne das Prestige und das Vermögen, das mir kraft meines Geburtsrechts zusteht ..., ich würde aufhören, zu existieren. Aber in diesem letzten Jahr ... war ich bereits tot, und niemanden bekümmerte das – außer dir. Maria – wie könnte ich dich gehen lassen?« Er streifte ihr Ohr mit seinen Lippen. Sein Atem war heiß und jagte ihr kleine Schauer über die Haut. »Du bist meine geistige Gesundheit, Maria. Meine Kraft. Meine ... Leidenschaft.« Seine Stimme wurde zu einem leisen Fauchen, zu dem Schnurren eines Löwen, während seine Lippen nun die weiche Haut hinter ihrem Ohr liebkosten. »Oh, ja«, hauchte er, »ich begehre dich.«

Hilflos, oh, Gott, sie fühlte sich so hilflos. So schwach und furchtsam. Sie sehnte sich danach, ihr Gesicht zu seinem hinaufzuheben, ihre Lippen unter seinen zu öffnen, seine Zunge wieder in ihrem Mund zu spüren – seine Hände an ihrem Leib. Aber er gehörte ja einer anderen – einem zerbrechlichen jungen Ding mit taufeuchten Augen, die darauf wartete – ein Jahr lang darauf gewartet hatte –, seine Frau zu werden. Ein Mädchen seines Standes, von seiner Familie – und ihrer – dazu auserwählt, die nächste Herzogin von Salterdon zu werden, ihm Kinder zu schenken – einen Sohn, der das dynastische Erbe übernehmen und fortsetzen konnte.

Doch als er jetzt vom Rücken des Pferdes herunterglitt und sie mit sich, sie mühelos mit den Armen anhebend, hinunterzog auf den Boden, fühlte sie sich machtlos, hilflos, sich nur des Tumults in ihrem Herzen und in ihren Lenden bewußt und wissend, daß sie, wenn er sie abermals küßte und berührte, sie ihm nichts mehr verweigern konnte – so wenig sie sich ihm damals an jenem verhängnisvollen Nachmittag in der Kutsche hätte verweigern können.

Er preßte sie an sich, umschlang sie mit seinen Armen und vergrub eine Hand in ihren silberfarbenen Haaren.

»Begreifst du, was ich eben zu dir gesagt habe?« fragte er sie mit rauher, fast verzweifelter Stimme. »Ich will dich haben, Maria. Ich begehre dich so sehr, daß ich explodieren könnte.«

Er nahm eine ihrer Hände und führte sie an seinem Körper

hinunter zu der Ausbuchtung zwischen seinen Schenkeln. Ihre Finger berührten ihn durch den straffen Stoff seiner Hose hindurch, betasteten die schockierende Länge und Form seines Gliedes, noch ehe ihr so recht bewußt geworden war, was er ihr da eben gestanden hatte – während dieser ihr so fremde und sie erschreckende Teil seines Körpers sich zu ihren Fingern hinaufbewegte, als wäre er ein selbständiges Wesen mit einem eigenen Willen.

Sie konnte nichts sagen, nichts tun, stand steif und unbeweglich da vor Unentschlossenheit und Erwartung zugleich. Er roch nach Nebel und Wind, nach Leder und Pferd, nach Brandy und Schweiß.

Faß mich nicht an! wollte sie ihn bitten. Ihr Entschluß würde ins Wanken kommen – ihr Stolz sich auflösen wie dieser Dunst, der in kleinen Schwaden um sie herum vom Boden aufstieg.

»Ich will dich haben«, murmelte er. »Maria, Maria«, flüsterte er, als seine Hände über sie glitten, ihr den dünnen Mantel von den Schultern streiften, dieses ärmliche Stück – kein Fuchspelz oder Nerzcape, so etwas würde sie niemals haben.

Warum konnte sie sich nicht gegen ihn wehren? Ihn abweisen? Warum war ihr Körper jetzt ein zitternder, schwacher Fremdling, so nachgiebig unter seinen warmen, harten Händen, die ihn sanft hinunterdrückten auf dieses nasse Lager aus modrigen verwelkten Blättern? Seine Hände glitten nun über ihren feuchten Leib, sacht an ihrem Gewand zupfend, dann fast wütend an den Säumen und Knöpfen reißend, bis dieses sackartige schwarze Kleid, das zu tragen ihr Vater sie gezwungen hatte, in Fetzen unter ihr lag.

Mit entblößtem Körper und vor Kälte zitternd lag Maria nun vor ihm und sah zu, wie das Begehren Kerben in sein unglaublich schönes Gesicht schnitt, und spürte, wie ihr eigener Körper dieses Verlangen auf eine so machtvolle Weise erwiderte, daß er sich ihrer Kontrolle entzog.

Sie öffnete ihre Arme und Beine für ihn.

Mit einem Stöhnen warf er sein wollenes, regennasses Cape beiseite und streifte sich ungeduldig das Hemd über den Kopf. Er riß an den Haken seiner Kniehose, zog den stramm sitzenden Stoff über die Hüften hinunter... Sie sah kurz von ihm weg und dann auf ihn zurück, und ihr stockte der Atem beim Anblick seiner Erregung. Einen Moment lang wurde sie von einer Panik ergriffen, wollte sie ihr eigenes Verlangen verleugnen und fliehen, doch dann berührte er sie dort, wo er sie schon einmal berührt hatte, schob seine Finger sacht zwischen die warmen, seidenweichen Falten ihres intimsten Körperteils und massierte ihn an dessen empfindlichster Stelle auf eine Weise, die ihren ganzen Körper erschauern ließ und ihn mit einem fast qualvollen Verlangen erfüllte.

Einen Moment verließ er sie da und zog seine Stiefel und seine Hose aus. Sein Körper war ein blasser, mächtiger Schemen in der regennassen Nacht. Dann kam er wieder zu ihr, ließ sich langsam zu ihr hinunter, neigte den Kopf und nahm eine ihrer empfindlichen, steil aufgerichteten Brustwarzen in den Mund, die er mit der Zunge umspielte, daß sie leise zu wimmern begann. Es war ein jähes und so gewaltiges Wonnegefühl, das sie da plötzlich durchzuckte, daß sie mit beiden Händen seine Schultern packte und spürte, wie seine Muskeln wie Wellen unter der Haut hinliefen.

»Sachte, sachte«, murmelte er, ehe er sie nun auf den Mund küßte, zuerst mit der Zunge ihre Lippen streichelnd, ehe er damit in ihren Mund eintauchte, um sich dort ein leidenschaftliches Duell mit ihrer zu liefern.

Und da war plötzlich dieser brennende Druck zwischen ihren Schenkeln, daß sie keuchend ihren Leib wölbte und einen Moment lang wild mit den Beinen zappelte – und dann war er in ihr, sie ausdehnend, sie ausfüllend, seinen Körper mit ihrem verschmelzend, und dieser sie versengende Speer schien plötzlich eine Flut seltsam köstlicher Schmerzen auszulösen, die sie dazu brachten, ihre Hüften gegen seine zu pressen und tief in der Kehle zu stöhnen.

Er fuhr fort, sie zu küssen, nur daß sein Mund nun härter und verlangender wurde, während er eine Hand unter ihr Gesäß schob, es weghob vom Laub und noch tiefer in sie hineinstieß, worauf er sich mit einem schnelleren, sie nicht mehr verschonenden Rhythmus in ihr zu bewegen begann, der nur von seinem Verlangen diktiert wurde.

Diese Spasmen überkamen sie so plötzlich wie ein Blitzstrahl, der vom stürmischen Himmel herunterfährt, und machte sie vollkommen willenlos, so daß sie laut aufschrie und sich unter seinem Körper zu winden begann, selbst als er sich noch rascher in ihr bewegte, immer härter, schneller und fast verzweifelt. Und als ihr Leib nun unter der Flut ihres Orgasmus' erbebte, warf er seinen dunklen Kopf in den Nacken, und ergoß sich mit einem tonlosen Schrei in sie, bis die Kraft ihn verließ, er seinen Körper auf ihren hinunterfallen ließ und mit seinem Mund an ihrem so leise sagte, daß sie es kaum hörte:

»Maria. Süße Maria. Wage ich es, dich zu lieben?«

Kapitel siebzehn

Maria saß im Licht der verlöschenden Glut vor dem Kamin, eingewickelt in Salterdons Umhang. Er war naß und roch nach ihm. Sein Futter bestand aus roter Seide, die sich glatt und kühl auf ihrem nackten Fleisch anfühlte, das selbst jetzt noch kribbelte bei der Erinnerung an seine Küsse. Ihr Körper schmerzte. Dieser Ort zwischen ihren Beinen brannte wie Feuer. Ihre Füße waren schmutzig. Grashalme und Stücke von welken Blättern klebten an ihren Beinen und Schenkeln, und Lehmklumpen und braunes, samtiges Moos an ihren Haaren, die ihr schlaff über die Schulter hingen.

Als sie in das Haus zurückgekommen waren, war sie auf ihr Zimmer geflüchtet und hatte die Tür versperrt. Ihr Herr hatte ein paarmal daran gerüttelt, um zu entdecken, daß sie für ihn verschlossen war.

»Öffne die Tür, Maria. Verdammt noch mal – öffne die Tür!«

Das hatte sie natürlich nicht getan. Wie konnte sie sich denn jetzt noch vor ihm sehen lassen?

Wie konnte sie ihm noch einmal in diese grauen Augen schauen, die sie einmal so sehr erschreckt hatten, in dem Wissen, daß sie sich ihm auf eine so unzüchtige, schamlose Weise hingegegeben hatte – und das alles im Namen der Liebe?

Wie konnte sie ihm denn gestehen, daß sie ihn von ganzem Herzen liebte? Aber welche Entschuldigung hatte sie ihm denn sonst noch für ihr irrationales Verhalten anzubieten – oder sich selbst? Daß sie ihm lediglich beweisen wollte, daß er noch ein potenter und begehrenswerter Mann war? Daß er keinen Grund hatte, sich vor einer Vermählung mit Laura zu fürchten – oder einen Grund, zu glauben, er könnte seine ehelichen Pflichten nicht bei ihr erfüllen? Das war wohl mehr, als man selbst dem loyalsten Diener zumuten oder von ihm erwarten konnte. Auch war sie davon überzeugt, daß das eine Lüge war, die sie ihm niemals würde glaubhaft machen können.

Müde schleppte sie sich nun zur Tür, legte das Ohr daran und horchte auf ein Geräusch dahinter.

Du elendes, törichtes Ding! Schon sehnte sie sich danach, ihn wiederzusehen, ihn in ihren Armen zu halten, sich ihm noch einmal so selbstvergessen und hemmungslos hinzugeben wie vor ein paar Stunden im Wald, ehe sie dazu gezwungen war, seiner Verlobten unter die Augen zu treten und so zu tun, als wäre sie nichts anderes als eine ergebene und gehorsame Dienerin.

Als besäße sie einen eigenen Willen, ging ihre Hand nun zum Schlüssel, drehte ihn um, wartete auf das leise Klicken des Riegels, schob dann, während ihr das Herz bis in den Hals hinauf klopfte, die Tür auf und trat hinaus auf den Korridor.

Seine Hände glitten über die Tasten, schlugen sie leicht an, erfüllten die Stunde vor der Dämmerung mit einem Crescendo harmonischer Töne, die von den Wänden widerhallten und die Kristallprismen der Lüster schimmern ließen wie Regentropfen. Mit der ihm wirr in die Stirn und die Augen hängenden Flut seiner dunklen Haare, den Oberkörper leicht über die Tasten gebeugt und die Kiefer zusammenpressend, manipulierte Salterdon jetzt genauso das Instrument, wie er das vor ein paar Stunden mit Marias Körper getan hatte. Sein Atem kam keuchend, in rhythmischen Stößen. Der Zauberklang seiner Musik war genauso verführerisch, wie das ihr Atem an seinem Ohr gewesen war.

Himmel, wie doch sein Körper schmerzte. Seine Beine, sein

Rücken. Doch der Schmerz tiefer. Er war eine brennende, qualvolle Frustration. War ihr eigentlich bewußt, was sie getan hatte? *Maria.* Diese verlockende, süße Stimme, die ihn aus seinem sicheren, bequemen Schlaf herausgeholt hatte. *Maria.* Diese Augen, die seiner Widerstandskraft spotteten. *Maria.* Ihre Naivität und Unschuld hatten seine Leidenschaft geweckt, die er für immer verloren zu haben glaubte.

Da bewegte sich etwas. Er blickte sich um.

Sie stand, in sein Cape gewickelt, unter der Tür, ihre Haare ein silberblasser Rahmen um ihr mit Schmutzflecken bedecktes Gesicht. Er ließ die Hände in den Schoß sinken, und die Stille hallte als Echo von den Wänden wider.

Sie ging auf bloßen Füßen über das Parkett – mit langsamen, fast zögerlichen Schritten. Ihre blauen Augen schienen riesengroß zu sein, und ihre roten Lippen waren leicht geöffnet, als sie das Cape vorne auseinanderfallen ließ, daß es ihr nun von den Schultern glitt und sich wie eine dunkle Wolke um ihre Knöchel legte.

Als ihr geschmeidiger, warmer Körper sich nun ein wenig schwankend zu ihm neigte, griff er nach ihr, schlug die Arme um sie und preßte sie an sich. Er konnte spüren, wie sie zitterte. Ihr nackter Rücken und ihr Gesäß waren noch von kleinen braunen Grashalmen und Blätterstücken von der Lichtung bedeckt, wo sie sich vor ein paar Stunden geliebt hatten.

Mit einer schnellen, zügigen, fast mühelosen Bewegung hob er sie hoch, schwang sie herum und setzte sie auf der Klaviatur des Pianos ab, das diese Aktion mit einem schrillen Protest disharmonischer Akkorde beantwortete. Er faßte mit beiden Händen unter ihre Brüste, hob sie an, knetete sie erst heftig, dann sanfter, und saugte dann an ihnen, als wollte er in kleinen Schlucken daraus trinken. Ein Beben lief durch ihren Körper. Sie wölbte den Rücken, und mit einem leisen, fast verzweifelten Wimmern wehrte sie sich einen Moment lang gegen ihn, als ihre Brustwarzen zwischen seinen Zähnen und Lippen hart wurden und sich aufrichteten. Dann berührte er sie *dort,* in der Grotte zwischen ihren Schenkeln. Da begannen ihre Hüften zu kreisen und hoben sich ihm entgegen, und dieser leise gutturale Laut in ihrer Kehle verriet zugleich ihre Hilflosigkeit und ihr Verlangen.

»Meine Hose«, sagte er leise, »öffne sie.«

Sie gehorchte – nun rasch ein Häkchen nach dem anderen unter dem Hosenbund öffnend, bis sein Geschlecht frei lag. Hart, pulsierend und sich ihr entgegenwölbend, war es für sie ein kaum zu ertragender, schmerzlich-lustvoller Anblick – um so erregender, wenn sie daran dachte, wie er sie zum erstenmal genommen hatte, sich daran erinnerte, wie sein Glied sich zwischen ihren weißen Schenkeln angefühlt hatte, als er in ihre jungfräuliche Grotte eingedrungen, sie ausgefüllt und solche Wonnegefühle in ihr geweckt hatte, daß sie ihre Fingernägel in seinen Rücken gebohrt und laut aufgeschrien hatte unter dem von Regenwolken verhüllten Nachthimmel.

Begierig fuhr er nun mit seinem Penis in sie hinein. Sie schrie auf und schlang dann die Beine um seine Hüften, breitete die Arme aus und fiel gegen das Klavier zurück wie ein Opfer auf einem Altar, Notenblätter über den Boden verstreuend, ihre Haare wie ein silbernes Netz auf dem schwarzen Ebenholz ausbreitend.

»Mein Gott, oh, mein Gott«, sagte er keuchend, »wochenlang habe ich des Nachts hier gesessen, dich mit diesem Instrument geliebt, um dich geworben, dich verführt, dich genommen, und gedacht, daß ich dich niemals so kennen würde wie jetzt, daß es mir nicht mehr möglich wäre, dich so kennenzulernen ... Damals genügte mir die Musik – doch jetzt nicht mehr. Die Musik in meinem Kopf, die mich wahnsinnig machte – wurde durch dich ersetzt. Durch dich, deine Engelshaare, deine verführerischen Augen. Verdammt sollst du sein, verdammt, daß du mich aus meinem Schlaf geweckt und gezwungen hast, wieder diese Bürde schrecklicher Verantwortungen auf mich zu nehmen, die ich niemals tragen wollte ... Verdammt, verdammt – ich hätte mich in der Höhle meines

Schlafs für immer verstecken, mcine Identität, meinen Titel, ja, sogar meine Männlichkeit verleugnen können . . . Dank dir bin ich nun geheilt . . . Dank dir bin ich auch jetzt verdammt . . . Dank dir weiß ich jetzt, wie tief meine Gefühle für eine Frau sein können . . . Doch dich kann ich nicht haben.«

Immer wieder stieß er dabei in sie hinein, und als er schließlich zum Höhepunkt kam, tat er das mit einem Fluch, einem Erschauern und einem Zusammenbrechen seines Körpers auf ihrem, worauf sie beide, in Schweiß gebadet und nach Luft ringend, auf das Piano hinuntersanken.

Nach einer Weile löste er sich von ihr, küßte sie auf den Mund und hakte seinen Hosenbund wieder zu. Er hob seinen Umhang vom Boden auf, hüllte sie darin ein, schlang dann die Arme um sie, drückte sie an sich und spürte, wie heftig ihr Herz an seiner Brust pochte, als sie die Arme unter sein Hemd schob und seine Hüften umschlang. »Ich liebe dich«, flüsterte sie nach einer Weile.

Er schloß die Augen und zog sie noch fester an sich heran.

»Na, na«, kam da plötzlich eine Stimme von der Tür her. Trey blickte sich um – direkt in die Augen seines Bruders hinein. »Meine Intuition scheint mich wohl in letzter Zeit zu verlassen, Euer Gnaden. Ich ahnte nicht einmal, daß Ihr wieder gehen . . . oder junge Frauen auf dem Klavier verführen könnt. Wirklich, Trey . . . Selbstbeherrschung ist zwar noch nie deine Stärke gewesen, aber das hätte selbst ich dir trotz deines unterentwickelten Moralempfindens nicht zugetraut.«

»Und das aus dem Munde eines Mannes, der vorsätzlich eine Frau verführte, die ich heiraten sollte.«

»Dummes Zeug. Wir wußten damals doch beide, daß du niemals die Absicht hattest, Miracle zu heiraten. Du hast jedoch nun die feste Absicht, dich mit Laura Dunsworthy zu vermählen, also verrate mir jetzt, was, zum Teufel, du dir dabei gedacht hast, dich hier mit Miss Ashton zu . . . zu vergnügen, während deine Verlobte nur ein paar Zimmer weiter auf demselben Korridor wohnt. Rasch, Trey, verrate mir das mal.

Und wenn du schon dabei bist, kannst du mir auch gleich erklären, warum ich von dir dazu gezwungen wurde, die letzten Tage über deinen Doppelgänger zu spielen, und warum du mich in dem Glauben gelassen hast, daß dein Widerwille, dich mit Lady Laura zu treffen, lediglich auf dein Unvermögen, zu . . . gehen, zurückzuführen sei.«

»Ich liebe sie nicht.«

Basingstoke lachte trocken. »Was hat das denn damit zu tun? Du hast doch in deinem ganzen Leben noch nie eine Menschenseele geliebt, Trey, sondern immer nur die Macht und das Prestige, die dir dein Titel und deine Position verschaffen. Und nachdem du Lady Laura als ein Mittel zu diesem Zweck gefunden hast, redest du plötzlich davon, daß du sie nicht liebst?«

»Ja«, erwiderte Salterdon leise, fast müde, »ich liebe sie nicht, Clay.«

Basingstoke sagte daraufhin ein paar Sekunden lang nichts, während sein Blick von Trey zu Maria wanderte, die sich mit abgewandtem Gesicht und wachsbleichen Wangen hinter Trey zu verstecken suchte. Salterdon bemühte sich nach Kräften, sie gegen den Blick seines Bruders abzuschirmen, so heftig zitterte sie an seinem Rücken.

Da schloß Basingstoke kurz die Augen und fuhr sich dann mit einer Hand durch die dunklen Haare. »Himmel«, murmelte er. »Da haben wir uns ja was Schönes eingebrockt . . .«

Lady Laura sah an diesem Tag besonders zerbrechlich aus. Ihre Wangen waren ohne jede Farbe, ihre dünnen Finger kneteten nervös das Taschentuch, das sie in der Hand hielt und alle paar Minuten an ihre kleine, ein wenig aufgestülpte Nase führte, als schnüffelte sie an einem Riechfläschchen, um daraus Kraft und Mut zu schöpfen. Und alle paar Minuten schielte sie auch zu dem Mann hinüber, den sie für ihren Verlobten hielt – zu Basingstoke, der mit zusammengepreßten Kiefern und glimmenden Augen, die Maria an jene seines Bruders erinnerten, durch Lady Laura hindurchzublicken schien. Ihm war diese ganze Sache genauso zuwider wie Maria. Aber sie hatte eine Pflicht zu erfüllen. Man hatte sie als Gesellschafterin und Pflegerin des Herzogs von Salterdon engagiert, und da dieser finster vor sich hinblickende Mann, der dort im Rollstuhl seines Bruders saß, offiziell und auch allem Anschein nach der Herzog *war*, mußte sie natürlich an diesem Treffen teilnehmen. Maria fragte sich, wie lange Basingstoke dieses Täuschungsmanöver wohl noch durchhalten und an diesem verwerflichen Komplott aktiv teilnehmen würde, ehe er vor Wut platzte.

Und sie fragte sich auch, wie lange sie das Ganze noch aushalten konnte, ehe sie vor Frustration zu schreien begann.

Maria beobachtete das Treffen zwischen Lord Dunsworthy, dessen Tochter und der Herzogin aus einiger Distanz, da sie sich einen Stuhl ausgesucht hatte, der von dem Ort des Geschehens möglichst weit entfernt war. Sie hatte das Gefühl, Zeugin eines verabscheuungswürdigen Verbrechens zu sein, und wäre am liebsten von ihrem Stuhl aufgesprungen, um Lady Laura und ihrem Vater zuzurufen, daß die Herzogin von Salterdon eine Lügnerin sei. Daß sie nur Zeit schinden wolle. Daß sie das Leben aller hier Anwesenden – und des nicht anwesenden Herzogs – auf eine Weise manipulierte und kontrollierte, die sie alle vernichten könnte – würde –, und das alles nur, um ihren Kopf durchzusetzen und ihre verdammte blaublütige Erbfolge zu sichern.

»Natürlich wünschen wir uns beide, daß die Vereinigung unserer Kinder so bald wie möglich stattfindet«, sagte Lord Dunsworthy zur Herzogin. »Ich bin überzeugt, daß Eure Gnaden nichts dagegen einzuwenden hat, wenn ich ein paar von unseren gemeinsamen Bekannten auffordere ... dazu einlade, meinte ich, hierher nach Thorn Rose zu kommen, um sich – und andere – davon überzeugen zu können, daß Seine Gnaden ... nun, wie soll ich sagen ... gesund und – äh – richtig im Kopf ist.«

Eine Braue wölbend, studierte Dunsworthy nun den Mann, den er für den zukünftigen Gatten seiner Tochter hielt, mit einer offenkundigen Mischung von Sorge und Skepsis. »Ihr müßt verstehen, daß ich in Anbetracht der Krankengeschichte Seiner Gnaden und der Enttäuschung und des Unbehagens, die meine geliebte Laura angesichts des instabilen Geisteszustandes Seiner Gnaden bei einem früheren Besuch hier empfand, ich mir wünsche, daß die Demütigungen, die sie auf Grund dieser empörenden, den geistigen Zustand Seiner Gnaden und seiner Beziehung zu Laura betreffenden Vermutungen erdulden mußte, welche in den Kreisen des Hochadels angestellt wurden und noch werden, ihr in Zukunft erspart bleiben.«

Seine Gnaden schenkte Seiner Lordschaft nun ein dünnes Lächeln und sagte in einem so ätzenden Ton, daß die Herzogin ein wenig in ihrem Sessel zusammensank: »Niemand hält jetzt ja eine Pistole an den Kopf Eurer Tochter und zwingt sie dazu, den Herzog zu heiraten – nicht wahr, Dunsworthy?«

»Keineswegs«, erwiderte Dunsworthy aalglatt und in einem nicht minder beißenden Ton, »aber in Anbetracht der Umstände, in denen sich Euer Gnaden befindet . . .«, sein Blick glitt nun über Basingstokes Beine hin und über den Stuhl, in dem er saß, »würde ich meinen, daß er sich glücklich schätzen darf, wenn eine Frau von einer so hohen Abkunft und Schönheit wie meine Tochter sich überhaupt dazu bereit findet, sich mit ihm vermählen zu lassen.«

»Wobei die Tatsache, daß diese Allianz sie schließlich zu einer der wohlhabendsten und einflußreichsten Frauen Englands machen wird, natürlich keine Rolle spielt, würde ich meinen.«

»Ebensowenig wie die Tatsache, daß Ihr mit der Heirat meiner Tochter die Garantie erwerbt, den Einfluß und das Vermögen Eurer Großmutter zu erben . . ., Euer Gnaden. Zudem . . ., wie Ihr ja selbst sehen könnt, ist meine Tochter in Euer Gnaden sehr verliebt. Es ist ihr größter Wunsch, den

Rest ihres Leben damit zu verbringen, Euer Gnaden jeden Wunsch zu erfüllen ... Wie man das ja auch von jeder ihrem Gatten ergebenen Ehefrau erwarten sollte.«

Einen Moment lang wandten sich nun alle Augen Laura zu, betrachteten ihre blassen Wangen und ihre leicht bebende Unterlippe. Sie hielt, sich hinter ihr Taschentuch verschanzend, dieser Musterung tapfer stand und tat ihr Möglichstes, das große Unbehagen, das sie offenbar empfand, hinter gestrafften Schultern und einem angehobenen Kinn zu verbergen. Und dann richtete sie den Blick ihrer großen grünen Augen nicht auf ihren Vater oder den von ihr so innig geliebten ›Verlobten‹, sondern vielmehr auf Maria, als wäre diese so etwas wie ein emotionaler Rettungsring, an dem sie sich festhalten konnte.

Zu ihrer eigenen Überraschung lächelte Maria ihr da zu.

Die Luft um sie herum schien zu summen. Ihr Körper wurde warm, ihr Herz krampfte sich zusammen, der Atem stockte ihr in der Brust, ein Kloß formte sich in ihrer Kehle, so daß sie nicht schlucken konnte. Sie ermutigte die Frau, die den Mann heiraten würde, den Maria so leidenschaftlich liebte. Sie hatte die vergangene Nacht in Salterdons Armen verbracht ..., und sie ermutigte jetzt die Frau, mit der er den Rest seines Leben verbringen würde.

Heuchlerin.

»Sobald wir jedoch den Hochzeitstermin öffentlich bekanntgeben, wird keine dem Hochadel angehörende Familie versäumen wollen, an der Trauungszeremonie teilzunehmen. Bei Gott – es wird eine Hochzeit werden, die England in ein paar hundert Jahren nicht vergessen wird!«

Die Herzogin hob hier ein wenig steif den Kopf und betrachtete Lord Dunsworthy mit zusammengepreßten Lippen und gefurchter Stirn. Einen Moment lang sah es so aus, als wollte sie jetzt mit der Wahrheit herausplatzen – daß der Mann, der Dunsworthys Tochter gegenübersaß, nicht der Herzog von Salterdon war, sondern daß dieser sich wie ein geistesgestörter Eremit in seinem Zimmer einschloß. Zumindest glaubte sie das. Tatsächlich saß der Herzog von Salterdon aber, was jedoch nur Maria und Basingstoke wußten, in diesem Augenblick auf dem Rücken seines edelsten Araberhengstes und ritt so schnell, als wäre der Teufel hinter ihm her, durch das Tal und über die Hügel – den Wind trinkend, seine Freiheit genießend und allem, was seine Großmutter repräsentierte, hohnsprechend.

Schließlich sagte die Herzogin: »Und wie viele Gäste, meint Ihr, sollten an dieser . . . diesem Ereignis hier in Thorn Rose beiwohnen, Lord Dunsworthy?«

»Hundert mindestens. Vielleicht sogar zweihundert.«

Basingstoke hüstelte hinter der vorgehaltenen Hand, warf der Herzogin einen vielsagenden Blick zu und bewegte sich dann unruhig in seinem Stuhl. Sein Gesicht wurde noch finsterer, insofern das überhaupt noch möglich war.

»Die Einladungen werden in dem Augenblick, wo ich das sage, bereits geschrieben und verschickt, Euer Gnaden. Ich denke, eine Woche, von heute an gerechnet, sollte uns genügend Zeit geben, alle nötigen Vorbereitungen für die Ankunft der Gäste zu treffen. Ich werde das natürlich übernehmen. Ihre Gnaden braucht sich inzwischen nur um ihre Gesundheit zu kümmern und sich darum zu bemühen, Kräfte zu sammeln für das bevorstehende Ereignis.«

Die Herzogin seufzte. »Wenn das meine einzige Sorge wäre, mein lieber Lord Dunsworthy, würde ich eine unglaublich gesunde Frau sein.«

Da es inzwischen zu regnen aufgehört hatte und die Sonne zuweilen durch die Wolken brach, wurde es nicht so rasch dunkel wie am Tag zuvor. Nachdem Maria fast eine Stunde lang sowohl im Haus wie in den Ställen nach ihrem Herrn gesucht hatte (sie hatte Basingstoke versprochen, noch einmal mit ihm zu reden und zu versuchen, ihn von der Unsinnigkeit seines rebellischen Verhaltens zu überzeugen), lief sie auf dem gewundenen Pfade zum Haus zurück, wobci sie diesmal eine Abkürzung durch ein Eschenwäldchen benutzte. Das bißchen Licht, das dort noch herrschte, schien vom Boden her zu kommen, der mit dem Laub des vergangenen Jahres und mit kalkweißen, von Flechten überwucherten Ästen bedeckt war.

»Maria«, rief da eine leise Stimme hinter einem Vorhang brauner Efeuranken.

Mitten im Schritt verhaltend, spähte Maria in den Schatten der Bäume, während sie mit ihren Gedanken noch bei Salterdon weilte – wann sie ihn wohl wiedersehen, ihn in ihren Armen halten und so tun würde, als existierte kein anderer Mensch als er auf der Welt.

»Lady Dunsworthy?« erwiderte sie und wunderte sich darüber, die Verlobte ihres Herrn an einer entlegenen Stelle des Parks hinter wirrem Gestrüpp versteckt zu finden.

In diesem Moment trat Laura auf den Pfad hinaus. Ihre Frisur hatte sich aufgelöst, so daß ein paar Strähnen ihrer blassen Haare in die Stirn hingen, und der Saum ihres Rockes war feucht an den Stellen, wo er mit dem noch regennassen Laub in Berührung gekommen war. Ihr Kleid war prächtig und kostbar. Ihre Augen bekümmert und dunkel wie ein Nadelwald im Winter. »Ich hatte gehofft, Euch zu sehen«, sagte sie zu Maria.

Maria blickte sich nach der Gouvernante um, die Laura auf Schritt und Tritt zu begleiten pflegte.

»Sie ist nicht hier«, sagte Laura. »Ich fürchte, ich muß Euch gestehen, daß ich zu einer Lüge Zuflucht genommen habe, um sie loszuwerden. Ich sagte ihr, daß ich Kopfschmerzen hätte und mich ein paar Stunden niederlegen müsse. Zuweilen finde ich die Gesellschaft einer Gouvernante hinderlich und schrecklich langweilig. Oh, ich bitte um Entschuldigung. Ich neige zuweilen dazu, zu vergessen, daß Ihr die Gesellschafterin Seiner Gnaden seid. Und wie eine Pflegerin kommt Ihr mir auch nicht vor.«

»Nein? Wie komme ich Euch denn vor, Mylady?«

»Wie eine . . . Freundin.«

Maria blickte zur Seite, während ihr Gesicht plötzlich glühend heiß wurde.

»Ich bekomme nur selten die Gelegenheit dazu, mich mit Mädchen meines Alters zu unterhalten«, fuhr Laura fort. »Wollt Ihr Euch nicht ein Weilchen zu mir setzen und mir Gesellschaft leisten?«

Tausend Ausflüchte schossen Maria da durch den Kopf, tausend Entschuldigungen, die es ihr erlaubten, so rasch wie möglich aus Lauras Nähe zu entfliehen und sie davor zu bewahren, der Frau ins Gesicht schauen zu müssen, die Salterdon schließlich heiraten, mit der er sein Leben teilen und Kinder zeugen würde. Gütiger Gott, es genügte schon, daß sie in der Nacht zuvor mit ihm geschlafen hatte – wie konnte sie da noch diesem Mädchen Gesellschaft leisten? Sie hatte das Gefühl, auf ihren Wangen das gleiche Brandzeichen einer Hure zu tragen, mit dem ihr Vater Pauls Geliebte versehen hatte.

Sie nickte stumm und folgte Laura dann widerstrebend zu zwei identischen Bänken aus Marmor, die sich inmitten einer Gruppe von Rosenbüschen gegenüberstanden. Sie nahmen dort Platz, beide nervös die Hände im Schoß verschränkend und zweifellos an den gleichen Mann denkend.

Salterdon. Sie erschauerte schon, wenn sie seinen Namen nur in Gedanken aussprach.

Schließlich seufzte Laura und sagte: »Können wir eine Weile lang den enormen Klassenunterschied, der zwischen uns beiden herrscht, vergessen und miteinander reden wie Freunde?«

»Wenn Ihr das wünscht, Mylady.«

»Zunächst bitte ich Euch, damit aufzuhören, mich mit ›Mylady‹ anzusprechen. Mein Name ist Laura.«

Die bald Salterdons Gattin sein wird, dachte Maria mit wachsender Verzweiflung. Gütiger Gott, wie konnte sie es fertigbringen, hier vor diesem bezaubernden Kind zu sitzen, nachdem sie in der Nacht zuvor in den Armen des zukünftigen Gatten dieses Mädchens gelegen hatte?

»Sagt mir jetzt bitte die Wahrheit, Maria. Ich muß es wissen . . . Ist Seine Gnaden . . . ist er wirklich gesund? Ist er nun dazu bereit, mich zu heiraten?«

»Zweifelt Ihr etwa daran, Laura?«

Laura kaute auf ihrer Unterlippe, und ihre Augen nahmen wieder einen bekümmerten Ausdruck an. »Ich frage mich nur, ob die Hoffnung besteht – die Möglichkeit –, daß er sich anders entscheiden könnte.«

Verblüfft starrte Maria nun die plötzlich heftig errötende junge Frau an. Es schien, als würde Laura in diesem Moment völlig außer sich geraten. Sie begann am ganzen Körper zu zittern, während ihr die Tränen aus den Augen schossen und über die Wangen liefen.

Beide Hände vor das Gesicht schlagend, schluchzte sie: »Oh, was für ein schrecklich eigensüchtiges, egoistisches Kind ich doch bin! Ich sollte dankbar dafür sein, daß ein Mann von Salterdons Stellung und Ansehen die Absicht hat, mich zu heiraten! Aber ich bin es nicht. Ich bin es nicht!«

Maria setzte sich nun auf die Bank neben Laura und legte nach kurzem Zögern den Arm um die Schultern des weinenden Mädchens. »Aber, aber«, versuchte sie Laura zu trösten. »Ich versichere Euch, daß Seine Gnaden weder ein Monster noch ein . . .«

»Er ist ein Fremder für mich, Maria. Er ist lediglich ein Mann, den mein Vater ausgesucht hat, weil er meint, er wäre für mich als Ehemann akzeptabel.«

Den Blick auf die Ranken eines Rosenbuschs geheftet, sagte Maria leise: »Ich gebe zu, daß er zuerst ein wenig furchteinflößend ist. Aber er unterscheidet sich gar nicht so sehr von anderen Männern und ist viel menschlicher als die meisten von ihnen. Er mag zum Beispiel Pudding. Und mit Sirup bestrichene Brote. Er liest gern bis spät in die Nacht hinein bei der Flamme einer guten Bienenwachskerze – er meint, ihr

Licht wäre klarer als das einer Talgkerze, und Kerzen aus Schaffett würde ein Herzog überhaupt nicht verwenden, es sei denn, daß er in einem Sumpf von Schulden zu versinken droht. Sie würden stinken wie ein rammelnder Bock, sagt er, wenn sie qualmen.

Er liebt Pferde – aber nicht irgendwelche x-beliebigen Pferde, sondern Araber. Pferde, die den Wind trinken. Pferde, die so schön sind, daß sie selbst einen König begeistern. Intelligente, feurige Kreaturen, deren Gänge und Bewegungen so herrlich sind wie ein himmlisches Ballett.

Er ... spielt noch spät nachts auf dem Pianoforte und hört Musik, wo andere nur Geräusche vernehmen. Sein Genie wird nur noch von seinem unglaublichen Verlangen übertroffen, die Luft mit den Klängen himmlischer Sonaten zu erfüllen.

Sein einziger Fehler besteht darin, daß er sich weigert, seine wahre Identität wahrzunehmen oder anzuerkennen – doch abgesehen vom dem, was er ist – der Herzog –, ist er ein Mann, der Respekt und Bewunderung verdient – auch ohne seinen großartigen Titel.«

»Aber ich liebe ihn nicht, Maria! Oh, ich respektiere ihn sehr. Meiner Ansicht nach ist er unglaublich schön. Ein Mädchen muß schon verrückt sein, wenn die Aussicht, die nächste Herzogin von Salterdon zu werden, für sie nicht die Erfüllung ihrer kühnsten Träumen darstellen würde. Schließlich ist er – war er – der begehrteste Junggeselle von ganz England.«

Laura verließ die Bank und wanderte, ihre Hände ringend, vor Maria auf und ab, ohne den geringsten Versuch zu machen, die Tränenflut einzudämmen, die ihr über die Wangen strömte. »Ihr müßt wissen«, sagte sie mit gepreßter Stimme, offenbar mit sich ringend, ob sie mit ihren Geständnissen so weit gehen sollte, »ich ... ich liebe einen anderen!«

Mit ihrem kleinen Fuß aufstampfend, wirbelte sie nun zu Maria herum. Ihr Gesicht nahm einen gequälten, ja zornigen Ausdruck an. Das war jetzt nicht mehr dieses unterwürfige, schüchterne, rehäugige Wesen, das sie in den letzten Tagen gewesen war. »Ihr könnt natürlich nicht wissen, wie schrecklich es ist, einen Mann zu lieben, der einem verboten ist! Nach dem man sich mit allen Fasern seines Wesens sehnt! Die Augen zu schließen und nichts anderes zu sehen als sein Gesicht. Sich an dieses ekstatische Entzücken zu erinnern, von dem man bei seiner Berührung erfaßt wurde, und zu wissen, daß er für einen nur ein unmöglicher Wunschtraum ist und es immer bleiben wird.«

Mit brennenden und in Tränen schwimmenden Augen fuhr Laura fort: »Bitte, sagt mir jetzt nicht, daß ich lernen sollte, Salterdon zu lieben. Das habe ich schon hundertmal gehört. Eher würde ich sterben, als mich dazu zwingen lassen, einen Mann zu heiraten, der sich nur an mich bindet, weil ich für ihn einen Zweck erfülle, während ich weiß, daß da ein anderer ist, der mich verehren und glücklich machen würde, wenn er nur . . .«

»Wenn er nur was?«

». . . der gleichen Gesellschaftsschicht angehören würde.«

»So ist das also«, sagte Maria leise, fast zu sich selbst. Was für eine grausame Ironie des Schicksals! Was für eine perverses Spiel es doch mit ihnen trieb!

»Oh, Maria«, klagte Laura, während sie wieder auf die Bank hinuntersank, eine von Marias Händen ergriff und diese heftig drückte. »Wenn ich doch so unbelastet wäre wie Ihr! So frei, mir den Mann zum Gatten erwählen zu können, den ich liebe! Wenn ich mich nie danach richten müßte, welche Erwartungen unsere Väter in uns setzen, und welche verdammenswürdige Pflicht es für uns ist, diese auch zu erfüllen. Oh, Maria – wenn ich den Platz mit Euch tauschen könnte, wäre ich die glücklichste Frau der Welt.«

Kurz die Augen schließend, erwiderte Maria leise. »Und ich auch, teure Laura. Ich auch . . .«

Der Mond schwebte schon eine Handbreit über den Scheiteln der Hügelkette am Rand des Tales, als Salterdon wie ein kalter

Luftzug durch die Tür ins Zimmer kam. Maria saß an ihrer Frisierkommode und bürstete sich die Haare. Sie hatte gerade noch so viel Zeit, sich vom Spiegel wegzudrehen, als Salterdon, der nach Leder und Pferden roch, sie von ihrem Schemel hob und im Kreis herumschwang. Da mußte sie, von seiner Ausgelassenheit angesteckt, laut lachen, wenngleich ihr eher zum Weinen zumute war, wenn sie an das Gespräch mit Laura dachte.

»Ich habe stundenlang nach Euch gesucht, Euer Gnaden. Ihr macht es uns verflixt schwer, die Besserung Eures Zustandes vor Eurer Großmutter zu verbergen . . .«

»Ich habe keine Lust, jetzt über meine Großmutter zu reden«, sagte er, küßte sie auf den Hals, die Schulter und auf die weiche Haut hinter ihrem Ohr, ehe er sie abermals im Kreis herumwirbelte. »Ich möchte dir lieber sagen, wo ich heute gewesen bin und was ich dort gesehen habe.«

Maria wich, als er sie wieder auf den Boden zurückstellte, bis zu ihrer Frisierkommode zurück, während sie sein Gesicht und seine Augen studierte. Sie glichen nicht mehr denen eines Wolfes, sondern erinnerten sie an einen Jungen, den der Schalk ritt. »Offensichtlich werden Euer Gnaden mit jedem Tag kräftiger . . .«

»Von Stunde zu Stunde, mein Herz.« Er schlug mit beiden zu Fäusten geballten Händen gegen seine langen Beine, die in einer stramm sitzenden Lederbundhose steckten, und griff dann wieder nach ihr, so daß sie rasch zur Seite tanzen und einen Abstand zwischen sich und ihm legen mußte, wenn sie nicht ihrem Verlangen erliegen wollte, sich ihm an die Brust zu werfen und ihren Körper mit seinem zu verschmelzen.

»Morgen werden bereits Eure ersten Gäste hier eintreffen. Erwartet Ihr etwa, daß Basingstoke bis zum Sankt Nimmerleinstag Euer Doppelgänger sein soll?«

»Es überrascht mich, daß er meiner Großmutter so bereitwillig in die Hände gespielt hat.«

»Edgcumbe liegt Ihrer Gnaden noch immer in den Ohren,

daß sie Euch in das Spital von Royal Oaks einweisen lassen sollte. Seiner Meinung nach ist jeder, der sich wochenlang in sein Zimmer einsperrt und sich weigert, jemanden zu sehen oder mit jemandem zu sprechen, wie Ihr das angeblich tut, unheilbar geistig zerrüttet.«

»Edgcumbe ist ein Esel. Er und Thackley sind seit dem Tag, an dem mein Vater starb, nichts als Blutsauger gewesen, die meiner Großmutter das Geld aus der Tasche lockten. Wenn es den beiden gelänge, mich aus dem Weg zu schaffen, indem sie mich nach Royal Oaks verbannen, könnten sie auch nach dem Ableben meiner Großmutter deren Geld und Landbesitz kontrollieren. Thackley weiß ganz genau, daß ich ihn in dem Moment, wenn ich das Vermögen meiner Großmutter erbe, in die Wüste schicken werde. Das nennt man Selbsterhaltungstrieb, meine schöne Maria. Mehr als eine Familie ist von solchen skrupellosen Verwaltern ruiniert worden.«

»Wenn Ihr sie für skrupellos haltet, warum habt Ihr dann nicht darauf bestanden, daß Eure Großmutter ...«

»... sie zum Teufel jagt?« Er zuckte mit den Achseln. »Das habe ich ja versucht. Desgleichen mein Bruder. Auf ihre perverse Weise mag sie aber die beiden. Du liebe Güte – der Verstand der alten Dame ist so scharf wie ein Dolch. Sie ist sich dessen bewußt, daß sie von den beiden gelegentlich bestohlen wird. Doch sie meint, ihre Gaunereien wären harmlos. Zudem – wer sonst würde es wohl so lange bei ihr aushalten? Sie verhätscheln? Um sie herumscharwenzeln? Ihr das Gefühl geben, wichtiger und bedeutender zu sein, als sie es tatsächlich ist?« Und mit einem leisen, reumütigen Lachen setzte er hinzu: »Ich konnte das auch recht gut vor noch gar nicht so langer Zeit.«

Er griff jetzt mit der Hand in eine seiner Hosentaschen, holte ein zusammengefaltetes Blatt Papier heraus und drehte es einen Weile hin und her, ehe er es Maria reichte.

Sie nahm es entgegen und faltete es auseinander. Es war

ein mit Linien und Noten bedecktes Papier mit der Überschrift: *Marias Lied*

»Mein Meisterwerk«, sagte er und begann langsam um sie herumzutanzen. »Jeden Tag ritt ich im Morgengrauen zu einer Wiese jenseits der Hügel, setzte mich dort ins Gras und sah zu, das Gesicht in den Wind gedreht, wie die Sonne sich langsam über den Horizont hinausschob und ihre Strahlen über das Tal schickte. Ich sah dein Gesicht in dem purpurroten und silberfarbenen Licht, mit dem sie den Himmel überzog, und atmete mit dem süßen Duft der Krokusse den Geruch deines Körpers ein. Ich stellte mir vor, wie ich dich inmitten der blaßgrünen und braunen Gräser liebte. Und die Musik kam zu mir wie auf Engelsflügeln . . .«

»Euer Gnaden – ich beschwöre Euch –«

»Wozu? Dich zu lieben? Hier? Jetzt? Komm mit mir hinunter in das Musikzimmer. Dort werde ich dir dein Lied vorspielen, dich dann auf das Klavier legen und dich aufschreien lassen vor . . .«

Sie drehte sich um und wollte aus dem Zimmer fliehen, doch er versperrte ihr mit seinem Körper, der ihr inzwischen so vertraut war wie die Luft, die sie atmete, den Weg zur Tür.

»Ich kann das nicht mehr ertragen – halte das nicht mehr aus. Diese Lügen, diese Heuchelei, jemand zu sein, der ich gar nicht bin, wenn ich an Lady Lauras Seite sitze. Ich bin diese törichten Wunschträume leid, die mich in jeder wachen Minute des Tages und im Schlaf heimsuchen. Doch am meisten von allem verabscheue ich mich dieser elenden Hilflosigkeit wegen, die ich jedesmal in Eurer Nähe empfinde.« Sie wich vor ihm zurück. »Ich hasse das, was Ihr seid und darstellt. Die Unsinnigkeit Eurer Lebensweise erschreckt mich. Diese Heiraten ohne Liebe, dieses Stiften von Ehen, die aus rein materialistischen Gründen geschlossen werden, finde ich abstoßend. Und Eure Feigheit empört mich.«

Seine Augen verengten sich, seine Wangenmuskeln zuckten. Der Wolf war zurückgekommen. Sie erkannte das an diesem gefährlichen Glimmen in seinen stahlgrauen Augen.

»Ja«, wiederholte sie mit einem Kopfnicken, »Ihr seid ein Feigling, Euer Gnaden. Ihr lauft vor dem Unvermeidlichen davon. Ihr gebt vor, daß Ihr mit dieser Heirat nichts zu tun haben wollt, aber Ihr versteckt Euch und wagt es nicht, ihr die Stirn zu bieten, weil Ihr eine viel zu große Angst davor habt, daß sie ihre Drohungen wahrmachen und Euch enterben könnte.«

Die *crème de la crème* der Aristokratie kam am nächsten Tag wie eine hungrige Armee in ihren glänzenden schwarzen Kutschen, die von edlen, hoch im Blut stehenden Rossen gezogen wurden, aus allen Richtungen angerückt und fiel in Thorn Rose ein. Bald hallten die Gänge des weitläufigen Gebäudes von ihrem Lachen wider, ihrem Geplauder und – den Mutmaßungen, die sie anstellten.

War Seine Gnaden tatsächlich wieder geistig normal?

Oder war Dunsworthy etwa so verrückt, seine Tochter einem Wahnsinnigen zu opfern?

Und stimmte es, daß die Gesundheit der Herzogin sich neuerdings rapide verschlechtert hatte?

Salterdon stand im Schatten und beobachtete das Gedränge der Männer und Frauen unten in der Halle. Sie waren alle einmal seine Freunde gewesen. Er hatte mit ihnen getanzt. Sie verführt. Er hatte mit ihnen gezecht, gewürfelt und Karten gespielt. Sie hatten ihm jedoch nach seiner Verletzung den Rükken zugewandt und ihn für verrückt erklärt. Ihn als Bestie verschrien und als Monster bezeichnet.

Seine Nasenlöcher waren noch von Marias Geruch erfüllt, der Geschmack ihres Mundes war noch auf seinen Lippen, als er nun den Blick auf Laura Dunsworthy richtete, die an der Seite ihres Vaters die neugierigen Gäste begrüßte und ihnen zweifellos ein paar passende Worte sagte, mit denen sie seine Abwesenheit entschuldigte.

Er hatte sie einmal für unglaublich attraktiv gehalten – für ein Kind. Sie war immer noch überaus attraktiv, aber es war kein Leben in ihr, kein Feuer, kein rebellischer Geist. Sie war wie eine Blume aus dem Gewächshaus, schön anzusehen, doch es genügte ein einziger Windstoß, um sie zu knicken.

Sie war sicherlich intelligent. Sie kannte eine Unmenge Fakten und Zahlen aus geschätzten Büchern und Standardwerken, genug, um damit einen ganzen Abend mit Gesprächsstoff zu füllen – aber wie sah es mit ihrer Fähigkeit aus, intelligente Schlüsse daraus zu ziehen oder kluge Entscheidungen für ihre eigene Zukunft zu treffen – ohne sich auf seine Direktiven stützen zu können? Denn sie würde ihn wohl zweifellos um etliche Jahre überleben ... Und würde sie dann mit der Verantwortung, die ihr als Herzogin aufgebürdet wurde, zurechtkommen?

Einst hatte er so etwas wie ein Verlangen nach ihr verspürt – das gleiche Verlangen, das jeder Mann bei dem Anblick eines schönen Frauenkörpers in seinem Bett überkommen würde. Aber dieses Verlangen schien ihm auf einmal recht dürftig zu sein, wie eine einzige glühende Kohle, verglichen mit dem Waldbrand, den Maria in ihm entfacht hatte.

Maria – die Antithese zu allem, was er bislang bei einer Frau für notwendig erachtet hatte, wenn sie für ihn für eine Heirat in Betracht kommen sollte.

Und dennoch bedachte er das jetzt. Vor kurzem hatte dieser Gedanke die Musik in seinem Kopf ersetzt. Der Wunsch, sie zu besitzen, hatte nun dieses schmerzvolle Verlangen seines Körpers verdrängt oder vielmehr überlagert.

Eine Tür öffnete sich am Ende des Korridors. Salterdon trat rasch hinter einen Vorhang und beobachtete, wie Molly, mit einem Paar schmutziger Stiefel unter dem Arm, aus einem Zimmer – Edgcumbes Zimmer – kam. Ungefähr im gleichen Moment bog Thaddeus dort hinten um die Ecke und wechselte ein paar Worte mit Molly, bevor er an die Tür von Edgcumbes Zimmer klopfte und dann in diesem verschwand.

Salterdon wartete, bis der Korridor wieder leer war, und ging dann in die andere Richtung.

Wie immer spürte er ein nervöses Flattern im Magen, wenn er sich anschickte, die Privatgemächer der Herzogin zu betreten. Sie waren so großartig und prunkvoll ausgestattet wie in einem Palast – voller vergoldeter Möbel, Kristall und Gobelins, auf denen Ritter in silbernen Rüstungen und bunten Federbüschen auf den Helmen auf schnaubenden Pferden in die Schlacht ritten. Da hingen auch Porträts seiner beiden Großväter und seines Vaters an einer Wand, und dazwischen ein paar von ihm selbst und seinem Bruder, Konterfeis aus frühen Jugendjahren, ehe sie sich in zwei zynisch lächelnde und höhnisch grinsende Bastarde verwandelt hatten.

Das Bett der Herzogin befand sich am hinteren Ende des Apartments. Sie lag darauf wie eine Leiche.

Leise, auf Zehenspitzen und den Blick nicht einen Moment von der regungslosen Gestalt seiner Großmutter abwendend, bewegte er sich auf ihr Bett zu. Die Stille im Raum hallte in seinen Ohren wie Paukenschläge wider. Er begann am ganzen Körper zu schwitzen, wie ihm das stets in ihrer Gegenwart passierte.

Da nahm er aus den Augenwinkeln eine Bewegung wahr. Erschrocken blickte er hoch. Gertrude hatte ihren Stuhl verlassen und eilte nun mit vor Sorge großen, runden Augen an seine Seite.

»Gütiger Gott – warum bleibt Ihr denn jetzt nicht in Eurem Zimmer? Euer Gnaden wissen doch, daß es im Haus nur so wimmelt vor Leuten. Wenn Euch einer von diesen sieht . . .«

»Ist sie tot?« fragte er heiser, ihr ins Wort fallend.

»Natürlich nicht«, flüsterte Gertrude. »Sie schläft nur.«

»Gütiger Gott – wann ist sie denn so alt geworden?«

»Sie ist fünfundachtzig, Euer Gnaden. Da hat sie ja, weiß Gott, schon lange genug den Anspruch darauf, alt auszusehen, Sir.«

Er schüttelte den Kopf. »Aber nicht so alt«, murmelte er. »Bin ich etwa daran schuld, Gerti?«

Gertrude kaute auf ihrer Unterlippe. »Nun ja – Sorgen hat sie sich Euretwegen schon gemacht, Sir.«

Salterdon fuhr sich mit einer Hand durch die zerzausten Haare und schüttelte den Kopf. »Ich bin hierhergekommen, um ihr zu sagen, daß ich nicht die Absicht habe, mich mit Lady Laura Dunsworthy zu vermählen. Ich bin hierhergekommen, um ihr mitzuteilen, daß ich Maria liebe, und wenn sie das nicht akzeptieren könnte, sie meinetwegen zur Hölle fahren kann. Ich bin fest entschlossen, ihr zum erstenmal in meinem Leben die Zähne zu zeigen und . . ., aber wie kann ich das denn, wenn sie so aussieht wie jetzt dort auf dem Bett?« flüsterte er.

Da bewegte sich die Herzogin auf ihrem Lager.

Gertrude packte Salterdon am Arm. »Sie erwacht, Euer Gnaden!« flüsterte sie aufgeregt. »Wenn sie Euch hier findet, ist alles aus, Sir. Wenn Sie sieht, daß Ihr gehen könnt, gibt es für Euch kein Zurück mehr, Euer Gnaden. Denkt daran, daß sie glaubt, Ihr seid unfähig, Euch aus Eurem Zimmer zu bewegen, hättet Euch dort seit einer Woche eingeriegelt und würdet Euch und jeden anderen erschießen, der es wagt, Euch dort zu stören.«

»Gar keine so üble Idee . . .«

»Aber ich bin mir nicht so sicher, ob sie den Schock überleben würde, wenn sie Euch jetzt an ihrem Bett stehen sieht. Auch solltet Ihr bedenken«, fuhr Gertrude, die Stimme noch mehr senkend, fort, »was für eine Demütigung das für sie sein muß, wenn ihr nun in diesem Aufzug die Treppe hinuntermarschieren und den hundert oder noch mehr Leuten, die dort versammelt sind, erklären würdet, daß Ihr nicht die Absicht hättet, Lady Laura zu heiraten.«

Die Herzogin bewegte sich abermals. Ihre Lider begannen zu flattern, und ihre auf der Brust gefalteten Hände lösten sich ein wenig voneinander, so daß die Diamanten an ihren Fingern zu funkeln begannen.

Da wich Salterdon von ihrem Bett zurück, während die jahrzehntelange Enttäuschung und Erbitterung wieder an seinen Eingeweiden zu nagen begannen wie Hunde an einem alten Knochen. Mit einem leise gemurmelten Fluch schwang er sich auf dem Absatz herum, verließ die Gemächer seiner Großmutter und kehrte in sein Zimmer zurück, wo er die Tür so heftig ins Schloß warf, daß die Fensterscheiben in ihren Rahmen klirrten.

Kapitel achtzehn

Die bloßen Füße unter ihrem Rock versteckt, legte Maria den Kopf an die Rückenlehne ihres Stuhls zurück und lauschte den letzten Klängen von *Marias Lied.* Jeder Ton löste eine Serie herzergreifender Echos aus, die in der Stille zu vibrieren schienen und sie zum Weinen brachten.

Gottlob reichte das Licht der einzigen Kerze im Raum, die auf dem Pianoforte brannte, nicht bis zu ihr hin. Und zum Glück hatten auch die neugierigen Gäste schon lange den Weg zu ihren Zimmern und in ihre Betten gefunden. Wenn sie doch nur ihre Tränen so lange hätte zurückhalten können, bis sie ihrem Herrn zum letztenmal einen Gute-Nacht-Kuß gegeben hatte. Doch das war unmöglich. Denn als sie ihm dabei zuschaute, wie er dem Piano jeden melodischen Ton buchstäblich abzuringen schien, und diesen Aufruhr von Gefühlen auf seinem Gesicht und dieses Brennen in seinen Augen sah, wußte sie im Kern ihres Wesens, daß er seine Entscheidung getroffen hatte.

Er würde Laura Dunsworthy heiraten.

Nicht aus Neigung, sondern aus Pflichtgefühl. Aus Respekt vor seinem Familienerbe. Aus Liebe und Sorge für seine Großmutter.

Oh, Gott.

Sie verließ ihren Platz und bewegte sich auf die offenen Balkontüren zu, erschauernd unter dem kalten Luftzug, der ihr von dort entgegenkam. Stille breitete sich jetzt hinter ihr im Raum aus, und als sie sich umdrehte, sah sie, wie Salterdon auf seine Hände starrte, die noch immer griffbereit auf den weißen und schwarzen Tasten lagen. Langsam hob er den Kopf, und ihre Blicke begegneten sich.

Im gleichen Moment sah sie Basingstoke hinter Salterdon im Türrahmen stehen – eine schwarze Silhouette mit breiten Schultern und einer wütenden Gebärde. »Da bist du also«, schnaubte er seinen Bruder an, verhielt dann jedoch unschlüssig mitten im Schritt, als er Maria bei den Balkontüren bemerkte, bis ihm diese ein Lächeln schenkte und sagte: »Ihr kommt gerade zur rechten Zeit, Mylord. Denn Seine Gnaden war soeben im Begriff, mich von seiner Entscheidung, Lady Dunsworthy betreffend, zu informieren.«

»Ist das so?« erwiderte Basingstoke schroff und sah seinen Bruder an. »Großartig. Ich dächte, es wäre auch höchste Zeit dafür – nicht wahr, Trey? Besonders im Licht der Tatsache, daß ich die letzten drei Stunden damit verbracht habe, Großmutter wieder von der Pforte des Todes wegzulocken. Und wißt Ihr auch, weshalb sie dieser so nahe war, Euer Gnaden? Weil sie schwört, sie habe Euch an ihrem Bett stehen sehen, als sie aus ihrem Mittagsschlaf erwachte. Wobei ›stehen‹ als Sammelbegriff zu verstehen ist, weil sie meinte, du wärest in ihrem Zimmer herumgelaufen, als hättest du in deinem ganzen Leben noch nie einen Rollstuhl gesehen. Es gelang mir schließlich, sie zu beruhigen, indem ich sie davon überzeugte, daß sie das alles nur geträumt habe.«

»Warum hast du dir denn überhaupt diese Mühe gemacht, Clay?« fragte Salterdon und schloß sacht den Deckel über der Tastatur.

»Das habe ich mich in den letzten Stunden auch ein paarmal gefragt. Ich weiß wirklich nicht, warum ich immer wieder so dumm bin, dich zu beschützen. Die einzige Entschuldigung, die ich dafür habe, ist, daß mir ihr Geisteszustand und ihre Gesundheit mehr am Herzen liegen als dein doch ziemlich ramponierter Ruf, Trey. Die Demütigungen, die sie erleiden müßte, wenn bekannt würde, daß sie den einen Enkelsohn für den anderen ausgibt – vor ihren eigenen Standesgenossen, möchte ich betonen –, würden wohl ein bißchen härter ausfallen, als sie im Augenblick verkraften könnte. Ganz zu schweigen von dem Schlag, den du ihr versetzen würdest, wenn sie entdeckte, daß du gar kein Krüppel mehr bist und schon gar kein Geistesgestörter – aber vielleicht irre ich mich auch, was Letzteres betrifft.«

Da wandte Maria sich wieder um und trat hinaus auf den Balkon, wo der Wind heulend durch die Balustrade fuhr und ihr wie mit tausend kleinen Messern in das Fleisch ihrer nackten Beine schnitt. Hin und wieder, wenn der Wind eine kleine Ruhepause einlegte, konnte sie auch die wütenden Stimmen der beiden Brüder hören, die sich wechselweise beschuldigten oder verteidigten.

Morgen würde sie dieses Haus verlassen. Sie würde noch heute nacht ihre armseligen Sachen packen – ihre zwei fadenscheinigen schwarzen Kleider, von denen das eine inzwischen wieder zusammengeflickt war, das der Herzog bei ihrer ersten Vereinigung zerrissen hatte, und ihre durchgewetzten Schuhe – und in aller Frühe nach Huddersfield aufbrechen. Lieber würde sie die rachsüchtige Brutalität ihres Vaters ertragen, als noch einen Tag länger sich in den Qualen einer unglücklichen Leidenschaft zu verzehren.

Da zwang ein scharfer und wütender Ausruf hinter ihr, sich umzudrehen. Ihr Herz setzte einen Takt lang aus, als sie Lord Dunsworthy und seine Tochter im Musikzimmer stehen sah.

Laura, den starren Blick auf Salterdon gerichtet und sich mit beiden Händen an den Arm ihres Vaters klammernd, schien einer Ohnmacht nahe zu sein, während Dunsworthy mit einer so lauten und wütenden Stimme, daß die Wände zu wackeln schienen, rief: »Zum Teufel – was hat das zu bedeuten? Sind wir Betrügern aufgesessen?« Und dann, mit wütenden Blicken Salterdon fixierend, fortfuhr: »Hattet Ihr etwa gedacht, Ihr könntet meine Tochter dazu verleiten, einen – einen – gütiger Gott, schaut Euch doch mal an, Mann!«

»Ich sagte es dir doch, Vater«, schluchzte Laura da an seinem Rock. »Er ist eine Bestie, ein Monster ...«

»Nein, Laura!« rief Maria da und lief in das Zimmer hinein. »Keine Bestie! Kein Monster! Nur ein Mann, der schon lange seiner Verantwortungen müde ist, die er gegenüber jedem hat – ohne jene, die er gegenüber sich selbst hat, wahrnehmen zu dürfen. Ihr könnt mir glauben, wenn ich Euch versichere, daß Seine Gnaden ein guter und gütiger Mensch ist und sich nur in einem schrecklichen Zwiespalt befindet, weil er weder Euch noch seiner Großmutter wehtun möchte. Jedenfalls würde ich mich glücklich schätzen, wenn ich den Platz mit Euch tauschen könnte!«

Einen Moment lang starrte Laura sie mit in Tränen schwimmenden Augen verständnislos an. Dann öffneten sich ihre Lippen ein wenig, als sie begriff, was Maria ihr da andeutete.

»Ich will sofort mit der Herzogin sprechen!« schnaubte Dunsworthy.

»Einen Teufel werdet Ihr«, erwiderte Basingstoke.

»Einen Teufel wird er«, hörten sie da die Stimme der Herzogin hinter sich sagen, und drehten sich nun alle zur Tür um.

Sich schwer auf ihren Krückstock stützend, betrat die Herzogin nun das Zimmer, mit den Augen Trey fixierend, während sie das Wort jedoch an Clay richtete:

»Ich wußte gleich, daß du mir nur Sand in die Augen streuen wolltest, als du mir sagtest, ich hätte das alles nur geträumt. Ha! Du bist alt genug, um zu wissen, daß du mir kein X für ein U vormachen kannst! Und daß ich euch beide und eure Schliche kenne, seit ihr den ersten Atemzug auf dieser Welt gemacht habt. Es mag euch zwar zuweilen gelingen, andere hinter das Licht zu führen, mich jedoch nie ... Nur weiß ich nicht, wo ich diesmal mit meinen Gedanken gewesen bin. Vermutlich war ich zu sehr mit meinen eigenen Beschwerden und Sorgen beschäftigt, um zu erkennen, wie weit Seine Gnaden gehen würde in seinem Widerstand gegen meine Pläne, ohne sich gänzlich die Chance zu verscherzen, mein Geld zu erben.

Schließlich war es ja auch eine verdammt schwere Entscheidung, die er treffen mußte.«

»Entscheidung?« bellte Dunsworthy da. »Wovon, zum Kuckuck, redet Ihr da eigentlich?«

Sie blieb beim Klavier stehen und strich mit der Hand fast zärtlich darüber hin, ehe sie sich darauf stützte. »Die Wahl zwischen Neigung und Pflicht, Dunsworthy«, sagte sie, den Blick wieder auf Salterdon gerichtet. »Zwischen der Freiheit und der Verantwortung, mit der wir geboren werden und die uns wie ein verdammter Mühlstein an unserem aristokratischen Hals hängt.«

»Eine Wahl, sagt Ihr?« Die Hände zu Fäusten ballend, erklärte Dunsworthy mit puterrotem Gesicht: »Meiner Ansicht nach geht es hier doch nur noch darum, gute Frau, daß er sich diese schrecklich langen Haare abschneiden läßt, sich etwas Vernünftiges anzieht und die Verpflichtungen erfüllt, die er meiner Tochter gegenüber eingegangen ist.«

Die Herzogin wölbte eine Augenbraue: »Und wenn er das nicht tut?«

»Dann werde ich dafür sorgen, daß jeder Gast, der sich zur Zeit in diesem Haus befindet, erfährt, was für einen üblen Streich Ihr mir und meiner Tochter zu spielen versucht habt. Daß Ihr diesen Betrüger (er schob den Zeigefinger Basingstoke ins Gesicht) dazu angestiftet habt, meine Tochter dazu zu verleiten, einen Mann von offenkundig beschränkter Intelligenz und unberechenbarer Verhaltensweise zu heiraten.«

»Wenn er so beschränkt und unberechenbar ist«, erwiderte die Herzogin, »dann verstehe ich nicht, warum Ihr da noch Wert darauf legt, daß Eure Tochter ihn heiratet!«

»Er ist der Herzog von Salterdon, Madam. Ich möchte dafür sorgen, daß meine einzige Tochter eines Tages in den Rang einer Herzogin erhoben wird. Und sie *wird* eine Herzogin sein . . ., ob es Euch nun paßt oder nicht.«

Dann packte er seine Tochter am Arm und zerrte sie mit

sich aus dem Zimmer, während sie schluchzte: »Aber, Papa, ich will ihn doch gar nicht ...«

»Sei still!«

»Ich möchte doch gar keine ...«

»Still!«

Die Musik des Orchesters, das im Erdgeschoß spielte, hallte durch das ganze Haus. Die Gäste waren schon seit Stunden im Ballsaal versammelt, tranken den besten Champagner der Herzogin, glänzten in ihren Pariser Modellkleidern und stellten allerlei Vermutungen an, warum Seine Gnaden sich denn noch immer nicht zu seiner sichtlich verstörten Verlobten und dem heftig transpirierenden Vater gesellt hatte.

Tatsächlich hatte er sich bisher noch vor keinem im Hause gezeigt – mit Ausnahme von Maria.

Ihre Hände leicht auf seine Schultern gelegt, sah sie über seinen Kopf hinweg auf ihrer beider Spiegelbild. Sie versuchte zu lächeln. Unmöglich. Sie versuchte zu sprechen. Noch nicht. Nicht, bis dieser Akt vollbracht war.

Sie nahm eine Handvoll seiner Haare, schnitt sie mit der scharfen Schneide eines Rasiermessers ab und sah zu, wie die dicken, seidigen Strähnen ihr wie Federn durch die Finger glitten, über seine Schultern und dann hinunter auf den Boden, wo sie sich wie ein dunkler Schatten um ihre Zehen ringelten. Als sie die letzte seiner langen gelockten Strähnen abschnitt, schloß sie fest die Finger darum und drückte sie an ihr Herz.

»Delilah«, flüsterte er, »du drohst mir meine Manneskraft zu rauben und mich meinen Feinden auszuliefern.«

»Ich tue es zu Eurem Besten, Euer Gnaden«, erwiderte sie.

Er drehte sich auf dem Stuhl um und nahm sacht ihre Hände in seine. »Du wirst doch mitkommen, wenn ich hinuntergehe?« sagte er.

»Nein.« Sie wich vor ihm zurück und griff nach dem feinen schwarzen Schwalbenschwanzrock mit dem hohen Kragen aus Samt, den er achtlos auf das Bett geworfen hatte. »Auch habe ich nichts, was ich zu einem solchen Anlaß tragen könnte. Ich glaube nicht, daß das schwarze Kleid einer Pflegerin sich dafür eignet.« Sie sah ein wenig verlegen auf ihren Rock hinunter. »Ich bin sicher, daß Ihr auch ohne mich zurechtkommen werdet.«

Es war nur eine leichte, momentane Unsicherheit, die Salterdon zwang, sich bei ihr einzuhalten, als er sich von seinem Stuhl erhob. Dann zog er seine Weste glatt und zupfte an der weißen Leinenbinde, die er um den Hals trug. »Seltsam, daß mir früher nie bewußt gewesen ist, wie einem diese verdammten Dinger die Luft abdrücken können. Kein Wunder, daß mein Bruder jedesmal flucht, wenn er so einen Binder tragen muß.«

Maria hielt ihm, das Gesicht abwendend, den Rock hin.

Er schob die Arme durch die Ärmellöcher und drehte sich dann langsam zu ihr um. »Nun, Miss Ashton – sehe ich jetzt einigermaßen herzoglich aus?«

»Ja«, erwiderte sie, ohne ihn anzusehen. »Ihr seht – großartig aus, Euer Gnaden. Aber – so habt Ihr ja schon immer ausgesehen.«

»Meine hübsche kleine Lügnerin. Es ist noch gar nicht so lange her, daß mein Anblick Euch erschreckte.«

»Es war Euer Temperament, das mir angst machte, Sir. Aber nicht der Mann. Niemals der Mann.«

Da wollte er wieder nach ihr greifen, doch bevor er sie anfassen konnte, war sie schon unterwegs zu ihrer Zimmertür. Sie bemühte sich – oh, wie sehr sie sich bemühte! –, nicht auf ihn zurückzublicken. Aber sie tat es doch, lange genug, um zu sehen, daß er nun so, wie er da mitten im Zimmer stand, wieder ganz das Musterbild eines Aristokraten zu sein schien – elegant, hoheitsvoll, unnahbar –, nur daß dieses brennende Verlangen, das sich flüchtig in seinen Augen zeigte, als ihre Blicke sich kreuzten, so ganz und gar nicht zu diesem Erscheinungsbild passen wollte.

Von ihrem Versteck hinter den Vorhängen aus beobachtete Maria, wie der Herzog von Salterdon, flankiert von seiner Großmutter und seinem Bruder, nun langsam und vorsichtig die freischwingende Treppe zum Saal hinunterstieg. Die Gespräche unter den Gästen waren im gleichen Moment verstummt, als sie zur Treppe sahen und bemerkten, daß sich ihr Gastgeber nun endlich dazu entschlossen hatte, sich ihnen zu widmen. Er würde mit der Mühelosigkeit und Grazie eines Ballettänzers zurückfinden zu ihrem aristokratischen Lebensstil und morgen ein ganz anderer Mann sein. Er würde wieder zu ihnen gehören – und ihr, Lady Laura Dunsworthy, die ihn nicht liebte, die einen anderen liebte.

Seine ihn am Fuß der Treppe erwartenden Standesgenossen rollten förmlich auf ihn zu wie eine Flutwelle, die ihn mit sich fortschwemmte, fort aus ihrem Gesichtskreis in einen der angrenzenden Salons.

Das Orchester begann wieder zu spielen, und Maria kehrte in ihr Zimmer zurück, nahm ein Buch zur Hand und öffnete es, obwohl sie wußte, daß sie zwar mit einiger Anstrengung die Worte, die ihr vor den Augen verschwammen, würde lesen, aber unmöglich begreifen können. Das ließ auch dieser Lärm dort unten gar nicht zu – das Lachen der Gäste und die Geigenmusik, bei der sie hätte weinen mögen.

Aber sie würde nicht weinen. Sie wollte sich nicht selbst bedauern. Sie hatte zum ersten – und vielleicht einzigen – Male erfahren, was Liebe ist. Und das war genug.

Da sah sie das Kleid.

Es hing auf einem Bügel an ihrem Schrank: eine lange, fließende scharlachrote Kreation, die sie an das antike Griechenland erinnerte. Ein Zettel war an das Leibchen geheftet, auf dem stand:

»Ich werde mit dir im Mondlicht tanzen.«

Das konnte sie nicht! Durfte sie es wagen? Sie, die doch immer nur graue oder schwarze Sachen getragen hatte? Was hatte er sich nur dabei gedacht? Wollte er sich über sie lustig machen?

Aber was konnte es denn schaden, wenn sie es einmal anprobierte?

Und schon begann sie sich mit bebenden Händen auszuziehen, ließ ihre Sachen achtlos dort liegen, wo sie gerade hinfielen, und schob sie dann mit dem Fuß zur Seite, um dieses herrliche Gewand vom Bügel zu nehmen, das kostbarer und schöner war als alles, was sie sich selbst in ihrer lebhaftesten Phantasie hätte ausdenken können.

Und im nächsten Moment hatte sie es sich über den Kopf gestreift und ließ es weich und locker an ihrem Körper bis zum Boden hinunterfließen. Dann drehte sie sich zum Spiegel um.

Mit der hochgezogenen Taille, die ihre Büste betonte, ließ das Kleid aus Gaze ihre Schultern und einen großen Teil ihrer Brüste frei. Im Rücken war es tief ausgeschnitten und fiel dann in kleinen gerafften Falten hinunter zum Boden, wo es in eine lange Schleppe überging. Das alles war mit feinen Spitzen gesäumt, welche die gleiche Farbe wie das Kleid hatten, und der irisierende Effekt der Schleppe erinnerte sie an einen im Abendrot erglühenden Himmel, an dessen Rand man schon die Sterne funkeln sah.

Mit einem Schauer des Entzückens wirbelte Maria herum, schloß die Augen und ließ sich nun von dieser Musik, die aus der Ferne zu ihr drang, wie auf einer Wolke dahintragen. Stundenlang, wie es sie dünkte, schwebte sie, sich im Takt der Geigenmusik wiegend, durch den Raum, bis die Kerze heruntergebrannt war und das Feuer im Kamin langsam erlosch, der Kälte nicht achtend, die sich langsam im Zimmer ausbreitete.

Dann verhielt sie plötzlich mitten im Schritt.

Diese Musik. *Seine* Musik. Vage erst. Leise. Keine Violinen mehr, sondern die Klänge eines Klaviers, die sie zur Tür hinzogen und hinaus in den Korridor, worauf sie erst zögerlich, dann immer rascher den langen Flur hinuntereilte zum Musikzimmer.

Marias Lied.

Allein in dem riesigen, im Schatten liegenden Raum, der nur von dem durch die offenen Balkontüren hereinflutenden Mondlicht erhellt wurde, blickte Salterdon vom Pianoforte auf. Seine Hände wurden still, seine Augen verengten sich, und sein Gesicht nahm einen leidenschaftlichen Ausdruck an.

»Hört nicht auf zu spielen«, bat sie ihn. »Ich möchte es noch einmal bis zu Ende hören.«

»Ich werde es mit dir in meinen Armen beenden«, erwiderte er, stand auf, streckte eine Hand nach ihr aus und lächelte.

Ein wenig zu bereitwillig, wie es ihr schien, bewegte sie sich nun auf ihn zu, berührte mit einer Fingerspitze die seinen, ehe sie an ihn hinsank und seufzte, als er seine kräftigen Arme um ihre Taille legte, sie hochhob, sie einen Moment lang an sich preßte und auf den Mund küßte.

Mühelos glitten sie dann in den Rhythmus hinein – eins, zwei – eins, zwei – eins, zwei – eins, zwei, drei, vier . . . im Kreis herumschwingend und sich im Takt der Musik wiegend, die aus der Tiefe seiner Brust kam und dann summend über seine Lippen an ihr Ohr, ihre Knie in Wachs verwandelnd und ihr Herz in Feuer.

»Maria.« Er öffnete den Mund, so daß sie seinen Atem an ihrer Schulter spürte, »ich . . .«

Da war ein berstender Laut – ein Knall –, den sie unter sich hörte, und im gleichen Moment zuckte Salterdon zusammen und griff sich mit schmerzverzerrtem Gesicht an den Rücken.

»Euer Gnaden!« rief sie erschrocken, ihn mit den Armen umschlingend, als er zu taumeln begann.

»Nicht . . . ich«, stöhnte er leise, schob sie dann zur Seite und ging wankend, die Hand gegen den Rücken pressend, zur Tür. »Clay. Da ist etwas mit meinem Bruder passiert.«

Maria rannte ihm nach, hinaus in den Korridor, wo die Schreie und Rufe, die vom Erdgeschoß heraufdrangen, ihr

Herz bis in den Hals hinauf schlagen ließen. »Salterdon!« rief sie und rannte dann weiter, in den Korridor hinein.

Als sie um die nächste Ecke bog, sah sie Salterdon aus seinem Zimmer kommen. In der Rechten hielt er die Pistole, mit der er die Dienerschaft bedroht und durch die Tür geschossen hatte. »Himmel«, rief er ihr zu, »geh sofort in dein Zimmer und riegle dich dort ein.«

»Das mache ich nicht.«

»Verdammt, Maria – es ist jetzt nicht der richtige Zeitpunkt dafür, mir wieder einmal deine Sturheit zu beweisen.« Er drängte sich an ihr vorbei und lief humpelnd durch den Korridor, in dem es auf einmal umheimlich still geworden war, zum Treppenhaus.

Als Maria, die ihm wieder nachrannte und dabei mehrmals ins Stolpern kam, weil sie immer wieder auf den Saum ihres langen scharlachroten Kleides trat, die Treppe erreichte, sah sie Salterdon dort, rasch die Hand hebend, einen Schritt vom Treppenabsatz zurückweichen.

Ein paar Stufen unter ihm bemerkte sie eine in einen schwarzen Umhang gehüllte Gestalt, die sich eine Kapuze über den Kopf gezogen hatte und mit einer Pistole bewaffnet war. Offenbar hatte diese vermummte Gestalt Salterdon nicht bemerkt, als er über ihr auf dem Treppenabsatz aufgetaucht war.

Unten in der Halle standen die Gäste wie zu Salzsäulen erstarrt da, den Blick auf einen mit dem Gesicht nach unten auf dem Boden liegenden Mann gerichtet, um den sich langsam eine Blutlache ausbreitete.

Basingstoke!

Maria spürte, wie ihre Knie sich wieder in Wachs verwandelten. Sie klammerte sich mit beiden Händen an das Geländer und bot ihre ganze Willenskraft auf, um diesen Schwächeanfall zu überwinden, ehe es ihr schwarz vor Augen wurde und sie die Besinnung verlor.

Unten in der Halle schob sich plötzlich die Herzogin, die ihren besten chinesischen Seidenkimono trug und die entsprechende Frisur dazu – die silberweißen Haare hochgekämmt und in dieser Lage festgehalten von zahlreichen mit Diamanten besetzten Spangen –, durch die Reihen der wie versteinert dastehenden Gäste, schwankte einen Moment, ehe sie mit einem leisen Jammerlaut auf die regungslos am Boden liegende Gestalt hinuntersank.

»Idiot«, rief da die schwarz vermummte Gestalt auf der Treppe mit einer hellen, weiblichen Stimme, die Maria unheimlich vertraut vorkam, »du hast den falschen Mann erschossen! Das ist Basingstoke, du Dummkopf! Kannst du denn nie etwas richtig machen?«

Da schob sich eine zweite, mit einer schwarzen Kapuze vermummte Gestalt unten durch die Reihen der Zuschauer und fuchtelte mit einer Pistole vor deren Gesichtern herum, so daß sie sich schreiend beeilten, ihr Platz zu machen.

Den Tumult in der Halle ausnützend, bewegte Salterdon sich nun langsam auf Zehenspitzen die Treppe hinunter – mit zusammengebissenen Zähnen, weil das offenbar für seine Beinmuskeln noch eine recht anstrengende Tortur war, und einem vor Wut verzerrten, blutleer aussehenden Gesicht. Der Wolf war zurückgekehrt – der Drache, der jeden Moment seinen Rachen öffnen und Feuer spucken würde.

Die vermummte Gestalt unten in der Halle beugte sich über Basingstoke und die Herzogin, die leise schluchzend neben der regungslosen Gestalt ihres Enkelsohnes auf dem Boden kniete. Als der Vermummte aufsah, weiteten sich seine Augen, als er Salterdon auf der Treppe entdeckte.

Im gleichen Moment packte Salterdon den in einen schwarzen Umhang gehüllten Räuber auf der Treppe von hinten, drückte ihm die Mündung seiner Pistole gegen die Schläfe und rief: »Ich würde dir da unten empfehlen, deine Waffe wegzuwerfen, du Hundesohn, weil ich sonst nämlich deinem Freund hier das Gehirn aus dem Schädel blase!«

Da ließ der Räuber in der Halle die Tasche mit der Beute

fallen und warf seine Waffe weg. »Das ist alles nur sein Werk!« rief er. »Er hat mich erpreßt! Er sagte, er würde dafür sorgen, daß wir im Gefängnis verrotten, wenn ich nicht den Herzog erschießen würde.«

Maria spürte die Bewegung in ihrem Rücken einen Augenblick zu spät. Ein Arm schlang sich um ihre Taille, und ein Messer ritzte die Haut an ihrer Kehle.

Salterdon, der noch immer seinem Gefangenen die Mündung seiner Pistole gegen die Schläfe drückte, drehte sich zu Maria um. Sein bereits blutleeres Gesicht wurde nun so glatt und still wie ein Stein. »Edgcumbe. Du Bastard.«

Maria hörte jetzt Edgcumbes heftige Atemzüge neben ihrem Ohr. »Zu schade, daß Ihr in diesem Jahr nicht friedlich und würdevoll das Zeitliche habt segnen wollen, Euer Gnaden. Das wäre für uns eine saubere und vor allem unblutige Lösung gewesen. Wißt Ihr eigentlich, was es für einen bedeutet, wenn man so viele Jahre hindurch zusehen muß, wie so ein wertloses, genußsüchtiges Subjekt wie Ihr, Euer Gnaden, das Geld mit vollen Händen zum Fenster hinauswirft, während ich – ein verdienstvoller Gentleman – mich gezwungen sehe, um alte Damen herumzuscharwenzeln und ihnen zu Diensten zu sein, um einigermaßen existieren zu können, und monatelang bei undankbaren Patienten antichambrieren muß, bis sie mir mein längst fälliges Honorar bezahlen?«

»Laß sie gehen«, sagte Salterdon.

Maria zuckte zusammen, als Edgcumbe das Messer noch fester gegen ihre Kehle drückte.

»Ich denke nicht daran. Zumindest – jetzt noch nicht.« Edgcumbe schob Maria vor sich her auf die Treppe zu. »Vielleicht in ein, zwei Tagen, wenn ich eine zufriedenstellende Lösung für diese unerfreuliche Situation gefunden habe. Bis dahin werden wir ja wohl wissen, was für ein Opfer Euer Gnaden zu bringen bereit seid für eine kleine Schlampe wie diese da. Wieviel wollt Ihr denn für ihr Leben bezahlen, Euer Gnaden?«

Sich mit einer Hand am Treppengeländer festhaltend, bewegte sich Edgcumbe mit Maria nun die Treppe hinunter, wobei ihr der Atem wie Feuer in der Kehle brannte.

Als sie unten in der Halle angekommen waren, schob Edgcumbe, der ihr noch immer das Messer an den Hals hielt, sie auf die Haustüre zu. Und während Maria, ohne nach links und rechts zu schauen, sich durch die Halle bewegte, vertrat ihnen plötzlich der Räuber, der sich über Basingstoke gebeugt hatte, den Weg.

Maria wußte sofort, wer dieser Räuber war, als sie jetzt in die wütenden Augen blickte, die Edgcumbe durch die Schlitze der Kapuze ansahen.

Thaddeus!

»Du verdammter Bastard«, fauchte er Edgcumbe an. »Davon hast du uns nichts gesagt! Du hast uns versprochen, es würde alles laufen wie geschmiert. Wir bräuchten nur die Geldbörsen einzusammeln, Salterdon eine Kugel zu verpassen und wieder zu verschwinden . . .«

»Aber du hast den falschen Mann erschossen, du Idiot.«

Edgcumbe wollte sich an Thaddeus vorbeidrängen, doch der packte Marias Arm und schnaubte: »Die überlasse ich dir nicht.«

»Nein?«

Da zog Thaddeus sich langsam die Kapuze vom Kopf und sagte: »Nein, Freund. Wenn du sie haben willst – dann nur über meine Leiche.«

»Ah. Schön. Damit kann ich dir dienen, mein Guter«, sagte Edgcumbe, zog mit der Linken eine Pistole aus der Tasche, hob sie an Thaddeus' Kopf und drückte ab.

Maria schrie. Eine Ewigkeit, so kam es ihr vor, stand Thaddeus mit schreckgeweiteten Augen da, während ihm das Blut aus dem Loch in seiner Stirn strömte, ehe er wie ein zusammenbrechendes Kartenhaus zu Boden stürzte.

Da wurden plötzlich Schreie laut. Die prächtig nach der letzten Pariser Mode gekleideten Frauen und Männer, die bislang wie gelähmt dagestanden hatten, erwachten aus ihrer Betäubung und stolperten beinahe übereinander in ihrer Hast, sich alle zugleich hinter der nächstbesten Tür in Sicherheit zu bringen, so daß am Ende nur die Herzogin in der Halle zurückblieb, die sich noch immer über Basingstokes regungslosen Körper beugte. »So helft ihm doch«, bat sie mit wimmernder Stimme. »So helfe ihm doch einer. Er verblutet sonst!«

Doch ihre Bitte ging unter in den schrillen Schreien dieses anderen vermummten Diebes, der noch immer oben auf der Treppe von Salterdon festgehalten wurde.

»Teufel, er hat ihn umgebracht! Warte, du Bastard! Ich werde dafür sorgen, daß du zusammen mit mir gehängt wirst!! Und wenn es das letzte ist, was ich in diesem Leben tun werde!«

Damit befreite sich die vermummte Gestalt mit einem Ruck aus Salterdons Griff, stürmte die Treppe hinunter in die Halle, riß sich die Kapuze vom Kopf und richtete dann auf eine wilde, ungestüme Weise ihre Waffe auf Edgcumbe und Maria.

Doch ehe Molly damit einen Schaden anrichten konnte, wurde sie von Edgcumbe erschossen. Die Wucht der aus nächster Nähe abgefeuerten Kugel warf sie fast bis zur Treppe zurück, ehe sie zu Boden stürzte und ihre Haare sich wie ein gelber, sich langsam rot färbender Fächer um ihren Kopf ausbreiteten.

»Vielleicht werdet ihr mich jetzt ernstnehmen«, erklärte Edgcumbe den entsetzten Zeugen seiner Tat. »Oder hat vielleicht noch jemand von Euch den Wunsch, zu sterben? Ich bin gern bereit, ihm diesen zu . . .«

Ein Sausen – dann ein ekelhaftes, fast obszönes Geräusch, das sich anhörte wie eine platzende Melone.

Der Arm, der um Marias Körper lag, krampfte sich noch fester um ihren Leib, so daß sie fürchtete, ihr würden alle Rippen gebrochen, bevor sie, von einem schweren Gewicht nach unten gezogen, so heftig zu Boden stürzte, daß die Halle sich um sie herum zu drehen begann.

Laura Dunsworthy, die, einen Schürhaken mit beiden Händen umklammernd, über ihr stand, starrte hinunter auf die blutige Masse von Edgcumbes Schädel, ehe sie mit weit aufgerissenen grünen Augen die entsetzten Zuschauer ansah. »O Gott«, stammelte sie, »ich fürchte, ich habe ihn umgebracht.«

»Wer hätte so was gedacht!« sagte Gertrude. »Unser eigener Thaddeus – der Rädelsführer dieser Bande von Straßenräubern. Und Molly . . ., dieses dumme Ding. Hatte ich ihr nicht schon immer prophezeit, sie würde sich eines Tages noch in solche Schwierigkeiten bringen, daß sie nicht mehr wüßte, wie sie ihrer Herr werden könnte?« Sie lächelte Basingstoke zu. »Ihr ruht Euch jetzt aus, Mylord. Es wird wohl eine Weile dauern, bis Ihr Eure Schulter wieder gebrauchen könnt, schätze ich. Aber ich sage Euch jetzt was, das unter uns bleiben sollte, Sir – nämlich, daß Ihr hoffentlich ein besserer Patient sein werdet als Euer Bruder. Himmel, der konnte sogar den geduldigsten Menschen zur Verzweiflung, wenn nicht gar um den Verstand bringen.«

Basingstoke schaute Salterdon an und sagte, während sich sein Gesicht zu einer schmerzlichen Grimasse verzog: »Ich habe dir schon immer gesagt, daß du mich eines Tages noch umbringen würdest.«

Salterdon lief, die Hände in den Hosentaschen vergraben, im Zimmer auf und ab, als die Herzogin hereinkam. Sie schien ein wenig von ihrem alten Feuer und ihrer Willenskraft zurückgewonnen zu haben, denn ihre Wangen hatten wieder ein bißchen Farbe.

Zwischen ihren beiden Enkelsöhnen hin- und herblickend, sagte sie: »Es scheint, als habe mein Urteilsvermögen, was den menschlichen Charakter betrifft, mit den Jahren ein wenig gelitten. Edgcumbe hat nämlich soeben dem Konstabler gestanden, daß auch Thackley in dieses kleine Komplott verwickelt ist. Eigentlich hätte ich es kommen sehen müssen. Zuweilen ziehen wir es jedoch vor – aus welchen Gründen auch immer –, das zu leugnen, was doch offen vor unseren Augen zutage liegt.«

Die Herzogin ließ sich nun auf dem Stuhl neben Basingstokes Bett nieder, nahm eine seiner Hände in ihre und drückte sie, ohne dabei jedoch den Blick von Salterdon abzuwenden.

»Ich habe soeben mit Dunsworthy gesprochen«, fuhr sie fort. »Er verlangt, daß wir die Soiree fortsetzen sollten, sobald die Gäste sich ein wenig von ihrem Schock erholt und ihre Fassung wiedergefunden hätten.«

»So, verlangt er das?« sagte Salterdon mit höhnischer Stimme. »Gott verhüte, daß ein bißchen menschliches Gehirn, das an den Wänden klebt, ihn daran hindern sollte, sich einen Herzog als Ehemann für seine Tochter zu angeln. Ich nehme an, daß wir unsere Prioritäten wieder auf die Reihe bringen sollten.« Wo, zum Henker, steckte nur Maria? Es war schon einige Stunden her, daß er sie zum letztenmal gesehen hatte. Er ging zur Tür, um nach ihr zu suchen.

»Sie ist fort«, sagte die Herzogin.

Er drehte sich zu ihr um. Es war, als hätte ihm jemand ein Messer in den Rücken gestoßen – so heftig war der Schmerz, den er in diesem Moment empfand. Und im gleichen Moment wurde er sich auch bewußt, daß die Herzogin in den fünfunddreißig Jahren seines Lebens noch nie seinem Blick ausgewichen war. Doch jetzt tat sie das.

»Sie ist fort?« wiederholte er mit dürrer Stimme, als habe er nicht richtig gehört.

»Ja. Ich habe ihr noch den restlichen Lohn bis zum Ende des Monats ausbezahlt und sie dann auf den Weg geschickt. Nachdem du dich offensichtlich so gut von deiner Verletzung erholt hast, hielt ich es nicht mehr für nötig, sie noch länger in unseren Diensten zu behalten.«

Einen langen Moment sagte er nichts, sondern rieb sich nur geistesabwesend die schmerzende Schulter, bis ihm klar wurde, daß es gar nicht die Schulter war, die ihm so schrecklich wehtat, daß er kaum atmen konnte.

Er drehte sich zur Tür um.

»Wenn du ihr nachgehst«, erklärte die Herzogin mit einer leichten Panik in der Stimme, »werde ich dich enterben. Du wirst nicht einen Penny von meinem Geld bekommen und nicht einen Stein von all meinen Schlössern und Landhäusern. Deine Peers werden dich aus ihren Reihen verstoßen. Und du wirst den Rest deines Lebens in bitterer Armut verbringen müssen. Also verrate mir jetzt einmal – ist sie so wichtig für dich, daß du das alles riskieren willst?«

Salterdon sagte nichts, sondern verließ den Raum, schloß leise die Tür hinter sich und lehnte sich kurz dagegen.

Maria war fort. Sie hatte ihm nicht einmal Lebewohl gesagt. Sie war fort, und er würde nun sein Leben so fortsetzen, wie er das tun sollte – wie seine Vorfahren erwarteten, daß er es fortsetzen sollte.

»Euer Gnaden?« hörte er da eine weibliche Stimme sagen.

Sein Herz machte einen Satz. Er drehte sich rasch um, Marias Name auf der Zunge.

»Ich bin es nur«, sagte Laura und lächelte furchtsam. »Ich kann es dem Gesicht Euer Gnaden ansehen, daß Ihr hofftet, ich wäre Maria. Es tut mir leid, Euch enttäuschen zu müssen.«

Salterdon richtete sich auf. Er zog die Ärmel seines Rocks straff und erinnerte sich wieder daran, wie ihm Maria hineingeholfen hatte, ehe dieser Wahnsinn begann und dieses Blutbad in der Halle.

Laura ging auf ihn zu. Er bemerkte, daß sich da inzwischen etwas an ihr verändert hatte. Sie schien an Kraft gewonnen zu haben. Es war in ihren Augen – etwas Furchtloses, Entschlossenes ...

»Lady Dunsworthy«, sagte er, sich leicht vor ihr verbeugend. »Ich stehe tief in Eurer Schuld. Nur Eurer mutigen Tat heute abend ist es zu verdanken, daß Edgcumbe daran gehindert wurde, Maria aus diesem Haus zu entführen. Wäre ihm das gelungen . . .«

». . . würdet Ihr zweifellos etwas sehr Nobles getan haben, um sie wieder zurückzubekommen, Euer Gnaden. Maria hat so eine Art, die Menschen zu solchen Taten zu bringen, glaube ich, sie in ihrem Selbstvertrauen zu bestärken und ihnen Mut zu machen, das Richtige zu tun. Vielleicht deswegen, weil sie beides in einem so reichen Maße selbst besitzt.«

Er schluckte.

»Es gehörte eine Menge Mut und Stärke dazu, Euch zu verlassen. Davon bin ich überzeugt. Es gehörte auch eine Menge Mut und Courage dazu, hier bei Euch zu bleiben. Ihre Liebe zu Euch war gewaltig und rührend. Ihre Überzeugungskraft hat mich inspiriert. Sie hat mich zu der Einsicht gebracht, daß Liebe Opfer bedeutet. Sie hat ihr Herz und ihre Seele geopfert, indem sie bei Euch blieb, als sie wußte, daß Ihr mich heiraten solltet. Es gibt wohl kaum ein größeres Opfer, das ein Mensch bringen kann, als den Kern seines Wesens. Den kostbarsten Teil seines Ich . . .«

»Was wollt Ihr mir damit sagen, Laura?«

»Was bedeutet das schon alles ohne Liebe, Euer Gnaden?« Sie blickte um sich, sah die mit Kostbarkeiten bedeckten Tische und Wände. »All dieses Gold und Silber kann uns nicht wärmen, wenn wir alt sind, oder uns trösten, wenn wir krank sind.«

»Ihr liebt also einen anderen Mann«, sagte er leise und mit einem gütigen Lächeln.

»Ich würde Euch natürlich heiraten, so wie Ihr mich heiraten würdet. Aus Pflichtgefühl. Ich weiß nur, daß ich in jenem Augenblick, wo Edgcumbe diese Leute tötete, und ich mit der Möglichkeit rechnen mußte, daß er auch mich umbringen würde, nicht voller Bedauern daran dachte, daß ich es nicht mehr erleben würde, eine Herzogin zu sein, sondern niemals die Gelegenheit zu bekommen, Euer . . .«

». . . mein und Marias Kind in Euren Arm zu nehmen«, sagte er.

Laura lächelte. »Ich wußte, daß Euer Gnaden mich verstehen würde.« Laura drehte sich um, ging ein Stück den Korridor hinunter, ehe sie wieder stehenblieb und zu ihm zurückblickte: »Sie sagte, Ihr wäret etwas Besonderes. Ich glaube ihr das jetzt.«

Er verharrte an dem Platz, wo er gerade stand, die Hände in den Hosentaschen vergraben, während unten wieder das Orchester zu spielen begann und Musikfetzen zu ihm heraufdrangen. Offenbar war es inzwischen mit Hilfe der Dienstboten gelungen, das Blut von den Wänden und dem Boden der Halle zu entfernen. Gott verhüte, daß der Tod zweier Menschen (zudem Angehörige des gemeinen Standes) die Aristokratie daran hindern sollte, sich mit ihresgleichen zu vergnügen!

Er wandte sich wieder zur Tür, stieß sie auf und kehrte in das Krankenzimmer zurück. Basingstoke hob den Kopf von seinem Kissen und wölbte eine Braue.

Die Herzogin sah ihn an. Und nachdem sich ihre Augen einen Moment lang geweitet hatten, breitete sich ein selbstgefälliges Lächeln auf ihrem Gesicht aus. »Ich wußte doch, daß du zurückkommen würdest«, sagte sie mit einer tiefen Befriedigung in der Stimme.

Den Blick auf das Gesicht seiner Großmutter geheftet, bewegte sich Salterdon leichtfüßig durch den Raum.

Er blieb vor ihr stehen und warf einen kurzen Blick auf Basingstokes Gesicht. Sein Bruder blinzelte ihm zu, während ihm dessen Augen zu sagen schienen: *Los, nun komm schon und zeige ihr die Zähne. Mache mich wenigstens einmal in deinem elenden Leben stolz auf dich, indem du nicht vor ihr zu Kreuze kriechst.*

Bastard, dachte Salterdon, während die Herzogin ihm ihre rechte Hand hinstreckte. Er beugte sich galant darüber, küßte sie und sagte: »Meine liebe, verehrte Großmutter . . ., fahrt zur Hölle.«

Noblesse bewegte sich unruhig unter ihm, scharrte mit den Hufen und trabte dann, belebt von der kalten Nachtluft und der Erwartung eines längeren Ausritts, aus dem Stall. Als sie den Scheitel der Hügelkette erreicht hatten, an deren Fuß sich Thorn Rose mit seinen weitläufigen Gebäuden, den dazugehörigen Gärten, Parkanlagen und Feldern ausbreitete, blickte Trey auf das Herrenhaus hinunter, dessen Fenster hell erleuchtet waren und das im Mondlicht glitzerte wie ein Juwel. Er konnte auch Musik hören – nur daß es nicht der dünne Klang von Konzertviolinen war, die er vernahm, sondern die Musik in seinem Kopf, die ununterbrochen, so leise und weich wie das Seufzen eines Engels, sang: *Maria. Maria. Maria – dein Lied.*

Den Kopf des Hengstes in den Wind gedreht, ritt er in die Nacht hinein und weiter die Straße hinunter ... auf Huddersfield zu.